落潮

南飞［著］

作家出版社

第一章

午后三四点钟的光景，空气里没有一丝风，虽然酷暑已过，可大地仍像刚刚灭了的留有余烬的火场，不管你走到哪儿，总感觉有股热流将你拥着、围着。

此刻，西灌镇中学校园里那最为醒目的杉树林，因长时间没有雨水的冲洗，在太阳的炙烤下泛着灰绿，片片叶子静默地立在枝干上，失去了往日的生气。

紧挨着中学的西灌镇中心公路上，行人正急急地赶路，天地间似乎正酝酿着一场大雨，而这场雨究竟会不会下，谁也不知道。

这种炎热无雨的天气已经持续很久了，人们渴望能有什么变化打破这沉闷的令人窒息的午后，即便没有雨，哪怕刮一场风、卷起一地的沙尘也好。

锡玉就是在这个时候，从屋子的后门走了出来。她的出现，立刻吸引了校园里所有人的眼球。

锡玉身着白衣、黑裤，头发应是好久未洗了，暗淡无力地贴在头上，用一根黑色的绸带松松地挽住，整个人似一棵刚刚落了叶子的秋日的树，清瘦、孤单。

这段时间，她很少出门，至少白天是这样的。她在屋子里做什么呢？怎么突然就出来了？今天是个什么日子？

这要在往日，人们会很快围拢过去，问询她怎么突然想起打开那扇小门。那门自她搬进去就被封了，一是为防盗，二是因为这门正对着整个教学区，太吵。

可今日，人们都停在那儿，谁也没有走过去的想法，只是远远地用目光探询着，打量着锡玉。

办公室门前的那棵老榆树下，罗家权老师正举着个铁锤敲击着那口上了锈的老钟，下午第三节课下课了。

学生们像听到了动听的音乐一般，纷纷从教室涌出，第四节是课外活动课，在西灌镇这所唯一的中学校园里，每天这个时候是学生们最快乐的时光，也是罗家权老师最悠闲、最放松的时候。他是活动课的责任老师，负责监管学生不要越过环绕校园的那条“护城河”，如发现管不住腿脚的，就吹响哨子提醒回撤，更多的时候，家权会和他们一起闹，惹得校长在一旁吹胡子瞪眼睛“成何体统，家权这小子，越来越不像话……”

今天家权没了兴致，他看到了从那扇门出来的锡玉。

锡玉在门前水塔边上的一小片阴影里摆上两把椅子，上面放着碗筷，像是要吃饭的样子。家权抬腕看了看时间，还不到四点，搞不懂锡玉这吃的是什么饭。午饭，晚饭？搞不懂就搞不懂吧，锡玉现在做什么都应该得到理解，至少在这个不大的校园里应该得到自己的理解，且不管别人怎么想，自己毕竟是锡玉多年的同学，何况现在又是同事呢。

要不要过去打个招呼？家权在操场边上来来回回地走，内心激烈地斗争着。

他想过去，走到锡玉面前，像平日里那般坐在锡玉家的餐桌旁，开着些同学间才有的亲近而温馨的玩笑，然后稍带“混”点吃喝，吃点什么都没关系，吃多吃少、吃得好坏都不重要，要紧的是每每都能咂摸出点家的味道、亲情的温暖。

现在想来，那段美好的时光都随着那间屋子的男主人、锡玉的丈夫宏远的离开而成了隔世的烟云。

想到宏远的离开，家权不由得产生了要走过去和锡玉说说话的冲动。

这种想法一经由心里冒出来，家权的两条腿便有些不听使唤了，在大脑还未做出决定前，它们已经开始行动了。

该怎么过去呢？直接过去吗？不行，那么迂回过去？方圆巴掌大点的地方，怎么个迂回法？这么想着的时候，家权已来到了食堂门前的水井边，再拐个直角，走几步就到锡玉家的后门了。

不能再走了，得停一下，家权一屁股坐在井沿上，由于忙乱，脚被打水吊桶上的麻绳给套住了，家权甩了几下，没甩掉，吊桶跟着绳子在水泥地面上“咣当当”转了几圈，家权这下真慌了，手心里都攥出了汗，他抬眼看了看锡玉，锡玉正低头吃饭，好像什么都没听到。家权赶忙弯下身子，忙乱地解开绳套，迅速地把脚拿出来。

“罗老师，罗老师。”

家权转身，初一（3）班的王老师侧身闪躲在办公室的门口，手里提着个暖壶，谨慎地低声唤着家权，并用手轻轻拍打着暖壶，又指了指锡玉。

哦，家权明白过来了，这个王贵祥不愧是个学数学的，脑子就是比别人快半拍，他是要自己借故给锡玉打水，顺道问候一下这位可怜的女同事。

“打水”这件事，他们这些单身汉以前可没少干，锡玉家原先就是他们的“单身俱乐部”。

家权从井沿上起身往办公室走去，却发现办公室的玻璃窗后隐藏着一张张表情各异的脸。

锡玉往日的同事们此刻正微倾着身子，三三两两地靠在一起，脸蛋儿紧贴着玻璃，家权从没见过他们如此不分性别地亲密地靠近过，双目中的光芒也是那么的一致，齐刷刷地在锡玉的身上汇聚，似乎要用他们共同的力量一起把这玻璃穿透、挤破。

刚出事的那段时间，人们茶余饭后都在讨论宏远的死因，对活着的人的兴趣是持续的、平缓的，反正有的是时间，反正这个人就在身边，慢慢探讨吧，就像冬日品尝着秋季储存的食物，未尝不是一种慢节奏的享受。

而对于死去的人，人们的好奇心是那么的浓厚，所持有的情感也是那么的强烈，因为一个人的死对于身边人的冲击力，有时不亚于初春横空炸响的一声惊雷，震撼人心。

如今，雷声过去，雨水已在大地上消失得无影无踪，这雷声留给人们瞬间的惊恐、不安及心理上的刺激已经淡去，日子又恢复了原来的样子，波澜不惊，重复，交替。直到今天，锡玉，这个死了丈夫的年轻女人重又出现在人们的视野里，重又搅乱了他们心底的平静。

死去的人已经死去了，这个活着的人的身上似乎还隐藏着神秘的宝藏，有待人们去探测、挖掘。

家权从王贵祥的手里接过暖壶，在玻璃上敲了几下，玻璃后面的脑袋往后缩了缩，有些不情愿地慢慢散开。家权发现办公室里除了周梅英老师还在桌子前坐着批改作业，其他的脑袋基本上都挤过来了。

梅英抬头看看家权，无奈地苦笑了一下，微微地摇了摇头。

家权对梅英和贵祥分别投去了感激的目光，然后大踏步地往锡玉所在的方向走去，看来他是下定决心了。

很快，他来到了锡玉的面前。

锡玉听到脚步声，对着家权抬起了头。

“锡玉，你要不要带一壶?”

家权尽量让自己的声音控制在自以为能让锡玉接受的频率和速度，柔和、平缓，还有些不经意的关切。

锡玉微微坐直了身子，一声叹息被深深地咽了回去，“不用了，我不需要。”

看得出，锡玉想对自己笑，可刚刚堆到嘴角的笑意，像遇到了暗礁的波纹迅速地破碎了。

锡玉看了家权一眼，缓缓地将脸转向别处，可是这一眼，却让家权的心被什么东西给狠狠地扯了一下，那种牵扯的疼痛的感觉尚未完全涌上来之前，家权赶紧地朝锅炉房走去，脚下似生了风。

锡玉的那双曾经充满柔情、美丽而又温顺的眼睛，如今却让家权感到了一丝孙婉扶起车，发现车把上拴着的送给锡玉的两条鱼不见了踪影，回身一看，鱼儿像是掉进了冒着油烟的锅里，正在坡岸上跳跃着，不知是想脱离“油锅”呢，还是想跃入水里，也许它们压根就不知自己现在的处境，又身在哪里。

孙婉走过去，拎起地上的鱼，鱼儿因剧烈的翻腾沾满了尘土。孙婉想到河边去洗洗，又一想，算了，姐姐不会因为鱼沾了土而责怪自己的。

远远地，孙婉能够看到西灌镇中学的教室里已亮起灯，学生们准备上晚自习了。

中学里共有三排房子，后排靠西是学生宿舍，紧挨着的是食堂和办公室，单身宿舍和刚结了婚的小夫妻的家则紧邻着镇中心公路，教学区在中间那一排。

最前排则是物理和化学实验室，锡玉与宏远住着的这间房子就在实验室边上，原是罗家权和另外一位实验员住着的，那位老师刚分来不久就调走了，锡玉是学化学的，刚好填了这个缺，又因和宏远刚结婚，学校一时未能腾出空房，家权便主动搬到后面的单身宿舍和王贵祥挤在一块儿，把这个稍微大点的屋子让给了锡玉和宏远，但同时他们也得负起看管实验仪器的职责，因为一排十几间的屋子只有一间能住人，其余都是供学生平日实验课用的实验室，又因这里紧挨着学校的公共厕所，所以一般人不愿住在这里，尽管如此，锡玉从心底感激家权，房子虽然不大，可家权这么做，确是解决了她和宏远的燃眉之急。

此刻，孙婉已来到了中学门口，走读的学生们正陆陆续续地返回校园。孙婉推着车穿过那片杉树林，抬眼便看到了锡玉的屋子黑着灯，这让她刚刚还是欢愉的心情一下子触着了冰，有股莫名的寒意从脚底慢慢升腾开来。

有水滴落到发间，接着又是一滴，落在了鱼的身上。

下雨了吗？

此刻的鱼儿挺直了腰板，一动不动，不知是倦了，还是死了。孙婉把它们取下来，在手上晃了晃，其中稍小的一条轻轻地张了张口，另一条依然没有动静。身边行人的脚步却明显地加快了。

是下雨了，能够听到雨点打在地面上的声音，像是水洒在灰烬上，“噗、噗、噗”，来不及在地面停留就被泥土吸了去，只留下淡淡的一点潮湿的印迹，水土久别重逢相互交融后散发出特有的芳香，钻进鼻腔内，令人振奋。

学生们拥到教室门口，把手伸在外面去接那渐渐稠密的雨滴，老师们也从屋里走出来，伸伸胳膊，看看天，有人端着饭碗站在外面，隔着好远在树下相互接着话，因为雨的到来，人们的关系仿佛变得更加地亲近起来。

孙婉加快步伐来到锡玉门前，她把车搬进门廊，一手提着鱼，一手轻轻地叩门。屋里没有声音，孙婉又敲，毫无动静。

“姐，姐，在家吗？”

无人应答。

孙婉纳了闷，去哪儿了呢？

她把鱼挂在门把手上，从裙扣上解下钥匙，开了门。

屋里很黑，外面的雨已下出了声。

孙婉迅速地拉亮了灯，灯光暗而黄，此刻是整个西灌镇的用电高峰，这样的灯光一定是电压不足造成的。

孙婉站在屋当中，好久未来姐姐家了，以前就是来，也是当日来当日回。今天要不是赶着给姐送两条活鱼，她是不会这么晚往这儿跑的。

雨越来越大，风撕扯着树梢，仿佛要把它们连根拖走，风夹带着雨、雨随着风直接冲进了门廊里，打湿了门前的地面。

鱼还在门把手上挂着，她走过去，把鱼取下来，想把门关上，可拉到一半，又停住了，她回身看了看身后的房间，姐姐和宏远哥的结婚照还在书桌的老地方摆着，只不过原来是正放，现在是侧放着，可从孙婉的角度看，却是很正的。他俩相偎着，正朝她微笑呢！

他们笑得那么甜美，这笑容曾一度让孙婉羡慕，羡慕他们的幸福、美满，希望有朝一日自己也能如姐姐那般有一个如意的人，自己喜欢，也被对方喜欢。

现在，这笑容让孙婉不敢多看一眼，宏远哥已经不在了，他永远地离开了姐姐，离开了这间屋子，当然也从孙婉的世界里消失了，想到这里，孙婉的心慢慢揪紧，两腿有些发软。

关上门，这个屋子里就只剩下自己了，有种看不见摸不着的东西左右着她、跟随着她，还是敞着吧，这样能够让外面的空间铺进来，将这狭小的地方稍稍做个延伸，对此刻的孙婉是个小小的安慰。

孙婉走过去，把那张精致的水晶相片轻轻翻扣在桌面上，孙婉舒了口气，可是气还未喘匀，心却一下子提到了嗓子眼儿，手里的鱼从战栗的指缝间“溜走”，掉在了脚旁，失去了蹦跳的生气和力量。

孙婉整个人蒙了一般，立在那里。

照片的后面露出了一个绿色的盒子，上面蒙着一层黑色的薄纱，虽然隔着纱，却从黑纱后面泛着冷冷的光。

孙婉复又把照片扶起，想要把它盖住，不幸失了手，照片从盒子边缘滑下，倒在桌子上，发出“嘭”的声响。

孙婉感到心脏快要破裂了，口中生出浓浓的苦味。

得离开这个屋子，现在。

孙婉头也不回地跨到门外，将门重重地关在身后，这时，她看到西边的门廊有个人影闪过，孙婉没有看清是谁，那人已消失在了门廊的尽头，她管不了那么多了。孙婉冲进雨里，快步向后排宿舍跑去。

去找罗家权，去人多的地方。

这是孙婉此刻唯一能够想起要做的事情。

一道闪电在头顶划过，紧接着便是雷声了。

第三章

西灌镇，来年五月。

锡玉的病假快休完了，她觉得自己该去上课了，再这么休下去，自己的精神和肉体恐怕都会烂在那间屋子里。不，不能，宏远的死因尚未明了，不管面对什么样的苦难，都要活着，活着才有希望。

又是个周末，锡玉提着洗澡的篮子进了学校的澡堂，安静，没有水声，更没有人声。

锡玉把篮子放在角落的座椅上，因刚才进屋时没有见着老高，想自己也没什么贵重的东西，所以没拿衣柜的钥匙，锡玉将换洗衣服放在一个敞着的柜子里。

屋子里股股热气尚未散去，空气中弥漫着肥皂和洗发水的气味，地面上印着些横七竖八的湿脚印，应该是刚走了一拨人。

锡玉来到镜子前，偌大的镜面只有边角上流着条条水印，其余的好似磨了砂，看不出人影，锡玉撕了点手纸擦出一块镜面，将自己整个地现出来。

站在镜子前，锡玉有点手足无措，不知该怎么安放自己，像不认识镜中的人似的，她往后退了退，用力地将口水咽回去，然后是一声长长的叹息，像是在给自己鼓气，让自己放松下来。锡玉脸色暗黄，嘴唇有些青乌又带着点无助的灰白，唯有一双大眼睛在脸上显出点活气，却也透着让自己不敢直视的陌生和无法捉摸的光芒。

又是一声叹息，锡玉缓缓脱去衣服，还站在原来的位置，目光却落在裸着的身体上，曾经挺拔、圆润、活泼的双乳如今像两只受了伤的鸟儿，有气无力地静卧在自己的胸前，也许永远无法恢复元气就此死去，也许就这么奄奄一息地等待救治。

锡玉轻轻托住自己的乳房，想要给它一些力量和支撑，可似乎起不了什么作用，因双手也是无力的，没有起到自己想要的作用，反而更添了些伤感。

锡玉的手无奈地滑至腹部，在这里她停下来，多了些温存和抚摸，她终于没能忍住，落下泪来。这些日子她不知要去恨什么，恨宏远吗？恨他无情地离开，恨他将未成形的孩子也带走？

近一年来，自己无时无刻不在想着他，有时想得累了，想要去忘记，却也是不行的，他仿佛存在自己的血液里，活在自己呼吸的每一寸空气中，只要自己还有一丝生命的迹象，宏远的影子就不曾离开。闭上眼睛，他就在眼前、就在身旁；睁开眼，却是一片熟悉而陌生、虚无却又真实的"空"的世界，看不到、摸不着，没了情感、没了温度的一个麻木的世界。

听老人们说，对死去的人，如果想念到了极致，便会出现奇迹，这个死去的人就会回来，回来看看活着的、念着他的人。

锡玉原来不信，现在信了，可是这个奇迹一直没有出现，她又有些不信了。不相信，却又有抱着点希望的不甘心。

澡堂外传来老高和人打招呼的声音，锡玉一惊，忙将衣服收拾进柜子，提着篮子进了里间，将水龙头打开到最大。

温热的水一泻而下，打在锡玉的脖颈、双肩，在腹部汇合，顺腿流下。锡玉立着没有动，任由水冲洗全身，也许水，这个世上最柔软的东西，能够给她疲惫的躯体带来一些温暖的抚慰，得到暂时的舒缓和放松。

锡玉就这么一直立在水中，忘了其他的动作。

澡堂里的灯没有开，光线渐渐地暗下来。

有个人影晃动着进了澡堂，拖鞋在地面上发出啪嗒啪嗒的声响。锡玉掉转身，解开发梢上的绸布，将脑袋对着水，有些莫名的懊恼，因为这个进来的人。

之所以选择这个时候来洗澡，因为现在正是饭点儿，来洗澡的人会很少。锡玉只想避开所有人，虽然她知道，这是个多么不切实际的愿望。

那个人过来了，锡玉顿时紧张起来，刚才还让自己很舒服的水此刻似乎有了股压力，像无数只怪异的手抓挠着自己。

那人凑近了："锡玉？"

"嗯，李老师。"

"果真是你。"李老师拎着条毛巾，绕着锡玉转了一圈，"锡玉，看看你，现在都瘦成什么样了！身体是自己的，你一定想开一些。人走了，他就是走了，见不到你受苦的。你还年轻，得好好活下去。"

李伟英，西灌镇中学的语文老师，此刻，她多么希望自己能"安慰"一下平日里和自己不太亲近的孙锡玉，她打心眼里觉得一个死了丈夫的女人是多么的可怜，可怜到让自己都能放下那要命的高傲的自尊去靠近她，甚至去"讨好"她！

这样的"安慰"与"讨好"像是给仍在流着血的伤口上胡乱地敷了块热毛

巾，殊不知被刀深刻的伤口会更加的疼痛。更何况精神上的苦痛不同于肉体的苦痛。说得对了，可以是安慰；说得不对了，则如服错了药一般起了个反作用。对与不对，有时不在说的人，而在听的人，听的人听到心里，就是对的、好的；反之，就是药不对症，招来麻烦，落个埋怨。

此刻的李老师就是这粒有些不太讨人喜欢的药丸，不识趣地落到了锡玉的嘴边。

锡玉将头发上的泡沫洗净，用丝带将湿发挽在头顶，露出整个脸部。

她没有看李老师，也不开口说话，就那么静静地站在水的下面，只是将身子微微侧着，像是要对着墙壁，又像是要把什么遗忘在身后。

“锡玉，我给你搓搓背吧！”

李老师感觉到了锡玉态度上的排斥。

“李老师，你忘开水龙头了！”

“哎哟，你看我，光顾着和你说话了，倒忘了自己来干什么的了。”

锡玉盯着水泥地面，看着流过身体的水又哗哗地流向下水道的排水口。

锡玉看得入了神，有只老鼠不知从哪儿钻出来，沿着墙边“哧溜溜”地走，听到水声，竟回过头来，两只黑豆似的眼睛四下张望。李老师发出“啊”的尖叫，三步并作两步跑到了外间，那只老鼠看了看锡玉，又沿着墙根儿爬行，最后消失不见了。

锡玉恍惚地盯着它，没有一丝的反应，仿佛那不是平日里自己同样害怕的老鼠——是又怎样呢，和自己有什么关系呢？

外屋的李老师探出半个脑袋：“还在吗？”

“没了，进洞了。”

“哎哟，这环境得和校长好好反映一下，澡堂里竟然有这么大的老鼠。”

李老师一边叨叨着，一边探脚进来，好像地面上有什么东西会伤着她的脚似的，几乎是跳跃着来到了锡玉身边，从挂钩上取下洗澡用品，又蹦跶着去了外面。

锡玉快速地冲洗，她想该回去了。

锡玉往外走，不得不经过李老师身旁。

“这么快洗完啦？还想着给你搓搓背呢！”

“不用了。”

“那好吧。”李老师有点意犹未尽的样子。

更衣室里空无一人，只有摆放得不太整齐的铁皮柜子立在那里，有的上了锁，有的半开半闭着。风从碎了玻璃的窗子吹进来，锡玉打了个哆嗦，赶紧用湿毛巾在身上胡乱地擦拭了几下，便去柜子前寻衣服穿。

有人掀起塑料门帘，大声说笑着走了进来。

“你是多少号柜子？”其中一个问。

“16号。”

“你的呢？”

“21。”

“不挨着？”

“21号在这儿。”其中一个惊呼，好似发现了什么宝贝似的。

“16号在哪儿呢？”另一个往锡玉这边走过来。

外面又是一阵人声，似来了更多的人。

“这个老高啊，怎么说他好呢？平时见了挺好的，犯起轴来真是个倔驴。”

“哎哟，刘老师，你小心被他听着了，听说这个老高，不简单，校长的账都不买。”

“我们小学和中学是什么关系？兄弟单位，打打折都说不通。”

锡玉没有抬头，听明白了，是一群镇小学的老师。

“嗨，孙老师，多久没见着你了？”

一位短发、稍胖的年轻姑娘高声地和锡玉打着招呼。

“哦，胡老师，今天你们怎么……”锡玉看到了和胡老师一道进来的七八个人。

“别提了，小学锅炉房维修，只好跑到你们这来了，刚还说起老高呢，愣是不给我们打打折。”胡老师仍觉得不平。

“你这是16号的柜子吧？”

显然那个女人还未找到16号。

锡玉将柜门拉过来，“哦，是。”

“你倒是说句话呀，害我这一通好找。”那女人不乐意了。

“还要多久？”

“就好。”

锡玉迅速抱起自己的衣服，给对方腾出柜子。

“芳姐，过来一下。”那女人的同伴在角落里叫道。

那人凑过去，两人边耳语边瞟着锡玉，其实用不着这么小声，此刻的澡堂已是人声鼎沸。

“我收拾好了，你来放吧。”锡玉小心地对那女人说。

那女人却没再过来，而是去了外面，不一会儿又进来，打开了26号的柜子。

两个人隔着几个柜子仍然饶有趣味地交流着，并不时地打量着锡玉，锡玉不知道自己哪里不对了，衣服穿反了吗？锡玉也审视起自己来。

那几位小学老师大概也听到了什么，显得比刚进来时安静多了，像是有人统一指挥似的，几乎同时住了口。

她们突然的沉默一定是因为自己，这让锡玉不由得难过起来，今天来这里是下了很大决心的，暗地里不知给自己鼓了多少劲，但不幸的是该来的还是来了。

锡玉不愿再想，可每根神经、每个细胞又被什么东西给激活了，她按捺不住地颤抖。

她突然渴望此刻李老师能出来，哪怕她想安慰的心是假的呢，锡玉也宁愿活在那种虚假中。

有时候当人们把对你的排斥明目张胆地写在脸上时，那已经没有一丝一毫的同情了。

锡玉觉得原本就狭小的空间瞬间变得更加拥挤，就连这里的空气也掺杂了有毒的气体，让她眩晕，不能自主呼吸。她提着来时的小筐，快速向门口走去。

从那个门帘出来后，锡玉大口地呼吸着新鲜的空气，里面瞬间又变得热闹起来。

锡玉隐约听到了李老师的声音，“离她远一点吧，脾气怪着呢，听不进别人的一句劝，没办法，守了寡的女人哪，都这样。”虽然她已努力压低音量，但仍然透过暖热的空气和厚重的帘子传到了锡玉的耳中。

老高正坐在门外靠墙打着盹儿。

锡玉发现外面不知几时下起了雨，地面的洼处已积了水，在路灯的照射下，能够看到细密的雨丝在空中划着道道斜线，有的被风扬起，像拨动的琴弦上弹起的一粒粒尘埃。

看到锡玉，老高站起来。

“锡玉，下雨了，给你把伞。”

“不了，高老师，我紧走几步就到家了，这伞您自己留着吧。”

“今晚我不回去，就在这儿睡了，老伴去儿子家了，回去也是一个人。”

老高把伞撑开，递给锡玉：“拿着，孩子，刚洗完澡，被雨水一激，容易落下病根儿，听话。”

锡玉接过伞，感激地看了看老高。

老高笑着，自然平和，额头和眼角的每道深纹里都藏着善良的光芒，这让锡玉无法拒绝。

“等会儿，锡玉。”老高突然想起了什么，跑到炉边的一张桌子旁，从抽屉里拿出个布袋子。

“给，这是我女儿给我烙的发面饼，你拿走尝尝。”

“高老师，我吃过饭了。”

“这不是让你当饭吃，就是让你尝尝我女儿的手艺。”

老高把布袋子放到锡玉的篮子里，又用手往下摁了摁，似乎是要告诉锡玉别再往外拿了。

“高老师，谢谢您！”锡玉的声音里含着哽咽。

“回吧。”

锡玉往家的方向走去，雨打在伞面上沙沙作响，泪水顺着脸颊流了下来。

锡玉来到水塔边，低声地哭了。

很久，锡玉拿起毛巾，擦了把脸，从水塔后转了出来。

就在这时，在微黄的路灯下，锡玉看到有个人穿着黑色的雨衣，往杉树林方向走去，此人将雨衣的帽子扣在头上，帽子上又伸出个宽宽的帽檐，看不清脸，只留下个背影。这身量、这走路胳膊摇摆的姿势，怎么那么像宏远？锡玉的心跳不由得加快了，怦怦地像要从胸腔里跳出来，“他回来了？”

锡玉紧走几步，想要追过去，可是脚下一滑，摔倒了，东西散落一地，老高装饼的布袋子也被扔出去很远。锡玉从地上爬起，顾不上捡东西，又往前跑，可跑了几步，她停住了，那人不见了。

锡玉不相信，又快速跑过杉树林，跑到公路上，四下里寻望，没有，什么都没有，只有石子路上的石子在雨中发着惨淡的光。

锡玉的心迅速往下沉，刚还饱胀如打了强心针的身体，此刻像路两旁的杉树被雨打后低垂着肢体，可主干依然挺立着，仿佛被注入了某种能量反而更精神了。

锡玉往回走，走到自己摔倒的地方，将东西一一收进篮子里。

那个人是谁呢？难道是幻觉？还是真如老人们说的，自己的想念给他招了魂，他回来了？

第四章

阴历八月二十三，晚秋。

好久不见太阳了，天总是灰着，外出的人们不太愿意抬头去看天，只是盯着眼前的那一点点距离，天地间好似一个偌大的煤厂，煤运走了，却处处留着细微的颗粒，在空气中飘着、散着。

你若是有兴致去仔细寻找，还是能够发现，太阳就在天上，它依然发着光热，只是空气的污浊让人看不到它应有的透亮罢了。

就在这样一个秋日的上午，曹刚似在梦中，他看到一排排晾衣绳上晾着许多蓝色的床单，有个人走过去取下床单盖在自己的身上。

曹刚觉得燥热，口渴，他想阻止这个人不要再往自己身上盖床单了，可是出不了声。那个人依然不停地取下床单，然后再给曹刚盖上。曹刚挥动手臂，企图扯掉床单，却使不上一点力气。这时那人停下了，她轻轻地走过来，走到曹刚的床旁。曹刚暗喜，看来她是知道自己的意图了。可是不对，这人走近曹刚，是个漂亮的女子，一头秀发散放在双肩。女子俯下身来，手上拿着一条白色的蛇，正摇着脑袋。曹刚闭上眼睛，只觉得手背上有股凉意，啊，一定是蛇的身体，紧接着便是一阵针刺般的疼痛，它咬了自己？曹刚攥紧双手，用尽全身的力量，猛甩胳膊，希望通过这样的方式让自己立刻从可怕的梦魇里醒来。

曹刚终于睁开了双眼。

有人在来回走动，可不是刚才的女子，身上没有蓝色的床单，只有一层薄薄的被褥。

曹刚张了张口，喉咙里发出“噎噎”的声响，一时却又不知要说什么、对谁说，抬抬手，力量似乎真实地回到了体内，虽然只是手指头轻轻地动了动，曹刚确信自己醒了，没有发现那条蛇，他想看看被蛇咬过的伤口，却发现手上连着一根长长的塑料管。

这是什么地方？曹刚从惊恐的梦境跌入一个陌生的现实世界里。

“曹医生，曹医生，你醒过来啦！”清脆的声音响起。

“李丽，快，去叫张主任。”

那个被称作“李丽”的护士转身跑出了门。门外一阵急乱的脚步声，紧接着门被推开，进来一位戴着眼镜、矮而略有些发福的男人，后面跟着几位年轻的医生。

“张主任，曹医生醒了。”清脆的声音又一次响起。

曹刚转动眼球，想要看看这声音是从哪儿发出来的，他看了一圈，发现说话的人正站在床的另一头，背对着自己。

张主任走到床前，他轻轻握住曹刚的手，在指尖处稍稍用了些力量。曹刚觉得张主任的手凉、滑，让他不由得想起刚刚梦里的那条白蛇，他不由得内心一紧，用力想要把手从那双肥厚的手掌中抽出。

张主任笑了，“曹医生，你不用害怕，我是神经外科的张旭东，这是我们科的护士长。”张主任指指身旁的人。

那个三十出头的护士原来是护士长，曹刚盯着护士长，护士长面貌清秀，双唇上抹了淡淡的口红，一张嘴，露出了洁白的牙齿。

“曹医生，别紧张，你现在在神外监护室，张主任、我，还有全体医生和护士都在这里，我们会给你最好的治疗和最细微的护理，这一点，你放心！”

护士长说话时脸上一直带着笑，那笑容在整个脸上铺展，自然、温暖，让曹刚稍稍地放松下来。

张主任松开手，看了看病床旁的监护仪，心律、血压、血氧，一切正常。

“曹医生，几个月了，你因车祸导致脑部外伤入院，我们已给你做了手术。术后，你一直住在监护室，现在你终于醒过来了，而且生命体征很平稳，我们为你感到高兴。”

曹刚听着他们说话，刚开始，他们的声音似乎有些远，慢慢地变得清晰起来，有些听明白了，有些不明白，最不明白的是自己为什么会在这里？哦，车祸、外伤、手术，那他们口中的“曹医生”是谁？是自己吗？

他糊涂了。

可这群人对自己是真的好，从他醒来的这段时间里，他们一直待在自己的病床前，每个人的脸上都满是关切。

“护士长，给院长打电话了吗？”

“打了，可是未接听，院长在外地出差呢！”

“给洛姗打。”

“好的，主任。”

护士长拿着手机出去了。

病房里因护士长的离开显得安静了许多，张主任对身后的医生和护士低声交代着什么，他们一会儿看看曹刚，一会儿看看张主任，一会儿点头，一会儿又低头在本子上记着什么。

曹刚的目光落在蓝色窗帘上，帘子似乎很厚，挡住了外面的光线。

曹刚仍然觉得口渴，他张张嘴，又抬抬头，脑袋很沉，似有石块在后面坠着。

“曹医生，哪儿不舒服，不要乱动，你头上还有引流管呢！”其中一个护士说。

曹刚用舌头舔舔嘴唇，把嘴巴整个张开，张到最大。

“要说话。”

张主任和其他人都围拢过来，曹刚点点头，又摇摇头，无奈地叹了口气，把嘴闭上了。

这时护士长走了过来，“主任，电话打给洛姗了，不久就会赶过来。”

“很好，今天你在这儿多费心，等着洛姗过来。”

“好的，主任，您先忙吧！”

张主任又握了握曹刚的手，“曹医生，你家里人很快过来，我也会常来看你，一定不要紧张，放心，啊！”

张主任理了理前额稍微显长的头发，把眼镜扶正，顺手又整了整曹刚的被子，转身出去了，后面跟着那群年轻的医生。

病房里只剩下护士长和另外一名护士李丽。

“护士长，今天是圣诞节，曹医生醒过来了，不知是巧合呢，还是天意？”

“昏迷了这么久，终于醒过来了，真是个奇迹，你说，洛姗该多高兴啊！刚才我给她打电话，听得出来，她快哭了。”

“是啊，真是太不容易了，洛姗姐一直等着这一天呢！”

“水……水……”

护士长和李丽同时奔到床前。

“李丽，他要喝水。”

“他知道自己要水了。”李丽从饮水机里接了一杯水端了过来。

“用棉签，先少量地给。”护士长从李丽手里拿过棉签，在杯子里浸了一会儿，取出放在曹刚的双唇间。曹刚张开嘴，水从齿缝间渗到了舌尖上，曹刚感到嗓子一下子清凉了许多，整个身体也在变轻，像是要飘起来。

“怎么样，曹医生？”

曹刚点点头。

“过一会儿我再给你，咱们不能急，慢慢来。”

曹刚想要对护士长笑笑，可嘴角的肌肉有点僵，但护士长还是捕捉到了那点笑意，她摸了摸曹刚的脑门，脸上仿佛开了朵艳丽的牡丹，“曹医生，我知道你的心意，你真让人高兴，等你完全康复了，别忘了请我们的客哟！我最爱吃甜食了，给我买进口的巧克力。”

“还有我呢！”李丽在边上喊。

“少不了你的。”护士长拍打着李丽的肩膀，笑着说。

这时，门外有人敲门，可没等着去开，门被推开了。

是洛姗。

洛姗的脸红扑扑的，原本精致的发髻因赶得急显得有些松散，一缕头发从发簪间垂下来，手套还没来得及取下就坐到床沿上，她从被子下拉出曹刚的手，握着又觉得不对，赶紧脱下手套，又去用力地抓住，好像曹刚会从床上爬起跑了似的。

“洛姗，曹医生可能想喝水，一会儿你再给他喂点儿。”护士长本来还想再嘱咐两句，看看洛姗好像什么都听不进，就又停下了。她扯了扯李丽，李丽会意，两人悄悄地关上门，出去了。

洛姗盯着曹刚的脸，泪水涌落下来，落在曹刚的手上，曹刚有点蒙，不知道这又是谁。

洛姗将自己的脸贴在曹刚的脸上，“曹刚，你终于回来了，我就知道你不会走，你走了，我和谁说话去，我就知道你不会留下我一个人，我们夫妻一场，还没好好过呢！”

我叫曹刚？

这个女人是自己的妻子？

我是谁？她是谁？我们是夫妻吗？为什么什么都忘了？什么都是陌生的，模糊的、迷瞪的？

曹刚又把嘴巴张开，他现在唯一渴望的就是水。

洛姗站起来，抹了抹脸上的泪，又去重新接了一杯，一点点地用棉签将水送入曹刚的口中。

一个月后，曹刚做了一系列的抽血和相关的检查，并确认无感染后，转出了监护室。

头上的引流管已经拔了，因为手术一直被剃光了的头发，随着主人的苏醒也悄悄地冒出了青色的发茬，这让久卧病床的曹刚整个人都显得精神了许多。

夜里曹刚做了个梦，梦见自己想要过河，那河很宽，浪很急，河上有座桥，却是座断桥。曹刚上去了，没走几步便落入了水里，水慢慢地漫到了脖颈，眼看就要没过头，难道自己就这么被淹死不成？他四下环顾，这才发现已无生还的希望，桥是上不去了，四面都是很深的水，更看不到岸。“就这么死了？”曹刚不相信、不甘心，可是水很快淹没了自己，恐惧也像猛水一样袭来，没想到是这么个结果，这么个死法……

后来，见一女子坐在岸上哭，哭的一定是自己，曹刚知道自己死了，那女子哭得很伤心，那是自己的什么人呢？为何对自己这样动情？这一幕让曹刚对自己的死亡不那么恐惧和遗憾了，反倒生出些宽慰，原来自己的死竟会牵动这样的一位女子。他走过去，想看看她的模样，还未走近，就醒了。

怎么偏偏这个时候醒了呢？曹刚睁开双眼，看到蓝色窗帘的缝隙间透过一线白而亮的光，窗子是关着的，透不进一丝的风，帘子和光都是静止的，曹刚从床上坐起，他没有立刻下床，而是将双腿垂在床沿上，他先动了动脚指头，又晃了晃腿，感觉还不错，这才慢慢地穿上拖鞋下了床。

曹刚将窗帘推到两边，阳光好似在外面等得太久，一下子拥进来，挤满了角角落落。房间里顿时变得明亮而有了生趣，曹刚闭了一会儿眼睛，睁开时看到了一片蓝而晴的天。

曹刚尚未分辨出窗前落光了叶子的是棵什么树，身后的门被推开了。

“怎么起来了？是饿了吧？”洛姗身穿红色的羊绒大衣，头发盘在脑后，一看就是精心梳理过，耳后留着的一截卷发，随着高跟鞋的节奏轻轻地颤动，显得生动而俏皮。

洛姗的美不是一眼就能看出来的，须细细地品味，洛姗走路的姿势、说话的表情，甚至轻轻地摆一下头，都充满着自信。她走路，腿只负责向前走，除了走，基本上没有其他多余的动作。她的臀部是起着关键性作用的，她是通过臀部的扭动来带动腰部的扭动。而她的上半身，尤其是肩基本是不动的，眼睛喜欢专注地盯着一个目标，整个人只让你觉得臀以上腰以下是最为生动的，动中却又有着某种坚定的不动。

这个女人身上有种东西让曹刚有那么一点点着迷，曹刚说不清楚是什么，那一定不仅是容颜上的，更多的是一种内在的某种力量，在女性的曼妙的温柔中暗藏着一股子什么力量。

“想什么呢？快来吃早饭，这是孟姨4点钟就起来给你熬的百合莲子粥，来尝一口。”

洛姗将勺子在碗沿上来回地蹭几下，又放在嘴边吹了吹，这才递到曹刚的嘴边。

稀饭熬得黏而稠，入口即化。

“你吃了吗？”

“我一会儿吃，那还有。”

“谢谢你。”曹刚没敢看洛姗的眼睛。

“跟我还说谢谢？曹刚，我是你的妻子。”

“哦？对不起……”

“想不起，是吗？”洛姗依然微笑着，“我知道，慢慢会想起来的，你现在只要知道我是你的妻子就行了，这个关系确定了，其他的都不是问题！”

“我叫曹刚？”

“是啊，你叫曹刚，我的丈夫，你原也是这个医院的医生，要不是车祸……”

洛姗没有再说下去，她不愿去想那可怕的过去，这段时间是怎么过来的只有她自己知道。

曹刚看着眼前细心给自己喂饭的洛姗，想到了刚刚的梦境，那个为自己的死痛哭的女子会是她吗？如果不是，又会是谁呢？

第五章

转眼过了元旦，天气愈加变得寒冷。

不过如果没有风，再有太阳照着，人们还是愿意出门的，虽然外面的世界已没有多少绿色的痕迹，在这样干冷的冬日里出来走一走、活动活动筋骨对健康还是有益的。

司机小张将车停在住院大楼门前的专用停车位里，又迅速跑到车的后侧，手脚麻利地给洛姗打开了车门。

“小张，你不用上去了，我去接。”

“洛姗姐，如果有事，你打电话，我在车里候着。”

洛姗点点头，迈着轻快而有节奏的步伐走进了外科大楼。

大厅里的人围在两侧的电梯前，没有人去留意相互的衣着、打扮，人们的目光集中在红色的电梯按钮上，电梯运行得很慢，人们焦灼地一会儿走到这部电梯门前，一会儿又跑去另一边，有时弄得两边都没赶上，不免更加心急。

洛姗没有随着人群去抢电梯，她靠在导医台前，等一拨人快散尽了，这才走到电梯口。今天曹刚出院回家，几个月了，曹刚一直待在医院里，终于可以回家了，这让洛姗的心情格外的好，连身旁的每一个陌生人都看着顺心、顺眼，外面的阳光似乎也比平日里明亮、温暖了许多，所以她不急，她感到一些从未有过的满足。父亲是这个医院的院长，从小家庭条件优越，可这些都代替不了曹刚活着，活在她身旁，与她执手，与她偕老。

洛姗走了神，电梯到了顶层，洛姗下了两层步行梯，进了神经外科的大门。

工作人员刚刚交完早班，今天是周三，张主任带队准备大查房。

洛姗路过护士站，有人认出了她。

“张主任，张主任，洛姗姐来了！”

张主任转身，看到迎面走过来的洛姗，笑容从镜片后面折射出来，“洛姗，来接曹刚？”

“张主任，不影响你们查房吧？”

“怎么会呢，护士长，护士长呢？”

“不劳烦护士长了，我自己去就行了。”

“刚交完班，护士长可能去监护病房接病人了，今天有人要转出来。”护士向主任解释着。

“小潘，你陪洛姗去919房间，看看有什么要帮忙的。”

“好的，主任。”

小潘护士陪着洛姗向曹刚的病房走去。

曹刚已脱去病号服，穿上洛姗给他备好的衣服，正坐在凳子上看电视。

“曹医生，该回家了。”小潘笑着说。

见洛姗进来，曹刚站起来，关了电视。

“曹刚，都准备好了吗？”

“准备……没什么准备的……”

曹刚像个孩子似的摆弄着手中的遥控器，一脸茫然地看着洛姗。

洛姗笑了，笑自己的问题有些傻，更笑曹刚现在的神态，有着些孩童般的纯真和敦厚，这在以前的曹刚身上是很少见的，笑完不免又生出些伤心和难过，原本一流的外科医生，不知能否恢复记忆，能恢复到什么程度呢？恢复了还能再上手术台吗？他该如何面对自己，面对未知的生活？

想到这儿，洛姗的心不禁沉重起来，来时的欢愉好像瞬间被什么东西抽走了。可洛姗就是洛姗，她不同于别人的地方，就是不会让坏心情在自己的身上停留太久。

她习惯性甩了甩头发，这一甩笑容又回到了脸上，坏心情被暂时地抛到了脑后，除了她自己，没人看出她的内心曾经经历过什么。

“曹刚，别落下你的东西，咱们走吧。”

“洛姗姐，落下什么也不用担心，在我们这丢不了，会留着的。”

洛姗挽着曹刚的胳膊，往神经外科大门的方向走去，怕曹刚跟不上，洛姗故意将脚步放慢，小潘帮忙提着一些零碎东西。

“曹医生，曹医生，等等。”

护士长从身后追了过来，手里捧着新鲜的康乃馨，花瓣上的水珠衬着鲜花的纹路，感觉这花分明还长在地里呢，不像是被剪断过花枝。

“曹医生，恭喜您出院了！”

护士长将花推到曹刚胸前。

曹刚接过花，将脸凑过去，埋在花瓣间，深深地吸了一口气。

“香!”

大家都笑了。

张主任正从一间病房里查完房出来，见到曹刚和洛姗，紧走几步过来，后面的医生也跟着围拢过来。

“护士长，刚还找你呢。”

“您不是让我去买花了吗？主任，今天您这记性可不太好。”护士长微笑着，嗔怪着主任。

张主任的笑容溢满嘴角，他伸出手在护士长的肩上轻拍了两下，像是掸掉了一只飞蛾那么轻，那么快。

“年轻就是不一样，什么事一遍就记住，羡慕你们这些年轻人啊!”

神经外科的走廊里一片欢乐、祥和的气氛。

护士长和小潘一直把曹刚送上车，目送着车出了医院的大门。

已过早高峰，路上的车还是不少，只是不那么堵了，车很快驶离市中心，拐上一条辅路，往洛姗他们居住的“绿海花园”驶去。

小张的车一向开得平稳，就连一向晕车的洛姗坐在小张开的车上也可闭目养神，有时甚至安然入睡。

小张发现从上辅路开始，后面一辆黑色奥迪一直尾随，且距离一直保持在百米左右。

小张不是个多疑的人，可是这辆车他觉得有些眼熟，似在什么时候地方见过，车牌号尾数“Q603”。小张努力地在记忆中搜索着，一定是见过，小张故意加快了速度。

“这是往哪儿开?”曹刚抓住前排的椅背，显得有些紧张。

“对不起，曹哥，刚刚快了点。”

“小张，不着急，慢一些。”洛姗看了眼曹刚对小张说。

那辆车没有加速，还是以原来的速度行驶着，这让小张稍稍放心了些。

车子驶上了一条宁静的道路，路两旁的银杏树掉光了叶子，枝干伸展着，在寒冷的空气中也没忘了借着阳光的温暖再抻一抻筋骨，为不久即将到来的春天做个准备。偶尔会有那么一两只鸟儿在枝丫间稍做停留，又很快扇动翅膀，掠过树梢，飞进冷寂的天空中去了。

车速明显地慢了下来，绿海花园近在眼前。

小张下意识地看了看后视镜，黑色奥迪正停在路口，小张不觉皱了皱眉头，没有说话。

车子在一处带有院子的别墅前停下。

曹刚四下打量着，坐着不动。

“到了，曹刚。”

曹刚没有要下去的意思。

小张打开了车门。

洛姗拉了拉曹刚的手，示意他下车。

“这是什么地方？”

“这是我们的家呀！”

曹刚迟疑着，他把脸贴近车窗，想把眼前的情形弄清楚。

这时，孟宝珍打开了院门。

洛姗下了车，“孟姨，他不下来。”洛姗没办法的时候习惯向孟宝珍求救。

孟宝珍来到车前，拉开了紧挨着曹刚的车门，“刚子，下来吧，到家了。”说着，用手摸了摸曹刚的头发。

曹刚看着孟宝珍的脸，像个孩子见到了母亲乖乖地任由她领着下了车。

洛姗看了看小张，两人都松了口气。

“小张，要不进去喝杯茶？”

“不了，洛姗姐，我回医院了，晚上我再把院长接回来。”

“好，辛苦了。”

“洛姗姐……”小张欲言又止。

“有事吗？”洛姗问。

“哦，没什么事，曹哥刚出院，有什么事，你就给我打电话吧。”

“好，我不会和你客气的。”

小张开车走了，路上再没有见着那辆奥迪车的踪影。

第六章

春节的脚步近了。

学校也都放了假，进城务工的人们陆陆续续返了乡，原本拥挤的城市的道路一下子变得宽阔起来。留在城里过节的偶尔开车出门，冷不丁地与这种安静的氛围打个照面，竟有些不适应，怀疑自己走错了路，等反应过来，不免暗自庆幸留在城里过年是多么明智的选择。

公交车拖着长长的车厢在路上甩动着身子，像是扭着什么轻快的舞步，车上只有一眼就能数得过来的几个乘客。

人们好像不认识这个城市了似的，东看看，西瞅瞅，感觉自己每天都在面对的这个城市竟有些陌生了，以前没有时间和心情好好地欣赏过它，今日才发现原来它也是美好的、亲切的，仿佛只有在今天，它才是属于自己的，自己也才真正地用心感受它的温暖和给予。

而住在别墅区里的曹刚却没有这种感受，过节的气氛还没有波及这里，绿海花园是个高档别墅区，孟宝珍说，能住进这个小区的，那都算得上是有钱人了，可是有钱人的生活有时是隐晦的，就如这庄严的楼房、紧闭的铁门、泛着幽深光芒的栅栏，无不在告诉人们这里是神圣而不可侵犯的。

曹刚住在这里已经有些日子了，他不知道自己隔壁院子里住的是什么人，早上什么时候出的门，晚上什么时候回的家，长什么样，做什么工作。这让曹刚觉得每一幢漂亮房子里都是一个神秘莫测的世界，这些小世界合在一起成了个大社会，给了他一些莫名的精神上的紧张和压迫。

因为这些，曹刚对洛姗更多了份依赖，洛姗每天下了班就回家，陪曹刚聊天、散步、做康复，带他去他们以前经常去的地方。医生说要想尽快恢复记忆只能想尽办法让他走近原来的生活。可是，不管洛姗做什么，用在曹刚身上似乎收效甚微，有时洛姗免不了会着急，可是看着曹刚一脸的无辜和茫然，又都忍了，唯一能够安慰她的就是曹刚对她似乎比以前好了，这种好中似乎含着更多的依恋，曹刚不能离开洛姗，洛姗在身边，他的心情就是明朗的，就被阳光照着，而一旦剩下他一个人，他就会陷入忧郁当中去。

今天是洛姗的生日。

孟宝珍准备了丰盛的饭菜，魏院长晚上也应该回来吧？女儿生日嘛，他怎能忘记呢？

洛姗希望曹刚也记得，虽然只是希望，可这种希望又被来自心底的失望无情地冲淡了。

洛姗在下班的路上为自己买了束红玫瑰，这是她第一次自己给自己送花，捧着花进门的那一刻，她还有点难过。

曹刚看到洛姗手捧玫瑰进了屋，洛姗一手拿着花，一手脱掉鞋，曹刚快速迎上去从洛姗手里接过花，洛姗回过身，对曹刚笑了笑。

孟宝珍还在厨房里忙碌着。

“回来了，洛姗。”她头都没抬地招呼着。

“嗯，孟姨，还在做？”

“就好。”

曹刚捧着玫瑰花寻找放花的地方，可在屋里转了一圈，发现瓶子都是满的，自出院以来，这些花瓶何时又闲过呢？手里的花该怎么办呢？洛姗走过来把花拿走了。

“洛姗，花太多了，你怎么还买？”

洛姗没有说话。

曹刚看着洛姗把其中一个花瓶里的花取出来扔进垃圾桶，把红玫瑰小心地放进去。

孟宝珍一边擦着手，一边走到餐桌前。

“洛姗，给你爸爸打电话了吗？”

“没有，放心，他不会忘。”

曹刚茫然地看着她俩，不知她们今天怎么了，又是买花，又是做饭，在庆祝什么呢？

洛姗看着曹刚，恰好曹刚也向她看过来，可是她极快地又将目光移向了别处。

曹刚想问问洛姗，见洛姗这般，便小心地坐在桌子前，诸多的疑惑在心里翻腾。

他丢失的东西太多，多到他不知自己曾经拥有过什么。此刻的曹刚就如雨前低飞的蜻蜓，不小心随风误入了一片漫无边际的花地，花的艳丽和浓郁的香气让他常常觉得晕眩。他找不到自己曾经的飞行轨迹，偶尔也会渴望绿草、泥土、芦苇丛，甚至庄稼地。他想尝试着飞过去，可又像做着噩梦似的，无法扇动翅膀，所以，他觉得恐慌，就如此刻他身处这个家，家中的每个人，特别是洛姗，眼前的这个女人，真的是自己的妻子吗？忘记了身边的任何一个人都不要紧，可与自己朝夕相处几年的女人也忘记了，这让曹刚自己都有些恨自己了。

外面的门铃响了起来。

孟宝珍开了门。

“您好！魏洛姗女士订的蛋糕。”送蛋糕的小伙子很客气地说。

洛姗签收后将蛋糕打开，蛋糕不是很大，却很精致，奶油冰激凌的。

“洛姗，今天是你的生日啊？”曹刚走过来，话语听着似疑问，又似感叹。

“你还记得？”洛姗的声音听着明显有些激动。

“记得，我记着呢。”

“真的？”洛姗跳到曹刚的身边，在他脸上亲了一口。

曹刚有点窘，脸一下子红了，他并不记得，他是根据种种迹象猜出来的，可是他没想到，他撒的谎让洛姗这么高兴。

时针已指向晚上7点，院长还没回来，洛姗有些坐不住了，她拿出手机给爸爸打过去，正在通话中，又打，还在通话中。洛姗无奈地给他发了个短信，约十分钟后，座机响了，孟宝珍接起了电话。

“洛姗，你过来。”

一定是魏院长。

“爸爸，你怎么还没忙完？”洛姗不高兴了。

沉默了十几秒，“那好吧，您少喝点。”洛姗挂了电话。

“孟姨，别等了，爸爸正陪三甲评审团的人吃饭呢！”

“唉，今天该回来的。”孟宝珍叹了口气。

曹刚发现洛姗的眼眶有点红，他知道院长没回来，洛姗难过了，他轻轻拥了一下洛姗的腰，“洛姗，没事的，院长一定有他的难处，我和孟姨陪你！”

笑容又回到了洛姗的脸上，“点蜡烛。”洛姗打开装蜡烛的小盒子。

曹刚拿出打火机，准备点火。

“29，总不能插29根吧？”

“不能，那蛋糕就没法吃了。”孟宝珍提醒道。

“三根吧，一根十岁，就插三根代表了！”

洛姗取出三根蜡烛插上，曹刚把蜡烛点亮的同时，孟宝珍适时地关了灯，屋子里只剩下三朵小小的火苗。

“快，洛姗，许个愿。”孟宝珍在边上催促道。

洛姗很听话地闭上眼睛，很快又睁开了。

“完了？”

“完了。”

“许没许啊？”

“这个心愿还用想吗？”洛姗眨着眼，看了看曹刚。

曹刚看看孟宝珍，又看看洛姗，洛姗抿着嘴笑，孟宝珍慈爱地看着他俩。

“孩子们，开饭了，来，咱们举杯，庆祝洛姗的生日！”说完，孟宝珍一仰脖喝干了杯里的红酒，却又不小心呛着了，咳个不停，洛姗又是捶背，又是递水，忙活了半天，止住了，只见孟宝珍满眼的泪水。

洛姗喝了不少的红酒，曹刚想拦没拦住，饭后，洛姗要帮孟宝珍收拾碗筷，被孟宝珍拒绝了。

“上楼去吧，让我一个人清静清静。”

洛姗拉着曹刚的手，晕晕乎乎地上了楼。二楼卧室的窗子是面很大的落地玻璃，曹刚走过去想要拉上窗帘，却发现地面上有层浅浅的白色。

“下雪了？”曹刚贴近玻璃细看，小区里已没有了行人，偶尔过来辆车，借着车灯的光亮，曹刚确信是下雪了。

“洛姗，你过来。”

刚倒下的洛姗又从床上爬起，来到窗前。“下雪了！”洛姗惊呼着，她将窗帘整个拉开，拉着曹刚在窗前坐下。

“曹刚，我出生的那天也是下着雪的，29年前的今日，妈妈一定吃了不少的苦头。可惜在我两岁时，却因病去世了，我只能从照片上去寻找母亲的样子，所以我把这雪看作母亲来看我了。”虽然这话，洛姗从认识曹刚时就开始讲给曹刚听，可今天讲起来却仿佛第一次，泪水从洛姗眼中涌出，挂满了腮，而在曹刚，确是第一次听呢，所以听得很认真。见洛姗哭了，他想安慰，却又不知如何去安慰，他抓住洛姗的手，把她拉到自己的身边，用自己宽大的手掌略有些笨拙地擦去洛姗脸上的泪水。

“别难过，有我呢。”

说到“有我呢”的时候，曹刚稍顿了一下，觉得自己能做些什么呢？一个连自己都想不起来的人还想去照顾别人，说起来有点像个笑话。

可曹刚不是在说笑，虽然他不知道能给洛姗带来什么，可他知道要对她好，除了好，还能做什么呢？眼前的洛姗是自己唯一的亲人，唯一的朋友，唯一可以信赖的人。

洛姗靠在曹刚的怀里，曹刚从身后拥住洛姗，洛姗的身体发着烫，呼吸中带着酒气，曹刚俯下身子，将鼻子埋在洛姗的发间，似乎又进入了那片花地，闻到了那片花香，只是这香味稍淡了一点儿，这让曹刚没有了先前的恐慌。洛姗回过脸看着曹刚，曹刚没有躲开，而是勇敢地迎着洛姗的目光，洛姗将整个身子转过来，双手紧紧地搂住曹刚，生怕一松手，曹刚再无影无形地散了。

而曹刚似乎也感觉到了这一点，更用力地拥抱告诉洛姗，“我不会离开你。”

外面的雪无声地下着，洛姗却感觉到了它落入泥土融化成水的声音，就如此时此刻自己和曹刚彼此融化了对方，像一片雪花、一滴水，那么轻，那么柔。

这样的夜晚，因了外面的落雪，因了他们，多了一些美好，多了一些生动。

第七章

春节一过，该是元宵了。

等这两个节日都过完，时间的步伐仿佛突然加快了，忙碌的人们闲暇时抬个头，枝丫上不知什么时候已有了星星点点淡淡的黄绿。弯下腰，脚边的枯草里，嫩芽儿正从泥土的缝隙往外偷偷地探着身子，行走着的人不由得收住脚，为着这新一轮生命的到来，不能不带着点敬畏绕着道走了。

春是真的来了，风里都带着它特有的温暖和芬芳。

曹刚坐在自家的庭院里，看着孟宝珍一起床就拿着个铲子和喷壶，在院子里转悠，累了，便坐在凳子上，看着满院的花花草草发很长时间的呆。上午的阳光晴而亮，洒在孟宝珍的身上，缕缕银丝泛着光，却在曹刚的心里激起一丝丝苦涩的亲切。

“刚子，别老坐着，活动活动你的腰腿。”孟宝珍重新站起来忙活的同时也提醒着曹刚。

曹刚听话地起身，伸伸胳膊，踢踢腿，几个月的康复训练和药物治疗，肢体功能已基本恢复，唯有记忆依然是个空白，但似乎又不完全是。记忆中的一些零星片段时不时地在曹刚的脑海里闪现，等到快要变得清晰时，却又突然地模糊起来，甚至隐退到曹刚永远都摸不到、看不清的地方，那是个黑暗而遥远的世界，让人渴望，也让人恐慌。

自出院以来，绿海花园曹刚的“家”里每天都是门庭若市，来看望曹刚的人，每个人对曹刚，脸上永远带着极客气的笑容，言语也似乎早就在心里打了稿子，像是怕说错了话，字字句句得体而恰到好处，既要说到人的心中去，又要避免程式化，不能失了应有的真诚。

竟然有这么多人变着法儿地哄自己高兴，这在曹刚是万万没有想到的。可是谁被这么哄着，谁的心情能不感到愉悦呢？

曹刚慢慢“忘记”了过去，喜爱上了眼前的生活，觉得从未有过的安逸、舒适。漂亮能干的妻子、高档豪华的别墅、优越的社会地位，这一切的到来像个梦似的，醒来后，自己成了王子，的确是做了个梦。曹刚常常分不清是在梦里还是在现实的生活中，混混沌沌中又暗暗生出些欣喜，这样的日子不正是自己内心里真正渴求的吗？

虽然经历了点挫折与磨难，可这一切都会好起来的。

曹刚希望自己能早日走上工作岗位，自己曾是个有理想、有抱负的男人，不能老是这么待着。

既是个王子，就得让自己的身份与这城堡相匹配；既然娶了“公主”，就得做一个“公主”心目中真正的“王子”。

可是，再完美的风景，总能觅到几处不尽如人意的地方，这些藏在曹刚的心里，让他在苦尽甘来后被甜蜜紧紧包围的同时，现有的精神空间里总有那么一小块地方，会突然伸出几根坚硬的触角，或轻或重地在他的心灵上极快地舔几下。这让曹刚的心情很快地暗淡下来，就如此时，他有些不安地站起来，失了享受阳光和欣赏花草的兴致。

他想起了抽屉里的那四张照片，他把它们藏在那里很久了。

那照片像几帖散发着难闻气味的臭膏药，此刻粘在他的身上，让他觉得不自在。

“孟姨，我先回屋了。”

“去吧，回屋歇会儿，别忘了把药吃了。”

曹刚直接进了书房，拉开抽屉，他把照片小心地拿出来，一张一张地摆放在桌面上。

那是四张一寸的证件照。

那是自己的照片？

他把照片极慢地反过来，重新摆一次，可是手里似有千斤的重量压着，翻过一张，背面工整地写着“张宏远”，再翻一张，还是，连续三张都写着一个人的名字，看得出写字的人当时是极其认真的，每个字都透着力量，只有第四张，不再是人名，而是两个地址：其一，西灌镇人民医院；其二，西灌镇中学。

曹刚盯着照片上的名字。

“张宏远”？

熟悉，在哪儿见过，或者听过。

“张宏远”，他是谁？为什么出现在自己照片的后面？

要么照片不是自己的，要么自己不是照片上的人。那两个地址又意味着什么？

曹刚把照片重新收好，去查一下那是个什么地方，说不定就能知道张宏远是谁了。

去哪儿查，怎么查？

曹刚的思维又一次陷入了常有的混沌状态。

“张宏远”……“张宏远”……这个名字不停地在脑海中跳跃，曹刚希望他能彻底地跳出来，不要再藏着、躲着了，他已经找累了、乏了，甚至厌倦了，要找的东西太多了。

他想做现在的自己，却又不停地被过去牵扯着，在这里，亲人、朋友、所有认识他的人，都希望他能恢复记忆。

当然，不排除有人希望他永远不要想起过去，而只停留在现在。

第八章

西灌镇，九月。

入秋了，清晨的空气中稍带着些清凉，可只要太阳一露头，便又多了些暖热，不过不再像往日那般的炙烤了。太阳依旧从东边升起，却比入秋前离得更远，却也更明、更透、更干净了，像滤过了一般，照着万物，让这个人间在不自觉间变得亲切、可爱了。

走在这样的早晨，对生命更多了份依恋，多了份平日里极少有的对自然的关注和喜爱。

家权帮着在学校门口开小卖部的父亲将自行车搬出屋子，又把麻绳仔细地缠在自行车的后座上。父亲又要去县城进货了。

远远地，家权看到锡玉从树林那边转过来，正往这边走。

车子已经准备好了，父亲却在屋里迟迟不出来。

看到锡玉，家权一时不知该做什么了，“爸，都好了，您干吗呢?”家权没话找话地催促父亲。

“来了，来了。”父亲每次出门准备的时间总比在路上的时间还要长，这不，出了门推车前，又全身上下摸了个遍，生怕落了什么。

锡玉提着个包，已经到了小卖部门口，“罗叔叔，进货去呀?”

“哦，趁着放假，我得去趟城里。”

家权两手放在兜里，听着他俩客气地寒暄，却在暗地里打量着锡玉。

锡玉依然一身素衣，脸色比前些日子似乎有了些改观，暗黄里带着浅浅的亮色，也许只有家权才能感觉出来。锡玉算是活过来了，如一株濒死的树，在泥土、阳光、水、空气，这些外界的物质条件和自身顽强的生命力的共同作用下，枯瘦的枝干上似乎又冒出了新芽。

“锡玉，去哪儿?”

“我想过河回家看看爸妈，秋忙了，他们身体都不太好。”

“哦，是该回去，可是这么早，有渡船吗？”

“是早了点，没事，我先到河堤上走走。”说完锡玉准备离开。

“锡玉……”家权近前一步。

“有事吗，家权？”锡玉侧过脸来。

“没什么……”家权的眼睛看着父亲的自行车已经消失在中心公路的拐弯处。

锡玉朝着家权笑了一下，虽然笑意很浅，可掠过家权心头的温暖是此刻的阳光都无法比拟的。

锡玉朝着西灌河的大堤走去，路上还没有什么行人。

家权站在身后，默默地看着锡玉缓而慢的孤独的渐行渐远的身影，刚刚升腾起的温暖又不知跑到哪儿去了。往日，锡玉回娘家都是和宏远一道，宏远爱用自行车带着锡玉到渡口，锡玉坐在后面轻轻抓住宏远的衣服，宏远会说一些话来逗锡玉，而锡玉听宏远说话，哪怕不是刻意的笑话，都会乐得咯咯笑个不停。那景象让家权好生羡慕，甚至还有点忌妒，可那时锡玉是多么的开心，而眼前的这个女人让家权有些心疼，他想帮她。因为没了宏远，锡玉柔弱的背后似乎又隐藏着一股强大的力量，这股力量总能将家权的善意与好心轻轻地不留痕迹地婉拒了。

锡玉上了河堤。

是有点早了。远远地，锡玉看到渡船静静地泊在对岸的河面上，开船的人还没有来，隐约地能听到几个等船的人正开心地交谈着。还得至少半个小时吧，必须等那边的客人来得差不多了，船才会开过来，然后再把这边的人渡过去。渡来渡去，只有这么一艘船，锡玉不急，她只想一个人待会儿。

锡玉坐在河堤上，远处的稻田，近处的芦苇，耳旁细浪拍岸，脚边不时爬过一只只毛脚蟹，这一切，在锡玉的眼里心里是静止的，静得没了层次、没了声响、没了色彩，她不知道自己要做什么，她只能提醒自己在必要时“应该”做什么。

就像今天，她觉得该回去看看父母了，因为父母不停地让人捎话来，催她回去住几天。

放眼看看四野，这秋景与往年没有什么不同，可是确又大不同了。自己是个失了丈夫的女人，这已不是什么秘密了，走到哪儿锡玉总觉得自己的某个部位在极不情愿的状况下，被无情地舍去了，可现在又不能明显地感觉到哪里疼，似乎在无形中，多了个自己看不清道不明的赘物，多余、无用，却又甩不掉、赶不走。

河对岸的马达声响了起来，渡船离岸了。

而这边，不知何时也已聚拢了好多人。

船很快便驶了过来，船主用力将铁锚甩向河岸，尖尖的铁锚深嵌进土里，船在水中晃荡着，寻找最佳停靠点，略显浑浊的河水被推向岸边，湿了躲闪不及的等船人的脚，人们说笑着迅速退后。马达声停了，还没等船上的人下完，摩托车、自行车、挑担的已纷纷涌上了船，锡玉和一对抱孩子的小夫妻跟在后面。

开船的见人们都已上船，便收锚提板，准备返回。

锡玉没有去找座位，她将身体靠在舱门上，看着行驶的船划开水面，激起白色的水花。三两孩童身体探出栏杆，将手伸进这移动着的水花里，弄得满身满脸都是水，没有人管束，也不知其父母在哪里，一任他们笑闹。船主眼睛一直盯着河对岸，手里掌着舵，一支烟都快烧到了嘴，却还叼着不放。

抱孩子的小夫妻坐在角落里，睡醒的孩子要吃奶，年轻的父亲站起来，给孩子和母亲挡出一块地方，却还是未挡住船头那几个挑担和骑车的目光。锡玉走过去，看似漫不经心却很严肃地坐在了红着脸喂奶的“母亲”身旁，拉起孩子的小手放在鼻子前轻轻闻了闻，被触碰到的孩子立刻放开奶头，清亮的眼睛盯着锡玉，继而咧开小嘴，无声地笑了。

锡玉的心情不由得被这笑容给点亮了。孩子！永远是那么的让人喜欢，让人在生活的艰辛和苦难中重又燃起新的希望。

她拍了拍孩子的小手，“小宝，快吃饭。”

年轻的妈妈将孩子拢紧了一些，重又将奶头放进孩子的口中，同时对锡玉报以感激的一笑。看得出，她比锡玉小多了，也就二十出头的样子，羞涩还在脸上，却已是母亲，幸福的母亲，让人羡慕的母亲。

靠岸了，抢着上船的人此刻又抢着下船。

孩子的鞋落了，锡玉捡起，帮着穿上。

“你是几组的?”孩子的母亲问锡玉。

“八组。”

“你呢?”

“我是九组的，我好像在哪儿见过你。”

“哦，离得这么近，见过也是应该的。”锡玉微笑着回答。

“今天真是谢谢你。”

孩子的母亲下了船，又站定，看着锡玉。

“我喜欢孩子。”锡玉没有接着说下去，因为刚转身，便发现了蹲在路边的父亲。

“爸，你蹲这干吗?”

“你妈让我来接你。”

父亲卷起旱烟袋，别在腰上，背抄着双手在前面走。

锡玉赶紧跟上，走了几步才想起和人家的话还没完呢，回过头，看到他们已经走远了。

“爸，妈呢?”

“你妈在家做饭呢，她猜到你今天要回来，话捎过去一礼拜了吧？半夜她就不睡了，不知在折腾什么呢。”

锡玉走在后面，父亲的步伐依然很快，只是明显地背有些弯了，咳嗽似乎也更厉害了。

“爸，烟少抽点儿。”

“忍不住。”

“妈怎么样?”

“老样子，总惦记你。”

“别总操心我，自己弄好自己。”

“能不操心?”

锡玉住了口，两人都沉默起来。风掠过两旁的芦苇花，缠绕在芦苇秆上的绿叶瓢，也已黄了叶子，外皮粗硬，如此老态已吸引不了馋嘴的孩子了，只能静静地挂在那里，等着和芦苇一起被割掉。

远远地，锡玉看到了自家屋子后的田地，老屋依然静卧在梧桐树下。一看到它的模样，锡玉总会觉得温暖，虽然有些旧，与气派更沾不上边，可是只要锡玉回来，第一眼总能看到它，不论房前屋后，哪怕是墙边的一堆瓦砾、屋角的几株杂草，甚至窗前的蜘蛛网，都是亲切的。

母亲就在这时从门前转到屋后来，腰间系着洗得发了灰的围裙，短小、干净，手里端着盆，正在往外挑拣着什么。

“妈!”锡玉远远地叫。

母亲抬起头，看到了迎面走过来的父女俩。

“小玉。”

母亲的脸像是冻僵了刚被暖和开，皱纹缓慢地释放着笑意，让锡玉更加地觉出了母亲的苍老，不在脸上，而在心里。

母亲一手端盆，一手撩起围裙擦脸，或是在抹泪，怕这样不好，索性将整个脸都抹了一遍。

“妈，盆给我，进屋吧。”

盆里是一些陈花生，有的遭了虫蛀。

父亲跟在身后，又不停地咳嗽起来。

锡玉放下包，便帮着母亲干起了家务，屋里屋外地收拾，把该拆的拆，该洗的洗，甚至把蚊帐也给取下来放在洗衣盆里。母亲在一旁不停地拦阻，父亲却示意母亲，“让她干，做事总比瞎琢磨强。”

“我怕她身体吃不消。”母亲有些心疼。

“小玉妈！我就怕她什么也不做。”

父亲又抽上了旱烟，拿起镰刀下地去了。

锡玉在家几天，除了干活，就是睡觉，身体的疲倦能暂时地减轻心灵的伤痛。父母从不敢在她面前提及宏远，生怕因为不小心触碰到了不该碰的地方，让自己的女儿伤了心，那就是最大的罪过了，只要她能干，能吃，能睡，做父母的总算稍稍放点心。

第九章

这天，锡玉正在地里割豆子，母亲慌里慌张地跑过来。

“小玉，快……”

“怎么了，妈?”

“你二叔又在打小婉呢!”

“啊?!”

锡玉扔下手中的豆秆，抓着镰刀上了地头。

锡玉在前面跑，妈在后面追，“小玉，把刀给我，你举着它，别人以为你要砍人呢。”

“哦。”锡玉看着手里的镰刀，将它递给母亲。

“妈，为什么打小婉?”

“没听太明白，好像是为了处对象的事。”

“什么？小婉有对象了?”锡玉更是惊讶。

孙婉家院子前围着一群人，那棵比孙婉年龄还要大的枣树上，隐约地还挂着一些红透了的枣。一些人伸长脖子往屋里瞅，可屋门是关着的，有几个女人正站在枣树下，用力托举着孩子，想趁乱扯下几颗枣来。

锡玉快步走过去，人群一下子以锡玉为中心聚拢到了一起，很快又都往后退了退，保持一个相当的距离，可以好奇，可以关心，也可以漠视的距离，一个足以让他们都很舒适，并能够在繁重的体力劳动之后让心灵为之一振的距离。

看热闹的、抽着烟的、闲扯的，还有扛着锄头的男人、女人，看着这个年轻、漂亮、失了丈夫的女人，有些无所适从，却饶有兴味地想从她的身上顺手抓着点什么，好在无聊的夜晚躺在自家的板床上把玩一下，那一定很有意思。

他们看着锡玉，没有人言语，可锡玉能感觉到他们目光在自己身上游走。锡玉不那么害怕和不安了，她试着去理解他们，这些曾经熟悉如今略显陌生的乡亲们。她管不了太多，她得见孙婉，锡玉使劲地拍门。

“谁呀?”二叔的哑嗓音从门缝中透出来。

“开门，二叔。”

“等会儿。”

继续拍门，门是从里面闩上的。

“姐……”孙婉的哭声。

锡玉有些急，用拳头捶打着门板。

门“咣”地打开了，二叔一只手把着一扇门板，恨不得将门从门轴上扯下来。

“二叔。”

“小玉，你怎么来了?”

不等二叔再问，锡玉从他的胳膊下钻了进去。

孙婉双手被反绑着，坐在地上，上身只穿了件背心，裤子上沾满了土。

锡玉过去，蹲下就给孙婉解绳子。

“怎么还绑上了呢? 二叔你这是干什么呢? 左邻右舍都看着呢。”

一听这话，二叔举起鞋子又冲了过来。

“别松开她，看我不打死她，她什么时候想过给人长脸了，净丢人。”

“我怎么丢人啦?”孙婉哭喊着。

“啪! 啪!”鞋子落在孙婉的肩上，背上。

“二叔，别打了。”锡玉把孙婉抱在怀里，用自己的身体护住她。

二叔手中的鞋子一下没收住，落在了锡玉的身上。

锡玉猛地站起来。

“你打吧，打吧，连我一起打。”

二叔看着锡玉愤怒的脸，一下子像被点了穴，定在了屋子当中。

“小玉，打疼了吧? 二叔怎么能打你呢!”

“那你就能打小婉?”

“我就不同意她和那个孽种来往。”二叔余怒未消，却又无可奈何地将鞋子扔在了脚边。

锡玉解开绳子，扶起孙婉，四下看看，没找到孙婉的衣服，脱下自己的外套，披在孙婉的身上。

“跟姐走。”

孙婉听话地点点头。

“二叔，我带小婉去我家，我劝劝她，你也消消气。”

“你好好劝劝她，你的话她听。”二叔的怒火瞬间灭了一半。

锡玉挽着孙婉的胳膊出了门，院子里的人开始散去。有几个犹豫着不走的，看着锡玉她们走远了，觉得留下也没什么趣味，很不情愿地离开了，只留下孙婉爸一个人坐在那里半天没动弹。

锡玉没有带孙婉回家，两人一道往河堤走去。

西灌河是她们从一出生就再也没有离开过的河流，河中可以行船，可以捕鱼捉虾。小时候，锡玉总爱带着孙婉在河堤旁玩耍，退潮时，锡玉会和孙婉光着脚丫在河滩上疯跑，如遇产仔期还能见到结伴而行路过此地的鲸鱼，有时为了看一眼鲸鱼，两人会在大堤上等一天。

后来锡玉上了师范学校，毕业后分配到河对岸的西灌镇中学当老师，算是离开了家，却仍喝着西灌河的水。

从小到大，开心也好，伤心也罢，习惯性地往西灌河跑，仿佛到了西灌河，好事会变得更好，而坏事也能变成好事。

西灌河似朋友、伙伴、亲人，因它只给你一个你想要的胸怀，让你只做你自己，却从不对你苛求什么。

锡玉和孙婉穿过河堤，在河边找了块石头坐下。

"到底怎么回事?"锡玉问小婉。

"我昨晚没回家。"

"没回家？那你住哪儿了?"

"姐，我一时没法说清楚。"

"你慢慢说，二叔骂的孽种是谁?"

"张磊。"

"你朋友?"

"男朋友。"

"刚处的?"

"有一段时间了，我俩投脾气，他对我也好。"

"他是干什么的?"

"在西灌镇承包了几亩鱼塘，自己养鱼，自己卖。"

"正常处对象，二叔干吗发那么大的火?"

"还不是因为李长青。"孙婉一下子激动起来。

锡玉看着孙婉因生气而变红的脸，"怎么脸上都是土？打脸了?"

孙婉埋下头，低声地哭起来。

"二叔他怎么能往你脸上动手?"锡玉也有些忍不住了，她搂着孙婉的肩，"小婉，你别跟他硬来，二叔那脾气，你不忍着点儿，会吃亏的。"

“吃亏，吃亏，长这么大，吃的亏还少吗？姐，你是被宠着长大的，我是在巴掌下打大的。”孙婉抹了下眼泪，“姐，这次我偏不听他的，他竟然背着我答应李长青家。”

“答应什么？”

“让我嫁给李长青。”

“都什么年代了，还兴搞包办？二叔他老糊涂了。——小婉，他答应，你没有答应人家吧？”

“我怎么会？”

“那不用急，你不松口，他答应也没有用。”

“姐，我们家的事，谁和谁商量过?！还不是爸一人说了算。”

“那今天又因为什么？还动上手了。”

“今天李长青来我们家了，还带了些烟酒。姐你知道，爸和李长青他爸当年一道贩牛时就认识，李长青家是有点钱，这些年在吃喝上，他们真没少了爸，可我以为他们是朋友，爸又好这口儿。谁知，吃着，喝着，占点便宜就罢了，怎么还把我给搭上了？”

“那昨晚没回来也是因为这个？你早就和二叔较上劲了？”

“昨晚因为张磊给人家送鱼，鱼市关得晚，我便给张磊看了一晚上的鱼塘。谁知今天一到家，李长青就来了，我没有搭理他，并且告诉他，让他以后别来了，因为我已经有对象了，拿多了，将来怎么还？”

“二叔因为这个打了你？”

“也不全是……”孙婉变得犹豫起来。

“还有别的原因？”

“我只想让李长青死了心，就说了昨晚没回来是和张磊在一起……”

“什么？”锡玉站了起来。

“小婉，二叔糊涂，你也糊涂啊？你当着李长青的面这么说，人家怎么想你？在我们这个村，你要是在这件事上出点什么岔子，二叔他能饶得了你？”

“我不怕。”

“你可以不怕，但你能保证二叔、二婶不怕？他们是要脸面的人。”

“姐，我这辈子一定要嫁个自己喜欢的，像你跟宏远哥一样。”

“那又能怎样，还不是留我一个人……”锡玉没有说下去。

孙婉像是突然想起了什么，忘了自己的烦恼和刚才挨打的事，“姐，有件事在我心里装着，不知该不该说？”

“什么事？”

眼泪在孙婉的脸上发着光，不知是兴奋还是惊恐，孙婉抓住锡玉的胳膊，“姐，你相信有鬼魂吗？”

“不相信……也信。”

“究竟信还是不信？”

“有时信，有时不信。”

“我好像见着宏远哥了。”

锡玉将胳膊从孙婉的手中抽出，用力地将孙婉从身边推开，弄得孙婉差点从石头上掉到地上去。

“小婉，你怎么能开这样的玩笑？”

“姐，我不是开玩笑，那个人长得太像宏远哥了。”

“什么时候？在哪儿？”

锡玉突然觉得有些冷，又像是不认识周遭的景物似的，看看河面，又看看孙婉，站起来，又坐下。

“姐，那天我是坐船去镇上，大概有半个月的时间了，那天的雨下得挺大，渡船上没有几个人，大家都打着伞，谁也没有注意谁，船快要离岸时，我看到了他。”

“他什么样？”

“穿着雨衣，在河岸上缓缓地走，像是在等人，又像在找人。我以为他会上船，可是开船的招呼他时，他好像没听见，只是在那来来回回地走。”

“船开出去几十米远时，他看了看河面，我以为我在做梦呢，宏远哥就站在岸上，看着渡船离开。”

“那个人看到你了吗？”

“我想他没有，要不，就不是他。如果真是他，不就是大白天撞见鬼了吗？”

“他穿着什么样的雨衣？”

“黑色的，带帽子。”

锡玉将手指放在唇边，狠狠咬了一口。

“这不可能。”

“我也觉得不可能，当时我真应该追上去，仔细看看，可我不敢。”

“后来呢，他去了哪里？”

“因为害怕，有一阵子我没敢看他，再抬头，人就没了。”

“现在想想似乎又不太像，他留着胡子呢。”

“世上难道真有这么像的人。”锡玉自言自语着。

“姐，宏远哥会不会没有死？”

“尸身都见了，骨灰在家里摆着呢，你说呢?”

一听这话，孙婉一下子跳过来坐在锡玉边上。

“姐，那就是有鬼魂存在。”

“如果真有……多好。”

“还好？你不怕?”

“我希望有。”

“那你信吗?”

“信。”锡玉坚定地说。

“走吧，涨潮了。”锡玉扯了扯孙婉的衣袖。

“姐，我不想回家……”

锡玉好似没有听到孙婉的话，她看着河面，看阳光在水面上跳跃，渡船依然安静地泊在对岸。

九月的西灌镇似一位临产的少妇，安详、恬静，充满期待和希冀，带着这个季节特有的成熟和醇厚，看似慵懒、似睡非睡地依傍在宽阔而绵延的西灌河畔，而在她柔软的胸膛里，却有一股强劲的力量在涌动。

第十章

曹刚漫不经心地在小区里溜达，身上没带手机，也没带表，太阳在西边挂着，迟迟不愿落下，天是越来越长了。

早上醒来，曹刚看着窗外，觉得自己拥有的时间太多了，多得让自己有时会产生隐隐的不安。

脑部外伤已经痊愈，诸多的后遗症也慢慢消失，肢体功能、认知功能，包括识读、识写、识听、观察等都没有太大问题，唯有对过去的记忆大部分还是空白，但最近这段时间，脑海里总是会突然地冒出某个瞬间的记忆，很快又会消失，他总想将这些瞬间牢牢抓住，可再去想、再去回味，却什么都没有留下，似乎这些影像从来就不曾有过。

这让曹刚感觉苦恼，感到疲乏，甚至有些无助。

这个小区，每家每户都是独立的别墅，有自己的院子，远看格局似乎都是一样的，有时曹刚一不留神就会走错了。只有大门，每家的院门都是不一样的，一样的建筑无法区分，唯有通过各式各样风格的院门来向外人展示主人的品位和喜好。

主干道很宽，路两旁是很高的银杏树，叶子已渐成深绿，树下又植上花草，每天都有专门的人来侍弄。曹刚喜欢就这么没有目的地在这条道上走着，可是一想到抽屉里躺着的那几张照片，以及照片背后的地址和人名，整个人像被什么无形的东西给捆住，把他从美好的环境和心情中有力地给拎了出来，外界的种种与他似乎没什么相干了。

“张宏远”，多么熟悉的名字。

好似昨天还叫过他。自己叫过，还是听别人叫过？他究竟是谁？

“西灌镇人民医院”这个地方跟自己有什么关系？

曹刚努力地回想、挖掘，他索性蹲下来，用小石子在路面上画了起来，像解数学题，想一步，记一步，可惜这是道死题，走不到最后，思路就断了。他看着前面留下的记号，又有些不认识自己写的是什么、代表什么意思了。

曹刚突然地开始恨起了自己，他伸手猛地扇了自己一个嘴巴。他感觉到了疼痛，可除此之外什么帮助都没有得到，像个犯了错的孩子，明明知道做了错事，明明知道错了要改，却又不知错在哪里、如何改正，而不改，这错误又是那么的揪心。

曹刚站了起来，烦躁地用脚使劲踩踩刚刚在水泥砖上划下的一道道印痕，可那痕迹却顽固地留在了那里，暗示曹刚确有难题尚未解开。这题将一直存在，存在曹刚心里，像谁无意中留下的，又像被刻意地镌刻在那里，无法否认，一定有什么事是曹刚现在还不能预知的。

天色渐渐暗了下来，太阳终于从西边的天空沉了下去，在天边留下一抹淡淡的红晕。

该回家了，曹刚回身看看，已经走到小区的最北边了，路上的车辆开始渐渐地多了起来。

快到家门口时，看到孟宝珍站在大门口往这边张望，见到曹刚，赶紧掩上门，迎了过来。

“刚子，这出去一个多小时了，正要去找你呢。”

“我没出小区，不会有事的。”

“洛姗来电话了，晚上加班，不回来吃了。”

“又加班?”

“唉，这父女俩，全世界就数他俩忙。”孟宝珍感叹着。

“孟姨，我带您去吃砂锅吧？别做饭了。”

“我的米已下锅了。”

“没事，留着明天吃，您不是说有一个地方砂锅特好吃，我想去。”

“哦，那得走着去，离这还挺远的，在小吃一条街呢。”

“就走着去，这样还能锻炼锻炼身体呢。”

难得曹刚这么高兴，孟宝珍爽快地答应了。

走了约20分钟的路程，他们来到了孟宝珍所说的小吃街。

曹刚很少出门，每次出门都有洛姗陪着，今天不同，今天相当于自己是单独出门了。孟宝珍是个好脾气的人，什么都听曹刚的，哪怕是曹刚不对呢，她也能用自己的思维方式去理解他，像母亲宽容自己的孩子。

小吃街两边都是一个个临时搭起的棚子和摊位，一到街口，各色作料混合而成的香气猛烈地钻入人的鼻腔，间接地刺激着人们的味蕾，哪怕你还没觉得饿，也会情不自禁地吞咽下口水，有的人停下脚步观望一会儿，有的直接随着人群走了进去，觅一家自己认为干净而又合口味的铺子坐下来，享受一顿热闹、温馨、与家中饭菜大相径庭的晚餐。

曹刚和孟宝珍在人群中穿梭着，不知道自己应该进哪一家。

“孟姨，您吃过，哪家的好吃？”

“不太记得了。”

“好好想想。”

“哦，听洛姗说，好像有一家‘芙蓉砂锅店’比较好吃。”

“就去他们家。”

他们从街北转到街南，终于在南面快到尽头处看到了“芙蓉砂锅店”的字样。

还没到门口，隔壁那家的人离着老远向他俩挥手，“大哥，这边来，尝尝我们家的砂锅，吃了才能知道呢！”

而“芙蓉”的店家见有人来，只是很客气地微笑着点点头，“吃砂锅，进来吧，人有点多，可能得等一会儿。”

“刚子，要不换一家吧。”孟宝珍扯了扯曹刚。

“不，孟姨，人多，说明好吃，就这家了。”

老板是位白净却略显单薄的男人，四十出头，眉眼生得还算端正，系着皮围裙，快要盖住脚面了，手里拿着双超长的筷子，翻动着灶火上的砂锅，煮好的迅速用夹砂锅的五齿夹夹下来，熟练地往里面加上各色调料，翠绿的小葱、香菜，鲜红的辣椒油和陈醋、生抽，另有一个十四五岁的少年负责将砂锅端到客人的桌子上。

而老板娘，相对于自己的丈夫来说，生得像个男人；相对于女人来说，依然像个男人——高高的身板，粗壮的腰身，肤色很像冬日里霜打过的紫茄子，一开口说话，出人意料，却是副称得上动听的嗓子。

“两位，快请进来，里边还有座位。”老板娘仿佛为了掩盖外形上的粗犷，声音更显温柔、诚恳。

曹刚和孟宝珍进了棚子，虽然是临时用帆布搭的，里面收拾得还算干净。棚子没有窗户，满屋的热气混合着烟味、酒味，还有因人而起的杂乱和喧闹，在这个不大的空间里聚集，曹刚有点想要退出去，可孟宝珍还是一眼发现了左手边角落里有张空着的桌子。

“刚子，那边。”

两人来到里面一坐下，孟宝珍就明白了为何只剩这么一张桌子了，原来这桌子断了条腿，下面垫着几块青砖，胳膊往上轻轻一搁，还直晃悠。

“刚子，你坐里面，小心点儿。”

“孟姨，你先坐着点菜，我去外面转转。”

“别走远。”

“嗯。”

曹刚出了棚子，发现砂锅店边上有一卖烧饼的，烤炉上整齐地摆着半圈刚出炉的烧饼。曹刚一闻着味就觉得亲切，便来到了炉子前。

卖烧饼的正把一个个面剂子揉成团，然后用手拍，拍完了捏，捏完了再拍，最后撒上点白芝麻，这才将面皮平放在手掌里，贴在炉沿上。

曹刚就那么一直看着师傅完成这一连串的动作，突然间他似乎想起了什么，凑过去，往炉子里面看。炭火烧得很旺，炙烤着炉筒上贴着的十几个烧饼，有的已经渐黄渐亮，刚送进去的边沿也开始变皱。

“要买吗？一会儿给你刚出炉的。”卖烧饼的见曹刚不说话直往炉子里面瞅，以为他等着要热的。

“师傅，不是本地人吧？”

“本地人谁干这个？”

“老家哪里的？”

“西灌镇的。”

“你是西灌镇的？”

曹刚突然提高了音量，卖烧饼的不禁抬头看了看他，随即又笑了，“我跟你说，这西灌镇的烧饼不仅在我们那里出名，就是到了这省城，那也有好多人慕名而来呢！”

“你真是西灌镇人？”

“那能有假？一会儿你尝尝烧饼就知道了。”

“你们镇上有医院吗？”

“有啊。不过，现在叫县三院了。”

“什么时间的事？”

“不久前吧，具体我也不太清楚，我们这些小老百姓，生病先扛着，扛到最后也只是去村卫生室，吃点药，输点液，一般的小毛小病没有往医院跑的。你在镇医院有熟人？”卖烧饼的问曹刚。

“有个亲戚，联系不上了。”

“打电话呀。”

“没电话号码。”

“114查过吗？”

“查了，没登记。”

“叔叔，三个烧饼。”有个四五岁的男孩踮着脚，将两元钱放在案桌上。

卖烧饼的赶紧招呼生意。

“剩下的都给我。”曹刚边说边在钱包里翻着零钱。

卖烧饼的一看说了半天原来是个大主顾，不免又来了兴致。

“我想起来了，是不是原先的电话注销了，你查一下县第三人民医院。”

这一下提醒了曹刚，他拍了拍卖烧饼的肩，有些激动，又不愿让他看出来，“谢谢师傅！”

曹刚没多停留，提着烧饼快步走了。

砂锅店里，砂锅已经做好，摆放上桌了。

孟宝珍有些焦灼地看着门口，一见曹刚进了门，赶紧站起来，“快些，刚子，再不来粉丝该坨了。”

“看，我买了什么？”曹刚将一袋子烧饼放在孟宝珍面前。

“这么多，你怎么吃得了？”

“今天洛姗没来，不得给她带点吃的？”

“没变，一点儿都没变，知道想着洛姗。”孟宝珍笑着用筷子搅动着曹刚碗里的粉丝。

“您尝尝。”曹刚递一块给孟宝珍。

“算了吧，就我这牙口，还是省着点用。”

邻桌围坐着三个男人，两人背对着曹刚，还有一人正埋头喝汤，哧溜哧溜，动静挺大。

“看来这家生意不错。”曹刚收回目光。

“这条街数一数二的。”孟宝珍啧啧称赞。

“难怪洛姗常来这儿。”

“她呀，就爱吃个路边摊，我和她说过多少回不卫生、没营养，她不听，大概总吃我做的饭菜吃腻歪了。”孟宝珍看似责备，实为自责。

“孟姨，哪能跟您做的比？洛姗她就是嘴贪。”曹刚的脑门上喝出了一层汗。

曹刚起身，欲脱去外套，这时他感觉有人撞到了自己的胸口，力量不大，可因为没防备，曹刚险些摔倒。

他下意识地摸了摸衣兜。

空的。

“怎么了，刚子？”孟宝珍发现了曹刚的脸色不对。

“钱包呢？”曹刚开始忙乱地翻找，掏遍所有的兜。

“没有？”孟宝珍没了吃的心思。

“没有。”曹刚若有所思地坐下来。

“忘记带了？”孟宝珍起身，又蹲了下去，“这不是吗？掉地上了。”

“地上？”

曹刚想到刚刚自己被撞的情形，目光转向了邻桌。

那几个人似乎要走。

“等等。”曹刚向他们走去。

那几双眼睛竟齐刷刷地盯着曹刚，眼神里带着愤怒和挑衅。

曹刚来到他们面前，他不知道将会发生什么，有一点可以肯定，他们三人中的某个人企图偷走自己的钱包，可惜未能得手。

那三人几乎是同时站了起来，离开桌子，将曹刚围在中间。

孟宝珍急了，她冲了过去但却无法挤进人群，三个男人似铁塔般将她拦在了外面，孟宝珍费力地从缝隙中伸手进去扯住曹刚的衣角，拼了命往外拽：“刚子，咱走，回家。”

“是不是你撞了我？”曹刚盯着其中的一个人怒声责问。

“我？你眼瞎呀？哪只眼睛看到是我撞的你？”那人的一张阔脸对过来，整个的快要贴到了曹刚的脸上。

“就是你，偷我钱包。”曹刚立在原地，握紧拳头大吼了一声，这一声，镇住了整个店里的人。

那三人被激怒了，他们冲过来，对着曹刚的脑袋就是一拳。

曹刚的头“嗡”的一下，像是要炸开，不是疼痛，没有恐惧。他仿佛看到有扇窗在这一瞬间打开了，本能地用手护着头，他听到母亲在喊：“别打孩子的头，要打就打我吧，孩子还小，不要打他。”

打他的人是谁呢？不知过了多久，曹刚用力睁开眼，看到围着他的是一群不认识的人，那三个人已不知去向，孟宝珍流着泪抱住他靠在椅子上。

“刚子，刚子，你怎么了？”

曹刚看着孟宝珍，“妈，您的头流血了。”

“什么？哦，没事的。”孟宝珍捂住伤口。

老板依然拿着勺子，“那三个人见我要打110报警吓跑了，你妈妈见他们打你，急了，动口咬了其中一个人，那人便把你妈推倒在桌子上。”

“刚子，都怪我，都怪我，不该带你出来的。”

曹刚从椅子上站起来，想起了刚才发生的事，没有感觉到难过和懊恼，像做了个梦，很快梦就醒了，短得让他来不及回味。他害怕醒来，醒了就忘了，像平时做过的无数的梦一样。

不，这次不能忘。

曹刚像个锁了门却丢了钥匙的人，钥匙在哪里？自己从哪里来，又到过哪里？仿佛随着钥匙的丢失被一起锁进了那扇空洞而又黑暗的门里。

如今，这扇门打开又关上了。

只要有条缝，我也要挤进去，曹刚这么想着，感觉到了头痛。

他回到了眼前的现实中，“孟姨，我们回去吧。”

“好。”

曹刚掏出手帕将孟宝珍头上的鲜血仔细地擦净，并察看了一下伤口，“得去一下医院。”

“我不要紧，刚子，你伤着了没有？早知道这样，我真不该带你出来。”孟宝珍满心的担心和后悔，该怎么和洛姗说呢？

曹刚出了门，打了辆车，带着孟宝珍到了医院的急诊外科。

护士认识曹刚，没让挂号直接叫来了医生，医生给孟宝珍消了毒，又开了点消炎药。

“曹医生，阿姨是皮外伤，没事的，过几天就能好，不过岁数大了，可得注意点。怎么碰到头上了？”

“打……”

曹刚“打”字还未出口，孟宝珍抢过了话茬，“打扫卫生摔倒了，磕到了桌角上。”

“很危险的！”医生关切地说。

回到家里，洛姗还未回来，孟宝珍坚持要给曹刚做吃的，曹刚拒绝了。

“孟姨，冲杯咖啡吧，别动火了，你也早点休息吧。”曹刚准备上楼。

“刚子……”孟宝珍站在厨房门口，欲言又止。

“还有事么？”

“今天你可把我吓坏了，洛姗要是知道了……”

“我们都不说。”曹刚笑了笑。

“孟姨谢谢你！”

“孟姨，不能说谢，我和洛姗都把您视作母亲，您这一谢，我都不知道怎么摆放自己了。”

“这我信呢，今天那帮子人都以为我是你妈呢。唉，我哪有这个福气？”孟宝珍陷入了深深的忧伤中。

“我才是个没福气的人呢，父母那么早就离开了……”曹刚想起前几天洛姗陪自己去墓地的情形，想不明白自己什么时候竟失了双亲。

“他们那是年岁大了，身体又不好，刚子你可千万不要再为这个难过，你的父母在那边可不想看到你这个样子，快些好起来吧！”孟宝珍将热咖啡递到曹刚的手上。

曹刚默默地上了楼。

他坐在书桌前，拉开抽屉，那四张照片仍压在抽屉的最底层，曹刚把它们抽出来，正面朝上，背面写着“张宏远”。

张宏远？曹刚？自己怎么到了这里？曹刚又去了哪里？有两个自己？有两个曹刚？不，不，曹刚不敢再往下想。

查电话，曹刚想起了卖烧饼师傅的提示，拨通了114查询台，这次查到了县第三人民医院。

电话打过去，无人接听，现在是晚上8点，都下班了吗？再打，还是无人接听，曹刚在屋子里拿着手机，不停地拨打那几个阿拉伯数字。他想停下来，等到明天再打，可是他做不到，他等不到明天。

他的整个人从精神到肉体都似着了火，他的心脏在胸腔里装着，却也只是隔了一层皮，随时有可能跳出来。一股无形的力量，不知是来自自身呢，还是来自外面的世界，牵拉着他，让他不停息地奔跑、奔跑，也许这剧烈的奔跑会让他猝死在这条危险的道上，可是他不愿停，也不能停。

曹刚坐在那里，手里握着手机攥出了汗。

家里的电话突然响了起来，惊得曹刚将手机掉到了地上。

电话是洛姗打来的，说可能还要晚一些回来，让曹刚先睡，接完洛姗的电话，曹刚稍稍平静了些。

再次打过去，通了，有人接起了电话。“喂？”一个女人的声音。

“是县第三人民医院吗？”

“是，你哪里？”

“请问张宏远在吗？”

“张宏远？没这人。”对方要挂电话。

“您先别挂，再问问别人，有人认识他吗？他原是镇医院的。”

“李医生，你过来一下。”那个女的在叫另外一个人。

隔了一会儿，又有人拿起了电话，“你找谁？”这回换了个男的。

“我向您打听个人。”

“谁？”

“张宏远。”

对方沉默了一会儿，“你是他什么人？”

“朋友。”

“什么朋友？”

“挺要好的朋友。”

“你骗谁呢？若是要好的朋友，你能不知道他的事？”

“什么事？”

“他死了快一年了。”

“什么，死了？”

曹刚像遭了电击般一下子木了，好久才想起了手里的电话，对方早已挂断了。他深叹了口气，收起了桌子上的照片，他在屋里转着圈，想把它们重新找个地方藏起来，却又找不到合适的地方，他不知道自己要隐藏什么，也不知道自己害怕什么。

但他确又想躲、想藏。

因为他终于知道害怕了……

第十一章

秋忙假快结束了，早饭后，锡玉开始收拾自己的东西，准备返校。

“爸，明天该开学了。”

“回吧。”

父亲点起旱烟，将袋子里的菜籽倒在竹匾里，抬头看看天，很仔细地将它们摊开，又用一竹片将其抚平。父亲咬着烟嘴看着竹匾，仿佛看着的不是黑油油的菜籽，而是一竹匾的珍珠，正发着奇异的光芒。

父亲高兴时抽烟，不高兴时也抽，烟雾在他的肩上弥漫。看着父亲的背影，不知他现在是个什么心情。

母亲一定猜到她要走，一早起来就开始准备给锡玉带走的东西，她不用征求锡玉的意见，就知道该给她装些什么、怎么装，忙活了半天，总怕有什么忘了，总觉得没带够。

“妈，别装了，拿不动了。”

“没事，你爸送你到河边。”

母亲忙活着，父亲不言语。锡玉坐在院子里，木凳被太阳晒得暖热，看着年迈的双亲这几个月来为自己所承受的煎熬，锡玉心里多了份忧伤和不舍。

泪水不能自抑地涌出来，锡玉起身进了屋子，这眼泪不能流，至少现在不能。

“小玉。”母亲在院里叫。

锡玉迅速走到脸盆前扯下毛巾，擦了擦脸。

“小玉，快出来。”这回是父亲。

锡玉从屋里走出来，一下子没回过神，西灌镇派出所的民警小陈正站在院子里。

“锡玉。”小陈朝锡玉招招手，然后往院外走去。

锡玉会意地跟着小陈，又回头看看父母，“爸妈，我和小陈说几句话就回来。”

“去吧。”父亲对着锡玉挥了挥手臂，低头接着抽他的旱烟。母亲则茫然地看着他俩，欲言又止。

来到院外的大路上，小陈从包里取出两个白色信封。

“锡玉，我去学校找你，他们说你回家了，这是上面托我转交给你的，正好我到这边来办点事，就给你带过来了。”

“信?”锡玉盯着那两个信封，不敢接，又有些不相信。她伸出手，小陈把信放在她的手上。

“地址写好了，一定是还未来得及寄出。”

“在哪儿发现的?”

“在他进修医院的宿舍里，前段日子他们在搞装修，工作人员搬家时，发现宿舍里有张桌子一直上着锁，出于好奇便撬开了。”

锡玉看着信封上的字，尤其是自己的名字“孙锡玉”，熟悉、亲切、有力，仿佛宏远就在不远处看着自己，也许就在名字背后，或者村子的某个角落，也许是更遥远的地方，只是自己看不到。

“事情有进展了?”

“现在还没有，宏远出事的地方是在山区，没有人家，而且他是从上游被冲到下游的，那里已经不是第一现场了，所以这个事情有点棘手……不过你别灰心，凡事都有水落石出的一天。”

“我一直没有放弃希望，好端端的一个人没了，总有原因……”

锡玉没有说下去，母亲正在院门外往这边张望。

锡玉想把信收起来，可摸遍全身发现没有衣兜，情急之下，只好把它们揣在怀里。

“陈警官，真不好意思，这事我不想让父母知道。”锡玉指了指怀里的信。

“好，但是如果信里面要是有什么线索，请一定要告诉我。”

“我知道，你放心吧。”

小陈告别锡玉，匆匆地走了。

锡玉摸了摸胸口，深叹了口气，为的是平息自己此刻很不平静的心情，也为了别让母亲发现藏着的那两封信。

“小玉，收拾差不多了，你是坐第一班还是第二班渡船?”

“坐第二班吧，省得爸走起来又着急。”

“也好。”

看得出，母亲想问什么，但是又没有问。锡玉十分感激自己的父母，他们没什么文化，一辈子以种地为生。尤其是母亲除了西灌河，就不知道外面还有个世界，可是他们往往用最简单的方式，诠释着他们博大的胸怀和无私质朴的爱，就如此刻，虽然母亲很想知道，因为孩子不说，那自有她不说的道理，相信父亲一定也是这样的。

院子里，父亲坐在刚刚锡玉坐过的凳子上，腰间别着已经熄了火的旱烟管，见母女俩走过来，便起了身，又去翻弄他那刚刚收获的油菜籽。

“小玉，今年的菜籽出油肯定多，你看这籽粒粒饱满，太阳一照都要冒出来了。”

“爸，你种的庄稼样样没的说。”锡玉看着父亲，一身的旧衣裤，上面还沾着土，在自己的果实面前却难以掩饰内心的喜悦。

“爸，这钱您拿着，哪天到集市上给自己换身新的。”

“这是干什么？我这身不是挺好的，整天在泥里泡着，新的哪能要得开？”

“我没有时间，妈，您抽空陪爸去吧。”锡玉把钱塞在母亲的围裙里。

母亲又掏出来，“小玉，你不用操心我们，你多操心你自己的身体，我和你爸帮不上你什么忙……”

“爸，妈，我有，我现在一个人，有工资，开销又不大……”

父母不言语了，锡玉也住了口，她怨自己在他们面前总是不走脑子地胡说八道。

大家都不说话，争执也停止了，母亲将钱小心地收起来，她不能驳了女儿的一片心意。

“时间差不多了，走吧，小玉，去渡口。”

父亲拍了拍身上的土，过去帮锡玉提东西。

母亲送到路上，看着他们往渡口走，锡玉没敢回头。

到了渡口，渡船已经靠岸。农忙季节，乘船的人明显的少了，船主依然耐心地坐在船头，眼睛盯着岸上的路，每一次都抱着希望，希望能多来几个人，好让自己为这一天没能去地里干活对家里人有个交代。

父亲将东西提上船，想要叮嘱几句，却又一时找不到合适的话题，索性直接下了船。

锡玉却又跟了下来。

“你下来干什么？快上去，一会儿该开船了。”

“没事的，爸，船开了他们会叫我的。”

“您回吧，妈一个人在家呢。”

“好，我这就回。”

父亲背着手，微屈的肩，因低头看着路面显得更加的沉重。走了几步，父亲想起了什么似的，又转过来。

“小玉，有时间去看看宏远的父亲。”

“这，爸……”锡玉显得有些为难。

“要去。”

“爸，如果有时间……”

“你得去啊，宏远在的时候，你不去，不怨你。现在他一个人，你想想，这世上，他还有什么？”

“可是宏远他……”

“那老东西是一辈子不着调，还害了宏远他妈，可那已过去几十年了，记着它有何用？你就记着，他是宏远的父亲。”

说完这些，父亲头也不回地走了，好像只有这样才能避免锡玉当面回绝他。

锡玉上了船，琢磨着父亲的话，他老人家怎么会突然想起这件事，他以前不是因为宏远有这么个父亲而反对过自己与宏远的交往吗？今天这是怎么了？锡玉知道父亲是个极讲原则的人，虽然这些原则他从不放在嘴上，可是自己是他的女儿，耳濡目染，锡玉还是从父亲身上学到了很多待人处世的道理。

而宏远的父亲呢？从第一次去宏远家，锡玉就明白了父亲极力反对自己与宏远交往的真正原因了，因为对眼前的这个人早有耳闻，从宏远的态度上也能看出他是多么的不讨人喜欢，哪怕是自己的亲生儿子。

当初锡玉提出要去宏远家看望他时，宏远死活不答应，锡玉坚持要去，没法子，宏远才领着她去了，去了才发现真是不该来。

宏远担心父亲会做出让人意想不到的事情来，就给了他些钱，让他去集市上买点菜。可谁知，菜没买回来，弄回一堆劣质香烟，还招呼来近半村的人，上门来看自己的儿媳妇。这让锡玉走也不是、留也不是，宏远只有耐着性子赔着笑脸哄走了这帮“热情”的乡亲们。父亲把香烟揣进怀里，觉得有些惋惜，好不容易热闹一场，如今这么尴尬地收了场。

他一直就那么眯缝着双眼盯着锡玉，“宏远，你找的这媳妇，俊，你早该带来让我看看。”

宏远转身朝父亲走去，走得很快，又在他面前猛地立住。

“怎么了，小子？”

父亲掏出根烟，叼在嘴上，没看宏远，依然盯着锡玉瞅。

宏远把烟从他嘴上轻轻拿下，他却伸出手来夺，宏远狠狠地将烟扔进了门前的菜地里，“锡玉将来是我的老婆，她是个本分人，今天来看你是因为你生了我。做晚辈的敬重长辈，长辈呢也要有长辈的样子。”

这些话仿佛进不了他的耳，他三步两步进了菜地，四下寻找那根被丢弃了的香烟，寻着后，复又叼上，并不点火，只是看着锡玉，露出一口的大黄牙，“你是孙建明的闺女？我知道你爸，老家伙，一辈子瞧不上我，眼高手低，死要面子，有什么用，不如我生了个好儿子……”

锡玉一时不知所措，宏远拉起锡玉就走。那次不愉快的见面后，他们再没回去过。

锡玉坐在船上，想着这些往事，想着父亲的话，想着宏远，也想起了还在怀里揣着的信。她把信拿出来，身边有人不便拆阅，又小心地放进包里。锡玉急切地想要知道信的内容，同时又害怕看了没有自己想要的东西，里面究竟写着什么呢？

锡玉将包紧紧地抱在胸前，心在怦怦地跳，仿佛马上要见到的不是信件而是真正的宏远本人，这信在此刻成了锡玉生命中最为珍贵的东西。

船上因人少显得很安静，只听到柴油机带动马达的声响，而就连这声响锡玉也仿佛听不到。她看着远处的水面，鸟儿在低低飞翔，掠过头顶时又“呼”地蹿到高空继而慢慢滑行，稍不留神就难觅踪影了。

这条水路锡玉不知已走了多少遍，小时候坐船跟着父母去赶集，到后来和宏远坐船回娘家，来来回回地往返，锡玉从未厌烦过，每次总觉得没过瘾，船就已靠了岸，而今天锡玉真是感到船行得慢了。船家也没了往日的热情，仿佛抓在手里的舵杆有些烫手似的，不情愿地把着舵，有时直接松了手，用脚撑着，在快靠岸时，这才懒懒地站起来，船在岸边掉了头，将船尾对着渡口。

河水略显浑浊，水面上漂着些枯枝烂叶，还有些废塑料瓶子，这让西灌河多少失了往日的优美，仿佛受了什么委屈而又不便道出，只是愤怒地冲击着河岸。

船家几次搭板都差那么一点点，人们便踩着岸板的边缘跳上岸去，锡玉也上了岸，可还是未能幸免地湿了裤脚。

河水在突然间多得像要溢出来，往日见底的汊流分支也都灌满了水。

涨潮了。

第十二章

省城，五月。

黄昏时分，太阳还未下山，却已不能让花草树木在地面上投下一丁点儿的影子。它们只是静静地立着，似乎每片叶子的花瓣上还留有太阳的余温，偶尔来那么一小阵风，便把绿叶和花的清香带出来，这让晚饭吃得早出来散步的人们，不禁对这个季节和自己身处的环境生出一丝满足和喜爱。

赵昆此刻正行走在绿海花园小区内，他是曹刚的朋友，现为省人民医院中医科的一名主治医生。

赵昆生得高而瘦，他的整个人不是因为生得高而让人觉得高，而是因为他的瘦弱使他的身体由头到脚像被极力拉伸过，腿长，胳膊长，脸长，连十个手指伸出来都会让你认为他一定是个弹钢琴的，而绝不会想到他是位给人把脉的中医大夫。

赵昆走路极轻、极慢，喜欢背着手，这与他四十刚出头的年龄很不相称。

他很少穿皮鞋，平时爱着一双黑色布鞋，也不爱拿包，手中永远提着个布袋子，那是他的工作包，相信他上班要用的东西都在里面装着，笔、手机、钥匙、钱包，甚至空白的处方笺，以备在路上遇上个熟人或是老病号而被拦下，就地给人把个脉、开个方子。

赵昆人缘不错，凡是找他把过脉的人都喜欢他。可也有不喜欢的，那些机关的头头脑脑，有谁会注意到这个见了领导常常忘了打招呼，甚至想不出怎么称呼的中医科的一名小主治呢？

可就是这样的一个人，曹刚却与他成了好朋友。

赵昆交曹刚不因为他是院长的女婿，曹刚交赵昆也没有因为自己与院长的关系而有过一丝的优越之意，哪怕出了车祸他忘记了赵昆。可赵昆第一次来看他，他就觉得亲切，虽然赵昆言语不多，可曹刚还是觉出了他与别人的不同，他对自己没有要求，只有关心。

今日，赵昆依然提着他的布袋子，只是换了个颜色，由黑色变成了蓝色。可今天的袋子比平日里要鼓胀得多，不知里面装了些什么东西。赵昆把它们挎在肩上，挎着袋子的右肩用力向上抬起，这样使得左肩便低了下来，整个人的重心都移动了左边，赵昆一只手抓着肩上的带子，一只手托着袋子的底端，仿佛不这么做那里面的东西随时会掉到地上似的。

曹刚家的院门虚掩着，赵昆没有敲门，直接推门进了院子。

屋子里有人走了出来，是洛姗。

“赵昆哥，吃饭了吗？”

“在食堂吃过了。”赵昆把袋子小心地放在院中的石桌上。

“孟姨呢？”赵昆看了一眼客厅，没有发现孟宝珍。

“刚收拾完，出去了。”

“哦，这是我妈妈做的泡菜，给孟姨的。”赵昆从袋子往外拿东西，满满的一坛子什锦泡菜，光看颜色，洛姗就不由得咽口水。

“孟姨知道我喜欢吃泡菜，总想试着做，可就是做不出阿姨的味道来。前几天刚吃完，今天你就来了。”洛姗显得很高兴，抱起泡菜坛子就要进屋。

“等等，洛姗。”赵昆又从袋子里拿出一个玻璃瓶子。

“这是什么？”洛姗放下坛子，坐下来仔细端详。

“这是我们科的王小伟从老家带来的特产，带给你们尝尝。”

“小河蟹！”曹刚出现在门口，“赵昆，这小河蟹哪儿来的？”

“赵昆哥不是说了吗，同事带回来的。”

曹刚拿起玻璃瓶子，打开，放在鼻子上闻了闻。

“好香的味道，这里面放了酒，这种蟹应该是用酒生炝出来的。”

“你吃过？”洛姗不解地看着曹刚。

“也许吧。”

洛姗显然对小河蟹不太感兴趣。

“你的这位同事哪儿的人？”

“哪天我问问王小伟老家是哪儿的。”赵昆把袋子整齐地叠好，然后指了指那玻璃瓶子，“要不，你先尝尝？”

曹刚用手提出一只小蟹，整个地放在嘴里。

洛姗和赵昆看着曹刚嘎吱、嘎吱地嚼着，不知道这东西究竟有多美味，让曹刚如此偏爱，吃完一只，曹刚又拿起一只往嘴里放。

洛姗闻着味道有点想吐。

“曹刚，少吃点吧，生的。”洛姗劝阻。

“他喜欢，你就让他吃吧，吃完了，我再找王小伟要去。”

曹刚舍不得吃了，他拧紧瓶盖，口中留有刚刚咀嚼的鲜味，他没有说什么，只是很小心地将它和泡菜坛子放到了一处。曹刚隔着玻璃看着拌在小蟹当中红里透着点青的剁辣椒、黄色的姜、白的蒜、绿色的香葱，蟹虽然已死，可蟹壳和蟹腿依然保持着活蟹的光泽，这蟹一定是先用酒醉倒，然后才辅以其他佐料。

“醉蟹。”

曹刚脱口而出。

赵昆一直看着曹刚，作为医生的他知道曹刚的大脑又被什么死扣给绊住了，而这一刻这扣是不是又解开了呢？

“你想起来了？”

“没有。”

赵昆不知道该说什么，要是说得不在点儿上，那真不知是帮了他还是害了他。

洛姗见曹刚又犯“癔症”了，便走过来，轻抚他的肩，“别着急，今天想不起来，不代表永远想不起来。你越急越没有，你不急，它就来了。”

“洛姗，你说我小时候，家后面是不是有条河？”

“河？曹刚，你家在县城，别说河了，连个小小的池塘都没见过。”

“我记得我小时候经常在一条河边捉蟹，就是这种蟹，捉回来，我妈妈就用酒洒在蟹的身上，等它们被灌醉了，再撒上各种调料，蟹在晕头转向中吸食各种滋味，便成了‘醉蟹’。”

“嗯，有点意思，不过你刚才提到你妈妈，你还记得她吗？”洛姗问。

“我妈妈？她……”

这时，孟宝珍走了进来。

曹刚看了一眼她，“就像孟姨。”

“刚子，又把我当成你妈妈了？”孟宝珍疼爱地笑着说。

“孟姨，您回来了！赵昆哥给您送泡菜来了。”洛姗接过孟宝珍手里的扇子。

孟宝珍在凳子上坐了下来，因刚刚走得急，有些喘，额上满是细密的汗珠。

“赵医生，真是太感谢你妈妈了。”

“阿姨，您俩不是老乡吗？我妈这个人，出门久了，见着个老乡就如见着个亲人似的。”

“那是你妈妈看得起我，我就是个农民，不会说话。”

“孟姨，我不就是您这个农民带大的吗？”

“这孩子，又来宽慰我。”

大家说着、笑着，而曹刚却不知什么时候已进了屋子。

“你俩先聊着，我去看看他。”孟宝珍有些不放心。

“孟姨，说话小心点。”洛姗对着孟宝珍做了个鬼脸。

“我知道。”孟宝珍进了屋。

“赵昆哥，怎么样？最近在女朋友方面有进展没有？”

“别哪壶不开提哪壶！”

“40多岁的人了，还脸红？”

“洛姗，严肃点。”赵昆不看洛姗，假装生气。

“赵昆哥，我就是很严肃地在和你谈这件事，需要我出马，你说一声。”

“你出马有什么用，是我自己不愿找。”

“你想单身一辈子？”

“没有想要的，宁可不要。”

“你想要个什么样的？”

赵昆抬起头，看着洛姗，笑而不语。

“和我说说，赵昆哥，只要你能形容出来，我就能给你找来。”洛姗过来，摇着赵昆的肩。

“目前还没遇上。”

“那什么时候你才能遇上啊？等你真遇上了，你也快入土了……对不起！掌嘴。”洛姗自觉刚才那句话有些不妥。

“洛姗，我知道你的意思，可我真的没碰到……”

“让你想和她过一辈子，甚至几辈子都不嫌多的人？”

“差不多吧。”赵昆觉得洛姗这话说到了自己心里。

“赵昆哥，这样的事可遇不可求啊。”

“那你对曹刚呢？”

“我？”洛姗看了看屋里，见孟宝珍正在沏茶。

“曹刚失忆了，你嫌弃过他吗？你会因为他把你忘了而离开他吗？你不会，洛姗，只要他活着，你就知足了。”

洛姗不言语了。

“好了，别说这个了，来，我给你把把脉，上次给你开的药吃完了吗？”

“还有两剂。”

洛姗伸出右手，放在石桌上。

赵昆把叠好的布袋子放在洛姗的腕下，闭上双目，眼睑不停地忽闪。每逢这样的时刻，洛姗就会和赵昆一起变得庄重起来，仿佛面对的不是如自己兄长般的赵昆，而是位有些神通的仙人。在仙人面前，凡人怎能随便开口呢？

赵昆号得极认真，手指在手腕部轻轻移动，每移动一次，几秒后便睁眼在纸上记一次，这样下来，纸片上已是密密麻麻。洛姗看不懂，虽然好奇，可每次问赵昆，赵昆都只顾开方子，不做正面回答，开好方子，便把那张纸撕碎扔进垃圾桶。

把完脉，赵昆盯着洛姗笑。

“怎么样，赵昆哥？”

洛姗觉得赵昆今天有点奇怪，号个脉，有什么好乐的？

“左手伸过来。”赵昆又把布袋子放在左手腕下。

“最近你有什么其他的感觉没有？”

“没什么感觉，你得说具体点儿。”

“吃饭如何？”

“挺好。”

“睡眠？”

“也好。”

“大便？”

“好。”

“例假？”

赵昆没有抬头，也没有得到洛姗的回答。

洛姗在数手指头，又要进屋看日历。

“不用去了，洛姗。”赵昆拉洛姗坐下，将脸凑近洛姗压低声音，“你怀孕了。”

“真的？”

“什么时候哄过你？药不用再吃了。”

洛姗一下子跳了起来，拉着赵昆的胳膊一个劲地摇晃，“赵昆哥，该怎么感谢你啊？说，你想要什么？我一定满足你。”

“唉，还是长不大，都快要当妈了……”赵昆笑着，满心的欢喜。

“小心，洛姗。”孟宝珍端着茶盘走出来，“这是干什么呢？什么事这么高兴？”

洛姗朝赵昆摆了摆手示意不要说。

“孟姨，洛姗又逗我呢，说是要给我介绍个女朋友。”

“那太好了，洛姗，这事你要上心，你俩一起长大，你都结婚多久了？赶紧给他张罗。”孟宝珍将茶摆上，转身招呼曹刚，“刚子，出来吧，喝茶了。”

好一会儿，曹刚走了出来，像换了个人，满脸带笑地坐在桌子前。

洛姗无法抑制内心的喜悦，“怀孕了”，这是自结婚以来自己一直期盼的事，可是几年来一直怀不上，看来赵昆的药还真管用。这段时日，因为车祸，曹刚失了记忆，自己是怎么熬过来的，可能曹刚都不知情，他不知道就不知道吧。虽然曹刚会经常地视自己不存在，而只活在自己的心境中，洛姗觉得委屈，可是生活并没把最坏的那面留给自己，车祸是出了，人却活着；车祸前没有的，现在却有了。

“孩子”，让此刻的洛姗看到了更加真实的希望。

“赵昆，你是下了班过来的？”

“你现在才想起我，我是下了班特地过来看你的。”

“曹刚，喝完茶和赵昆哥出去走走吧，别枉费他一片心意。”洛姗不愿冷落了赵昆。

“好的。”曹刚将杯中的茶饮尽，“走吧，赵昆，去外面转转。”

赵昆站起来，到了门口，又想起了他的布袋子，洛姗已将它拿了过来。

“赵昆哥，换个包吧。”

“不用，这挺好，背个包就不像我了，再说皮的哪有布的贴身？”

洛姗咯咯地笑起来，“你以为内衣啊，还讲究贴不贴身？”

曹刚也被他们的话逗乐了。

两人说笑着出了院门。

孟宝珍一直坐在那里，她没有动杯子里的水。好久没见洛姗这样笑过了，见她现在的样子，孟宝珍心里被某种道不明的温暖充盈着，如能一直这样多好。

洛姗开了门灯，小院一下子变得敞亮起来，而外面的天色却渐渐地暗下来。门口那盆绿萝宽大而肥硕的叶子，没了光的照射此时已成深绿，而它长长的叶蔓已经攀上了墙沿，似乎要长到隔壁家的院落里去。

洛姗已进了屋子，孟宝珍站了起来，刚还热闹的院子现在变得空旷而安静，茶水已凉，孟宝珍将它们倒在脚边的花盒里。

曹刚和赵昆不知去哪里散步了。孟宝珍看了一眼门外，天已完全黑了下来，她将铁门轻轻关上，门灯不能关，要给曹刚留着，这孩子从不让人操心，可现在常常忘了家在哪里。

想到这里，孟宝珍轻叹了口气，很轻，轻得像怕自己听到，怕惊着了洛姗，怕不小心将空气中留有的那么点儿难得的愉悦气氛给冲散了。

第十三章

锡玉下了河堤，手中提着母亲装满吃食的包，肩上挎着装信的包。

早稻已收割完毕，只留下一畦畦矮矮的黄色的稻茬。麦子尚未播种，因为有一些晚稻还在地里竖着呢，稻秆与稻穗还留有一点浅绿，需近看才能发现，远望已全是金黄了。

种地的人除非遇到特殊情况，如天气和自身的原因，一般是不会急着割青的，都是耐心地等着庄稼完全熟透了再去收割。

锡玉立在河堤旁，犹豫着该走哪条道回家。

如果抄近道，那最好是从庄稼地间穿过去，田头地垄虽不平整，也称不上路，小心点儿走起来还是没问题的。要不就走大道，这样就绕远了，且要经过一个小集市。

锡玉想早点回去看信，她决定抄近道。

锡玉弯下身子，挽起裤腿。

“孙老师。”身后有人叫。

锡玉起身，看到李长青三步并作两步地紧赶过来。

“长青，你怎么在这儿?”

“孙老师，我想拜托你件事。”

李长青没有回答锡玉的问题，却从怀里掏出个信封。

锡玉的心不免地又提到了嗓子眼，她现在一看到信封就有些敏感地紧张起来。

“帮我把这封信交给孙婉好吗？哦，给小婉的。”锡玉攥紧包带的手指头不觉松了松。

“我刚回来，不知哪天能见到她呢。”

“她现在在集市上。”

“你见着她了？为何不自己给她?”

“不太方便，她在卖鱼的摊位前，人多眼杂……”

“这样啊，好吧，我去看看。”锡玉有些勉强地答应下来。

“孙老师，请一定交到她手上。”

“好的。”

李长青看着锡玉将信放在包的外袋中且拉好了拉链，这才放心地走了。

把信交给锡玉在李长青看来是最稳妥的事，很小的时候跟着父亲一起去孙婉家，李长青就认识了锡玉，偶尔孙婉也会带着他和锡玉一起上河堤、下河滩地玩耍，那个时候，锡玉就是个姐姐样，凡事都让着他俩。而孙婉呢，对长青也不错，他们一起分享着父亲们外出贩牛远道捎回来的稀罕物，记忆最深刻的就是“甘蔗”了，长长的一根“棍”，削去皮后被斩成一节节放在盒子里，那是什么样的“树棍”呀，那么甜，比起玉米地里的“甜秆”要甜多了。

想着这些往事，李长青的心里也泛着甜味，可一想起鱼市上的孙婉，不免忧伤起来。

锡玉接了李长青的信，只有绕道走集市了。

今天是单号，逢集，四里八乡、河东、河西的都跑到西灌镇来赶集。

锡玉上了桥头，这桥下的河是西灌河的一条小小的支流，连着这桥的便是西灌镇的主街道。锡玉靠在桥栏杆上稍做休息，鱼市在街道的一个弯巷中，锡玉想着孙婉在鱼市，那么张磊是不是也在呢？李长青知道他们在交往，还给孙婉写信？这信怎么交出去呢？

青菜萝卜已经摆上了桥，一看便知是庄稼人自己土地里长出来的，菠菜、韭菜、油菜，样样粗壮、肥厚，萝卜上的水汽还未退去，未磕干净的潮湿的泥土像缀在青衣绿袄上的一小块补丁，有些碍眼却向采买的人显示着萝卜的新鲜。而鸡鸭鹅蛋像刚出生尚未来得及清洗的孩子，散乱地卧在铺着稻草的篮子里，安静地等待着买主，要是卖不完也没关系，实在不行，提回家自己吃。

往日，锡玉可能忍不住地买上几个，可今天不行，今天哪还有这个心情呢？

既然不打算买东西，锡玉就不用跟人和车挤了，她从一个个摊位的后面绕过去，很快便来到了鱼市的巷口。这里的人比起主街道相对要少一些，地面是湿的，一个个椭圆形的塑料盆一溜边儿地整齐地摆放着，里面是通着氧冒着泡的水，鱼儿在水里翻滚、扑腾。有那么一两条过于活泛，从水里跃起再落下，溅了正看鱼的人一脸一身的水，人们也不恼，只是笑着，指着刚刚跃起的那一条，“就是它了，杀了吧。”捞鱼的和杀鱼的都系着围裙，湿漉漉的围裙上粘着一片片鱼鳞，闪着忙碌而喜悦的光芒。

锡玉的目光从他们身上掠过时，他们赶紧热情地凑过来，递上近乎讨好的笑脸："想要什么鱼？过来随便挑。"虽然锡玉的注意力并没有在鱼的身上，可他们也不放过任何一个有可能要购买的顾客。

锡玉不说话，在人群里搜索着，终于在巷子的紧里头看到了孙婉的身影。

孙婉正在给人称鱼，身边有个身材高大的小伙子手脚麻利地把刚处理好的鱼装进袋子里递给顾客，那该是张磊吧？锡玉不禁停下脚步，下意识地摸了摸包。一看到张磊，锡玉有点打退堂鼓了，孙婉就在他的边上，看上去两人处得不错，而现在帮李长青把信交给孙婉合适吗？

不交，也不对，受人之托，如何交代？正在踌躇呢，那边孙婉已经看到了锡玉。

"姐，快过来。"

不过去不行了，锡玉走过去，张磊迎上来。

"是锡玉姐吧？小婉天天在我跟前念叨你，这不，刚才还在说你呢。"

"你是张磊？"锡玉明知故问。

"姐，他就是张磊。"孙婉赶紧介绍。

"锡玉姐，我这儿没个坐的地方，只能站着说话了。"张磊虽生得有些黑，可一笑就露出一口洁白的牙齿，五官长得有些虎气，却又透着股机灵劲，似乎永远不会对人恼，总是带着笑，一团和气，可这和气与他的机灵遇在一起，便给人一种格格不入生碰硬撞的感觉。锡玉总认为自己看人很准，可今日见了张磊，锡玉有点看不透。

"小婉，陪我去买个东西吧。"锡玉撒了个谎。

"好啊，等我洗洗手。"孙婉爽快地答应了。

"怎么，锡玉姐要走啊，一会儿还回来吗？"

"不了，一会儿我直接回家了。"

"那捞两条鱼带回去吧，晚上吃。"张磊拿起捞鱼的抄网在盆里挑出两条鲤鱼。

"别，别给我装鱼。"锡玉过去阻止。

"锡玉姐，这是我自己鱼塘里养的，你带回去尝尝。"张磊把鱼装进袋子里，又放了些水递给孙婉，"让姐拿着。"

"姐，带上吧。"

"小婉，我不能要。"锡玉想到了那封信，看了一眼张磊。他要是知道自己在帮李长青传信给孙婉，恐怕要恨死自己了吧？怎好再拿人家的鱼？

想到这里，锡玉从孙婉手里接过鱼，来到塑料盆前，一抬手，连鱼带水倒进了盆里。

"小婉，你怎么也这样？养个鱼容易吗？"

孙婉知道锡玉的脾气，便不说话了。而张磊看到这一幕，心中掠过一些不快，锡玉如此拒绝拿鱼，究竟是为什么呢？难道是对自己和孙婉的交往有什么看法？心里是这么想的，可脸上却什么也看不出来。

"锡玉姐，你太见外了，既然这样，有机会我给你送过去。"张磊的态度亲切、随和、自然，锡玉在这个时候觉得说什么都不太合适，只好什么都不说了。

告别了张磊，锡玉找了个僻静点的地方，从包里取出那封信。

"谁的信？"

"给你的。"

"我？"

"是李长青让我转交给你的。"

"李长青？他给我写信？我不看。"孙婉转身要走。

"小婉，我受人之托，这信你先接着，以后的事我就管不了了。"

"姐，你什么时候也干这个了？原来都是我给你传信，现在你给我传，让我有点接受不了。"孙婉忍不住笑了起来。

"别笑了，我也不知道怎么就应允了这件事。他拜托我一定亲自交到你的手上，现在我的任务完成了，我也该走了。"

"就这么走啦？你还没和我说说对张磊的印象如何呢？"

"张磊嘛，我说不好。李长青，我觉得比较踏实、本分……"

"我要你说张磊呢，你说他干吗？"

"李长青我比较熟悉，这张磊就见了这么一面，怎么好说呢？"

"姐，你不是说你看人很独到吗？只一眼便能看到人的骨头里，今天怎么到我这儿就不灵了？"

"因为你是我妹……好了，我要回家了。"

"急什么呀，不是还要买东西吗？"

"那只是个借口。"

"姐，你学坏了。"

"还不都为了你，小婉，这件事你可要仔细一点，别出什么乱子。"

"姐你放心，我不傻。"

"这和傻不傻没关系，关键是方式要掌握好。"

"我知道，你快回吧。"孙婉把信揣进兜里，往鱼市的方向走去。

临近中午，街上的人尚未散去，卖的叫得更欢了，买的也变得更加挑剔，好坏他们都认为到了这个点儿，该降价甩卖了。卖东西的倒也爽快，都是自家地里长的，给钱就卖；买的也像讨了个大便宜，高高兴兴地回家去。

锡玉加快步伐往家走。

走进校园时，没见着一个人，学生还未返校，住在学校的老师们正在自家的厨房里准备午饭。锡玉闻到了炒菜的香味，却并不觉得饿，她的心思都在那两封信上。

进了屋子，锡玉关上门，拿出了那两封信，信已封好，贴上了邮票，不知什么原因未来得及投寄。信封上的地址是用蓝色圆珠笔写成，这是宏远的习惯，他不爱用钢笔，随身携带的也是圆珠笔，地址及收件人全部写好，只有邮编空着，不知是忘了写，还是有意留着到邮局再填？

锡玉把信摆放在桌上，看着那熟悉的笔迹，一时不知要做什么好。

宏远在时，收到信总是迫不及待地打开；现在也是急切地想拆阅，却又不知从哪儿下手，正面反面地抚拭，拿起又放下，似乎拿着的不是信，而是什么珍宝，又似着了火的炭，摸不得，也丢不得。

锡玉找来裁纸刀，小心地从粘胶水的地方将信封一点点剔开，抽出纸张，展开，这封信只简单介绍了进修医院的情况，锡玉的目光落在了日期上——6.13，出事前几天。

锡玉迫不及待地打开了另一封，先看日期。这封信和前一封仅隔了两天，信中写道："小玉，再过几日就到端午了，很遗憾我可能得留下来值班，不能回去和你团圆了。进修嘛，就得多干点，想要学点东西，没办法，锡玉，不来省城见见哪里知道外面的世界如此多彩。我进修所在医院在省城算不得排名靠前的，可西灌镇医院和它无法相提并论，其间的差距实在太大了。这里的医护人员好多都是出国深造过的，这里检验检查的设备大部分也是进口的，更别说硬件设施了，进修结束后如能留在这里工作该有多好。到时你也可以过来，你是正儿八经的师范毕业，在这找个工作应该也是可以的。不过，这只是我美好的愿望而已，不管能不能实现，我们都得尽力靠近它不是吗？相信你也会全力支持我的。节后我可以倒休几天，到时我再回去，另外，我将会带给你一个惊喜，你一定会很意外的，这个惊喜非同寻常，暂时保密，过不了几日，你就知道了，等着我们……想念你的宏远……6.16。"

6月18日就是端午节。

6月26日锡玉接到宏远的死讯。

这仅隔了短短几日。

锡玉捏着信纸的双手有些抖，写这些文字的时候宏远还活着，端午节原本也是要回来的，可又没回成。信中说节后再回来，且有个非同寻常的惊喜，谁知从此和锡玉天上人间、阴阳两隔，究竟是什么样的意外惊喜呢？也成了个永久的秘密。

“等着我们……”锡玉把最后那几个字念了又念。“我们”是什么意思？除了宏远之外，是不是还有另外一个人呢？这个人到底是谁呢？

锡玉的目光落在那张结婚照上：“宏远，我知道问你也不会回答我了，你要给我什么惊喜呢？你让我等着，我一直等着你，你为什么不回来……”锡玉明知道宏远听不见，却忍不住地抱着照片哭出声来，平日里费尽心力堆积起来的所谓的“坚强”，此刻形同虚设，禁不住隐在心底的无奈和悲痛的冲击，轰然倒塌。

锡玉突然觉着自己的弱小，也许从来就没有强大过。

她渴望宏远没有死，渴望他还活着，哪怕相隔很远，只要活着就有相见的一天，只要活着，就有希望。而渴望一件明知不可能的事，对满怀渴望的人本身就是一件极其残忍的事，这只会让内心的苦痛加剧，让自己对自己更加的无能为力。

“咚咚咚。”门外响起敲门声，极轻。

锡玉以为听错了。

敲门声又起。

“谁？”锡玉颤声问。

“我，罗家权。”

锡玉急忙把照片放回原处，将信封锁进抽屉，这才过去开了门。

家权靠在门柱上，脸上挂着很随意的笑容。

“我估摸着你该回来了，刚才敲门我也就是试试看，没想到你在家。”

家权只一打眼，就觉得锡玉刚哭过，泪是没了，眼睛还红着呢，可他不敢问为什么。宏远在的时候家权见锡玉，说话一般是不用考虑的，现在不同了，现在生怕说错话，他得赔着小心。

“锡玉，明天有两节实验课，乡里可能有领导要参加观摩，你看是不是抽个时间准备一下。”

“知道了。”

“这是实验室的钥匙。”

家权将钥匙放在窗台上。

“如果需要我帮忙，我再过来。”家权准备离开。

“家权，你等一下……”

“什么事？”罗家权回过身，看着屋里的锡玉，像是个一直被冷落的学生突然被老师叫到了名字，哪怕是批评呢，至少得到了一些盼望已久的关注。

“能进来说句话吗？”

“哦，好。”

家权进了屋。

锡玉在椅子上坐下来。

“家权，你也坐吧。”

“刚吃完饭，我还是站会儿吧。”

家权瞟了一眼桌子，没有发现用餐的迹象。

“你吃饭了吗，锡玉？”

“你先不用管我，我不饿。”

“那不行，我去食堂给你打点饭。”家权四下里找饭盒。

“别找了，家权，有件事想和你商量商量。”

家权停了手，“和我商量……”

“是啊，我想来想去，还是和你说说吧。你原是宏远的朋友，又是我的同学，平日里，你关心我们，我心里都是知道的，最主要的，是我觉得你可以信任。”

看得出，说这些话时，锡玉的心绪慢慢地趋于平复，终于下定决心找个人来说一说，这让锡玉精神上一直紧绷着的那根弦也稍微地松了松。

罗家权，在锡玉这里，就是杯水，这水的温度让人很少感觉到烫，却又总是能让你在渴的时候端起来就可以喝。如今锡玉往这杯温水里投进了一小块糖，让家权感受着糖在水里一点点溶化的温暖。

“锡玉，你说吧，什么事？只要我能做到……”

“哦，不，不要你做什么，有些事，我一直弄不明白。”锡玉打断了罗家权。

罗家权等着锡玉说下去。

“是这样的，家权，宏远来信了。”

“什么？”罗家权双手扶着桌沿，两眼瞪着锡玉。

“出事前写的，没来得及寄，进修的医院托派出所的小陈转交给我的。”

“是这样。”

“有什么发现吗？”家权小心地试探着。

“有，他说他要我等着，会给我个惊喜。”

“这也说明不了什么呀。可能他要带给你什么礼物，可能是你最喜欢的东西吧？”

“不是东西，是人。”

“人？”

“是的，他让我等着他们。”

家权愣住了。

“怎么会是人呢？”

锡玉起身开了抽屉，把信取出来放在桌子上，又轻轻地往家权这边推了推，“你看看吧。”

家权犹豫着，不知是接还是不接。

“看吧。”锡玉将信从信封里抽出来，展开，扫了一眼，然后递到家权的手上。

家权只好看了，且看得很细，生怕漏了一个字。

看完后，家权不说话了，屋内一下子沉默起来，只听到钟摆在嘀嗒嘀嗒地响。

“那个……锡玉……我也觉得奇怪，你和宏远是不是有什么至亲在省城，极少见面的那种？”

“没有。”

“你确定？”

“确定没有。”锡玉看着家权，目光不容怀疑。

“你等一下，家权。”锡玉又从抽屉里翻出本书，其实不是什么书，是本很厚的汉语词典。

打开书页，从里面取出一个小塑封袋。

“给，你看这个。”

家权接过来，袋子里是照片，彩色的，女人的照片。

家权拿在手里，端详了许久。

“这女人是谁？”

“不知道。”锡玉有点沮丧。

“你不认识？这照片是从哪儿来的？”

“宏远的贴身衣兜里，去认尸的时候在给他整理衣衫时发现的。”

“你为什么没有拿出来交给警察？”

“我不想再惹出别的麻烦事。”

“这女人和宏远的死会有什么关联呢？”家权重又审视着照片。

“你也这么认为？”锡玉像在质问家权，又像怀疑自己。

“认为什么？”

“宏远的死和女人有关系？”

“想哪儿去了，他不是这样的人。”

“那这个女人的照片究竟是怎么回事？”

“锡玉，你看这是两张，又不是生活照，两寸的，如是我们想的那样，有这么给照片的吗？”

“我相信宏远对我的感情，可是在这个小镇上，光我相信有什么用？一旦把这照片交出去，传开来……宏远走了，我还得在这里活下去。”

“锡玉，你糊涂啊！你不是一直想弄清楚宏远是怎么死的吗？这万一是条线索呢？”

“我是真的怕了，我可以不管不顾地活着，可是别人呢？他们会给我一个不管不顾的理由和环境吗？除非我离开这里，这些日子，你也看到了，死了丈夫的女人这岁月是多么的难熬。”

锡玉强忍住，没让泪水涌出来。

“别难过，锡玉，我想得可能过于简单了。”

“只是他让我等着的会是谁呢？是这照片上的女人吗？如果不是，那又是谁呢？我打算去趟省城。”

“你去省城干什么？”

“我去他进修的医院看看，是否有人见过这个女人。”

“你去的时候告诉我，我和你一道。”

“不用了，这是我自己的事，我自己去处理。”

锡玉抹了下眼睛，朝着家权笑了笑，这一笑让家权感到刚刚离自己很近的锡玉又变得有些远了。

第十四章

魏院长回来了。

很久没有回家，他这一回来让原本宁静的小院一下子变得热闹起来。

天有些阴，临近傍晚竟淅淅沥沥地下起了小雨，但这些并未影响洛姗的好心情。今天是周六，一家人终于可以好好坐在一起吃顿饭了。

为了准备晚餐，一向停不下手脚的孟宝珍比往日更忙碌了，洛姗几次想和她说话，几次又被她打断。

“正忙着呢，别捣乱……”

就连院长本人也觉得自己是个久未登门的亲戚、朋友，或是客人，与“主人”这个称谓似乎离得有些远。

此刻，在曹刚的心里，魏院长——洛姗的父亲——自己的岳父，那才是位真正的客人呢，且是位让自己有些陌生、隔膜、隐隐不安的客人。

从院长一进屋，曹刚一直小心地打量着院长。

曹刚觉得自己费尽心力建立起来的某种平衡因为院长的回来被打破了。

他需要这种平衡，需要在这种平衡的支撑下努力地活下去，像自己身边的任何一个人那么心安理得地活下去。可就在一瞬间，在他还没有做好准备，不经意地这一切来到了身边，他觉得有些懊恼，像是不小心失了手，摔碎了自己喜爱的物件，怨不得自己，更怪不得别人。

而院长对这一切没有丝毫的察觉，他怎么会知道此刻曹刚的心情呢？

“曹刚，最近感觉怎么样？”院长的口吻显得亲切，还有几分刻意加进去的和善，这让曹刚的神经慢慢地放松下来。不管怎样，这是自己的岳父、洛姗的父亲，一家人嘛，对自己终还是关心的，是自己想多了。

“爸……我好多了。”那个“爸”字在曹刚的口中被压低、拉长，曹刚觉出了自己在这个称呼上的勉强，叫“爸”还不如叫“院长”呢。可洛姗特意叮嘱过，在医院叫“院长”，在家里一定要叫“爸”，洛姗的话不可不听。

“看你的气色，的确是好多了……”院长顺手拿起茶几上的报纸，快速地翻看着。

“那是昨天的报纸……”

曹刚从电视机旁拿起另一份。

“给，是今天的。”

院长看了看报纸上的日期，笑了，“来，坐，我正想和你谈谈呢。”

曹刚在离院长稍远的地方坐下来，一下子又有些紧张起来。

“坐过来，和你说点事。”院长拍了拍自己边上的沙发。

“就在这儿吧，挺好……”

院长把手中的报纸放下，看着曹刚。

“我看你恢复得不错，你想没想过什么时候上班？”

“上班？去哪儿？”

“哦，让你现在去临床，有些太为难你了。这样吧，我打算让你到器材科先待上一段时间，等适应了，再考虑回去，上班做点事可能对你现在的身体更有好处，你觉得呢？”

“爸，我担心做不好。”

“你担心也不是没有道理，我能理解。你放心，我会安排人带你，你慢慢学，从头学……”

“我和洛姗商量一下吧，看她是什么意见。”

“那是自然。不过，我已经问过洛姗，她不反对。”

“她同意？”

“同意，她和我想的差不多。老是这么待着，时间久了，会烦的，更何况，在这之前，你可是我们医院数一数二的外科医生。前不久，我听你们科的人反映，有些老病号经常念叨你，问你是不是出国了，怎么这么长时间没上班。”

“说我……他们还记着我？我都记不起他们了……”

“医生不记得病人，那是情理之中的，每天那么多病人，天天都在换。可病人对医生，那不用记，好医生，一次就记住了；坏医生，想忘也忘不掉。医生的好坏，有时候，医生自己不知道，可病人心里都记着呢！你啊，自己都没有意识到，你可是个好医生。”

“唉，可惜，我现在这副模样……”

曹刚的情绪在瞬间高涨，又在数秒钟内低落下来。

“别难过，现在当不了，只是暂时的，等你完全康复了，我指的不仅是身体方面的，还有……还有你的记忆……”

“爸爸，吃饭啦！”

洛姗在餐厅里挪动着椅子，就多了父亲一个人，可被她这么一折腾，好像餐桌前坐不下了似的。

曹刚从沙发上站起来。

“咱们吃饭去吧……”院长收起报纸，和曹刚一道向餐厅走去。

晚餐很丰盛，一看孟宝珍就是花了心思的。魏院长一眼便看到了那盘自己最爱吃的豆芽烧牛腩，他坐下来，抓起筷子尝了一口。

“嗯，老孟啊，吃了太多外面的菜，还是觉得你做得最顺口、最对味儿。”

孟宝珍的脸唰地红了，不停地用围裙擦着手。

“院长，看你说的，我只会用土方法，也就是些家常菜，哪能和饭店里的厨师们相比？”

“孟姨，您快坐下来和我们一块儿吃。”洛姗过来取下孟宝珍的围裙。

孟宝珍却又系上了。

“你们先吃，我再去给你们烧个汤。”说完又去了厨房。

“爸，以后您别老是老孟、老孟地叫，孟姨还没您岁数大呢！”

“不叫老孟，那叫什么？”

“叫宝珍。”

曹刚在一旁忍不住笑了起来。

院长也乐了，“就你想得出来……叫老孟已经习惯了，再说了，要听你的，你不怕吓着你孟姨。”

“那就叫孟宝珍……比老孟强多了。”

孟宝珍端着汤走了过来，大家立马住了口。

“老孟，坐下来吃吧。”院长招呼孟宝珍。

“唉……”洛姗看看父亲，无奈地摇了摇头。

孟宝珍终于坐下来，和大家一起吃顿几个月来难得的一次团圆饭。

外面的雨似乎大了起来，隐约听到车辆驶过，轮胎滑过路面带起泥水时的声响。有风吹进来，轻轻掀动窗帘，潮湿的空气夹带着泥土的清新，随着风，从纱窗的细密的小孔里钻进来。

曹刚立在窗前，看着小区里依然有人撑着伞在路上不慌不忙地行走着，分不清是雨中散步呢，还是刚从外面回来。

曹刚总爱在雨天这么看着外面，听着雨声，他的心就会慢慢地安静下来。

可今天的雨下得总让人感觉不痛快。

“雨”让曹刚时常想起点什么，好像就在不久前还在看雨，记忆中的雨下得真是大，还有人陪着自己一起看雨。

那雨落在房檐上，又在房檐上汇聚成股股水流倾泻而下，填满地面上的坑坑洼洼，天地间仿佛除了雨声再没其他能够入耳的声响。曹刚常常就在这湿漉漉的水的世界中安静地睡去。

而身旁那个和自己一道看雨的人呢，她还能记得自己吗？如果她还能够记得，自己是不是也有可能将她寻回来，从记忆的最深处，哪怕是远得不能再远，只要没有跨越生死的界限。

曹刚的思绪随着外面的细雨绵绵开始不着边际地蔓延开去，他不想控制自己。他现在慢慢地摸着点规律，不管想不想得起，都要随着自己想下去。很多遗忘了的人或事也许就像那些被自己随手一放、再找却一时找不到的东西一般，其实他们此刻就在某个地方待着呢，未曾改变什么，也从未消失过，只是自己的记忆出了点小问题，没准哪一天，自己断了的思绪在漫不经心中又续上了，突然地就找到了他们。

“曹刚，你在吗？”洛姗上楼了，“你在啊，半天没见你，你一个人在这做什么呢？也不陪爸爸说会儿话。”

“刚回来的时候说了。”

“谈什么呢？是不是打算让你去器材科上班？”

“是。”

“你怎么想？去还是不去？”

“你说呢？”

“去吧！”

“可是……”

“我知道你担心什么，你是不是担心自己再也上不了手术台，当不了外科医生了？”

“哦，不是……”

“那你怕什么呢？器材科要比临床简单多了，也免去了你现在这种状况所面临的诸多不便与麻烦。”

曹刚走过来，拉起洛姗的手，让她和自己一起坐在了窗前，不提上班的事。

“你看，外面的雨大了，下出动静来了，可你感觉到了吗？其实现在才是最安静的时候呢！你喜欢下雨吗？”

“谈不上喜欢不喜欢，相比阴雨天，我更喜欢有阳光的日子。”

洛姗站起来，“哗”地将帘子拉上了。

“进雨了，曹刚，小心着凉。”

“洛姗，拉上了，就看不清外面的世界了。”

“你不觉得这样很温馨吗?”

洛姗搂着曹刚的肩，“下周，我也要去趟医院，正好你去器材科，我们一起。”

“你去医院干什么?”

“找朋友有点事。”

曹刚本想和洛姗说说这段时间自己的困惑，可洛姗似乎与自己的心境完全不在一个频道上。不知道为什么，曹刚又有些庆幸没有和洛姗说，要是真说了，曹刚可能现在已经开始后悔了，自己只是一时没有可说的人，而此刻又太急于想要找人倾诉，可是找谁也不能找洛姗啊。

“好吧，我先去器材科试试吧，也许换个环境，也能换个心情。”

“这样想就对了。”洛姗如释重负。

楼下传来孟宝珍关院门的声音，时针已指向10点，院长大概也睡了吧。

雨似乎没有停下来的意思，整个绿海花园浸透在雨水中。

曹刚躺在床上，隔着厚重的窗帘，感觉有股说不清道不明的东西将自己紧紧地包裹。

枕旁洛姗正依偎着自己，发出轻微的、时断时续的鼾声，她睡熟了。借着微弱的灯光，曹刚仔细地端详睡梦中的妻子，这个离自己很近的女人，睡态如此的安详、宁静，带着浅浅的笑意，此刻她似乎没有任何烦忧。她是个容易满足，也应该满足的女人，端庄的容貌、优越的家境、良好的教育，一份自己喜欢，也让人羡慕的工作（有自己的文艺工作室)。她还缺什么呢?虽然自小失去母亲，可院长视其为珍宝，孟宝珍给了她一个母亲能给的一切关爱。唯一遗憾的是……曹刚想到了自己，她现在的丈夫因车祸忘记了她，原本以为时间可以治愈一切，可随着时间的推移，他的记忆正在慢慢地修复，可越修复，这个女人、这个家，这里的一切似乎离自己越来越远了，这本身就是有悖于常理的。

那几张照片又从脑海中跳出来。

“张宏远”，在曹刚看来已不仅仅是一个人的名字，也不仅仅代表一个人。这三个字有如烧红的铁条生生划过心灵的皮肉，疼痛自然是难免的，比疼痛更加无法忍受的是这疼痛的来源是模糊的、无奈的、难以捉摸的。

曹刚感觉到了冷，他把被子拉过来，发现这一拉，又将洛姗的身体裸露出来，曹刚觉得不妥，把被子又拉到洛姗的身上，自己和衣轻轻地躺下。夜深了，周身一片静寂，这种安静是曹刚所渴望的，也是此刻他所惧怕的。

“张宏远”，不管你现在在哪里，也不管你是人是鬼，我必须找到你。

在时而混沌、时而清晰的思绪中，曹刚似乎找到了答案，虽然这答案不是那么地让自己满意，也许原本就是个错误的答案，只不过是偶尔给自己带来一丝安慰的借口，可曹刚还是宁愿把它当真。

他看了一眼身旁的洛姗，轻叹一声，将她的手握在自己的手中。不知过了多久，曹刚终于睡着了，而天也快亮了。

第十五章

阳历已到了十一月。

地里已经没有农活，水稻全部收割完毕，谷粒也晒干进仓了，留下一年的口粮，剩下的都得卖掉，留至来年的陈米不仅不好吃，也卖不出好价钱。这个时节，收稻谷的车辆穿梭在大街小巷，小贩们手中拿着个扩音器，口中报出诱人的价格，从庄稼人手里将一袋袋散发出清香的稻粒装上自己的车，点着钞票给别人，过不了多久再从别人那里为自己数钞票。

因农忙回来的男人们又背起简单的行囊陆陆续续返城了，家中留守的是一些上了年岁的老人和年幼的孩子，以及因为老人孩子实在脱不开身的主妇们。

整个西灌镇随着农忙的结束，一如那刚撒进土里的种子，进入了那种拱土出芽前似睡非睡似醒非醒的状态。

十一月，是庄稼人农闲的开始，紧接着就该进入漫长的冬季了。

李长青的父亲李递山今天就起了个大早，李长青手里提着几个礼盒跟在父亲身后。天本来就没有完全放亮，又起了浓浓的湿雾，远远近近的村庄因为有了这层雾的遮掩，一下子变得有些迷离起来。

李长青感觉自己好像有些不认识这自小生长玩闹的家园了，好比自己一向布衣布裤不修边幅的母亲，偶尔换上了新衣，施了淡淡的一层粉黛，殊不知自己的母亲原来也是可以如此美丽的。

父亲在前面急急地赶路，一会儿就把长青甩在了身后，只留给他一个模糊的背影。

他们这是要去孙婉家。

李递山准备去孙婉家找孙婉的父亲，商量商量两个孩子的亲事。

不能再耽搁了，听说一个外地的小子正紧盯着孙婉呢，可不能让一个外乡人占了便宜。孙婉是自己看着长大的，一直以来他就把孙婉当成自己儿媳的不二人选。长青太老实，要是指望他，这媳妇可能要泡汤，不行，自己得亲自出马了，备下厚礼，今天就去会一会老伙计。

走了约莫半个时辰的路，李长青提着东西的手有些酸了，他不停地将礼盒从左手倒腾到右手，又从右手倒腾到左手。父亲只提着两瓶酒，没有停下来帮一帮的意思。

“爸，你等等。”李长青终于忍不住了。

父亲放慢了脚步侧过身，看着有些气喘的李长青。

“这是给你讨媳妇呢，你怎么一点不积极？”

“爸，我还是觉得这事有点太着急了，孙叔那边自然好说，要是孙婉翻了脸，这以后我就被动了。”

“你已经被动了，再不出手就晚了。长青，你啊，这性格太像你妈，怎么就扶不上马呢？你妈是个妇道人家，也就罢了，你，堂堂一大男人，找媳妇还得我这么费心！你说，你究竟想不想娶孙婉？”

“当然想。”

“非她不娶？”

“我是这么想的。”

“那还不赶紧的，走。”

“爸，你去吧，今天我真不能去，太冒失了。这事只是我们一厢情愿，孙婉她……”

李长青的话音未落，父亲一脚便踹过来，“别人都说你是个老实孩子，原来我还以为是夸你呢，今天看来，你这哪是老实？你这是窝囊，没用。真想不到，我‘李大炮’怎么生出你这么个‘哑弹’。”

李长青躲闪不及，一屁股坐在了路牙子上，礼盒也被甩在了一边。李递山走过来，将礼盒一一捡起。

“你去不去？”

“不去。”

“真不去？”

“真的不能去。”

李长青“腾”地站起来，显然被父亲刚刚那一脚激怒了，他看了父亲一眼，转身往回去，一边走一边使劲拍打屁股上的尘土。

太阳在东边的天空悄悄地探出了头，雾却依然没有散去的迹象。路上已现三三两两的行人，有人在后面使劲地摇着车铃，可是大半天车子才行过来，清晨的宁静正在慢慢被打破，新的一天来到了。

李递山看着长青渐行渐远的身影不禁乐了，“傻小子，也有犯脾气的时候。”

这倒让他对儿子生出了几分怜爱，不去就不去吧，你不去，我得去，这一大堆的礼物已经买了，事情成不成先放一边，这钱不能白花了。想到这儿，李递山把手中的和地上的东西归拢归拢，独自拎着它们朝孙婉家走去。

孙婉的父亲孙建亮一向没有睡懒觉的习惯，此刻正坐在自家的院子里悠闲地抽着烟。孙婉妈正在厨房准备早饭，小院的上空炊烟缭绕。

小院的门被推开了，李递山走了进来。

“哎呀，递山！今早这喜鹊就在我们家屋后一直叫唤，是你要来呀!”

李递山一进院子，就把手里的大包小包往院当中一放，“我哪有你这么自在，我这心操的，那臭小子，半道给我撂挑子……”

孙建亮看着李递山的头发、眉毛、胡须上都挂了一层白霜，在院中待了这么一会儿，已经开始往下滴水，便递上毛巾，“你这是干吗呢？这一大堆东西……”

“小婉没在家?”

“在呢，后面菜地呢。”

李递山擦完脸坐在孙建亮递过来的凳子上。

孙婉妈从厨房转出来。

“赶得早不如赶得巧，早饭刚做好，一会儿一块儿吃。”

“嫂子，我就喜欢吃你烧的小鱼贴饼子，今早有没有?”

“想吃，中午留下，保准能吃上。”孙婉妈解下腰间的围裙，爽快地答应。

见老两口都在，李递山也不绕圈子，直奔主题：“哥嫂都在，我们几十年的交情了，我今天来，是有事相求。”

孙建亮一拍大腿，哈哈笑起来，“递山，什么时候咱们俩用得着求过，什么事到我俩这儿，都能放下。”

“是长青和小婉的亲事……”

还没等李递山继续说下去，孙建亮便抢过话头，“这事没得说，由我做主，你放心，我答应的事，到什么时候都算数。”

“可小婉呢，她什么意见?”李递山试探着问。

“她？我的意见就是她的意见。”

“哥，这事现在还真不是你一个人说了能算的，我听说有个外地小伙子对小婉也挺上心……”

“那个养鱼的？他敢！为这事，小婉已被我揍过，他要是上门来，我定饶不了他，我绝不会让一个外乡人带走小婉。”

李递山终于明白了，孙建亮为何这么反对孙婉和那个养鱼的好了，不仅是因为自己和他的关系，主要的症结在于那是个“外乡人”。李递山心里很清楚，孙建亮的前任老婆就是跟着个外乡人跑了，后又娶的孙婉她妈。夺妻之恨，怎能轻易放下？想到这一层，李递山宽心了。

“哥，我们家长青也是个死心眼儿，打小跟孙婉要好，也不知从什么时候起就中意上了，认准了，看谁都不入眼。我这也是担心啊，他们都大了，你说，这万一……”

“也难怪你这么想，小婉这孩子最近确实不让人省心，这样吧，既然你提出来了，咱们选个日子把亲事给定了。”

“她爸，这事要不要和小婉说一声……”小婉妈有些担心地问。

“爸，你们怎么可以这样？”小婉抱着两棵大白菜，涨红着脸从屋后冷不丁地出现在众人面前。

“小婉，李叔来了，你也不招呼一声。”

“嘭！”孙婉将白菜扔在地上，“李叔，爸，妈，你们怎么不问问我同不同意？”

“现在问你也不迟！”孙建亮将烟蒂放在脚下用力踩灭。

“我不同意。”

“凭啥？”

“爸，为什么我一定要嫁给长青？长青是好，可好人就非得我去嫁吗？为什么我嫁人不能自己选？”

“你选？你选谁？那个养鱼的？你死了心吧，门儿都没有！”一提这事，孙建亮便气不打一处来，从凳子上站起来，脱下鞋，追着孙婉又要打。

“哥，不能这样，快把鞋穿上，姑娘大了，打不得。”李递山一把拽住孙建亮的衣袖。

孙婉妈也过来护着孙婉。

就在这时，李长青走了进来。

大家一下子都撒了手。这个平时少言寡语不惹人注意的年轻人，在这个时候出现仿佛成了颗定风丹，小院瞬间安静了，只有孙婉拿眼睛瞪着李长青，恨不得将一肚子的怨气和委屈都撒到他的身上，可是又敢怒不敢言，三位老人都在呢。

“长青，你出来一下。”

孙婉昂首出了院子，李长青看了其他人一眼，低着头跟着孙婉出去了，两人来到院外的草垛后，孙婉站住了，“长青，我给你的信看了吗？”

“看了。”

“我说得够明白了吧？”

“是。”

“为啥还有今天这一出？”

“这不是我的本意，是爸，听到了些风言风语，非要来。”

“什么风言风语？是关于我和张磊的吗？”孙婉从草垛后往路上探了探头，见没有人，又继续刚才的话题。

“你和他们说的？”

“我没有，他不知从哪儿听来的。”李长青想要为自己辩解，可一看到孙婉的目光便不知说什么好了，额头上出了一层细密的汗珠，两只手更不知放在哪里才算合适。

他不想孙婉生气，可现在做任何事情都会让孙婉不高兴。李长青有些紧张，又不知怎么才能让自己不紧张，索性什么也不说、什么也不做，扭头就走。

“去哪儿？话还没完呢！”孙婉一把拉住他。

可怜的长青又被拉回草垛后。

“你是怎么想的？你就一句话，你就说你不想定亲，不想娶我，讨厌我，不就结啦！”

“可我不是这么想的，我不讨厌你，从小时候认识你开始，我就没有讨厌过你，你让我说瞎话，那我做不来。”

李长青一着急，抱着头蹲在了地上。

“那你就告诉他们，你不愿娶我。”

“孙婉，你这是在逼我，就算你看不上我，也不该让我这么说。我知道我生得不够英俊，嘴巴也很拙，说不出好听的话，可我知道自己想要什么。有些话，我一直不敢跟你说，我觉得张磊他不适合你。”李长青看着孙婉，眼里不知是进了湿雾，还是有泪要流出。

“李长青，鞋合不合脚，只有脚知道，别人说什么也没用。”

“可是，小婉，鞋合不合脚，只有穿在脚上走起路来才知道。人这一辈子什么路都可能会碰上，有些新鞋刚买来是挺合脚，可经不住长途跋涉啊！”

孙婉略有些惊讶地看着李长青，听他讲完这段话，有些不相信自己的耳朵。

“你这些弯弯道儿听谁讲的？”

“没听过，我妈给我做的布鞋，我一直穿着。”李长青抬了抬自己的脚，把鞋展示给孙婉看，“自然，这比不上皮鞋体面，可是舒服、养脚，就算是湿了，太阳下一照，干了照样上脚。”

“你就不要再和我说什么皮鞋、布鞋了，总之，我们俩那才真不合适呢！”

李长青刚刚鼓起的勇气，让孙婉这么一说，整个人又回到那种极不自信的状态，有什么能比得上被自己心爱的人瞧不上更让人难以接受呢？

两人正说着，孙婉无意间发现村东头走过来几个人，打头的很像张磊。孙婉朝前走了几步，看清了，可不就是张磊嘛，后面跟着的是本村的孙二虎和外号叫“大地主”的人。

张磊怎么来了？什么时候认识这两个混混的？孙婉心里打着问号，一边挥手示意李长青回避，可长青没有反应过来，依然傻站在那里。

很快，张磊已到了跟前，满身的酒气。

“孙婉，我听说今天你们家有喜事？”张磊的口吻咄咄逼人，他一定是有备而来。

“有什么喜事啊？你听谁说的？”

“这西灌河，河东河西拼一起就这么大点儿地方，打个喷嚏恨不得全村人都听到，何况你们家这么大动静？”

“今天是有事，来客人了，我爸的老朋友。”

“仅仅是朋友吗？”张磊看到了边上的李长青，“这位是谁？”

“这位是李叔家的儿子，李长青，我们一起玩大的。”孙婉生怕张磊误会，一个劲地解释。一旁的李长青就想不通了，一向天不怕地不怕的孙婉怎么在张磊面前这么小心，低眉顺眼的，这人究竟怎么回事啊？

“李长青，听说过，你总黏糊着孙婉，安着什么心呢？”

“张磊，不瞒你说，今天我和我爸是来提亲的。”

“李长青，你……你疯了……”孙婉没想到李长青会憋出这么一句话。

“提亲？是真的吗？孙婉，你答应了？那我呢？我算什么？”张磊人冲到了李长青的面前，脸冲着孙婉喊起来，后面跟着的两个人也过来围住了李长青。

孙婉突然发现今天的张磊她有些不认识了，他那因生气而变得扭曲、青紫的脸，那握紧的拳头，还有和他一起的那两个人。孙婉有些慌乱了，今天是个什么日子呢？什么坏事都凑到了一起了。这要是打起来可怎么办呢？

正在这时，孙建亮从院子里出来了，手里擒着把铁叉，李递山和孙婉妈紧随其后。

“哪个混账在这儿撒野？小心我叉不死你！”

孙婉赶紧迎了上去，“爸……爸……你怎么还抄上家伙了呢？快放下。”

“躲开！”孙建亮把孙婉推到一边，举着叉子冲着那三人就过来了，“有种今天都别跑，怎么着，还真欺负到门儿上来了？我告诉你，孙婉和李长青已经定了亲了，你别来瞎搅和！”

张磊一看苗头不对，迅速散开，临走时，还不忘扔下一句话：“李长青，我把孙婉让给你了，你记住了，我还会再来的，君子报仇十年不晚。”

“你算什么君子？你报哪门子仇？王八蛋，你要敢再来，我铁叉伺候。”孙建亮追过去，扔出手中的叉子，好在张磊腿脚麻利，一阵风似的，没影了。

风波就这么被孙建亮以武力平息了，可孙婉的心很久没有静下来，自以为找到了自己要找的人，却说出了要把自己让给别人的话，难道是酒精的作用吗？孙婉觉得自己骗自己挺可笑。孙婉木了似的坐在草垛前，想哭却没有找到哭的理由。

亲事就在这场闹剧中无奈地定了下来，遂了众人的心愿，只有孙婉不知把自己丢到了哪里，一时间茫然不知所措。她突然想到了锡玉，很想姐姐现在能在身边，想到了锡玉便找到情感宣泄的闸门，泪水无声地流了出来。

第十六章

锡玉吃力地提着个红色的塑料桶，扭扭歪歪地往锅炉房走去。

学生们刚散了学，住在学校的正从食堂端着饭盒往宿舍走，米饭是从家里带米在食堂的大灶蒸的，所以他们只买菜、不买饭。每到吃饭的时候，同学们便每人拿条毛巾，去食堂的大屉上寻找刻着自己名字的饭盒，找到饭盒再去卖菜的地方排队。讲究一点的会另备一个空饭盒盛菜用，这些大部分是女生；男生们直接把菜打在米饭上，一个饭盒就能解决问题。

锡玉喜欢学生们每天晚上用餐的这段时间，这是他们一天中最为愉悦放松的时候。天气还不太冷，好多同学直接围坐在井沿上边吃边聊，有的端着饭盒、举着勺在校园里追着跑，一顿饭往往就这样在说说笑笑、打打闹闹中吃完了。

正是因为有了这些孩子，才给这所业余文化生活极度贫乏的小镇中学增添了不少生活的趣味。

迎面走过来几位打开水的男生，略带羞涩地同锡玉打着招呼。

李老师从身后赶上来，却又不与锡玉并肩走，而是保持前后几步远的距离。

锡玉一直捉摸不透这位比自己年长许多的女同事的心思。

锡玉回转身，李老师正拿眼瞟着自己，似笑非笑，不发一言。

每次见到这个表情，锡玉都想躲开她。就在前几日她还对锡玉表现出亲人般的关心，给锡玉拿吃的，嘘寒问暖，让你一不小心就误以为这个人真是改头换面了，原来她对人也是真诚的。锡玉曾责备过自己不要总是先入为主，戴着有色眼镜去看人，可是今天一见她，锡玉又后悔自己的傻，这人心里一定又揣着什么不可告人的目的，这样一阵风、一阵雨，一会儿热、一会儿冷的作风，锡玉实在是不能把她当作朋友来信任。

“李老师。”出于对长辈的尊重，锡玉主动开了口。

“嗯。”鼻孔里呼出一声算是回答，见她这个态度，锡玉多一个字都不想说了，谁知她又抽什么风呢?

两人沉默着进了锅炉房。

锅炉房边上就是澡堂，打开水的地方则在澡堂的侧面拐角出来的一间房，须穿过锅炉房从另一个门出去，所以每个人不论是洗澡的还是打水的都得经过老高的地盘。

锡玉故意放慢脚步，让李伟英先进去。李伟英也不客气，迈开她的长腿进了开水间。

没见着老高，锡玉将桶放在炉子旁。老高的手套、铲子、簸箕都贴墙放着，炉内的火烧得正旺，锡玉倚着墙看着炉火，看情形，老高没有走远，一会儿等他回来得先跟他说声，自己的桶里一大堆的化学玻璃仪器，因为实验而沾染上各种颜色的试剂，得用温水好好泡一下。正好就着这个机会也能避开李老师。

正想着，老高进来了，手里提着一圈自行车内胎。

“锡玉，你这是洗澡还是打水？”

“高老师，我可能要多用点热水，”锡玉指了指塑料桶，“您瞧，干巴了，不好洗。”

“洗吧，一会用水高峰该过去了。”

李伟英提着两个热水瓶走了过来，见了老高又换了副表情。

“哟，刚才去哪儿了？想要交钱都找不着人。”

“去罗老头那要了点胶水，自行车胎漏气了。”

李伟英将两毛钱放在窗台上的铁盒子里，人却没有要走的意思。

“老高，”李伟英站在老高的身边，俯下身子，用一个指头在老高的肩上用力地点了一下，也不看锡玉，只是挨着老高，“你知道吗？最近校园里有些不太平，可能在闹鬼。”

李伟英见锡玉已经提桶去了里间，便直起身子，双手抱在胸前，本来就长了副男人的身板，这回看老高，更有点居高临下的感觉。

老高用力地在刚补好的车胎上按了又按，然后把它放在一边，抄起铲子开始铲煤块往炉膛里送。

“老高，你整天待在这里，什么都不管不问的，你说这真要是闹起鬼来，学生还敢来上课吗？晚自习就更不用提了，现在有些老师晚上都不敢去厕所！”

老高将铲子往地上一杵，因为用力过猛，在水泥地面上划出了道灰白的印痕。

“李老师，别听风就是雨，咱们都是上了岁数的人了，什么事没见过，什么鬼不鬼的，我什么都不知道。”老高没有抬头，眼睛只盯着手里的车胎，“心中有鬼，才处处撞鬼。如果哪天你们几天没有开水喝了，那我老高才叫闹鬼了呢。”

老高抬起头，目光里竟含着点笑意。

李伟英在老高这没讨着什么甜头，反而碰了个软钉子，心中很是不快，却又拿老高没办法。全校谁不知道，这个退了休的老头那是连校长都要让他三分的。

“这个油盐不进的老东西。”李伟英在心里骂道，可是骂归骂，有些事情她还是希望能够得到老高的肯定，仿佛只要老高认可了，那就意味着全校的人都认可了。

“老高，我可提醒你了，你晚上一个人在这儿，可要提防着点，这要是摸错门到了你这儿……”李伟英讳莫如深地看了看锡玉，将嘴角的笑意狠狠地抿了回去。

“摸错了就摸错了吧，我老高穷了一辈子，退了休还得在这儿烧锅炉。我这儿别的没有，只有这炉火一直没灭过，真有鬼看得上我，那是我的福气。”

“这事可真没法说，你就等着吧。”李伟英提着自己的热水壶，直着身子出了锅炉房。

老高重又坐下来，继续刚才没有干完的活儿——修车。

“高老师。”锡玉湿着双手不知何时站在了身后。

“哦，锡玉，洗完了吗？”

“我都听到了……只是不知道又出什么事了？是和我有关联吧？”

“无风不起浪啊！锡玉，别管它，风停了，就静了。”

“您是不是听到了什么……”

“锡玉，”老高停下手中的活儿，俯身过来，“你实话告诉我，你是不是把宏远的骨灰放家里了？”

“您怎么知道？”

“别问了，我都知道了，还愁别人不知道？”

“家权告诉您的？”

“这事和家权没关系。”

“那会是谁？”

“是谁不重要了，重要的是这事校长、主任都知道了，可能已经捅到了乡里，校长正给你捂着呢。”

“还有……”老高看了下屋外，朝锡玉使了个眼色。

锡玉跟着老高来到了锅炉房外放炭的小屋。

老高把门掩上：“锡玉，宏远的骨灰不能放在家里。你那是公房，本来你住那儿好多人就眼红呢，你这一弄，不是正好给别人个借口，房子收回去，你怎么办？”

“这还好，有人传言，说晚上见过有个很像宏远的人在校园里转悠。当然，这个我是不信的，人死不能复生，可我们堵不住别人的嘴。有那骨灰在，不知道又要杜撰出多少骇人听闻的故事来呢。锡玉，听我的，找个日子把宏远的骨灰放进墓里，入土为安啊！”

锡玉呆呆地听着，似乎没回过神来。

“锡玉。”老高摇了摇锡玉。

“高老师，谢谢您告诉我这些。您不说，岂不要出乱子了？”

锡玉把那些瓶瓶罐罐装进桶里，从老高的锅炉房里走出来。

天还没有完全黑透，教室里已亮起了灯，晚自习开始了，校园里分外的安静。锡玉桶里的玻璃仪器因为摆放得不整齐随着桶的摇晃发出叮叮当当的响声，这响声，很像是一首优美的曲子里不小心蹦出来的几个错音，与眼前宁静的氛围显得有些格格不入。

几位看班的老师从教室里探出身子，当看到锡玉时，又纷纷藏起了自己的好奇心，装着一副若无其事的样子。

罗家权也在其中，他看到锡玉正吃力地提着桶，经过水塔直接往杉树林走。

“唉！这是去哪儿呢？”家权将书放在讲台上，和同学们说了句什么，便朝锡玉的方向追了过去。

杉树林因为叶子的稀疏，在这个深秋的夜晚反而变得明朗起来，树干显得更加高大而挺拔了。

锡玉直到碰着了树干才发觉自己走过了，转过身，发现家权正一脸茫然地看着自己。

“走错了吧？家都找不着了？”

“哦，想事呢！”

“不用说也能猜到，再往前走该上公路了！”

锡玉勉强笑了笑，毫不掩饰此刻的凄凉，她觉得，天色太暗，家权看不到。

罗家权从锡玉手里接过桶，“这么沉，说了我帮你一起洗，你非不肯，这要是磕了碰了的，谁管你？”家权在前面走，锡玉在后面跟着。

锡玉住的屋子连同实验室，十几间房子都黑着灯。白天下了课，学生们会三五成群地聚到这排房子的回廊里玩耍，逢到实验课，两个实验教室里也都坐满了学生，只要有他们在，这里虽有些吵闹，却也充满了生气。可这一到晚上，除了晚自习的课间有人上个厕所，谁会跑到这里来呢！此刻这里就像大海中一座无人居住的孤岛，让人不愿涉足。锡玉却宁愿一个人待在这里，真是无法想象，每个漫长的黑夜她是怎么熬过来的？更何况，她还把张宏远的骨灰放在身边，想到这里，家权忍不住回头看了一眼锡玉。

到了门口，家权等着锡玉拿钥匙。

“桶就放这儿，你回吧。”

“把仪器室的钥匙给我，我把仪器送过去。”

锡玉没有拒绝，将一串钥匙递到家权的手中。

家权提着桶，却没有迈步，锡玉已经推开门进了自己的屋子，无奈家权只好硬着头皮往前走。

这回廊里充斥着太多有关“宏远”的记忆，家权是个无神论者，他从不相信这世上有鬼魂，可一想到别人的议论，身处这个真实而又有些虚幻的环境，他不相信鬼魂，也有点不相信自己了。平日里没有感觉这回廊有多长，可现在走起来总也到不了尽头，仿佛无形中被延伸了，且不知要伸到什么地方去，可能它所到达的尽头，就是人的思想对恐惧的一个最无奈的落脚点。

来到仪器室的那扇铁门前，家权攥钥匙的手已微微出了汗。他借着玻璃对后排教室的反光将钥匙插进锁眼里，转了几次没转动。家权将桶放在地上，一手拉着门把手，一手开锁，“咔嗒”一声，开了。

家权推门进去，没抬头就感觉有个人影立在左手靠近门的柜子旁，家权脑袋“轰”的一声，人像失去了知觉似的，扔下桶，拔腿就跑。到了锡玉的窗前，看到锡玉正弯腰在寻找什么东西，家权想都没想便推门进去了。

“放好啦?”锡玉直起身。

“家权，你这是……”锡玉发现家权脸色煞白，惊魂未定。

“锡玉，有人。”

“人？在哪儿？什么人?”

“仪器室。”

“进贼了吗?”锡玉也有些紧张起来。

“去看看，家权，你拿着手电。”锡玉抄起门后的木棍。

“先等会儿，要不要再叫个人?”

“发现了再叫也来得及。”锡玉拉了拉家权，示意他快点。临出门时，家权顺手拿起靠墙放着的拖把。

两人来到化学仪器室门口。

“钥匙呢?”

“啊？去哪儿了?”家权发现手里没有钥匙。

钥匙还在门上挂着呢，锡玉迅速地拔了下来。

“家权，先到窗户那往里看看。”

家权举着手电和锡玉一起靠近窗户，手电的光束从窗户玻璃上射进去，在地面上形成一道惨白的光柱，然后从里到外仔细扫了一遍，没有发现什么。

“往柜子边上移移。”锡玉将家权的手往左手边上推了推，两个人同时看到了那个“人”。

家权的手一哆嗦，手电落了地。

锡玉很快平静下来，“家权，那是个人体模型，前几天收拾屋子时，刚被我从里边移到了门口，你真是草木皆兵啊！”

家权从地上拾起了手电，长长地舒了口气，两人往回走。

“锡玉，你知道吗？他们都在传说……”

家权突然想到了什么似的，住了口。

“传什么呢？”锡玉敏感地警觉起来。

“我也只是听说……”

“家权，你也相信？”

“我不信，可一旦到了眼下的这个环境，不想都不可能，你知道人的心理……”

“是啊，不能再耽搁了，是时候了……”锡玉像是在回答家权，又像是说给自己听。

下课铃响了，同学们涌出教室，家权听到了有人往前排奔跑的脚步声，校园里瞬间变得嘈杂起来。

家权第一次感到被人吵着是件多么幸福的事，而锡玉却不知是怎么想的，她不发一言，悄悄地关上了自己的门。

第十七章

省城，六月。

天气渐渐热了起来，走在路上不经意间看到了女人裸露着的白皙的脖颈、胳膊，曲线优美的小腿，男人们的眼前不觉亮丽了起来。反应稍有些迟钝的女人，在爱美的冲动和保守的性格间，只是那么犹疑了一小会儿，便失去了一次展现“自我”的机会。

听到身后传来高跟鞋有节奏的脆响，迷你短裙如美丽的蝴蝶在眼前轻盈地舞动，引得路人频频侧目，自己不是也忍不住地偷看了几眼吗？心中涌起一丝对自己不痛不痒的自责，这世上没有不美丽的女人，只有不自信的女人。

树叶儿更绿了，花儿红得似乎过了头，让人忘了它们含苞待放时的样子。草儿在疯长，几天不割，便参差不齐、高高低低的了。

曹刚就在这样的一个六月的上午，目送洛姗出了医院的大门。

洛姗身着红色的T恤、黑色短裙，脚上穿了双白色的平底布鞋，她挥手拦下辆出租车，却又想起了什么似的冲着司机摆了摆手，折返了回来。

曹刚庆幸自己还没有走。

洛姗来到了曹刚的面前，烫过的长发随意地编起来，也没在辫梢上绕根皮筋，就那么松松地垂着，稍一动便散开一个花，曹刚伸出手将挡着洛姗眼睑的发丝顺到耳后。

“怎么不上车？忘了东西？”

“曹刚，下午有时间你能帮我个忙吗？”

“这么严肃，什么事？”

“下午帮我去妇产科找曹丽拿张报告单。”

“谁的？”

“我的。”

“你？怎么了？生病了？”

“你就别问了，记得帮我拿啊。”

洛姗调皮地笑了笑，转身走了。

洛姗最近总往医院跑，难道真的是身体出了问题？可是不像啊，哪有生病还心情这么好的？不过最近洛姗确是显得消瘦了，曹刚心里不禁隐隐有些担忧。

进了医院的大门，曹刚顺着大道往门诊楼走去，他想穿过门诊楼就可以到达自己现在的办公地点“器材科”。来医院上班一个多月了，曹刚慢慢摸清了五六幢楼之间的连接通道，地上怎么走，地下怎么走，每幢楼分布的主要科室，门诊楼、内科楼、外科楼、机关楼、服务楼（食堂、超市）、器械仓库大楼、家属楼。曹刚每天到医院，换上工作服，便开始满医院地转悠，身上揣个小本子、一支笔，脑子记不住的就记在本子上，不跑的时候便在办公室里安静地坐着，掏出记事本反复研究。同事们搞不懂曹刚这是在做什么，在他们看来车祸前与车祸后的曹刚已经没有什么分别，唯一不同的是他现在不干医生这一行了，言语少了些，不过比原来的那位曹医生要显得亲切、随和多了。

可是有些事情连曹刚自己也不甚明了，陌生的环境，全新的自己，这二者之间似乎从不存在着关联，现在自己被推到了这里，要在这里重新工作，面对一群不曾见过的人。既然来到了这里，那就试着融入这里，让记忆从这一刻开始，可是一个没有记忆的人又是多么的可怕，除非永远失去、永远不再想起。

曹刚感觉到了疲惫，想找个地方靠一会儿，可周围都是人，在医院连上厕所也是要排队的，何况这是门诊大厅。曹刚四下里看看，挂号室、药房、抽血室、收费室、拍片子、做CT的地方都是长长的队伍。自动叫号系统叫着病人的名字，此起彼伏。曹刚感觉像在露天电影场，眼前就有个大屏幕，上面滚动着红色的字，曹刚看着觉得有些晕，他找到了一堵墙，门诊大厅内的一处柱形的承重墙，曹刚靠在墙上，迈不开步子，他闭上眼睛，大厅似乎安静了……

“咣！”有人在砸玻璃，曹刚一惊。

“曹医生，曹医生……”

睁开眼，是张陌生的脸，一位年轻的护士正使劲地摇着自己的胳膊。

“曹医生，你哪里不舒服？要不要去看看？”

“哦，谢谢，不用了。”曹刚恢复了知觉，“不好意思，低血糖又犯了，刚才谁在砸玻璃？”

“抽血室那边，有位实习护士手太生，给一位孕妇扎了好几针，人家急了。”

“孕妇也急，不怕动了胎气？”曹刚感觉自己好多了。

“现在人不知怎么了，遇上什么事都起急，就不能平心静气点……”年轻的护士从工作服的兜里掏出一块巧克力，“给，低血糖的人身上一定要备着点，多危险。”说完，迈着轻快的步伐走了。

曹刚感激地望着姑娘离去的背影。

出了门诊大厅，曹刚像是刚从某个黑暗的角落爬出来。阳光是那么的透亮，曹刚用手挡在前额，眼睛一下子适应不了，在门口停留了一会儿，曹刚觉得该回去了。

门诊大楼左手是刚兴建的外科大楼，病人刚入住不久。虽然整个大楼的外观看上去很美观，可仍然给人一种近距离的冷漠、威严，和病人内心真正渴望的温情似乎相差太远。

大楼主体的三分之一是石头，与地基相连；三分之二是玻璃墙，耸立在上空，无论哪一部分都不能给来这里求医问药的人一丝安慰。来到这里的人们需要的不是华丽的建筑，不是星级酒店般的内部陈设，他们需要的是人，能解除身体的病痛，甚至能救他们命的人，只要能有这样的人在，倾家荡产，舍弃一切，都不足惜，可这样的人究竟有没有？如果有，又在哪里？会在这宫殿般的大楼里吗？

曹刚在潜意识里想成为那样的人，希望自己足够强大，能从病魔的利爪下将一些正在奋力挣脱的可怜的人儿拉到自己的身边，给他们一点点活着的希望、信心、勇气。

也许在这个世界上，病人才是最脆弱的群体。他们往往已经不相信自己，只看到疾病的凶猛和强大，他们对疾病的恐惧源于对死亡的恐惧，这种恐惧让他们变得忙乱、无助。他们以为医院就是诺亚方舟，而医生就是救世主，到了这里，是否就能到达彼岸呢？他们不清楚，身为医生的曹刚也不清楚，自己是否也曾从他们手中轻易地接受过求助的信号，然后像遗忘一棵树、一粒种子、一条平常的路、一个无关紧要的人，将他们忘在了脑后？

“大夫，救救我的孩子吧！”有人过来拉着曹刚的工作服。

是一位年轻的妇人，约二十出头，稀而黄的头发散在双肩，怀中有一小婴儿，微张着嘴，小舌头伸到唇边舔了舔，又缩回去，鼻孔开得很大，却缓解不了呼吸的急促，孩子的脸和妈妈的脸一样的红。

“孩子怎么了？”曹刚蹲下来观察孩子。

“营养不良，不会吃奶，饿急了。”

“怎么就你一个人？”

“他爸爸去办住院了，我们俩都不认识多少字，也不知他找到了没有。”

孩子又哭闹起来，妈妈背过身去，利用一面墙壁的遮挡解开衣衫，可是努力了很久，孩子吃进去的一点奶又全部吐了出来。孩子的哭声让人不禁生出些疑问，他怎么就营养不良了？也许，他在用哭声证明自己生命的存在和顽强，妈妈也哭了，用衣袖擦去脸上的泪水，焦急地在人群中寻找丈夫的身影。

“我知道住院处在哪儿，跟我走吧。”

年轻的妈妈提起刚刚坐在身下的行李包，跟在曹刚的身后。

“大夫，您是儿科的吗？”

“不是。”

“您认识儿科的大夫吗？”

“我不认识。”

“您一个也不认识吗？”

“一个也不认识。”

一阵失落的沉默。

曹刚领着他俩往老住院楼走去。

老楼呈“王”字形，如今因为外科已经搬到了新楼里，只有内科和一些辅助科室还在老楼办公，估计这幢也撑不了多久了。

原来的“王”字楼群上下的笔画已被拆掉，只剩下中间的一笔，还被拦腰砍断，远远望去，像是折了机翼的飞机残骸，孤零零地斜插在那里。被挖掘机啃噬过的断垣残壁，毫不掩饰自己受过伤的身体，突兀地耸立着，钢筋从墙壁里伸出来，向人们昭示着这里曾经有过什么样的战争，仿佛硝烟尚未散去。当你路过这里，鼻腔里会突然冒出尘土掠过的味道，这与相对着的外科大楼好似两个完全不同的世界。

曹刚却喜欢这里，为什么？因为只有这里、这个地方，他似曾相识：老而旧的墙，小而窄的窗子，下雨天漏雨的过道，坑坑洼洼高低不平的路面。曹刚不想看到这唯一能让他觉得曾经属于这里的地方有一日从眼前消失，取而代之的是又一座陌生的高楼，记忆就会被切断，不留一丝痕迹。曹刚自己都会开始怀疑自己，我是谁？和这里有什么关系？

“您是新来的吧？怎么谁都不认识呢？”年轻的母亲有些嗔怨，又有些不甘地问曹刚。

“我……我的确刚来不久，真对不起，不知能帮上什么忙。”

“哦，我不是那个意思，我只是着急，我们从山区来到这省城，这眼睛虽是睁着的，却是瞎的，什么也看不懂，见您一直站在我边上，就以为您能救我的孩子。”

曹刚想起来，自己刚才就站在他们身旁发了会儿呆。

“他爸回来了，看，他过来了。”

前面匆匆跑过来一个男人，女人扔下包，抱着孩子迎上去。

“妥了，住进去了，只是今晚是加床。”

“什么是加床？”

“就是要挤在一个大房间里。”

身材矮小的爸爸脸上挂满了汗珠，手中牢牢地捏着住院单子，生怕一阵风过来飞了。妈妈伸过头去仔细瞅，像看懂了似的高兴地笑了。那两张纸给了他们希望，走了这么远的路，自己和孩子终于在医院落了脚，这一趟没白跑，孩子有救了。

爸爸提起包，搀着妻子的胳膊往住院楼走去，曹刚这才发现爸爸的腿有点瘸，刚才跑起来倒是没看出。

“儿科在四楼，住院处一直往里走有电梯。”曹刚在身后喊。

“谢谢大夫！”年轻的妈妈回过头，冲着曹刚露出了洁白的牙齿。

曹刚也笑了，他把这笑容留给了自己。这笑容一直印到他的心里，让他在这一刻觉得轻松，这时他并不觉得那拆了一半留着一半面目全非的老楼有什么地方不美；他也不觉得身后的外科大楼在这一刻又美在哪里，又能给生了病的人什么实质上的帮助。

有人推车过来了，从后面，速度不是很快，能听出水泥地面与铁的坚硬的接触。

“王小伟？”曹刚脱口而出。

“嗯？”王小伟本能地答应，声音洪亮却有些惊讶，“认识我？”

“刚认识……”曹刚指了指小伟的胸牌，又把自己的推到小伟的眼前。

“怎么了，曹医生？”

“煎药室的？”

“是。”

“和赵昆一个科？”

“赵昆哥？是的，是的，我们很熟。”王小伟在曹刚一连串的问题中终于找到了可以开心的话题。

“你们家在港口？”

“不是，也不知那个港算是个什么港？我们那连条像样的河都没有，缺水。”

“那醉蟹哪儿来的？”

“我姐姐做的。”

“你姐姐？”

“是，我姐夫家住在西灌河边，那河很宽，也很长，与黄海连接，你吃到的醉蟹就产自那里。”

“西灌河，他们那个镇是叫西灌镇吗?”

“正是，曹医生，你去过那里?”

“没有，不过我有个亲戚在西灌镇，联系不上了。”

“没关系，交通方便着呢，去一趟就能寻着了。”小伟呵呵一笑，眼睛在白胖富态的脸上弯成一条生动的缝儿。

“对，总能寻着的。”曹刚拍了拍小伟的肩。这个青年的单纯让他心生喜欢，因为他和赵昆的关系?因为醉蟹?因为他姐姐家在西灌镇?

也许还有别的什么原因吧，他隐约感到自己与西灌镇可能会有一些联系，也许什么都没有。

张宏远?那写着姓名和地址的照片现在还在家中某个隐秘的地方藏着，从把它们藏起来那天起，曹刚不就是想要寻找隐藏在这一切背后的真相吗?

曹刚好比进了个绘有美丽图案的气球里，怎么进来的，什么时候进来的，曹刚不甚清楚，总之是进来了，在这个气球里，曹刚被一层膜护着、盖着。每天隔着塑料皮看世界，有时候看到的是气球的本身的色彩和图案，有时会从那些线条和皮层间透过去，看到一个真实而又熟悉的画面。

曹刚时而清晰，时而糊涂，更多的时候，他觉得既不属于里面，也不是外面的一分子。里面是那么的温暖，可以不受伤害，至少在小范围内是这样的，曹刚感觉到了安全、安逸。外面呢?有风，有清新的空气，它用一种奇特的方式召唤曹刚走出来，待在里面的曹刚有时不想出来，如果能一直就那么待着该多好。

可那是自己的地方吗?曹刚担心它并不属于自己。曹刚推着球走，却又唯恐哪怕一根最细小的树刺扎破了气球，没有了这层塑料皮，自己该去哪里?又有另一种力量像八爪鱼伸出有力的触角慢慢地靠近曹刚，让曹刚不自觉就随着它走了。

第十八章

今年的雨水比往年出奇地多了起来。

过了七八月，每隔几天就会来一场雨，阵雨过后，天气就会变得更加闷热。

雨水的殷勤大大出乎孟宝珍的意料，因为担心太阳的暴晒，她每天早早地便把那些盆景费力地挪到阴凉的地方去，可是雨一来，她又得移到院当中。雨水的浇灌比起自来水养分要充足很多，她满心欢喜地带着极其虔诚的心态将这些植物搬来搬去，累也不说累，怕露出一丝嗔怨而惹天气的不悦。

曹刚和洛姗想要过去帮忙，都被孟宝珍给挡了，说这是她的活儿，让他们别插手。

曹刚默默地看着她不停手地忙活，孟宝珍总是能把一件最普通的家务事都做得让旁观者从中体会到劳动的快乐。真是无法想象，这个院子没有了孟宝珍会是什么样的景象。

那盆大叶绿萝在雨水的催生下更是长疯了，曹刚的目光追随它的叶蔓发现，它不知什么时候悄悄爬进了隔壁的院子。曹刚偶尔会忍不住伸手去扯那绵长的藤，竟扯不动，难道是根须已扎到了对方的土里，还是缠绕到了葡萄架上?

隔壁的院子极少有动静。

曹刚常常怀疑是否住着人，洛姗和孟宝珍似乎从不关心这个问题，也想不起来去关心。城里人即便是门对门地住着，互不相识也是常有的事，更何况隔着这么高的院墙。在这一点上，人往往比不了植物，草木可以肆意地越墙而过，把芬芳和果实一并带过去；人则不同，不管你是出于什么目的，进入一个陌生的空间都需要一定的勇气。

其实那边还是有人住的，只是偶尔来一两天。

孟宝珍前两天还在念叨着呢，“那狗吵死人了，天刚麻麻亮就想挣脱链子放屎放尿去。这主人要是懒，那狗非得被憋死不可!”曹刚也听到了狗的叫声，还有女人对狗温柔地训斥，但从未听清说什么，更不知女人长什么模样。当女人离开后，又会很长时间听不到任何声响，安静得让每个人都足以把隔壁的院落忘记。

今天的雨来得快，去得也快。刚刚雨声还停在耳膜上，现在太阳已经出来了，院子外路两旁的草坪上慢慢升腾起股股白色的水汽，清凉散去，闷热重又袭来。洛姗在雨还未落下来的时候就已睡着了，午饭都没有来得及吃，到现在还没醒来。

曹刚没有一丝睡意，屋内没有开窗，不知是不是刚才下雨时关上忘了开，还是孟宝珍怕吵着洛姗特意关上的。

曹刚决定出去走走。

雨后的天空清、蓝、亮，映射到大地上，万物显得更有活力，充满生机。雨后出来行走的人突然到了这么一个潮湿而又洁净的世界，精神不由得被喜悦充盈着，没来由地欢喜，没来由地感到一种少有的满足。

曹刚站在大路上，左右看了看，一时拿不定主意该往哪边走。不远处的花坛边，孩子们在浅浅的水里扑腾着互相追赶。领头的大孩子站在高高的花坛上不知在编排什么游戏，小点儿的仰着头，半天没弄明白要做什么，便提着自己的小桶去树丛里找蜗牛去了。曹刚看着这似曾相识的画面，感觉这一切离自己很近又很远，他正打算走过去，身后响起了汽车喇叭声，声音大而略显粗暴，仿佛在责备曹刚挡了道。

曹刚回过头，一辆出租车已到了跟前。

曹刚让到路边，出租车擦着身子开了过去，又是一个急刹车停在了隔壁的门前。

车上下来一个男人，中等身材，微胖，戴着很宽的墨镜，遮住了鼻子以上的部位，让人短时间内猜不准他的年龄。去后备厢拿行李时，他看到了曹刚，本想取下墨镜的手又重新将镜子扶正，嘴角的线条和肌肉刹那间绷紧，看不到他的眼睛，凭感觉此刻他看曹刚的目光应是不友好的。曹刚本能地感到隐藏起来的眼神寒气逼人。出租车很快就开走了，男人拉着行李箱进了曹刚家隔壁的院子，人刚一进去，院门便被重重地关上了。

曹刚觉得有些不可思议，这样的人竟是自己的邻居，怎么从未见过？

孟姨从院子里走了出来。

“刚子，站着干吗呢？”

“没想好去哪儿。”曹刚忍不住又走到隔壁的院门前，从门缝往里瞅。

那男人正站在葡萄架下，仰着脸端详着绿珍珠似的小葡萄串。一条卷毛的棕褐色小泰迪端坐在墙边，不时地对着他吠几声。墨镜已从脸上取下来，插在衣服领子上，那人冷不丁地转过脸来，对着门，好冷的一张脸，他背着手往这边走过来。曹刚赶忙闪到一边。

“刚子，看什么呢？我陪你去转转。”孟宝珍拉了一把曹刚的后衣襟，曹刚往后一退，差点踩到孟宝珍的脚。

“孟姨，快走。”曹刚在前头疾走。

门果真“吱呀”了一声。

曹刚回过头。

院门开了一条半尺来宽的缝儿，上面是那男人的脸，下面是狗的脸。

曹刚真的不想看到这张脸，一双眼睛太大，因大而显得有些空洞。明明是看着人呢，却又想把你推得更远，推远了又想把你拉回来，悄悄地不动声色地观察你，等你察觉了，开始注意他了，又恨不得将你一脚踢开，像要踢开一颗躺在路上的石子，就算没有硌着他的脚，可看着就有些碍眼。

那人扫了一眼外面，有些不耐烦地用脚将下面的狗拨了开去。

狗感到了疼痛，过来用脑袋蹭着主人的腿，狗往往要比人单纯得多，它一时弄不清楚自己什么地方惹主人不高兴。主人跳开去，将脸对着狗，后背对着曹刚，攥拳、跺脚，向狗示威，曹刚看不到他的面部表情，却也能大致猜出此刻应该没有好脸色，那狗已害怕地退到一边的角落里。

“刚子，还在看？”

“孟姨，那人脾气怎么那么坏？”

“谁呀？”

“看那儿。”

曹刚指了指那扇半开半闭的门。

“这人回来啦？”

“您认识？”

“你不认识吗？”

“不认识。”

“你应该知道他的，他也是医院的。”孟宝珍看着一脸茫然的曹刚，又慈爱地笑了，“也难怪，一年前，听说他出国了，你刚出了车祸不久。”孟宝珍没有再说下去，车祸那档子事能不提还是不提吧！

“他叫什么？”

“好像姓李……你知道的，除了洛姗家的事，别的我的脑子可存不住。”

“洛姗也认识他了？”

“认识。他以前常来我们家，那还是住在老房子的时候，后来到了这儿，住到一起了，来往得却少了些。”

曹刚和孟宝珍在花坛边坐了下来。

那群孩子，大的已经不见了踪影，小的依然在水泥台阶上、草丛中、矮的枝杈上，执着地寻找着他们的小蜗牛。

“雨下得不够久，哪有蜗牛出现呢？”曹刚似在自言自语。

右前方的长廊中，有人摆上了木桌子，看不到下棋的人，只是观棋的人踮着脚，伸长脖子，将下棋的团团围住，听不到下棋人说话，只有走棋和吃棋时，棋子在桌面上的拍打声。突然间，有个四五岁的男孩从人缝里钻了进去，就听那男孩子“啊啊”乱吼一气，人群一下子散开了，棋子大半掉落在地上，小半在桌上，彻底乱了局。所有的人都被这突如其来的举动给整蒙了，下棋的老人铁青着脸，打不得，骂不得，只是怒视着孩子，“谁家的？怎么也不管管？”其中一位花白头发的老者看着孟宝珍和曹刚，大家的目光也随着聚过来。

“不是我们家的，这孩子好像是后院的。”孟宝珍急忙解释。

那孩子看着这一幕，笑了，露出整齐洁白的牙齿。他很开心，也很满意自己的作品，激怒别人就是他的作品。

“孩子，你为啥要这么做？”孟宝珍待那男孩走近，轻声问他。

“我觉得好玩儿。”

“哈哈哈……”曹刚忍不住大笑起来。

那几位下棋的老人嗔怒地盯着曹刚，不明白他为什么这么高兴。

曹刚本是坐着的，这一笑便站了起来，捂着肚皮想停下来不笑，却又止不住。

“刚子，你这乐什么呢？”孟宝珍在一旁提醒。

“待会儿……我一会儿就好。”

那孩子好像看出曹刚是因为他而发笑，撒腿跑开了，跑了很远，又回过头冲着孟宝珍和曹刚咧开嘴乐了。

曹刚终于停了下来。

“孩子就是孩子，简单。你看那边又下上了，谁会跟一个孩子去计较呢？”孟宝珍朝那边努努嘴。

“孟姨，刚刚那孩子太搞笑了，真不知他是怎么想的。”

“只有他自己知道，也许他什么都没想。”

“人有时要是能活得像个孩子该多好。”曹刚一下子严肃起来。

“刚子，你也是快做父亲的人了，可你才像个孩子呢。”

“父亲？”

“是啊……有什么比这更让我们高兴的呢？”

洛姗出来了，显然已看到了他俩，正往这边走过来。微微凸起的小腹很灵巧地隐藏在宽大的外衣里，别人是看不出来的，可是对孟宝珍和曹刚来说那就是藏不住的希望和喜悦。

报告是曹刚取回来的，洛姗是真的怀孕了。

曹刚高兴，转年将有自己的孩子了，自己也将成为父亲，这种发自心底的幸福和孟宝珍应是一样的。可孟宝珍的期待是真实而又持久的，她数着日子，等着孩子的降生。

曹刚不一样。

曹刚觉得幸福的同时，那潜伏在内心深处的担忧和恐惧又会悄悄地滋生出来，像是大豆地里的菟丝草，想要清除它，却又不知该从哪里下手，弄不好就会伤了庄稼。

洛姗在他们中间坐了下来，刚刚睡醒却还打着哈欠。

“起来就发现你们都不在屋子里，什么时候下的雨我都不知道？”

“回吧，回去给你做饭去。”

孟宝珍拉着洛姗的手往回走时，曹刚发现，隔壁的铁门不知何时又关上了。

第十九章

在西灌镇，一年中最舒服的时光要数春秋两季了，而今年的秋天去得似乎要更快一些，至少在锡玉心里是这样的，因为内心的孤寂使得对冬有了一种本能的抗拒。

南方的冬天虽然没有北方来得早，因为邻近大海，只要一嗅到冬的气息，就得做好与寒冷抗衡的心理准备，因南方大部分城市没有暖气。在城里还好，条件稍好一点的，可以整日开着空调；在农村，没有人舍得去消耗一天十几度电来取暖，对付寒冷，唯一的办法就是多穿衣服，多盖被子，硬扛。

锡玉在屋子里生了个烧煤的炉子，后窗用牛皮纸糊了个严实，以防风从窗棂的缝隙间钻进来。采光是差了点，可就是不糊，这个后窗阳光也是照不进来的。前窗留着，早上九十点的时候，坐在屋子里，多少还是能够感觉到点阳光的温暖。

煤炉子早上点燃，白天可以烧点热水，以供洗洗涮涮用，要不凉水冰得让人插不进手去。到了夜间，就得灭掉，屋子的门窗都关闭后，通风不好，锡玉担心煤气中毒，自己一个人，真要是那样，连个知道的人都没有！

孙婉有些日子没来了。因为冷，西灌河两岸的轮渡也减少了班次，由原来的一日四次，改为每日两次。孙婉这丫头最近也有些犯懒了，人不来，连个口信也没有。自从张磊离开西灌镇后，也不知她现在怎么样了，张磊走了，锡玉没觉得有什么不好，本来她就觉得他俩不合适。孙婉是个软耳根，喜欢听好话，也许张磊摸透了她的性格吧！

同学们已进入了这学期的总复习，期末考试快开始了。

这个小镇中学里确有热爱学习的学生，每天一大早，天刚蒙蒙亮，锡玉都能听到走廊的西边有人在背英语，应该是住校生，走读的是不会这么早的。听到背书声，锡玉便会起来，到走廊外面生炉子。后来锡玉发现背书的是罗家权班级的一名女生，叫俞苗，是个贫困生，跟着姐姐生活。姐姐在镇上开了个理发店，刚开始挣点钱还不够交房租，近两年稍微好转，勉强度日。当然，罗家权对这个学生可没少帮助，俞苗也很懂事，学习从不让人操心，总是班里的前几名。

有时，俞苗背完书路过锡玉身旁，会主动地用扇子帮着锡玉催着炭火。

“俞苗，你怎么天天这么早?”

“在家怕吵着姐姐，姐姐睡得晚，我不想她起得太早。”

“你吃饭了?”

“没呢，一会儿我跑着回去，几分钟就到家了，姐姐也该起了。”

“真懂事。”锡玉摸了摸俞苗的头。

“没有，我是为了锻炼身体。”俞苗一笑，便露出了两颗小虎牙，圆圆的脸冻得红红的，大眼睛越发黑亮。俞苗走后，锡玉的心都会暖上好一阵子，这是自从上次骨灰盒事件后唯一让锡玉感到活着还没到最糟分上的事。

宏远的骨灰已在两星期前放进了墓里。

那是锡玉自己选的日子，算不上是什么特殊的日子。那天天气比较暖和，没有风，在“好心”的校长的陪同下，终于了却了众人的一桩心事。

校长在背后还是做了不少工作的，要不像李伟英这样的好事者，怎么能对这么一件极具“趣味性”“轰动性”的事善罢甘休呢?

这个世上有些人活着，他们自己是不快乐的，他们会从别人的身上找乐子，别人不小心掉进坑里，他们第一反应不是去拉一把，而是庆幸自己没有掉进去；别人要是摔跟头破了皮，他们不会想到别人疼不疼，而是为自己的完好无损感到高兴，别人难过和自己有什么相干呢?别人不幸才能反衬出自己的幸福呀，尊敬的李老师不就是这样的吗?

当然，这世上还有另外一群人，他们善于遗忘，遗忘那些不愉快的，忽略别人的缺点。他们容易接受好的、新生的事物，这些人心地单纯、正直、善良、宽容，比如老高、罗家权、周梅英，还有像俞苗这样的少年。

锡玉就活在这群人当中。

学生们虽然也听到了些风声，但他们很快就淡忘了，因为他们没有亲眼所见，他们不确定。老师们都说了，没影的事，那就是捕风捉影，这个年龄可以想象的东西太多了。

李老师当然觉得有些失落，可校长都说话了，自己再去折腾又有何用呢!

有些因人而生的是非，也会因人而灭。

临近冬至的时候，孙婉突然来看锡玉。

虽然一直盼着她来，可真来了，又免不了有些意外，意外的不是她这个人的到来，而是她带来的消息。

“姐，我要结婚了。”孙婉一进屋便说了这么一句话。

“这么快?”

“早结也是结，晚结也是结，人家要结就结吧。”孙婉虽是一副不在乎的表情，可锡玉还是听出了不乐意。

“你呢？你想结吗?”

“我不想又能怎样?”

“你还真不想结?”锡玉看着孙婉略显消瘦的脸庞，到了嘴边的抱怨又变成了心疼。

“每年冬天你都要抓点膘儿，今年怎么反倒瘦了？别瞎琢磨了，长青对你不错。”

“你也这么说，我以为你不会。”孙婉站起来在屋子里边走边使劲地跺着脚，不知是脚冷，还是为了缓解心情的烦闷。

“我该怎么说？我们站在一边比你看得清。长青人本分，心里看重你，你呀，别老是对人家顶针带刺的。”

“姐，你当初和宏远哥决定结婚时，你害怕过吗?”

“你指的什么?”锡玉不解地看着孙婉。

孙婉没有回答锡玉，自顾自地说下去：“我一想到要和李长青结婚，过一辈子，我就莫名地害怕起来，觉得生活没有希望了。”

“那你和张磊呢?”

“你提他干吗?”孙婉一屁股坐在床沿上，情绪有些激动。

“如果和张磊结婚，你还会这么想吗?”锡玉不给孙婉机会，“小婉，你还小，人也好，感情也好，都要经得住时间的打磨，长青这块石头啊，虽生得普通，可放在你脚边，任谁也搬不走。”

“姐，你这是什么道理？我不懂。”

“靠得住。”锡玉简洁明了。

“你直接说靠谱不就行了吗？这绕得我头晕。”孙婉站起来，到书桌前拿起锡玉和宏远的照片，眼睛却在屋里扫视着。

“姐，盒子呢?”

“我知道你在找什么，放进去了。”

“什么时候?”

“有半个月了吧!”

“好，总算入土了。”孙婉长长地舒了口气，感觉整个人都放松下来。这屋子多少也有了点以前的感觉，有那东西摆着，心里总不踏实。

“小婉，我不想这房子被收走。”

“姐，这里有什么好？整天就你一个人。”

“我得留在这儿，这万一哪天，宏远想回家了，我不在，他该不认识了。”

“姐，你现在的脑子有点不正常，瞧你想的这些……”

“小婉你想的，我不懂；我想的，你更不懂。好了，别说这个了，告诉姐日子定下了吗？”

“阳历11月19号。”

“那不是就要到了吗？”

“是啊，我今天来就是告诉你，到时你一定要回去。”

“小婉，我可以回去，可正日那天，我不一定能陪你。”

“为什么？你要是不在，那这婚结得就更无趣了。”

“我现在是个寡妇……”

“我不信这个。”

“老人信，我们不能坏了规矩，在农村，结婚可是人的头等大事。”

孙婉有些失望地回去了。

路过集市时，孙婉看到了略显冷清的鱼市。

张磊的摊位早已换了卖主，是位上了年岁的男人，正卖力地给人杀鱼，冷空气似乎把人们脸上待客的笑容也给冻住了。

整个街道上稀稀拉拉的几个人，买菜的寻不到自己想要的菜，卖菜的缩在墙角远远地望着自己被冷落的菜摊，一边跺着脚，一边埋怨着天气。

好多天没见到阳光了，屋里屋外一样的冷。

天阴得让人想不起这冬天还有什么让人高兴的色彩，只有散了学的孩子们依然开心地在街道上抽着陀螺、滚着铁环、摔着纸炮，这些在城里早已没了踪影的玩具，在西灌镇依然充满着活力。

孙婉一个人立在街头的大桥上。

河面已被封住，隐约可见灰白的冰面下没来得及漂走的垃圾。几只觅食的麻雀落下来，悠闲地踱着步。不远处的巷子里传来“砰”的一声，紧接着便见到几位大嫂端着玉米粒，领着孩子一路小跑，麻雀“呼”地都上了树，爆米花的香味，这才慢慢地飘过来。

孙婉想起几个月前，自己和张磊还在这个集市上忙碌，现在这个“混蛋”却没了一点音信，鸟儿飞走了，枝条还颤几下，这人倒好，说走就走了，也许锡玉姐说得对，张磊和自己不合适。

可是和李长青结婚，自己又是多么的不情愿啊。

一想到自己马上就要嫁过去了，孙婉的心就像桥下的冰面，一下子变得坚硬起来。冰面等到春天来临还会化开，心灵，还能有春天吗？她有时真想去找找张磊，当面问问他，究竟喜没喜欢过自己？为什么自己用心喜欢的一个男人对自己没有一点留恋？一想到张磊，孙婉就像吃错了药一般，身体不停地哆嗦，她无法让自己平静下来。她就这么常常在心里想念着张磊、责怪着张磊，另外，也在心里暗暗地排斥着、怨恨着李长青。

出嫁的日子就在这矛盾的心境中一天天临近了。

第二十章

孙婉走了以后，锡玉觉得日子过得很快，转眼到了冬至。

天气依然没有完全放晴，偶尔有那么一天，太阳会露一下头，却也像病了似的，没有一点气力，人们还没来得及感受到它的温暖，便又不见了踪影。

冬至这天，晌午过后，突然刮起了大风。听老人们说，夜里起风，白天停，这要是白天起风吧，那八成是要变天了。果然到了下午，空中飘起了雪花。按当地的风俗，冬至该给已故的亲人送寒衣了。

锡玉从柜子里取出早已准备好的棉衣、棉裤，用一个塑料袋子装上，带了些水果、点心、白酒，装在一个篮子里。临出门时，锡玉从后窗先看了看外面，学生们还在上课，校园里很安静。

锡玉提着东西，悄悄地出了门。

风更加地紧了，瞬间便把屋里保留的那点热气吹走了。刚走到校门口的大道上，锡玉觉得整个人已被冷风灌透，手和脸都感到了疼痛，想要找个地方藏起来。锡玉后悔自己忘了戴手套，再回去拿吧？算了，锡玉将东西搁下，把脖子上的围巾取下来，裹在头上，只露出两只眼睛，使劲搓了搓手，提上东西继续往前走，速度明显地加快了。

锡玉不愿意遇上熟人，路上原本就没什么人，偶尔有那么一两个也是缩着脑袋、袖着手，和锡玉一样急急地赶路，谁也顾不上谁。

在街的拐角处，锡玉停了下来，进了一家杂货店，前面不远就是墓地了，锡玉想买点纸钱。

杂货店的老板正和一群人围着炉子在打牌，见锡玉进来，一时腾不开手。

“要什么，自己拿，把钱放在盒子里。”老板对着锡玉歉意地笑了笑。

锡玉从货架上取了卷纸钱，取下纸钱的一瞬间，在货架玻璃中锡玉看到了一个人，不，是一个人的侧影。那个人在锡玉盯着玻璃的时候，正把手里的一个什么东西扔进了垃圾筐。锡玉觉得这个人很眼熟，她赶紧转身，手中的纸钱扫倒了柜台上的糖果盒子，打牌的人停了手中的牌，看着锡玉。

“对不起！”锡玉弯腰帮着捡糖果。

老板走过来，很显然他认识锡玉，“孙老师，别管了，我来捡。”

锡玉觉得过意不去，把地上的糖果一一捡起，装进盒子。

“没事，孙老师，您忙您的去吧！”

锡玉将买纸钱的钱放在柜台上，人们又投入牌桌，好像锡玉不曾出现过。

从杂货店出来，锡玉四下里寻找，刚才从玻璃里看到的那个人应该就在街对面的那个铺子里，可是现在不见了。锡玉很想再见到他，自己连对方穿什么样的衣服都没看清，更别说模样了，不过，要是再见到他，锡玉还是能认识他的，那只是一种感觉。这个人，好像不是这个小镇上的，但锡玉觉得自己应该在什么地方见过他，至于是否真的见过，锡玉自己也说不清楚。

进了墓地，锡玉便闻到了一股焦煳味，显然有人烧完了刚离开。锡玉径直走到宏远的墓前，雪似乎下大了，地上已有了一层薄薄的积雪，雪花随着风从宏远的照片上飞过，有一片竟粘在了上面，久久不落。锡玉蹲下来，用手轻轻地拭去，在宏远的脸上留下一道浅浅的湿痕。

宏远是个爱笑的人，可这张照片宏远没有笑，仔细看，还是笑的，只是拍照时，忍住了。嘴角紧闭，眼睛里却流露出笑意，此刻依然专注地看着锡玉。

锡玉把篮子里的东西一一摆上，又取出棉衣、棉裤。

“宏远……”刚一出口，泪水便涌了出来。

锡玉有太多的心事要跟宏远说，可话到嘴边又咽了回去，连同自己悲伤的情感一同压在了心底。

锡玉烧了纸钱，本想把棉衣、棉裤也烧了，可锡玉不愿那么做，她觉得衣服烧了宏远冷了怎么办？锡玉看着宏远的照片，再看看他的四周，都是冰冷的石碑，想到夜晚，宏远一个人在这里，连个聊天的人都没有，不管是刮风还是下雨，宏远都得待在这里，他该有多凄凉、寂寞。自己再苦，也还有间屋子，有个可以藏身的窝，而宏远却什么都没有。

锡玉坐在墓前，棉衣、棉裤抱在怀里，她要先用自己的体温将其焐热，再给宏远盖上，这样宏远就不会觉得冷了。

锡玉靠在墓碑上，她不知道怎样才能离宏远更近一些，坚硬的水泥板永远地将他们地上地下地隔开。这世上有种距离是永恒的，无法拉近的，那便是生死之隔，墓碑将这种冰冷和无奈传递给锡玉，这更加地催生了她对宏远的想念。她常常出现幻觉，宏远还活着，还在某个地方等着她，也许哪一天，自己走着走着就会与他不期而遇了。她总是这么欺骗自己，并且用这种无望的希望来减轻没有了宏远后活着的苦痛。

锡玉想找个缝隙将棉衣塞进去，可惜所有的边边角角都用泥浆封死了，无奈锡玉只好把带着自己体温的棉衣半铺在墓板上，担心被风吹走，又找来几块石头压住。

做完这一切，锡玉准备回去了。

她不知道有个人正在背后默默地看着她，准确地说，应该是偷看。

这个人从她一进入街道就悄悄地跟着她，一直尾随进了墓地。

这个人便是曹刚。

时间终于在冬至这天，在西灌镇，在宏远的墓地重合定格。

锡玉此生最不经意的一次转身，唤醒了曹刚因车祸外伤而丢失了的记忆。

他们同时看到了对方。

锡玉震惊，这不是在杂货店的橱窗里看到的那个人吗？

他在跟踪自己？宽大的外衣帽罩住了整个脑袋，脸的下半部分也都埋在了厚厚的衣领里，只有一双眼睛盯着锡玉。

“是你吗？”那个人开口说话了。

“是我……”

“是锡玉吗？”

“你怎么知道我？”

“我终于找到你了……”

曹刚不顾一切地冲过去。

锡玉不知道怎么回事，甚至没有来得及看清对方的脸，就被紧紧地抱住了。由于跑得急，曹刚脚下没站稳，带着锡玉一起倒了下去，倒下去的一瞬，怕摔着锡玉，一手搂着锡玉的腰，一手撑地。以为遇到了歹徒，锡玉本能地拳打脚踢，想要挣脱。曹刚翻转身，坐了起来，又从背后抱住锡玉。

曹刚不松手，此刻他唯一的感觉便是怀里的这个女人才是最真实的。她在他的眼中已不仅是个人，她代表着他的过去，以及将来活着的意义，她也代表了曹刚自己。

隔着厚厚的两层冬衣，曹刚和锡玉同时觉出了来自对方身体温暖的气息。这熟悉的气息来得自然亲切，它是锡玉的，也是曹刚的，除此之外，它不属于任何人。有那么短短的一瞬，锡玉觉得似在做梦，她停止了挣扎，不，她忘了挣扎，她陶醉在这种温暖里，忘记了去分辨这温暖来自哪里，自己是否应该拥有。

曹刚却松了手，他看到了锡玉背后张宏远的墓碑、碑上的照片及碑文。他缓缓地走过去，伸出手指着宏远的照片，想对锡玉说什么，没来得及出口，整个人便倒在墓碑前。

锡玉看到了这个男人的脸。

她不敢相信，甚至不知该如何呼吸，左手的指头用力地抓住自己的右臂，似乎要把她自己的右臂扯下来。她想挪动自己的脚，却又不知该挪到哪里去。锡玉只好费力地凑过去，看着那个男人。他是不是还活着？

她不能确定。

她想离开，又想留下，最后不知怎的，两腿一软，跌坐在原地，一块很硬的石头被坐在身下，竟没觉出疼。

那个男人像是睡着了，又像是死了。

那个男人和宏远长得一模一样，在锡玉眼里他就是宏远。

他是人是鬼？

锡玉伸出手轻触了一下那个人的鼻子，很凉，却有气息。不知哪来的力量和勇气，锡玉猛力扯了一下那个男人的衣袖。那个人哼了一声，锡玉跳起来躲到了石碑后。

"锡玉，锡玉……"

那个人在叫自己，他是宏远？锡玉想过去。

曹刚醒了，他发现自己躺在冰冷的地面上，他慢慢坐起来，定了定神，头晕得厉害，墓地里除了自己见不着一个人，只有风声，像厉鬼拖着长调，在四野里哀号，更让人觉得寒冷和恐惧。

墓碑上的自己正直直地看过来，眉宇间的笑意像是无声的嘲讽。

"你是谁？人还是鬼？你为什么会在这里？你到这里来干什么？"

躲在墓碑后的锡玉小心地走出来，生怕踩折了脚下枯稀的野草，她人是出来了，却站在离曹刚几米远的一棵低矮的灌木丛后，背在身后的手中紧握着巴掌大的石块，那是刚刚寻了半天才寻到的武器。不是为了攻击，也不是为了防身，这个男人没有丝毫伤害她的意思，是为了什么呢？是因为她弄不明白眼前究竟是怎么一回事？也不知道将会发生什么事？可出人意料的是，眼前的这个男人突然痛哭起来，锡玉从未见过一个男人也会这么伤心欲绝地不顾体面，泪和鼻涕流到一处，在唇边挂着、糊着，原本漂亮的胡须也像被践踏了的草地，一片狼藉，没了生气。

听老辈人说鬼魂是不会流泪的，鼻涕就更谈不上了。可不是鬼，他又会是谁呢？是梦，是自己的苦痛感动了上苍，宏远托梦和自己相会来了。锡玉突然间真的恍惚起来，她丢了手中的石块，顺手在土堆上抓了一把雪塞进嘴里，又狠狠地吞下，凉，透心的凉，像是有蛇从裤管里钻了进去。锡玉打了个冷战，这才感觉到了身体的麻木，手、下巴早已没了知觉，两个眼珠子似乎翻不动了，成了木刻的。她迈开双腿，两腿也不再是自己的。凭着本能，她确信这不是梦，就算是梦，在梦中，她也是要靠近这个男人的，她对这个和宏远长相一样的人是不能拒绝的。

锡玉一步步地靠近，曹刚的心却一点点地收紧，“勇敢”的锡玉终于走到了宏远的面前，她跪下了，将手放在宏远的脸上，曹刚已不再痛苦，被泪水浸湿的脸僵在那里。

当锡玉的手指轻触到脸的一瞬，曹刚终于不管不顾地将锡玉拥进怀里。

锡玉和曹刚在宏远的墓前又一次忘情地拥抱在一起。

锡玉希望时间从这一刻翻开新的一页，并能一直延续下去。而曹刚，他只希望时间在此刻永远地停下来，他清楚，这也许是他此生最后一次拥抱锡玉了。

“你真的是锡玉吗？我终于找到你了。”

“你竟然没有死，你没有死，这真是太好了。”

锡玉用自己的脸猛蹭曹刚的脸，将满脸的鼻涕眼泪都蹭到了自己的脸上，而曹刚则将脸埋进锡玉的发间，他闻到了锡玉身上独特的久违而又熟悉的味道，就是这个味道，曾一度沉醉在自己的脑海里，如今它随着自己一同醒来。这味道让曹刚痴迷、陶醉、不舍，这味道让曹刚痛苦、矛盾、迷茫。

曹刚的心和肉体都在挣扎。

“锡玉……锡玉……”曹刚口中唤着锡玉，脑海里浮现出的竟是洛姗的模样，那么的清晰、生动：洛姗从绿海花园的院门内缓缓走出来，一只手放在腹部上下来回地抚摸，脸上的笑容妩媚而陶醉。曹刚回到了现实中，他将锡玉从自己的怀中轻轻地推开，像是无奈的父亲不得不推开自己怀中离不开自己的年幼的孩子。

短暂的，还是永远的分离？曹刚不知道。

而锡玉仿佛想起了什么。

“你是宏远？那我认领的尸身是谁的？这儿埋着的不是你，又会是谁？不对……这不应该……”

锡玉走到宏远的墓前，看了看照片，又看了看曹刚。

“告诉我，他是谁？”

“他？他是你的丈夫，张宏远。”

“那么你呢？”

“我是曹刚。”

“曹刚？”

“是的，你还不知道，宏远有个孪生的哥哥，很小送了人，那便是我。”

“那你怎么知道我？你来找我又是为了什么？”

“车祸前，我们在省城刚相认不久，宏远经常提起你。”

“车祸？谁出了车祸？”

“我们兄弟俩。”

“这么说，宏远是车祸死的。不可能，宏远是在湖边被人发现的，没有发现车祸的痕迹，再说当时你在哪里？”

“湖边？什么样的湖边？”

曹刚也有些不明白了，自己明明也是在湖边被人救起的，可人们为什么没有发现另一个人呢？

“一个山谷中，宏远的尸体被浪冲到了岸边，被当地捕鱼的人发现的，这些你不知道？”

“不知道，车祸使我的脑子受了严重的外伤，记忆也是时好时坏的。我也是慢慢打听才知道宏远不在了，所以，我一直在寻找你。”

“你真的是宏远的哥哥？”

曹刚不敢再看锡玉的眼睛，怕多看一眼，锡玉渴求的眼神会再次将自己拉回到她身边。

他还怎么回得去呢？一场车祸颠覆了自己的人生，如果此时回来，洛姗怎么办？未出世的孩子怎么办？还有即将上任的省院器材科的工作，这一切的一切该如何放得下？如果真能舍弃那一切回到这个小镇上，眼前的女人还能像从前那般接纳自己吗？

他回不去了……

“我是宏远的哥哥。”曹刚扯下一片松树的叶子，再一点一点地在手中撕碎。他想撕碎自己的谎言，撕碎自己的灵魂和肉体，然后再一点点重新拼凑、粘贴，希望如此能够有个新的自己，这样才有和锡玉再次站在一起的资格和勇气。

“你来过西灌镇？”锡玉也慢慢平静下来。

“来过。”

“你真的来过？什么时候？”

“夏天和秋天都来过，这是我第三次来镇上了。”

“那就对了。”锡玉失望地低下头去。

“你见过我？”

“见过吧，我的堂妹孙婉也见过。”

“孙婉也见过我？”

“怎么你认识她?”

“哦，不，不曾认识。”

曹刚将手心里的碎叶片扔在脚下，又毫无目的地把它们踢进雪里。

“真没想到，宏远在这世上有个模样这么相像的哥哥。”

锡玉终于敢抬起头直视曹刚的眼睛。

曹刚又一次躲开了。

风也肆虐得倦了，尚存的一点气力依然不忘将路面上的几片干枯的叶子带到草丛中去。雪还在无声地下着。

天，好似放亮了，原本灰暗的小镇变得明朗起来。

远远近近的房屋显出了它们原有的轮廓，偶尔一两声狗叫似从很远的角落传来，又要传到很远的地方去。

第二十一章

曹刚回到了省城。

西灌镇的寒冷似乎没有波及这里，西灌镇的一切与这里又有什么关联呢？除了在曹刚的内心深处留了道深深的略显丑陋的疤痕，谁会想到繁华的都市外，还有个小镇，镇上有那么一群人，他们过着自己的日子，享受着朴素的幸福，也承受着道不明的苦难。

曹刚来到别墅前，发现院门从里边锁着，在兜里翻了一气，唯独没有大门的钥匙。

曹刚在门上用力敲了几下，门里没什么动静。孟姨去哪儿了？谁在屋里呢？洛姗吗？今天是周五，不对，孟姨一定是睡着了。

曹刚在门旁坐了下来，头靠在铁门上，感觉到了累，闭了会儿眼，头疼病好似又犯了，满脑子似有蛇在里面绕着圈地爬，曹刚用拳头在脑袋上捶了几下，又觉得捶哪儿都不是地方。身后的门突然打开了，曹刚没防备，随着门的打开，四仰八叉地跟着躺倒在地。

“曹刚？”

魏明义穿着睡衣，一脸的诧异。

“爸，您今天没上班？”曹刚爬了起来，将包提进去。

“这两天身体不太舒服，休息休息。”

“您病了？”

“唉，血压不知怎么就上去了，高压160，低压110，最近应酬多，这不，现在还头重脚轻的。”

“您要注意休息，酒少喝。”

洛姗和孟宝珍都没在家？曹刚一眼看到了门口的那双陌生的细跟高筒靴子。

曹刚没言语，院长在客厅的沙发上坐了下来。

这时从卧室里出来个女人，四十开外，身材高挑，长长的卷发散在肩上，眉眼还算清秀。她一见曹刚，对着曹刚笑了，牙齿不是太白，或因为戴着牙箍的缘故，曹刚没看清。那女人拿眼睛迅速瞟了一眼曹刚，又极快地将目光收回，仿佛不愿过多地去揣度曹刚，又似这一眼已把曹刚彻底看透，曹刚却别想从她的身上得到任何信息。

“这是王欣，听说我病了，特来看望我。”

“王欣，曹刚，我的女婿。”

“哦，曹医生，久闻大名，真是一表人才，跟洛姗确是很般配的一对。”王欣笑起来，脸上像开了朵花。

王欣挨着魏明义坐下，拿起一根香蕉剥开了，递给曹刚，那感觉她是这里的主人，曹刚不情愿地接过香蕉。

“爸，洛姗和孟姨呢？”

“你孟姨陪洛姗去做产检，一会儿该回来了，曹刚，这几天你去哪儿了？林主任说你请了几天假？”

“是的，我去看了一位老同学……”

“就为这个？”

“他们家出了点事……孩子病了。”

“哦，应当的，严重吗？”

“可能有些麻烦，不太好治。”

“什么病？”

“白血病。”

曹刚说着谎。

院长当了真，没有丝毫的疑心。而那个叫王欣的女人似乎对他们的谈话没有任何兴趣，她在摆弄洛姗平日里放在柜子上的各色布艺娃娃。曹刚见洛姗的东西被她拿在手里，心里觉得有些别扭，而院长却不以为然。

“曹刚，你那同学的孩子如果有什么需要帮忙的，你跟我说。”

“好的，爸。”

曹刚起身为院长接了杯水，院长接过水，抿了一小口。

“洛姗该回来了吧？”曹刚每次和院长单独相处，都会显得有些局促，何况一个撒了谎的人，更怕不知情的人把关于这个谎言的话题热心地延续下去，用一个谎言去掩盖另一个谎言是件让人很不轻松的事情，偏偏身边又多了个陌生而不明身份的女人。

“你别担心，有你孟姨陪着呢。孟宝珍这个人，对什么事都没有对洛姗上心。”院长很少用如此欣赏的口吻来评价孟宝珍，这在曹刚看来有些意外。

“院长，我该回去了。”王欣起身去拿自己的外套。

院长竟没有丝毫的挽留，只是进了卧室，提出个女式的包递给了已穿戴整齐的王欣。

王欣拉了拉院长的衣衫，极温柔地笑了笑，“不用送啦，保重身体。”

“要不，让小张送你一下？”

“不了，我打车。”

院长和曹刚一起目送着这个女人扭动着腰肢往院门外走去。

王欣之所以这么着急离开，可能有她自己的想法。

就在她快出院门时，洛姗和孟宝珍从一辆出租车上下来了，三人打了个照面。

王欣从洛姗身旁经过时，刺鼻的香水味让洛姗忍不住地想要吐出来，这个女人是谁？在哪儿见过？却又一时想不起来。快到门口时，王欣回过头冲着洛姗极其友善地一笑，因为过于友好和亲切，这让洛姗在心理上很快对这个女人筑起了一道防线。

王欣坐上刚刚的那辆出租车离开了洛姗和孟宝珍的视线。

孟宝珍见过这个女人，正因这样，洛姗瞬间阴沉的脸让她不免忐忑。

王欣每次来绿海花园，对孟宝珍，无须避讳什么，孟宝珍十分清楚自己的位置，在这个家里，只有洛姗像依恋母亲般地依恋自己。至于魏院长，一个单身的成功男人，他和什么样的女人来往，一个做保姆的是没有必要去操心的。

可洛姗不同，见到这个女人第一反应就想到了自己的父亲，想到这个女人和父亲存在着某种联系，便对这个女人生出了一丝厌恶和反感。在这个院子里，她的情感区域里所能容纳的女人，似乎只有孟宝珍。虽然她知道孟姨在父亲那里永远成不了自己的母亲，可这个刚刚离开的女人还是在她的心里落下了颗发霉的种子。

这个女人，她如此高调地出入自己的家，让她瞬间对自己的父亲也生出了些恨意。

院长已进了书房。

曹刚一个人立在窗前看着进了院子的洛姗，要在往日，他早就迎出去了，可今天不行，曹刚觉得无形中有什么东西横在他和洛姗之间。

短短数日不见，洛姗的面容和身材好似都有了很大的变化，在曹刚的心里洛姗显得陌生了、遥远了。

是变了，洛姗胖了些，肚子一天天大起来，以前曹刚没有仔细观察过，因为洛姗天天就在身边。

如今他倒像是出了远门久久未归的亲人，亲切中带着些许隔膜，一时无法再像从前那样靠近。

洛姗披着宽大的衣衫，那是曹刚的运动服，虽已是隆冬，可她好似一点也觉不出冷，红红的脸泛着柔和而又生动的光辉，孕育新的生命，没有让她丝毫地变丑，相反地，优越的家境、社会地位，以及这些综合因素导致的自尊上的高傲，却已悄悄隐退，天生的母性掩盖了人性的瑕疵。

洛姗和众多即将成为母亲的女人一样，变得朴素、平实。

魏院长听到动静，早已迎了出来。

“洛姗，检查结果怎么样?”

“都挺好，血糖有点高。”

“少吃甜食，妊娠糖尿病也挺麻烦的，老孟，以后在饮食上你就多费心。”院长客气地对孟宝珍吩咐。

“爸，孟姨一看到结果这一路上就琢磨开了，这事您不用跟她说。”

魏院长感激地看了孟宝珍一眼，没有言语。

“爸，刚刚出去的那个人是谁?”

“哪个人?”

“那个女人啊。”

“我的一个朋友。”

“什么朋友?”

魏院长走到院中间的石桌前，却也不落座，只是用拇指和中指将桌面上正在爬行的一只甲壳虫，一下子弹出去很远。

“洛姗，曹刚回来了。”父亲看了眼女儿，极为慈祥地笑了。

“回来了，您不早说。”洛姗起身就往屋里走。

“你容我说话了吗?”

“爸，这事以后再慢慢聊。”

“还有什么好聊的，你多操心自己吧，我的事你就别费心了，我有分寸。”

洛姗已经进了屋子，后面的话大概没听清，她的注意力已经迅速从父亲和那个女人那里转移到了曹刚身上。

客厅的沙发上，曹刚正闭着眼睛靠在角落里，他睡着了。

可并不是一种放松的状态，整个人蜷着，似乎觉得冷，外套脱下，盖着上半身，脑袋也像要藏进去，可惜只进去一半，双目及额头在外面露着，仿佛为了告诉别人，我睡着了，请不要打扰我。实际上他正醒着呢，异常的清醒。

他感觉到洛姗进来了，并且慢慢地靠近自己，紧挨着自己的身体坐了下来，带着急促而略显沉重的呼吸，洛姗将曹刚的外套往下拉了拉，自己呼吸困难，让她觉得曹刚这样是否应该更舒服一点呢。

曹刚睁开了眼睛，他不得不睁开了，洛姗的笑脸就在眼前。

“这几天累坏了吧？同学找着了没有？”

“找着了。”

“总算是了了你的一桩心愿，怎么样？这回心里踏实了吧？”

“找是找着了，可……”

“怎么了？”

“她的孩子生病了。”

“男孩，女孩？”

“啊？”

“男的，还是女的？”

“哦，女孩，白血病。”

“太可怜了。”洛姗下意识地将双手放在自己的肚皮上，有些难过，“有时间多去看看人家。”

“会去的。”同一个谎，只是听众不一样了。

但曹刚明显地镇静了许多，尤其是每次撒谎都没有引起对方丝毫的怀疑，这让他那被谎言包裹着的心灵变得宽慰了许多，也坚定了许多。

洛姗脱下外套，露出粗壮的腰身，曹刚看着她有些费力地托着自己的腰，这才勉强从沙发上站起来，在背后托了她一把。

“你要小心点，工作能放就放了，对了，预产期是几月几号来着？”

“3月11日，”洛姗点了一下曹刚的脑门，“以后不许再忘了……”

“真是快了，你要生了……做母亲了？”曹刚自言自语着。

“你呢？难道你不是父亲？”洛姗笑了，显出她这个年龄很少有的单纯。

“我？”曹刚一时不知要说什么。

“对呀，做爸爸了，你还紧张了？”

“要做爸爸了……”

“想做个好爸爸吗？”洛姗在屋里来来回回地走动。

“当然。”

“那从现在开始，你更要对我好好的，对我好，就是对孩子好。”

“洛姗，你要知足啊，曹刚对你好不好，别人不知道我还不知道吗？熬过这段时间，你俩的日子长着呢！”孟宝珍端着果盘进了客厅，她又凑近洛姗，“那个姓李的送过来一些洋玩意，收还是不收？”

“哪个姓李的?”

“边上的那位。”孟宝珍朝着隔壁努努嘴。

“李胜远?”洛姗的脸又阴了下来。

“要和院长说吗?”

“不用,我去。”洛姗出去了。

李胜远的到来大大出乎洛姗的意外,“李大夫,出国回来了?”

“回来有几日了。”李胜远将礼物放在石桌上,想要坐下,又发现洛姗似乎没打算邀请自己落座,所以有些尴尬地站在那里。不过这种尴尬是短暂的,李胜远很快调整好自己的状态,在洛姗面前摆出一副极其友善而尽量不让人生厌的讨好的笑容。

“洛姗,从国外带回来的一些补品,纯绿色,非转基因的,你有孕在身,吃东西比较讲究,所以我……”

“李大夫,坐吧!”

“洛姗,你跟我总是这么客气。”得到许可的李胜远忙不迭地坐了下来。

隔着玻璃,曹刚看着李胜远,如此强悍,甚至冷漠到让人生畏的这么一个人,在洛姗面前,谦恭得如同被驯服了的家犬般温顺。

“曹刚他没在?”李胜远看了一眼客厅,又迅速地将目光收回来。

“你找他有事?”洛姗礼节性地递过去一杯水。

“哦,没事,听说他恢复得挺好。”李胜远指了指自己的脑袋,“都能记起了?”他小声地问洛姗。

“你指的什么?”洛姗一时没反应过来。

“所有的记忆?”

“记忆?没有完全恢复,有些事他还是记不起来,有些记得还挺清楚。”

“哪些事啊?”

“那你得问他,李大夫,你对曹刚还真是挺关心的,没准曹刚见到你还能想起一些过去的事,你俩不是在一起待过吗?曹刚,你出来一下好吗?”洛姗对着客厅唤道。

“洛姗,别……别叫啊……”李胜远急忙阻拦,可话音还没落,曹刚已经出现在他们面前。

第二十二章

孙婉和李长青结婚的日子快到了。

李长青天天盼着，天天忙活着，把新房重又刷了白，还吊了个彩色的顶棚，这在当地可是头一家。

许多年轻的小伙子，有对象的，没对象的，都挤进来欣赏长青“豪华”的婚房。

在农村就是拥有砖瓦房的人家，还不是抬头就能见着根根木头房梁支撑着的屋顶，和长青的自是没法比。见过孙婉的人都知道，孙婉是个长得俊的姑娘，真不知长青哪来的福分，论长相论不上，且不说个子生得矮，体格也称不上强壮。

家境，长青的家境好啊。

父亲早年间贩牛，挣了不少钱，后来又倒腾各种小生意，到现在也没息过手。人家孙婉总得图一样吧。找到了原因之后，小伙子们终于为自己的不服气找到了理由，而心里却更加地不平静了，这年头，没钱，就是生得再好，想要找到个称心的媳妇，难!

长青心里美啊，他喜欢这种被人羡慕的感觉。

迎娶孙婉是他今生最大的梦想!

长青的心情就如山之阳面，满目青葱，被日光照着。

而孙婉恰在山的另一面，阴着呢!

孙婉的哥哥孙成近两年一直在外面当木工师傅，各大城市地跑，很少回来。妹妹要结婚了，他今年破例在年前便早早地归了家，自己就这么一个妹妹，父亲不宠，当哥哥的得宠。孙成将屋后的那棵大槐树锯了，亲手给妹妹打了大衣柜、五斗橱，还有几把椅子做陪嫁。哥哥没有太多的钱，能送给妹妹的，只有这点手艺和心意了。

孙婉看着哥哥天不亮就推着刨子，给自己赶嫁妆，心里酸酸的。哥哥叮叮当当地干得十分起劲，仿佛结婚的不是妹妹，而是自己，虽然也是二十七八岁的人了，现在还没成家，可妹妹高兴自己也就高兴了。

他哪里会想到，他往木槽中每钉入一个木楔子，都扰着孙婉的心。

孙婉常常独自靠在院墙上，一边看着孙成干活，一边盯着那棵落光叶子的枣树发着呆。几只麻雀在木头刨花里傻傻地觅着吃食，又失望地飞走了。孙婉觉得心里似压上了石头，堵得慌，像吃多了，撑着了，又像饿极了，空落落地疼。

从未有一个冬天，像今年这般寒冷而漫长。因为要和李长青结婚了，孙婉看不到一丁点儿希望。

就如这冬日的严寒让她焦急地渴盼春的到来，又怀疑春还会不会来。春天还远着呢！锡玉姐能来也好啊！可锡玉一直没有来。

家具都做好了，油漆还未干透，定下的日子到了。

这天，李长青家来了很多客人，他们都是受到邀请来看新媳妇的。

天刚麻麻亮，长青就起了床，他开始检查去孙婉家要备的东西，喜糖、香烟、各式礼品都得多备点，不能在孙婉的亲戚朋友面前显出自己的小气。红包分装在里外几个较隐蔽的袋子里，以防到时候人太多，哪个淘气的孩子趁机摸了去。

这些昨晚都已经看了不知多少遍了，可长青还是不放心，人在高兴时往往最易犯错。长青一次次在心里提醒自己，要冷静，冷静，可又实在想不出什么办法，能让自己在这么个大喜的日子里，真正地冷静下来，索性不去管它了。

人一辈子能有几次是让幸福给冲昏了头脑的？李长青今天就有那么一点儿。

孙婉坐在自己的屋子里，不停地有人出来进去，都是来讨喜糖的。孙婉从包里一把一把地往外抓。母亲进来一看包都快见底了，强忍住没有发火。

“小婉，你收着点，新郎还没到，喜糖都被你发光了，你想什么呢？”母亲摇了摇孙婉的肩。

“哎哟，妈，轻点。”孙婉捂着肩膀叫道。

“怎么了？”母亲拉开孙婉的手。

“不用管。”

“让我看看。”母亲掀开孙婉的衣衫，“怎么成这个样子了，青一块紫一块的？”

“还不是前几天……”孙婉忍住泪。

“你爸鞋底抽的？这个老东西，下手够狠。”母亲轻轻拉着女儿的衣服，自己再怎么顺服孙建亮，孙婉被打她又怎能不心疼？

“小婉，别想不开，听你爸的吧！长青挺好的，你过了门儿不会遭罪，你就别再和你爸犯拧了，你俩太像。”母亲抓起衣袖擦了擦眼睛。

“妈，都到今天了，我还能说什么呢？嫁吧，我不想再让你们为这事伤脑筋。

长青家的彩礼钱我不全带走，给哥哥留下点，日后，你们想办法给他说门亲，在农村，二十七八岁可不小了。”

母亲这回真的哭了，倔强的孙婉把钱塞到母亲的手里：“收着，给哥哥，别让爸知道。”

门外响起了鞭炮声，人们蜂拥而去，迎亲的人来了。

锡玉远远地站在人群外面，看着李长青一行人进了孙婉家的院子。

她想近前，但没敢近前，她想着，这时该陪小婉说说话，或者什么也不说，挤在一起坐一会儿也行。

可自己是个戴孝之人，叔叔婶子会不高兴的，她想用这种方式悄悄地送小婉，她不想因为自己冲了小婉的喜气。

锡玉现在的心情比原来好一些了，自从冬至那日在宏远墓前遭遇曹刚，锡玉终于知道了宏远的死因，她让自己试着去接受这个现实。

最让人无助的也许就是无法说服自己去面对眼前的生活，或者说丧失了去面对的能力和勇气。是曹刚打破了她不切实际的妄想，把她重新拉回到现实中来，虽然当时很痛苦，一旦从无边的苦难和虚幻的梦境中真正出来了，她感觉到了一种从未有过的淡定和轻松。

她爱宏远，就算为了他也要好好地活下去，更何况他在这个世上还有个长相一模一样的哥哥，就算他们有着不一样的灵魂，可却流着一样的血，这让她在心里生出一丝希望和留恋。

曹刚临走时说，还会来看她的。她希望曹刚能来，现在她对宏远的想念，仿佛在现实中找到了真正的实体。这种想念便不再如往日那般苦痛了，反而有了一丝温暖和期盼在里面，虽然心里知道那是哥哥，可这又是个多么特殊的哥哥。

有人从院子里走出来，抽着烟，胡乱说着醉话，更多人在院子里围着李长青。

孩子们像藤蔓直接缠住了李长青，开始翻兜，要红包，另几个陪亲的小伙子也被一群人拉扯着，索要香烟和喜糖，好不热闹，看来酒席要散了。

锡玉看了看西边的太阳，仿佛害了羞的少女，不知要将脸藏到哪儿去。冬天夜长昼短，过不久，太阳该落了，孙婉该启程了。

孙成打制的纯实木家具已经装上了车，顶上盖着红纸，用麻绳拴住。

穿戴整齐的孙成推着自行车出来了，作为哥哥，他是娘家送亲的人。

锡玉情不自禁地向前走着，现在没人会注意到她，人们的视线都聚焦在孙婉身上。李长青一行人在前面走，孙婉在后面跟着，有位婶子为她打着伞，偌大的伞，遮住了她整个的脸。就在她快要上车时伞被收了起来，孙婉回过头来在人群中搜寻着，她看到了锡玉，这个和她小时候一块儿长大、一直呵护着她的亲爱的姐姐，原来可怜的姐姐一直躲在人群里，她一直在。

化了妆的孙婉没有原来那么好看了，虽然一身红装，却见不到她的喜悦。看到锡玉的一瞬间，所有的委屈再也撑不住了，她哭着，双手把着车门不上去，也不让别人上。

孙成看不下去了，跑过来抱起孙婉，塞进车里。紧跟着，李长青也进去了，车门关上了。

鞭炮声又一次响起，车子发动了，朝着长青家的方向开去。

孙成骑着自行车，加入了送亲的队列。

锡玉目送着孙婉离去，突然莫名地悲伤起来，不知是为孙婉，还是为自己，也不知道自己劝孙婉嫁给长青究竟对不对。

她想告诉孙婉，她看到的“宏远哥”不是鬼，是人，他来过了。她还有好多话想对孙婉讲，可此时此刻她只能在心里祈祷，希望孙婉能过得开心一点、幸福一点，否则小婉的脾气，她是最了解的了。

人们慢慢地散去，原本热闹的小院安静了，只有婶子还在弯着腰，涮洗着碗、碟，叔叔在一旁抽着烟，送走了女儿，老两口多少还是难过的，毕竟养了这么大。

天渐渐地黑下来。

锡玉往回走，走到村头那条通往渡口的路上，远远地，似乎还能听到西灌河的涛声，随着风在涌动，滴水成冰的日子，奔流不息的西灌河依然在流淌。从儿时起，再冷的天气，西灌河也只是沿岸结一层薄薄的冰，整个河面从未冰封过，行船也从未中断。对西灌河有一种情感上的依赖，如果有一天，西灌河的水不再流淌，自己的生活会是什么样子？想到了西灌河便想到了孙婉，她现在应该已经到了婆家吧？今天是孙婉大喜的日子，应该高兴一点，可她不高兴，锡玉又怎么能高兴呢？

西灌河两岸的村庄都笼罩在浓浓的暮色中。

晚饭用得早的人家已经灭了灯，上床暖被窝去了，这是人们唯一能够感到温暖的方式。难得的一个晴天就这么过去了。

黑夜来得太早，这个时候没有人再愿意出来溜达，除了锡玉这般怀揣心事的人。

锡玉不知道她在前面走着，后面有个人，一直小心地跟着。

这个人想过去，可是他犹豫着，不知道过去是不是有些不合时宜。可是他实在太想过去了，终于，情感战胜了理智，他不顾一切地加快了步伐。

锡玉听到了后面急促的脚步声，她回过头来，那人正追过来，锡玉闪到了路旁的一处废弃的矮墙后，隔着墙，那人站住了。

“谁?”锡玉有些害怕。

“是我。”

“宏远?”锡玉从矮墙后跳出来。

“我是曹刚。”

“哦?……是大哥呀!”

曹刚感觉到心被冰刺般的疼。

“你怎么在这里?”锡玉显得惊讶而激动。

“你忘了，你曾告诉我今天是你堂妹孙婉出嫁的日子?”

“哦，忘了。”她不明白，孙婉结婚，大哥这么远从省城赶过来是为了什么呢。

本不该这个时候出现的曹刚仿佛猜出了锡玉的疑惑。

“我是来找你的。”

“找我。”

“是，锡玉，给你这个。”曹刚递给锡玉一个纸盒子。

“什么?”

“手机。”

“你送我手机?”

“是啊。”

“不行，这东西挺贵的，再说，我和谁打呀?我周围的人没几个有手机的。”

“给我打。锡玉，宏远的事，我是有责任的，我必须替宏远来照顾你。再说，我可是他的亲哥哥，我不能天天从省城往这跑，有了它就方便了。”

曹刚轻叹了口气，有些如释重负，又有些无可奈何。

锡玉不好拒绝。

“你来这有人看到吗?”

“我不会给你惹麻烦的……”曹刚停住了，泪花在眼里打转。

“怎么了，大哥?”

“没什么，我只是想起了宏远。”

“是啊，如果他在该多好呀!”

“锡玉，他生前对你可好?”

“好，恐怕此生再也遇不上对我这么好的人了。”

“会有的，别灰心……”

锡玉和曹刚面对面地站着，感觉那就是宏远，她真愿意就这么一直站下去。

“锡玉，不早了，你回吧，我也该走了。”

“大哥，你住哪儿?”

“我在县城的一个宾馆里开了房间，你放心，我不会亏待自己的。”

“这离我父母家不远，可我又怕吓着他们。”

“别干傻事了。”曹刚轻轻拍了拍锡玉的肩，“走吧。”

锡玉拿着曹刚送自己的手机往回走，她想着该把它藏哪儿呢？父母发现了该怎么解释呢?

看着离去的锡玉，曹刚狠狠地，却又尽量不出声地扇了自己一个耳光。

第二十三章

来年的春天，洛姗在父亲的医院提前一周产下了一名女婴，母女平安。

那天正好是雨水。

可是那天没有雨，是个晴天。

曹刚给孩子取名“小雨”，因为他喜欢雨，还有一个不便道出的原因，锡玉也喜欢雨。虽然他清楚这个孩子不可能与锡玉有任何关系，可是他又不愿意因为这个孩子使自己同锡玉越来越远。

小雨的到来给这个家庭带来了从未有过的快乐和忙乱。

尤其是孟宝珍，洛姗的饮食起居，孩子的洗洗涮涮、吃喝拉撒，她都操心着。此刻她完全充当了一个母亲的角色，洛姗的母亲。

虽然又请了个阿姨，可哪桩事情不得经过她的双手和眼睛？曹刚不明白，这个上了年岁的女人身上为何会蕴藏着这么强大的力量？像一匹不知疲惫的老马，一生都在奔波，即便年迈也不能失了作为马的本分，也得尽马应尽的职责。

这天，孟宝珍在给小雨洗澡时一低头，刘海遮了眼睛，她顺手把头发往脑后一捋，曹刚看到了额前那道长长的血口子，虽已合上，可依然有些让人触目惊心。

“孟姨，你这是怎么了？”曹刚用手指着孟宝珍的伤口。

孟宝珍赶忙立起来，三下两下把头发抓挠到脑门上。

“刚子，别这么大声，小心让洛姗听见了。”

孟宝珍将小雨交给了保姆，拉着曹刚出了屋子。

“孟姨，到底怎么受的伤？”

“摔楼梯上了。”

“什么时候摔的？”

“洛姗要生的那天晚上，你俩在病房，我回来给洛姗拿吃的。真是年岁大了，经不住事，一见洛姗那阵势，这脑子就不听使唤了，一脚踩空，就成这样了。”

“你怎么不早说呀？这伤口应该处理的。”

“这算什么呀！能和洛姗生小雨比？”

“孟姨，这不是一码事。”

“是一码事，在我心里她们母女平安，比什么都强。”孟宝珍落泪了。

“孟姨，你别哭啊。”

“刚子，有些事你不知道，一见到小雨，我就想起了我那可怜的孩子，如果他在，该有你这般大了，也该结婚生子了。可当初为了给我男人治病，我舍下他到城里来打工。那会儿他还吃着奶呢，大了一些爷爷奶奶看着，有一次不小心，掉进了屋后的池塘里……”孟宝珍掩面而泣。

曹刚见孟姨的心里藏着这么多心酸的往事，他站在那里，一时不知该如何安慰这个悲伤的老人。

“孩子走了，男人也没能医好，你说我回去还有个什么劲呢？老天爷总算对我开了回眼，把洛姗送到我跟前，那时她是个失了母亲的婴儿，院长天天在外跑，难得着一次家。我把她当成自己的孩子，她把我当妈，日子就这么一天天过来了。如今她也有了小雨，刚子，什么也比不上这更让我高兴了。”孟宝珍擦干了眼泪，露出了幸福的笑容。

“孟姨，您放心，洛姗一定给您养老的，像亲生的女儿一样。”

“傻孩子，这我信，你们舍不下我，可我图的不是这个。”

曹刚听孟宝珍讲述往事的时候，赵昆和王小伟正往绿海花园走来。

赵昆依然穿着那件年年都能见得着的皮衣，不知是日久褪了色还是原本那皮衣的颜色就不那么鲜亮，这让原本就清瘦的赵昆更显单薄。和他前后相跟的王小伟却肥壮得可以为赵昆抵挡突如其来的十级台风。提着东西的赵昆在前面快步地走，空着手的王小伟紧追慢赶，已是气喘吁吁。

“赵昆哥，你慢点，等等我。”

“你快些，我可慢不了！”

“你说你，来就来呗，还拿什么东西？”

“这话不应该是你说，应该曹刚说。”赵昆笑了。

“你和曹医生这么好的朋友，还需客气？”

“少说废话，我们得赶在院长回来前离开。”

“什么院长？”

“魏院长啊。”

“魏院长和曹医生是……”

“曹刚的岳父。”

王小伟掉头便往回走。

“小伟，去哪儿?”赵昆在身后喊。

“不去了，我去院长家干吗？整不好弄个拍马屁的嫌疑。”

“你这孩子，哪那么多想法，照你这么说，我成天和曹刚走得这么近，马都得被拍死了?”

“还真是，在省院真没人敢说你。”王小伟有点动摇了。

“不是他们不敢，是找不出什么可说的，和曹刚多年的朋友，他是院长女婿也不是一朝半月了，我们常来往，何尝又有过拍马屁的嫌疑？人与人相处，光靠金钱，那能维系多久？关键，得靠人。”

“你就没想过让他提携提携你?”小伟来了兴致。

“什么意思?”赵昆停下来等小伟。

“当个主任什么的，或者再往上……”

“你可真是高看我了，除了给人把把脉、开开方子，别的本事我还真没有，你说的那些等下辈子吧。”

“算了，下辈子还是我上吧，你早已得道成仙了。”小伟迅速地跑到赵昆的面前，“这辈子，让我好好侍候你，省得到那时你再把我忘了，连个天门也不给开。”

“这还差不多，快些提上。”赵昆将东西一股脑放到小伟手上，两人说笑着来到院门口。

曹刚和孟宝珍在屋里听到了敲门声。

孟宝珍赶紧用手掌抹了把脸，整了整头发，又有客人来了，不能让人瞧出来。

“孟姨，我去开门。”

门打开的一瞬间，王小伟一下子就躲到了赵昆的身后。

“小伟，别藏了，都看到你了。”曹刚亲切地伸手去拉王小伟。

“那个，院长在不在?”王小伟有些结巴了。

“紧张成这样？放心，不在。”曹刚因为赵昆和王小伟的到来，心情变得愉悦起来。

孟宝珍很快便喜欢上了这个略带憨厚的年轻人。小伟言语不多，却一开口就能把孟宝珍逗乐，孟宝珍笑的时候，他自己却不笑了，而是眯起一双孩子气的眼睛看着孟宝珍，搞不清楚这位阿姨因为什么这么高兴。孟宝珍在这个家里什么人没见过？只要你一张嘴，便在心里有了自己的看法，赵昆和小伟的到来，让她在心灵上得到了某种程度的释放，在这一点上，她和曹刚的感觉是一致的。

洛姗带着小雨在楼上睡着了，曹刚便和赵昆一道出了院子，只留下小伟陪着孟宝珍说话。

天气晴好，春意来临，但冬并未真正走远，棉衣依然脱不了身。一直没有雨，可万物依旧在暗地伸展筋骨，也许肉眼还不能看到它们的变化。河面上渐渐化开的冰层，正悄悄地扯开冬的面纱，春天那俏丽的身影仿佛正倒映在那乍暖还寒的水面上。

曹刚和赵昆在绿海花园小区南面的环湖公园内并肩走着。公园不大，湖是人工建造而成，虽不够宽，却也因为它的存在，使公园自成一景。公园里人不多，绿化队的人正给尚未发芽的树木松土浇水。在水边行走，偶尔还可看到水面下几尾小鱼正悠闲地摆动身体，泥鳅在乱石缝里偷偷地伸着脑袋，试图出水见见日光，没有风，在朝着阳的地方待久了，通体舒畅。

曹刚因着天气的晴好，也因赵昆的到来，心境变得开阔明朗。他知道这样的快乐也许不会持续太久，可他还是像个久病的人，突然感觉疾病暂时远离自己时那般轻松地享受生活的美好。

“曹刚，你最近身体还好吗?”

“还好。”

曹刚不知该如何和赵昆说。

这个哥哥生前最要好的朋友，如今也是除了洛姗之外唯一可以交心的人。

他怎能知道曾经的朋友曹刚已在一年前的车祸中丧生。

曹刚感到有块沉重的铅在心中坠着，这个藏在心底的秘密，不可告人。亲戚、朋友，甚至挚爱的人，都被这个秘密远远地无情地拦在心门之外，深爱自己的妻子洛姗、刚刚出世的女儿小雨、已经离开人世的哥哥，自己该如何去面对他们呢?

“曹刚，你有心思?”赵昆见曹刚一直低头不语，不免有些担心。

“赵昆，你有没有觉得我变了?”

“怎么突然这么问?又想起什么了?”赵昆觉得今天的曹刚确实有些不同，自从车祸以来，曹刚的变化一两句话怎能说得清呢?对一个失忆的人来说，这是再正常不过的事了，谁也不会有太多的想法，曹刚能有今天这么好的状态，作为朋友，赵昆已经甚感欣慰了。当初他伤得那么重，住在神外监护室时，真的害怕他会一直昏睡下去，成个植物人，那一家人岂不是要散了?

曹刚欲言又止。

两人在湖边的木头椅子上坐了下来。

不远处有几处灌木丛，长长的枝条伸出来，围成一个半球形罩在地面上，看不到它的根和枝干的部分。球形罩上意外地点缀着些星星点点的黄色的小花朵，像刚从灌木丛中飞出来的蝴蝶，趁着你不注意的时候停在那里，稍有动静，随时准备振翅飞走。

曹刚静静地看着那些报春花，忘了自己要和赵昆说什么，突然间感到了时光的有意和无情，不管这世事如何变化，岁月的脚步却是任何东西都无法阻挡的，该留下的留下，该走的终会走。

“曹刚，你刚才想对我说什么？”

“哦，忘了，一时又想不起来。”曹刚略显无奈地冲着赵昆笑了笑。

“那你不说我可说了。”赵昆从椅子上站了起来，往前走了几步，仿佛下定了决心似的又回过头来对着曹刚，“我打算走了。”

“走？走哪儿？”曹刚靠在椅背上，一副放松的样子。

“离开省院。”

“什么？”曹刚站了起来，由于起得猛，人一下子冲到了赵昆面前，差点把赵昆给绊到湖里去。

赵昆没想到自己的决定会激起曹刚这么大的反应。

“为什么要走？不当医生了？”

“当自然要当，但不是在这儿当，也不一定非要现在当。”赵昆说得淡定而从容。

“我不太明白你的意思，怎么觉得你早就想好了似的？”

“容不得我想太多，走一步看一步吧。我们科换主任了，你知道吗？”

“听说了，那位医疗科的科长到你们那儿当主任了？”

“你对这件事怎么看？”赵昆问曹刚，眼睛里竟是掩饰不住的无奈和嘲讽。

“我？我能有什么看法，省院的门还没摸清呢，更何况人。”曹刚苦笑。

“是啊，我今天是怎么了，竟问你这样的问题，真是难为你。”

“对不起，赵昆……”曹刚觉得自己在朋友面前竟是这般无能为力，内心满是歉意。

“没事的，曹刚，这怨不得你……”

“是因为这个新主任你才决定走？”

“是，也不全是。你知道我这个人，溜须拍马、阿谀奉承、请客送礼，样样不沾边。如果你不具备这些‘良好’的品质，在现实生活中往往就多了最致命的绊脚石。新上任的主任，在他当医疗科科长时，我曾经因为工作上的事情，言语上不止一次当面顶撞过他，这事在我这儿早就过去了，可谁知在他那儿却成了根扎在他心里的软刺。如今他低就来我们科当主任，我成天在他眼皮底下，扎过他的刺拨拉拨拉都会觉得疼。”

“他这是小人得志!”曹刚有些替赵昆抱不平。

“曹刚，就是我不走，我也没有精力去和这样的人劳心费神地斗智斗勇啊，只是我的那些病人该如何向他们交代呢?”

“需要我做什么吗?”

“我知道你要说什么，不用，我和你做朋友和院长没有关系，你能明白吗?”

“我知道。”赵昆的这番话，让曹刚看到了哥哥的形象。

“离开省院，你打算去哪儿?”

“先不急着找工作，之前去外面听课遇到一位老中医，我一直想向他学习，拜他为师，他没同意。这是位大师级的前辈，能做他的学生是我的梦想，前些日子他联系我，有意收我为徒。”

“那真是太好了，赵昆，如果连你也放弃行医了，连我都会失望的；如果天下医者都能像你这样，那人间该少了多少病痛和疾苦?”

“曹刚，你太看重我了。”

“不，这都是你做出来的。”

“对了，还有件事，差点儿忘了跟你说。”赵昆突然想起了什么。

“又有什么事?”

“曹刚，你还记得韩望吗?”

“韩望?不记得了。”

“唉，可惜，人家可是一直记着你呢!前几日，我在街上遇到了他，他听说你出了车祸，很想来见见你，我说了你的情况，让他缓缓再来。”

“韩望……实在想不起来，赵昆，你和我说说他究竟是谁?”

“你还记得前年的‘7·29’医疗事故吗?算了，你现在肯定不记得，你连韩望都没想起来，又怎么能想起‘7·29’那档子事呢?”

“赵昆，我糊涂了。”

“别着急，有时间我再慢慢跟你聊。韩望是你带的学生，因为‘7·29’离开了医院，他说你当时帮了他，他要当面谢谢你，还有……”赵昆没有再说下去，他走过来轻轻拍了拍曹刚的肩，“先回去吧，曹刚，出来太久了，洛姗该着急了。”

曹刚仿佛意识到了什么，因为赵昆从不对他隐瞒任何事情，可今天他因为什么难以启齿呢?曹刚没有再追问下去，如果他真的是什么都不记得了，他一定会打破砂锅问到底。可现在不一样了，他原不属于这里，在清醒与糊涂之间，他得加倍小心，把握好尺度，掉进别人的陷阱固然是一种危险，掉进自己挖的坑里那就不仅仅是危险了!

曹刚和赵昆，两个好兄弟各怀心事离开了公园。

第二十四章

天气开始渐渐转暖，可一旦黄昏降临，寒气似乎又会从地下冒出来。

外面劳作的人们早已赶在太阳落山前收了工。

西灌河两岸新犁开的庄稼地，裸露着松软而潮湿的胸膛，泥土的清新也随着略带寒意的晚风在空气中弥漫着。

暮色中的西灌河大堤上正匆匆行走着一个人。

这个人正是新婚不久的孙婉。

这是她和长青结婚后，除过回门以外，第一次离开婆家的门。虽然她早就想来看锡玉了，可农村有个风俗，新媳妇过门不到半年，不可轻易去别人家串门，怕被别人沾去了喜气，更何况锡玉现在的这种状况。

这几个月的时间真是难熬，想起在长青家的日子，孙婉的心里五味杂陈，像是吃了不合口味的饭菜咽不下去，却又不能吐出来，个中滋味只有孙婉自己知道。

走下河堤，孙婉看到路旁的庄稼地里有一物件发着惨白的光芒，在黑暗中更是醒目。孙婉不自觉地绕到了小路上，近前一看，原来是耕地的犁铧，一半插在土里，一半在外面露着。孙婉弯下腰，将铁的犁铧从土里拔出来，她看看四周，连个人影也没有，犹豫了一下，还是费力地将铧扛在了肩上。

罗家权和王贵祥正从老高的锅炉房里打完水出来，远远地看到有个人歪歪扭扭地进了校园，两人很快便与那人打了照面。

“孙婉？怎么是你？”王贵祥瞪圆了眼睛看着孙婉。

“家权哥，快点，你俩帮我一下。”

“孙婉，你这扛的是什么？”王贵祥眼神不太好使。

“是农民出身吗？少废话，帮忙？”孙婉显然已经累得不行了，忘了当初自己是怎么把这东西放上肩膀的。

“孙婉，你扛着它干吗？给谁犁地呢？”家权把水壶放下，伸手就来取孙婉肩上的犁铧。

“小心别割破了肩。”王贵祥认出来孙婉扛着的东西，两人齐心协力地把犁铧从孙婉的肩上搬下来。

“家权哥，这是我刚刚从地里捡的。”孙婉喘着粗气。

“捡的？”

“嗯。”孙婉用力点点头，好像自己完成了多么神圣的使命似的。

“哎哟，孙婉，这也能捡啊？你这一捡不要紧，人家寻不着了，该有多着急，再说了，你怎么就断定这是被主人丢了呢？这万一……”

“万一什么？家权哥，我要是不捡，早晚也得被收废铁的给偷了。明天你在叔叔的小卖部门口贴一张招领启事，学生们路过看到了，这事不就解决了。”

“孙婉，你这都成了家的人了，怎么还像个孩子似的，做起事来东一榔头西一棒子的，真不知道你是怎么想的。”王贵祥半开玩笑半认真，说完了，有些担心孙婉不高兴，提着水壶匆匆地先回宿舍了。

“家权哥，姐在家吗？”

“应该在吧。你看她的窗户，如亮着灯，那就一定在。”

“你每天就是这么判断姐姐是否在家吗？”孙婉调皮地问。

“不是，孙婉，你说什么呢？你姐姐平时很少出门，尤其是晚上，她的灯永远是亮着的，要是哪天不亮了……”家权低下头，用脚踢着地面，而地面上可能什么都没有。

“不亮了会怎样？”

孙婉的好奇心被激起，而家权却丝毫都没有察觉。。

“要是不亮了，该让人担心了。”家权慢慢地入了套。

“你真的担心我姐姐？”

“同学嘛。换作你，你不会担心吗？”

“没意思，你们这些文化人就爱绕圈子，绕来绕去也不嫌累得慌。”孙婉撇下家权自顾自地走了。

罗家权一个人站在树林里，看着离去的孙婉怅然若失。

锡玉的窗子亮着灯，这让孙婉的心里有了久违的温暖。

当孙婉敲开门的瞬间，锡玉有些诧异地盯着门外的孙婉。灯光下的孙婉，显得瘦了、高了，有些长大了，一身的素衣，看不出一丝新娘的红装。

“小婉，这么晚你这是从哪儿来？”

“我能从哪儿来？李长青家呗。”孙婉一开口，锡玉刚刚对她有了那么一点隔世的感觉一下子消失了，往日的那个小婉又回到了自己的身边，这让她的心里踏实了许多。

“小婉，李长青家不是你家吗？都嫁过去了，一家人怎能说两家话？”

“谁跟他是一家人？我跟他成不了一家人。”

“再胡扯，小心我打你……”锡玉举起手，可到了半空又停住了，“对了，不能随便打你了，现在可是有人给你撑腰了，打坏了长青可不饶我。”

“姐，你又提他，别以为我嫁过去了，就是他的人了，门儿都没有！”

“你这话什么意思？”

“姐，我只和你说，你可别告诉爸妈。”孙婉走近锡玉，“我和他，明里是夫妻，暗里什么都没有。”

锡玉愣住了。

“还不明白？我们压根就没那事儿。”孙婉说这话的时候脸上没有丝毫的不悦，反之却有一种暗暗的高兴。

“小婉，你给我严肃一点，究竟怎么回事？”

“姐，我不乐意，别人休想占我的便宜。”

“我算是听明白了，小婉，你这是干什么呢？要么你就不嫁，嫁了就好好的，你这样，长青能容你？”

“容不容还得我说了算。姐，我跟你说，结婚那天晚上，我就给了他个下马威，他靠近我的时候我就抓他、踢他、咬他，到最后，他身上都被我抓破了，也未得逞，就这一次，他不敢了。”孙婉竟哈哈大笑起来，笑了很久，好似停不下来的样子。

“小婉，你这岂不是害了人家长青，也害了你自己？”锡玉的眼泪直打转。

“姐，我都不急，你急什么呀？”

锡玉何止是着急，她是害怕。

孙婉结婚那天，这种害怕的感觉曾经掠过她的心头，当时她还弄不清楚自己怕什么，现在她似乎明白了，这种担忧渐渐地清晰起来。

锡玉担心的同时又心疼孙婉。

孙婉不说自己的苦，从见面到现在只字未提。一个心中苦，却不说苦，比一个成天把苦挂在嘴边的人更可怕，因为有些东西在心里藏久了，要么发霉发馊地烂在心里，要么就会变成一股强劲的力量，击溃人原有的精神和意志。

锡玉开始给孙婉准备晚饭，本来她自己热了中午的剩饭已经吃完了，可现在孙婉来一趟不容易，可不能再像以前那么瞎对付了。

“姐，你别忙活了，去食堂大灶上打点饭菜不就行了。”

“那怎么行？你这几个月来我这儿一次，我得好好招待你，省得你觉得在婆家委屈，到了娘家也没人疼你，吃完饭，我请家权送你回去。”锡玉在篮子里寻找鸡蛋和挂面，嘴上说是招待，实际上家里实在又拿不出什么像样的东西。

“姐，你赶我回去？你怎么可以这样？我要在你这住几天。”

锡玉停下手里的活儿盯着孙婉。

“小婉，你和我说实话，你和长青是不是吵架了？要是这样，饭也别吃了，我不能留你。”

“姐，你原来也是个心狠的人，别说没吵架，要是真吵了，我连个去处都没有，连你也不容我。”

“那你告诉我，这么晚为什么跑我这儿来？和长青说了没有？”

“没有，他不在家。”

“去哪了？”

“去外地打工了。”

“你的主意？刚结婚，你就把长青推出去了？”

“那也比天天在我面前晃着强，我就没见过这么木的人。你知道吗？有一次我去河边洗衣服，等我衣服洗完了端起盘准备回家时，才发现身后有个凳子，后来才知道是他搁那儿的。你说，你让我坐，却连个屁都不放，我两条腿都蹲麻了，亏他做得出来。”

“小婉，长青好像有些怕你？”

“怕我？我又不是老虎，怕我什么？”

“怎么这么木？怕你就是敬你。”

“我知道宏远哥敬你，可他怕过你么？”孙婉拿起桌上的照片端详了一会儿，又放回了原处。

“人和人怎么可比？”锡玉叹了口气，“小婉，长青对你，够好的了，只是他的方式不对你的心思，我不知道哪一天你能突然明白了，你俩也许就能过得舒心一点儿了。”

屋子里突然响起了电话铃声，打断了她俩的谈话。

孙婉在屋子里转着圈地找，发现声音是从床上发出来的。

锡玉慌忙扔下手中的勺子跑过去，从枕下掏出了手机。

孙婉没有想到姐姐竟然买上了手机，她压根就没想电话是谁打过来的。

锡玉拿着手机出去了，临出门又指了指灶上的火。

孙婉有些纳闷，姐姐接电话还要背着自己？她走过去，将火拧小，人贴在门框上，可惜锡玉走到了走廊的最西边，声音压得很低，什么也听不到。

接完电话的锡玉好像受了什么惊吓似的，显得很不安。

“姐，出什么事了?”

“啊，没事。”锡玉见孙婉看着自己拿着的手机，一脸的疑惑，赶忙把手机放进了衣兜里。

“姐，你买手机了?”

“是，哦，是这样的，我的一位同学辞职开了个手机店，好说歹说劝我买了一个，我不能驳了人家的面子。”锡玉不会撒谎，尤其在孙婉面前，更是撒不了谎，可这个手机，现在就要向孙婉说明吗?告诉她刚才的电话是曹刚打来的?告诉他曹刚约自己去西灌河见面?不知为什么，原本想告诉孙婉真相的锡玉，又迟疑了、退缩了。

“姐，鸡蛋放几个?”孙婉不愿锡玉为难，故意打岔。

“你吃几个就放几个，我不用吃了。小婉，一会儿我出去一下，我的同学找我有点事儿。”锡玉从未在孙婉面前胆怯过，连她自己也不知道自己这是怎么了。

“是开手机店的那位同学又来向你推销手机了?有合适的给我买一个。”孙婉尝了口面汤，烫得直吸气。

“小婉，我去去就回。你吃完饭，要是闷了，就去后面找梅英和家权他们。”

“又不赶我走了?”孙婉笑着，看着锡玉，一双大眼睛变得灵动起来。

“如我回来早，你就走，如果太晚，就留下吧!”显然，锡玉的心思已不在孙婉的身上。

锡玉穿上外套，临出门时又在墙上的镜子前理了理自己的头发。

孙婉看着锡玉从电话铃声响起到现在，一直都没有让自己镇静下来，心中不觉生出了一些喜悦，难道姐姐去见的是个男同学?可一会儿又觉得有些不对，那家权哥呢?还有宏远哥刚走一年多。“不对，锡玉姐不是这样的。”孙婉不禁自言自语起来。

孙婉到了门口，想要跟过去看看，又觉得不妥。刚才还在为自己的事操着心的锡玉姐，一转眼就把自己一个人撇在了家里。孙婉一边吃面条，一边被自己的好奇心折磨，刚丢下饭碗就关上门去后面找罗家权了。

锡玉一个人在黑暗中急急地走着。

西灌河大堤静寂无声。

曹刚说在闸口等她。

锡玉不知道曹刚怎么突然就来了，而且还约自己来西灌河的闸口。曹刚不知道这是原来他和宏远经常见面的地方，即便是婚后，两人走着走着就会走到这儿来，难道兄弟真有心灵相通的时候?

爬上大堤的锡玉身上微微出了点汗，远远地便看到有个人倚靠在闸口的水泥栏杆上，锡玉不知道那是不是曹刚，那个人却向自己走了过来。

“锡玉，是你吗？”

“大哥，是我。”

锡玉听出了那熟悉的声音，难以抑制的激动。曹刚伸出手似乎想要抱抱锡玉，可是锡玉本能地站住了，曹刚伸出的手收了回来，改为单手轻握了一下锡玉的手。

“你怎么过来了，有事要办吗？”

“我出差，顺道过来看看你，白天人多眼杂，怕你不自在。”

“家里都还好吧？”

“还好……都好……”曹刚的情绪一下子低落下来，“我没什么，关键是你，一个人活得这么辛苦，我能帮你什么呢？”

“你已经帮我很多了。”

“这与宏远的死带给你的伤痛相比，又算得了什么呢？”

“嫂子还好吗？”

曹刚没有回答。

“锡玉，给。”

“什么？”

“丝巾，给你的。”

“大哥，你不用总是送我东西。”锡玉接过丝巾，天色太暗，她看不清颜色，摸在手里很舒服。

“很贵吧？”

“别考虑钱。”曹刚打断了锡玉的话。

“你给嫂子带了吧？”

“带了，都有。”一阵沉默。

“锡玉，我要怎么做你才能过得好一些？”

“大哥，这不是你要操心的事儿，我会好起来的。你和嫂子好好的，宏远泉下有知，会和我一起高兴的。”

“锡玉，有件事想和你商量一下。”

“什么事？”

“算了，以后再说吧。你来这里有人知道吗？”

“孙婉知道。”

“孙婉在你那儿？”

“嗯。”

“那还是早些回去吧，晚了该起疑心了。”

“大哥，你担心什么？大不了告诉他们真相，慢慢他们就接受了。”

“锡玉，西灌镇可比不了省城，我走了，耳根清净，留下你，得听多少闲言碎语啊？”

“我不怕，大哥。”锡玉也不知哪来的勇气爬上闸口的石阶坐下来，望着西灌镇中学的方向，“大哥，我立得正、行得端，再说，我都是死过一次的人了，还怕死第二次吗？”

这时不远处传来了几声咳嗽，锡玉迅速下到了平地上，住了口。

曹刚暗暗地乐了，在锡玉的肩上轻轻地拍了一下，“玉兔儿。”

锡玉心里一惊。

她面对着曹刚：“你说什么？”

“什么？哦，没什么，又有人过来了。”

“大哥，有住的地方没？咱们该回了。”

“有，老地方。”惊魂未定的曹刚和锡玉前后相跟着下了河堤。

锡玉觉得自己听到了，可她只能劝说自己那是幻觉。

曹刚自己把自己吓住了。

锡玉清楚地记得“玉兔儿”，宏远生前高兴时对自己的昵称，怎么会从大哥的口中出来呢？

不可能，一定是自己听错了。

分手时，忍不住又回头看了看曹刚，曹刚还站在那里，锡玉看不清曹刚的脸，却感觉有股诡异的色彩笼罩在他的周身，先前的兴奋和喜悦渐渐退去。锡玉加快了步伐，想回头却没有再回头，她知道曹刚没有走，难道世上的孪生兄弟，真的有心灵感应吗？连对自己最亲近的人说的话都能猜到？锡玉又开始胡思乱想了，直到看见了中学校园里的灯光，这才想起孙婉正一个人在家里等着自己呢！内心里又充满了内疚与不安。

这一别，曹刚很长一段时间没来西灌镇。

第二十五章

韩望打电话给曹刚，想约他出来见个面。

前段时间赵昆曾经和他提起过这个人，不管是出于什么原因都不应拒绝。

韩望在临街的一家茶楼等着曹刚，曹刚如约而来。

进了茶楼韩望一眼便认出了曹刚，这个曾经带教过自己的人，似乎有了些变化，黑了，瘦了，还蓄起了胡须，目光却比原来机智敏锐了，仿佛时时都在寻找，又在提防着什么，这是失忆后正常的生理和情感现象吗？韩望虽是学医的，可一时又无法解释他所见到的曹刚所表现出来的令人匪夷所思的症状。

韩望对着进了门的曹刚挥着手，示意他过来。

曹刚却是一脸的茫然："你是韩望？"

韩望的心一下子有些凉。

"您竟不认识我了？"

"对不起，一场车祸让我忘记了很多人……"曹刚带着真诚的歉意。

"要不是听赵昆说，我不知您出了这么大的事，想想真是后怕。"

"怕什么？我现在不是好好的？还能来和你见面，死而复生，应该高兴才是啊！"

"您这是在安慰我呢，这是见了面了，要是万一……"

"你怕我过早地去阎王爷那里报到吗？"

"车祸无情，人更无情，怎能不惧？"韩望忧心忡忡。

"放心，没那么容易死的，还有好多事没了呢。"曹刚将杯中的茶水一口饮尽，觉得有些苦，连忙吃了块点心。

"曹老师，这点心，您得喝完茶再吃，要不，茶就没了茶味。"

"对茶有研究？"

"研究谈不上，既干了这个，就是不懂也得装出个内行的样子。"

"不在临床了？"

“倒是想在，可惜不能了。医院成了我的伤心地，所有的梦想、热情、青春都一起埋藏在那里。”

韩望将三泡后的碧螺春倒出，用开水将杯子洗净。

“曹老师，接下来是红茶还是绿茶？”

“我不太懂茶，你泡什么，我喝什么，对了，你怎么不让服务员干？”

“我干得比他们好，再说，我们师徒好不容易见个面，有外人在，不方便。”

韩望从茶桌旁的小冰柜里往外取茶：“正山小种？祁门？滇红？金骏眉？曹老师，哪一种？”

“金骏眉吧。”

“还说您不懂，平时没少琢磨吧？”

“琢磨茶总比琢磨钱好吧。”

“钱可不能瞎琢磨，弄不好，是个祸。曹老师，您还能记得‘7·29’事件吗？”

“‘7·29’？”

“不记得？”韩望看着曹刚，曹刚无奈地苦笑。

“不记得好，不像我天天在心里藏着，想丢丢不掉，就是块疤。”

韩望的双目放着光芒，像燃着一团火。

“你是个心地比较单纯的年轻人，过不去是应该的。”

“都过去了，‘7·29’毁了我的过去，也成就了我的现在。没有‘7·29’，我今天怎么会有时间坐在这里陪您喝茶呢？”

曹刚环顾了一下茶楼，茶楼分上下两层，整个装修都以实木为主料，又以木材的原色为主色，庄重、古朴、凝重、典雅。客人不多，本又无油烟和酒肉的侵扰，更是安静，只有淡淡的茶香萦绕，确是个凝神静心的好地方。

“曹老师，这茶楼怎么样？”

“挺好的。”

“如果觉得好，您以后可以常来，就是离您上班的地方有些远。”

“你不在，谁陪我品茶？”

“您来我就在！”

曹刚诧异地看着韩望。

“这茶楼是我一朋友的，我帮他打理。”

“那我得常来，还要带着赵昆。”曹刚来了精神。

“曹老师，这个给您。”韩望将一张银行卡放在曹刚的手边。

“想贿赂我？”

“我还能贿赂得了您？这卡里的5万元，是当初‘7·29’医疗事故后您给我垫付的费用。说真的，我一直都很感激您。‘7·29’，我是个替罪羊，认了，要不是您的帮助和支持，我可能挺不过去。10万元对于一个刚毕业的大学生，那是个天文数字，可是我不能违背自己的良心和道德去做事。这5万元，该我还您了。”

曹刚没有接，因他不知在这个年轻人身上究竟发生了什么事。5万元对韩望可不是个小数目。

“这钱，先留着，等你将来挣大钱了，再还我也不迟。”曹刚将卡又放在了韩望的杯子边。

“曹老师，这不仅仅是钱的事，我知道您不急着用，可该还的就得还，现在能还就现在还，否则我这心里不踏实。这钱是朋友预支给我的工资，您放心，干净的。”

“这我放心。要不，这5万元就在你朋友这入个股吧！至于分红嘛，我每次来茶水免费，你看怎么样？”

“您是认真的？”

“就这么定了。”

韩望没有再推辞。

“曹老师，有样东西，我想交给您保管，不知行不行？”

“什么？”

“‘7·29’医疗事故中那位病人的病历。”

“什么病历？你把病历带走啦？”

“是没有更改过的原病历的复印件。”

“我有些听不明白了，是有两份病历吗？”

“是，一份是原始的，另一份是出事之后重新写的。”

“怎么会这样？韩望，‘7·29’究竟是怎么一回事，你能和我说说么？”曹刚觉得自己再不对“7·29”表现出一丝应有的兴趣似乎太不合常理了。

“您总算想听听了。”韩望将一杯刚出的茶水递给曹刚，开始讲述一年前发生的那件事，他知道眼前的曹老师似乎真的想不起了。

“当时有位病人，因为心梗住在心脏中心。事也凑巧，恰逢有一新型支架正在进行三期临床试验。您也在实验组里，当时带教我，还有心脏中心的副主任医师李胜远和其他几位大夫。因为这个病人家是郊区农村的，考虑到术后的随访问题，所以就选定了他作为最后一份实验病历。病人发病急，在造影时，就把支架给上了，家属谈话时听说这种支架还在实验阶段，开始有些犹豫，但因为价格太优惠了，便签字同意了，可是忽略了病人患有严重的糖尿病、高血压，还有肾功能不全，病人就没下得了手术台。”

“死啦？”曹刚艰难地咽下了一口茶，“后来呢？后来就把这事推到你身上了？”

“刚开始还没有，原以为是个农民，好糊弄，适当赔些钱，就过去了。可谁知，虽然是农民，却有个在市里当干部的远房侄子。”

“农民怎么了？农民的命也是命啊，好好的一个人说没就没了，谁也接受不了！”曹刚有些莫名的激动。

韩望对曹刚笑了笑：“这病人的侄子直接找到了医院，要求给个说法，不行就走法律程序，只要一开庭，这支架短期内想上市肯定是不可能的了。”

“那怎么又会怪罪到你的头上呢？”

“本来没我什么事的。您也知道，我们都是从小地方来省院进修的，一心只想多学点东西。跟着您下了手术，我留在了手术室，那时您总是和我说：学习，不仅要脑子勤快，手也要勤快，这一勤快，却成了罪过。在李胜远他们的这台手术中，又当了一回助手，看来当助手也得瞧准主子，否则还真不知自己是怎么死的。”

“你刚才说的李胜远这个人我记得，他就住在我们家隔壁。”

“住隔壁？这样的人，太危险。”

“为什么？”

“小人，光小人还不可怕，这些小人要是再有一点点恶，那就防不住了，你看我被害得够惨吧？”

“你就没想过去找找主任，还有院领导？”

“走投无路的时候想过，冷静下来放弃了，在省院我一个进修的，找人帮忙？痴人说梦，当时只有您一个人是为我说话的。只有您，为了我，把这帮人都给得罪了。”韩望向曹刚抱了抱拳。

“后来这事怎么了结的？”

“我，进修医生，本不应该参与这台手术，又因‘医术不高’‘操作失误’，导致病人心衰死亡，据说赔了一百多万元，原本我可以不掏那10万的，只要我在责任书上签个字，承认我该负的责任，离开医院就行了。可我没答应，别人让我背黑锅，我不能再往自己身上泼脏水，我不能真拿自己不当人。”

“韩望，你太委屈了，你等着，这个冤我替你申。”

“曹老师，别再蹚这摊浑水了，只要大家都太太平平的，我就很知足了。”

“什么意思？”

“我怕有人报复您。”

“报复我？”

“是啊，当初他们只是因为院长的关系，不敢对您怎么样，可有些人为了利益是什么事都干得出来的。”

“还敢杀人放火不成？”

“未尝不敢。”韩望从包里取出个牛皮纸信封，“收好，这东西放我这儿，就是一堆废纸，放你那儿可能有用处。”

曹刚带着韩望给他的病历，怀着极其复杂的心情离开了茶楼，仿佛提着的不是纸张，而是沉甸甸的石头，他不明白自己为什么要提着这些石头，可是他不提谁提呢？这是韩望对他这个当“老师”的信任和期望，他有什么理由可以拒绝呢？

第二十六章

平日里很少回家的魏院长开始时不时地往家跑了。

自从洛姗生了小雨，这个白发已爬上两鬓的男人，有时连自己都不敢相信，什么时候变得这么恋家。只要看到小雨的样子，不管是睡了，还是醒着，魏明义的心里就像是裹了一层稀软的糖，慢慢地，那甜味铺展开，这种感觉，在当年妻子生下洛姗后，也曾有过。可惜妻子丢下他和孩子走了，一晃30年过去了，如今自己成了姥爷，一想到不久后，小雨便会这么唤自己，魏明义偶尔也会像个厌倦了战争的士兵一般，想要离开战场，好好地安享余生。

可是一旦他离开小雨回到外面的世界，斗志重又出现在他的身上。

在省院这块地盘上，常常也不是随便就能做出决定的。他的每一句话，甚至他的一举手一投足，一个不经意的眼神和微笑，都有可能被身边的人捕捉到，这些人今天在他的脚下摇动着可爱的尾巴，明天或许这尾巴就成了一把冷漠的利剑，刺破他的心脏。

只是魏明义现在还不能理智地认识到这一点，有时免不了也会想到自己从那个位置上退下来以后的生活，只是一瞬间的感触，很快就会过去了。他不愿过多地去思考那些还没到眼前的岁月，有些东西不到时候，想有何用？他总是这么宽慰自己，只有他自己知道，他不是不愿想，也不是想不到，是不敢。现在的生活虽然很累，却也是值得的，物质上的、精神上的，还有心理上的，可有时人的胃口很奇怪，明明吃饱了喝足了，却又总像缺少点什么似的，只是间隔那么短短的一段时间，便又会对食物爆发出新的兴趣和热情，即便当时吃不下，想象着，留着，放在眼前看着，也不肯轻易地舍弃或送给别人。

这么多年来，魏明义从一名最普通的主治干到现在的位置，他忍受了太多的屈辱和艰辛。看着别人的脸色吃饭和让别人看着自己的脸色吃饭，这感觉真是天壤之别。他不想过去，也不想未来，只是享受此刻能握在自己手中的权和利。

这种享受已慢慢成了某种习惯，好似吸食毒品的人在毒品给自己带来快感的同时，怎么会对毒品心生埋怨呢?

更让魏明义感到欣慰的是，曹刚现在竟然有些上道了。

真是没想到，车祸醒来后，这小子像换了个人似的，一改往日的清高、孤傲，上上下下关系都协调得很好，尤其是去器材科上班以后，更是如鱼得水。前几天，器材科的老主任林成才，还开玩笑地对他说，“院长，该批我退休了，新的接班人已经有了。”

“谁啊?”魏明义故作不知。

“还用我说吗?院长，曹刚当医生是一把好手，干器材更是没得说，您没看走眼。”

“林主任，你少抬举年轻人，得多带带他，在你面前可得好好学一阵子呢。”

魏明义知道林成才的为人，就算是说了假话，假话里也带着几分真诚，所以他把曹刚放在他手下，除了工作性质之外，这才是最主要的原因。

想到这里，他觉得该和曹刚谈谈以后的工作安排了，这一连几次回来都没碰上他，心中又有些犯嘀咕，“怎么比院长还忙?”

小雨醒了，孟宝珍抱着从楼上下来，一脸的焦急。

“院长，洛姗去哪儿了?一会儿孩子要吃奶，怎么还不回来呢?”

“洛姗也不在?什么时候出去的?”

“她没和您说?”

“好像是说了，可我没听清，这两人怎么都不在，就把小雨扔在家里?”

“刚子也是几天没回来了。”孟宝珍摇晃着怀中正啃着手指的小雨，有些心疼，又有些担心地说。

魏明义心情却恰恰相反，曹刚终于不像原来那般下了班就宅在家里，开始有应酬了。他又想起了林成才的那番话，不禁露出了会心的笑容，可嘴上却是另一种语气，“老孟，别急，这俩孩子越来越不像话，我找他们说，没一个有当父母的样。对小雨，你多费点心，洛姗就是你带大的，你带孩子，我们都放心。”

“洛姗是洛姗，小雨不一样啊!我也老了，不比当年带洛姗时的精力喽!”

孟宝珍将小雨的手指从嘴中拽出来，小雨流着口水冲着魏明义咯咯地笑起来。魏明义拍拍手想抱小雨，小雨却又缩到孟宝珍的肩下，一会儿又伸出了脑袋，小眼睛转动着，在屋中寻找魏明义，魏明义又故意地躲到屏风后，惹得小雨咿咿呀呀地乱叫一通，孟宝珍抱着小雨在后面追着找，找到了魏明义，小雨便又乐出声来，于是两个大人又重复刚才的动作，逗得小雨笑个不停，暂时地忘记了饥饿。

洛姗刚进院就听见父亲和孟姨略带夸张的笑声，不禁停住了脚步，她惊讶地看着眼前的一切，不相信那是真实的画面。小雨趴在孟宝珍的肩上，父亲在前面跑，却又冷不丁地回过头来扮个鬼脸，于是三人笑着。洛姗不忍心过去，她怕打破这久违的温馨。很久没有见过这种场景了。小时候，父亲难得回来一次，遇上心情好时便会和孟姨一起带着自己做游戏，那时候，是洛姗觉得最幸福的时光。虽然从没见过自己的亲生母亲，可因为孟宝珍她似乎并没有比别的孩子少了多少母爱的关怀。倒是父亲，见一次就像过个节似的那么期盼，自己一天天长大，父亲和孟姨的交流却一天天地少了，雇佣关系日渐显露，虽然自己不愿承认，可除了自己，谁人不知孟宝珍是这个家庭中的什么人？

记得小时候，有一次在饭桌上自己趁父亲没注意，偷偷地叫了孟宝珍一声“妈妈”，父亲还是敏锐地觉察到了，当时没说什么，可他的目光在告诉自己这样的事情以后绝不允许。

她记得那天孟姨一个人躲在屋里哭了，自己想去安慰，却被父亲喝住了：“洛姗，记住了，她是我请来的保姆，是来照顾你的，你休得胡来。”

这话，孟宝珍听到了，从此以后孟宝珍更加准确地摆正了自己的位置。有时洛姗是有些恨父亲，有时却又恨意全无，只有浓浓的血脉情深。就像现在，觉得父亲是那么的可爱、可敬，小雨看到洛姗，张开了小手，欢快的游戏停止了。

“回来了，真害怕小雨闹起来，还好，一玩起来，忘了。”孟宝珍将小雨送到洛姗的手上。

“洛姗，曹刚在干吗呢？周末也不回来？”魏明义在沙发上坐下了，严肃又摆在了脸上。

“爸，这要问您呢，您给他安排的是什么工作？天天加班，要不就是各色各样的活动。”

“怎么，怪爸爸啦？当初让他去器材科可是和你商量过的。”

“那也不能这样干吧！整天连个人都见不着，活脱脱的又多了一个您。”

“洛姗，我跟你说……”魏明义随着洛姗上了楼。

“爸，你刚才要和我说什么？”

“林主任快要退了，下一步我打算让曹刚接。”

“接主任？”

“是，可越是自己人越不能给别人留下话柄，让曹刚上，必须顺其自然，又理所当然。这就得看曹刚自己了，他得拿出封住别人口舌的真刀真枪来。还好，洛姗，曹刚最近在器材科表现非常好，上至主任，下至科员，还有相关的各科室，对他的工作也是有目共睹的。洛姗，曹刚是自己做出来的，可不是走我这个后门哦。”

“难怪呢！最近曹刚总是忙，您这么一说，那我岂有不配合的道理?”

洛姗的怨气顷刻间烟消云散，她是个明白人，该干什么，不该干什么，心里比谁都清楚。父亲能让曹刚接器材科主任这职位，说明他心里开始真正地认同曹刚了。在这以前，洛姗从不敢奢求父亲和曹刚的关系会像今天这么融洽。她也曾试图去影响和改变曹刚，可似乎不起什么作用，父亲她是无法改变的。没想到一场意外改变了曹刚，人哪，不经历一些变故，很难突破自己。

曹刚是真的变了，变得随和了，他不再单纯地活在自己的心境里，变得有些讨人喜欢了。当然，也有人对他的变化表现出来的不仅仅是喜欢，还有莫名的担心和恐慌，这些人把真实的自己藏在曹刚看不到的地方，而在表面上成了曹刚的朋友。

曹刚真正的朋友赵昆此刻正心情复杂地敲开了曹刚办公室的门。

“赵昆，很久没见你了，你在忙什么呢?”

“我还能忙什么，忙着上班，除此之外，我的生活已没有别的东西了。”赵昆显得有些疲惫。

两个人，一个门里一个门外地说着话。

“快进来吧!”曹刚把门完全推开。

“这是你的办公室?”赵昆站在门口，看着曹刚新的办公场所，宽敞明亮，却孤零零地只摆了一张办公桌。

“哦，可能还有人要搬进来。”曹刚将赵昆拉进门来。

“现在就你一个人?”赵昆环顾着屋子却不坐下。

“就我一个人。”见赵昆一直站着，曹刚也只能站着，他知道赵昆今天来办公室找他，应该有什么事要和他说。

“赵昆，最近你怎么不去我家了？孟姨和洛姗常念叨你。”

赵昆看了一眼曹刚，目光又落在墙上的世界地图上。

“你说世界这么大，在哪儿不能找个容身的地方?”

“你今天怎么了?”

“辞职报告批下来了，我是来向你告别的。”

“什么时候走?”

“明天。”

“这么快?”

虽然不久前赵昆对曹刚说起过离开省院的打算，可事情真到了眼前，曹刚还是觉得有些突然。

“快吗？我的位置早已有人盯上了，我不走别人怎么办?”

“赵昆，你和我说实话，你究竟想不想留？”

“你又琢磨什么呢？”赵昆终于坐了下来。

“如果你想留，我来想办法。”

“走是肯定的，这段时间唯一让我放不下的就是我的那些病人，他们有的跟了我很多年了。也不知道我究竟有没有彻底治好他们的病，总是隔三岔五的，他们就会过来找我把把脉，有时连服药都不开，只是陪着说说话。这段日子我本不想来上班的，可我又不忍一走了之，撇下他们没个交代。所以我每周出两个半天门诊，这一出不要紧，两个半天的门诊量，竟超过了原来一周的门诊量，我实在是力不从心了。今天正好辞职报告下来了，索性把它往门上一贴，这不就躲到你这儿来了。”

听到这里，曹刚不觉笑了，他觉得自己和那些病人有什么两样呢，无非是想在赵昆这里寻求一些安全感。可赵昆呢？谁又考虑过他的处境？

“你走吧，赵昆，既然在这里你不开心，那就换个环境，换个活法。”

赵昆没想到曹刚的反应有如此大的变化。

“怎么突然又想明白了？”

“想不明白又怎样？赵昆，总该为你自己活一次吧！”

“好，曹刚，以后有什么事，就给我发信息或者打电话，不管在哪儿，我们还得做兄弟呢！”

“兄弟，兄弟……”曹刚喃喃自语，“赵昆，你当我是兄弟？”

“是，这么多年我何尝不把你当作兄弟？曹刚，你知道我的性格，我的朋友不多，你也是，不过现在你不一样，围在你身边的人是越来越多了，我是挤不进这个人墙了。好在我也不用挤，你我之间用不着这般费心费力地靠近，不管你怎样，需要时，我会来，你也可以来找我。”赵昆看了看窗外，器材科的林成才主任正领着一群人往这边走来。

赵昆走到曹刚身边，“曹刚，不久的将来，你要升了。”赵昆用手指了指上面。

“什么意思？赵昆，你又要成仙了？”

“你是怎么想的，曹刚？”

“想什么？”

“别装糊涂了，全院的人都知道，就你傻。”

“别瞎说。”曹刚赶紧制止赵昆，又跑到门口竖起耳朵听了听，门外响起了敲门声，曹刚不免有些紧张地看了看赵昆。

“开门啊！”赵昆不知道曹刚究竟为什么这么紧张。

曹刚打开门，“林主任，是您？周末也不休息？”

“曹刚，这是公司的人，他们等了你很多天了，你一直忙，今天正好你在，抽个空见见。”

曹刚探身看了看。走道的椅子上坐着几个人，见了他，满脸堆起笑容。

“林主任，可不可以等会儿，我这有些事要处理。”

“好，没问题，几天都等了，还在乎这一会儿的工夫吗？”林主任没看到屋里的赵昆，又去和公司的人解释去了。

曹刚轻轻将门掩上。

赵昆已来到门口。

“怎么？要走？”

“你忙吧，我走了。”

“不急，话还没说完呢。”

“日后有时间再聊吧。”

“日后再见你恐怕就难了。”

“曹刚，这不像你，想当初，你也是敢作敢为的男子汉，怎么变得这么优柔寡断了？”

赵昆已来到楼道上。公司的人一见曹刚出来，都站了起来。赵昆在前面走，曹刚没有远送。走到那几个人面前时，赵昆无意中看到了一张似曾相识的脸，黑胖多肉，满嘴的酒气，他没有注意到赵昆，可赵昆在记忆中搜寻着，这个人是谁？还未等赵昆走远，椅子上的那几个人已全部簇拥着曹刚进了办公室。赵昆想给曹刚拨个电话，可又一时想不起来要说什么，他不知道，曹刚所拥有和面临的这一切，对曹刚来说是喜是忧、是祸是福？那个每天只知道看书、写病历，一心一意治病救人的外科医生似乎离自己越来越远了。

自己又何尝不是离省院、离曹刚越来越远了呢？

出了医院的大门，赵昆还是忍不住给曹刚发来了条信息：“兄弟，请多保重，对人对事要多留心，不要忘了你的承诺！”

不知道曹刚什么时候能看到，也不知道他是否还记得当年他初为人医时的诺言。

第二十七章

锡玉慢慢地从失去宏远的伤痛中走出来，日子在平静之中似乎过得更快些，不知不觉离上次曹刚来西灌镇已有两个多月了。这期间，曹刚没有和锡玉主动联系过，锡玉有几次想给他打个电话，但都在拨通之后又迅速地挂断了。该说些什么呢？一时找不出个正当的理由，又渴望能听到他的声音，哪怕只是叫一声“锡玉”也好。

孙婉也从那次见面后便销声匿迹了，也不知和长青过得怎么样了？没有消息就没有消息吧，这未尝有什么不好。

锡玉了解孙婉，没有消息便是好消息。

只有罗家权每天都会在锡玉的视线里出现，就算哪一天没见着，锡玉也不会太往心里去。曹刚和孙婉就不同了，在锡玉平静的内心背后，免不了总在为他们担着心。

而家权呢，却无时无刻不在关注着锡玉，这种关注只有他自己知道。好比校园中的那口老井，每个人都过来取水，每个人都会在水中找到自己的影子，可只有锡玉抖动井绳，扔下吊桶，才会在他的心中激起层层的波纹，而他却又极力地使井水恢复镜面的状态，好让锡玉如常人那般看见自己的模样。

锡玉对此浑然不觉，而这一切却逃不过烧锅炉的老高的眼睛。

老高和家权的父亲是老相识了。家权这孩子是自己看着长大的，小时候读书不是特别的聪明，但很勤奋，做什么事都有一股踏实劲儿。家权也老大不小了，一直未找到个中意的人。

宏远在时，老高没发现他的心事，宏远不在了，家权的心事想藏恐怕也藏不住了。

老高还发现，家权资助的学生俞苗的姐姐俞梅似乎对家权有意，而家权却从未上过心，他究竟有什么打算呢？这样的事情不好过问。老高有时发觉自己真的老了，怎么爱管年轻人的事了？

这天，上完体育课的罗家权不知从哪儿弄来了个大西瓜，抱着就进了锅炉房。

“高老师，您这儿有刀吗？分您点西瓜。”

“哪儿来的？”

“王贵祥家的西瓜地里的。”

“上着课怎么还上到王老师家的西瓜地了？”

“这天气突然就热起来了，贵祥家正在采摘西瓜批给小贩。这不，路过操场，王叔叔给递过来几个。”

“小心点儿，还没放学呢，别让校长看见。”老高将刀递给家权，低声嘱咐。

“哦，高老师，我们先尝尝，吃不完的，你拿走。”

“你这孩子，什么都想到我。”

“那还不是因为您平时什么事都想着我们。”家权拿起一片瓜啃了一口，“嗯，甜！高老师，您快尝尝。”

“家权，你觉得锡玉最近是不是好多了？”

“啊……什么？”罗家权不小心将两颗瓜子咽了下去。

“我是说锡玉……”

“我不知道。”

“你能不知道？”

“高老师，我是想知道呢，可锡玉什么也不跟我说……”

“锡玉是个好孩子，家权你也是个好孩子……”老高将西瓜皮扔进角落的垃圾桶，回过身来慈祥地看着家权，没有说下去。

“高老师，只要她好就行。至于我，快乐的单身汉，您看看校园里谁能比得上我罗家权活得开心。”家权抹了一下嘴，笑了。

“嘴硬。”

老高不理家权，自顾自地干活去了。

外面响起了隐约的雷声。

“要下雨！”老高和家权都来了精神，同时挤到门口，看了看外面的天。

“这老天爷啊，也爱恶作剧，太阳高高的，打什么雷？”老高失望地退回去，开始收拾桌子上的西瓜。

“高老师，天气预报好像说有雨。”

“都报了一星期了，有雨，你见到下了没？”

“这天气预报还能信不能信？”

“人算不如天算。”

放学的铃声响了，锡玉和梅英从办公室里走出来。

已经有学生三三两两地提着暖壶过来接开水，老高开始忙碌起来，没有工夫和家权聊天了。

整个校园从有序的紧张状态，渐渐进入了一种无序的却又很放松的闲适中，一天快要结束了。

在天尚未黑下来前，雨终于下来了。雨点很大很急，像被人追着赶着地从空中落到地面上，打在人的脸上有些疼。可人们还是怀着喜悦的心情，纷纷躲进了屋子，透过门和玻璃窗悄悄地瞅着外面，一边吃晚饭，一边听着雨声。

雨下了整整一夜，似乎没有停下的意思。

老师和同学们冒雨赶到学校，对这场没有停下的雨多少从心里生出了些埋怨。

西灌镇的很多道路还未铺上水泥，这一夜雨水的浸泡使其变得十分的泥泞难走，好多人是赤着脚、提着鞋来上学的。

到了晚上，雨越下越大，校园里开始大面积地积水，晚自习被迫停掉了。校长接到了乡里的电话通知，“这几天可能有洪水，要小心西灌河泄洪。”

“洪水”？锡玉在西灌河边长大，水是见得多了，“洪水”还是第一次听说，锡玉有些不相信这所谓的洪水会真的来到自己的身边。可是当她站在廊檐下看着倾盆而下的大雨，看着雨水沿着走廊的台阶一级一级地上升，眼看着快要漫到长廊里来，锡玉开始焦急起来。前半夜她迷迷糊糊地睡着了，睡梦中被一阵紧似一阵的狗叫声惊醒。锡玉伸手去拉电灯，只听啪的一声，灯没亮，她摸黑下了床，却一脚踩在水里，心中一惊，不知发生了什么事。锡玉摸到后窗打开窗户，见后排的家属院也都黑着灯。难道是停电了？隐约有人在说话，可因为雨声太大，锡玉听不清他们在说什么。锡玉对着外面喊，“发洪水了。”可惜没人听到她的喊声。锡玉用脚蹚着走，知道屋里进水了，锡玉抖抖索索地点亮蜡烛，微弱的烛光在这样的黑夜里显得分外的明亮。

看清了，屋子里全是水，摆在地上的纸盒子、塑料油瓶都漂浮在水面上。锡玉脱了鞋，上了床后，马上又跳下来，她想到宏远给她的信件还在一个纸箱里摆着呢。锡玉举着蜡烛将箱子从床下面拿出来，可惜已全部进了水，锡玉不管不顾地将它抱上了床。

屋里水越来越深，情急之中锡玉将父亲捎来的两袋大米堆在了门口，然后用脸盆不停地往外舀水。锡玉累得有些不支了，可似乎没起到什么作用，水还在往屋里头涌。

屋后面传来了嘈杂的人声，想必人们都已从睡梦中醒来，后面的地势要比前面高出许多，不知道他们的情况如何？

锡玉不敢停下手脚，不管怎样，她都要尽力保护好这屋内的一切，这是宏远的东西，她不能丢掉。

一束手电光出现在走廊里，罗家权撑着把破雨伞，肩上扛着个沙袋出现在锡玉的面前。

“锡玉，让开！”家权将沙袋摆在米袋上。

“电闸门在哪儿？哦，想起来了，在仪器室。”

“锡玉，快把门打开。”家权带着命令的口吻。

锡玉将门打开。家权进去，迅速地关了电闸。

“万一来了电，屋子里满是水，容易触电，需把东西都挪到餐桌上来。”

两人齐心协力，将椅子全部并拢围住餐桌，把能放上去的东西全部搬上了椅子和桌子。做完这一切，罗家权和锡玉轮番上阵，将屋内的水一盆一盆地往外舀。

屋子里的水似乎并没有什么变化，两人盘坐在凳子上，锡玉累得不知什么时候竟睡着了。

家权不敢睡，因为外面的雨还没有停。

这期间他又去查看了附近的小卖部和家属院，因为地势较高，屋里虽进了水，但只是浅浅的一层，只有锡玉一个人住在前排，被水给围住了。

罗家权又扛了几个沙袋放在锡玉的门口，而锡玉却浑然不知家权在她睡着的时候做了这么多的事情。

家权一直坐在锡玉的身边。

锡玉靠着墙，睡得很香很沉，仿佛被谁施了魔咒，永远不会醒了似的。家权想把她挪到床上去，可又担心将她弄醒了，索性就让她这么睡吧。也许锡玉好久没有睡得这么好了，也许她的心里知道自己在陪着她，也许是因为太累了。不管是因为什么原因，家权的心里都是欣慰的，欣慰老天爷给了这样的一个机会，让他和锡玉一起面对。

天快亮的时候，外面的雨有些小了，罗家权终于没有熬住，在雨声中睡着了。

一阵电话铃声吵醒了罗家权，锡玉的手机就在罗家权身边的桌子上。

家权手忙脚乱地接通了电话。

因为是锡玉的手机，罗家权没敢开口，对方先说话了。

“是锡玉吗？锡玉，你那边怎么样了？屋子里没进水吧？”

“请问你是……”

罗家权一听对方的声音，紧张得有些说不出话了。

“你是谁?”对方反问罗家权。

“我是罗家权。”

“罗家权？锡玉呢?”

“锡玉睡着了。”对方的电话莫名其妙地断了。

“喂……喂……你是谁?”罗家权明知电话已被挂断，仍然徒劳地对着手机喊着。

锡玉醒了，见家权拿着自己的手机，“家权，谁打来的?”

“不知道，一个男的。”

“什么男的？你怎么不叫我?”锡玉从家权的手中抢过手机，翻看着通话记录，“他说什么了?”

“他找你，别的他什么也没说。”

锡玉看了看家权，又看了看墙上的表，已是凌晨5点多了。

“你昨晚一直在这儿?”

“是的，我不放心，所以没走。”

“你一夜没睡?”

“睡了一会儿，被电话吵醒了。我想让你多睡会儿，这才接了你的电话。”

“哦，家权，雨停了吗?”锡玉迅速将话题转移了。

“还没有。”两个人从沙袋往外看，外面的水很深、很浑浊，一股难闻的气味正从水面上飘过来。

“锡玉，这个地方恐怕是没法待了，公共厕所溢出来了，如果浊水进了屋子……”

“不能让它进了屋子。”锡玉坚定地说。

看着高高码起的沙袋，锡玉对罗家权充满了感激。

“家权，你回去吧，叔叔那边你赶紧去看看，还有你的宿舍、教室。”

罗家权费力地从沙袋上爬出去。到了外面，被眼前的景象吓呆了，到处都是水，西灌镇的中心公路上竟然有人撑起了小船。

庄稼在水里只露出了一个头，原本宁静而充满生机的西灌镇极不情愿地在洪水面前呈现出丑陋、颓废而又陌生的一面。

人们仿佛都不认识自己的家园了。

垃圾随着水的波流在人们的周身聚拢，处处都是朽败难闻的腥臭。家权在齐腰深的水中行走，平时走惯了的道路早已没了影子，只能凭着感觉，一步一步往家属区走去。虽是短短的距离却怎么也走不前去，远远地，家权看到了父亲的身影出现在小卖部的门口，心往下一沉，昨夜视察完之后，就没顾及父亲屋中的商品，这要是被淹了，父亲岂能饶过自己？

家权转而向小卖部走去。

父亲已把门打开，看样子，屋中积水不是很深。可家权还是听到老父亲自言自语的责骂声。

“兔崽子，这么大的水，竟将门锁上，又不知哪儿去了？”

“爸，我在这呢。”家权急忙应声。

父亲怒视着家权。“门一锁就不管啦？刚去宿舍找你，贵祥说后半夜你就不在，去哪儿转魂去了？”

“我去帮锡玉了，她那地势洼，水太深了，如不拦住，恐怕要没过床了。”

“你一夜都在她那儿？”

“嗯，我不敢走。”

“家权，你帮锡玉，我不好说什么，可你怎么在她那里过夜呢？”

“爸！亏你还是个识文断字的人，怎么叫过夜？是抗洪救灾好不好？”

“抗洪救灾？你这抗的什么洪，救的什么灾？你看你爸的货物都在水里漂着呢？你怎么不管？”

“爸，我不都给你挪到架子上了吗？”

“可那几箱酒，你看看都在水里了。”

“哎哟，你看我这脑子，怎么就忘了那几箱酒了。”

“锡玉是个好闺女，她要是被别人说出点什么来，那一定是你惹的祸。”

“爸，你别多虑了，我不会给锡玉惹麻烦的，我处处留着心呢。”

“亏你还留着心，这一夜你和锡玉在一起，你也不怕宏远他阴魂不散地看着你。”

“你那是迷信，什么阴魂不散？也就是您信，我可不信，再说就算他看到了应该高兴才是啊！”

“那可不一定……”

家权坐在凳子上，将脚跷到桌面上。父亲拿着扫把将屋里的水不停地往外扫，虽然扫出去又进来一些，父亲似乎不愿停下这无谓的劳动，不知是自己懊恼呢，还是跟肮脏的洪水较着劲。

可他的话却在家权的耳边留有余音。

家权想起了早上接到的那个陌生男人的电话，从对方叫锡玉的那一声起，罗家权的心就被一种从未有过的恐惧困扰着，但是他宁愿相信那只是个幻觉，可能是自己太疲倦了。对方的声音让他不由得想到了张宏远。

就算他离开再久，罗家权也不会忘了他的声音。

可宏远已经走了，当然这世上声音很像的大有人在，可短短的几句对话，家权还是感觉到了什么，究竟是什么呢？家权冥思苦想，最终也没得出个答案来。可只要一想到那个人的声音，家权就会想到宏远，他被这种感觉追着走，像是看了场恐怖电影。几天过后，偶尔想起来，紧张的情绪仍像悬挂在屋角的蜘蛛网，趁你不小心的时候粘在你的脸上，惹得你忙乱地抓挠一阵子，才会慢慢恢复常态。

家权坐在那里发着呆，洪水在太阳出来之后开始慢慢消退。

《新闻联播》正滚动播放着灾情，县城及南面的几个地区灾情比较严重，这么看来，西灌镇算是轻的，目前尚未出现房屋倒塌及人员伤亡。万幸的是，这么大的降水量西灌河没有决堤，她又一次保护了生活在她怀抱里的人们。

西灌镇中学停课三天。

井水被污染了，饮用水成了问题。校长从乡里领了一袋漂白粉撒在井内，和洪水共处了两天的西灌镇中学的教职工们都围坐在井边，议论着这几日的大雨。

“去年干旱，今年大雨成灾，这老天爷说不高兴就不高兴，他不高兴，老百姓就得跟着遭殃，总说人定胜天、人定胜天，人在天地面前，渺小如蝼蚁，总想胜天，自不量力。”老高也从锅炉房里摇着蒲扇加入了等水的行列中。

“老高，你这番话老天爷听到了该不高兴了。”李老师站在老高的身后大声说。

老高回身看了一眼李伟英，给了这位同事一个友好的微笑，发现她不传闲话的时候，似乎也有那么一丁点儿不讨人烦。

井水在漂白粉的作用下渐渐变清，可人们还是不敢轻易打上来，虽然很缺水，可有毒的水还是不要喝。

锡玉提着个水桶，裤腿挽得高高的，赤着脚走了过来。

家权看到了锡玉，想起父亲的抱怨，犹豫着不知该不该过去。锡玉似乎看了一眼家权，但极快地又转过脸退到墙边和一旁的老高攀谈起来。

不知道那个人有没有再来电话，这个问题怎么好去问锡玉呢？没听说锡玉有什么男朋友啊！那个人为什么听到自己是罗家权的时候就匆匆挂断电话？罗家权在看到锡玉时一连串的疑问又从心中涌起。

“有些事情，信则有不信则无。”父亲的话并不是一点道理都没有吧？

自己是信还是不信呢？

第二十八章

曹刚坐在宽敞明亮、大得连自己都觉得有些过意不去的办公室里，看着窗外来往的人群发着呆。他现在常常会有种莫名的兴奋从心底涌起，他想把这种兴奋压制住，不让周围的人看出来，可有时又不愿意去阻止这种无法抵抗的幸福感。

曹刚不知道自己在骨子里就埋着对这种所谓的幸福的渴望，可曾经的自己只能对这种渴望通过痴心妄想或者白日梦的方式来实现。

他从未想到过自己有一天会坐在省院器材科主任的办公室里，院长是自己的岳父，眼下正应了赵昆的说法："这里你说了算。"

曹刚将目光从窗外收回来，原本说好还会有两名下属搬进来，可不知为什么，一直也没有人将自己的办公桌搬进这间屋子，谁会那么不识趣地去和主任争地盘？谁又会傻到愿意天天和自己的顶头上司共处一室？

过去的林成才主任，怎能和现在的曹主任相提并论？

他们因为主任是曹刚而在院里挺直了腰杆，同样也因为曹刚的存在，他们在科里又不得不加倍地留心自己的言行举止。

而曹刚却尚未意识到天天在自己眼皮底下笑意盈盈、充满着活力和干劲的同事们，在私底下是如何感叹为人的辛苦和艰难。

曹刚在屋子来回地踱着步，每当他沉浸在眼下的美好时，总会不由自主地想到锡玉。

有一点他不能不信，锡玉是沙漠里的绿洲，是长途跋涉的路人在生命奄奄一息时落在唇边的最后一滴水，是曹刚内心蕴藏着的最后的希望。

曹刚挂断了罗家权的电话，不久又打了过去，知道洪水退了，锡玉并无大碍。从新闻上看到西灌镇遭遇暴雨袭击的消息后，曹刚便有些待不住了，他彻夜未眠，天快亮时，他终于没能忍住拨通了锡玉的电话，谁知接电话的竟然是罗家权。

曹刚轻叹了口气，觉得自己挂断电话是多么的幼稚和愚蠢。

罗家权是锡玉的同学，是自己的好朋友，现在关心照顾锡玉，那是顺理成章、天经地义的事。

自己，又算得了什么呢？在锡玉的心中，只是埋在黄土下的一堆白骨，一个只能让锡玉怀念和悲痛的人。

可在这里，张宏远还活着，活得高贵，活得自尊。

每天曹刚走在人群中，觉得周围的每个人都是真实的，只有自己是虚幻的。他从不去相信虚幻的自己，只看到别人眼中真实的曹刚。

一个天天在矛盾中活着的人，总有解决矛盾的方法，这种方法就是欺骗，因为面对真实的自己需要足够的勇气和毅力，而自我欺骗却能轻松地获得良心上的安慰。

走道上传来纷沓的脚步声，曹刚下意识地看看墙上的钟，已到了下班时间。今天是周五，难得有这么清静的下午让曹刚独自待在办公室里胡思乱想。

曹刚将桌上的东西收拾好，该回家看看小雨了。他拿起洛姗和小雨的照片端详了几秒钟，又放回抽屉。

从办公室里出来，迎面撞上了心外的张主任。

“曹主任。”

“张主任，千万不可这么叫我，这让我无地自容啊！”

“你啊，要适应现在的位置，千万别像成才主任那样，干了一辈子器械，一提起器械就犯头疼病。”

“还有这样的事？林主任他不是干得挺好的吗？”

“挺好一个人，就是入错了行。”

“张主任，您找我有事吗？”

“曹主任，原先的办公桌我还给你留着呢！抽屉都上了锁，你看你都搬进新楼了，哪天方便的话去收拾收拾。”

“好，让您操心了。”

“你我还需这么客气吗？”

张奇伟冲着曹刚摆了摆手，下楼去了。

听别人叫自己“曹主任”，觉得挺入耳，可是从张奇伟的口中叫出来，曹刚感觉不是那么回事，明明是要给自己一颗甜枣呢，却又怕枣太甜了，要把枣放在嘴里，咂吧咂吧再吐出来，估摸着甜味适当，这才又递给曹刚，让曹刚听着心中难免有些不爽。

曹刚强忍住内心时不时蹿出来的无名火，将注意力尽快地转移到别处去，要关心的东西太多了，这实在算不了什么。

曹刚回到家时，发现院门是锁着的，一掏兜，钥匙竟不在身上，想了半天，最后也不能确定钥匙究竟是放哪儿了。

曹刚在门口无目的地瞎转悠，隔壁的门开了，李胜远走了出来。

“哟，曹主任被锁在外头啦?”

“没拿钥匙。”曹刚尴尬地笑了笑。

“不介意的话，先到我家歇歇脚。”

“这，不好吧?”曹刚看了看李胜远的院子，有些犹豫，对这个人，曹刚已不像初见时充满敌意了，就像李胜远对自己的态度不是也有了明显的好转吗?更何况，现在此人的脸上带着的笑容和邀请是那么的谦恭、真诚，不容拒绝。

“进去吧，曹主任，远亲还不如近邻呢，何必这么见外?”李胜远半拉半拽地将曹刚拖进了院子。

没想到李胜远这样的人竟有如此优雅的庭院，让曹刚不禁对他有些刮目相看。

“小院是自己收拾的?”

“你看像吗?”

这话问的，让曹刚有些为难了。

“我哪有那样的工夫和闲心。这都是我妹妹帮着弄的。”

“你妹妹?”

“是啊，前些日子我出国，我妹妹一直住在这儿。”

“怎么从未见过你妹妹?”

“她不愿见生人，这里有点问题。”李胜远指了指耳朵。

“听力?”

“是，小时生了场病……所以跟人交流很困难。”

“可惜了!”曹刚想起前些日子，经常听到狗叫，却从未听到人声的日子，原来隔壁住着个聋哑姑娘啊!

“李大夫，你就一个人?”

“曹主任，你什么时候见我成过家?”李胜远纳闷地看着曹刚。

“为什么不成家呢?”

“我哪有你那样的福气，要长相有长相，要学历有学历，要医术有医术，记得你在我们心外那会儿，有多少女护士、女医生愿意和你搭班干活呢!可你呢!一个也不入眼，最后竟娶了洛姗，你俩真可谓郎才女貌呀!”

“有点酸，李大夫。”

“茶吗？”

“话！”

“能不酸吗？男人吃男人的醋没什么不可以的吧？”李胜远将曹刚的水杯续满。

“你吃我的醋？”

“开个玩笑，曹主任，吃醋，也得先掂掂自己的分量，尤其是吃您的醋，您看我哪配？”李胜远意味深长地笑了笑。

“你还记得韩望吗？”曹刚冷不丁地话锋一转。

“他回来啦？”

“没有，我有些不记得他了。”

“忘了岂不更好？你的这个学生可没给你带来什么好运，想起他就败兴。”李胜远一口将茶饮尽，烫得张着嘴半天说不出话。

“看来你不怎么喜欢他。”

“曹主任，他可是你的学生，我谈不上喜不喜欢，我只是替你难过。”

“为我？”

“他可是给你惹了不小的麻烦。”

“什么样的麻烦？”

“你都忘了？”

“忘了。”

“那就别提了，有些事还是忘了好。看看现在的你，正是春风得意之时，那些陈年烂账，不翻也罢，省得沾了晦气。”

“那要是一本错账呢？”

曹刚直视着李胜远，想起了与韩望会面的情形，刚刚还很融洽的气氛一下子变得紧张起来。

“曹主任，你对那件事究竟是怎么想的？”

“哪件事？”曹刚一下子没反应过来。

“平心静气地想想，也许你的学生韩望还真是被冤枉的。”

李胜远起身将杯中剩下的茶水倒进身旁的花盆里，正怒放的红色的月季瞬间失了颜色，垂下脑袋。

曹刚的心猛地揪紧了，有些懊恼自己刚才言辞的冲动，更弄不明白李胜远葫芦里卖的是哪味药。

这个人的面目时而和善，时而又会显出他可憎的一面，当他对着你热情微笑的时候，你就会放松警惕，觉得他是友好的、平易近人的，也许你还会轻易地就会原谅了他曾经在你心里留下的种种不好，而宁愿相信现在的他。可往往隔不了多久，也许就是一盏茶的工夫，你便会发现自己的幼稚和愚蠢，你看他的嘴脸变得多快呀！使你在善恶之间来不及转身，就又有些不认识他了。

曹刚决定先不说话，让李胜远说，让他尽情发挥，看看他究竟想要说些什么。出乎意料的是，李胜远竟然也不说话，两个人面对面地坐着，彼此不看对方一眼，不发一言，只是小口地抿着杯中的茶。

手机突然地响了起来，两人同时地寻找，是曹刚的电话。电话还没挂断，便听到有人在敲门，还未等李胜远走到门口，院门被推开撞在院墙上发出闷闷的响声。李胜远有些不悦，可很快便递上了笑脸。

洛姗走了进来，三个人都显得有些惊讶，当然最惊讶的是洛姗。

“你竟然在这儿?”

“洛姗，曹刚怎么就不能在这儿?”李胜远跟在身后，对洛姗的惊讶表示自己本不应该有的疑问。

“这得问你呀！李大夫，从前的那些事你都忘了?”

“人都是会变的，洛姗，你不要总用从前的眼光来看我。就说曹刚吧，你不觉得他的变化是最大的吗？如果不是因为这个原因，恐怕今天我们也不会坐在一起。”

“回家吧，洛姗，怎么你和李大夫到一起就闹情绪呢?”曹刚微笑着看着李胜远，弄不明白为什么洛姗对李胜远有这么深的成见。

李胜远对洛姗的态度似乎并不在意。

可曹刚对李胜远态度的转变是洛姗意想不到的。失忆让曹刚身上原有的东西越来越少，这些变化让人欣慰，更让人担心。

曹刚赶紧借坡下驴，起身准备离开，李胜远因为刚才的谈话未能达到自己的目的，而有些不愿放曹刚走。

“洛姗，来，坐下喝杯茶。你看你，虽住得近，一墙之隔，却像隔了个城市似的，难得来我家一次。”

“你的茶，我看还是算了吧，我还没长那个胆儿!”洛姗话里有话。

李胜远的脸一下子绿了，他没想到洛姗会这么不留情面。

洛姗拉着曹刚很快地出了李胜远的院子。

“洛姗，你和李大夫有什么过节?”

“你和他没有吗？真是想不到，你们能在一起喝茶？你俩过去可是生死对头。”

“洛姗，你仔细讲讲，究竟怎么回事?”

“曹刚如果你真忘了，那你就还像过去一样离他远点儿。这样的人能躲就躲、该防得防，小心为上。”洛姗一脸的认真严肃。

晚饭后，曹刚一个人待在书房里，迟迟没有上楼，他的心有点乱。

风从窗子吹进来，外面已是一片宁静。偶尔会有一些晚归的人从门前经过，大声地说着话，喝多了，玩高兴了，扰了别人的好梦。

洛姗几次下楼催曹刚上楼休息。曹刚不能拒绝，他是小雨的父亲、洛姗的丈夫。他又会想到远在西灌镇的锡玉，一个“死了丈夫”的孤单的女人。

曹刚上楼来到卧室的门口，他没有将门推开，又下来了，下去后重又上来，洛姗还在等着他，他得在这里生活下去，不管这种生活是对是错，他没有其他的选择。

曹刚的生活甜蜜中带着苦涩，希望中带着无奈，一种从未有过的深深的矛盾在他的血液中浸染流淌，也许连他自己都没有察觉，这矛盾像黑夜里独自开放的艳丽的花朵，它把最美最动人的一面展示给迷失了方向的人们，要么让你幡然醒悟，要么让你陷得更深、走得更远。

第二十九章

芒种过后，天渐渐地热起来。

麦子熟了。要在往年，人们已将镰刀磨得又薄又亮，准备收割。今年因为前不久的大雨，好多庄稼被淹，每每路过自己的田地，看着倒伏的麦子，有的麦穗烂在地里，庄稼人不忍看到这样的场景，又不能不看，有时只能无奈地蹲在田埂上，默默地抽着烟，像是疼惜自己孩子的双亲，看着孩子被病痛折磨却又无可奈何。

一直在省城打工的长青，本想这几日请假回家的，父亲几次三番地催促，可最近任务紧，长青一直没好意思向经理张嘴。快递员这个活儿，苦是苦了点，挣得却也不少。长青脑子活，腿脚勤快，别人一天跑两趟，长青跑四趟、五趟，只要客人需要，有时为一份快递都可以单出一趟活儿。因为这，找他寄东西的人也渐渐多起来。在省人民医院那块快递收寄区，经常光顾那里的人，脑子里都会对一个人留下印象：这人长得不起眼，言语也不多，可他脸上始终挂着憨厚而质朴的笑容，这让人们对这个普通的年轻人，产生了某种恐怕连自己也不知道是什么原因的喜爱之情。

这天，长青正蹲在自己的快递车前细数着包裹。有人走了过来。

“请问能送到西灌镇吗?”

长青不禁停了手中的活儿。来人穿着白色工作服，高大帅气，声音温和，表情却显出跟这声音不太协调的严肃与冷峻。

“西灌镇哪？不是到村里应该能行。”

“镇中学。”来人从兜里掏出个小盒子，一边接过长青撕下的快递单。

“您寄给中学的老师?”

来人看了一眼长青，没说话。

“是药吗?”

“这也要问?”

“当然，万一是危险品怎么办？安全起见。”

“全部是药。”

“针剂及液体的不行。”

“规定还挺多？”

“对不起，我们也没办法，最近查得紧。”长青赔着笑脸。

“还好，都是口服的。”

长青将盒子用透明胶布结结实实地缠了几层，装进一个塑料袋中。

付了钱后，那人匆匆地离开了。

万万没想到，收件人竟是孙锡玉。

“哎，同志，等等。”长青对着曹刚的背影大声喊。

可曹刚已经走远，消失在人群中。

世上竟有这么巧的事！

长青小心地将包裹放在车子的角落里。因为是寄到西灌镇，因为是寄给锡玉姐的，长青对这个邮件多了份不同于其他邮件的亲切感。

傍晚，长青早早地收了工，他觉得今天的心情格外的好，过不了几天他就回家了。因为那个邮件让他想到了孙婉，出来这么长时间，想必她对自己怎么也该有了点想念吧？人非草木，虽然孙婉对自己一直不太热情，不能怪她，一定是自己什么地方做得不够好，慢慢做，一点点改吧，总有一天她会满意的。

长青来到他经常光顾的一家拉面馆，要了碗拉面、一份凉拌海带丝、一瓶啤酒，在临窗的桌子前坐下来，享受属于自己的晚餐。

透过玻璃，可以欣赏到对面的街景，邮局、工商银行、面包店、咖啡馆，再往右是KTV，需费力地转过头才能看到KTV的红色大门。

大门似乎一直都是紧闭着的，偶尔打开也很难见到里面的景象，这让那两扇开着的门更像张着的血盆大口，让不安分的人忍不住地想要偷窥，也让像长青这样的本分人望而却步，甚至有时候有种不寒而栗的恐惧。

邮局门口坐着个拉二胡的，拉的什么曲子长青没听明白，但感觉很好听。很多人从他身边走过，但很少有人停下来，音乐和他们似乎没有太大的关系。拉二胡的是个盲人，脚旁放着的白瓷缸子和边上的垃圾桶一样激不起人们的任何感情。一个蹒跚学步的孩子手中捏着张纸票，摇摇晃晃地走过去，弯下腰将钱放进缸子里，转过身来，露出几颗洁白的小牙，笑了。音乐的主人能否感受到他看不到的冷暖人生呢？

长青将杯子里仅存的一口啤酒喝完，正准备结账，却看到窗外的人群和车辆往路两边让开，一辆警车呼啸开过来，在KTV门口停下。所有人的目光都被吸引过去，店里的、店外的，长青也不例外。

街灯已经亮了起来，但怎能和转动着的警灯相比呢？绿色的光芒像狼的眼睛，让人心悸目眩。

“又出事了，最近风声紧，那些人也不知道收着点儿。”

“这回动真格的了。”吃饭的人开始议论起来。

“这家KTV挺神的，常青树！周边多少家歌厅都倒闭了，只有它一直活着。”

“有来头，水够深。”

“那又怎样？警察还不是上门了？”

“快看，出来了！”

人们聚拢到门前。

警察押着一群人。

“抓人了！”

整条街都沸腾了，但是除了KTV，其余的又都静止了一般。

那群人陆陆续续地被塞进警车，刚开始是男的，后面的却是些年轻的女子。

“都不是好东西！那么年轻，做什么不行，非要干这个。”

老板从长青手里接过钱，一边吆喝着服务员将零钱递过来。

“你瞧，长得还挺水灵，可惜了！”

长青看过去。这一看不要紧，五脏六腑仿佛都要被击穿了。他在被押着的人群中看到了此生他最不愿意看到的身影。他不敢相信这是真的，刚还和周围的人一起看热闹的长青觉得整个世界都将自己抛弃了。

他看到了人群中的孙婉。

怎么会是孙婉呢？

她怎么会在这里？

她怎能出现在这样的人群中？

长青夺门而去，飞奔到警车前。

长青从人群中挤进去寻找孙婉的脸。她们都低着头，就因为她们低垂着脑袋，长青才看到了最里面的孙婉。是她，不会错，孙婉靠在驾驶室的后窗上，闭着双目。长青想叫，可又忍住了。这么多围观的人，这是让自己难堪呢，还是故意地让孙婉再出一次丑呢？

车子快要开走时，孙婉睁开了眼睛，扫视了一下人群，又极快地将视线移开。长青不知道她是否看到了自己。车子似装着满满的一厢易爆的危险品，在人们复杂的目光中缓慢地开走了。

人们依旧待在KTV的门口，像是没有吃饱鱼的猫，不甘心地舔着自己沾着腥味的爪子，品味着，期盼着，莫名地兴奋起来。

长青将身子倚靠在邮箱上，铁皮的坚硬在此刻成了他唯一的支撑。

孙婉怎么会在这里？

这个问题像被施了魔法的咒语在脑海中不停息地盘旋。

孙婉对自己态度上的冷漠从未像现在让他如此绝望过，他也从没想过要去责怪她，孙婉只是一时没转过那个弯儿，长青决定等，耐心地等。他万没想到，等来的竟是这样的结果。

他突然地开始怨恨起孙婉，这种怨恨让他的身体开始颤抖。

他尽量地装着与这件事没有任何的关系，尽力地让自己融入周围的环境中，可是除了依然没有停下的车流，长青觉得整个世界都失去了声响。他机械地来到了KTV门口，然后径直地往里走去。

“干什么的？现在不让进。”一只手用力地抓住了他的胳膊。

“我想找人！”

“找谁？没看见关门歇业了吗？”

两名保安一左一右地拉扯着长青，长青不自觉地后退了几步，差点摔倒在台阶上。

大门开了一条缝儿，昏暗朦胧的灯光从这狭小的缝隙透出来。长青坐在地上，再也没有力气站起来。

其中一位矮个子的保安觉得方才用力有些猛，走过来对长青说：“赶紧走吧，你也不看看什么时候，躲还来不及呢，你往里凑啥？”

“兄弟，我只想打听个人，麻烦你了。”

“你真找人？”

“你认识孙婉吗？”

“孙婉，没听说过。”

“就是刚才被带走的其中的一位，个子不太高，短发，大眼睛。”

“哦，你说的是李婉吧？她可不姓孙。”

“犯了什么法？”长青急切地问。

“你是他什么人？”

“堂哥。”

“赶快准备钱找人保她出来吧！估计她不会被判。”

“她究竟犯了什么法？”

“你这人是不是脑子有问题？在我们这做小姐的，你说能有什么事？也怪她们点儿背，我们老板得罪了什么人，被举报了，要不然也不会有今天这一出。”

“她来这多久了?”

“时间好像不太长，也就一两个月，几千块钱应该能解决问题。”

“知道她们被带到什么地方去了吗?”

“不知道。”保安进了门再没出来。

长青却没有离开，他一直坐在那里，想着孙婉离开时的眼神，他恨自己没能给她想要的生活，她究竟想要什么呢?他更恨孙婉，恨她这么糟践自己。

不，孙婉她不是这样的人。

她走到这一步是有原因的，是什么原因现在还不知道，但这个原因一定藏在孙婉的心里。

长青像从梦中突然地醒过来，猛地站起来，往省院的方向走去，要想办法救出孙婉。

这个念头一冒出，让他想起一个人，这个人便是今天寄快递给锡玉的曹刚。

他在省院工作，他一定认识很多人，他认识锡玉，他就有可能帮助孙婉。

不管怎么样，这条路一定得蹚一蹚。

第三十章

这几天，曹刚正为一件事犯难，他一直找不到原来办公室抽屉的钥匙。

洛姗和孟宝珍一起帮着找，可依然不见踪影。洛姗劝曹刚别找了，把锁撬了不就得了？可曹刚没答应，那不是自己的抽屉，那是哥哥的，不能说撬就撬了。哥哥在，一切都好办，哥哥不在了，怎能随意处置他的东西？

那天他特意去办公室看了一下，那张办公桌的每个抽屉都上了锁，曹刚盯着哥哥生前的桌椅，已落了薄薄的尘土，想必也有人时不时或顺带手地给擦了擦，要不然不知会成什么样子。

办公桌共四个抽屉，外加一个柜子。

下面三个抽屉都是暗锁，只有最上面的一个可能是暗锁坏了，外加了一把锁。锁是古铜色的，不大却很结实。曹刚一直盯着那把锁，感觉哥哥其实离自己很远，不管自己在这里能待多久，也不管自己付出多大的努力和牺牲，哥哥就是哥哥，自己永远无法替代。

也许此刻他正在天堂的某个地方，静静地看着自己，自己的所作所为都逃脱不了道德和良心的审判。这让他没有勇气去打开那些抽屉，更没勇气对它置之不理。

一个尝到了意外幸福的人，是不会轻易去触碰那些可能引起疼痛的伤疤，更不会忍痛去揭开那些伤疤。更多的时候他们会假装它不存在，假装自己看不到，久而久之，心灵便渐渐趋于宁静，生活的美好会给这些不和谐的因素做一个想象的屏障。曹刚的心里就有这样的一个屏障，把他和过去的生活隔开。

所以曹刚决定就算找不到钥匙，也不撬锁，直接把办公桌搬走，宁愿这样也不能将它留在原来的地方，把哥哥的东西都放在自己可以掌控的范围，就踏实多了。

这么长时间，怎么就没想到呢？

又是个雨天，虽然是周末，曹刚还是早早地起来。小区里很安静，想必人们都在享受着有雨的清晨能睡个安逸的懒觉。曹刚不能，他想利用周末的时间去把心外科哥哥的那套办公桌挪个地方。

医院里的人似乎并没有因为下雨而有所减少，门诊大厅里挂号的队伍还是排得很长。曹刚只是扫了一眼因疲惫而显得安静的人群，径直地朝自己的办公地点走去。自从搬进新的内科住院大楼，曹刚觉得自己整个人也和这栋楼一样，里外焕然一新，主要的原因不是办公场地的转换，而是地位的转换。

上了楼，只有楼道的尽头亮着盏微弱的灯。曹刚脱下雨衣用力甩了甩，水没甩出去反而溅了自己一身。

曹刚提着雨衣来到办公室门口，发现有个人正蜷缩在那里，不禁吓了一跳。那人满身泥土，衣服是半湿的，见了曹刚，猛地从地上站起来。

“是曹大夫吗?”

“你是……”曹刚盯着对方的脸，似乎在哪儿见过。

“我是楼下送快递的。”长青不知如何介绍自己。

“哦，我说呢，你这张脸有些熟。怎么，有我的快递?”

“不是，曹大夫，我有事相求。”

“求我?”

“是求您，您是不是认识孙锡玉?”

曹刚的脸色一下子变了，比楼道里的光线还要昏暗。

“你怎么知道我认识她？她出了什么事了?”

“她没出事，是她的妹妹出事了。”

“妹妹？什么妹妹?”

“她叔叔家的妹妹，孙婉。”

曹刚将雨衣从右手换到左手，掏出钥匙迅速打开了门。

“进来说吧。”

长青站在门口看着自己沾满泥巴的脚，再看看屋内洁白的地砖，弯下腰将鞋脱下提在手里，赤脚进了屋子。

“你是谁?”关上门的曹刚警惕地问长青。

曹刚的反常并未引起长青的一丝怀疑，此刻他只求曹刚能够帮他。在省城，他一个举目无亲的农村人，能指望谁?

“曹大夫，我是孙婉的丈夫，锡玉姐算起来也是我的姐姐吧!”

“你还没回答我，你是怎么知道我认识锡玉的?”

“昨天你在我那给她寄过药，我便留心着了。”

曹刚看了看长青，不由得眉头皱了起来，“我应该相信你吗?”

“要不你给西灌镇中学打个电话问问锡玉姐。”

“那倒不必了。说吧，出了什么事？”

“你答应帮我了？”

“你先说说看。”

“这说了，您别笑话，也求您别往外传，给孙婉和我留条活路。”长青拎着鞋，连光着的十个脚指头都羞得不知该藏到哪里去，他是真的开不了这个口啊！

曹刚耐着性子等着，他必须保持足够的耐心，将这出意外的戏演下去。

“曹大夫，这事您首先不能和锡玉姐说，她要是知道了，就全完了。”

曹刚盯着长青，还是不发一言。

无可奈何的长青把鞋往地上一扔，一屁股坐在地上。

“曹大夫，你认识公安局的人吗？你知道解放大街上那家夜总会归哪个派出所管吗？”

“怎么还和公安干上了？”

“孙婉她在夜总会被扫黄的人带走了。”

“什么？她做了小姐？”

“别，曹大夫，您别这么说她，她不会，她有苦衷。您认识人多，能不能拉她一把？”

曹刚搬来一把椅子，将长青从地上拉起来。

“坐下慢慢说，什么时候的事？”

“昨天晚上。”

“你在这儿蹲了一夜？”

“我好不容易打听到您是在这儿上班，也不知道能不能遇上您，没想到，您今天竟然能来。”

“怎么称呼你？”

“李长青。”

“哦，长青，这件事你先别太急，容我想想办法，你先回去，有消息我会通知你。对了，你留个电话。”

长青没想到曹刚会这么爽快地答应。

“该怎么谢您呢？”长青将身上仅有的几千元现金掏出来，“这钱您拿着，听说保人要花好多呢，不够我再去想办法。”

“事还没办呢，你别把钱放这儿，先拿回去，你这样我压力可就大了。”曹刚将钱塞给了长青，“记住了，这个事别和锡玉提，省得以后见了面，大家不自在。”

“我知道，这事怎敢和锡玉姐说呢。”

曹刚答应了长青。长青就一直等着，他没有向经理请假，一个人待着的时候会更难熬。他天天出现在省院快递区，这样别人没觉出他有什么异样，他便也装作什么事都没发生过。孙婉还和父母在一起呢，也许盼着自己回家呢。可是看着曹刚办公室的窗子，长青便再也无法欺骗自己了，他不敢给曹刚打电话，他只有等，痛苦地等。

在长青等得快要失去希望和信心的时候，电话响了，是曹刚打来的。通知长青后天上午10点去幸福路派出所接人。

接完电话的长青觉得整个世界都放亮了，每个人的脸都是友善而亲切的，他甚至忘了向曹刚道声谢，也忘了孙婉是因为什么原因被带进那个地方的。他只有一个念头：让孙婉出来，那不是孙婉该去的地方，他当然也忘了，孙婉出来后生活还会是原来的样子吗？

这天，长青早早地便来到了派出所的大门外。

铁栅门很高，通体黑亮，长青不敢随便靠近。

离上班还有一段时间，派出所里一片宁静。孙婉是不是就在这里面，会被关在哪间屋子，和谁在一起，什么人看守她？

长青在铁门外徘徊着，自己给自己提问，却一个问题也回答不出来。

长青掏出手机看了看，还不到七点半，时间好像停止了似的，太阳却已升得老高了。

传达室的门吱呀一声打开了，出来个略有些驼背的老头儿。

长青跑过去。

“你找谁？”看门的老头儿声音像洪钟闷闷地响，面目却带有几分慈善。

“我接人。”长青递支烟过去。

老头儿不接烟，也不看长青，将手中的一盆洗脸水狠狠地泼出去。

“接人？什么人？”

“叫孙婉的。”

“孙婉？有人担过保吗？签字画押了吗？”

“不知道。”

“不知道？什么都不知道你怎么接？”老头儿提着个空盆进去了，过了不一会儿又探出头来，“在外面候着吧，有人给她担保了。”

长青感激地朝老者深深鞠了一躬，然后找个角落站着，眼睛却一眨不眨地盯着大门。

几天的劳顿终于使这个老实的小伙子由站着改为坐着，在派出所的墙根下睡着了。

看门的老头儿将铁门缓缓地推开，看到了睡着的长青，走过去轻轻拍了拍他的肩膀，长青眼睛没睁，人却整个地跳起来。

“年轻人，出来了，看仔细点儿，有你要找的人么?”老头儿指了指正从门里走出来的几个年轻的女子。

长青用衣袖擦了擦脸，有些不敢相信自己竟睡着了，也不知道自己睡了多久，他没有看到孙婉的影子。

“别急，一会儿还有几个，你再等等。”老人安慰着长青。

长青再没了困意，新的担忧又从心底升起，难道这事没办妥?不会的，刚刚开门的大爷不是说了嘛，有人担了保，自己要相信曹刚。正寻思着呢，就见孙婉从玻璃门里走出来，这次只有她一个人。

长青本能地躲到了铁门的后面，透过缝隙观察孙婉，仿佛犯错的是自己不是孙婉。孙婉比起前几日，人整个瘦了一圈，头发乱糟糟的，外衣窝成一团拿在手里，强烈的阳光照在孙婉的脸上，更显出了脸色的憔悴。孙婉用外衣遮挡住脸部，不知是怕人看到自己，还是眼睛适应不了阳光的刺激。

走出大门的孙婉有些茫然地立在那里，不知该往哪里去。

长青走过来。

孙婉看到了长青，意外让她疲惫的脸上稍稍有了些亮色。

“你怎么在这儿?”

“这话该我问你啊?”

长青在前面走，孙婉在后面跟着。这些日子长青光顾着想法怎么给她弄出来，来不及去怪她，现在孙婉出来了，就在自己的身后，几步远的地方。长青回过头，一股怨气从脚底冒出，如游龙一般在体内穿行，他想过去给孙婉两个耳光，或者比这更重，揍她一顿，往死里揍，什么事不能干，非干这个?

长青站着不走了。孙婉摇摇晃晃地走到眼前。

长青握紧了拳头，打人对长青来说，可是第一次，打孙婉，这辈子都没想过。

孙婉看到了长青眼中的怒火。

愤怒的长青看着快要虚脱的孙婉，十个指头慢慢地松开了。

“我们去哪里?”孙婉小心地问。

“还能去哪儿?回西灌镇!”

长青和孙婉不知道，不远处的胡同口，一辆轿车停在那里，曹刚默默地看着他俩消失在都市的车流中，深深地叹了口气。

第三十一章

很久没听到俞苗早起晨读的声音了。

最近几日，听家权说俞苗请假没来上课，像是病了，一直发低烧，这让锡玉有些不放心。虽不是学医的，可因为宏远的缘故，锡玉多少对这方面有点常识，长时间低烧不退可不是个好事。

这天放了晚学，锡玉看到俞苗的姐姐俞梅急急地跑到校园里来找家权，不知道两人说了些什么，家权便跟着俞梅匆匆地跑了。锡玉觉得有些不安，感觉要出什么事儿。

第二天上早自习时，家权把锡玉叫了出去。

“俞苗的病不太好。”

“什么病?”

“白血病，骨髓穿刺报告刚刚出来。”

“不可能……这不可能……”锡玉明明有过不祥的预感，可当预感成为现实，又开始怀疑了。

“会不会检测出了什么差错？万一误诊了呢？我们这些小地方，这样的事情不是常有吗?”

“在市人民医院做的骨穿。”

锡玉一下子靠在了墙上，从宏远出事以来，她又一次体会到了一种不慎跌入深渊而无力自救的恐惧，她觉出了在疾病和灾难面前人的力量是多么的弱小。

“有办法救吗?”

“办法是有，可希望渺茫。”

“什么办法?”

“骨髓移植，得去大医院。”

“能救就好。”

早自习结束了，学生们涌出教室。

锡玉和家权准备回办公室，一会儿就该上课了。

“锡玉，宏远原来是医生，不知有没有认识的人在省城工作?”

锡玉猛地站住了。

面对着罗家权真诚而渴望的目光，她有种冲动，想要说出那个人的名字，又强忍住了。

说还是不说呢?

锡玉没了主意。

“你好好想想，如果有，你尽快告诉我，俞苗的病等不得。”家权进了办公室。

要不要给曹刚打个电话呢?锡玉一整天都在琢磨这件事。

救俞苗义不容辞，可为什么偏偏是曹刚呢?

一整天她都躲着罗家权，避免与他正面接触。家权却没再提这件事，因为他知道锡玉的为人，能帮，一定帮。

一连几天，锡玉好似忘了这件事，只字不提，每每家权有意提及，她也是故意避开，这让家权有些不明白了。

晚自习结束后，家权站在宿舍门口，见锡玉的后窗还亮着灯，决定主动找锡玉谈谈，好好商量商量这件事。

走廊里很黑，家权低着头疾走。

“家权，你来了?”

锡玉竟独自在廊檐下坐着，整个人隐在廊柱的暗影里。

“我知道你要来，如果你不来，我也会去找你的。”

“我是为了俞苗的事。”

“我也是。”锡玉将凳子让给了家权，家权没有坐，两人就在廊檐下站着，都在等待对方开口，却又都不知该如何开口，一时陷入了沉默。

“进屋说吧。”

家权一看有戏，不禁高兴起来。锡玉给自己和家权分别倒了杯水。

“有认识的人?”

“有。”

“太好了，我这就告诉俞梅去。”

“等等，家权，得求你件事，你要答应我。”

“你怎么反过来求我了?”

“有件事我谁都没说，要不是为了俞苗，今天连你恐怕我也不会说。”

“听着问题好像有些严重啊。”

“宏远有个孪生哥哥在省人民医院工作。”

“什么？孪生？”

“是的，双胞胎，模样生得就跟一个人似的。”

“你见过？”

“见过。”

“这事宏远他爸知道吗？”

“暂时还不知道，怕他受不了这个刺激。”

“应该告诉他呀！那可是他的亲儿子。再说，你不能因为长得像就断定是孪生的呀！”

“别人不信，我信！”

锡玉把宏远车祸的前前后后都和家权说了，家权感觉像听天书似的。

“风雨那夜，我接到的那个电话是他打来的么？”

“是，是他。”不知怎么的，锡玉有些沮丧。

“家权，这件事可以找他，我想他会帮忙的，只是这事别让太多的人知道。”

“宏远有个哥哥是件好事，为什么要隐瞒呢？”

“可能是考虑到我吧！”锡玉没有说下去。

曹刚接到了锡玉的电话，独自想了好久。女孩？白血病？像是前些日子刚做了个梦似的，自己随口撒了个谎，今天竟应了验，他觉得莫名的恐慌，冥冥中确有什么东西跟在自己的身后，时刻盯着自己不堪一击的灵魂，也许正暗地里嘲笑着自己呢。

让曹刚万万没有想到的是，锡玉来到了省城。

罗家权、俞梅、俞苗、锡玉一行四人出现在省人民医院门口的时候，曹刚的心一下子提到了嗓子眼儿，他突然有种泰山压顶的沉重的窒息感。

罗家权从第一眼见到曹刚，就觉得宏远还活着。

他回身看了看锡玉，锡玉和曹刚彼此看着对方的眼神，那分明就是西灌镇中学两年前再熟悉不过的一幕了。要不是俞苗姐妹俩站在边上，家权还以为宏远托梦来了呢。

曹刚已来到家权面前，并且向他伸出手来。家权像是还在做梦，呆呆地盯着向自己微笑的曹刚，没有丝毫的反应。

“罗老师。”俞梅扯了扯家权的胳膊。

“哦，你好。”家权机械地伸出右手，同时将左手也伸出来，做出个要拥抱的姿势，而对方只是轻轻地握了家权的手指，轻得像湿滑的鱼，还未抓到手里就已灵敏地溜走了。

曹刚在前面走，后面跟着的这几个人，让曹刚突然觉得自己每天工作的地方变得异样的拥挤，每走一步都能碰到个熟悉的面孔，这些面孔在往日是带着温暖和愉悦的，今天却像是被什么人故意贴歪了的画，怎么看都不太顺眼，虽然还是带着笑，笑容中似乎含着些不易察觉到的嘲讽。

曹刚在心里不禁暗暗地责怪起锡玉来，可一看到俞苗那张疲惫而苍白的脸，曹刚又不忍心了。

血液科的李主任看了俞苗的所有化验报告单，直接就给开了个住院。

俞梅留下来陪床，办完所有手续之后，已是中午了。

罗家权感觉此行自己成了个多余的人。在曹刚忙着给俞苗找人看病的时候，自己只能独自留在住院大厅的一个角落里看行李。

从血液科出来时，曹刚终于有了和锡玉单独待在一起的时间，刚刚还有的怨气，此刻荡然无存，走在自己身边的锡玉，让曹刚渴望时间能够在此刻停下来。

“大哥，这事真是给你添麻烦了。”锡玉从心底里感激曹刚。

“本来我还有点怨你呢！来了这么多的人，可我没想到你会来，还有那位罗老师。可是你能来这里，我还是高兴的，你的事情就是我的事情，况且我挺喜欢俞苗这孩子，这个孩子我不能不帮。”

“俞苗是家权一直资助的一个学生，这孩子命苦。”

“我知道的。”

“你知道？”

“哦，我知道罗老师是个好老师，锡玉，好久没有联系你，你不会怪我吧？”

“怎么会？你那么忙。”

“我在医院附近给你们找了个宾馆。应该让你们住到家里去的，想想觉得不太合适，就在那凑合几个晚上吧。”

“哪能去家里呢？已经很好了，要不是你在，我们到这里，两眼一抹黑，那才难办呢！”

“叫上家权，我们一起吃个饭吧！”

将行李送到宾馆后，三个人一起来到了一家川菜馆。

“家权，喝点什么？”曹刚翻看着菜谱。

“我不会喝酒。”家权哪有什么心思喝酒呢？从早上见面到现在，家权一直在悄悄地观察着曹刚，他总觉得哪里不对劲，具体是什么？又不能够说清楚。不过有一点是可以肯定的，这个曹刚好像不太喜欢自己。对方把这种不喜欢悄悄地藏了起来，可家权是个实心眼的人，好不好还是能够感觉出来的。

曹刚点的菜竟都是锡玉平时爱吃的，这让锡玉多少有点意外。

虽然家权说不会喝酒，可曹刚还是要了几瓶啤酒。曹刚的酒量不大，不一会儿脸便红了。

“真是亲兄弟！连喝酒的反应都一样。”家权喝了酒，胆子有些放开了。

“怎么，你觉得哪里像？”曹刚将酒杯放下，眼睛里带着警觉。

“脸红到脖子根了。”

“家权！”锡玉在桌子底下用脚碰了一下家权。

“是吗？”曹刚对着边上的玻璃窗仔细端详着。

“红了吗？锡玉。”

“红了。”

“不喝了，下午还得上班呢。”

“我和宏远在一起时，喝酒少，喝茶多，曹大哥，你爱喝什么茶？”家权开始有意地缓和气氛。

“对茶，我没有研究，一大杯子，一撮茶叶，灌满水就是一天。”

“那样喝茶就破坏了茶的养分和味道了，你不喝工夫茶？”

“哪有工夫喝茶呢？有时连水都忘了，人在江湖，身不由己呀！”

“这一点，你们兄弟俩可就不一样了，宏远泡茶的功夫那是相当了得。”家权微笑着看着曹刚。

“你对我兄弟这么了解？”曹刚的语气带着赞赏。

“我们也是多年的弟兄。”

“大哥过的可是跟我们不一样的生活，家权，这是不能比的。”锡玉笑着说。

三个人总算比较融洽地吃了顿饭。

曹刚回省院上班了，家权和锡玉回到了住处。锡玉的心情一直很好，为俞苗的顺利住院，更主要的原因是因为曹刚。

锡玉不愿去想具体的原因，也许她还没有意识到自己对曹刚的感情，也许是意识到了自己不愿承认罢了。

而罗家权呢？心绪却一直不能平复下来，见到那个曹刚，世上竟有如此像的两个人？就算是孪生兄弟又怎样？罗家权不相信，真不知道锡玉是怎么想的。

两个人坐在宾馆的露台上各怀心事。

“锡玉，你打算待几天？”

“你说呢？”

“你好像不太愿意走？”

“俞苗那边……”

“俞苗有姐姐在，应该没问题。现在要边化疗边等着骨髓配型，咱们要不先回去？”

"什么时候走?"

"明天，你看行吗?"

"咱们不是请了一周的假吗?"

"原来是这样的，现在看来不用了，有曹大夫呢。"

"家权，就这么走了，把俞苗姐俩扔给曹刚?"

"你不相信他?"

"相信。"

"你带来的人，我觉得他不会怠慢的，正像你说的那样，他一定会帮忙帮到底的。"

"家权，你是不是有什么事啊?"

"没有，只是有些累了。"

"多待一天，可以吗?"

家权靠在椅背上，闭着眼睛，勉强地点了点头。

第二日，家权和锡玉在病房里陪了一天，晚上，锡玉对曹刚提及要回去的事。

"明天走?"

"是啊，有你在就放心了。"

虽然曹刚不愿锡玉这么早离开，可是锡玉在这里，曹刚的心就无法安静下来，万一惹出什么事端，曹刚怕自己无力应付，还是走吧!

"那个罗家权对你挺好的?"锡玉没有料到曹刚的话题会突然地转到这上面来。

"他一直都是这样的，宏远在的时候我们就处得不错。"

"可现在似乎不一样了。"曹刚看着远方的灯塔，自言自语着。

锡玉一时不知该说什么好。这次进城，大哥是不是有些不高兴?锡玉也微微仰起头去看那高耸入云的灯塔，却又觉得没什么好看的。可曹刚一直没有将目光移开，仿佛那灯塔里藏着什么不可告人的秘密似的，曹刚的表情严肃得可怕。

"锡玉，是该有个人对你好了。我离你太远，不能照顾好你，罗家权，你若觉得信得过……"

"大哥，你这是什么意思?"锡玉眼里含着泪。

曹刚看着锡玉，很久没有说话。

他想过去抱抱锡玉，家权不合时宜地走了过来，见曹刚在，想要避开，可是已经来不及了，锡玉发现了他。

"有事吗?"

"俞苗的课本在你那儿，别忘了麻烦曹大哥捎给她。"

"你等着，我这就去取。"锡玉急忙回房去了，只留下家权和曹刚两个男人，如两根坚硬的木头桩子立在那里，空气似乎也变得稀薄了。

街灯仿佛瞬间亮了，所有的高楼都变得恍惚起来。

省城的夜晚在家权心里像是个抹了浓妆的贵妇，让人看久了免不了有些昏昏欲睡的感觉。

此时的西灌镇中学应是一片翻动书页的声响，孩子们正在上晚自习吧？想到他们，家权整个人变得自然而放松。曹刚的心境也许和家权正好相反，面对自己曾经的兄弟，曹刚已没有了往日的情感，他敏锐地感觉到了罗家权对锡玉的关心和对自己的怀疑。

“曹大哥，有件事不知当问不当问？”家权在曹刚身边站定。

“什么事？你说。”

“我和宏远是朋友，宏远走了我们都很难过，可他就这么悄无声息地走了，这对锡玉不公平。事发前，他曾经给锡玉去过信，说要带个人回去，给锡玉一个惊喜，你知道这个人是谁吗？”

“是我！”

“你？”

“是的，那时我们刚相认不久。”

“我也觉得宏远不会做对不起锡玉的事，我了解宏远的为人。”家权第一次对着曹刚笑了笑，可在曹刚看来，这笑容似利剑，锋刃直指心房。

“这些事难道锡玉就没问过你吗？”

“没有，她从来没有。”

“那就有些奇怪了。”

“为什么？”

“宏远的遗物中有张女人的照片。”

“女人的照片？什么样的女人？”

“一个城里女人。”曹刚不知道这是翻到哪一篇，怎么还出来个城里女人。

“你们是怀疑宏远吗？”

“不是怀疑，只是想把事情搞清楚。”

“搞清楚什么？宏远的死因吗？还是宏远的为人？”

“都有吧！因为锡玉她活得太苦了，如果宏远还活着，他怎能忍心让她遭那份罪？”

“是啊，如果他活着，他是不会愿意看着锡玉受苦的。”

锡玉拿着书回来，谈话被迫终止。

“锡玉？你带了那张照片吗？给曹大哥看看是否认识那个人。”

“什么照片?”

“女人的照片，你给我看过的那张，两寸的。”

“家权，你提它干吗?”

“正好，大哥在，没准认识呢? 这样岂不是解了你心头之惑?”家权不明白锡玉怎么又退缩了。

“锡玉，如果照片在，就让我看看吧。”

“大哥，我没带。”

“没关系，有机会再看吧。”曹刚松了口气。

次日，家权和锡玉起了个大早。

想到昨晚的谈话，家权心里有些过意不去，过来是请人帮忙的，怎能惹他不高兴呢，俞苗还得指望着人家呢!

家权决定走时再到省院和曹刚告个别、道声谢。在医院门口的报刊亭前，曹刚见到了等了很长时间的锡玉和家权。

昨晚告别后，曹刚并没有回家，而是在办公室睡了一晚，说是睡，其实是一夜无眠，天大亮时竟眯着了，手机响了半天也没听到，要不是保洁的过来敲门，曹刚真不知要睡到什么时候去。

曹刚在路边拦下了一辆正在下客的出租车，打开车门的一瞬间，曹刚呆住了：真是怕什么，来什么，车上下来的竟是抱着小雨的洛姗。

“曹刚，快去挂个儿科号，小雨发烧了。”

“哦!”曹刚机械地答应着，人却一下子变得忙乱起来，他撒腿便往儿科跑，跑了一半又折回来。

“干什么，曹刚? 快点，孩子烧了一夜了。”洛姗显然已经累了，脾气也大了起来。

锡玉远远地看着那个抱着孩子的女人，轻轻地对家权说，“家权，照片的事别问了，我知道那个女人是谁了。”

曹刚见锡玉还站在那里，没有要走的意思，便向锡玉挥了挥手，示意她离开，又做了个打电话的手势。

洛姗莫名其妙地看着曹刚，“跟谁打招呼呢?”

“一个找我看病的远房亲戚。”

锡玉不知道她是否看到了自己。看到了能怎样? 看不到又怎样? 锡玉和洛姗两个阴差阳错的女人，近在咫尺，却又阴差阳错地分开了。

第三十二章

小雨得了肺炎，高烧39.8℃。

因为孩子生病，洛姗对曹刚多少生出了些不满。自从曹刚去了器材科，全院似乎只有他是个最忙碌的人，成天不回家不说，连节假日都难得见上一面。还有那个院长父亲，小雨刚出生时还常常跑回来看看，日子久了，又回到了原来的轨道上。家里出了两个这样的男人，怨言是不可避免的。

曹刚一连几天都在病房陪着小雨，虽然平时很少带孩子，可是就因为那化不开的血缘，小雨依然亲近曹刚。身体不舒服的孩子，只要一抱在爸爸的怀里，很快便安静地睡了。

器材科那边来找曹刚的人从未断过，器械商们强忍住心中的不快和焦急，每天准时出现在器材科门口。没有曹刚的签字，钱怎么能装进自己的兜中？因为利益的原因，人有时是什么样的痛苦和无奈都可以忍受的。可有一个人似乎失去了耐心，他拨通了曹刚的电话。

“喂！曹主任，听说孩子病了，方便的话我过去看看。”

“王荣?”

“是我，曹主任，十分钟后到儿科病房。”

说十分钟，不到三分钟人就出现了，王荣一手捧着鲜花，一手提着果篮，腋下还夹着个芭比娃娃。

“曹主任，我这是刚知道。您有事怎么也得告诉我，多个跑腿的，您不是也能省心点儿?”

王荣放下手中的东西，将芭比娃娃搁在小雨的身旁，小雨伸出胖胖的小手，去扯娃娃的腿。

“王荣，你找我是不是有什么急事?”曹刚开门见山。

王荣看了一眼洛姗，凑近曹刚，“主任，能否借一步说话?”

两人来到楼下的吸烟区，王荣从包里掏出个牛皮纸的信封，曹刚一打眼便知道那是前些日子他托王荣办事用的。

“曹主任，这个原物奉还，那边没有收保释金。”

“你就别诓我了，王荣，不花钱能放人？”

“主任，我王荣是喝哪碗水的？那地方，墙再硬，只要老鼠能打洞，我王荣就能找到钻进去的缝儿，以后只要您不方便出面的事，我去摆平。我和您不一样，就没有我不能干的事。”

“王荣，海口夸大了！你不怕掉进自己张着的口里，把自己给吞了？”曹刚细细端详着王荣的眉眼，觉得他的每一个毛孔都微张着，向外散发出张狂的气息。

“怎会不怕？怕得很，没办法，为了您，刀山火海我都不能皱个眉头，要不是您和院长这么多年抬举我，不知道我现在哪个旮旯里蹲着呢？”

“你今天来就为这个？”曹刚掂了掂手中的钱袋。

“就为这个。”

“上次孙婉的事，我真心感激你，我知道说这些在你这不受用，直说吧，你有什么需要我办的？”

“曹主任，瞧您这话，太见外，你现在对我王荣可不薄，我做的这些都是些上不了台面的小事，您不必觉得欠我的，做了就做了。”

不知为什么，王荣的这些话，听着不是那么真诚，可因他刚为自己摆平了那件事，对他多了几分平日里少有的宽容，很多时候，自己身边还真少不了王荣这种清水浑水里都能捉鱼捞虾的主儿。曹刚把钱收好，亲切而友好地搂了搂王荣肥胖的肩膀：“王荣，我心里有数，你去吧，去和那帮人说一声，明天我上班。”

王荣夹着包轻快地走了。

他才不会去和那群等在曹刚门口的人见面呢，让那群傻蛋等着吧，王荣的心里充满了得意。这个社会有时候真诚在某些人眼里算个屁，甚至连屁都不如，怎样让对方足够地相信自己，并甘心为自己所用，这是目前王荣应对曹刚的第一步。

王荣这样的人有他自身的处世原则。在他们眼里，所有人都是一样的，没有善恶之分，唯一不同的便是被利用的价值。这种价值可以很大，也可以很小，但只要存在于某个人身上，这个人便是个有用的人。如果哪一天这种价值消失了，人算什么？脆弱得如一张薄薄的纸，随意地揉皱，甚至撕碎。

而对于曹刚来说，王荣只是落在耳边的一只蚊子。曹刚并不在意有这么一只蚊子存在，因为他吸的不是自己的血，至少现在他还不会对自己下口。

回到儿科病房，曹刚看到洛姗搂着小雨斜靠在床上睡着了。

曹刚摸了摸小雨的脑门，体温下来了。

洛姗一下子惊醒，见曹刚站在床前，重又躺回去，半闭着眼睛，机械地拍着小雨的后背。

曹刚在床前坐下来，将洛姗的手握在自己的手中，很久了，他没有去考虑过这个女人的感受。可以想象，她是很爱哥哥的，可她怎么会知道她深爱着的丈夫早已离开了她，她现在爱着的却是另外一个人。两行泪从洛姗的眼角缓缓地流出，弄湿了耳后的头发，曹刚伸出手去擦拭，手却被洛姗捉住紧紧地贴在脸颊上，曹刚一动不敢动。

"曹刚……"

"我在呢，睡吧！"

洛姗只是握着曹刚的手，却没有再说话，只要曹刚有一点儿的温存，就足以使她认为曹刚的心里是有自己的。自从出事以来，她隐约地觉得曹刚和自己之间隔着什么，曹刚在有意无意地和自己保持着一定的距离，这怎能不让她难过？有时她也会怀疑他在外面是不是有了别的女人，可每每这么想的时候，她连自己都觉得自己是多么的愚蠢。曹刚能有今天，不正是自己一直期盼的吗？自己和父亲可没少出力，对男人，既要求事业有成，又要求花前月下、日夜厮守，这世上哪有两全其美的事？

想到这里，洛姗释然了，她不怪曹刚。洛姗从不是个自艾自怜的女人，她不后悔自己的选择。

"曹刚，小雨过两天就可以出院了，你上班去吧。"洛姗微微欠起身，却不知道拖鞋去哪了。

曹刚蹲下来，从床下面掏出洛姗的鞋子，整齐地放在洛姗的脚边。

"我再陪一晚上吧，今晚你好好睡一觉，瞧你，现在又黑又瘦……"

"你想留下就留下吧，我也不走了。"洛姗调皮地将拖鞋从脚上甩到了墙角边，顺势又倒下了，"今晚，咱俩在一块儿好好说说话。曹刚，你说有多久咱们没有单独聊天了？"

"是有很长时间了，可你不走，睡哪儿？"

"我们三个人挤挤，小雨不占地方的。"

"要不，你和小雨睡，我睡沙发。"

"也好。"洛姗显得有些愉悦。

可能源于小雨快出院了，还有别的什么原因，曹刚不愿多想，看到她能开心，曹刚也似得到了某种额外的安慰。

小雨一直睡着，洛姗和曹刚却一直醒着。当两个人真正地独处时，洛姗还是不能放下心中的疑惑。

“曹刚，有些话，我说了你别不愿意听。”

“说吧。”

“从你身体恢复后，我觉得你变了，整个人都和原来不一样了。”

“变好了？还是变坏了？”

“和好坏没关系，只是有时我总是怀疑你还是不是原来的曹刚。”洛姗低头苦笑了一下。虽然很轻微，可还是被曹刚捕捉到了。

“洛姗，你想多了，我还是原来的我。”

“但愿吧，虽然那时的你不够完美，可你离我很近，我伸手就能够碰到你，而现在我总怕……”

“怕什么？”

“怕你回去，又怕你回不去。”

曹刚的后背瞬间被一股冷气包裹，身体一下子僵在那里，动弹不得。

“我不太懂你的话，洛姗，你是不是遇上什么人，听了什么不该听的话？或者因为最近我没有陪你的缘故？”

“都不是，别忘了，我是你的妻子，是离你最近的人。原来我总是用自己的标准来要求你，希望你成为我想要的那种人。一场车祸竟让你慢慢地向着这个标准靠近，等你真的成了那种人，我才发现我爱的还是原来的你。是我太自私了。如果你觉得这种生活不开心，你可以选择放弃，还做你的专业去。”

曹刚渐渐听出了点眉目，紧张着的神经也稍稍松了些。

“我没有觉得现在有什么不好。洛姗，你不用自责，我还得谢谢你和爸爸给了我这样的一个机会，要不我怎会知道，我除了能做医生外，还有这方面的能力？”

“你真的这么想？”

“我就是这么想的。”

曹刚以为这么说可以宽了洛姗的心，殊不知洛姗竟像看个陌生人似的看着曹刚，这不是她真正想要的答案。

睡着了的小雨不知梦到了什么，竟笑出声来。这笑声在这间安静的房间里，散着浓浓的香气和甜味。曹刚和洛姗互相看了一眼对方，在此刻心中流淌着的是同样的东西，什么也无法改变他们是小雨的生身父母这一铁的事实。

病区的楼道里偶尔有人走过，有时很慢，有时又很急。

难以入睡的病人家属和想睡却不能入睡的值班护士，在这样的夜晚保持着不一样的清醒。而曹刚却在他们断断续续、时远时近的脚步声中感到了一丝困意，当这种困意袭来，他暂时地把一切都放下，和洛姗、小雨成为了名副其实的一家人。

曹刚似乎有了片刻的安宁，就这么生活下去，何尝不是一种很好的选择？如果没有锡玉，如果锡玉从未在生命中出现过，这一切就显得顺理成章了。

而锡玉在曹刚的梦里，就如天边的那片晚霞，刚还在西天挂着，一转身，稍不留神就不知飘到哪儿去了。虽然曹刚还记得它的姿态和色彩，可因为时空的变换，因为距离的遥远，更因为眼前这触手可及的洛姗，锡玉成了个模糊的影子。一旦锡玉变得模糊了，洛姗就变得真实起来，曹刚好不容易在这个真实的世界里美美地睡了一觉，这一觉睡得很沉，很沉……

第三十三章

锡玉和家权各怀心事地从省城回到了西灌镇。

几日不见，西灌镇好似变了个样子，在锡玉眼里有了些久违的亲切。

锡玉和家权同时出现在中学门口，人们带着好奇的目光打量着两位从远方归来的人。在周围人的眼里，短短数日的省城之行，他们的关系应有了本质上的改变，人们期望是这样的。当然也有人希望不能这样，一个死了丈夫的女人，一个大龄单身汉，不般配。

晚上，上自习时，锡玉在教室门口又遇到了家权。

两人都为对方让了路，没有看彼此，也没有说话。锡玉不知道家权这是怎么了。家权却在想，这一切的原因锡玉都是知道的，还用去说吗?

第二天清晨，锡玉到井边打水，早起的家权也来到了井边，见四下里没人，家权靠近锡玉。

“锡玉，你见着那个女人了?”

“哪个女人?”

“照片上的。”

“那是宏远的嫂子。”

“啊?嫂子的照片怎会出现在宏远的身上?你好好想想这个问题。”

“我想过了，都想通了。”

“我想不通。”

“你这么想，家权，宏远在信中说要带给我见的人，是他失散多年的哥哥。而嫂子，那是个城里女人，她怎能轻易来我们这个小地方，所以哥哥便给了他一张照片，让我们认识一下。”

锡玉提着麻绳，吊桶在手中像是没了气的皮球，一动也不动地垂着。

“分析得还挺有道理的，好像宏远亲口告诉过你?”

“宏远不能跟我说了，大哥跟我说的。”

“什么时候?”

“我们回来后不久，他给我打了电话。”

“这就更奇怪了，事后打电话，当时为什么不把你介绍给嫂子?”

“孩子病了嘛！你知道当父母的心里有多急?”

“再急也不过几分钟的工夫。”家权从锡玉手中抢过吊桶，“嘭”地扣在水里。

“锡玉，难道你就从来不怀疑?”

“怀疑什么?”

“那个曹大哥。”

“怀疑过……”锡玉喃喃道，不自觉地在井边转起圈来，像中了什么魔咒。

“我开始也和你一样怀疑，那就是宏远，可我见到了活的，就不能把死的给忘了。家权，我亲自给宏远收的尸，我亲自给他入了土，这一切又打消了我的疑虑。”

“你打算什么时候告诉宏远的父亲？总不能一直瞒着吧?”

“还是先不要提吧，要看大哥的意见，愿不愿见是他的事。”

锡玉提起桶准备离开。

“锡玉，俞苗的事只能靠你了，她们姐俩在那儿，我还是有些不放心。”

“我知道，我会打电话的。”锡玉提着水站在离家权几步远的地方，家权手里依然攥着吊桶的绳子，坐在井沿上，像是个操碎了心的老者，低垂着头，将手中的绳子缠绕在手腕上，绕了几个圈后松开，松开后再绕上，锡玉知道家权又被什么事给堵了心。

“俞梅，多好的姑娘，别枉了人家对你的一片心。”

锡玉扔下这句话，提着水快步向前走去，怕走慢了，家权怪罪自己。

家权抬起头看着锡玉吃力地提水的背影，有些心疼，又有些懊恼。他撒开了绳子，看着天，太阳还未露头，鸟儿已在枝丫间穿行。学生宿舍的门拉开了条缝，迷迷瞪瞪的，鸟窝似的脑袋从门里伸出来。可能是发现了罗老师，又缩了回去。

锡玉已经开始烧水做早饭。

家权却还坐在那里，呆呆地望着锡玉的后窗。

省城之行心里就窝着火呢，锡玉她这是干什么？非要往自己的心窝子里塞石头。我枉了人家的一片心，谁又枉了我的一片心?

家权想到了那个曹刚，想到了锡玉和曹刚见面时的情形。重又抓起吊桶，从井里提起一桶水，“哗”地倾倒在地上，随即将吊桶扔了出去。

这一幕，锡玉在后窗都看到了眼里，她想过去，又忍住了，只是深深地叹了口气，拉上了帘子。

西灌镇中学一如既往地迎来了新的一天。

家权和锡玉什么也没发生过似的又融入了生活的洪流中。

一年一度的中考结束后，学生们便开始放暑假了。家权随父亲回了趟老家，没有学生，小卖部暂停营业，校园里是真的安静了下来。

锡玉打算去看看孙婉，听母亲说孙婉有了身孕，不方便出来。

临行前，锡玉绕道到集市上，买了只鸡，又买了几条鱼，也不知道小婉想吃什么，锡玉骑着辆自行车上了大堤。

以前都是孙婉骑车来中学看自己，这回该自己去看她了。想到这里，锡玉的心里充满了喜悦，小婉终于安下心来和长青过日子了，这让锡玉对他俩重又充满了希望。自己已经过成这样了，小婉可不能再有什么差错，平平安安就好。

孙婉不知道锡玉要来，一个人串门去了，长青的父母热情地接待了锡玉。

当孙婉被唤回来，一眼看见了锡玉，竟没能忍住落了泪。锡玉不明就里："见着姐，你是高兴呢？还是不高兴？"

"高兴，姐！都记不清有多少日子没见你了，你的模样一点都没变。"

"又说傻话，这才多久没见，姐能变到哪儿去？前些日子我来找你，说你去找朋友玩去了。我就说，老大不小了，成了家的人了，玩心真重，又不知道去哪儿疯了。"

"姐……"孙婉拉了拉锡玉的手进了自己的屋子。

"几个月了？"

"快足月了。"

"瞧你的笨样，像是个男孩。"

"管他是男是女，生下来就好。"

"什么话说的？是男是女，不都是你俩的孩子，都疼不够呢。"

"我也是为了完成任务。"

"是啊，女人都得完成这个任务，小婉，你和长青现在多好，我的这颗心总算落了地，要不，一直为你悬着呢。你愿意为他生孩子，说明你愿意跟着这个男人过一辈子啦。"

"姐，我是觉得他可怜，应该给他个孩子，也算是对他的报答吧！"

"什么可怜？报答？你这是……"

"我不想他因为我绝了后……"

"这么说，你还是不能……"

"我不能，姐……"孙婉低声地哭了起来。

“究竟为什么?”

“别管了，姐，这一家人挺好的，长青也挺好的。是我不好，我不该进这个家门，当初要不是因为父亲，我不会答应的。”

“是不是因为那个张磊?”

“别提他了，再让我遇到他，我非杀了他。”

“为什么这么恨他，小婉，能不能告诉我发生了什么事?”

“什么事也没发生，姐，你别操心，等孩子生完后一切就好了。”

“长青没在家?”锡玉进屋待了这么久才发现长青一直没露面。

“出去干活了。”

“又是你的主意。”

“这回是他自己愿意的。”

“去得远吗?”

“远，省城。”

“长青在省城?”

“在，去了几个月了，他说将来要养孩子，钱可不能缺，他是这么说，我觉得是为了躲我。”孙婉坐在椅子上，直喘粗气，孩子在子宫里顶着胃，坐久了，孙婉得站起来，站一会儿又觉得累。

“他躲你干吗?”

孙婉发现自己不小心说漏了嘴。

“可能是嫌我烦了吧，怀了孕，也不知道怎么的，脾气越来越不好了，有时能忍，有时不能忍。”

“你总不忍，再好的耐心也会磨没了。小婉，快要做妈妈的人了，凡事不能再像原来那么由着性子了。长青让一尺，你能让一寸，事情总有个缓头，不为别的，为了你肚子里的孩子，委屈点儿又能如何？谁家的日子不是这么酸甜苦辣、磕磕绊绊地过来的?”

“姐，我知道你想我好，我也想好，可从一开始就没有个好头，这日后更不能好了。”

“小婉，你是什么人我还不了解？你这脑子，你转个弯儿行不行？你换个方式看长青，我就不信看不出一点儿好?”

“姐，现在问题不全在这儿。”

“还有什么？你倒是说给我听听。”

“姐，你能来看我，我这心里舒坦多了，别担心我，你回吧。”

“还没吃午饭呢，你不留我，长青爸妈可留我了。”锡玉没想到孙婉竟轰自己走。

“姐，别留了，有空我去看你。”

“看看你现在的状况，小婉，我不愿惹你着急，我走。不过，你可不许把日子过砸了，这么好的人家，你去哪儿找？”

锡玉起身往外走。

长青父母一见锡玉要回去，一个劲儿地挽留，见孙婉站在一旁不言语，还红着个眼睛，以为姐俩闹别扭了。婆婆过来小声地问孙婉，“怎么能让你姐走呢？这快中午了，饭都做上了。锡玉来一趟不容易，你去说句话。”

孙婉靠在墙上，默默地看着锡玉，却不挽留。锡玉低头开锁，推着车子出了院子，两位老人一直追到路上。

“叔叔，婶子，小婉是我妹妹，我不会袒护她。她性子倔，您二老多担待，这孩子，死脑筋，有时候得有人把她往宽路上引。”

“锡玉，不瞒你说，小婉对我们还是不错的，我们也拿她当自己的闺女。可光我们好不行，她和长青过日子呢，看着他俩心总不往一处靠，我们这心里……”

长青妈眼圈红了，哽咽着，没有说下去。而这一切，锡玉心里明镜似的，可她不知怎么安慰老人。原本以为有了孩子，自己心头的包袱，总算卸下来了，没承想，这一趟，又背上了，且比以前更沉、更重，像是装了什么坚硬的东西，一直硌到了心里。

锡玉骑着车在大堤上颠簸着。

前些日子的洪水将一些堤坝冲塌了，土堆积在坡下，路面更是坑洼不平。锡玉本来车技就不怎么样，这下可好，车轱辘需在大车行驶过的车辙中前行，骑着比走路更费力气。

锡玉下了车，推着走，快要下堤时，遇上了从学校回家的梅英。梅英和长青是邻村的，对孙婉和长青都很熟，一见锡玉满脸的汗水，知道是从孙婉家回来。

“锡玉，去看孙婉了？放假了，你还这么着急回来？”

“她现在身子不方便，不去烦扰她了，你这是……”

“给几个学生补课。对了，俞苗怎么样了？”

“如果等不到合适的骨髓，过几日该出院了。”

“这孩子命苦，可苦命的人有时自有天佑……”梅英说这话时，自己都觉得没有底气，空洞的话说了有什么用呢？还不如不说，她将自行车掉了个方向。

“你不回家了？”

“陪你走走吧，有些事顺便和你唠唠。”

两个人都推着车，往大堤北面的小道上走去。

“锡玉，你可曾听到些关于孙婉的闲言?”

“什么闲言？我在学校，她在家，很长日子不见了。”

“自然，不好的事，家人总是最后知道，抑或永远都不知道。”

“梅英，你听说了什么？快告诉我。”

“只是传言，别当真，也许是庄稼人闲来无事瞎编的呢。你也知道，村里人眼光看到的天地窄，有点风吹草动都以为要变天了呢!”

“你就直说了吧。”

“有人说孙婉曾在外面干过那个事。”

锡玉从梅英的口吻上有种直觉，那不是什么好事，心一下子提到了嗓子眼儿。

“难道她……”

“我们村在省城打工的人回来说看到孙婉了。”

“这事当真?”

“无风不起浪，锡玉，就算没有，这要是传开了，就如衣服上沾了污水，洗起来不易啊!”

“梅英，还有谁知道?”

“这种事不论真假，最后知道的往往是离她最近的人，不知道有没有传到长青的耳朵里，别人听了也就听了，孙婉和长青的日子还得过下去不是?”

梅英说完这些，像是搬去了心中的一块石头，骑上自行车回家去了，只留下锡玉一个人还在大堤上站着。本来见了孙婉就添了堵，这下更是有种被人掐住了脖子的窒息感，身体软绵绵的，脚下打起了飘。

锡玉机械地扶住自行车，将它支在芦苇丛边，自己也找了个地方，一屁股坐了下来。太阳正劲，烤着人露在棉布外面的每一寸皮肤，辣辣地疼。

锡玉没动身子，一直坐在那里。

她想起了上午在孙婉家的情形，经梅英这么一说，锡玉更相信了梅英说的可能是事实，锡玉无法接受孙婉竟做出了这种丢人的事。

大堤上几乎没什么行人，偶尔过来辆自行车也是拼了命地踩着，仿佛不把没了油的链子踩断了就行不前去似的，嘎吱嘎吱地一路响着。知了在树上叫一阵，歇一阵，搅得锡玉的心越发乱，怎么想都不是。锡玉猛地站了起来，推上自行车，往孙婉家骑去。

锡玉骑得快，一路狂奔，全身都浸在汗水里。

到了长青家所在的村口，锡玉慢了下来，她在路旁一棵树的阴影下停了车。

再往前走几步，就能看到长青家的房子了。锡玉有些紧张，像准备行窃而事先踩点儿的小偷，锡玉不敢离孙婉家太近，可又想当面问问她，梅英说的省城的事是否当真。

正犹豫着要不要过去呢？孙婉挺着个大肚子从院子里出来了。

锡玉推起自行车就跑，跑了几步又忍不住地回头看，孙婉正站在大路上，手搭在额前往自己这边瞅着呢。

完了，她看到自己了，锡玉假装什么都没看到，低头往前走，脚步很轻、很慢，怕惊动了身后的孙婉，她在此刻已经彻底地忘记自己回来的目的。

身后却传来了有人急急的跑动声，笨拙地蹬着地，每一步都似踩在了锡玉的心上。

“姐，姐，你怎么还在这儿?”

哎呀，正是孙婉，锡玉不得不停下来，孙婉已跑到了跟前，粗重地喘着气。

“小婉，你跑什么？你也不怕动了胎气?”

“姐，你见了我，怎么不过来？一个人待在村口干什么？是不是一直没走?”

“我……等梅英呢。”

“在这儿等?”

“啊，她说一会过来找我。”

“去家里坐会儿吧……”孙婉拉着锡玉的车。

“不了，一会儿她该找不着我了，再说，哪有去了又回的道理?”

“又不是别人家，那是我家。”

“是你家，我知道，什么时候能让姐在你家舒心地住上几日?”

“等以后吧……”

“会有这样的机会吗？你能不能和姐交个心……”锡玉将孙婉拉近，“你去省城做什么去了?”

“姐，怎么想起问这个?”

孙婉一下子挣脱了锡玉的手，原本亲切的姐儿俩仿佛瞬间有了仇恨似的。

“小婉，你有事一定要跟姐说。”锡玉恳求道。

“我能有什么事？你放心，只管好你自己，我不会拖累你……”

孙婉转身走了，锡玉没有追过去，这可是在长青的家门口。

锡玉立在原地，希望孙婉能回来跟她好好谈谈，可孙婉没有回身看锡玉，一直都没有。

第三十四章

天还没亮，俞梅在血液科的病房里迷迷瞪瞪地醒来。

同病房的病友和陪床的似乎都在梦中。

每个人都睡得很晚，每个人都睡得不踏实，每个人的心里都藏着些想说无处说、说了还得藏着的心思。

住到这个科的人，谁的心里都很清楚，这是个花钱的地方，这个病也许倾家荡产也不一定能治好，可是只要有一丁点儿的希望，哪怕它微弱如萤火，只要它还亮着，人们就不能停下追求希望的脚步，因为这希望它不是别的，是一个人对于生的渴望。

俞梅悄悄地起身，陪床椅都没敢收起来，怕弄出响声惊动其他人。

俞梅来到外面。

护士站空无一人，护士应该去病房采血了，此刻病房的楼道，是一天中最安静的时候。

俞梅没有出病区，怕妹妹醒来了看不到自己而惊慌。

想到妹妹，俞梅的眼泪就会止不住地要涌出来。父母离世早，只给自己留下了个三岁的妹妹和一屁股的外债，可这些都没有将俞梅击垮，唯有俞苗的这个病，来得猛，生生地想要将妹妹从自己的身边拉走，俞梅不甘心。等待的日子是如此的让人煎熬，俞梅几乎每天都要去一趟医生办公室，每一次都小心翼翼而又满怀着希望。

俞梅扯着自己的衣角，身体贴着墙，慢慢地蹭进办公室，每一位医生都看到了这个年轻姑娘的执着，常常是一看到她的身影，不等她开口，赶紧地、极不情愿地告知她想要知道的消息。得知结果后，俞梅又会失望地回去，进出前后几分钟的时间，俞梅仿佛在自己设置的天堂和不可逆转的地狱之间走了一遭。每每这个时候，她不敢回到妹妹身边，恐妹妹发现自己的秘密，因她已告诉妹妹，再有不久，便可做移植手术了。

谎言，都是谎言，可除了谎言自己还能有什么更好的方法呢？这谎言不仅是妹妹，更是自己眼下唯一能抓住的一根救命稻草。

路过护士站时，上主班的于护士向余梅招了招手。

俞梅走过去，不知道于护士叫自己有什么要紧的事。

“俞梅姐姐，有个事要和你商量……”

小于微笑着，语气和脸上的笑容一样，让人感到空气中都飘着甜味。

“于护士，有事尽管跟我说。”

“姐姐，你看俞苗在这儿住了也近一个月了，入院时的三万元的押金早就花完了……”

“完了？什么时候花完的？”

俞梅似一脚从一个泥坑里又踏进了另一个冰窟窿里，这些日子，光想着骨髓的事，把住院费这事给忘了。

“你别担心，曹主任已给你续上了，他嘱咐我不要和你讲，想来想去不说不合适，钱的事不是小事。”

小于把俞苗的住院明细打了一份递给俞梅。

“看，这是俞苗的费用清单，还有曹主任续交的押金条，你收好。”

俞梅接过那张小白条，拿在手里，似拿着个不认识的物件，放在眼前仔细瞅瞅，一万元！俞梅的心提起又落下，这么多的钱，人家凭什么？一定是因为锡玉的关系。想到这里，俞梅微微地放了点心，她将押金条收好，欠下的钱，砸锅卖铁也得还，可欠下的情呢？俞梅的心情又变得沉重起来。

病房里的俞苗在姐姐起身出去的时候就已经醒了，可她不愿醒着，只有睡梦中自己才能得到一丝平静，只有睡着了，姐姐才能休息一会儿。

早上7点，营养食堂的人会将餐车准时推进病房。餐车的车轮在走廊尽头一响起，像惊雷滚过天空，每个睡着的人都会被吵醒，不管是生了什么样的病，病人都知道，吃饭有多么重要，都会强打起精神，病得轻的，从病床上爬起来，自己端着盆盆罐罐，站在门口等着；重一些的，起不了，便由陪床的去给自己打。

俞苗都是自己打饭，对这个懂事的小姑娘，同病房的人都有些偏爱，每次都愿意让她排在前面，可每次她又自觉地排到后面去。远远地俞苗看到姐姐跟在餐车的后面，走得很慢，一手攥着几页纸，一手捂着自己的衣袋，好似怕别人发现自己藏着的宝贝，俞梅不看别人，只是机械地迈着步子。

俞苗看着姐姐的样子，有些心疼，强忍着心底的难过，装着什么都没有看到，和边上的阿姨聊着天。

“小苗，最近胃口还好？”

“好多了，刚化疗完那会儿什么都吃不下，吃什么，吐什么！”

“熬过来就好了。”

俞梅看到了打饭的妹妹。

“进去吧，饭盒给姐。”

“不用，我自己来。”

“那我去房间等你，对了，别忘了，多要些辣椒油。”俞梅朝妹妹笑了笑，进了病房。

食物带来的愉悦暂时缓和了人们对疾病的恐惧，整个病区在这一刻终于有了生活的味道。这也是一个世界，和外面的世界不同，这个世界里的人活得更加的匆忙，因为他们往往要和时间赛跑，只有学会跑才能将疾病甩在身后，只有跑才能把有限的生命尽量地延长，跑，在有力的奔跑中也许会有奇迹出现。

用完早饭，病房里又变得安静起来。

人们在等待，说不清在等待什么，等待医生护士交完班，等待他们来看看自己，等待新近的检查结果，等待一些看不到、摸不着的东西。

当然，也有的正在等待死亡的临近。

俞苗看了看靠窗的那张床，床上躺着的是位二十五六岁的年轻女人，和俞苗生的一样的病。只是她发病急，从住院到现在几个月的时间，已经病入膏肓了，丈夫在外地打工，还没赶回来，只有婆婆带着两岁的女儿甜甜一直守在身边。

甜甜是个爱笑的孩子，俞苗很少见过甜甜哭，甚至有时候会怀疑这孩子压根就不会哭。甜甜的妈妈每天睡得多、醒得少，即便醒来也不会唤甜甜，只有甜甜一如既往地坐在妈妈身边，咿咿呀呀地说个不停。

婆婆有60多岁了，身体还算硬朗，却是一头白发。每天安静地坐在儿媳的病床前，握着儿媳的手，盯着她的脸，就那么一直看着，仿佛只有这样媳妇才不会撒手而去。

李主任来查房时，甜甜妈突然地醒了过来，叫了声妈，又叫了声甜甜，然后四下里寻找着。婆婆眼泪便下来了，媳妇的心思她知道，在找甜甜的爸爸呢，这可是个不好的兆头。

李主任做了个仔细的检查，然后对甜甜奶奶轻轻地摇了摇头。奶奶没看清，医生对她摇头的次数太多了，她已经搞不清点头和摇头是什么意思了。

可一旁的俞梅看得很清楚，她从李主任严峻的表情中捕捉到了死亡的信息，她下意识地看了看俞苗，妹妹也在看她，俞梅躲开妹妹的目光，将甜甜从奶奶怀里抱过来，放在俞苗的床上。两个孩子很快玩到了一起。

李主任将甜甜奶奶叫到了外面。

“老人家，惠丽的病恐怕拖不了几日了，您得想办法联系您的儿子，快些回来吧，兴许还能见上一面。真的非常抱歉，我们尽力了。”

“李主任……”甜甜奶奶一把抓住李主任的胳膊，“李主任，救救惠丽，救救她，不能丢下她，这个家要是没了惠丽，就不是个家了。”

“老人家，您别哭，惠丽的病从一住院那时起，我们就和您谈过了，没有太大的希望，可是您执意要看，真的太晚了，来不及了，还有孩子要养呢，您要冷静。”

李主任看了看病房，又压低声音说：“千万别人财两空。”

奶奶从倚靠着的墙上，慢慢滑坐到地上，双手捂着脸，哭了起来。李主任想将她拉起来。可老人很快地又站了起来，擦了擦眼泪。

“您忙吧，主任，我知道了……”老人家深叹了口气，努力地将生活的所有不幸和苦难都咽回自己的肚子里，又回到了媳妇的身边。

不到几分钟的工夫，惠丽的血压便急剧下降，心跳骤停。

还没回到办公室的李主任又被叫了回来。

护士推着抢救车进了病房，病房里一下子陷入了忙乱中，为了抢救惠丽，几乎所有当班的医生都赶了过来。

俞梅赶紧将甜甜和俞苗带出了病房，她不想孩子看到妈妈被电击的那一幕。甜甜两只小手圈着俞梅的脖子，看着人们将妈妈围在中间，吓得哇哇大哭起来。她这一哭，奶奶的心彻底碎了，一个人躲在角落里像木了似的，一动也不动，直到护士推着抢救车出来，李主任走到她的面前，她依然没有什么反应。

“老人家，进去看看吧……醒了。”

“啊，醒啦……”

甜甜奶奶飞奔到床前，谁都不敢相信那是一个老人的速度。

可是惠丽虽然睁着眼，却已经是游离状态。

“惠丽，你等等，甜甜爸快来了……”

俞梅将甜甜放在妈妈的身边，甜甜不知道妈妈快要走了，依然开心地将妈妈散乱的头发抓在自己的手里，用力地扯着。

惠丽感觉到了孩子的拉扯，将目光转向甜甜，甜甜见妈妈看着自己，笑了，而妈妈的眼角全是泪水，然后像是太困了，撑不住了，慢慢地闭上了，再也没有睁开。

甜甜用小手去扒妈妈的眼，可是闭得太紧，没扒开，急得咧咧嘴，要哭。

奶奶将惠丽的头抱起来，放在自己的怀里：“闺女，你走好，走了就不疼了，别怕，妈在这儿陪着你呢，别怕，闺女。”

护士刚给惠丽做完了尸体处理，躺在那里的惠丽比生前要好看了些，痛苦的表情没有了，只有安宁，像睡熟了一样。

也就在这时候，甜甜爸赶到了病房。

甜甜爸来到妻子的身边，摇了摇惠丽："惠丽，我回来了……"没有反应。

"我回来了，惠丽，火车晚点了，原本可以早几个小时的，为了省钱，我买的是慢车无座的，你不会怪我吧？妈说你没事的……"

"说话，惠丽，快说话……"

甜甜爸使劲地摇着惠丽的肩。

"小海，别摇了，身子都凉了，还怎么说话？"

"妈，你瞎说什么呢？说好等我的！"

甜甜爸将妻子的手拉起来，贴在自己的脸上，他感到了冰一样的冷。他站了起来，看着身旁的医生。

"医生，她怎么不说话？"

"她已经走了。"

"什么，惠丽死了……"

一米八几的汉子就那么直直地倒了下去，重重地摔在水泥地面上，医生和护士又开始了新的一轮的抢救。

而俞苗，这个十几岁的少女，平生第一次看到死亡就发生在自己的眼前，她蜷缩在自己的病床上，无助地哭了。这已不仅是恐惧，也是一种实实在在的极其残忍的精神折磨，今天是惠丽，明天也许就是自己。

惠丽的离开让俞梅更是坚定了信念，自己活着要救妹妹，要死也是自己，这种事不能发生在俞苗的身上，决不能。

想到这里她走了出去，她要去找李主任。

墙上的时钟正指向10点，明媚的阳光照进了病房，也照在了俞苗的身上。

俞梅刚出病房，就看到李主任正向自己走过来，步伐轻松，整个人似要飘起来，脸上带着少有的温和的笑容，仿佛惠丽不曾离开过。

俞梅，又看到了希望，她极快地向李主任走去。

第三十五章

韩望在省人民医院的门口下了出租车，抬头看看那几个镏金的行书，天长日久已蒙上尘土，唯有金属的光泽依然在时间的侵蚀中保持着自身的底蕴。

韩望知道，每逢节日或有重要的领导光临，自会有人架着梯子把它们擦拭干净。

这是韩望自“7·29”事件后第一次来省院。

当初走的时候，曾经发誓，这辈子再不回来了，韩望恨过这里，现在依然恨着，只是这恨已渐渐地冷却下来，不那么灼热了。

韩望的心里忘不了那件事，可是在生活中他又强迫自己将其淡忘，哪怕只是淡忘一点点，他的精神就会得到暂时的释放，带着仇恨生活是件十分痛苦的事情。

今天来这里，除了受赵昆之托，还有另外一个不为人知的原因：他想见曹刚。

他希望通过曹刚将曾经的事实还原真相。

还原过去，才能给自己一个交代。

病历的复印件给曹刚已经有一段时日了，可曹刚一直没有任何答复，这不是曹老师的风格。考虑到曹刚的身体状况，韩望从没催过他，他相信曹刚，和原来一样信任。

两年没来，省院已经有了很大的变化，老住院楼不见了，新的内科大楼比外科大楼还要气派。除了门诊楼外，医院内已找不到一处旧楼，楼房是越来越高了，绿化却少了很多。原有的病人休息区，因扩充场地，早已不见踪影，只在两栋楼之间的一处极小的地盘上放了几张石桌、石椅，供病人下楼小憩。

韩望不愿被人认出，还好一路走来，一个熟人也没碰上，看来现在的医院人员流动也是很快。这倒遂了韩望的心，别人的去留他是不会关心的，在省院，他只在意一个人，他知道这个人还在这里。可同样因为这个人，他又有些不安，因为曹老师，因为这个人还在曹老师的身边。

在韩望看来，坏人就是坏人，绝不会因为做了几件好事就有了成为好人的可能。

曹老师看着是安全的，也许却又是最危险的。这危险好似那冬眠中的蛇，正不知在哪个洞里盘着呢。也许只是时机不到，也许只因动物的本能尚未萌发，蛰伏是为了更有力地出击。想到这里，韩望不禁打了个哆嗦，他同时想到了那个死在手术中的病人，想到了尾随而至的车祸，想到曹老师的失忆，想到自己的离开，韩望不能不想、不能不怀疑，这一切都是因人所为。

韩望来时给曹刚打了电话，他知道曹刚在等他。

本想直接上楼的韩望，还未走进内科楼就被一个人给叫住了。那人的手有力地拍在韩望的肩膀上："是小韩吧？真的是小韩！你怎么在这儿？"

"张主任？您还能认识我？"

"认识，再过几年也认识，再说你也没什么变化。"张主任见到韩望好似很高兴，这是韩望没想到的。

"小韩，你现在在哪高就？"

"高就？主任真抬举我，能活至今日，连我自己都有些吃惊，还谈什么低就高就？"

"这是什么话？又聪明又好学，在哪儿都是把好手。"

"主任您真是贵人多忘事，'7·29'难道还不够把我压垮？"

"哦，'7·29'，记得，不会忘。小韩，那时我也没办法，人在江湖，身不由己，当初是想帮你的，可又怕没把你拉上来，自己倒先下了水……"

"没关系，您不拉我，我也不会怪您，只要您别像有些人在背后使黑手推我一把，我就知足了，推完了，再用力地踩两脚，您说我还有活路吗？"

"小韩，过去的事了，别老挂记着。你看，现在我也退了，两手空空，倒也清闲，管不了那么多事了。不过，我知道，你那时多少也是受了些委屈，都过去了，啊！"

"退了？什么时候的事？"

"刚刚办的手续，不干了，给别人腾位置。"

"给谁？"

"还能有谁？当然是李胜远！"

"他？凭什么？"

韩望知道这句话不该从自己的嘴中说出来，确有一团怒火从心底升起，他按捺不住地想要去找他，还有站在自己面前的张主任，像个朋友似的，而骨子里无非是为刚刚失落的权力和虚荣找一个宽慰自己的借口，而自己怎么就那么幸运地被他给捕捉到了？

“主任，我还有事，先走一步。”韩望告辞想走。

“小韩，你有什么事可以跟我说。人是退了，可一些老关系还在呢。”

“哦，我只是来看个朋友。”见电梯门打开，韩望迅速地钻了进去，上去了以后才知道电梯是下地下车库的。韩望从电梯下来，给曹刚打了个电话，曹刚让他上楼，韩望希望曹刚下来。

两个人在车库见了面。

“曹老师，很抱歉约您在这个地方见面，我也是临时决定的，这比较清静。”

“韩望，是不是有什么要紧事？”

“有。”韩望掏出张红色请帖。

“结婚呀？”

“看看再说。”

“赵昆开诊所啦？”

“合伙的。”

“你也有股份？”曹刚将请帖收好，显然对赵昆的事他很感兴趣。

“我只是个小股东，赵昆坐诊，真正的投资人是赵昆认识的一个朋友，他才是大股东。”

“是好事啊！韩望，我一定去。”

“赵昆和我都会高兴的。曹老师，还有件事儿……”

节骨眼上，曹刚的手机响了。

曹刚对韩望使了个眼色，到一辆车的后面接起了电话。

韩望看了看车库，阴暗潮湿，说不上有什么怪味熏得他直想吐。一位保洁的推着车走过来，见韩望一个人在空地上傻站着，像看怪物似的看着韩望，因为在他身后就是太平间的告别室。

接完电话的曹刚一边走一边向韩望招手：“韩望，周末赵昆的开业典礼我一定去，如果还有事，咱们见面再聊。我这有件急事要处理，你要不先回去吧！”

“好吧，曹老师，您先忙，不几日又该见面了，到时再好好说。”

韩望有些失望地目送着曹刚离开。

电话，是血液科的主任李建华打过来的。

曹刚一进李主任的办公室，李主任便热情地招呼他坐下。

“曹主任，快，有消息了，好消息。”

“俞苗的事？”

“我就知道你一直操着心呢!”

李建华给曹刚冲了杯茶:“曹主任,前不久,全国各大高校组织骨髓捐献活动,就在这批人中,竟找到了与俞苗配型成功的。”

“李主任,你的这个消息太让人激动了,俞苗这孩子算是有救了……”

“曹主任,只是不知道这俞苗是你的什么亲戚?”

“怎么?这很重要吗?”

“哦,不!我是说,配型是成功了,可对方愿不愿过来做这个手术,还有好多工作要做……”

“对方不愿意?那他捐献骨髓干什么?”

“这个不好说,人的想法变化很快,捐的时候是一个样,真正面临移植的时候,往往又变了卦,在手术面前,人总会有些顾虑的。”

“这个工作我来做……”

“曹主任,要是这样,那当然好,还有个事,希望您和病人家属沟通一下,移植可是一笔不小的费用,她们有能力承担吗?”

“大概多少?”

“15万到20万元。”

“这么多?”

“如果顺利的话,这只是个保守数字,这万一出现什么意外……”李建华看了看曹刚,“曹主任,所有情况都要考虑到。”

“这么多钱,对于一个农民来说,太难了,李主任,能否免一点?”

“曹主任,这我就不好说了,我可做不了主,这个事,得院长一支笔说了算。”李建华这么说,曹刚自是明白其中的含意,可这事,该怎么去和俞梅说呢?

这刚有了希望,却又断在了钱上。

人一旦生了病,不仅要和疾病抗争,还得有和疾病抗争的资本。没钱,得了这种病,只有死路。

这一刻,曹刚又想到了千里之外的锡玉,俞苗是锡玉带来交给自己的,一想到锡玉,曹刚就如冰进入了温水里,不化都不行。

路过病房时,曹刚想避开俞梅,便在护士站的窗口停了一下,他还没想好怎么跟俞梅说。

“曹主任,来看俞苗?”

里面的护士走了出来,曹刚不认识她,看了看胸牌,姓王。王护士端着换药盘准备去治疗室。

“小王,俞苗在吗?”

"在。"

"她姐呢?"

"都在呢。"

"俞苗怎么样?"

"俞苗挺懂事的。"

"我是说病情。"

"主任，这，您要问医生，我只知道她现在血色素很低，贫血严重。"

俞梅从病房里出来了，一眼便看到了曹刚。

"曹大哥。"

"俞梅，走，出去说。"

"曹大哥，您都知道啦?"俞梅的脸颊上泛起了潮红，好像有很多话想说，却又一时找不到重点。

"俞梅，李主任刚才找我了。"

"我知道，我妹妹有救了，曹大哥，还有您给我们续了钱，怎么不说?"俞梅掏出那张一万元的押金条，"这钱我记在本上了，等俞苗出院后，我就想办法还您，您帮了我们大忙了，不能再让您掏钱……"

曹刚默默地看着俞梅，这个质朴的姑娘，和自己一样，在西灌镇长大，她的身上带着西灌河边长大的人特有的品性，善良、隐忍、坚强。

救俞苗不仅是因为锡玉，也是自己良心上的某种需要，救了俞苗，是否在某种程度上就拯救了自己呢?

"俞梅，这个钱不急，眼下还有件事需要你想办法。"

"什么事?"

"还是钱的事。俞苗的移植手术需要很多费用，李主任和你谈了吗?"

"还要多少?"俞梅显然还不知道。

"15万到20万元。"

俞梅的双手微微发抖，好半天不说话，紧接着便蹲在了地上，哭了，但没有一点声音。

曹刚站着，俞梅蹲着。

俞梅的这种表现是意料之中的，只是这么一直哭又有何用呢?

"俞梅，我们一起想办法。"

"20万?曹大哥，这数以前别提说了，想都没想过，我一辈子也挣不来，就算卖了我，也不够。"

"会解决的，俞梅，只要有人在，自有活下去的途径。"

如果别人救不了自己，你又没有相救的能力，再好的安慰也只是空洞的言语罢了，在自己，在别人，就如路人经过你身旁时衣衫带过来的一阵风，留不下半点清凉。

从血液科出来，曹刚给锡玉打了个电话，锡玉的一句话点醒了曹刚。

“大哥，我和家权商量一下，看能不能组织全校给俞苗捐款。”

“捐款？是啊，我怎么没想到！”

“大哥，你那边也可以吗？”

“我试试看。”曹刚立马去找宣传科科长朱彩霞。

朱科长表示，一定全力配合，这是好事，报与不报，院领导都会大力支持的。

捐款活动在医院的多功能厅如期举行。

王荣是个嗅觉极其灵敏的人，他竟把媒体的人给带来了。

“曹主任，这是电视台的，想拍个专题片。”

“王荣，瞎胡闹。”

曹刚对王荣的鲁莽与好心感到了一种无奈和恼怒。

“曹主任，您看，这是什么？”

王荣走到捐款箱前，将一张5万元的支票缓缓地塞了进去。

“曹主任，名利双收的事儿，您何乐而不为呢？再说，院长对这事可是没有一点反对意见的。我可是带了圣旨来的。”

“院长让你去找的人？”

“可不，要是他不发话，我敢吗？”

“我不同意，本是件自觉自愿的事，媒体一参与成什么了？”

“您就别较真了，这事要经过媒体一播，曹主任，您、医院、病人是不是都能各取所需？”

“还有你，王荣，最关键是你吧？那5万元你还是拿走吧，把媒体也带走，否则，我取消这次活动。”曹刚说完将王荣和电视台的人一并推到了门外。

“曹主任，曹主任，再考虑考虑，千万别冲动，这事要让院长知道了，我不好交差……”

“我去给你交差，你的钱随时可以拿回去，谢谢你的好心。”

多功能厅的门关上了。

王荣呆呆地立在门外，白白损失了5万元，还被人赶了出来。

这个曹刚，王荣恨得咬牙切齿，却又发作不得。

捐款所得共13万元，曹刚又私底下垫了2万元，当曹刚把这笔钱交到俞梅的手上时，俞梅跪下了，任曹刚怎么拉就是不起。

“曹大哥，我无以为报，就让我多跪一会儿吧！”

“俞梅，这钱不是我的，是大家的，等俞苗好了，一并谢谢他们吧！”曹刚将俞梅扶起来。

“俞梅，这钱需要开个账户存进去，专款专用，如再有人捐款也可以往这个账户里打。另外，锡玉那边也在捐，两边一起努力，手术费会凑齐的。”

“大哥，俞梅父母早亡，只有这么一个妹妹，如今你救了她，你就是我们的再生父母！叫你一声大哥，这辈子我就认下了，大哥需要俞梅做什么，俞梅便做什么，俞梅一切都是大哥的，包括这把穷骨头，大哥也可以拿去……”

“俞梅，你的心意我知道，什么都别想，好好准备俞苗的手术，锡玉和家权能做的，我曹刚为何不能做?”

“那不一样，大哥，你我非亲非故，你这么关照我们胜过亲人……”

“俞梅，我和他们是一样的、一样的……”

“锡玉姐好福气，有您这样的朋友，您是真正的好人。”

“好人”这个词在曹刚看来就是个奢侈品，偶尔拿过来欣赏一下还是很受用的。

眼前对自己感恩戴德的俞梅，让曹刚有些想不起自己究竟是个什么样的人。至少在俞梅的眼里，自己是个好人，好得那么真实，让曹刚感到了自己的无私与高尚，有多久了，这种感觉远离了自己。

俞梅是个和自己的过去和现在都没有太大关联的人，在她的眼里，曹刚就是曹刚，一身正气的曹刚，而在曹刚心里，俞梅只是一片止疼的药，疼时吃一片，病还在那里，岂能是一片药就能带走的?

而这件事的意义远不止于此，它在锡玉的心里激起了更大的波澜。

第三十六章

赵昆的私人诊所开诊那天，曹刚如约而来。

这一天来的人，有的是正式邀请的，有的则是慕名前来，有的纯粹是来凑热闹的。不管是因为什么原因，到场的，赵昆都以礼相待。更让赵昆想不到的是，前来祝贺的还有一群人，那是他在省院时接诊过的老病号，当他们再次见到赵昆时，将赵昆团团围住。

“赵大夫，你怎么就把我们给抛下了？”

“赵大夫，你知道吗？我后悔当初没有留你的电话，因为找你，我寻遍了省城大大小小的医院……”

“我们以为你出国了……”

“现在好了，你有诊所啦，我们可算等到这一天了……”

韩望和曹刚在人群外默默地看着这一切。

“曹老师，无论是做人，还是做医生，能做到这份上算不算是成功呢？”

“算，当大夫的能够被病人惦记着，那就是成功。”

“真的羡慕赵昆哥，我也有过梦想，这梦想就像浅水里的鱼，还没等露头，就中了捕鱼人锋利的叉。曹老师，您也是个有梦想的人，却出了那样的事。你我现在都不当医生了，我的心，现在还流血呢！您呢？有没有觉得遗憾？”

“韩望，怎么活都是活，不一定非挤在一条道上。你、我、赵昆，各行其道，互帮互助，互不干扰，挺好。”

“您变了，真的变了，放在几年前，您绝不会有这种想法。”

“原来怎么想？连我自己都不知道。韩望，人要活在当下，眼前的生活才是最主要的，过去的事能不翻就先不翻，翻多了只会自寻烦恼。”

“曹主任，您过来了？”韩望和曹刚的谈话被人打断了。

“怎么哪里都有你？”

“曹主任，赵大夫开的诊所，我岂有不来捧场的道理？”

“王荣，这次没带媒体过来？”曹刚半开玩笑半认真地说。

“那次是我不对，知错要改，这次不敢了。”

见韩望一直站在曹刚的身边，王荣主动伸出手来，韩望却没接，他从心底里讨厌王荣这样的人。王荣的脸上始终带着笑，他很快地将手收了回来，从包里取出张名片，恭恭敬敬地重又递了过去。

韩望愣住了，再不接，是不是太不给曹老师面子了？韩望一只手接了过来，看都没看就放进了兜里，王荣依然不恼，客气而有分寸地告退了。

酒宴上，韩望陪着赵昆一桌一桌地给客人们敬酒。赵昆是个滴酒不沾的人，可今天这样的场合也硬着头皮喝起了红酒，一杯下去，人便有些打晃了。

“赵昆哥，少喝点，我来。”

“你也少喝点，心意到就行了。”

话是这么说，可男人喝酒有几个是理性的？酒杯一端脑子便开始发热了，再加上韩望心里本来就有事，很快便喝多了。

“曹刚，看着他，不要再喝了。”赵昆让韩望在曹刚身旁坐下，同样喝多了的王荣早已趴在桌上睡着了。

“曹老师，那人是谁？总跟着你，小心点儿。”韩望指了指王荣对曹刚轻声耳语。

曹刚看了看王荣，笑了笑：“你是真关心曹老师啊，没事的，他是什么人，我心里清楚。”

“您喝酒了吗？”

“我没喝。”

“这么好的日子，该喝的，您看赵昆哥，再看看我。”韩望一饮而尽。

“医生说了，三年不能沾酒。”

“您就是医生，您听谁的？曹老师，我这里……”韩望捂着胸口，“刺扎在这，一日不拔出来，一日这心里就不太平。”

“什么事？”

“‘7·29’，您又不记得了？还有我给您的病历，托您办的事？”

边上的王荣猛地打了个响呼，侧过脑袋，又睡了。

曹刚看了看王荣，又看了看韩望，并朝韩望使了个眼色。

韩望在酒精的作用下完全没了戒心，更何况这些话憋在心里太久了，今日见了曹刚，怎能不一吐为快？

“曹老师，原始病历，一定要找到，我猜他们手里肯定没有。医院病案室有的，也是后改的，这病历会在哪儿？只要找到它，‘7·29’就会真相大白……”

"韩望，走，我送你回去，你的事，日后再说。"赵昆强行打断了韩望，"曹刚，要不你也一起走?"

"好吧，也该收场了。"曹刚站了起来，见王荣还在睡着，便用力地推了推他，没有什么动静。

"先让他睡吧，一会儿让他的朋友送他走。"赵昆和曹刚一左一右扶着韩望往外走。

"曹老师，还没完，肯定还没完！车祸，您再仔细回忆回忆……想起什么就赶紧告诉我和赵昆哥。"

三个人上了车，赵昆开车，韩望不久便在车上睡着了。

"曹刚，韩望这一辈子确实让省院给毁了，我们要帮他，他还年轻，不能就这么下去。当然，他的话也不能不信，可也不能全信，要理解他。"

"赵昆，韩望为什么总是提到车祸这件事?他是不是知道些什么?"

"车祸已经发生了，可究竟是怎么发生的，只有你知道，偏偏你却什么都不记得。当时的路况你也知道，山路上连个摄像头都没有，你的车翻到了山下，还好掉进了水里，要不然……"

"要不然我也死了。"

"车上还有其他人?"赵昆回过头，吃惊地盯着曹刚。

"哦，没有，只我一人。"

"曹刚，会想起来的，你就是对车祸充满了恐惧，也许你真的得了一种病。"

"什么病?"

"逃避性失忆，就是你越怕什么，越不敢去想，那么你就越是什么也想不起来。"

这个理由曹刚听了觉得比较顺乎自己的心意，不禁对赵昆充满了感激。

赵昆是温和的、平缓的，从不给人的心灵带来巨大的冲击，像溪流经过了石头，只把石头上的沙粒轻轻带走，却不曾将石头的位置有过丝毫的动摇。

而韩望则不同，冷时像冰，热时似火，可又很真实，对自己和赵昆的心应是一样的。和他们在一起，曹刚有时也会感到金钱无非就是一堆废纸，可又是一堆充满魔力的废纸，没有几个人心甘情愿地去和这种魔力对抗。这种魔力能带给你甜蜜的享受、无上的荣光。这种魔力也会将你不经意地绊倒，重重地摔在地上，让朋友反目成仇，让敌人成了朋友。

在偌大的一个省城，曹刚细细数来，能够称得上朋友的，也就只有身旁这两人了。

真正的朋友和金钱没什么关系，你就是强行和它拉上关系，要想做朋友，也只有将它舍弃。想到这里，曹刚第一次觉得原来自己并不是一个人。

过了前面的那座桥，再走不远就到韩望的住处了。

突然一道强光射过来，赵昆本能地闭了一下眼，只听“咚”的一声，车撞上了桥栏杆，熄了火。曹刚没准备，人先撞到了后座上，反弹回来，脑袋磕在了前面的椅子上。

睡着了的韩望直接趴在了前排的两个座椅之间，酒一下子醒了大半。

“发生了什么事?”韩望爬起来，见赵昆手扶着方向盘，不发一言。

“赵昆哥，你怎么样?”

“我没事，快看看曹刚。”回过神来的赵昆见曹刚双手抱着头，直哼哼。

“坏了，又撞着脑袋了。”韩望将曹刚手拿下来，拿出手机照了照，青杏大小的包。

“曹老师，看着我，我是谁?”

“韩望。”曹刚眼都没睁回答道。

“应该没事，皮外伤。”赵昆费力地打开车门下了车。

桥上没有路灯，刚才的强光应该是车灯，奇怪，从哪儿冒出来的车呢?赵昆和韩望开始检查车辆，车的前面已经完全报废了，车尾也瘪进去了一大块。

“赵昆哥，车尾怎么样?”

赵昆蹲下来，看着那一块凹进去的铁皮:“韩望，我刚才太紧张，没感觉到，现在想来确有东西撞到了我们的车，应是那辆闪着远光灯的车。”

“什么样的车?“

“没看清，那车撞完我们就跑啦。”

“桥上没有摄像头，这段路都没有摄像头。”

“韩望，你住的这什么鬼地方，黑灯瞎火的。”

“赵昆哥，这事应跟我与曹老师有关。”

“你呀，什么事都往自己身上揽。”这时曹刚摇摇晃晃地下了车，“人怎么样?你们都没事吧?”

“我没事，关键是你的头。”

“只是有点晕，韩望你刚才说什么?”

“曹老师，你看，我们的车子差一点就下桥了。赵昆哥，你当时看到前方来车了吗?”韩望突然想起了什么似的。

“好像没有。”

“这辆车早就停在了桥上……太可怕了，曹老师，有人要害我们，故技重演，演技越来越拙劣，说明他们下手越来越狠了。”韩望看了看近在咫尺的家，觉得危险正在悄悄靠近，不是自己，就是曹刚，他们究竟要干什么？他们又是些什么样的人呢？

而赵昆开始慢慢相信韩望的话。

至于曹刚，他想到了一个人，自己的哥哥，那个真正的曹刚。

他死于几年前的那场车祸，这件事无人知晓。如果真如韩望所说的，那就是一桩人为的命案，想害自己，就是想害哥哥，什么人非要置哥哥于死地呢？

曹刚陷入了深深的回忆中，那场车祸仿佛正一幕一幕地浮现出来。

第三十七章

已入深秋。

早上出门时带上件外套是必需的，到了晌午又得将厚外套脱下，阳光变得和煦而温暖。赶集的人将外衣搭在肩上或胳膊肘上，慵懒而悠闲地在街道上缓慢地行走着，兜里揣着些零钞，对自己中意的东西并不急于购买，反正有的是工夫。地里的庄稼已收割完毕，刚刚播下的小麦尚未萌芽，人和土地都进入了新一轮的寂静。

这段时间，很少有人再到庄稼地里去，偶尔也会有一两个勤快的庄稼人，蹲在自己的田头看着干净的土层，发着呆畅想一会儿，自己的种子在地里埋着呢。等待的过程是不能少的，这等待是件幸福而又甜蜜的事。

西灌镇中学里，老高拄着个铁锨，站在锅炉房的门槛里，身子倚着墙，一只脚放在门槛上，重心放在铁锨和另一条腿上，眯缝着双眼。再有一会儿，学生们就该放学了，学校食堂的烟囱里，炊烟飘散开来，木柴和煤炭的烟味混合在一起，这种味道老高天天闻着，但从没像今天让人觉出生活的温馨和美好。

今天上午，学校全体师生为俞苗捐了款。

老高也从自己的工资里拿出500元，虽然平时生活很节俭，从不错花一分钱，可这钱拿出来，老高没有一丝的心疼，孩子们也捐出平时积攒下的零花钱，就连一向抠门的李老师也往捐款箱里放了100元。锡玉和家权看着长长的队伍，队伍中还有一位老人，那是家权的父亲。锡玉有些想哭，忍了又忍，最终没能忍住，偷偷地用衣袖抹眼泪。老高都看在了眼里，他走到锡玉身旁："锡玉，关键时候，咱西灌镇中学不丢人，你和家权做了件好事，真正的好事。"

"高老师，我们只想救俞苗，没想到所有人都这么帮忙，您知道吗？很久没有今天这么高兴了。"锡玉很快便破涕为笑了。

虽然最后所得的钱不是很多，只有1万多元，和曹刚的十几万无法比，锡玉知道大家尽力了，这就够了。这件事让她对许多人改变了看法。也许判断一个人的好坏，不是看他做了多少好事，而是看他在你最需要人搀扶的时候，是否毫不犹豫地将自己的手伸过来给你，人在险境中相互搀扶才能走得更远，活得更久。

锡玉给曹刚去了电话，不知为什么，电话无人接听，接下来的几天里一直打，一直没有通，锡玉有些坐不住了，不知道曹刚那边发生了什么事。她找到了罗家权。

“家权，我得去一趟省城。”

“去省城？你去，还是我去？”

“我去。”

“一个人？”

“我们同时请假，万一学校有事，岂不又得往回赶？”

“是俞苗要手术了吗？”

“还没有。”锡玉不敢看家权的眼睛，因她是个极不会说谎的人。

“你现在去？”家权像是突然想起了什么，“是不是曹刚有什么事？”

“不知道，只是有些不放心，打了几天的电话都不通。”

“给俞苗的病区打。”

“打了，俞梅说，一直没见他。”

“锡玉，你别多虑，他在省院是有头有脸的人，不会有什么事，再说院长和他可是一家人。”家权觉得曹刚能有什么事呢，要不出差、开会，或者是手机出了点故障，锡玉过于敏感了。

锡玉觉得家权是理性的，她竟忘了，曹刚的家在省城呢，而且那是个幸福得让人羡慕的家庭，仅仅因为电话不通就跑过去，想到这里，锡玉的脸微微有些红。

“那就再等等吧，只是这钱俞梅急着用，放在我手里如何是好？”

“俞苗手术时间一旦确定下来，曹大哥自会联系我们。”

锡玉有些无奈地离开家权，回到自己的屋子。夜幕降临，外面淅淅沥沥地下起了小雨，锡玉一个人坐在窗前，又想起了宏远，想到这样的夜晚，他一个人躺在荒野里，一定很孤单，可自己在这间温暖的屋子里坐着，竟没有胆量和勇气去陪他坐一晚。几年来，每逢刮风下雨，锡玉都会想到他，无法将内心的这种恐惧和孤独感驱走。

锡玉将手机取出来，平静地关了机，躺在床上。外面的雨一直都没有停，想一阵儿宏远，想一会儿曹刚，想着想着，两个人渐渐地成了一个人，最后这个人竟还是曹刚。

锡玉惊醒了，一下子从床上坐起来，她不能接受这样的现实，曹刚的形象就在眼前，他挡住了宏远的模样，锡玉想把他推走，却又不愿将他推走，曹刚走了，宏远离自己就远了。

锡玉在矛盾中度过一个又一个夜晚，因她的心里一直装着宏远，因她在想念宏远的同时爱上了曹刚。她忘不了宏远，她又怎能爱上曹刚？她知道不能，可真正的爱是任何东西都阻挡不了的，包括爱与被爱者本身，包括生死、道德，也许只是把人的行为约束在一定的合理的范围之内，可人的情感，可以超越一切。

看着墙上的钟，已是后半夜了。

外面突然响起了敲门声，锡玉不说话，聆听着。敲门声又起，不急，有节奏地三下一停。

“谁?”锡玉拿起床头的剪刀。宏远走后，她习惯将剪刀放在枕下。

“锡玉，开门!”

锡玉一惊，“你是谁?”

“是我呀!”

是宏远的声音，锡玉下了床，果断地将灯拉开。

“你究竟是谁？说名字!”

“开门，我是曹刚!”

“你从哪儿来?”锡玉不信。

“为俞苗的事，我出了趟远门。”

锡玉开了门，曹刚一身的运动服帅气而略显疲惫，额前的头发向后梳着，却又不太服帖，根根竖着，进了门，将包搁在了地上。

“我的声音都没听出来?”曹刚对锡玉笑了笑，将屋子仔细地环顾了一遍，生怕漏掉每一个细节，最后目光落在那张结婚照上。

这是“死后”第一次回到这间屋子。

这是他和锡玉的婚房，屋内没有太大的变化，只是没了自己，那张架子床上依然摆着两个枕头，曹刚的心一下子热起来。

“喝水吗?”锡玉去拿壶。

“等等，锡玉。”

曹刚走到锡玉身边，将锡玉揽进怀里。

锡玉没有躲，没有拒绝，什么都没有想，熟悉、亲切、热烈，可以托付终身的怀抱，就是他，锡玉也紧紧地抱着曹刚，两个人谁也不打算松手，就那么站在屋子中间。

锡玉不经意地一抬头，“啊”的一声从曹刚的怀抱里挣脱出来。

“有人?”

“什么人?”曹刚看着惊恐的锡玉，随着她的目光一起往窗外看。

“我看到一个人的脸，贴在玻璃上。”

“拉着窗帘呢?哪有什么人?”

曹刚走到窗子前，见窗帘虽是拉上了却没有拉严，留有一条窄窄的缝隙。

“大哥，我们不该这样，有人看着呢。”锡玉在床沿上坐下来，脸色苍白。

“你怎么会来我这里?”锡玉突然想起来了，曹刚这是从哪儿来呢?

“我去了趟山里，回来路过你这儿。”

“山里?”

“去见与俞苗骨髓配型成功的那个人，他同意手术了，手术前他想回去看看姐姐，因为他姐姐也是因白血病去世的，可惜当时没有找到合适的供者。”

“难怪他要救俞苗。”

“是啊，都是为了他姐姐，姐姐把他养大，供他上学，等到他可以报答姐姐时，姐姐却离他而去。锡玉，你能体会一个人想要去报答却无处可报时的心情吗?”

“能，就像我对宏远，原来都是他对我好，我总想日子长着呢，我也要对他好，可没有了可以好的人。”

“你很爱宏远?”

“为何要这么问?如果不爱，怎么会结婚呢?”锡玉起身将结婚照对着曹刚。

“看，那时我们多好!”

“好，看得出，是真好。”曹刚有些不敢看，垂下的目光看着地面。

“大哥，你和嫂子呢?”

“什么?”曹刚抬头见锡玉的大眼睛亮亮地盯着自己。

“你们好吗?”

“也好。”

“那你为什么还来找我?”锡玉将照片抱着，流下泪来。

“为了宏远，也为了我自己。”

“为了宏远?”锡玉忽闪着一双泪眼。

“锡玉，你也知道，我们很像。”

“再怎么像，你也是大哥，他也是宏远，你们又不是一个人。”锡玉用衣袖擦拭着照片。

“可是，我爱的是你。”曹刚不知哪儿来的勇气。

“你为什么要爱我?难道你不曾爱过嫂子?还是因为可怜我、同情我?我算什么，一个死了丈夫的寡妇。”锡玉情绪变得激动起来。

“不，你不是。”曹刚大声说。

“我是，我的丈夫死了，我不是寡妇是什么？你别忘了，刚还有人在窗外偷看着我们。”

“对不起，锡玉，也许我不该来。”曹刚提起地上的包。

锡玉一下子平静了：“要走吗？”

“不想看到你因为我难过，如果你好好的，我可以不来。”

“你有家庭，嫂子很优秀，我不该毁了你的幸福，除此之外，我们还能怎样呢？”

“是我毁了你的幸福，真不知什么样的男人才能与你这样的人相配，我是配不上的。”

“也许只有宏远那样的吧。”

“宏远吗？”曹刚背起包，脸上滑过不易觉察的嘲讽，“他也不配。”

“大哥，你怎能这么说？”锡玉不悦。

“我该走了。”

“这么晚了，你去哪里？”

“回省城。”

“这个你拿着。”

“什么？”

“师生们给俞苗筹的钱。”

“哦，谢谢。”

“该我们谢你呀，俞苗是西灌镇的人，是我给你带过去的，你做了那么多，我们的心里……”

“锡玉，别忘了，我也是西灌镇的人。还有，我想这地方不安全，什么时候给你换个地方住。”

“不，千万别，大哥，我不走。我走了，宏远和我所有的念想就断了，我走了，宏远怎么办？”

“有些念想，真的断了就好了，只怕换了环境也断不了啊。”

曹刚和锡玉作别，消失在清晨的薄雾中。

第三十八章

曹刚无奈地离开了锡玉，坐上回省城的汽车。

车上很吵，曹刚没有气力去和周围的人说话，一夜未眠让他此刻身心俱疲，可他不能睡，身体想睡，心却醒着。

每次都渴望与锡玉见面，每次的相见又总是那么的不令人愉快。

他原本想留下来，现在看来，西灌镇中学的那间屋子不再是自己的落脚之地了。

这次来看锡玉也是因为那个叫海林的小伙子。

为了俞苗，曹刚与海林在其就读的学校里见了面。海林是个极其腼腆的人，尚未开口说话，脸就先红了："您是俞苗的家长？"

"我是她的亲戚，在省院器材科工作。"

"您不用特地过来找我，等考完试我会去见俞苗的。"

"海林，你就这么同意了？"曹刚没想到会这么顺利。

"只要能救人，不管是谁，我都会同意。"

"那你有什么需要我们做的？"

"什么都不需要。"

"比如经济方面的。"曹刚以为对方没听明白。

"您是说要给我补偿吗？"

"可以这么说吧。"

"我不要，我不是为了钱，是为了我姐姐，为了和我姐姐一样不幸的人，救了她也就救了我姐姐。"

"你姐姐她……"

"白血病，一年前走了。"

海林微黑的脸上笼罩着愁云，他说话时很少看曹刚，眼睛一直看着别处，好像不是在和曹刚交谈，而是和另外一个不相干的人，更像是在和他自己说。

“海林，你的父母同意你这么做吗?”

“我同意就行了，他们早就不在了，那时我刚两岁多，他们在一场车祸中丧生，姐姐抱着我在村口一直等他们，一直都没有等到。我记事早，姐姐抱着我的样子，就这样烙在了我的心里。”

“世上竟有这么巧的事，你和俞苗的身世……”

“我知道。”海林微微一笑，露出两颗尖尖的小虎牙，显得更加亲切。

“她比我幸运，比我姐姐幸运。”海林第一次看着曹刚，“叔叔，你有让自己遗憾的人和事吗？我指的是那种无法弥补的遗憾。”

“太多了。”曹刚面对着这个心地单纯的年轻人，没有掩饰自己的内心。

“那就从现在开始，不要让新的遗憾出现。”

“是啊，遗憾，又何止是遗憾?”锡玉越是忘不了死去的宏远，活着的曹刚的负罪感就越重。当这种负罪感压得曹刚无法喘息时，曹刚便会生出某种冲动，和锡玉坦白，同时会有比这种冲动更加强烈的恐惧，阻止曹刚因冲动而快要付诸实施的行为。

锡玉知道真相后会怎样？曹刚不敢想。

开往省城的汽车因司机的疲惫明显地慢了下来，曹刚在快要到站时竟睡着了，押车的是一对年轻的夫妇，乘客们快要下完时才发现坐在角落里的曹刚。

“同志，下车啦。”夫妻俩几乎是同时喊。

曹刚正做着梦呢，梦见和锡玉同床而眠，还是那间屋子，锡玉还像当初那般温柔、体贴，曹刚体会到了一种久违了的幸福，可是洛姗突然闯了进来，手里拿着刀，要杀了锡玉。曹刚将洛姗抱住，让锡玉跑，锡玉却站在那里一动不动，曹刚急了，用力去推，锡玉不慎落入了悬崖，曹刚趴在悬崖边上，喊着锡玉的名字，天地突然猛烈地摇晃起来。

曹刚睁开眼，看到一张陌生男人的脸。

“怎么啦？地震了吗?”曹刚一脸的惊愕。

“地什么震？到站了，赶紧下吧！不使劲摇你，你还能醒?”男人前头走，曹刚机械地站了起来，腿脚都是麻的，好半天找不到地。

曹刚一瘸一拐地下了车，确是到了省城，凉风吹到身上有些冷，人却清醒了许多。

曹刚缓缓地出了车站，一时不知该往哪里去，想到锡玉好好的，曹刚的心放了下来。

噩梦醒来，梦中的情形现实中没有发生，对做梦的人是一种莫大的安慰，更让曹刚庆幸的是锡玉的冷静及时地挽救了自己。如果因为一时的冲动说出真相，那自己现在还能站在这里吗？

曹刚没有回家，而是直接去了省院。临近中午，正是省院下班时间，工作人员都在往食堂的方向涌，给人的感觉不是去吃饭，而是去抢什么宝贝。即使如此，曹刚也没有什么食欲，脑袋晕乎乎的，眉眼也像蒙上了一层雾。

当他终于坐在自己的办公室里喝着温热的咖啡，突然觉得整个人又焕发出新的活力。这里的每一样东西，大到整栋楼、小到桌子上那墨绿色的笔筒盒、长势正旺的花边吊兰，都让自己的精神为之亢奋。他觉得欣喜，因这一小片为自己所拥有的天地，在欣喜的同时又莫名地伤感，怕它们有一天会从自己身边消失，怕它们换了个新的主人，冠冕堂皇地坐在自己的位置上，因为害怕，他便不去想以后的事，他要把眼下的生活紧紧地抓在手里，不能有丝毫的放松、丝毫的闪失。

曹刚半躺在椅子上，脱掉鞋，将脚放在一张稍矮一些的桌子上，想好好睡一觉，放上后才发现那是哥哥生前的办公桌。

曹刚审视着那张桌子，突然他收了脚，坐了起来，桌子抽屉的锁扣有些松动了，有一根钉子快要冒出来。

自从桌子搬进来，曹刚一直没有找到钥匙，因为哥哥的原因，他从未动过撬锁的念头。他轻轻地拉了一下，锁还是锁着，锁扣却从木头上掉下来。

有人撬过锁？

曹刚不由分说地拉开了抽屉，显然抽屉已被人翻动过，曹刚将整个房间仔细地检查了一遍，除了那张桌子，其他没有被动过的迹象。人是从哪进来的？门？不太可能。窗子？曹刚走过去，窗子没有关严。曹刚努力地回忆着，当时走的时候窗子是关上的，对，是关上的，只是里面没有旋上。从窗户进来，再从窗户出去？此人是发现自己不在，瞅准了时候，还是蓄谋已久？

为什么只动了哥哥的桌子？他们要找的东西在哥哥那里？为什么现在来？哥哥的这张桌子一直放在心外科，他们难道没发现？想到这里，曹刚不由得出了一身冷汗，难道他们已经发现了自己身上隐藏的秘密？

很快，曹刚又冷静下来，不，他们不可能发现，就算发现了，自己就当什么都不记得，对一个没有了记忆的人，他们的防备心理将会大大减弱。曹刚终于发现了能够保护自己的挡箭牌。看来自己的谨慎是有必要的，如自己稍有不慎就将落入敌人的圈套。

对，敌人，韩望的话又在耳际浮现。

“曹老师，他们什么事都干得出来，要小心。”

曹刚不得不开始相信韩望的话，他觉得应该给韩望打个电话。

拨过去却没有人接，电话响了几声就断了，之后再也没有打通过。

曹刚又给赵昆打。

“什么事，曹刚？正把着脉呢，5分钟后给你回。”

“别挂，就问一句，韩望上班了吗？”

“韩望？昨天回了趟茶楼，好像是他朋友回来了找他商量事，今天没见人。”

“他要回来了，让他回个电话。我有急事。”

“好，挂了。”

赵昆显然很忙，曹刚还未说完，电话就被挂断了。

找不到韩望，曹刚有些失落，他又在办公室里坐了下来。想着这些天发生的事，曹刚无法静下心来。而医院更是从来都少不了人的喧闹，器材科的办公室虽在二楼的拐角处，想必当初选这个地方也是为了安全，边上是药剂科的实验室，可还是免不了听到些奇奇怪怪的声音，因楼上就是神经内科和呼吸科。

神内的病人常常莫名地喊叫，有时会用手中的东西不停地砸墙。而呼吸科在冷天经常会有人离开，这不，曹刚又听到了断断续续的凄凉的哭声，死人在医院里是再普通不过的事了，这样的哭声曹刚也不是第一次听到，可不知为何，今天听来让曹刚有些心惊。

他又想到了躺在坟墓里的哥哥，想到锡玉的悲痛，想到洛姗可能要面对的尚未到来的苦难，想到重病的俞苗，想到一直被人们“尊敬着的曹刚”，他坐不住了。

业已攥在手里的别人的东西，就算是神不知鬼不觉，就算是不小心，哪怕是被动地到了手里，再撒手放回去，岂不是都得背上“偷窃”的骂名？

“偷”？笑话，我怎么会去偷？曹刚下意识地看了看办公室的门窗，他们到这里来，究竟想要偷什么？曹刚在心里提出疑问。

现实的偷窃行为，将曹刚的注意力从自我争斗的恐慌中吸引出来。

不行，必须找到韩望，重又燃起斗志的曹刚决定去一趟茶楼。兴许韩望真的有什么事，否则他是不会不接自己的电话的。

出了门的曹刚习惯性地看了看表，下午2:35，可天阴得像已近黄昏。

风似乎一直都没有停，却没有把天边堆积的浓云吹开，不知道今晚的省城会不会来场雨。曹刚抬头看了看天，突然感觉到了一阵眩晕，他站定了，有那么几秒脑子一片空白，仿佛整个人已不属于自己，很快，他又恢复了意识。有人在和自己打招呼，他机械地答应着，缓慢地往医院大门移动着业已僵硬的双腿。

这些日子太过疲惫了，可眼下这件棘手的事让他没有时间停下来休息，曹刚只想尽快见到韩望，越快越好。

第三十九章

韩望以为自己死了。

他微微睁开眼，模糊的视野里似有许多灌木丛在晃动，有时是近的，有时又很远，除此以外，韩望再不能有别的感觉。

没有阳光，没有风，更没有人声，韩望不知道自己身在哪里，他唯一能做到的便是躺着不动，对，现在他能确定自己是躺着的。他感觉到了泥土被日光晒过的温暖，这温暖抚慰着他身体的痛楚，疼痛让他渐渐地苏醒过来，他确信自己还活着。

怎么会在这里？这又是什么地方？

韩望努力地想动动自己的身体，可除了双眼，其余的似乎都动不了，胳膊、腿、脑袋、脖子，不像是自己的，成了个僵死的人体。

韩望闭上双目，有人走了过来。

“你确认他死了？”

“确定。”

“有两个人。”韩望想，“他们来干什么？是什么人？”

“不会真死了吧？”有人贴近韩望的脸，呼吸里带着浓重的酒臭。

“你怕了？怂包，没见过死人？”

“要不要埋了？”

“来不及了，先找手机。”

两人在韩望的耳边绕着圈地走，一阵纷乱的脚步声。

“找到了，快走。”

脚步声匆匆远去。

周身又安静了下来，天色变暗，太阳不知躲到什么地方去了，韩望害怕这种黑暗，因为这预示着黑夜已经来临，他是那么的无助。

还活着，韩望想，只要还活着就有希望，坚持，一定要坚持，坚持到有人来救自己，或者是自己能够自救。

“叮铃铃”，不远处传来微弱的声响，韩望的思维似乎在一瞬间变得清晰。

“手机……”

有水落在脸上、脖子上，胳膊、手，凡是裸露在外的都感觉到了，下雨了。

雨水的清凉让韩望的身体慢慢有了知觉，他抬了抬胳膊，竟是可以动的。韩望试图从地上坐起来，但没有成功，手机还在响着，那是韩望的手机铃声。韩望努力地用胳膊撑着地，翻转过身体，向着手机的方向爬过去。

手机就在不远处的草丛里，当他把手机攥在手里的时候，他感觉到了真正的生的希望。

“喂，是韩望吗？我到处找你，你去哪儿了？”

“曹老师，救我……”

“啊？你说什么？你怎么了？人在什么地方？”

曹刚一接通电话，就有了种不祥的预感，而对方更是没有任何悬念地证实了自己的预感，这让曹刚有些措手不及。

“韩望，别挂电话，告诉我你的具体位置。”

“报警……曹老师……越快越好……不远处，好像有座塔……灰色的，很尖的顶……”

电话断了。

韩望在丧失意识前看到了那座塔，正是那座塔救了他。

等到警察找到韩望时，已是次日凌晨两点多了。

韩望在雨夜里，睡了醒，醒了睡。当他再次醒来时，感到了真正的阳光，那是从病房的窗户透进来的。

他看到了曹刚和赵昆，他们正在阳光里站着，可面色又是那么的凝重，像两座生硬的蜡像，目不转睛地盯着自己。见自己醒过来，两人仿佛一下子被激活了，迅速地围了过来。

“醒了，醒了，真是太好了……”赵昆握住了韩望的手。

泪水从韩望眼角涌出，韩望不知道该说什么，面对两个和自己最近的人，不知如何才能宣泄内心无法释怀的极其复杂的情感。

“韩望，可以说话吗？”曹刚在床前轻轻坐下。

“嗯。”

“警方已经介入了，发生的事还记得吗？”

“有些记得，有些不记得。”

“不着急，这段时间你好好养病，就在这里住了，我不在，赵昆在，赵昆不在，我也会安排人过来陪你。”

“我知道会有这么一天，他们不会这么容易罢手的，只是不知道为什么要下如此毒手？”

“你知道是谁干的？”

“具体是谁不知道，我素来不与人结怨。再说了，又有什么恩怨能大过人命的，要我用命来偿？”韩望将手从赵昆的手掌中抽出来，用力地指了指脑袋，“问题出在这里，我知道了不该知道的东西，并且试图唤醒曹老师，也许这才是他们最害怕的东西。”

“你说的他们是谁？”曹刚问得很直接。

“‘7 · 29’事件背后真正的受益者。”

“韩望，你觉得‘7 · 29’有人从中得到好处了？”赵昆有些吃惊。

“何止是好处？隐瞒了‘7 · 29’，就会给某些人带来巨大的经济利益，并极有可能是无限期的，而我偏偏是那个有可能截断他们财路的人。”

“金钱让人丧失了人性。”曹刚愤怒地站了起来，紧握的拳头一下子砸在了床旁的柜子上，震得赵昆头皮发麻。

“你坐下，曹刚，冷静，这个时候不能乱了方寸。”

“赵昆，你知道吗？有人进了我的办公室。”

“那能怎样？”

“从窗户进去的，你说能怎样？”

“曹老师，有人要从你那里取走他们的东西。”韩望在一旁小声地提醒。

赵昆默默地关上病房的门。

“曹刚，好好想想，你手里究竟有什么？”

“他们要什么呀？”

“别管那么多，‘7 · 29’你参与了没有？”

“什么意思？”曹刚莫名其妙。

“拿钱了吗？”赵昆直视着曹刚。

“记不清了。”

“你没拿，曹老师，这点自信怎么都没了？你要是拿了，会有今天？”

“院长呢？”赵昆又转向韩望。

韩望没有说话，三个人陷入了沉默。

“赵昆哥，这事真不好说。”

“这里没外人，你不用担心我，说吧。”曹刚在韩望的身旁重又坐下，满是信任的目光看着韩望。

“不是担心你，是因为院长，我怎好去评论他？不是不敢，是不了解，也许我们看到的只是表面上的东西……”

韩望停了停，看了看赵昆。赵昆却望着窗外。

今天天气晴好，而这里每天都在上演着生离死别。就是在这样的地方，有些人，无视他人的苦痛，为了满足自己的私欲，竟然能把手伸进病人的衣兜里摸钱，抽出钱来的双手竟是那么的平静，没有恐惧，没有自责，没有一丝的羞愧，只有面对金钱带给内心喜悦时的冷漠。

“曹刚，你、我、韩望，我们三个人，核心人物是你，你必须去做你该做的事，不要再做无谓的观望了。”赵昆说完这段话，舒了口气，仿佛这些话放在心里太久了，一直想说，一直没敢说，他不管曹刚听没听进去，只是觉得到了非说不可的时候了。

曹刚看着赵昆，方才的那些话并没有在他这里得到应有的回应，他依然沉默着，又似在思考某个与眼下这件事毫不相关的问题，看得出他的思绪已经游离了他们三个人所处的空间。

“曹刚，我问你，我们是兄弟不是？”赵昆有些急了。

“赵昆哥，不要逼他。”韩望虚弱地劝阻赵昆。

“如果还是兄弟，你表个态。”

“我们一直是兄弟。”曹刚艰难而又略显尴尬地咽了口口水，却又把太多的想法咽回了肚子里。面对赵昆的逼问，他无所适从。

他有些羡慕赵昆、羡慕韩望、羡慕自己已故的哥哥，他们活得那么坦然，堂堂正正，像个人一样地活着。而自己算个什么？他能告诉他们眼前的这个人不是他们曾经的兄弟？他是个冒名顶替的伪君子？他们什么时候也成不了兄弟！

而在赵昆和韩望的心里，他就是曹刚，只是这个曹刚有时让人无法理解。可他们还是一直抱着希望，给曹刚足够的时间去修复丢失的记忆。要不是有人想要加害韩望，赵昆将一直以自己的方式存在于曹刚的生活中。“需要不需要，我都在。”赵昆曾经这样告诉曹刚，但他从来不会去打搅曹刚。可韩望的生死都不能将其唤醒，这不能不让赵昆开始认真地审视车祸后的曹刚。

“曹刚，今天这里没有外人……”赵昆看了看韩望，韩望已处于半睡半醒之中。

“你过来……我问你个事。”赵昆将曹刚拉到了病房的里间，将帘子拉上。

“车祸前的生活你真的全忘了？”

“你怀疑我？”曹刚有些不悦。

“怀疑？早就怀疑了。”赵昆的语气坚定，不容反驳。

“为什么?”曹刚觉得不能在赵昆面前认输。

“因为我们都是学医的。曹刚，你对失忆之前种种事情的态度让人生疑。按常理，一个人一旦失了忆，他会竭尽全力地去恢复自己的记忆，因为这是一种本能，否则活在一个陌生的世界里，会让其痛苦而迷茫。可你不同，你从未积极地去面对它，反之，你在当下活得很好。另外，从当时你受伤的部位和受伤程度来看，你的记忆早该恢复了，造成你现在这种状况的原因，如果不是医学的失败，那么只有一个解释比较合理……”

“怎么解释?”

“人的因素，曹刚，除非你不想恢复，或者故意逃避。”

护士进来了，给韩望的液体里注了支安定，赵昆和曹刚彼此不敢正视对方，目光只是随着护士的身影移动，像是两个刚刚拌完嘴的小夫妻在外人面前尽力装作什么都没有发生过一般，保持着若无其事的安静和沉默。在药物的作用下，韩望很快便进入了深睡眠的状态，护士看着两个陪床的男人，对他们的表现很满意，轻轻地把门带上出去了。

病房里一下子变得死寂。

良久，赵昆起身准备离开。

“要走吗?”曹刚小声问。

“还有待下去的必要吗?”赵昆余怒未消。

“赵昆，给我点时间吧，我会把事情处理好。”

“好，我信你，曹刚，与其坐以待毙，不如马上行动起来，别为你一个人活着，你现在要为所有需要你的人活着。”

曹刚走到赵昆面前，将赵昆双肩抱住：“兄弟，谢谢你。”

这让赵昆感觉到了曹刚的气息。

过去的曹刚好像又回来了，赵昆微笑着，瘦长的两只胳膊从曹刚有力的拥抱中退了出来，“两个男人，不兴这个。晚上我在这里，你该回去看看洛姗和小雨了。”

“听你的。”曹刚见到赵昆的笑容，心情又变轻松起来。

他决定回家，不能让洛姗和小雨等得太久。

每当这个时候，他都得费力将锡玉从心里暂时地挪开，然后下定决心往家的方向走去。

第四十章

孙婉在镇医院产下一名男婴。

长青从省城赶回来。上午九十点钟的光景，阳光铺满了长青家宽敞而又干净的院落。

刚从窝里放出来的一群鸡，好似走错了地方，小心而又仔细地在院子里踱着步，却未能找到一口吃食。长青妈正在厨房里煮鸡蛋，炊烟在院子上空飘散开去。

孙婉从院子里走了出来，正在帮父亲扎扫把的长青丢下手中的高粱秆，将屁股下的凳子提起来，放在孙婉的脚边。

“靠墙坐会儿吧，今天阳光好。”

孙婉极缓慢地落了座，可能是伤口的疼痛还在，坐下来的孙婉忍不住地咧了咧嘴角，却没叫出声来。长青的父亲三步并两步地进了屋子，老人总是瞅准儿媳妇不在屋子的空隙去抱抱孙子，亲两口，摸摸小手，小脚，然后满足地离开，口中哼着小调，继续去扎自己的扫把，满头的白发在阳光下透着亮。

长青正把一把高粱的秆穗放在铡头的锋刃上用力一拉，空了的穗壳纷纷落下来，在铡头边上堆成一个个红色的小丘。有几只鸡围过来用脚将其刨开，终于在这里找到了点吃的。孙婉坐在墙角，默默地看着长青干活，而长青也会有意无意地看一眼孙婉，两个人各怀心事，却又各自沉默。

未出月子的孙婉头上依旧缠着条红色的围巾，上身穿了件肥厚的旧大衣，不知是因为胖，还是因为睡多了，孙婉的脸上带着些苍白的肿胀，宽松的睡裤也无法遮挡尚未恢复的腰身。脚上的鞋因长时间不拔上鞋跟，俨然已成了拖鞋，孙婉和别的女人一样，在新生命到来后尝到了做了母亲的喜悦。从现在的孙婉身上已经很难寻到刚过门时的身影，那时的孙婉虽然带着点刺，但在长青这里，那时的刺只不过是扎在了手上，而现在的这根刺是长在了心里。

即使如此，长青看着眼前的孙婉，就算她犯了那样的错误，仍不能将她从自己的生命里割舍。想到省城的事，长青心中的那根刺就会情不自禁地往肉里长，他恨着孙婉，恨她为何做了那样的事，如果没有那件事，他又是多么地爱她。

怀着极其复杂的感情，长青决定日子还是要过下去，何况现在有了儿子，他无法想象没有孙婉会怎样。

他不敢去想，不去想印在心中的伤疤就不会露出来；不去想，孙婉还是原来的孙婉；不去想，至少这个庭院就会有今日的宁静和它应有的天伦之乐。

“长青，快，趁热送了去。”长青妈摊着两个红手掌，招呼着让长青去村里发喜蛋。

桌上的脸盆里刚染好的红鸡蛋，让从不喜爱吃鸡蛋的长青也生出了吃几个的欲望，可一听说要让自己去村里挨家挨户地送发，长青一下子退缩了。

“妈，我不去，要去你去。”

“你这犯哪门子病？你当爹？还是我当爹？”母亲恼了。

“你不是当奶奶了吗？你发也没有错呀！”

“我这不是脱不开身吗，少废话，我这就给你装好，记住，那些新婚小夫妻一定要送，别忘了啊！”长青妈进了屋，将鸡蛋装进一个布袋子里递给长青，长青不接。

“你这小子，生了儿子你不高兴啊！你妈让你去，还不麻利点。”李递山笑着劝说长青。

长青不情愿地接了来，却不往外走。想到前些日子，村里人说的玩笑话，长青真有些迈不开步子。他不知道孙婉的事是不是有人听说了。儿子生下来仿佛要证明自己的担心似的，长得一点也不像自己，虽然他知道儿子是自己的，可别人怎么想，自己是阻拦不了的。

孙婉看出了长青的犹疑，这更坚定了之前心中的想法，这个村子自己恐怕是待不下去了。

孙婉走到长青面前将长青手中的布袋子轻轻夺过来：“不愿去，就别去。”

长青盯着孙婉的脸，两人面对面地站着，好像隔了个世界似的，彼此看不到最真实的对方。

“小婉，别管他，让他去。”婆婆拉了拉媳妇的衣襟，示意她回屋。

孙婉无奈地看了长青一眼，进屋去了。

长青提着一兜子的红鸡蛋出了院门。

这要是在往日，得了个儿子，该是多么让人高兴的事啊，他会在前面跑，满村地去发喜蛋，可今日的鸡蛋提在手里像是一块块生硬的铁，重得长青直不起腰杆。

长青在村口站住了，他看到了一个熟悉的身影。

“长青，你怎么知道我要来？”锡玉跳下自行车，看着一脸焦急的长青。

“锡玉姐，你来啦！不过我不是在等你，我……”

长青将装满鸡蛋的布袋子由提着改为抱着，热气还未散尽，长青的心窝子里又感觉到了一丝温暖。

“那你这是要去哪儿？”锡玉有些疑惑。

“姐，去家吧！我一会儿就回。”长青低着头从锡玉面前走过。

“长青，你站住……”锡玉感觉到了长青的不对劲，推着自行车追了上去，将车子横在长青面前。

“抱着什么呢？见着我就跑。”

长青看了眼锡玉，这个始终欣赏着自己的姐姐，是那么的受人敬重。可就是在这个人面前，长青更不知该如何开口，他无助地蹲了下来，将袋子往地上一放，锡玉看到了里面鲜艳的鸡蛋。

“长青，送喜蛋？见到我就躲，是怕我冲了你的喜气？”

“姐，你这说的是什么话？我怎会有这种想法？在我这里你比亲姐还亲……”长青急忙将袋子口系紧，重又提起来，却又不知要往哪里送。

“送去吧，这是好事啊！”

“我送不出去啊，姐。”

“为什么？我有些糊涂了。”

长青望着远方的大堤，不知怎的想起和孙婉儿时在那里捉蟹的情景，那时怎知今日会有如此令人为难的事。

“姐，小婉她……”长青下意识地看了看四周。

“孙婉她怎么了？”锡玉紧张起来。

“姐，想必你也听着风了，在省城的那段日子，小婉她做了傻事。你知道的，纸是包不住火的，况且这火不拨不旺，要是越拨，就越猛了，我们一家人在这儿还怎么待？”

锡玉一下子愣在那里，长青终于还是知道了。

“姐，这事你千万别和别人说，我爸妈现在还不知情，他们都是把脸面看得比命还重的人，经不起这个。”

“长青，你什么时候知道的？”

“从一开始就知道，小婉就是我从省城领回来的。”

“原来是这样。”锡玉悬着的心总算是放了下来，同时在心里对长青充满了感激。这个其貌不扬的男人，锡玉没有看错。

“长青，把鸡蛋给我，我拿回学校发去，你放心……”锡玉有些说不下去了，看着长青受这种委屈，锡玉心里比自己受了委屈还难受，她从钱包里掏出五百元钱给长青。

“长青，我先不去你家了，也别和小婉说我来过了，这钱你给小婉买点吃的，我这就回学校了。还有，小婉的事，长青，姐在这儿，谢谢你。”

“姐，我应该谢你，还有省城的曹大夫。”

锡玉惊得差点碎了一袋子的鸡蛋。

“你说什么？”

“是曹大夫救了孙婉。”

长青向锡玉描述了在省城遭遇曹刚的事。

“这事还有谁知道？”

“除了我，没别人。”

“小婉呢？”

“她也不知道。”

“锡玉姐，曹大夫是个好人，他不会乱说的。”

“哦，他是个好人，只是太意外了，你们怎么能遇上？”

“姐，你是小婉的贵人，到哪儿都能护着她。”

“长青，小婉命里的贵人应该是你呀！只有你才能这么包容她，只有你才会对她这么好。小婉这个死丫头，不吃点亏她是不会明白的。”

“只怕她吃了亏也不会明白。”长青沉重地叹了口气。

“会明白的，长青，你们会好的。”锡玉实在找不出什么合适的言语来安慰长青。

“姐，你不去家里吗？”

“改日吧，我来帮你完成任务去。”锡玉不知道这么去长青家，如何面对长青的父母？在得知长青知道了事情后，她的那颗心稍微松了松，同时另一颗心又悬了起来，长青不敢去发鸡蛋，说明在这个村子里长青已经感觉到了什么，她瞬间失去了去长青家的勇气。

长青目送着锡玉离开，手中捏着的五百元现钞不知该往哪放才好。给小婉吧，那不就得告诉她锡玉曾来过，来了，为何不进门？不给吧，自己留着算是怎么回事？

思来想去，长青决定先不给。

将钱收起来后，长青准备回家，既然鸡蛋有了去处，自己还站在村口干什么呢？

可空着的双手不免又让他生出些胆怯，毕竟自己还是无法释怀。

最让人担心的不是自己对父母的欺骗，长青放不下的是孙婉的这件事究竟能藏多久，自己的这个家还能维系多久。

长青的两条腿越发的不听使唤，从家里出来时费力，回去也是那么的让人揪心。

他真想这么一走了之，永不回这个家。可是真的让自己走，又有太多的牵绊和不舍。

太阳一会儿没在云里，一会儿又钻出来，似顽皮的孩子和忧心忡忡的长青捉着不怎么高明的迷藏。阳光洒在村口那条窄窄的小河上，那是西灌河的一条支流，河面上长满了水草，河岸上堆满了塑料袋包裹着的垃圾，长时间未清理，浸入水中的那部分散发着腐败的气味。

长青看着从家门口流过的河流，小时候常常脱光了衣服便跳下去摸鱼、捉虾，将菱角藤扯上岸，坐着就地吃掉藤上的生菱角，脆，甜。如今的河面上连个菱角的影子都找不见了。

现在的人不知是怎么了？眼睛只盯着家门口那仅有的半分田地，半分之外的，装着视而不见，肆意地糟蹋、破坏，抱着颗冷漠的心，将自己最后的家园一点点地摧毁，像个不孝的子孙面对重病缠身的双亲，总觉得他们还活在眼前，事态还没到最严重的时候，却不知一旦失去了便是永远地失去了。

长青无奈地立在河边，看着水面上泛起一个个绿色的泡泡，像是吃了什么变质的食物，觉得有些恶心。

“长青，长青……”

母亲的声音。

长青离开河岸，看到母亲一路小跑，急急地过来了，围裙窝成一团，夹在腋下，像是被人撵着走。

“妈，什么事啊？”

“送个鸡蛋这么久？快回去看看，小婉一个人在屋里哭呢。”

“哭？哭什么？”长青有些懊恼，她有什么好哭的，该哭的是自己。

“谁知道你又怎么欺负她了？长青，女人生了孩子，心里空得慌，是不是我们对她照顾得不好？光顾孙子，没顾她呀？”母亲责备了长青，又开始自责起来。

“妈，还要怎么伺候啊？您又不是没生过孩子，有这么娇贵吗？”

“说什么混账话？原来你怎么说的？我只想娶孙婉，要是能娶上，一辈子对她好。”

“妈！那是以前，现在不一样。”

“有什么不一样？现在可算是真正的一家人了，还给我们添了个孙子，妈这心里啊……长青，你是真看不出来？我和你爸吃什么都觉得甜。”

“妈，你们就是太好了……”长青眼里含着泪，突然有了对母亲和盘托出的冲动。

可他没有，他忍住了，除了忍，还能有别的办法吗？

长青母子俩进了自家的院子。父亲的活干了大半，人却不知去了哪里。

“又不知让谁给勾了魂儿去，就不能踏实地待着？这老东西从不安生。”长青妈一边叨叨着心中的不满，一边往长青努努嘴，“进屋看看去。”

长青进了屋子，孙婉正在给孩子喂奶，眉眼有点红，看来确实哭过。见长青进来，竟笑了一下，往里挪了挪身子，转了个方向继续喂奶。

这是怎么回事呢？

长青被孙婉的这一笑给彻底弄晕了。自从过门以来，长青很少见过孙婉这么对自己笑。今天这是怎么了？

“你……你没事吧？妈刚出去叫我……”长青站在那里，有些不敢直视自己的妻子。

“鸡蛋都送完了？”孙婉仿佛没有听到长青的问话，反而关心起鸡蛋来了。

“送了……都送了……”

“送了就好。”

孙婉的语气冷静得出奇，冷静中又透着些平日里少有的温情，好似什么事都没发生过，以后更不会有什么事会发生。

孙婉的反应让此刻长青的心情也一下子开了个愉悦的窗子，正有一丝清新的空气慢慢透进来。

这样的日子竟然维持了一段时间，长青小心地护着它，就如结了痂的伤口，虽然没有完全愈合，虽然不经意的碰撞仍能觉出疼痛，可毕竟还是有了希望。

可这样的宁静却在一个平常得不能再平常的清晨被打破。

孙婉走了，抛下待哺的孩子离开了家，只给长青留下了一张字条。

“长青，这里我是待不下去了，孩子是我对你的报答。我走了，不要来找我，找个女人好好过日子吧！孙婉。”

长青捏着那一张从报纸上撕下来的纸片，看着熟睡中的儿子，无力地呆坐在床沿上。

孙婉的字里行间里没有一丝的愧疚和自责。看来她早就想走了，或者说她从未想过要和自己过一辈子，哪怕是发生了那样的事。

长青将纸片折好，藏了起来。

他从心里恨上了孙婉，真正的、彻底的恨。

不是为了自己，是因为孩子。

他发誓，此生绝不会原谅孙婉，这个自己深爱过的女人。

爱不会再有，只有恨……

第四十一章

锡玉最终也没能完成长青交给的任务，那一袋子的鸡蛋一直搁在书桌上。

锡玉不去吃它，更没有动它的心情，可又不能把它扔掉，就那么天天放着，看着，揪着心。

她想找个人说说，可找谁去说呢？有些事情只能烂在自己的心里，也没有办法拿出来和别人一起分享，就如桌上的鸡蛋，锡玉知道放久了会变质，可也只能等它变了质，丢弃了它，除此之外，锡玉不知该送与谁。

锡玉走过去，凑近袋子，时日久了，臭味已经散发出来。

锡玉抱着臭鸡蛋在校园里寻找合适的垃圾桶。

"锡玉，干什么呢?"老高远远地站在锅炉房门口喊道。

"哦，没事，扔个垃圾。"锡玉有些歉意地朝老高摆摆手。

"放这儿吧，正好一会儿我要将煤渣拉走。"

"啊，不啦，高老师。"锡玉赶紧掉头往校门口的垃圾桶走去，谁知道迎面撞上了罗家权的父亲。

"锡玉，家权去省城有些日子了，你有他的消息没有？什么时候回?"

老罗头显然有些不高兴了。

"罗叔叔，家权没来电话，可能是手术还没结束吧?"

"手术是大事，可为什么就他一个人那么上心呢？连工作都不要了，店里更是什么忙也帮不上。锡玉，联系上，帮我催着他快点回。"

"好的，罗叔叔……"锡玉趁着家权父亲不注意，将鸡蛋扔进了路旁的垃圾桶，但愿长青能够原谅她。

而此刻的罗家权正和俞梅站在手术室的门口，等待着俞苗出来。

手术已进行了3个多小时，俞梅焦灼地坐在手术室门口的凳子上。因为对手术未知的恐惧，她连站起来的力量都没有了，只是坐着，久久未动，两手扶住双膝，两眼盯着手术室灰白色的大门。那扇门一直都没有打开，将她和家权冷冷地挡在外面。

家权靠在墙上，离俞梅几步远的距离，他看出了俞梅内心的脆弱与挣扎，她不仅仅是位姐姐，更是母亲，是俞苗生命的全部支撑。

家权想走过去安慰一下俞梅，他觉得此刻的俞梅需要安慰，不知什么样的语言在俞梅的身上能起到应有的作用。仅仅是几秒钟的迟疑，家权还是走近了俞梅，在她身边坐下。

俞梅没有反应，木雕般的身体和表情。

“俞梅，别急……”家权轻轻握住了俞梅已经冰冷的手。俞梅一惊，转过脸来看着家权。

“别怕，有我呢……”家权微笑着。

俞梅哭了，她用另一只手反握住家权的手，紧紧地握住，以此来驱走来自心底的无助。

“快了，快了，俞梅……相信我，不久，我们将带着俞苗离开这里……”

手术室的门开了。

“俞苗的家属在吗?”护士向外探出身子。

“在!”两人同时站起来。

“准备接病人。”护士将门完全打开。

李主任从里面走了出来。

“放心吧，很好，很成功，一会儿先回层流室，防止交叉感染。”李主任也是如释重负地松了口气。

紧接着，俞苗被推了出来。因为麻药的作用，俞苗尚在沉睡中。

俞梅有些看不清妹妹的脸，她很想近前去摸摸妹妹的脸，可又怕弄醒了她，醒了妹妹会不会疼呢?想到这儿，俞梅靠墙站住了。

家权想都没想就过去了，帮着护士推着手术床往电梯口走去。

俞梅赶紧跟了上去，却又不知此刻究竟应该做什么。

李主任没有跟着来，只有护士及助手陪同，出了电梯，穿过长长的楼道，向左拐便是层流室。早已有人等在门口。

“家属止步，请在门外候着。”护士严肃地对俞梅和家权说。

家权松了手，退到一旁。

俞梅这下有些慌了，俞苗还没醒，自己还没有和妹妹说句话呢，她扑过去，到了床前，抓着俞苗的手：“苗苗，你醒醒，姐姐在这儿呢！别怕啊!”

“俞梅，理智点，麻药过后，一会儿该醒了!”家权将俞梅拉到一旁。

护士没有责备俞梅，小心地将俞苗推进了层流室。

层流室的窗帘拉着，俞梅站在偌大的玻璃窗前，仿佛和妹妹隔着两个世界，她显得焦急起来。

“家权，俞苗为什么还不醒？什么时候才能见她？能和她说话吗？”

“别担心，护士和医生会有安排的。”

“曹大哥！”俞梅有些意外，曹刚不知什么时候出现在身后。

“刚刚去了手术室，没想到这么快就出来。李主任说手术很成功，接下来，如果没有太大的排异反应，我想过不了多久就可以从层流室出来了！”

“曹大哥，您这么忙，就不用过来了。”

“要过来，这么大的事，再忙也得来。”曹刚看了眼家权。

家权客气而友好地点了点头：“曹大夫，俞苗的事多亏您了！”

“罗老师见外了。”曹刚每每和家权对话，免不了会生出些尴尬。而在家权那里，却是对他的看法慢慢发生了改变，冲着俞苗，家权对曹刚原有的成见，正在一点点地消减。一个人能对朋友做到这个份上，即便有一些令人不够满意的地方，也可以忽略不计了。家权不是心眼儿小的人，更何况所谓的不满，更多地来源于自己主观上的偏见。

层流室的窗帘拉开了，透过玻璃窗可以清楚地看到里面的情况，俞苗躺在病床上，显然已经苏醒，她在寻找姐姐。俞梅将脸贴在玻璃上冲着妹妹笑，眼里却是控制不住的泪水，不敢擦拭，只是笑着用手比画着，所有的担心和牵挂都在无语的表情和略显混乱的肢体表达中一览无遗。

俞苗却只看到了姐姐的笑脸，姐姐笑了，一切都会好的，她吃力地冲着姐姐挥了挥手，又无力地放下了。

进了层流室，俞苗的吃喝拉撒都有护士管着，俞梅每天只是坐在窗口，看着妹妹，也让妹妹睁开眼睛就能看到自己！

曹刚每次都是急急地来，又匆匆地走。

俞梅不知道这位曹大哥怎么突然变得这么忙碌，人虽在这儿，可俞梅看得出，曹大哥心里有事。俞梅怎好去过问别人的事，再说曹大哥对自己是有恩的，俞梅很想为他做点什么，大忙，肯定是帮不上，小事，有什么小事呢？给他洗衣服？人家有老婆，还有保姆，织件毛衣送给他？对，这个好，礼轻也是份心意啊！想到这里，俞梅释怀了。

俞梅把对曹刚的感激织进了每一个线孔里，她是愉悦的，每天一睁眼就会抱着线团，提着个马扎，准时来到俞苗的窗前，边织毛衣边等俞苗醒来。

家权的假期满了，准备返回西灌镇。

在病区里没找着俞梅，他便径自来到层流室的门口，远远地看到俞梅侧身坐着，线团夹在两腿间，长长的木针像顽皮孩子帽子上插着的两根树枝，在双手间跳跃，织一会儿，松开腿，将线放得足够长，埋头再织，浑然不知，家权已到了身后。

“俞梅，这是给俞苗织毛衣?”

“哦，罗老师……这……”俞梅一下子站起来，线团撒了欢似的滚下了楼梯，家权在后面追着跑，在楼道拐角处捉住了它。

家权拿着那团线仔细端详。

“这颜色俞苗穿是不是有些不合适?”

“哦，不是给俞苗的。”俞梅脸红了。

“就是嘛，这颜色，我穿还差不多。”家权开起玩笑了。

“也不是给你的，罗老师……我这是……”

家权一时不知该说什么好，原本无心的他发现俞梅的羞窘，知道自己说了不该说的话。

“俞梅，有件事要和你商量……”家权将毛线轻轻塞给俞梅，在凳子上坐了下来。

“什么事……”俞梅又陷入了莫名的恐慌中，“押金又花完了?”

“不是，你别担心，我是想告诉你我的假快没了，该回去了，再说实验课交给锡玉一个人，她也应付不过来。”

“是该回了，罗老师。我和俞苗给你添了不少拖累，不能再让你耽误工作了。”俞梅靠近层流室的玻璃窗。俞苗正醒着，她一直在悄悄地观察着姐姐和罗老师，他俩在一起如此亲密地交谈，给了这个14岁少女莫大的安慰。

家权冲着俞苗摆摆手，又做了个鬼脸，逗得俞苗忍不住笑了起来。

“罗老师，不用担心，昨天查房李主任说了，过几天就转到普通病房了，俞苗恢复得很好。”

“好，那我就回去了，先不要告诉她……”

“嗯。”

家权没有再看俞苗，他也没有和俞苗做正式的告别，只是往俞梅手中塞了个信封，便匆匆地下楼走了。俞梅想要说什么，却又什么都没来得及说出口，家权的身影已经消失了。

不用看，俞梅也知道信封里装的是什么，那是家权的工资，俞梅一手握着信封，一手捏着线团，哪个分量都很重。

俞苗知道罗老师走了，虽然家权什么都没说，可孩子心里比谁都清楚。

“哟，俞梅，这么早发什么呆呢?”

隔壁房间的张大姐也来看孩子。

“哦，罗老师要回去了，您看看我都没法送送人家。”

“快去，我在这看会儿俞苗。”张大姐催促道。

“真的？大姐，太谢谢您了。”

“脚下麻利点，兴许能赶上，刚上楼时，我还碰到你们家那位罗老师。”张大姐友善地笑了笑。

俞梅扔下手中的针线，从楼梯跑了下去。

出了大楼，哪还有家权的影子，俞梅在人群中寻了半天，可那熟悉的人仿佛从自己的世界里瞬间消失了，刚还围绕着自己的愉悦和温暖也随着寒冷的空气四下里飘散，再也无法凝聚。

“家权……家权……”俞梅在心里默默念着这个不知念了多少遍的名字，没了他的陪伴，俞梅有些难以适应。可是人不可以不知足，有了那些陪伴，俞梅觉得自己和妹妹是世上最幸运的人了。在俞梅内心深处，难以抑制的是另外一种渴望，那是一个女人对一个男人最深情的渴望。这种渴望对于俞梅来说是幸福，同时也是煎熬，因为她知道，家权的心里装着另外一个女人，而自己无论如何也取代不了她。

家权出了医院的大门，很快打了辆出租车往长途汽车站驶去。之所以走得这么匆忙，是不忍和俞苗告别。这个孩子现在还在病房里躺着，自己却要离开，可他必须回去上班，近几个月的工资他都给了俞梅，自己是个单身汉，钱花多花少不是个花？可钱在俞梅姐妹那里比在自己这里重要得多。

长途汽车站既是个物流港，也是人流汇集地。选择坐汽车的，百分之七十以上是进城打工的，他们的行李也与坐火车的不同，很少见到行李箱，肩上扛着的，手里拖着的都是用蛇皮袋子装着的衣服被褥，甚至锅碗瓢盆。家权提着个简单的行李包跟在他们的后面，让人一打眼便觉出了他与众人的不同，这让家权为自己的轻松出行感到了一丝丝难以言说的羞愧。他尽量地给他们让出一条道，让他们先过去，听着他们肩上扛着的袋子里发出的叮叮当当的声响，家权倍感亲切。

车站的广场上除了一辆辆排列得算不上整齐的汽车，便是那些把车站广场环绕了一圈的各色水果摊和卖干货的小商贩。离家权较近的卖水果的是位约莫40出头的女人，脸蛋被风吹得像是长相不太好看却很甜的富士苹果，嗓门更是大得惊人，仿佛稍不留神便会把码放整齐的水果震落下来。

“同志，哎，兄弟，带上几个，便宜给你，上车解解渴，来吧！”

家权瞅瞅水果，瞅瞅人，没有要买的意思。看看表，车子还得有半小时才发。家权决定去买份报纸，可扫了一圈，车站里偏偏没有报刊亭。

“大姐，橘子怎么卖？”

这声音好熟。

家权循声望去，一个女人的背影，衣着光鲜、时尚。

家权随着人群缓缓向前移动，眼睛却一直没有离开那个女人。

“快点，就知道吃。”一个男人粗暴的声音。

那男人中等身材，微胖，穿件黑色皮衣，头发稀疏，却根根油亮，双手插在衣兜里，看着女人，目光冷漠而缺乏耐心。

“急什么？要不你先走？”女人微微侧过身子，化着浓妆的脸蛋白得看不到真实的肤色，却也掩盖不了憔悴的倦容。

女人没有注意到身后的家权。

“孙婉！”

家权脱口而出。

男人回过头，四下里看看，显然没有注意到家权。

而那个女人却像受了什么惊吓似的，拔腿往站外走去。

“等等，不买橘子啦？”男人紧追过去。

“唉，怎么回事？称好了又不要了。”水果摊主无奈而略显恼怒地将秤盘里的橘子一股脑儿地倒进了筐里。

家权提着个包，眼睁睁地看着两人从视线里消失，竟忘了跟过去。

是孙婉吗？他开始怀疑自己的判断。

“难道孙婉连我都不认识了？”家权对自己的怀疑又做出了否定的自嘲，他走到那位卖水果的大姐面前。

“要什么水果？随便挑！”大姐似乎忘了刚才的不快，重又燃起了热情。

出于礼貌，家权要了斤苹果。

“大姐，刚才那俩人怎么了？”

“兄弟，这年头什么人都有，我是见多了，这算什么？还有不给钱拿着就跑了的。”

“那俩人你以前见过？”问了这样的问题，家权连自己都觉得愚蠢到了家。

“那男的好像见过，前段时间老在这一带晃悠，那女的很面生。”

家权木然地重又融入了人流中，车子快开了。

在车子驶出车站的那一瞬，家权下意识地四处搜寻着，他多么希望还能见到那个熟悉的身影。如能再看到，他一定不会放过。

也许是自己看错了，真希望看错了。

突然地，家权想快些见到锡玉，这种感觉如此强烈，强烈得让自己深感不安。

第四十二章

春节将至，孟宝珍明知道每年的春节全家人都很难聚齐，她还是早早地备下各种年货。尤其是现在有了小雨，更是觉得应该给他们过个有点气氛的节日，这是自己应尽的义务。只求他们都能健健康康、平平安安地围坐在一起吃个年夜饭，有段温暖相守的时光，哪怕很短，在孟宝珍这里也是个安慰。因为这个家太安静了，要不是因为小雨，她真不知每一天是怎么过来的。

曹刚很久没回来了，刚开始孟宝珍还数着日子，到后来，就懒得数了，数有什么用呢？

洛姗回来也是越来越晚了，每天孟宝珍抱着小雨坐在院子里等她，总是没等她进门，孩子就睡着了，孩子渐渐地习惯了奶奶的怀抱，不再那么依恋母亲了。

难得的一个晴天，阳光将整个院子照亮。

小雨醒得很早，坐在婴儿车里咿咿呀呀个不停。孟宝珍在她周围转悠，手里忙着自己的活儿，口中不停地应答着小雨。她听不懂小雨的话，小雨也听不懂她的，但两人就这么用彼此都不懂的方式交流着，开启一天的生活。

孟宝珍看了看洛姗的卧房，没有动静。孟宝珍干活故意弄出声响，再不起该睡到中午去了。直接去敲门？似乎不妥，为了小雨，她不能再像往日那般宠着洛姗了。

洛姗没被吵醒，院门却被推开了，曹刚走了进来。

“孟姨……”曹刚叫了声孟宝珍，却不知下面该说些什么。好长时间不露面，冷不丁踏进这个家门，让曹刚有些不适应，仿佛这不是自己的家，像是串门来了。

“刚子，你怎么回来了？”孟宝珍扔下手中的活儿迎了上去。

“孟姨，我回来看看你们。”看着孟宝珍因激动而显得有些忙乱的神情，曹刚免不了又在心里唤起了对母亲的记忆。对母亲，也只剩下一些零碎而又模糊的记忆了。一旦面对孟宝珍，这种感情便会从记忆深处浮现。

“你怎么总是忙？自从你当了那个什么主任，就很少见你回来。你不回来看我，孟姨不怪你，可老婆孩子呢，你就没有个念想？当初，你出了车祸，没了记忆，天天在家里，哪儿都不去，如今你好了……唉……这么大个院子，有什么好？连个人气都没有！”孟宝珍拿起花坛边的扫把，弯腰扫起地来，虽然这地今天已不知是第几遍扫了。

“孟姨，我来……”曹刚伸过手去想把扫把拿过来。

“用得着你干这个？去抱抱小雨，再不抱，怕是不认你这个爸爸了。”孟宝珍将小雨从车上抱出来交给曹刚。

小雨在曹刚的怀里，睁大了双眼，盯着曹刚，两只小手用力地推开曹刚，双脚蹬着曹刚的肚皮，紧接着便哭出声来。

“看看，不认了吧，这怎么行？刚子，抱一会儿，别撒手，亲的就是亲的，要不了多久，就要你啦！”

孟宝珍怕小雨找她，一溜烟儿进了里屋，只留下曹刚抱着小雨，又是摇又是唱。好不容易将小雨安顿下来。

洛姗终于从卧房里走了出来。

她听到了曹刚的声音，正做着梦呢，有些分不清是真是假，犹疑间醒了过来，知道确是曹刚在外面，再也躺不住了。

“回来啦！”洛姗伸了个懒腰，和曹刚打了个招呼，言语间带着少有的客气。

曹刚没料到洛姗会是这个态度，这个态度也好，这让曹刚反而觉得放松了些。

“你今天没去工作室？”

“昨晚回来太晚了，下午再过去。”洛姗进了卫生间，两个人的一问一答，像是昨天刚见了面似的，见不着亲密，也看不出有什么不对的地方，可在孟宝珍的眼里，这情形怎么那么不入心呢！

“你们俩没什么事儿吧？”孟宝珍小声试探。

“没有，孟姨，我们挺好的。”曹刚对孟宝珍若无其事地笑了笑，又在小雨的脸上亲了亲，将小雨放进了婴儿车里。

“孟姨，有个事想问问您。”曹刚在孟宝珍身边坐了下来，紧挨着孟宝珍，俨然一对母子。

孟宝珍不禁摸了摸曹刚的头发，轻轻地，轻得曹刚都没有感觉出来。

“刚子，多久了，我们没坐下来好好说说话？”

“啊，是有段日子了。”曹刚看了看卫生间的门，洛姗还在里面。

“孟姨，我们家地下储藏室还空着呢？”

“空着呢，原来都是你用，后来你却再也不去那里了，钥匙不是还在你那儿吗？怎么，你要往里面放东西？”

“哦，不是，我找东西。”

“丢了什么了？”

“有些东西我现在找不着了，不知是忘了，还是丢了，您知道我是这儿出了问题。”曹刚指了指自己的脑袋。

“别瞎说，你现在不是好了吗？”孟宝珍把曹刚的手按住，“你什么问题都没有，都会好起来的。”

泪水在曹刚的眼里打转。

“孟姨，那钥匙还有吗？”

“没有，除了你，我们从不去那里，这么大的院子还不够我转悠啊？哪有工夫往那儿跑？”孟宝珍将一勺米饭喂到小雨的嘴里。

洛姗穿戴整齐地出来了。

“怎么，又要出去？”

“我去去就回，跟人说好了的。”洛姗把小雨的脸转过来，使劲地亲了一口，又冲着曹刚想要告个别，却发现曹刚正专注地看着自己，眼神里含着旁观者的镇定和淡漠。

“曹刚，你要没什么安排，陪我去一趟？”

“去哪儿？”

“去工作室，有个联谊活动。”

“带上我？算了吧，别让我搅了你们的兴致。”曹刚苦笑了一下。

“去不去？”

“不去了，我陪陪小雨。”

“小雨我带，去吧刚子，难得有时间。”

洛姗提着包，站在门口等着。

毫无思想准备的曹刚一时没了可拒绝的理由，他站了起来，走到洛姗跟前，洛姗顺势挽住了他的胳膊，又转过头去对孟宝珍做了个胜利的“鬼脸”。

孟宝珍冲他们挥挥手。

两人自车祸以来第一次如此亲密地出了门。

曹刚被洛姗挽着手，心中有太多的不愿意。

洛姗开车，曹刚坐在后座上不发一言，原本是想回来找证据的，却被洛姗给半道截住去参加什么联谊会。曹刚心中窝着火，却又不好发出来。

“说点儿什么，别这么闷着。”洛姗主动打破沉默。

“专心开车。”曹刚打断洛姗看着窗外。

“我知道你心里不乐意，你别忘了我们是夫妻。今天我拉你来就是为了让别人看看我，魏洛姗，不是一个人，我有老公，并且是这么一位帅气的老公。”洛姗不回头，曹刚也能听出她话里的哽咽和心中的委屈。

是啊，洛姗的丈夫。做丈夫的，哪有像自己这么做的，有和无几乎没有什么不同，是个女人都无法接受。

去，必须去。曹刚给自己打着气。

“我陪你，今天听你的。”

洛姗没有说话，只是加快了车速。

下了车，进了电梯，只有洛姗和曹刚，两人面对面地站着。洛姗看着楼层数字不停地变换，曹刚却在打量着洛姗，一身紫色羊绒大衣，金色高跟鞋，头发还像往日那般高高盘起，不留一丝乱发，妆容显然也是精心准备的，浓而不艳，像牡丹，高贵、典雅。只因为这样，曹刚更觉得她不是自己的。洛姗离自己永远有一定的距离，她是住在奢华宫殿里的公主，不是住在曹刚心里的女人，却又是多少男人梦寐以求的。

“可惜……”曹刚轻叹了口气。

“可惜什么?”洛姗问曹刚。

“可惜我今天没什么准备，怕会让你失望的。”

“你不来我才会失望。”

两人很快到了洛姗的工作室，所谓的联谊会就是每一年例行举办的学生、家长、老师一起参与的文艺聚会，还有许多已经考上了音乐学院的学生也会赶回来助兴。

曹刚的出现在会场引起了一阵不小的骚动。

“这帅哥是……”

“还能是谁? 一定是魏老师的老公，你看他俩多般配!”

“是，郎才女貌，天造地设……”

很多人都不认识曹刚，尤其是那些年轻的女孩更是单纯地围了过来，和洛姗夫妇一起合影。

这正是洛姗想要的效果，但这却是曹刚最最不愿看到的，不是不想，是在享受这种虚荣的同时，又有某种不安和担心。

联谊会在孩子们的才艺表演中拉开了序幕，其间洛姗给大家演奏了理查德·克莱德曼的《爱的纪念》，博得了全场热烈的掌声。

曹刚没听过洛姗弹钢琴，今天是第一次，他被深深地吸引了，不仅仅是曲子的美妙，还有洛姗。有那么一瞬间，曹刚觉得那种爱的感觉又回到了自己的身上，他仿佛第一次真正认识洛姗似的，也是第一次真正爱她，可很快曹刚就把爱着洛姗的自己拉回到一个安静的角落。

不能爱，就是爱也不能把她放在心里去爱，这是个多么危险的信号。

为什么不能爱？曹刚又开始问自己，其实自己是爱洛姗的，只是为了欺骗自己来满足对锡玉的愧疚。

洛姗从曹刚的脸上捕捉到了久违的爱，这种爱包含着亲切、欣赏和由衷的发自内心的满足。

洛姗被幸福包围着，她享受着这种幸福，因为她不能确信这种幸福能维系多久，不是不相信自己，是不相信曹刚。但在此刻，她宁愿相信这是真实的、持久的。有时候，适当地在感情面前装点糊涂，也许能给自己和对方留下更多的空间。

洛姗来到曹刚的身边，轻轻坐下，曹刚侧过身子："洛姗，弹得真好。"

"能被你夸奖，真不容易！"

"我不太会夸人，说得不好，倒惹别人不开心。"曹刚看到有个人从台前走过去，似在哪里见过。

"你以前可没少夸我，就是这两年，大概心思不在我这吧，总也不见夸，弄得我都有点不自信了。"

"哪能呢？你是个走到哪都带着光环的人。"曹刚搂着洛姗的肩，眼里满是真诚的赞赏。

"魏老师，祝贺你带出这么多的好学生。"

"你怎么在这儿？"洛姗看着站在自己面前的王欣，怎么也想不起来她和哪位学生能联系在一起。

"王小鹏，我的侄子。"王欣指了指前排。

曹刚还是没想起来，眼前的这位女人是谁？

"王小鹏？"洛姗皱了皱眉头。

"小慧老师，你过来一下。"

一位面容清秀的小姑娘迅速地从台上跑了下来。

"小慧，王小鹏谁负责授课？"

"是我的学生。"

"明年就别带了，由我来教。"

"洛姗姐，这……"

"就这么定了。"洛姗挑衅地看着王欣。

"魏老师，你这是做什么？"

"我是这里的老板，我亲自教他，学费不多收一分钱，这样有什么不妥？"

“洛姗，事一定要做绝么？”王欣突然像变了个人，愤怒的声音吸引了众人的目光。

洛姗站起来：“出去说。”

两个人来到会场外。

“王欣，你们的事我听说了，我不管别人怎么说，也不管你和爸爸是什么关系，我只相信自己的直觉，你不适合爸爸，也不适合我们这个家，更不适合我，你明白我的意思吗？”

“明白，这由不得我，也由不得你，你该去问问你父亲的想法。”王欣显得很自信。

“女人要想拢住男人的心，有很多手段，尤其是像你这种女人，动动手指头就能搞定，我相信你这方面的能力。但别忘了是个男人都有软肋，没准就是你无法战胜的阻力，只要我魏洛姗活着一天，你休想再进我家的门。”

“就凭你？魏洛姗，收起你的小把戏。你也为人母了，怎么这么幼稚？你要说服你父亲别进我的门才是。”王欣冷笑道。

“无耻！”忍无可忍的洛姗一巴掌打了过去，王欣本能地向后一闪，头撞到了墙上。

王欣愣了一会儿，摸了摸后脑勺，随即对洛姗冲了过去。

一直站在门里暗中观察的曹刚眼看着两个失去了理智的女人要打起来，及时地挡在了王欣的面前。

王欣的愤怒突然受阻，索性整个人撞向了曹刚。

曹刚站着没动，王欣却差点摔倒。

“曹主任，你掺和什么？这是女人之间的事。”王欣稳了稳身子，怒视着曹刚。

“可身后的这个女人是我的妻子。带着你的侄子回去吧，这个课还是别来上了，省得堵心。”

“为什么不能来？是因为王荣？还是因为我？”王欣散乱着头发，马屁没拍成，却弄得这般糟糕的田地，侄子的课上得好好的，突然又不让来了，回去怎么和弟弟说呢？

“王荣？你们什么关系？”曹刚越发惊讶。

“王荣是我弟弟，王小鹏的父亲。魏洛姗，我不明白，你为什么这么恨我？”显然王欣的怒气还是由洛姗引起的，和曹刚似乎牵扯不到一起去。

“您是个明白人，有些事情还是不要找原因为好。钢琴课去哪儿不能上，非要在这里？过这一阵再想别的办法。”因为王荣的缘故，曹刚的态度有所缓和，也因为王荣，曹刚开始理解洛姗为什么这么讨厌王欣。

可是她俩的矛盾似乎激不起曹刚内心的任何波澜，要不是因为怕影响洛姗的工作室，他倒有那么一丁点儿，希望洛姗和王欣好好地争斗一番。说不好，这是一种什么样的心理。

在曹刚的劝说下，事态很快得到了平息，尤其是王欣，知道这么斗下去，于己、于弟弟，都有太多的不利。她迅速地转换了角色，从地上拎起包，整了整发型和衣衫，对着曹刚欠了欠身子："曹主任，不好意思，请别见怪！刚才有些冲动，没事了，都过去了。女人嘛，心眼儿小，脑子有时走直线，对不住了，多有得罪！"说完昂首阔步地重新又进入了会场，好像刚才只是出去接了个电话、上了趟洗手间，除此之外，什么事也没发生过，至少会场里的人注意力早已不在他们的身上。

"曹刚，刚才多亏你在场，要不那个疯女人非得吃了我。"洛姗走上前，亲热地倚靠在曹刚的身上。

曹刚将洛姗轻轻地从自己的胳膊上移开，"洛姗，不冷静，太不冷静。这可是你的地盘，事情整大了，对你有什么好？"

"管它呢！我从心里厌恶这个女人，真不知老爸是个什么审美观？再说，有个位置从小在我的心里就定了，谁也别想取代。"洛姗像个孩子似的笑了。

"你是说后妈？"

"什么后妈？亲妈我是没见着，亲娘倒是有一个，我只认她。"

"孟姨？"曹刚看着洛姗，似疑惑，也似肯定。

洛姗没有回答，不回答，就是默认了。

看来孟宝珍在这个家庭中的位置远远不是魏明义所料想到的，在这两位年轻人的心里，她就是母亲的形象。也许孟宝珍本人也不会想到，因为她不敢想，如果她知道了曹刚和洛姗的真实想法，是不是死也心甘呢？

对于孟宝珍来说，这就是她活着的全部意义。

王欣怎么也不会明了，自己的对手，竟是位上了年纪、身份卑微的保姆，她又怎么会把这样的对手放在眼里呢！

在曹刚看来，王欣和其弟弟王荣一样，具备在现实面前迅速判断出什么是利己的、什么是利他的能力。

王欣从刚才和洛姗的正面交锋中败下阵来，同时也让她明白，洛姗不是个难对付的人。往往越是显得强劲的敌人越好战胜，真正棘手的不是魏洛姗。曹刚，这个人不可捉摸，像口井，不是因为他的深，而是他那看似敞着的口中似乎藏着太多你看不见摸不着的东西。

钢琴联谊会总算顺利结束了。

王欣领着侄子悄悄地离了场。

洛姗显得兴致很高，不知是因王欣激起的斗志尚未消退，还是曹刚对自己有力的支持，总之大家都散去后，她却没有要走的意思。

“曹刚，今天我很高兴。”洛姗走过来给了曹刚一个久违了的亲热拥抱。

“你高兴就好，我们早点回去吧。”曹刚站着不能动，不知道洛姗接下来要演什么节目，他发现门口几位年轻的钢琴老师还候着呢。

“难得这么开心，走，曹刚，我请你去唱歌。”洛姗松开手，一边穿大衣，一边招呼外面的人。

“今晚我请客，要不要一起啊?”

外面的姑娘、小伙儿们以为听错了，互相看着对方，指指洛姗，又指指自己，不敢相信。

洛姗拉着还愣在那里的曹刚，不容曹刚说话。

“都跟上，一个不许落下。”洛姗命令道。

一群年轻人在尚未分清该去还是不该去的瞬间就跟着洛姗上了电梯。

曹刚仿佛在突然间下定了决心，今天不再做任何的犹豫和反抗，事已至此，舍命陪君子，豁出去了。

进了歌厅，服务生一见洛姗十分热情地迎了上来。

钢琴弹得好，歌却不怎么样，可年轻人到了这个地方，就是不会唱也得吼两嗓子，何况这是一群搞音乐的年轻人。

几轮下来，包括洛姗在内都有些唱不动了，人们把目光聚焦在了一直坐在角落里当听众的曹刚身上。

“洛姗姐夫，来一个。”大家开始友好地起哄。

曹刚拿起话筒，又放下了，他突然想起“哥哥”会唱歌吗?

他求助地看着洛姗，洛姗以为他害羞，没有给他任何信息。

“唱一首吧!”洛姗附和道。

曹刚坐着，把麦克重又拿在手里。

曹刚一曲下来，震惊了众人，沉寂了一会儿，继而是热烈的鼓掌。

洛姗站起来，走到曹刚面前：“曹刚，原来你是怎么伪装的？今天要不是见识一下，连我都被你蒙了，总说你五音不全，唱歌直跑调，没想到你才是高手呢！专业级别啊!”

曹刚意识到自己做了件不该做的事，冷汗“呼”的一下冒出来，脸却更红了。

“洛姗姐夫，再唱一首，唱得太好了!”小慧在一边喊，众人跟着喊。

洛姗开心地看着他们闹，心里却想着，“这个曹刚，车祸还能撞出唱歌的天赋来。”

曹刚没有再唱下去，洛姗接了个电话，孟宝珍打来的，问他们什么时候回家，要不小雨又该睡了。

洛姗不得不和曹刚提前撤离。

洛姗到吧台结账，并嘱咐服务生不要去催105包间的人，让他们尽兴。

曹刚站在离吧台不远的屏风前等着洛姗。

一群身着粉色礼服的姑娘每个人手里端着个高脚杯，叽叽喳喳地从曹刚身边走过去，劣质香水和脂粉的味道一下子将曹刚包围。曹刚用手捂了捂鼻子，觉得不妥，又松开了。

姑娘们频频回头，看着曹刚，这么高大、帅气，略带抑郁的男人，在这里是难得见到的，况且他只是那么站着，却不看她们一眼。

“宏远哥……”声音在耳畔响起，好熟悉。曹刚似从天堂一下子跌进了地狱，头痛病又犯了，痛得他不敢睁开眼睛。

“你是张宏远吗？天哪！真不敢相信，太像了！”声音继续响起。

曹刚艰难地睁开眼。

粉色的衣服，棕红的假发，整张脸像粉塑的，厚重的白，一双眼里噙着惊恐的泪水，紧接着“咣”的一声碎响，高脚杯落了地。

“曹刚，怎么回事？没伤着吧？”结完账的洛姗见曹刚和一位女子面对面地站着，两人都像中了魔。

“你们认识？”

“不认识！”曹刚语气坚定。

吧台经理及时赶了过来，“怎么这么不小心！伤着了客人怎么办？还不给人擦擦？”

女子迟钝地弯下身子，掏出手帕给曹刚擦着皮鞋上的酒水。

“对不起，对不起，我给您擦干净。”女人颤抖着。

“行啦，别擦了，没伤着就行。”洛姗阻止道。

曹刚看着女子，目光冷峻得像要杀人。

粉衣女子惊魂未定。

“先生，您消消气，回头我就把她开了，这么不长眼的东西。”经理讨好地道着歉。

洛姗和曹刚往外走，走了几步，曹刚又转身，“经理，我这儿没什么，请别处罚她。”

“好的，谢谢您，欢迎下次再来。”经理跑过去给洛姗和曹刚开门。

粉衣女子一直站在那里，玻璃门重重地关上了，曹刚没有回头。

第四十三章

冬日的傍晚，家权提着行李进了西灌镇中学。

杉树的叶子早已落光，枝干和土的颜色是一样的，红墙青砖的校舍显得似比往日矮了些。应是散学时辰，校园里却分外的寂静，有七八个男人围坐在码放整齐的砖堆和水泥前抽着烟。见了家权，都好奇地看着他。

这是要盖房子吗?

今天不是周末，也不到寒假时间，学生们都去哪儿了？家权想找个人问问，可除了那几个工人，校园里再没见着个面熟的。锅炉房的门虚掩着，家权抬头看了看烟囱，没有点火的迹象。家权在那几个男人身边停了下来。

“师傅，人呢?”

“都放了，校舍要翻修，有几处漏风漏雨，太冷了，我们也只能中午干活儿。你瞧，眼看又该结冰了。”其中一位较年长的老者搓了搓夹着烟蒂的手，从砖墙旁费力地直了直身子，想要站起来，觉得冷，又往下缩了缩，显然把家权当成镇上下来了解情况的领导了。

绕过那几个人，家权便看到了锡玉的屋子。走廊上放了个凳子，散放着的韭菜分成了大小不一的两堆，门竟是关着的，看来是尚未挑拣完。家权将行李放在柱子前，敲了敲锡玉的门，没人应答。

“锡玉，锡玉……”家权站在廊檐下，不知该朝哪个方向，胡乱地叫了几声。

“难道是上厕所了?”家权在凳子上坐下来，心里有点慌，有些日子没见到锡玉了，想着能见着她了，竟抑制不住地激动起来。

等了几分钟，锡玉还是没有出现，家权决定先把行李送回宿舍去。

王贵祥不在宿舍，看床铺，被子、枕头窝成一团，应是没回家。果然不一会儿，贵祥举着半截藕进来了。

“家权，什么时候到的?”

“你吃藕？这么冷的天，还生着吃？胃又不要啦!”家权从贵祥的手中将藕夺下。

“我问你呢？回来也不说一声，你看看，这乱的，不好意思啊！你不在，我又不会收拾。”贵祥赶紧地将自己的床铺理了理。

“自己都嫌弃自己了吧？”家权一屁股在他的床铺上坐下来。

“见到锡玉了吗？”

“刚有人来找她，说她公公摔了个跟头，她就赶过去了。”

“难怪，菜择了一半！”

“刚回就去找她啦？这么心急。”贵祥一脸的坏笑。

“路过，想把俞苗的情况跟她说一声。”

“俞苗手术怎么样？”

“很好，很成功。”

“那太好了。”贵祥将吃剩的藕扔进了脚边的垃圾桶。

“贵祥，你知道锡玉公公家住哪儿？”

“干吗？你要去？”王贵祥瞪着本来就很圆的眼睛看着家权。

“我不放心，锡玉毕竟是一女子，伺候一老头儿，多少有些不便。”

“不该跟你说……”贵祥有些赌气地倚在桌沿上，不看家权。

“你会不说？贵祥，快告诉我路怎么走。”

“问老高去，我可不知道。”

“老高好像不在，锅炉房怎么熄火了？”

“瞧我这记性……”贵祥不知怎的突然又来了精神。

“家权，老高不一定再干下去了。”

“为什么？”家权听到这个消息，比听到锡玉公公摔的那个大跟头还要吃惊。

“为了钱的事，前几日和校长差点干上了。老高的脾气，你是知道的。”

“高老师不是那样的人！钱对他来说是很重要，但他不至于……”

“整个拧了，校长不想再给他发劳务补贴了，说从茶水费里扣，将学生的茶水费由一毛改为两毛，老高不答应。”

“高老师就这样回家啦？”

“你不会又要去看老高吧？我可真不知道他家住哪儿！”贵祥后悔自己没有管住自己，该说不该说的都说了，在家权面前，他什么时候真能留住话的？

“先去看锡玉。”家权起身往外走。

“到集市上问问那些老店户，兴许他们能知道，边走边打听吧！”贵祥在后面叮嘱着。

当家权出现在宏远家的院子时，锡玉正在给公公洗床单，两只手在水里泡久了，红得像两个冻伤了的苹果。

“家权，你怎会来?”锡玉站起身，两手在罩衣上抹了抹，又在嘴边哈了哈气，把家权让进屋子，屋子里简陋得让家权不忍坐下。

“贵祥都跟我说了，张叔叔他怎么样?”

“摔得挺重的，本来就有肺气肿……饭也不吃一口。”

“我去看看他。”

“先别，叫唤了半天，刚睡着。”锡玉阻拦道。

“家权，你这刚回来？俞苗姐儿俩都好吧?”

“都好，年前应该可以出院了。”

“我听曹大哥说了。”锡玉又去洗床单，给家权留了个背影，肥大的罩衣套在锡玉身上，更显得锡玉的瘦弱，头发依旧用手帕绾住，锡玉费力地揉搓着床单，整个人像是要趴在洗衣盆里，手帕从头发上松开，掉在了地上，锡玉竟没觉察。

家权走过去，捡起来，递给锡玉。

锡玉冲家权笑了笑，甩了甩手上的水，将手帕揣进罩衣的兜里。

“锡玉，我来洗吧!”

“你来，那像什么话?”

“你休息会儿，暖暖手，这活儿我能行的。”

“能行，也不能让你干，快坐着吧！马上好。”锡玉用胳膊肘蹭了蹭家权的衣衫，示意他坐回去。

家权老老实实地又坐了回去，他是真心想帮锡玉做点什么，可锡玉不让，他就不知该怎么办了。他自觉自己不是个没主意的人，可一到了锡玉这儿，他自己都有些搞不懂自己，想什么、说什么、做什么，总不是随心的，他不知自己究竟顾虑什么。

等锡玉把床单洗完，天也渐渐黑了。锡玉看了看家权，好似没有要回的打算。

“家权，今晚我恐怕走不了了，你说我要是走了，老人万一有个什么，我这心里可就过不去了。”

“你留在这儿？陪他？锡玉，他们家还有别的人吗?”家权没想到锡玉竟不走了。

“还有谁？宏远不在了，还有个曹刚。人家不愿认这个父亲，兴许是小时候被送了人落下恨了。换了我也会恨的，所以我没敢给他打电话。”锡玉叹了口气，无奈地看了看公公的房门。

“锡玉，关键是他和别的老人不同，他的坏名声可是传遍了西灌镇，宏远在的时候，差点和他绝了父子情，这还是养过的儿子呢！曹大哥那边……能理解，但恨归恨，再恨，也断不了血缘，该说还得说。”

“等等吧，万一好了呢?”锡玉和家权坐在一条凳子上，像上学时那般，因这屋里只有这一条可坐的凳子，家权看看身旁的锡玉，感觉心中像被软软的丝绕过。那时还小，天天坐在一起，竟没有太多的想法，只是很开心。现在已过而立，锡玉经历了那么多的事儿，可家权还是想能和她在一起多坐一会儿，只是藏在心里的话却不能想说就说了。

两人沉默了一会儿。

锡玉从凳子上站起来：“家权，该回了……”

“我有点担心……”

“担心我吗？还是担心老头儿?”

“都有点。要不，我留下，你回学校。”家权终于想出了个自以为很好的办法。

“我留下，是因为我是他的儿媳。宏远如果在，或许到了这个时候，也会原谅他的父亲吧。他是真的老了，活不了几日了。我尽我应尽的吧。你不同，你没有这个义务来伺候他。”锡玉极力地劝说家权。

“宏远，宏远……”公公突然在里屋喊起来。

锡玉和家权赶紧来到床前。

“爸，你要什么?”锡玉凑近公公的耳朵。

老头儿缓缓睁开双眼，看到了站在一旁的家权，目光便再没移开过，良久，他吃力地抬起手，指了指家权。

“宏远，回来啦！爸对不起你。”旋即老泪纵横。

家权本能地退到房门口。

“别走，别走……爸不行了……”一阵剧烈的咳嗽，却咳不出一丝痰来，锡玉手拿毛巾等了半天，无奈朝家权招了招手。

“过来一下……”

“锡玉，认错了……”家权站着不太敢动。

“我知道，错就错吧，就是宏远真的来了，他也不一定认识，来吧……”

家权走近，老头儿伸出手一把抓住家权的胳膊和袖子，不知哪儿来的力气，用力一扯，家权竟被扯得不得已弯下了腰，两人脸对着脸。

“是宏远？几时回的？怎就不来见我，爸是真的想你……”

家权看了看锡玉，锡玉同样看着家权，一时却不知该怎么办才好。

家权在床沿上坐下，老头儿稍微平静了些，张着嘴喘着粗气，约莫几分钟工夫，家权和锡玉凑过去，老头儿的眼半闭半合，喉咙里像是堵了什么东西，随着呼吸上下滑动，脸色青紫。

“要不，让村卫生院的医生过来一趟，感觉不太对。”

锡玉随即掏出手机，给李大夫拨了过去。

“半小时后到，家权，你要不再待会儿！”

“我没问题。”家权尝试着将胳膊抽出来，拽了几下，没拽出来，又不敢使太大的力气，坐着不敢动了。锡玉在一旁站着，屋子里突然间变得寒冷起来，两个年轻人都忍不住打起了冷战。家权听到了锡玉牙齿相互磕碰的声音，他焦灼地看了看表，李大夫怎么还不来？

锡玉三番五次地去门口，又三番五次地回来。外面起了风，掉光了叶子的枝干在窗前摇晃，仿佛要把蒙着窗户的塑料纸捅破。锡玉忍不住跺起脚来。

这时，屋外的门环被扣响，李大夫戴着顶军用帽子，穿着棉大衣，药箱抱在怀里，低着头进了门。

“这天气，要冻死人。”李大夫“咚”地将药箱砸在桌子上，不停对着手哈着气。

锡玉这才想起暖瓶里的热水已被自己洗床单用光了，跑到厨房，冷锅冷灶的景象使锡玉的心也似跌进了冰窟。

这一刻，想到了死去的宏远，想到宏远便对一向不怎么讨人喜欢的公公有了一点从未有过的依恋。如果老头儿不在了，这个家是彻底地没了，自己对宏远的想念也少了许多实际的东西。

锡玉将水缸里的冰块舀到锅里，柴草有些湿，光冒烟就是不见火，锡玉恨不得钻进炉膛里去吹，弄得一脑袋的碎草屑，好歹是点着了。

家权进了厨房，被满屋子的烟熏得一阵咳嗽。

“锡玉，烟太大了，把门打开吧！”

锡玉抬起头，家权看着锡玉的模样，差点儿没乐出来。

“开开吧，我光顾着点火了，这天气，又潮又冷，火柴盒上都能拧出水来。”

家权将门开了条窄窄的缝隙，凉风很快钻了进来。

炉膛里的火终于旺了起来。

李大夫背着药箱也寻了过来。家权赶忙让座，李大夫没有坐下，径直走到锡玉身旁：“锡玉，老人家情况不好，现在正发低烧，关键是他的老病根又复发了，肺病就怕遇到这样的天气，要有思想准备，能不能熬到节后，不好说。”

锡玉给茶水壶装满开水，又在余下的水里卧了两个鸡蛋，放了些白糖，这是家里唯一能招待大夫的东西了。

"李大夫，能不能给他用些药?"

"退烧和消炎的药我给开了，不过，这些解决不了根本问题……"李大夫水都没喝一口就匆匆地走了，医院那边正催着呢，要不是因为和宏远是老相识，他也许没时间跑这一趟。

锡玉看着锅里的鸡蛋，叹了口气："你吃了吧，回到学校也没有饭了。"锡玉将碗递到家权的面前。

"一起吃吧。"家权将糖水蛋一分为二。

锡玉没有推辞，忙活了一天，确是饿了。

"锡玉，给曹大哥打个电话吧！怎么也得见见。"

"我也是这么想的，再不见恐怕要见不着了。"锡玉弄了个热水瓶，塞在公公的脚下。

老头醒了，又开始咳嗽。

"今晚我们都别走，张叔叔这种情况，恐怕离不了人。"

"好吧，只能委屈你了……"锡玉显得有些无助。

"好了，别想了，我先守着，你先去休息，到时候你再来换我。"家权看出了锡玉的疲惫。

"不用了，咱俩说说话，时间还过得快些，一会儿我去把炉子生上火。"

老头儿咳起来很吃力，他已经没有气力将痰从肺里咳出来了，这让他的呼吸越发的艰难。

锡玉将炉子提了过来，两人围着炉火坐下，炉子上热着水，以便及时将公公热水瓶里的水换掉。

老头儿时而清醒，时而糊涂。

夜深了，窗外的风声越发的紧。

刚开始，两人只是坐，找不着合适的话题，认识了多年的老同学，好像一下子陌生了，在这种环境下真不知说什么好。锡玉总觉得自己欠家权的，怀着深深的内疚；而家权呢，一直认为自己帮不上锡玉，所以，只要能为她做一点点事情，心中便会生出满足和欣慰。

两人怀着不同的心思，互相静默着，因了这个原因，两个人的大脑都处于一种警觉的状态，困意全无。

"最近见着孙婉了吗?"家权脑中突然闪现出白天车站的一幕，这个时候提起，一下子将气氛缓和了下来。锡玉却不知家权怎么想到了孙婉。

"有些日子不见了，你不在，我根本没有时间走……怎么，你见到她啦?"

家权一惊，贴着火炉的双手本能地往后缩了缩，身子一下子绷直了。

锡玉没有注意到家权的反应，“生了孩子应该懂事了，这丫头命好，找了个好人家。”

“你是说长青？”

“是啊，长青，多好的一个人，小婉她有些不知好赖。”锡玉替长青抱不平。

“她对长青不好吗？”家权看着锡玉。

锡玉看着冒着热气的水壶陷入了沉思。

“小婉是个任性的孩子，长青呢，服不了她的心，凡事由着她，可有些事可以，有些事不能顺着她，真是不能让人省点心，从小到大都这样，她是最让我放心不下的。”

家权本想告诉锡玉在省城车站好似看到孙婉了，见锡玉这么说，到了嘴边的话又硬咽了回去。

“锡玉，有时间去她家看看吧，别光顾着工作。眼下快放假了，常走动走动，再亲的姐妹，日子久了也会生的。”

“那不会，我和小婉不会生的。”锡玉笑了笑，起身去公公床前。

“家权，快，这是怎么了？”

宏远的父亲圆睁着双眼，嘴巴也张着，好似没了气息，家权和锡玉一下子慌了。

锡玉轻轻地将手放在公公的鼻子前，“啊，没有气息了。”

家权也过来试探，“有，还有，别怕。”家权边说边把老头儿的脑袋扶起来，又在下面垫了个枕头，老头儿的双手无力地搭在家权的身上。

“叔叔，醒醒，坚持住……”

老头儿有了点意识，嘴唇动了动。

锡玉的心稍稍放下了，“还活着。”

老头儿很平静，不再咳嗽，过了几分钟，眼珠子开始转动，他仿佛认出了锡玉，他一直看着锡玉，一直看着，看得锡玉心里直发毛，不敢近前。

“锡玉。”老头竟叫出了锡玉的名字。

“叫你呢！看来这回是完全清醒了。”家权显得很高兴，“锡玉，快过来呀！”

锡玉走过去。

“爸，你叫我？”锡玉壮着胆子问。

“叔叔，叔叔，锡玉在这儿呢，你要说什么？”家权将宏远的父亲扶起来，靠在自己的身上。

这回老头儿又把眼睛睁开了，他抓住了家权的手，这一抓把家权对他以往留给自己的种种不好的印象都抓走了。

“锡玉……还有一个……”老头说不清楚。

“还有一个什么？爸，你和我说，我给你找去……”老头儿歪了歪脑袋，仿佛笑了。

他将家权的手握得更紧了。

“还有一个，还有一个……”

“他说什么呢？家权，你听懂了吗？”

家权不说话。

“锡玉……宏远……渴呀，给我水喝……”

“要喝水。”锡玉这回听清了，赶紧倒水去。

一杯水端了过来，锡玉舀了一勺送到公公的嘴边，老头儿的嘴却再也没有张开。他走了，两只眼睛却是睁着的。家权不知道，还在后面扶着他。

良久，锡玉感觉到了什么，反倒平静了，将碗放在桌子上。

“家权，放下吧，放下吧！”

“没喝进去？”家权问锡玉。

“他走了。”

“什么？”家权一下子抽身出来，老头儿躺在了垫高了的枕头上。

“你怎么知道？”家权不信，俯身看去，却被吓了一跳，这回虽也是睁着眼，却和刚才不同，死神降临了。

“怎么办？”锡玉自言自语。

“给曹刚打电话。”家权像是在命令锡玉。锡玉没动静。

“打呀！”家权急了。

锡玉拿出手机。

“现在是凌晨2:45，打电话合适吗？”

“想什么呢？那是他的亲生儿子啊！对了，两个……还有一个……张叔叔是想告诉你，他还有一个儿子。打，现在打……”

锡玉拨通了曹刚的电话。

“没人接，睡着了。”

“再试试。”家权把手机拿了过来。

“有人接了……”家权赶紧把手机递到锡玉手里。

“喂，锡玉，这么晚了有事吗？”曹刚的声音，好像没醒。

“曹大哥，不是我……”锡玉结巴了。

“不是你？那你是谁？”曹刚醒了。

“是我，我是锡玉，大哥，有件事你必须回来一趟。”

“回西灌镇？要紧吗？”

“很要紧，宏远的父亲，去世了。”锡玉不知哪儿来的勇气。

对方没说话，锡玉等待着。

“锡玉，什么时候的事？”

“刚刚，我本来也是要给你打电话的，可没想到太快了……”

“可我现在不在省城……”

“那你能回来吗？”

“我会尽力赶回去的……”

“你能回来就好……大哥……你能快尽量快些……我们等你。”

“锡玉……”

“啊？大哥，我在。”

“锡玉，你受累，大哥日后再作报答……”

“大哥，报答什么？我又不是外人，这些该我做的。”

“对，你不是外人……”电话挂了。

“答应了？”家权急切地问，锡玉点了点头。

“我就说嘛，人和人之间的那些恩怨最终也越不过死亡这条线，都能放下的。”

天渐渐亮了，风停了，空气比前些日子干燥了些，虽然阳光依然很弱，可寒冷似乎缓和了许多。也许是接连几日的低温让人习惯了这种冷的滋味，也许是气温确实有所回升了，总之，人们突然觉得手脚放得开了。

而锡玉并没有感觉到天气有一丝的变化，一个几年前死了丈夫的女人，几年后又在没有丈夫的日子里给自己的公公料理丧事，她不知道该做什么，她不会干，怕做不好在西灌镇又多了些对她的说舌。

锡玉是个有尊严的女人，可死去的是自己的公公，在农村如果没有儿子，没有孙子，没有女儿，只有个儿媳，这个丧事怎么办？

锡玉陷入了困境。

在这种困境中，她苦撑着，等待着曹刚的归来。

第四十四章

凌晨3点多，全家人都在睡梦中。

曹刚独自坐在卫生间里，手心里都是汗，锡玉的电话是自己先挂断的，挂了电话的曹刚不知坐了多久，才渐渐冷静下来。要不是这个深夜打来的电话，曹刚渐渐地忘了自己还有一位父亲，忘了这是自己的亲人，虽不怎么让人喜欢，却是生养了自己，甚至忘了父亲也会老去，会离开自己，从他生活的这个世界离开。

应该怎么做，曹刚比谁都清楚。

不论此刻活着的是哥哥还是宏远，死了父亲理应回去见最后一面，理应为其送最后一程。

锡玉她怎么了？她怎么就想起来要把这个消息告诉自己？哦，锡玉她没有做错什么，宏远死了，曹刚是他唯一的儿子，不给儿子打给谁打？

曹刚望着镜中的自己，他不太敢看自己的眼睛，他怕那个虚幻的影像把真实的自我看穿。“回去!”曹刚从马桶上站起来，拉开卫生间的门。

洛姗散着头发，迷迷瞪瞪地走了过来。

“回哪儿去？我要上厕所。”洛姗不看曹刚，从他身边的门缝里挤了进去，并把门关上了。

曹刚回到卧室，却再也不能入睡。

小雨在身旁，小脸蜷在被角里，睡得正香。曹刚伸出手握住小雨的肉胳膊，用手心来回地抚摸。孩子没有一点动静，父爱的触摸在孩子的梦里也是安全的、温馨的、不设防的。曹刚又想到了自己的父亲，想必他也曾在心里对自己有过疼爱，要不然为什么单单将哥哥送了人，而将自己留下？

要不要回去呢？

已经答应了锡玉，锡玉正等着自己，如果不回去，锡玉那边该如何交代？

洛姗从卫生间回来了。

曹刚依然抓住小雨的胳膊，装作睡着了，可是直到天亮，曹刚都在想着同一个问题，要不要回西灌镇？

不能回。

其实这个答案从曹刚挂了电话那一刻起就已经有了，只是有了这几个小时的反复论证，曹刚才得到一个完全能说服自己不回去的理由。

为了锡玉。

真的为了锡玉吗？曹刚不愿再追问下去，既然决定了不回去，就得找个地方躲起来，省院最好不要待，这要是让俞梅姐儿俩碰到了，说不好就露馅了。

最好躲出去，如能出趟国最好，可那已经不太现实了。

早上穿戴整齐的曹刚在小雨的脸上亲了亲，跟洛姗说可能要出差几天，短途，很快回来。

洛姗已经习惯了，只是叮嘱他把要穿的衣服带好，回来别忘了给小雨带礼物。

曹刚出了门，他想到的第一个去处便是赵昆的诊所。

赵昆每天都是七点半准时到达诊所，他不想让病人等自己。

可是他发现，除非自己不睡觉，否则永远也不会比病人来得更早。办公室外面的凳子上已经坐满了人，没有座的就站着，很自觉地凳子上一排、空地上一排。

见了赵昆，原本快要睡着的病人，像是在黑夜里一抬头，看到了那颗最亮的星，纷纷站了起来，而站着的，又往门前拥了拥。赵昆就这样在人群的注目和簇拥中开了门，歉意而客气地同大家打招呼："早啊！稍等！"然后轻轻将门关上。

赵昆把这半天所需的东西全部摆放在自己伸手就能触到的距离，水杯、处方笺、笔、手机、把脉时的草稿纸、病人门诊病历、手枕，等等，然后穿上工作服把门打开，开始叫号。

现在所有的工作都得赵昆一个人干。原来韩望在时，常常跑过来帮忙，虽然韩望没有处方权，但可以给他抄抄方子，许多复诊的病人赵昆把脉后就可以交给韩望了，这极大地缓解了赵昆的工作压力。韩望因为受了伤，愈后回了老家。刚开始赵昆很不适应，现在慢慢干下来，虽然累点，但比起在省院要好多了。

曹刚提着个出差时常背的包站在赵昆诊所的门前，看着"正在会诊，请勿打扰"几个字样，伸出的手又缩了回来。

"同志，您几号？请别插队好吗？"一位50多岁的阿姨在角落里喊道。

"哦，我站在队伍里了，抱歉，抱歉，队尾在哪儿？"

"什么队尾？这又不是车站，您几号？"

“尾号是多少？”曹刚有些蒙。

“每天上午30个号，挂完为止。”身旁的小伙子轻声提醒。

“明白。”曹刚退到人群的后面。

“曹主任，您来了？怎么不进去？”

“小伟？什么时候跑这来了？我说呢，这么长时间见不到你了？”

王小伟穿着崭新的工作服，满面红光地出现在曹刚面前，仿佛整个人都淹没在这红光里。

“曹主任，我跟着赵昆哥走，他去哪儿，我去哪儿。韩望不在这，他真忙不过来，就把我叫来了。”

“好，小伟你就留在这儿，多帮帮他，这样我就放心了。”曹刚的心情终于在见到小伟后放松下来。

“曹主任，要是不急，先去我那儿等会儿他。”

“也好。”曹刚不想这个时候进去打搅赵昆，便随小伟来到了中药房。小伟把曹刚让到药房后的值班室，开了空调，又倒了杯热水。

“曹主任，您不来我还真忘了，前几日，有个叫徐四虎的人来省城寻你，在街上遇到了，赵昆哥给拦下了。”

“徐四虎？”曹刚在记忆中翻着篇。

“您认识吗？”

“兴许吧，人多，记不清了，那个叫徐四虎的人，没有说找我干吗？”

“说了，说您帮过他，想要当面谢您，这不，还留了一箱冬枣在赵昆哥那儿呢！”

“这就怪了，赵昆拦他干吗？他寻我，为何不去省院？”

“那就不清楚了，当时我和赵昆哥在一起，准备去饭店吃饭，遇上了他。我先去排队了，等我点好吃的菜，赵昆哥便扛着一箱冬枣回来了。”

“什么时候的事？”

“前天吧？对，是前天，赵昆哥没打电话？”

“没有。”曹刚若有所思。

“可能这几日太忙了，没顾上。”小伟憨厚地笑了，又露出了他那洁白的牙齿，显出了与年龄有些不太相称的单纯。

聊了不一会儿，小伟便被叫出去了，取药的人又开始排上队了。

只留下曹刚一个人，想着远方的锡玉，已经离世的父亲，想着自己像个小偷似的躲在这满是药味的房间里，为了连自己都搞不清楚的他所谓的人生的“安全”，彻头彻尾地将良心和道德狠狠地抛在身后，还把所有的苦难又一次地推给了锡玉。

他知道锡玉的脆弱和无助，可在自己的需求面前那算得了什么呢？每逢面临心灵的抉择时，曹刚总是认为锡玉是强大的，至少比自己要强大，强大到可以独自面对一切的困苦，包括锡玉本身要面对的，也包括曹刚给她的，至少现在是安全的，没有回去依然是曹刚认为最正确的选择，想着这些，曹刚竟睡着了。

等他醒来时，听到了赵昆的声音。

“来多久了？小伟，你该去叫我一声。”

“他不让，怕影响你。”

“这个时候来，一定有急事。”

“赵昆……”曹刚坐了起来。

“醒啦？”赵昆笑意盈盈地走了进来，看不出刚刚出诊完应有的疲惫。

“怎么等着等着还睡着了？”曹刚搓了搓脸，让自己迅速清醒过来。

“这不是常有的事？”赵昆靠着墙站着，看看桌上曹刚的旅行包。

“我不明白，你这是要出差啊？还是度假？”

“赵昆，我要在你这里住几天。”

“和洛姗吵架啦？不对呀，吵架也不该往我这儿跑啊！”

“年底了，报账的、要钱的，天天一堆堆围着我，再这样下去，头疼病又该犯了，到你这儿清静两天。”

“我不信，曹刚，是不是你也遇到什么麻烦了？”

“没有！”曹刚没想到赵昆现在也变得如此的多疑和敏感。

“是不是那个徐四虎？我已经告诉他你不在省城，怎么？他又找你去了？”

“究竟是哪个徐四虎？刚才小伟对我提起，我想不起这个人是谁！”曹刚有些焦急。

“曹刚，徐四虎和那帮人曾经打得很火热，我怕又是他们派出的爪牙，欲对你做出什么手脚来，便谎称你不在，总之是骗过去了，对了，那箱冬枣我给分了，你别介意啊！”赵昆终于在曹刚的身旁坐了下来。

“曹刚，韩望出事后，我不得不小心，万一他们再对你……我很担心，不是我不信你，有些事能和我说说吗？”

“赵昆，就是太累了，你知道，这么大的城市，除了你这儿，我还真没个能去的地方……”曹刚弯下身子，将脸埋在掌心里，深深地叹了口气。

“既然你这么说，留下吧。这儿条件没你那儿好，但肯定比你那儿安静，何况这儿没有病房，一到晚上，病人就都走光了，更是适合你来。”赵昆见曹刚不说，便不再追问了。

带着满腹的疑虑，赵昆让曹刚住下了。

晚上，在赵昆的住处，曹刚看着赵昆的床铺犯了难，赵昆一直单身，屋内陈设更是简陋，一床、一桌、一椅，还有个木头衣柜。

“赵昆，你就没个多余的东西?”

“没有，你是第一个，与我同室共处的人。”

“你真的准备一辈子这么过下去?”

“我觉得一个人挺好，许多人都觉得我一个人生活孤单、无趣。我不这么想，如果你习惯了一个人，并且慢慢地从中觉出了一个人的好处和乐趣，你就不再想打破一个人生活的空间了，你会觉得一个人的时候，空气都是安静而清新的。曹刚，你看我这屋内，你会觉得寒酸，可这就是它应有的状态，多一样，某种平衡就被打破了，它就显得不那么协调了。”

赵昆清瘦的身材与这屋子显然是可以成为一体的。

不知为什么，曹刚只要面对着赵昆，就想把自己整个地敞开，再不用去伪装、隐藏什么。如果此刻他告诉赵昆真相，他会怎么对待自己呢?

“曹刚，病历找到了吗?”

“还没有，我好似把过去所有的钥匙都丢光了。”

“丢了钥匙不怕，只要那东西在就好，韩望说得没错，那就是他们要找的东西，那东西差点儿害你丢了性命，也害了韩望，病历一定要找到。”

“都是我的错，都是因为我。”曹刚懊恼地垂下头。

“韩望他已经原谅你了，我们从现在开始做，一切还来得及……”

“如果一切的错误都能够被原谅就好了。”曹刚渐渐平静下来。

“都会的，你是什么样的人，我和韩望是知道的，有什么不可原谅的，人免不了要犯错的。”

“如果有一天你发现我不是我，你和韩望还会原谅我吗?”曹刚像个孩子似的望着赵昆，等着赵昆的回答。

“你不是你?你怎么会不是你?受伤、失忆、升官，你还是你。一些小变化是有的，也是难免的，可你的本质不还是原来的样子?”

“今晚咱俩好像没法睡。”曹刚仿佛卸掉了千斤的重担，人一下子变得分外的轻松。

“话题转换太快，我这脑子有些跟不上你。”赵昆把被子铺好，又从柜子里取出一件大衣穿在身上。

“你干吗去?”曹刚见赵昆好似要出门的样子，不免有些紧张起来。

“你睡这儿，我去小伟那儿挤挤。”

“你俩怎么挤？他那么胖！”

“有办法，他那儿还有折叠床，被褥也很齐全，你踏实在这儿睡，不用操心我。”

赵昆临出门前，还不忘拿他的那个布袋。

“睡觉，你拿它做什么？”曹刚不觉笑起来，“化缘去啊？”

“趁着月黑风高化点斋饭来，省得你这几日在我这瘦了，洛姗会责备我的。”

两人互相开着玩笑地作了别。

屋内本来就很空，赵昆这一走，曹刚的注意力很快便回到了昨夜的那个电话上，虽已关了机，却像颗定时炸弹似的，令曹刚心神不宁。

屋里没有钟表，曹刚猜不出具体的时间，所有和赵昆生活有关的东西都在他随身携带的布包里装着，这间屋子随着赵昆的离开而变得陌生起来。

锡玉现在怎么样了？父亲走了一天了，她该如何应对那样的场面？

曹刚胆战心惊地开了机，迅速地扫了眼时间，快12点了，稍稍松了口气，手机就在此时突然响了起来，曹刚不敢看，他后悔自己的冲动，怎么会这么巧？还是锡玉一直在打？

响了一会儿，不响了，曹刚走过去，看了看未接来电，竟是洛姗的。

这么晚，洛姗这是为哪出？曹刚回了过去。

“喂，曹刚，到了吗？是不是又忘了开机了？以后记得到达后报个平安。”没等曹刚说话，洛姗自问自答地开了口。

“对不起，真是忘了。早到了，你放心，小雨睡了吗？”

“几点了？还不睡，你也睡吧！”洛姗先挂了。

曹刚拿着手机，犹豫着是这么一直开着，还是马上关机。

开着吧，不接电话可以有好多种解释，如果锡玉打过来，就假装听不见。

曹刚躺下来，盼望着黑夜快些过去，黎明早些到来。

曹刚在矛盾中睡着了。

这一睡，也不知睡了多久，睁开眼曹刚想不起自己这是身在哪里。

他有些忘了，这两天一直煎熬着自己的最棘手的事情。一觉醒来，又看到了新的阳光。窗外有人在大声说着话，说的什么，曹刚却又听不太清楚，只是觉得这些人，为何不怕吵到别人，如此放纵自己的音量，细细听，分明是在激烈地争论。

曹刚从床上坐起来，拉开窗帘。正在窗下的两个人，没想到一块布怎的突然成了一面镜子，镜子后面还站着个高大的身影，正怒视着他们。

两人停止了争吵，女的瞅了瞅男的，男的低着头跟着女的，从曹刚的视线里悄悄移开。

曹刚返回床上，却分外的清醒，看看时间已是中午，赵昆怎么不来叫我？

曹刚下了地，穿上鞋子，在窗前呆坐了一会儿，锡玉一直都没来电话，这让曹刚反而生出了些不安和疑惑。

赵昆送走最后一位病人，发现已经下午1点了，猛地想起曹刚还未吃午饭，自己忘了吃饭是常有的事，怎么把曹刚给忘了呢！

赵昆买了饭，急匆匆地往宿舍赶。

开了门的瞬间，赵昆愣住了，屋子里像从未有人来过，原来什么样现在就是什么样，甚至比原来还要干净、整齐。

只是，曹刚不见了。

第四十五章

公公去世已是第二日了。

锡玉给曹刚去了电话后，便一直等着。在西灌镇，自古以来的风俗，人死三日，入土为安。所以不管你是死者的什么人，三日内一定要赶回来，如不能回，也要提前告知原因，以求得亲属的谅解。

锡玉相信曹刚会来，因为这件事情与别的事情不同，所以她没有再给他去电话，死讯报一次也就够了。报信的人不会拿死人开玩笑，听信的人更不能把人死当儿戏！

可锡玉万万没有想到的是，曹刚他真的没有回来。

不得已锡玉又给他打了个电话，竟是关机的，怎么会关机呢？她心里慌了。

“没打通？”家权将锡玉引到僻静处悄声问。

“家权，第三天了，不能再停了，该行的礼一样没行，已经有人说闲话了……到现在没个音讯，你说怎么办？”

“实在不行，别等了，锡玉，明日无论他回不回，都得发丧。”

“谁来领丧？”锡玉看了看围观的人群，又看了看家权，“我可以披麻戴孝，可我终归只是个儿媳！”

“锡玉，叔叔生前有没有侄子之类的？”

“侄子？有是有，可不是直系的，估计人家不愿意。父母不在了，还好说，要是父母健在，谁愿意沾这个晦气？”

“锡玉，锡玉……你爸妈来了……”是老高的声音。

“高老师？您来了！”锡玉和家权仿佛一下子看到了希望。

“这么大的事，你不和我们说，就你能是吗？”父亲有些不悦。

“爸，妈，我也是没办法。”锡玉在父母面前低下了头。

“妈知道你的难处！可这事你怎好一个人担着？你还年轻，没经过这些事，你看看你弄的，这成什么了？”母亲抹着泪，从心里心疼女儿。

“孙叔叔，高老师，我正和锡玉商量着呢。你们来了，给拿个主意，谁来领丧？”家权言辞恳切。

“想想也是可怜，临了临了，连个发丧的都没有，作孽啊！”父亲将烟锅在墙上用力磕着，好似只有这样才能将心中的不满和无奈统统倒个干净！

“锡玉，赶紧找他的侄子去。”父亲发话了。

“哪个侄子？”锡玉反问父亲。

“还能有哪个？不就那么一个吗？街上那个卖肉的。”

“可谁去找他呢？”锡玉又为难了。

“锡玉，我去吧！那小子曾是我的学生，但愿他还能认我这个老师，给我这个面子。”老高决定去试试。

“高老师，太难为您了！”这么多天来锡玉第一次想哭。

“好了，锡玉，等着我，我去去就回。”老高在寒风中转过身，理得很短的银发在锡玉的眼前闪着光，这光芒却给锡玉带来了希望。

围观的乡邻在风中待久了，觉得冷，也纷纷散去了，只等着看看明日的这出戏锡玉怎么演下去。因这样的戏他们平生没看过，因没看过，更让他们觉得这出戏的趣味和精彩就在后面，这让他们当中的一些人这几天来过得格外的充实而有意义。

而锡玉呢，每一次秒针的跳动，都像是划在心尖上，她只是跪在公公的灵前机械地往火盆里添着纸。她知道，宏远在看着自己呢，她做的每一件事都是为了他，因为他不在，所以锡玉要做得更好，让死了的人伤心是活人最不应该的！

可是曹刚呢？他究竟发生了什么事？

锡玉眼看着一天又快过去了，她由希望，到失望，再希望，失望，最后竟没了感觉。就当是做了一场梦，曹刚根本就不知道这档子事，或者自己根本就不认识曹刚，一切都会过去的，明日照样还会来到身边！

老高回来了。

从他的脸上就知道，他给锡玉带来了好消息。

“高老师，同意啦？”锡玉站起来，拍了拍麻木的双腿。

“同意是同意了，可他媳妇有些不乐意，要求事后给他们家五百元的消灾费，因为她的双亲还在呢。”

“锡玉，这五百元得掏！”父亲在身后命令道。

“高老师，这都好说，答应，都答应！”锡玉竟破涕为笑了！

次日，宏远的远房堂哥，卖肉的张五井，天不亮便来到了宏远父亲的灵前，做着发丧前的准备。前半夜还在案板上剁肉的双手，现在捧起了理应由儿孙捧着的哭丧棒，沾满油腻的外衣来不及脱去，在白色孝服的映衬下更显出了油污的厚重，可他才不会在乎这些呢！一向在家不受人尊重的他，如今被当作贵客请了来，且这一天忙活下来要比卖肉挣得多多了！夫妻俩昨晚盘算了一晚上，兴奋了一晚上，终于盼到了天明！

太阳还未露头，殡仪馆的车便停在了宏远家的门口。

7点，准时发丧。

目不识丁的张五井不愧是个杀猪手，没有眼泪的干号！比起猪在他手里垂死挣扎时的叫喊还要声嘶力竭，惊天动地。

风一阵紧似一阵，天突然地阴下来，让原本盼着出太阳的人们一下失了信心。

张五井抱着烧纸钱的瓦盆，走在队伍的最前面。

锡玉随后，家权在锡玉身旁隔着一个人的距离，锡玉的父母、老高、贵祥，还有其他几位中学的老师跟在后面，一些平日里和宏远比较要好的朋友也来了。乡里乡亲赶来送丧的也是看着锡玉的面子，这媳妇不容易，能做到这份上，西灌镇恐怕是没有第二人了。原本等着看笑话的一些人，也只是站在自家的屋檐下默默地看着人群缓缓移动，再也无心在别人的痛苦上找乐子。

这不是个笑话，锡玉这个普通的农家女子，柔弱的双肩上担着的是许多男人都担不了的道义与责任。做人，有时候你尽管按照自己的准则去做好了，不用去管别人的看法，也不用为了无辜的委屈去反击，沉默的坚持或许是最好的利剑，在你不自觉间，将一切的流言蜚语击穿。

锡玉抬眼便看到了张五井，他宽阔而结实的后背挡住了锡玉前方的视线。人们的目光不再聚焦在锡玉身上，张五井成了他们新的关注点。

一个杀猪卖肉的，谁不认识呢！可那只是认识，就算是对他点头微笑，恐怕也是为了偶尔买肉时能把肉割得令自己更满意一些，在秤头上能稍微抬高一些，如不冲着这些，认不认识张五井有什么不一样？更何况，他一向是个缺斤少两的主。

可今天他不一样，他在这戏里竟捡了个主角。

张五井仿佛意识到了这一点，他将腰板挺得直直的，横闭着双目，大放悲声。

家权一行看着他的这副模样，想笑又不能笑。锡玉没有心思去欣赏他的精彩表演，她在等待、在寻找，在最后一刻她仍在期盼，盼着曹刚能够突然出现在自己的面前，锡玉觉得，无论怎样，曹刚都应赶回来，可是她没有见到自己想见的人。

此时的曹刚就在离锡玉不远的地方，在原村兽医站废弃的围墙内。曹刚紧贴着墙壁，伸长了脖子，看着缓缓行进的送葬队伍。

他自然看到了锡玉。

他自然明白自己没回来给锡玉带来的种种难处。

他躲在围墙里偷偷地哭了，他不能像张五井那样走在自己应该走的道路上。他是父亲亲生的儿子，锡玉真正的丈夫，可他不能出去，他连一个远房的堂哥都不能比。

当张五井经过第一道桥头摔碎了手中的瓦盆时，曹刚听到了那声巨响，四分五裂的瓦片仿佛插进了曹刚的心肺，他感到呼吸困难。

曹刚扶着砖墙看着送行的人们，有的上了殡仪馆的车，有的止步，有的返回。

家权和锡玉上了最前面的车辆，父亲就躺在那辆车上，也许对于他的离开没有儿子相送是他的宿命。当初，两个儿子他都不想要，因为他不相信自己真的能拥有这么漂亮可爱的孩子，他宁愿相信村里人的传言、猜测，也不去相信自己善良的妻子对自己的忠贞。如今妻子走了，送了人的儿子走了，自己也走了，还有个儿子活在人间，却比死了还要难受。

曹刚目送着最后一辆车子淹没在尘埃中。整个西灌镇都安静了下来，看热闹的人们也从这几日的兴奋状态回归到了各自平静的生活中。

什么样的事情都会从人们的心头淡去，什么样的人都会从生活的舞台上落幕，到头来都是一样的，唯一不同的便是还有多少活着的人真正地把你留在了心里。

对于父亲的离世，曹刚没有太多的悲伤，也许是母亲的死给了他抹不去的阴影。

他已不再怨恨父亲，因他已无力去怨恨，费尽心机在自己和锡玉之间建立起来的信任，又被自己无情地摧毁，以后怎么再与锡玉相见？

锡玉恐怕已恨上了自己吧？这才是最为悲哀的事情。

空中飘起了细碎的雪花。在外面待久了，手脚开始变得麻木，脑袋被风吹得生疼。曹刚顾不了这些，除了这块放羊人偶尔才会过来歇脚的场地，自己还能去哪呢？西灌镇这么大，自己却只能藏身于此！

曹刚将帽子戴上，紧了紧衣服，觅了块砖头坐了下来。

当黄昏来临，西灌镇已是一片洁白的世界了。仿佛白天什么都没有发生过，寻常百姓的烟囱里，依然升起了炊烟。

曹刚就在这个时候走进了坟场。

父亲的墓碑紧挨着“宏远”的。

原本是黑暗的墓地因雪的映衬显出了微弱的亮光。

曹刚看不清“宏远”的照片，更看不清父亲的。可曹刚知道他们都在看着自己呢，这是个冷寂无声的世界，无论谁到了这里，说是在和过去的人对话，实际上在说给自己听。

曹刚想起去年和锡玉在此相见时的情形，那也是个下雪天，那个时候自己是糊涂的，而现在却比任何人都清醒。

锡玉应该回家了。

家？曹刚抬起头看着镇中学所在的方向，仿佛隔着无法逾越的距离，自己离锡玉更远了。

风吹着碑前的枯草，将刚刚落上的雪花带走，雪花从曹刚的脸上滑过，丝丝的凉。

曹刚坐在“宏远”的墓前，给锡玉打了个电话。

他认为锡玉可能不会接，他希望她接，又希望她不接。

可锡玉接了。

“大哥，都办完了。”听不出锡玉是什么样的心情。

“锡玉，我恐怕赶不回去了。”曹刚感觉到了从未有过的恐惧。

“别赶了，大哥，我知道你有难处。”

曹刚的泪下来了，他想立刻回到锡玉身边。

“锡玉，你还好吗？我想去看看你。”

“看我？不用了，大哥，你就忙你的吧。我这里有什么事，可以找家权。俞苗那边，大哥你多费点心，我们可能没时间再去了。”

家权？曹刚第一次从锡玉的口中听到家权这个名字，感到了某种不安和拒绝！

“好吧，锡玉，有些事情以后再和你解释，你多保重！”

曹刚挂了电话，起身准备离开。

夜深了，西灌镇已是一片黑暗。

只有雪无声地落下，无声地消融。

曹刚走了几步，又返回来，在父亲和“宏远”的墓前跪了下来，双膝陷入雪中。

他不知道自己要给谁下跪，给父亲？给哥哥？给锡玉？

天地良心，他违背了。

第四十六章

不见了曹刚，赵昆慌了。

他在院子里绕来绕去地找，可就是没有踪影，第一个电话打给省院，单位说出差了；第二个电话打给洛姗。

“洛姗，曹刚呢？”

“赵昆哥，他出差几天了，是不是又打不通电话啦？”洛姗笑着问。

“啊？是关机，有点急事找他……”

赵昆突然意识到了什么，出差？出到我的诊所里来了，一定有事。赵昆心里直犯嘀咕，究竟是什么事呢？连洛姗都不让知道，现在人又去了哪里？

赵昆开始担心起曹刚的安危来，这个节骨眼上，不会出事了吧？

曹刚失踪后的第三天中午，赵昆下班后提着布袋子往宿舍走，后面有人追了上来。

“等等，赵昆。”是曹刚的声音。

“真是你？这些天，我急死了，你没事吧？”赵昆拿布袋子猛砸曹刚。

曹刚不躲，只是看着赵昆。

“走，回屋。”赵昆见人来人往的不便说话，扭身继续向前走。

进了屋子，锁上门。

曹刚显得很疲惫，无力地低垂着脑袋，半天没动弹。

“赵昆，饿了，有吃的吗？”

赵昆出去打了饭，曹刚像是几天没吃饭似的，转眼间，风卷残云，吃得太快，胃开始疼起来。

“曹刚，现在可以说了吧！去哪了？为何不接电话？”赵昆给曹刚倒了杯水，终于吃完了，该回答问题了。

“胃疼。”曹刚捂着上腹，表情很痛苦。

赵昆拉过曹刚的手，把了把脉。

“急火攻心，曹刚，有什么难心的事？不能和我讲？说出来我们一起分担，你看看你，都成什么样子了？”

“兄弟，对不起！事情太急，日后我再和你说。”曹刚在床上躺了下来。

“日后，日后，你藏着多少事要等日后说？曹刚，眼下自保都难，你就别藏着了，说吧！去哪了？”

赵昆紧追不舍。

曹刚却闭口不答。

赵昆不再问了，他从不做为难别人的事，对曹刚，他更不会，如不是出于担心，他连问都不会问。

赵昆坐在曹刚的身边，无意间发现曹刚的膝盖上、裤腿上、皮鞋上，沾满了草屑和泥巴，心中更是疑惑，出差肯定是个托词，这件事一定和“7·29”有关，他在寻找证据？想到这里，赵昆的心稍微宽了宽，只是他为何要不辞而别呢？

“曹刚，是不是有线索了？”

“你们都不要来逼我，逼我没有用……”

赵昆凑近曹刚的脸，说着梦话呢，赵昆无奈地摇了摇头，给他拉上被子。

在赵昆那歇完了的曹刚终于提着自己的行李，又踏上了省城宽阔的街道。

出差该回家了。

像是又死过一次的曹刚第一眼看到清晨的阳光时，又感到了生的意义，活着，不管怎样，先要活下去。

突然，他想起了临行前洛姗的叮嘱，给小雨买个礼物。

曹刚进了街对面的儿童玩具商城，进去了之后，曹刚才发觉自己来错了地方。这是个玩具批发市场，整个市场里处处都是推着车的小商小贩，基本上没有零售的商家，更没有零买的客户。可是既进来了，怎么也得买一个回去。曹刚平时很少出来买东西，再另找个地方，恐怕一时半会也找不到。

曹刚在拐角的一家商铺前停下了。人活在这个世上，遇到你想遇见的人是缘分，遇到你不想遇见的人，又何尝不是一种机缘巧合！

曹刚在这里竟又看到了孙婉。

曹刚拔腿想走，却又有些迈不开步子。

“那钱，你给还是不给？”孙婉的声音。

“你这个人怎么还跑到这里来了？”男人的声音。

“我只要拿回我应得的钱，你要不给我就喊人了。”

“不要脸！有本事你喊一个试试？”男人开始动手推搡孙婉，孙婉脚下一滑，摔倒在地。

曹刚站在货架后，看到摔倒在地的孙婉迅速地又爬了起来，冲向那个男人。

“你才是真不要脸，什么样的钱你都敢欠，你不怕雷劈了你!”孙婉和那男人撕扯在一起。

一时间，店铺前围满了人。男人气急了，连拖带拽地将孙婉扔出了铺子，还不忘在孙婉的身上补了一脚。

孙婉躺着那，半天没动弹。

“总算是看明白了，原来是欠了那样的钱。这男人、女人都不是什么正经货，这男的敢欠；这女的更行，竟敢上门来讨。哎哟，这两张脸皮厚的，世人少见。”

“走吧，散了吧！这不是什么好戏!”

众人嘴上这么说，却不急于离开。

那男人个子不太高，脸像是被擀面棍擀过似的，扁扁的，却嵌着双大而无神的眼睛，此刻因为怒火而发着红光，口中抖抖索索地叼着支烟。

“别看了，这种女人的话你们也信？我欠她的钱？笑话！我会傻到那份上，让她这么来损我?”那男人朝众人赔着笑脸，示意大家离开。

曹刚看着躺在地上的孙婉，他走了过去。

曹刚在孙婉身旁蹲了下来，将手伸给了孙婉。

“你能起来吗?”曹刚轻声地问。

孙婉睁开眼，看到了曹刚，随即便坐了起来，可能是腰部受了伤，表情痛苦地又倒了下去。

“你是谁?”孙婉问。

“我们见过面，在那家歌厅，我知道你把我当成了另外一个人。”曹刚看了看众人，然后一手托住孙婉的腰，将孙婉的一只胳膊放在肩上，慢慢地将其扶了起来。

“来，坐下，我们的事一会儿再说，先解决你的，不用怕。”曹刚转向那个男人。

“你欠了她多少钱?”

男人将烟吐在地上，用脚踩灭。

“你是她什么人?用得着你来管?”

曹刚没有回答男人的问题，而是在店内的凳子上坐了下来。

刚准备散去的人群重又聚拢来。

“怎么着，又来了一位，还赖上了？看模样，你不是那种人啊。你俩是怎么勾搭上的?”男人伸出手，指了指孙婉，想指曹刚，看到曹刚的目光，又将手指头往后缩了缩。

“我劝二位赶紧走吧，别弄脏了我的店面，我还得做生意呢!”

“他欠你钱吗?”曹刚又一次问孙婉。

“不要了，走吧!”孙婉低声说。

“那好，”曹刚站起来，走到男人面前，“给她。”

“我不欠钱，我给什么?”

“我给你!”曹刚一拳打在男人的脸上。

男人出了血，不知是鼻子的，还是嘴里的。男人被激怒了，从桌子上抓起个台灯，却被曹刚整个人按在了桌面上。

“钱你留着花吧，以后这个女人，你少动她。”

曹刚拉着孙婉离开了店铺。

张宏远在西灌镇长大，从未动手打过人，只有小时候隔三岔五地挨父亲的打，今天竟对一个陌生人动了手。他没想到自己第一次打人下手这么狠，打完了心中觉得痛快，这么多天来的种种压抑，在他将拳头挥向男人那张脸时全部释放了。

他拉着孙婉到了大街上，孙婉悄悄地想要将胳膊抽出来，甩了几下，没甩开。她看了看天，又看了看地面，今天是个阴天，地面上没有影子，难道他……

“我叫曹刚，在省院工作，你呢?是叫孙婉吧。”曹刚站定，松了孙婉的手。

“你怎么知道我叫孙婉?莫非……”孙婉后退几步，腰正好靠着铁栏杆，觉得这样舒服了些。

“我知道你想问什么，你是不是觉得我像一个人?你的姐夫张宏远?”曹刚笑了笑，走到孙婉身边，“我是他的双胞胎哥哥。”曹刚表现出从未有过的镇定。

“哥哥?没听说过。”孙婉不信。

“刚生下来就送了人，你怎么会知道?要不是几年前在省城遇到宏远，恐怕这辈子我也不会知晓。”

“这事听起来像是书上讲的，可你们太像了，上次在歌厅，我就以为自己大白天见了鬼，可你为什么不理我?”

“在那样的场合，你嫂子又在边上……”曹刚深深叹了口气，“孙婉，做什么不好，怎么又做上这个?”

“没办法，我本不想来的，可出了那样的事，西灌镇哪还能容我?当初我是被人骗了来，我要把骗我的人找到，我一定要找到他，否则我死也不甘心!”

“骗？谁骗了你？”

“等着吧，我会抓住他的。”孙婉理了理自己凌乱的头发。

“大哥，你怎么会认识我？”

“长青，你丈夫，上次那件事是他找的我。”

“上次是你保的我？”孙婉吃惊地盯着曹刚。

“长青当时一定是想了不少的办法，我和他只有一面之缘，他竟能寻到我，想必也是走投无路了。”

“他怎么会认识你？”

“长青曾经在我们那送快递，我去给锡玉寄药，就这样，他记得我了，为了保你，他给我看了你的照片。”

“这么说姐早就知道这事了！”

“什么事啊？”

“我的事，你的事！”孙婉眼里涌出了泪，咬了咬嘴唇，不敢再看曹刚。

“应该是吧。”曹刚自言自语地在前面走。

在大街上哭，太引人注目了，他将孙婉引进了路旁的咖啡屋。

“喝吧。”曹刚将咖啡放到孙婉面前。

大概是渴了，孙婉猛喝了一口，差点吐出来：“这是什么？我喝不了。”

“苦是吗？要不换杯奶？”

“换水吧！”孙婉摇了摇头。

服务员又给上了一杯白开水。

“小婉……”曹刚叫孙婉。

“啊！大哥，你这么叫我，更像宏远哥了，生前，他一直这么称呼我。”孙婉端起杯子，将里面的水一口气饮尽，然后对着曹刚笑了，模样还是以前那样的直率而单纯。

“亲兄弟嘛，不像就不对了。”原本躲着孙婉的曹刚，如今发现自己和孙婉有着同样的命运，他们俩都不能光明正大地回西灌镇了，这样的发现让他在孙婉面前变成了名副其实的曹刚。

“大哥，你去看过锡玉姐吗？”

“去过。”

“那就对了，我好像见过你。”

“在哪？什么时候？”

“西灌河大堤上，那时宏远哥离开后不久。记得那天下着雨，你穿着雨衣……”

"是我，那段时间我想去看看锡玉，可你知道，我又不能去……"

"我不太懂。"

"我自小被送了人，没人知道宏远还有个哥哥。他不在了，我突然地又回来，人们会怎么看锡玉？"

"怎么看？你就说你是哥哥不就行了，别人的嘴我们又捂不住。"

"没那么简单，小婉，那是西灌镇，不是省城。回到那里，便像蜗牛回到了狭小而沉重的壳里，爬不出那个壳，说什么都没用，而在这里，人们哪有工夫管你呢？你为什么不回去呢？小婉。"

"我……大哥，我不是说了吗？"孙婉有些难为情，她怕曹刚也和别人一样瞧不起自己。

"我不能不想锡玉的处境。"曹刚迅速转移了话题，"你也不能不想长青的处境，对吧？"

"大哥，我没你看得远，我想不到长青，我是为了寻人，寻不到那个人，我不会回去！"

"长青可真是想着你呢，哪怕是出了那样的事，他也不愿丢了你。如此心胸的男人，少见，小婉，回去吧，和长青好好地把日子过下去。"

孙婉低下头，沉默，长时间的沉默。

"现在不是时候，等我寻到了那个人我就回去……"孙婉的眼睛里装着的没有内疚，是淡漠和仇恨，这让曹刚隐隐感到担心。

"你上哪寻去？这么大的省城，一个人随便藏哪，都够你找几年。"

"除非他死了……"

"你还年轻！"曹刚伸出手，摸了摸孙婉的头发，低头用勺将咖啡送到嘴里。

孙婉却愣住了。

她又想到了张宏远，曹刚就坐在自己面前，离得很近很近，孙婉可以很仔细地看到他的眉眼及整张脸，这么一直看着，到最后，自己竟有些怕了。

她害怕，那就是张宏远。

"你怎么了？"曹刚用手敲了敲孙婉的杯子。

"我在看你呢！"孙婉并没有收回自己的目光，因她从未在宏远生前怕过他，她把他当作自己的亲哥哥，如今哥哥又坐在自己的眼前，她怎么怕了？

"小婉，换个事吧？"曹刚认真地对孙婉说。

"我能做什么呢？除了种地，我什么都不会。"

"我来帮你想办法，别再这样下去了，既然你不打算现在回去，为了长青，也得换个工作。"

“我不为了他……”

曹刚坐直了身子。

“我要找到骗我的人……”

“好，为了那个骗你的人，不一定非得做这个不是吗?”

“只有做这个，我才能更快地寻到他。”

“你等我的信吧，对了，你住哪?”曹刚准备买单。

“大哥，要走吗?”孙婉有些不舍。

“把你的地址留下，我去找你。”曹刚将纸和笔递给孙婉。

“我写不好。”

“你说我写。”曹刚记下了孙婉说的所谓的地址，两人作别。

出了屋子，竟有些放晴了，孙婉又在地面上寻影子，可曹刚已经走远了。

孙婉觉得自己有些傻，刚拉着自己出店铺的时候，明明感觉到了他手心里的温热，小时候听母亲讲鬼都是冷血的，人才是有温度的。

就算今天见的真是鬼，那也是个对自己好的鬼，又有什么可怕的呢?她像是在梦里还未完全醒过来，独自在大街上游走，对周身的人流、车流竟没有一丝的察觉。

第四十七章

出了几天“差”的曹刚，在省院的正门下了车。

没到下午上班的点，可医院里好像从来就没少过人，越是临近春节，来看病的人越多。本地的，因下一年度医保又要重新启用新的起付线，在年前发了疯似的开药，甚至什么病都没有的，也得整出个诊断来，住院检查一下。外地的病人，选择这个时候来，那一定是万不得已，要不然谁不想踏踏实实在家过个年呢！这要是住进来，年前年后出去，可就不是能由自己做得了主的。

曹刚从大门向里望去，在仓库里放了一年的大红灯笼又在路两旁跟着风摆动起来。医院就是医院，再怎么装扮也挥不去前来求医的人心灵和肉体上的疼痛。

穿着病号服的，能走能动的，也是自顾自地缓慢移动着双脚；坐在轮椅上的，彻底没了生气，歪斜着身子靠在椅背上，任由他人推着走。

只有护士脚下似生了风，拉着摆药的车，衣着单薄地在寒风中一趟一趟地跑。这些场景，曹刚每天站在自己办公室的窗前播放图片似的在眼前一遍一遍地过，可很少像今天这般站在大门外以一个局外人的身份去观察，这是个人们害怕却又离不开的地方。

由此，他想到了俞苗姐俩。

先去看看她们。

曹刚在报刊亭要了份报纸，又在边上的水果摊买了点水果，准备去血液科一趟。

“曹大夫，您等等。”

曹刚在原地转了半圈，没找着叫他的人，他以为自己听错了，拿着东西继续往里走。

“曹大夫，曹大夫……”曹刚不由得停下来，觅着声音寻去，在医院门口那棵掉光了叶子的桑树下一个人正朝这边招手呢。

那是个身材粗壮的男人，口鼻都藏在黑色的围巾里，只有一双眼睛在帽檐下炯炯有神地盯着曹刚。

曹刚指了指自己，“你叫我?”

那人点头。

此人并不曾见过。

曹刚站在原地没有动。

那人无奈走了过来。

“曹大夫，这不太方便，您跟我走。”

那人看了看四周，不管曹刚答不答应，径直先走了。

“这人真是奇怪。”出于好奇，曹刚小心地跟了过去。

倒是没走多远，那人在医院东边的围墙根停下了，等着曹刚。曹刚在离他约几步远的地方也住了脚。

“曹大夫，您不认识我了?”男人将围巾拉下，露出了胡子拉碴的一张脸。

曹刚摇了摇头。

“您不记得我没事，那您仔细想想，几年前有个山西的老汉，叫徐怀军的，是您救了他，这事还有印象吗?”

那人又把围巾拉上了脸，靠近曹刚，“我是徐四虎呀，您真的全忘了?”

“哦，你就是徐四虎?”曹刚想起来了，赵昆和他提起过。

“你找我有什么事?”曹刚开始变得警惕起来。

“您救过的那位老人，徐怀军，是我的父亲。您出事的那段日子，他一直念叨着要来看您，是我拦着没让来，他岁数大了，心脏不好……”徐四虎突然停下了。

而曹刚呢？正入神地听着呢！虽然徐四虎讲的和他没有半点关系，可现在的曹刚已经有了足够的应对能力，要么是记得的，也假装不记得；要么是不记得的，却装着像刚发生似的；要么是可记可不记的，那就好办了。

徐四虎讲述的应是可记可不记的。

可为什么说得好好的就停下不说了呢？曹刚希望他接着说下去，以便来判断徐四虎此行真正的目的。

徐四虎将身子转过去，掏出支烟，在手里捻了又捻，弹了又弹，却并不点上，他也不看曹刚，好像和曹刚只是不相识的路人，偶尔在墙根遇上了。

这倒引起了曹刚的兴趣。

徐四虎他并不是来感谢我的，他只不过是想用一个很能打动人心的小故事，来和自己套近乎。正如赵昆所说的爪牙，他就是个爪牙，这个时候靠近你，无非是想从你身上抓挠点你不小心泄露的信息，在你尚未察觉之前，已经跑到主人面前邀功请赏去了。这个徐四虎，他是个比较高明的爪牙。

徐四虎看着马路上不息的车流，在墙边溜达来溜达去，就是不靠近曹刚。

曹刚恼了，扭身便走，还没到医院门口，便看到了院长的专车在路边停着。

"曹刚，在围墙边站着干吗呢？"院长从车上下来了。

"爸，我刚回来，您这是要出去？"

"开个会，在这等一下陈副院长。"

"那您上车吧，天冷！"曹刚回过头，东墙边哪还有徐四虎的影子！

"曹刚，我4点左右回医院，四点半你到我办公室来一趟。"院长看了看曹刚手中提着的水果，皱了皱眉头，上了车。

陈副院长从另一侧上车，坐在了院长的身边，小张按了下喇叭，开走了。

曹刚下意识地又去找徐四虎。

刚刚他和徐四虎面对面站着说话的地方已经被等客的黑车司机占据了，几个人围成一圈，正讨论什么热门的话题，不时聚拢在一起的脑袋同时后仰，笑声传出去很远。

说归说，乐归乐，他们还得照顾着生意，他们瞄上了曹刚。

可是谁都没有过来，因为谁都没弄明白，这个人是要离开呢？还是准备进门呢？所有人都往这边瞧，曹刚在原地犹疑了一会儿，进了医院的大门，曹刚没有回办公室，而是去了血液科。

他觉得就这么去见俞梅姐俩，更合乎情理。

血液科的病房依然还在尚未完全拆掉的旧楼的拐角里，少了其余科室的繁杂，这里竟显出了医院里少有的安静和祥和。楼道里依然很暗，每个病房的门都开着，光线透过窗户射进屋中，再从屋门进到楼道里。保洁的觉得今天的楼道特别长，每到一个病房前，都得停下来歇一会儿，和病人聊几句，说着些发自心底的关心和希望，虽没什么用处，说得多了，有些人偶尔竟有些信了。

曹刚走进39号病房，没见着俞苗，原先俞苗的那张床上半躺着一位年轻的小伙子，瘦长的身材，脸庞有些黑，双手紧握，平放在腹上，两眼看着曹刚，因为曹刚正疑惑地看着自己。

"请问，这里原先住着的小姑娘呢？"

"我来的时候，这床就是空着的，大概出院了吧！"小伙子坐起来，对着曹刚极友善地笑了笑。

"能走的都走了，像我走不了的，只能留在这儿过年了。"小伙子看了看屋内其余几张空着的床铺，叹息了声，又躺下了。

曹刚不知自己应该说什么好，在这样需要安慰的人面前，语言像是只能串场瞎蹦的小丑派不上任何用场。

护士进来了，手里捏着纸，"张祺瑞。"护士大声叫道，虽然屋内除了曹刚，只有一个病号。

“到!”小伙子从床上立到了地面上，站得很直，也很费力。

“是张祺瑞吗?”仿佛为了确认某样重要的事情，护士又问了一遍。

“是。”小伙子声音细弱，却很认真严肃。

“到隔壁手术室准备骨穿。”

“哦，知道了。”小伙子整个身子微微抖了一下，人仿佛也矮了一截，垂着脑袋，却找不着自己的鞋。

曹刚将摆放在床头的鞋递了过去，小伙子感激地对曹刚弯了弯腰。

护士到了门口，又回过头，“是曹主任吧? 您这是……”

“我找余苗……”曹刚这才想起自己的事还没办呢。

“前天出院了，您跟我去一趟护士站吧，有您的东西。”

“谁的?”

“俞苗姐姐的，说一定要交给您本人。”

曹刚拿着东西往回走的时候，迎面又撞上了小伙子，病号服在他身上显得有些肥大，他将衣襟扯平展，静立在手术室门口，等着医生。

“这水果你留下吧! 本想给俞苗的，你们有缘，同一病房，同一张床，好好配合治疗，从这出去，回家过年!”

“恐怕出不去了，水果我一个人也吃不完。”小伙子没有接。

“家里人呢? 一起吃。”曹刚将水果放在病房门口。

小伙子从手术室的门口跑过来了，“怎好要您的东西呢?”小伙子可能想要说些感谢之类的话，可又不知怎么说才能表达自己的想法，他把一堆水果往曹刚脚边移了移。

“这样不合适! 您还是拿回去吧!”小伙子望着曹刚，眼里有些湿润。

曹刚不太敢看他的目光，他的内心里所有的想法似乎都含在眼里，这目光里藏着某种东西，像泪水般晶莹。

这东西锡玉眼睛里见过，长青、孙婉、赵昆，还有孟姨，他们的眼睛里都带着呢!

曹刚把水果放在小伙子的床头柜上。

医生把小伙子叫进了手术室。

保洁提着拖把走了过来，歪着脑袋，笑眯眯地看着曹刚：“您可真是好心! 小伙子可怜! 这么年轻，生了这个病，家人不管，女朋友也走了，有一段时间都不想活了。”

“他以前在这住过?”

“老病号了，我们打扫卫生的都认识他。”

曹刚扫了眼手术室紧闭着的门，默默地离开了。

这世上有时候你觉得自己什么都没有做，却有人对你心存感激；有时候你虽已极尽全力，可别人却不以为然，还嫌你做得不够。前者是彼此无所求，而后者就不一样了。

当曹刚一脚刚踏进办公室的门，桌上的电话便响了起来。

曹刚没有急着去接它，将俞梅的包裹放在桌上，那是块带着穗的蓝色的格子方巾，没见俞梅戴过，想必是新买的，方巾的四个角拢在一起，打了个结实的死扣。

曹刚不喜欢死扣，解起来有些麻烦。

他伸出手去用力摸了摸，软软的，像是衣物。

停了几秒的电话又响了起来，曹刚拿起话筒。

“曹刚，过来吧。”是院长。

曹刚有种不祥的预感，因为院长很少用这种语气和自己说话，难道他发现了什么？还没等这个念头完全冒出来，曹刚便把它强压了下去，怎么会被发现呢？自己行事如此小心，绝不能被发现。如果院长真的有所察觉，那么最坏的结果会是什么？

不，不，绝不可能，没有最坏的结果。

曹刚不敢往下想，虽然他清楚，最终这个最坏的结果一定会到来。

可现在还不是时候。

他渴望生活中突然发生一件什么更为严重的事件，或许能冲淡人们对自己的疑惑，就像盼望一场暴风雪，虽带来了寒冷，却也覆盖了自己不情愿留在这世界上略显肮脏的足迹。

曹刚怀着颗不安的心敲响了院长办公室的门。

院长正埋头写着什么，听到了敲门声，脑袋没动，只抬了抬眼皮，见是曹刚，点了下头。

曹刚立在门边，不知是进还是不进，来医院这么久，院长很少叫他到办公室来。曹刚不太习惯这样的见面氛围及方式，他甚至不知应该怎么称呼才算恰当合适，“院长”？“爸”？这两个称谓他都不喜欢，可又都不得不叫。相比之下还是“院长”更顺口一些，因为这两个字可以不带任何感情色彩地去叫，不用感情，这事情有时就变得简单多了。

“院长……”

“哦，坐。”院长没有抬头。

曹刚一直没有坐下来，他站着，等待着，他不知道接下来将要发生什么。

“曹刚，前几天出差去哪了？”院长放下手里的笔，终于正视曹刚，只是他是微笑着的，竟然微笑？曹刚更加的紧张了。

“云南……”曹刚想都没想，脱口而出，他事先忘了应该想好院长会问什么。

“云南？”院长收起笑容，很快又舒展开来。

“是去游玩的吧？行了，别藏着了，哪家公司？”

“爸，我不太明白，您指的是……”

“曹刚，我们是一家人，我是院长，可你不是还叫我‘爸’吗？一家人，不该说两家话，对我，你还有什么需要提防的吗？”

曹刚看着院长的那张脸，像魔术师开始魔术前手中的幕布一般，卷起、松开，反复地变换，不禁有些眩晕。

院长从桌旁起身，轻步走到曹刚面前，“曹刚，我虽是一院之长，你呢，是我的女婿，外人眼里，你我在这个地方如鱼得水，可你也清楚，我在这个位置上，有时还不如你呢！顾虑太多，处处都得周全，稍不留神，这脚就有可能蹚进了水里。所以你在器材科，千万别忘了我在什么地方。”院长含着笑，意味深长地看着曹刚。

曹刚稍稍放松下来。

他听出来了，院长说的应该是工作上的事，只要和自己的过去无关，什么事还能让自己胆寒呢！

“院长，我知道这次出差没和您说是我的错，我检讨，我只是想出去躲躲，那要钱、讨债的人太多了。”

“躲？有些事你能躲得了？说说那20台B超机串标是怎么回事。”

“串标？”

“对，有人写了匿名信，声称如果这事不做出解释，他们将在媒体上公布。曹刚，做事要想得周到一些，万不可给人留下把柄。”

“可这事我确实不知。”曹刚十分肯定地说。

“你真没参与？”

“没有。”

“那好，回去好好查，查完了，告诉我，真是胆大妄为。”院长突然又换了副面孔对着曹刚摆了摆手，“行了，没事了，我就觉得授人以柄的事，你现在不会做。要放在几年前，我相信，放在眼下，我不信。”

曹刚准备退出来。

“等等，”院长从抽屉里取出个精致的盒子，“这个代我送给洛姗，就说是你送的。以后出差别总空着手，这个习惯要改。”

“谢谢，爸。”曹刚接过盒子，有些沉，当着面，不好打开，便很客气地告了别。

第四十八章

除夕的鞭炮声响了，开始是零星的，渐渐地繁密起来，这是开门鞭，守岁的人睡前把它放了，初一早上便不用再早起，想睡到什么时候就睡到什么时候。

李递山用写对联剩下的红纸给孙子庆安包了压岁钱，放在孙子的枕头下面，庆安睡熟了，老伴还在忙碌着，搓汤圆、包饺子、炒瓜子，往年有的，今年更得有。

李递山来到厨房，闷头坐着。

“长青呢?”老伴头也不抬地问。

“在屋里，长青妈，我看是别指望，年三十了，孙婉这是不想和长青过了呀!”李递山看着老伴，内心里满是凄凉。

“这亲事是你硬头定下的，当初我就不太放心，可长青他乐意，我这做妈的能说什么呢！长青太老实，小婉心气高，我想着过门了，我们都对她好，人心是焐得热的，日子久了，能生情，谁知还是拧不到一块。”长青妈包完最后一个饺子，往外探了探身子，看了看儿子的窗户。

“再拧不到一块，这都有了儿子了，还想怎样？一赌气走了几个月！不行，我得找孙建亮评理去。”

李递山站起来，要往外走。

“递山，你老糊涂啊！这么晚了你去哪儿?”

“没准回娘家了呢。”

“就算小婉回了娘家，也该长青去接，你去算怎么回事?”长青妈拦阻道。

“爸、妈，该睡了。”长青手里提着鞭炮站在堂屋门口。

“长青，把鞭点了吧，窗户关严，别吵着庆安。”李递山将烟点上火，递了过去。

长青接过烟，猛吸一口，烟头上的火，瞬间亮活起来，长青就着火，将鞭点着，长青妈捂着耳朵退到墙边，可放到一半，灭了。

递山父子凑过去：“长青，哪儿买的？这玩意也掺假？”

“是不是受潮了？”长青妈在一旁小声地问。

“真他妈不吉利，哪有放一半熄火的？长青，再试试。”李递山有些窝火。

长青举起烟，发现烟也是灭了的。

李递山重又打着了火，终于又点上了，可还是响得不顺畅，七零八落的像蹦豆似的，极费力地炸了几下。

一家人的心情变得沉重起来。

父母西屋的灯已经黑了，催着父母休息的长青此刻却还醒着。长青原本没指望孙婉能回来，他的心里是矛盾的。孙婉在，村里人会说闲话；孙婉走了，村里人还会说闲话。年根了，孙婉没回来就更让人生出新的猜测，证明了原先的疑问是真实的。

父母现在还不知道，能瞒一天是一天吧。长青在双亲面前撒了个谎，谎称自己因为一些误会而失手打了孙婉，孙婉负气离家出走，他们信了。

岳父母那边长青更是不能说，这半年，长青不知自己是怎么熬过来的。村里的人当着长青的面什么都没有说，可长青只要一出门，就觉得在众人面前矮了半截，他无法再像过去那般挺直腰杆去行走，在西灌镇长青从未想过自己有一天会这样活着。

也许这真是个错，是自己跟自己开了个无情的玩笑。

他以为爱一个人，只要用心去爱就好了，他可以为她去做任何事情，包括生，也包括死。什么都为孙婉想到了，可孙婉还不满意。

她究竟想要什么呢？

长青不明白。

夜已深了，远远近近的鞭炮声依然没有停息，这给乡村黑暗的夜晚，增添了些生气。在这样的夜晚，就连不谙世事的孩童也会少了些平日里对黑暗的恐惧，平添更多的期盼和希望。

长青看了看窗外，什么也看不到，孙婉她现在在什么地方呢？长青还是想到了她，恨一个人能让你永远记住她，爱一个人也会对她念念不忘，长青对孙婉是爱，还是恨呢？

年初一，天已大亮，长青还在睡梦中，孙婉的哥哥孙成提着东西来拜年了。

这叫什么话？递山老两口一下子慌了手脚，哪有大舅子上门给妹夫拜年的？

“长青，长青，快些起，庆安舅舅来了。”长青妈使劲地捶着长青的门。

长青晕头晕脑地从床上坐起来，被窝外太冷，长青有些伸不开手脚。昨晚睡得晚，外套都没来得及脱，这猛地一起来，更是觉得寒气逼人。风从墙缝里，丝丝钻进来，吹得人后脑勺都疼。

“妈，谁来了?”长青隔着门问。

“孙成，庆安他大舅。”李递山扯着脖子喊，以显得孙成到这个家来的重要性。

长青一听，迅速穿上鞋，从屋里走了出来。

“大哥，这么早。”长青抓了抓自己乱蓬蓬的头发。

“不早了，看看太阳都到哪了?”孙成搭着话，眼睛只往门房里瞅。

“长青，你陪孙成坐着，我和你爸去烧点茶。”长青妈拽了拽老伴的衣服，李递山会意，从凳子上起身，进了厨房。

“长青，小婉呢?”孙成觉得不太对。

“大哥，小婉没在家。”

“串门去啦?”

“啊！没有，出远门了。”长青知道孙成主动登门，应该是奔孙婉来的。

“什么时候了？过年也不回!”

“有事耽搁了吧。”长青不会撒谎，现在硬逼着自己说假话，话没说完，眼泪却窝不住了。

“怎么了，长青？你俩是吵了？还是动手了？小婉到底去哪儿了?”

“我也不清楚，走了就没个信。不给我也行，可庆安，她都能丢下？大哥，小婉的心不在我们这。”

“不在你们这？她想在哪儿？这么大的事，长青你怎么不和爸妈说？我是常年不着家，可爸妈的话，她总能听进去吧?”孙成一着急，站起来，直愣愣地杵在长青面前。

长青抬起头，看了看孙成，一时无语。

“你倒是说话呀！长青，别再闷在葫芦里，什么事，我们哥俩不能讲?”

“大哥，进屋说。”长青把孙成带进里屋，锁上门。

“大哥，有些话和二老没法讲，庆安爷爷、奶奶也不知情，我想着不能瞒你了。腊月里，我本打算带庆安去看看姥姥、姥爷，可是又怕不小心说漏了嘴，让二老跟着操心。这心，他们操不起。”长青哽咽了。

孙成的心是越来越不安。

“长青，挑重点说。”

“孙婉，她……大哥……真不知怎么说!”

“长青，你不说我也能猜到，小婉她是不是学坏了?”

“你是怎么知道的?”孙成这一问比自己说出来还让人心惊，“都传到河东啦?”

“传？没有。往常过年我很少回来，今年我换了个工厂干活，有了几天假，到家我就盼着你和小婉来，可一直没见你们，爸妈坐不住了，这才打发我过来。”

“大哥，别的事都好说，唯独这事我丢不开，就算别人丢开了，我这心里被捅开的窟窿总也填不上。”

“长青，有件事我一直没敢和你说。去年在省城，我遇见张磊了，我和他一照面就开始不踏实了，那小子看到我就躲，好好的，他躲我干吗？”

“大哥，去年什么时候？”

“大概九十月吧！具体时间记不清了，只记得当时他理个光头，穿件黑色的夹克衫，可能他先认出了我，如果他不急着走，我也不一定会注意他。和他在一起的还有另外一个男人，你见过两个男人一起逛商场的吗？他们两个就在商场里勾肩搭背地溜达，撞上了我，迅速散开了。张磊上了电梯，那男人追不上他，在后面喊他的名字，他停都没停。”

“那时你知道小婉在省城吗？”

“不知道。小婉去省城，我是后来听爸妈说的，当时我没多想，我以为小婉是为了寻你才去的。”

“要是单为了寻我就好了。”长青深叹了口气，看着窗外飘起的炊烟，小院因为孙成的到来，仿佛有了些活气。

“难不成是因为张磊？”孙成如梦初醒，看着长青。

“我也怕呀，大哥，且不说他是个什么样的人，看看和他搭帮结伙的那帮人，他们什么事干不出来？”

“啊？长青，那小婉不是有危险了？”

“不好说，大哥，不知道张磊究竟想要干什么。”

“不行，我得去省城，我得去找小婉。”孙成说着便站起来，准备走。

“大哥，我和你一道走。”

“你不要去，这事，得我这个当哥哥的去处理。长青，你要把庆安照顾好，你放心，找着了孙婉，我会让她回来。”

孙成把线帽上的线球球一个个费力地揪下，用手拍了拍，抻了抻，戴在脑袋上。

“长青，初三就出发，你等着我的消息。”孙成大步踏出了门。

将水烧了几开的长青父母看到孙成要走，急了，老两口扔下手里的活儿跑了过来，李递山把着车龙头，老伴拉着车后座，孙成扶着车动弹不得。

“他大舅，怎么也得喝口水，这可不是别人家，哪有板凳没焐热就要走的？传出去，我李递山不被人笑话死？”

“是啊，庆安还没醒呢！他还没见过大舅舅呢！孙成，你都多久没来了？中午我做点菜，你们爷仨在一起喝几杯。”长青妈死死拉着车不撒手。

“哎哟，差点忘了。”孙成把手伸进棉袄的里兜，摸了半天，掏出个皱巴巴的红纸包。

孙成把车又支上，进了里屋，将压岁钱搁在了庆安的小手边。他端详了会儿自己的小外甥，孩子长得有些瘦弱，眉眼紧闭着，却也能看出几分孙婉的模样，清秀白净。

孙成将庆安的被角往上拉了拉，便退了出来。

三个人还在院当中站着呢，自行车已被放到了角落里。

孙成走到长青父母身边，弯下腰，深深地鞠了一躬。

这下吓着了老两口，“孙成，你这是干什么？没给你准备压岁钱啊。”李递山涨红了脸，一个劲地瞅长青。

“大爷、大妈，小婉不懂事，我给您二老赔罪了。”

“孙成，不用这样，小婉在你那就好。你劝劝她早点回，不为我们，庆安还小，离不了妈，她要是还气不顺，我们拉着长青去接她。”长青妈开始抹眼泪。

孙成愣了愣，一时语塞。

长青将车子推了过来：“大哥，实在要回就赶早吧！到了晌午，路上该解冻了，不好走！”

“你小子，怎么能催孙成走？”李递山把车子接了过来，又要推走。

“爸，让大哥回吧，他还有许多事要办呢。”

“哦，那好，孙成，不留你了。”李递山松开手。

孙成出了门，上了大路，他知道一家人还在院子里看着自己，可他不敢回头看他们，他觉得自己亏欠了他们什么东西，而这东西一旦欠下了，又似乎不太好还。孙成骑上车，猛踩。车链子缺油，生了锈，嘎吱嘎吱地响，孙成不觉放慢了速度，他怕半道上掉了链子。直到出了村口，他才从车上下来，回身看了看长青家的红砖青瓦，不知自己有没有勇气再来这里。

第四十九章

很多年的冬天没有这么冷了。

春节那几天，气温骤降，零下十几度，这对于没有暖气的南方来说，是个极大的考验。屋里屋外一个温度，滴水成冰的日子，人们要比往常更加依赖太阳的光热。可是太阳也是升得晚，落得早，一家人围聚在院子里，还没来得及晒热脚板，到下午两三点，阳光便渐渐变弱。外面是坐不住了，再移到屋里，那才是坐也不对，站也不对，手指头伸在袖子外面，很快便冻得麻木了。再想到洗衣做饭，忍不住又把手藏进袖子里，藏得深深的，不到万不得已绝不拿出来。

整个西灌河都被冰封住了。

回了娘家的锡玉为这样的天气发着愁，什么时候能解冻？什么时候能行船呢？

“锡玉，这才初一，别着急，实在不行，开学的时候让你爸陪你从县城坐车回去。”母亲把刚搬出去不久的白菜，又搬回来码放在条桌下面。

“不急，这天气冷不了几天，看着吧，一旦立了春，马上就暖和起来了。”父亲坐在堂屋门口那仅有的几寸阳光里，搓着他的旱烟叶。叶子许是受了潮气的侵袭，容易成形，却不易剁碎，也上不了烟斗，须等到开春后，挑几个响晴的天，好好晒晒，方能点着。

“锡玉，几号立春？”父亲将搓好的烟叶盘成一圈，眯着个眼瞅日历，半天也没分清几号立春。

“4号。”锡玉站在后面说。

“快了，没几天了。”

“你总说快了，快了，就这天，一天赶上春天一年过。”母亲终于将白菜摆得如列兵的队列那般整齐，满意地直起腰身。

“妈，太阳不好，别天天摆弄你那白菜了，多累呀！”锡玉觉得母亲太过认真。

“这白菜呀，和人一样，一个姿势待久了，得挪挪身子，要不，会坏掉。没有白菜，这一冬你怎么过来的？”母亲笑着说，在她眼里锡玉终究是个孩子，日子还没开始过呢。

锡玉穿上做饭的罩衣，到院门外的柴火堆前准备中午用的柴火，棉花秆垛得一人多高，上面盖着一层薄薄的稻草，稻草上还覆着塑料纸，以防雨雪天气湿了柴火而影响生火做饭。

锡玉筒着手站在柴火堆前，看着在严寒中变得更加坚硬的棉花秆，一时不知从哪下手。她决定从中间突起的那一部分将柴火抽出来，想不到看着支支棱棱的棉花秆，经父亲的手堆得很实，怎么拽也出不来，裸着的双手不小心被棉花枝扎破了，往外渗出细细的血珠子。锡玉抬头看了看院子，怕被母亲发现，将手凑近嘴边，不停地吹着，哈着气。

“姐，抱柴火？”孙成在锡玉身旁下了车。

“唉！你这是从哪儿来？”锡玉一看孙成，立刻忘了疼痛，将手放在罩衣上擦了擦。

“我……去看个朋友……”孙成拧着车铃，眼睛不看锡玉。

“明白了，相亲去了，看你穿得那么体面，和姐说实话，相中谁了？”

“姐，没有，是在外做工的朋友，不是那个，再说了，谁能看上我？”

“为什么看不上你？人本分，又有手艺，是你眼光太高，别挑了，小婉都结婚生子了，你要抓紧。”锡玉终于抽出几根棉花秆来，孙成支了车过来帮忙，三下两下就把筐装满了。

“没什么事，我回去了。”

“孙成，去看孙婉了吗？我这事太多，没顾上，我正寻思着抽空去看看她。”

“我也是刚回来，姐你忙，我这常年不着家的，该去，你就别管了。”孙成推着车子就要走。

锡玉还想说点什么，见孙成这个样子，又咽了回去，只是默默地端起柴火筐。

孙成还未进院门，孙建亮就迎了出来。

“怎么回来这么早？他们家连个午饭都不留？”

“留了，我没吃。”

“为啥？去妹妹家哪有不吃饭的？小婉呢？怎么没和你一道回来？”孙建亮明知只有孙成一个人，还是探着身子往村口那边看。

“她没来，天气太冷，庆安身子弱，她说等开了春，带着庆安一起回。”孙成也不管父亲信不信就进了屋子。

母亲跟着就进来了，“孙成，见到小婉了吗？”

“这……”母亲又来问，刚撒过的谎，再重复一次似乎有些难。

“妈，你们好歹也让我喝点热水，喘口气，手脚都僵了。”

“一句话的事，又不用你动手脚。”母亲将烧红的煤炉子提了过来。

“他俩没什么事吧？”

孙成低着头，烤着手，不敢看母亲。

“没大事，大概是年前拌的嘴，所以没来看你们。”

“拌嘴了，那长青怎么也不来？这孩子，哪有夫妻不吵不闹的，还当真了！”父亲站在门口，背着手，圆瞪着眼睛看着孙成。

“爸，有个事儿和你们商量一下。”

“什么事？大过年的，别给我找事！”孙建亮不知怎么的，就赌上了气，他也不进屋，在院里跺着双脚。

“河南那边的工厂有个急单子，人手不够，我想着，我刚去，遇事能顶上去，老板一高兴，没准还能把工资往上涨一涨。”

“别说了，这事得去，什么时候走？”孙建亮仿佛瞬间又抓住了宝贝似的，情绪一下子高涨起来。

“初三，您看行吗？”

“什么？后天就走？孙成，太急了。”孙成妈不干了，女儿见不着面，儿子刚回来又要走，这个年过的，一丝年气都没有，这一家人成天屁股上像是着了火，急什么呢？

“小婉妈！孙成是挣钱去，又不是上战场，你别跟着拉后腿。”

“我再不拽着点，这个家迟早让你给扑腾飞了。”

“孙成，该走走，千万别听你妈的，这人不为钱扑腾，还能扑腾啥？”孙建亮掏出孙成买的“红塔山”香烟怡然自得地点上，他知道自己扑腾不动了，可有儿子呢，儿子出去就是希望。

初三一大早，孙成便离开了西灌镇，踏上了去往省城的道路。

而此刻的孙婉正一个人躺在自己的出租屋里。

出租屋是两间平房，不带院子，更没有窗户，只有一扇门，对着条不知通向哪里的河。河不是很宽，水却很深，两岸都是平房区。平房的主人基本上不在这居住，都去省城买了房，而把旧房子租出去，等着万一哪天拆迁了，还能再得一笔拆迁款，这样即使什么也不干，也算有了可以养老的钱。

平房区里住着的都是外地来省城谋生的人，拉煤的、卖菜的、收废品的、贩卖米油的、摊煎饼的、保洁的，给别人当钟点工的，当然还有像孙婉这般凭着自己青春的肉体挣饭吃的。这个地方白天看不到什么人，到了晚上，家家户户微弱的灯光才会倒映在浑浊的“运河”上。在省城，人们习惯了将不知名的河流称为“运河”，因为不知它的源头和走向，便设想它应该是和运河相通的。

河上面架着座拱形的桥，桥面因行车过多，已有些破损，桥上没有路灯，这使得行人和车辆只能借助桥下路面上的灯光才能缓慢过桥。其实人们都清楚，这里离省城有着很远的距离，坐车也得一个多小时，这里是郊区的郊区，有待开发。

孙婉这些日子一直没有出门，不是因为天气冷的缘故，而是因为身体上的不适。

孙婉的身体一直很好，极少生病，可最近她自己觉得身体的某个地方好似出了点问题。她不太确定，只是当疼痛袭来时，她才会有些不安和紧张。她不敢往那方面想，因自己所从事的工作，让她羞于去想，羞于去看医生。

她觉得小腹累，像是坠了块铅石，隐隐地痛，有时会冷不丁地加剧，让她忍不住叫出了声，可她又及时地克制住了自己的呻吟，因她无从得到安慰，呻吟给谁听呢？这个屋子里除了自己，别无他人。

住在平房区的人们，无论从事什么样的职业，到了春节都回家过年去了。

忙碌了一年，图个什么呢？就图一家人，年尾聚拢，几天的乐和，可以驱走一年的辛苦。

只有孙婉不能回。

孙婉从床上勉强爬了起来，倚在冰冷的铁门上，平日里，她常常这样倚在那里，过往的行人里会有几个自己认识的，会隔着一定的距离和自己打着招呼，或者是笑笑，点点头便过去了。有人知道孙婉的底细，有人不甚了解，知道不知道，对他们来说不那么重要，重要的是早上出了门，晚上别赔了本回来。再说了，在这个平房区，干孙婉这行的又不只她一个，人们没有闲工夫去管那么多的事。

孙婉住在这里，良心和道德上的谴责会少很多，所以她决定留在这里，而不是回家。

她尽可能地不去想庆安、长青、父母、公婆、哥哥，还有锡玉姐，可不去想，却又阻止不了他们不会来，他们常常挡也挡不住地便闯入了自己的心里，躲不掉，赶不走。

她想庆安，庆安的小身影一想起来就戳得她心疼，她没有勇气去想。

更让自己不能相信的是，她偶尔竟对长青也有了些想念。

这种感觉为什么现在才有？有些晚了。

孙婉把身上的粉色外套拉上拉链，这样才觉得有些暖和，外套是和长青结婚时买的，洗得勤，粉色已成了灰白，孙婉看着不远处河面上的那座破败不堪的拱桥，车流依然不停，却比往日慢了不少，车越多越挤，车少了，反而不急了。

有个人从桥头下来，正往这边走，迎面碰着人，两人站定，男人像是在打听什么人和事。被问的应是不知道，那人接着往前走，边走边往门洞里瞅。

孙婉见有人过来，便向门后缩了缩，她怕那个人也来问自己，她实在没有心气去为别人指路。孙婉觉得嗓子里火烧火燎的痛，她提起桌上的水壶，虽是满满的一壶水倒出来，竟是凉的，她想起自己一天也没进一粒粮食了。

那个人过来了，经过孙婉的门口，径直地就过去了，孙婉打了一眼，很眼熟，她出了门槛，那人正好转身，他们同时看到了对方。

“小婉，你在这里！瞧你住的地方，太难找了，你知道这一路我问了多少人?”

“曹大哥，你怎么会来这儿?”

“顺道。”曹刚指了指桥西，“开发区有我们的分院，春节慰问。”

曹刚进了屋，两间平房，里一间，外一间，里间大概是卧室，外面放着液化气灶，两口锅，一张餐桌，两把椅子，再无其他物件，液化气灶摆放在砖块码成的灶台上，孙婉站着，似没有让曹刚坐下的意思。

“就你一人住?”

孙婉点点头，让曹刚看到自己这样的境况，孙婉心里生出些愧疚，她觉得像曹刚这样的人，是不应该来平房区的。

自己和曹刚原本是不相识的，在不相识的情况下，他帮了自己，自己的那些上不了台面的丑事不用说，想必曹刚也能想象得出。可那时他们只是萍水相逢的陌路，现在不一样了，他是宏远的亲兄弟，他又这么关心自己，见到曹刚的那一刻，她的心里是温暖的。

在曹刚面前，她需要那么一丁点的自尊，这自尊不是自己本身具有的，是从曹刚那里得来的，在这样体面的男人面前，再不要脸的女人也要学得自爱一些，这自爱衍生出的作为女人的虚荣心，在这间屋子里被彻底地击碎。

她没有勇气让曹刚坐下来，她更没有让曹刚和自己面对面坐下来说几句话的理由，她就那么局促不安地站在那里，像是被当众揭了短的人，只想找个地方躲起来。

“小婉，过年你怎么没回家?”

“我要是回去了，你今天就见不着我了。”孙婉强忍着腹痛将椅子从桌前抽出来。

“大哥，你坐。”

“你哪里不舒服？”曹刚感觉到了孙婉的不对劲。

“我没事。”孙婉不知怎么掩饰，才能不让曹刚发现。

“你的脸色不对，小婉，身体不好，要和我说，你别忘了，我在省院工作。”

“哦，我真忘了，大哥你是个医生。”孙婉仿佛又看到了希望，我肚子疼，大哥。”

“吃坏了吗？”

“不是。”

“具体是哪个部位？”

孙婉指了指小腹。

曹刚皱了下眉，“你和我去趟省院吧，正好有车过来。”

“就不去省院了，你们这边不是有个分院吗？”

“那分院是康复中心，没有妇科。”

孙婉吃惊地看了看曹刚：“大哥，看妇科？”

“我觉得是，到那做个检查再说吧。”孙婉没有拒绝，因为她没有别的选择，人在疾病面前都是弱者。

曹刚领着孙婉在妇科做了全面的检查，不用怀疑了，那就是妇科的病。

检查结果医生没有和孙婉说，而是给曹刚打了个电话，曹刚一接到妇科郭主任的电话，就有了种不祥的预感。

“什么？是癌？”

“目前还不能下定论，只是怀疑，等活检结果出来吧，最好先住院。”

孙婉站在离曹刚不远的地方，她不能完全听清曹刚在说什么，可从曹刚的神情和语态上，她敏锐地感觉到应和自己的病情有关，她原是有思想准备的，不能说是准备，只能说是不愿意面对和承认的可怕的猜测。

曹刚挂了电话，站在楼道的拐角处，默默地看着孙婉。

孙婉也站在那里，有人从身边聚拢来，又散去，妇产科门诊怎么天天都有这么多人？这是个女人的世界，又是女人最不愿意来的地方，到了这里，每个人的心中都是忐忑不安的，像是迷了路的人，一时不知去哪才能找到个指路的人，孙婉就是怀着这样的心情来到这里的。

可现在不光是迷路那么简单了，曹刚不知该怎么面对孙婉，他没有犹豫，还是走了过来。

“小婉，医生说先住院观察。”

“曹大哥，告诉我医生的原话，不用瞒我。”

“这就是原话。”

“这是原话？为什么不亲口对我说？”

曹刚了解孙婉的性格，极易上当却又很难哄骗。

“小婉，只是怀疑，等结果出来。”

“曹大哥，不用住院了，没那个必要。”

“身体出了问题，要治，怎么治？靠医生，小婉，这个你得听我的，我是医生。”

“该死活不了，这是我的报应。”孙婉的眼里有泪花。

曹刚第一次发现原本每个细胞都是饱满而膨胀的孙婉，早已不见了踪影，眼前的是一个憔悴、无助、可怜，又有些可气的女人，他不敢相信孙婉会得这样的病，可为什么这个病孙婉就不能得呢？她走了这样的一条路，用她自己的话说：“这是报应。”

“报应”，谁信呢？

可有时候谁又能不信呢？

曹刚强行给孙婉办了住院手续，孙婉无可奈何地住下了。

第五十章

开学了，西灌镇中学重又热闹起来。

虽已立了春，春天似乎并没有真正到来，天气还未退去寒意，有些男孩子却脱了棉衣，在校园里疯跑，有的干脆就没穿棉衣，直接套一身运动服就来了。

俞苗仍穿着厚厚的棉衣，围着围巾，戴着口罩，手里提着个饭袋，今天她终于返校了。她进了自己的班级，男生们远远地看着她，不说话，女孩子们刚开始没反应过来，等俞苗摘下口罩，便纷纷围了过来，孩子的想法是单纯的，想什么，便问什么，他们的喜悦更是发自于心的。

“俞苗你完全好了吧?”

“胖了，个子没怎么长。”

“我们都想你了，你想我们了吗?”

“俞苗，你的位置还在原来的地方，就等你回来了!”

俞苗开心地笑着，她发现刚开始有些羞涩的男生也站在了外围。

罗老师进来了。

同学们慢慢地又坐回原位。

家权看到了俞苗。

俞苗看了看家权，在自己的座位上坐下，默默地低下头。看到罗老师，俞苗没能控制住泪水，同桌小玲懂事地递过来一块手帕，俞苗接过来，在手掌中反复地折叠，直到把手帕折成了死疙瘩。她不敢擦，她怕老师发现自己哭了，虽然家权早就看在了眼里。

“同学们，俞苗又回来了，我们欢迎她!”

同学们的掌声很响。

这一天对于初三（1）班来说是个特殊的日子，他们班终于一个也不少了。

下了课，家权回到办公室，还未坐下，便看到俞苗的小脑袋在门口往里探了探，又缩了回去。

“俞苗，进来吧。”

“罗老师!”俞苗从门外闪身进来，进是进来了，却又不敢往里走，就在门口的桌子旁站着，两手放在身后，后背轻轻倚靠在桌子上，两眼看着家权，红着脸，笑而不语。

“俞苗，你是不是有事要说?”家权主动走了过来，对俞苗，他比往日更多了一份关心。这孩子虽年纪还小，却吃了不少苦，今日这般，难道是遇到了什么难心事?

“罗老师，给!”俞苗从身后将那个碎花布袋推到家权面前。

“什么好东西?”家权接过来。

“姐姐给您包的饺子，还有就饺子吃的凉菜。”

“是吗?那一定很好吃，我一会儿尝尝。”

“罗老师，为了让您吃上新鲜的饺子，姐姐天不亮就起了床，现和的面，调的馅，赶在我上学前煮好，让我带给您。”

“你说什么?早上刚煮的?”

“是，罗老师，您要趁热吃。”

“俞苗，跟你姐姐说，以后不许这么劳神做这些了。”家权端着那些饺子，这才感觉到了它的余温，心中掠过的，除了感动，还有些说不清道不明的纷乱的思绪。一想到俞梅的那张笑脸，他觉得这手中的饭食似乎超出了它本身应有的分量，家权把袋子口紧了紧，小心地放到自己的办公桌的抽屉里。

“罗老师，姐姐说让你去家里吃，你肯定不允，没办法，她才让我给您捎过来的，您一定要吃啊，我回去好跟姐姐说。”

“我吃，你放心，快上课了，回教室吧，等我吃完了，饭盒我亲自还给你姐。”

“罗老师……”俞苗仍没有走的意思，她看了看墙上的钟表，离上课还有5分钟的时间，俞苗做了个深呼吸，一只手放在胸口，然后一扭身极快地来到家权的办公桌前。

“怎么了?俞苗?”家权一脸的诧异。

俞苗的小脸比进来时更红了，两个鼻翼呼扇呼扇地呼着气，圆圆的额头上竟冒出了一层细汗。

“罗老师，我觉得姐姐她很喜欢你。”俞苗说完这句话，仿佛被自己的话吓着了似的，张大嘴巴看着家权。

家权只是微微地笑了笑：“小孩子瞎说什么呢!”

“我没有瞎说，罗老师，她是我的姐姐，我们吃住在一起，做好吃的，她总想着你也能吃一口；睡着了说梦话，她叫着您的名字；和我说起您时，她一会儿笑个不停，一会儿又掉眼泪；有好多次她做了您爱吃的饭菜，却不敢叫您去，饭菜留着又不忍吃，最后放坏了，只好倒掉。罗老师，我看着姐姐这样，我觉得她好可怜。”

俞苗哭了，眼泪滴到了作业本上，花了一片。

家权一下子愣在那里，他小看俞苗了，这个十五六岁的小姑娘，她的脑袋里怎么装了那么多的东西？

家权掏出纸巾递给俞苗，这一下俞苗更是控制不住自己的感情，泪水肆意地涌出来。

可这是办公室，这样对罗老师不好，俞苗抓起围巾，抹了抹脸，露出她那可爱洁白的牙齿，朝着家权笑了笑。

“罗老师，您批评我吧，我知道我错了。”

“你没有错，俞苗，老师不怪你，去吧，该上课了。”家权像往常一样开始整理上课要用的东西。可俞苗发现老师的双手有些抖。

上课铃响了，俞苗迅速地出了办公室，撞上了迎面进来的锡玉，竟忘了说道歉，向教室跑去。

“怎么了？家权，俞苗这孩子好像刚刚哭过？”

“小孩子嘛，这个年龄段的更是敏感，过会儿就好了。”

“是不是遇着什么事了？”锡玉疑惑地盯着家权。

“有时间再和你说。”家权夹着课本要走。

“等等，一定是有事，家权，俞苗的事你可不能瞒我。”

“看，都在这呢。”家权拉开抽屉，“因为省城的事，俞梅特意包了饺子送来，是要感谢我俩呢。”

锡玉不禁笑了起来：“家权，女人谢女人，哪有包饺子的，这是俞梅特意给你做的。”

“不管是因为什么，你吃就是了，俞梅的手艺，错不了。”

“俞梅的年龄也不小了，这么多年，她对你，你对她们都没得说，可有些话，你不能让人家姑娘说……”

“到点了，走吧。”家权不理锡玉的话茬，闷着头走了。

只留下锡玉略带气恼地看着家权倔强的背影。

“你俩咋啦？瞅瞅家权那张脸，沉得像铁。”贵祥闪身进来，在锡玉几步远的距离停了下来，上下打量锡玉。

“贵祥，你和家权走得近，别光想着自己的事，他的事你也留点心。”

“就他那么有主意的人，我的话他能往心里去？孙老师，你是不是又和他提俞梅了？”

“嗯，刚才不小心说到了，他就不乐意了，真不知要让人家姑娘等多久。”

“这事以后可别提，我说说也就罢了，你万万提不得。”王贵祥冲着锡玉眨了眨眼睛，那眼神更让锡玉搞不懂他话里话外的意思。

“不明白？孙老师，慢慢你就懂了，家权他那是心病。”锡玉有些懂，又有些不懂，最好是不要懂，锡玉心里道，这样自己和家权是否就扯不上关系了呢？他和俞梅也就能更快地走到一起去？想到这里，锡玉冲贵祥愉快地笑了笑：“谢谢你，贵祥，我懂了。”

“真的？那可太好了！”贵祥一溜烟地跑了。

晚上，家权竟端着饺子来找锡玉了。

“这饺子不能我一个人吃。”家权一进门便把饭盒往锡玉面前一推。

“我吃过饭了，家权。”锡玉为难地站着，不知该说什么好。

“又不让你当饭吃，帮忙热一下吧。”家权将饺子递给锡玉。

“家权，我知道你和我赌着气呢。我们同学多年，我是个什么样的人你应该清楚，说不了半点假话，俞梅对你的好都在明面上摆着呢，谁人不晓，就你一人装糊涂，你这样真的会耽搁人家的。”

家权深深叹了口气：“本来不想说的，你总逼我，看来不说不行了。”

“什么？”锡玉陡地回过身，双目在炉火的辉映下，闪着热烈而清亮的光芒。

“在师范学校，我们是同桌，那时没觉得你和别人有什么不同，也没觉着你有多么好，像是美丽的蜻蜓，一直在我身边停着，我不曾用心去留意过你，有时候我很傻，以为你停在那里，就是离我最近的，没想过你会飞走，直到你的世界里出现了宏远……”家权第一次不知哪来的勇气说出了埋在心底的话。

“你飞走了，我不难过，因为我还能看到你，我们分到了同一所学校，成了同事，你和宏远成了夫妻，你很幸福，每天脸上都带着笑容，这就够了。”

锡玉关了火也坐了下来，她没有打断家权。

“不承想，宏远他会这么早离开。从那一刻至现在，你再也没有真正开心过。你不开心，我才决定等着你，因为我看不了你受苦。我知道你心里装着宏远，所以我没有别的要求，现在让我做那只蜻蜓，我不飞走你也不要赶我。”

家权说完了，如释重负。

而原本平静的锡玉，此刻心里却掀起了波澜。

良久，锡玉开了门，走了出去。

她没有走远，几十米的走廊，从东走到西，再由西走到东，每次和宏远闹矛盾时，这是宏远经常溜达的地方，锡玉总是留在屋子里生闷气，隔不了多大工夫，宏远便会返回屋中，总有把锡玉逗笑的办法。

如今，自己的屋中坐着个罗家权。

锡玉不知此刻该如何面对自己昔日的老同学。她看了看那间屋子，门依然是打开的，屋内微黄的灯光延伸到廊外，将廊檐的影子拖得很长。晚风由西吹过来，经廊柱的阻隔显得弱了些，锡玉觉得有些冷，刚刚出门时，只穿了件薄薄的棉衣，在外面待久了，早已浸在夜晚的寒意里。

锡玉决定回屋去。

罗家权却从屋内走了出来，正四下里张望，显然是在寻找锡玉。

锡玉默默往回走，走到家权的身边，站定了。

家权靠在墙上，看着远方的天空。

今天是正月十七，月亮似乎比十五、十六还要大出很多。银白里泛着淡淡的黄，像幅素描画挂在那里，让人隐约觉得，那背后一定藏着许多不为人知的故事。

“家权，话已说到这里，我想问你，你了解俞梅吗？你了解我吗？”

“我不了解俞梅，但我了解你。”

“不，家权，你都不了解，包括你自己。这么多年，你一直活在一种心境中，那就是我留给你的所谓的‘美好’，这种‘美好’掩盖了太多的东西，也阻隔了你对俞梅的感情，如果没有我，你换一种心境去看俞梅，或许你也会爱上她，你会发现她的好。”

“锡玉，你是真的希望我和俞梅好？”

“是的。”锡玉坚定地回答，前所未有的坚定。

家权深深地叹了口气。

“家权……”

家权朝锡玉摆了摆手，“锡玉，不用说了，我都明白。”

“你若能明白就好。”锡玉进了屋子。

家权依然站在廊檐下，天上的月亮挂得更高、更远了，又有了那种固有的银白的亮色，家权对着月亮凝视了很久，忧郁笼罩着他，天气寒冷，它更催生了人们心底的寒冬。

“进来吃饺子吧。”锡玉在屋里喊。

“锡玉，你也饿了吧？”

“不太饿，不能浪费了俞梅的一片心意。”两人还和往日一样，刚才的那一幕就在简单的几句家常中不经意地翻了过去。

“锡玉，省城的那位曹大夫，最近有联系吗?”

“怎么突然想到他了?”

“这不，由俞梅引起的。”家权指着蒸锅。

“他是帮了不少的忙。”锡玉揭开锅，热气一下子在屋内散开，锡玉赶紧地又盖上了盖子，关了火。

“我是说，他对你……”家权即便是鼓足了勇气，还是有些心虚地看了看锡玉，问了一半，又停住了。

“他可是宏远的大哥……”锡玉嗔怪道。

“他可不是一般的哥哥。”

“怎么不一般?”

“那是个几乎和宏远一模一样的人。”

“哦。”锡玉的手又被热盘子烫了一下，只得把盘子半摔在了桌子上。

“没烫着吧?”

“这回又热得过火了。”锡玉去凉水下冲手。

“从上次在省城他看你的第一眼，我就知道他不一般，还有你看他的眼神……”

“家权……”锡玉轻声制止。

“锡玉，对不起，今晚说了，以后兴许我再也不提了。”家权的眼眶湿润了。

锡玉与罗家权认识十几年了，第一次见家权哭，她一时有些难以接受，家权永远是那么乐观、豁达，他从不轻易动怒，轻言悲伤。今天在锡玉面前，他把这些隐忍的品质统统放下，这么多年，他似乎只为一个人活着，而今他要做一回自己。

风停了，月色笼罩着大地。

家权、锡玉两个年轻人笑过、哭过之后，又回到了现实的生活中，他们开始吃饺子。

屋子里变得温暖而又宁静，只有饺子的香气在这狭窄的空间里弥漫。

家权大概是饿了，几盘饺子很快下了肚，个中滋味来不及细品，只觉得肚子是填饱了，人又焕发出新的精神，倒是锡玉每一口都吃得仔细，俞梅的手艺，锡玉自觉是不及的，她看了看家权面前空空的盘子，笑了。

这顿饭吃了挺长的时间，其间发生了一些事情，又好似什么都没有发生过，家权和锡玉仍像往常一样愉快地作了别。

走在回宿舍的路上，家权又抬头去找月亮，月亮却不知藏到哪里去了。

夜深人静，西灌镇中学犹如一位疲惫的母亲，睡着了，却也是半睁半闭着眼睛，悄悄地看着她晚归的孩子。

第五十一章

天气也不知道是怎么回事，说是阴天，没有阴天的阴暗、潮湿；说是晴天，太阳却又从未露头。

这天气，它脏，它模糊，它让人失了好心情的同时又有了身体上的不舒服，莫名地烦躁，莫名地开始头疼起来。

人们碰了面，不是问“你好”，而是“瞧这鬼天气”。

“可不是嘛，世界末日了似的。”

“这天迟早得蹋。”

洛姗开着车进了绿海花园，今天是孟宝珍的生日，洛姗一早就订了蛋糕，这个生日不同往年，60岁了。洛姗想着孟姨来这个家30年了，30年说短不短，说长不长，30年，一个孩童已成了壮年，壮年已近古稀。

洛姗想给孟姨好好地庆祝一下生日。

她分别给父亲和曹刚打了电话，父亲说有重要的事，可能回不来，曹刚说的和父亲的竟如出一辙。两人一定没有事先约好，但却说出了一样的理由。父亲是怎么想的？洛姗心里比谁都清楚。而曹刚呢？也是托词？

洛姗想习惯这种生活，习惯家里有两个男人，却和没有一样的生活，可是，她不习惯。

父亲在小雨刚出生的那段日子，天天往家跑，而曹刚，有了小雨后，回家越来越少，难道他不爱小雨？他还爱自己吗？洛姗不愿去想这样的问题，她怕想着想着担心就成了真。

洛姗开着车，正是午休时间，小区里没有多少人，洛姗的心情比起这天气好不了多少。她心里赌着气，窝着火，又不知向谁发，只是将车窗关严，试图将车外的世界与自己暂时地隔开。

不知从哪突然冒出来一条狗，拖着根皮绳子从车前跑过。洛姗一个急刹车，车停住了，像是突然奔跑的人一下子摔了个大马趴，轮胎狠狠地擦着地面，除此之外，洛姗还感觉到了另一种声响，极轻的，车子硌着了什么东西，软软地滑了过去。

洛姗从后视镜中看到了那条狗躺在路面上，皮绳还在脖子上拴着，却像条死蛇般蜷在那里。洛姗不敢再看，两手把着方向盘，呆呆地看着前方。刚刚还没有什么行人的绿海花园的主干道一下子聚拢了好多人。

洛姗下了车，站在路旁，远远地看着，围着看狗的人群纷纷又转过来，看着她。

“这是谁家的狗？”

“挺名贵的品种，狗主人去哪了？”

“是那辆车吗？车牌号记一下，别跑了，认识她吗？”

“不太熟悉，这辆车倒是经常见到。”

“记什么记，狗绳子都脱手了，怎能怪开车的？要我就不赔。”

“洛姗，怎么回事？”是孟宝珍。

“孟姨，怎么办？”洛姗见了孟宝珍，这才想起狗是被自己撞死的。

“真是你撞的？”

“是……”洛姗抓住孟宝珍的手，感觉有了救星。

“洛姗，这年月，狗比人还要金贵，赶紧想办法找找是谁家的？”

两人还未走进人群，便见一位年轻的姑娘冲了进来。姑娘齐耳短发，圆脸，肤色微红，她在狗的旁边蹲下来，将皮绳子抓在手里，用衣袖擦了又擦，那上面溅上了狗血。

姑娘摸着狗的脑袋，哭了，不是很大声，却很伤心。

洛姗上前拍了拍她的肩，“对不起，是我撞的，你说怎么赔。”

姑娘仰起脸，看了看洛珊，突然站起来，愤怒地将洛姗推开。

洛姗没防备，差点摔倒。

“姑娘，她是撞了你的狗，你也不能打人啊！一码归一码。”孟宝珍急忙扶住洛姗，挡在洛姗面前。

姑娘不理，只是一个劲流泪。

“已经撞了，我也救不活它了，很抱歉！商量商量怎么赔吧，别光哭啊，你住哪？去你家里或者去我家里都行。”洛姗弯下腰，对着姑娘的脸。

姑娘看着洛姗，眼睛里全是仇恨，好似洛姗欠了她几世的怨债。

洛姗不禁打了个寒战，“撞了条狗，难道还真的要拼命不成？”

姑娘好似没听懂洛姗的话，她缓缓站起来，脱了自己的上衣，盖在狗的身上，然后极小心地将狗包裹起来。

众人让开，姑娘抱着自己的狗走了。

洛姗，开着车跟在后面。

洛姗和孟宝珍跟了一阵，发现不对劲，“孟姨，她要将狗抱到哪里去?”

“不会要去我们家吧?”孟宝珍忍不住要下车。

“别急，孟姨，看看再说。”

姑娘走到洛姗的门前，停了一下，往院子里看了看，又径直地过去了，进了隔壁的院门，将门重重地关上。

车里，洛姗和孟宝珍对视了几秒，长长地舒了口气，她竟然进了李胜远的院门。

洛姗和孟宝珍待在院子里，留心着东院的动静，狗是不会叫了，可连个人声也没有。

姑娘没有再哭，也没有再把狗抱出来，难道她就这么把一条血肉模糊的狗放在院子里不成?看得出来，她和那条狗有着非同寻常的感情。

“要不要过去看看?”洛姗问孟宝珍。

“等她过了这个伤心劲，你没看到她的眼神能吃人!”孟宝珍悄悄地将院门带上，只留了一条细缝，以便随时观察外面的动静。

“她这么安静，我的心里倒不踏实了。”

洛姗在院子里走来走去，一边不时地跳起来，想看看那边的情形。

“沉住气，洛姗，只要是李大夫家的，这事就不怕。”孟宝珍劝慰道。

天刚一落黑，小雨便开始闹觉，孟宝珍哄着她先睡了。

洛姗一个人坐在客厅里看电视，遥控器拿在手里，翻来覆去地调，没有一个能让自己感兴趣的节目，无奈只好把频道定在了纪录上。看看钟，时间还不太晚，8点多钟，在洛姗看来，夜晚才刚刚开始。

有人敲门，洛姗以为听错了，父亲和曹刚不在家，拜访的人也少了很多，会是谁呢?

洛姗起身走进院子，从猫眼里往外看，没看出是谁，是个男人。

洛姗把门轻轻旋开。

是李胜远。

怎么是他?为狗的事?洛姗很不情愿地将门打开了。

“洛姗，不打扰你休息吧?”李胜远虽在黑暗里，洛姗还是感觉到了他挂在脸上的过于热情的笑容。

“李主任，你今晚上门，想必是为白天的事来的吧?”

洛姗明知道自己犯了错，可一见到他，没来由的厌烦从心里慢慢升腾，没见着，这种厌烦似乎淡了，刚刚对他有了些因距离而带来的好感，一下子因为面对面的接触而很快消失。洛姗感到了某种失望，对人的失望和对自己的失望，怎么就那么容易原谅别人呢?可不管怎样，今天确实需要求得他的谅解。

李胜远进了屋子，坐在沙发正中间的位置，这让随后进来的洛姗觉得自己走错了，李胜远俨然就是这里的主人。

“喝水，还是茶?”洛姗问。

“茶吧。”李胜远看着洛姗，还是那样的微笑，他仿佛永远开心，永远笑不够，在洛姗的面前尤为如此。

“曹刚没回来?”

“嗯。”

“就你一人?”

“孟姨和小雨睡了。”洛姗泡了杯茶，也不知那茶叶搁了多久。

“曹主任真是忙，太忙了，洛姗你可不要怨怪他，忙完单位的事，又忙外面的事。”李胜远找到了合适的话题。

“外面的事?”

“是啊，热心肠……”

洛姗将杯子放在李胜远的手边，水倒得太满，茶叶从杯口溢出粘在杯外。

李胜远皱了皱眉，随即又笑了。

“洛姗，一看你就很少以茶待客，将茶泡得这么满，是对我有意见啊?”

“哪敢? 你不来，我也得去，向你赔罪去。”

“狗吗?”

“是啊，那姑娘是真伤心了。”

“哦，我妹妹，别管她，不就是一条狗嘛，算不了什么。”

“那也是一条命啊!”

“命，别说是狗的命，就是你来要我的命，我也给。”李胜远端起杯子小酌一口，烫得直咧嘴。

“我要你的命? 李主任，玩笑开大了，我要你的命，为什么?”洛姗吃惊地盯着李胜远，觉得眼前的这个男人除了讨厌之外，还给人一种莫名的恐惧。

“这世道就是不公，对人不公，我的命白给也没人要，而有的人不愿给，却可能被生生夺了去。这人和狗其实没什么区别，说到底都是贱命一条……”李胜远站起来，在客厅里踱起步来。他看到了柜子上曹刚和洛姗的合影，洛姗依偎着曹刚，好似拍照时被人逗乐了，笑得很开怀，曹刚却很严肃，两人的面部表情形成了强烈的反差。

“洛姗，这是什么时候拍的?”李胜远指了指照片，回头问洛姗。

“几年前吧。”洛姗翻看着杂志，想都没想便顺口回答。

“那时的曹刚和现在的状况简直判若两人。”李胜远凑近照片，仔细端详，恨不得整个人都钻进相框。

“不一样，太不一样了！洛姗，你有没有发现，现在的曹主任好似换了一个人？”

“没有，我没觉得。”洛姗想赶李胜远走，可又找不到合适的理由。

“洛姗，这男人要是对钱、对权有了兴趣，那对女人来说，不是什么好事。”

“那么李主任，您对什么感兴趣？”洛姗的语气有些咄咄逼人。

“我嘛，当然也不例外，所以我身旁没有女人。”李胜远又坐了下来。

“李主任，直说吧，今晚你究竟为何而来？”

“这是逐客令？”李胜远反问，整个人靠在沙发背上，跷起了二郎腿，一副怡然自得的样子。

洛姗心里像是喝了什么难以下咽的东西，却又不得不喝，她觉得自己快要忍不住了，要爆发，要对着眼前的这个令人生厌的男人发一通火，狠狠地踹他几脚，再把他赶出去。他的整个人往屋子里一坐，让洛姗突然地对这个屋子也一起讨厌起来。

“李主任，狗是我撞的，你想怎么赔？”

“赔？赔一条一模一样的？我还要死的那条，它能重新活过来？”李胜远一拍大腿，从沙发上起来，背着手踱到洛姗的身旁站定，洛姗闻到了一股香水和烟味混在一起的令人恶心的味道。

“洛姗……”李胜远笑起来，笑声没有立刻停下来，笑完了，还带着长长的尾音。

“你看你，还像过去那般，一生气就把自己闹个脸红，这样子好看，真的好看。洛姗，我是来向你道歉的，今天我妹妹是不是对你撒泼了？”

“你妹妹好些了没有？”

“没事，这会儿睡了，她这有些问题，你别惹她。”李胜远指了指脑门。

“明天，我去看看她。”洛姗稍稍放松了些。

“别，千万别去！”李胜远提高了嗓门拦阻道，眼睛里好像藏着火。

“怎么了？不能去？”

“她是个怪人，一个人待久了，加之耳朵背，很难说见了你会做出什么事，那条狗是她的命。”李胜远这么说让洛姗想起了姑娘将狗抱走时的情形，心中掠过了一阵寒意，打消了去拜访的念头。

“你的这个妹妹怎么没听说过？”

“小时候送了人，最近刚回来的。”李胜远看了看表，终于有了告辞的意思。

“太晚了，曹主任看来是回不来了。”

“你等他？”洛姗放下的心又提了起来，“你不用等他了，他最近很少回来，你们有事到医院再说。”洛姗真的下了逐客令。

第五十二章

孙婉睁开眼，强烈的阳光照在墙上，让原本纯白的墙壁显出了淡淡的黄。

孙婉忘了自己这是睡在哪里，她想找个人问问，张张嘴，嗓子眼里像是刚刚被烧过，出了火泡，哪都疼，头、肩、腰、腿，孙婉只好一动不动地躺在那里。

听到了一个男人对一个女人轻声地说着话，男人声音里带着讨好，女人却显得有些粗暴："我说不吃这个，你怎么又端来了，你爱吃你吃，别让我看到，恶心。"

"别动火，别动火，我给你换去。"男人出了门，脚步声远去。

屋子里安静下来。

孙婉知道自己在医院里，好干净、好宽敞的病房！长这么大，孙婉很少进医院，仔细想想，应该是从未进过医院，就连小时候打防疫针也是能躲就躲了，她的身体好着呢，不易生病。妈说孙婉应是个男胎，生下来就像个小子，妈总是念叨说女孩男相，将来嫁到婆家有福气，谁要是娶了孙婉，那可是旺夫的命。每想到这些，孙婉终于明白妈的话是不能都信的，至少这一点她说错了。

哥哥孙成小时候爱生病，三天两头往村卫生室跑，连村里的赤脚医生都嫌他烦，因为他怕打针，人还没进门，哭喊声便远远地响起。而孙婉呢？虽是个女孩，身体却像榆木般结实。妈常说，小婉的身体不是肉长的，是铁皮捶打而成，生冷不忌，从不拉肚子，感冒发烧也不常有，是个省心的孩子。这一点妈也错了，也许妈到现在还确信自己的观念。

想到这里，孙婉忍不住地悲伤，但很快忍了，她觉得自己有什么资格去伤心，此刻对自己的仇恨远比对生活的仇恨要强烈多了。

她知道是谁骗了自己，可她不甚清楚对方为什么要这么惩罚自己。

她恨张磊，是他把自己引到了省城，是他把自己引上了这条路，是他让自己就算是死，也只能孤单地死去，孙婉不愿把这种仇恨带进坟墓里。

她努力地坐起来，力量不知为何又神奇地回到了体内。

孙婉下了地，两脚空空的像踩上了棉花，一阵眩晕，让她不得不又坐下。

“昨晚，你烧糊了吧？不睁眼说了一夜的话，不知道你说的啥，听着很瘆人。你说你病了都不好好休息，也不让我安生一会儿。”

邻床的那个女人看着窗外，像是早就相识似的，友好地数落着孙婉。

孙婉看了看对方，本想发火，可一遇到她的眼神，又没了一丝的怨气。

那女人，圆脸盘，大眼睛，生了病，脸还是那么富态，白胖白胖的，只是虚的白，没有健康的红润。头上戴了顶毛线织的帽子，帽子上晃荡着俩小球，一说话两个大眼珠子便飞快地转动，仿佛是为了配合那两个毛线球似的，这让整个人都变得生动起来。从她口中出来的话都不太耐听，可一遇到那含笑的表情，不好听的话，便不那么令人生厌了，倒显出了几分善意和可爱来。

“昨晚，我发烧啦？”孙婉摸了摸自己的脑门，还烫着呢！

“自己摸摸，降了没？”

“还没有。”

“老实躺着吧！”那女人命令道。

“大姐，刚出去的是你男人？”

“别叫我大姐，我叫瑞云，你以后就叫我瑞云，认识我的人都这么叫。”

“瑞云姐。”

“哎哟，小嘴甜的，吃苹果吗？”瑞云指了指床头柜上的水果问孙婉。

孙婉摇了摇头。

“你刚问我什么？”瑞云问。

“刚刚的那位大哥？”

“是我男人，出去给我整饭去了，我这几日也不知输的什么药，输完了就吐，胆汁都快吐出来了，可还是不想吃饭。”

“大哥，好脾气。”

“我那男人没有什么优点，就是脾气好。”瑞云笑了，脸上有了点红意，“妹子，你叫啥？”

“我吗？”

“这屋里还有别人吗？”瑞云又要笑。

护士进来了。

“12床，输液了。”护士端着输液盘来到瑞云的床前。

瑞云露出粗胳膊，“护士，商量个事？”瑞云小声问。

“什么事？”

“这输的什么药？太难受，趁我男人不在，你能不能换种药！”

“输什么药是医生根据你的病情下的医嘱，你男人决定不了，我也没权力。”护士忙着手里的活儿，看都不看瑞云一眼。

“遗嘱？什么遗嘱？我没死啊！难不成我真的要死了？”瑞云手舞足蹈起来。

护士举着针头盯着瑞云，眼中忍着无可奈何的怒火：“孙瑞云，安静点，这是病房，不是你的菜市场，快伸胳膊，不许动啊，一针扎不准，疼的还是你。”

瑞云老老实实地又把胳膊伸过来，护士拍了半天，总算找到了血管。

“护士，还要输几天？”

“还有三天，耐心点，治病不能急，等病好了，你还出去好好卖你的菜去。”

“瑞云姐，你也姓孙？”孙婉小声问。

“嗯，你姓什么？”孙婉将手腕带伸过去。

“我不识字，你让我看什么？”瑞云爽朗地笑了。

“我叫孙婉。”

“一家人，孙婉，孙婉，这名字好，好听又好记，妹子你识字吗？”

“上过几年学。”

“你帮我看看这药瓶上写的啥。”孙婉欠起身，瞅半天，又躺下了。

“写的啥？”瑞云问。

“看不出什么，就是消炎的。”

“你不厚道，跟我家男人一样，什么都瞒着我，要是没啥，为啥检查完不让走？”瑞云轻叹了口气，又对着孙婉笑了笑，这次笑得不那么痛快，一股子悲伤在脸上，瑞云紧锁眉头，开始抹眼泪。

门外又有了脚步声，是朝着这个病房来的。孙婉将被子盖好，瑞云也止住了哭，进来的是曹刚。

孙婉不禁眼前一亮。

“小婉，给你买了早饭。”

“大哥，我不想吃。”

“多少要吃一些，这样才有抵抗力。”

刚刚出去的护士又进来，给每人发了支体温表。

曹刚在床前的凳子上坐了下来。

“大哥，你不上班？”

“今天是周六。”

“过糊涂了，脑子里没有日历。”孙婉看了看瑞云，瑞云正诧异地看着他俩。

“瑞云，这是我大哥。”

“你哥长得比你还好看。”瑞云因曹刚的到来，而忘了刚刚的悲伤，圆脸又变得红润起来。

护士来收体温表，在孙婉的床前站着，凝神细看体温计上的水银线，曹刚也跟着看。

“还烧吗？”曹刚问。

“三十九度八”，曹刚有些不信，将体温表拿过来，重又看一遍，没错，三十九度八。

“得和医生说，该用药了。”护士低声对曹刚说。

孙婉看着曹刚，像难以忍受病痛的孩子看着自己亲爱的母亲。曹刚看到了一双无助而又充满期待的眼神，这眼神外人是无法理解的，唯有曹刚看在了心里。

孙婉像是个走丢了的孩子，曹刚是她此刻唯一可以依赖的亲人。

“大哥，躺三天了，怎么不给治啊？”

“要等活检的结果。”

“有些难受。”孙婉将脸转向一边，怕瑞云看到自己眼里快要涌出的泪水。

曹刚伸出手放在孙婉的脑门上，很烫，顺势地，曹刚极温柔地抚摸了一下孙婉的头发，并弯下腰在孙婉的耳边低语：“别怕，小婉，有我呢。”

这一幕，一旁的瑞云看在了眼里，更有另外一个人，此刻出现在了病房的门口，她看到了这些，犹豫着，不知是离开还是进来。

是洛姗。

她尚未认出病床上的孙婉，这一幕让她条件反射般地想起了昨晚李胜远对自己说过的话，她开始认真地审视着发着高烧的孙婉。

洛姗走了进来，走近曹刚和孙婉。

曹刚看到了洛姗，屋子里所有的人都看到了洛姗，没法不看到。洛姗的到来，让这个病房里显得有些不像病房了。因为洛姗穿了件红毛衣，那个红让人一下子想到了太阳，看到了希望，有了新的力量和激情。至少在瑞云眼里是这样的，因为她在菜市场待久了，从未见过这么光彩夺目的女人。

“洛姗你怎么来了？有急事吗？”曹刚没想到洛姗会来，更没想到洛姗会来孙婉的病房。他有些紧张，紧张的同时又不清楚自己为什么紧张，因为可以紧张的理由太多了。

洛姗不看曹刚，只是盯着孙婉，她觉得很面熟。

“我见过你吗？”洛姗微笑着问孙婉。

“好像没有。”孙婉在洛姗的脸上搜寻着，似曾相识。

“曹刚，晚上回去一趟，有事情和你商量。”洛姗还是笑着，笑容里却有太多的疑问和不解，还有些嗔怒，只是这所有的情绪都被巧妙地隐藏在那美丽的微笑背后，孙婉丝毫没有察觉，曹刚却敏锐地捕捉到了。

洛姗转到床尾，看了看病人的信息牌。

“孙婉……”

孙婉微微欠起身，“大哥，这是嫂子吧？”

“想起来了，我见过你，在KTV。”

洛姗的脸色阴了下来，笑容瞬间消失。

“孙婉，这是你嫂子？看人家长的，什么好东西都赶到一个人身上了！”瑞云啧啧称赞。

曹刚看了看瑞云，用目光制止她。

瑞云没有领会，却从床上下来了，走到洛姗旁边，“你和孙婉见面少吧？怎么连妹妹都记不得了？”

“你是谁？”

“我们是本家，也姓孙，孙瑞云。”瑞云伸出手来，要和洛姗握手的意思。

洛姗没有接，直接出了门。

曹刚连忙跟了出去。

“等等，洛姗。”

“曹刚，她是谁？”

“这……”曹刚不知怎么开口。

说是谁都不合适啊。

“回答我。”洛姗真的生气了。

曹刚自从进了魏家的门，从未见洛姗如此动怒，特别是对自己。

而洛姗呢，面对曹刚的犹疑，坚定了李胜远的话是对的。虽然她不愿相信曹刚会是这样的人。可眼前的事，让她不知该怎么办，她突然觉得这世上除了孟姨和小雨外，好像连自己都是不真实的。

曹刚看了看不远处的护士站，护士站是开放的，护士可以看到整个病房，而每一个病房的病人，只要一出门就能找到护士。此刻正是交班时间，所有的护士都挤在医生办公室的门口，主任主持交班，病区里很安静。

曹刚沉默着，此刻的沉默更像一颗随时可能引爆的炸弹在洛姗面前拖着引线摆放着。

两个人面对面地站着。

洛姗等着曹刚开口，曹刚等待奇迹出现。

孙婉过来了。

曹刚没想到孙婉会出来，更没想到在这个时刻。

“小婉，你出来干吗？一会儿该查房了，快回去。”曹刚急忙将孙婉往病房门口推。

洛姗看着这一幕，终于忍无可忍，“曹刚，你怕什么？”

洛姗的嗓门显然已经努力地压制，但还是惊到了孙婉，她来到洛姗面前。

“嫂子，你别生气，我知道我这样的女人不配和你们来往，曹大哥他救过我，我不是个好女人，可大哥他是个好男人，求求你，别怪他，别为我伤了你们的和气。”孙婉说完，双膝微微下蹲，像是要给洛姗跪下来。

曹刚一把将孙婉拽起来，“小婉，你别……”曹刚想要安慰一下孙婉，可到了嘴边的话又咽了回去。

洛姗看着孙婉，孙婉低着头，头发因多日没有梳洗的原因，乱乱地堆在脑袋上，脸上现出病人少有的潮红，两眼装着的不知是些什么东西，除了平静外，似乎什么都有。这女人像是中了什么邪魔，全身透着焦灼，不顾一切地想要抓着什么，仿佛她想要抓住的东西，此刻比她本人要重要多了。

洛姗突然有种失落的绝望，这种失落让她的内心充满了愤怒。眼前的这个女人难道就是自己要寻找的那个离自己很远、又时刻纠缠着自己的对手？是她欲将自己的男人从生活中抢走？

这不可能。

不是她，可真正的对手又在哪里？

这才是最让洛姗不能心安的。

孙婉还站在那里等着洛姗开口，她想亲耳听到洛姗说出原谅曹刚的话方能离去。

“曹刚，记得晚上回家。”洛姗没有再说什么，她盯着面前的曹刚，想要一直看到他的骨头里去，她想让他看到自己内心的挣扎、疑惑，更想看穿此刻曹刚的真正想法。

曹刚深深叹了口气。

此刻病区刚交完早班，原本空着的护士站挤满了人。

这三个站着谈话的人吸引了大家的注意。

就算不因和院长的关系，光是洛姗往这人堆里一站，太显眼了，她身上的美，仿佛只有她身上才能有，打着自身的标识，发着她自身的光芒，这种美太醒目，直逼人的视觉，让你遇上了，便会忍不住地多看几眼。

更何况她和曹刚站在一起，成了妇科病区里的一道独特的风景。

洛姗不能理解曹刚究竟想要什么呢？自己还有什么不能令他满意的？

孙婉悄悄地回了病房，医生开始查房了。

第五十三章

孙成来省城快两个月了，连孙婉的影子都没见到。

他不再干木工，因为家具厂的上班时间卡得很死，一个单子下来，就要连轴干，孙成根本没有时间出去寻找孙婉，他辞了木工的活儿，觅了个送外卖的差事。

孙成每天骑个自行车，驮着装满快餐盒的保温箱，大街小巷地跑。他不善言辞，而这个活儿免不了与人打交道，为了妹妹，不与人说话怎么能行?

他怀里揣着妹妹的照片，逢人便打听，他甚至慢慢地学会了说普通话。每天骑着车在路上奔波，希望有个人能停下来和自己说上几句话，随便什么人都可以，可省城的生活节奏太快了，没有人会停下来陪一个送外卖的聊聊天，人们都在赶时间，恨不得自己的双腿能赶上车轱辘，而车轮能赶上飞机的速度。

每次他只能硬着头皮上前，手里捏着孙婉的相片，可没有人认识孙婉，更没有人能够提供她的下落。

孙成坐在马路牙子上闷头抽着烟，远远望去，柳条不知何时已经垂了下来，嫩绿的叶子在枝头上颤颤巍巍地抖动着，孙成有些茫然，春天怎么说来就来了呢?

边上有两个人也在抽着烟，边抽烟边大声说着话，其中一个男人约莫30出头，理了个光头，却留着一小撮浓密的黑胡须，夹着烟的手指上戴着个很沉的金戒指，可能是油脂分泌太旺盛，金色的戒指呈灰黄色，更显出了它不同凡响的分量。最能引起孙成注意的是和这个人聊天的那个人的口音竟是西灌镇附近的，虽不能分清具体是哪个乡的，但至多不会超出一个县的范围。那个人衣着打扮太女性化，花衬衫，红领带，黄色小西服，细长的腿上竟是一条紧身裤，这让孙成刚刚有的那么点亲切，几乎被冲了个干净。

但孙成还是起身走了过去:“兄弟，借个火。”孙成很客气。

对方一见孙成，先是一愣，反应冷漠，随即脸上有了点笑容:“哟，遇上个老乡。”“花衬衫”将火机递给孙成。

“兄弟是西灌镇的?”孙成很慢地点着了火。

“是啊，你也是?”“花衬衫”将烟蒂扔在了地上，开始上上下下仔细地打量孙成。

“送快餐的?”对方有些不屑。

“别的不会，混口饭吃。”孙成小心地递着话。

“你这体格，干这个有点可惜!”

“力气挣不了大钱。”孙成看了看戴着金戒指的男人，那男人也在看他，眼神里尽是疑问。

很显然，那个人不喜欢这种和他不太相关的交谈。

“兄弟打听个人，不知你见过没有?”孙成拿出照片，举到“花衬衫”面前，用手指了指孙婉。

“花衬衫”将照片往自己眼前拽了拽，眯着眼睛瞅。

瞅了半天，摇了摇头。

“这是你媳妇? 长得挺俊的!”

那男人也凑过来，随即他将孙婉的照片从孙成的手中一把夺走，远了看，近了看，看完了，又放回孙成的手中，“这是你什么人?”

“你认识?”孙成觉得那人手上的戒指都在发着光，他的眼睛一亮。

“你是她什么人?”

“我是她哥。”孙成答完便开始后悔了，他发现那男人立马警觉起来。

光头男人扯了下“花衬衫”，“花衬衫”会意地离开了。

“我见过她。”光头男人对孙成说。

“在哪?”

“我带你去个地方，到那里就能见到你妹妹了。”

“我凭什么信你?”孙成有种不好的感觉，孙婉竟认识这样的男人?

孙成有些后怕，眼前的这个男人显得那么的张狂，他手里好似攥着妹妹的生死命脉。

孙成看了看对方，又看了看手中妹妹的相片，没有再说话，很快将照片放进贴身的地方，好像这样就能靠自己的身体来保护孙婉，免受不必要的伤害。

“花衬衫”并未走远，只是在不远处的报刊亭前晃动着身体，不时地往这边看几眼。

孙成准备离开，他转过身，面对着川流不息喧嚣着的路面，觉得眼前的景象是那么的不入眼，像一锅放错了东西乱炖出来的菜，更像一条被搅浑了翻漂着无数死鱼的河流。

车和人往一处挤，车把人挤到边边角角上，过个红绿灯都要随时做好和车赛跑的准备，万一腿脚慢了，就会被疾驰的车辆夹在中间，还得饱受司机的白眼和唾液。

孙成见绿灯亮起，以最快的速度跑过斑马线，在路对面，那俩男人惊讶地看着孙成。孙成看到了那个光头，正朝这边挥手，是让自己回去？

孙成推着自行车，沿着路边缓缓行走，他想骑上车，逃离那两个男人的视线，他一分钟也不愿与他们多待。可他没有，反而有意放慢脚步，希望那俩人跟上来，透露一点孙婉的消息，哪怕告诉自己孙婉现在还是好好的也行。不知为什么他有一种担心，当这种担心从脑海中闪现出来时，他想抽自己几个大嘴巴子，他害怕孙婉遭遇了什么不测，如果不是这样，怎么这么长时间不回家？哪有当妈的能舍下吃奶的孩子？又为什么满世界找不到她？

那两个男人并没有跟过来。

孙成停下脚步，身后没有，刚才的地方也没有，孙成像丢了什么重要的东西似的，一下子慌了。

幸亏那身醒目的花衬衫，孙成终于在远处的公交站牌下看到了他俩的身影。

孙成抄近道追了过去，好在公交车没来。

光头男人从人群的缝隙里看到了孙成因紧张和着急显得苍白的脸，不禁笑了，只是这笑容很快被收敛起来。

孙成挤了过来，走近了。

“还有什么事，大哥？”

“花衬衫”似乎比刚才要和善了许多。

还没等孙成开口，光头男人递过来一张纸片。

孙成接过来，展开。

“立维路鲸湾港38号”。

“这是哪？”孙成举着纸片问。

“去了就知道了。”两人上了公交车，在车子开走的那一瞬间，光头把脸贴在玻璃上，又说了句什么话，可惜太吵，孙成什么也没听到。

孙成把那几个字分开了，一个个地认，恨不得吃进肚子里，重又燃起的希望像一团火灼烧着孙成业已心灰意冷的心。

不知怎的又起了风，风中带着黄色的细土，从脸上吹过，来不及闭眼的瞬间，便被迷住了。

人们掩住口鼻，无奈地看着突然起了变化的天。

孙成全然顾不了这些，天地间只有握在手中的那张破纸片足以将自己的全部精神和心思吸引过去。他拿着这个地址，一连问了几个人，可都不知道，就像刚刚拿着孙婉的相片，四处打听是一样的情形，好似这个地方在省城压根就不存在，难道那个人是故意要自己？他要了自己又能有什么好处呢？

孙成将最后一份快餐送出去后，决定先回住处，他没有心思再出去转悠了。

孙成住的地方原是汽车配件厂的宿舍。厂子倒闭了，宿舍却还在，被廉价地抵押给了一些小的债主。债主们又将房子廉价地出租给外来务工的人。房子很旧，也很破，依然能寻到往日配件厂的影子，墙脚边，围墙根下，甚至是公共厕所旁，还留有尚未清理干净的铁皮、轮胎、钢圈之类的东西。

城里的工人在厂子倒闭后早已各谋生路去了，这片宿舍区里只有一个人是在厂子里待过的，那就是蹬三轮车的王师傅。

王师傅目前单身，这也只是猜测，因为从未见过王师傅的亲人，王师傅也从来不提及他的家庭，以及他的过去。每天王师傅是第一个从这片房子中出去的人，也是最晚回来的。常常地，王师傅喝得烂醉，躺在车上便睡着了，第二日，人们见他从车上醒来，擦擦眼睛，便又骑上他的车出去了，想必他已忘了，这是新的一天了吧？

孙成进了那条他已经熟悉了的巷子，巷子尽头便是宿舍区，远远地便看到了王师傅的三轮车，停在铁皮大门的前面，那件穿了不知多久没有下过水的工作服搭在车把上。

王师傅今天没出车？

孙成往里走，还没走到自己的屋子前，就见王师傅捂着肚子，从身旁一溜烟地跑了过去，那速度一点不像快50的人。

“王师傅。”孙成叫。

来不及答应，便进了公共厕所，半天没出来，孙成知道他又闹肚子了。

孙成坐在王师傅的三轮车上，手里拿着那张纸片，反复地看，反复琢磨，没有任何结果。

“看什么呢？这么入神。”纸片被王师傅从手中抽走。

“不要动，给我。”孙成跳起来。

“破烟盒子，你竟当个宝？”王师傅将那纸片很不屑地又扔了过来，孙成捉住，放在嘴边，吹了吹，生怕染上什么不干净的东西。

王师傅捧着肚子哎哟地弯下了腰，不知是被孙成逗乐了，还是又要跑厕所。

“王师傅，你帮我看看，这个地方你可去过？”孙成很严肃地又把纸片恭恭敬敬地递到王师傅的面前。

王师傅瞅了半天，只认得3、8俩数字。

"这是哪?"王师傅问。

"不知道,你知道吗?"

"你给我念念。"

两人脑袋挨着脑袋,孙成一字一字地念给王师傅听。

王师傅听后撒了手,不说话,进了屋子。

孙成跟了进去。

"孙成,你这是打我脸哪!"王师傅有点不悦。

"怎么了?王师傅。"

"那是个什么地方?我会去那儿?"王师傅从烟盒里抽出支烟,却找不着火。

孙成将火打着了,递了过去。

"孙成,你小子老实告诉我,你打听那干啥?"

"我……我找人……"

"去那找人?"

"为什么不能去?"孙成疑惑地看着王师傅,王师傅也同样地看着孙成。

"你去那种地方找谁?"

"别问了,你就告诉我怎么走!"孙成一屁股坐在王师傅的床沿上,看着王师傅慢条斯理抽着烟的神态,恨不得将烟从他的嘴里拽出来。

"你要去,改日我拉你去。"

"不,我自己去。"

"你莫非是欠了什么风流债?"孙成愣住了,王师傅无心道破的天机,让他的所有猜测和担心都变成了无情的现实,长青没有撒谎。

孙成低着头往外走。

"孙成,先坐15路,再坐73路,下车后步行半小时的路程就到了。"王师傅在身后喊。

孙成对着王师傅弯了弯腰,不知是想鞠躬致谢呢,还是又想起了别的什么,很快直起腰,进了王师傅的屋子。

"干啥?"王师傅腾地坐起来,瞪着孙成。

孙成从怀里摸出包烟,往王师傅的床上一扔:"谢了,王师傅。"

孙成没有吃午饭,回屋收拾收拾便出门了,临行前,他本想再去和王师傅说一声,可到了门口,听到了王师傅的呼噜声便又退了回来。

孙成找到了立维路,但没有看到鲸湾港38号。

孙成以为那会是个港口,眼前的景象大大出乎了他的意料,这里没有水,没有码头，更没有船。这里只有楼房和平房交错的街道，这里的街道像是有人故意布下的迷宫，站在你所站的地方，向左向右随便迈一下脚，便可以进入另一条街，而真正地进入了那条街后，你会很快地把你刚刚路过的地方遗忘掉，不是你想忘，是眼前的景象，迫使你不得不忘。

沿街的都是门面，玻璃门也都是彩色的，站在门外，不知道门里经营的是什么。理发、足疗、盲人按摩、养生堂，还有洗澡的，这些孙成是根据墙上的画自己推断出来的。

要不是为了找妹妹，这个地方和孙成似乎永远扯不上关系。

孙成不知自己该往哪里走，他想找个人问问，可是大街上几乎很难见到个人。

孙成走近一家店面，不敢贸然进去，只好隔着玻璃往里瞧，瞅了半天，什么也没瞅见。

有人出来，推开的门撞着了孙成的脸，孙成让到一边。

是个女人，年轻、漂亮，就是衣服太艳，脸色过于苍白，嘴唇大概是合着衣服的颜色深浅来抹的，分外的红。看到孙成，那女人的两片红唇张开了，露出了不十分整齐的牙齿。

“别光看，进去说。”女人凑了过来，穿着很少的皮肉几乎贴到了孙成的身上。

孙成连连后退，紧张得不知该如何是好。

女人倚在门上，笑了起来，满身的脂粉和香水的味道，被她这么一笑，抖搂到了空气中。

孙成不敢看那女人，觉得她就是一只会蜇人的马蜂，随时会飞过来，落到自己的身上，孙成想逃，却被拉住了衣袖。

“头一回吧？没事，来两次就知道规矩了，跟我走。”

“去干吗?”

“洗头啊!”

“我不洗头。”孙成摇头。

“洗脚也行。”

“脚也不洗。”

孙成看了看自己的脚，鞋上沾满了尘土，连忙用力在裤子上蹭了蹭。

“什么都不干，在我们门口转悠啥?”女人嫌弃地丢开了孙成，本以为捡了块糖，谁知道抓住的是个羊粪蛋。

“我问路。”

“这是指路的店吗？滚。”女人换了副厌恶的嘴脸。

孙成无助地站在街道上，弄不清自己究竟做错了什么。

彩色玻璃门又被关上了，刚刚的那个女人就倚在门边上，从玻璃透明的部分往外看。看到孙成手中抓着纸片，涨红着脸，焦灼不安地在原地转着圈。

这是个什么地方啊？白天竟见不着个人？孙成抓挠着头发，直往那扇门里瞅，依然什么也看不到。

那女人迅速地缩回身。

孙成继续找，觉得每一扇门里都有一双眼睛在盯着自己，可每一双眼睛却又都是假的，不真诚的，没有人会告诉自己，鲸湾港38号在哪里。

"哎，等等。"

孙成回过头，又是那个女人。

孙成一惊，拔腿就想跑。

"告诉我你找哪儿？"

女人没有追，一边吐着瓜子壳，一边在身后喊。

孙成站住了，将信将疑。

"把那破纸片给我看看。"

孙成犹豫着，但还是给了她。

女人看了看，笑了，这回笑得轻。

"你是去那找人吧？"

"你怎么知道？"

"你刚才的表现，不是那样的人。"女人将纸片还给孙成。

"你走过了，往回走，退回到你下车的地方，站牌的东面有个岔路，进去直走，到头就是了。"女人说得很仔细，和刚才的那个人没有一点相似的地方，这让孙成对她竟有了一丝的好感，从她身上看到了那么一点美。

"谢谢。"孙成掉转头，一路小跑。

孙成来到了鲸湾港38号。门脸装修得很考究，房子有三层，正门在最下面一层的南侧。孙成绕着楼房找了半天才找到，刚要进去，却被保安拦下了。

"我找人。"孙成急忙辩解。

"找谁？"保安语气很不友好，好似孙成偷拿了里面的东西被现场抓住了。

孙成说不出那俩人的名字，只好描述那两人的长相，可只有一面之交，孙成几乎用尽了所有的想象力，也不能完全再现那两个人的容貌特征。

"找谁都不知道，你在这瞎比画，谁能听懂？"保安开始往外推孙成。

孙成不走，好不容易来了，岂能就这么被人赶走了？

这时边上有位做保洁的女子走了过来，"兄弟，你是哪人啊？听你口音很耳熟啊。”

“大姐，我也听出来了，你和我应是一块的，我住西灌镇。”

“难怪，我是南港的，我们是邻县。”

“大姐，你能不能帮帮我？”

孙成把那俩人又重新描述了一遍。

“你说的这俩人，我见过，尤其是那个瘦瘦的，娘们似的，我对他印象深。”

保洁的大姐收拾好自己的工具。

“一会儿我带你去。”孙成差点要给人家跪下了。

“难得遇上老乡，你看你，不至于，这么激动！”

孙成跟着大姐往楼后走，原来主楼的后面竟还藏着幢破旧的老楼。

大姐领着孙成上了三楼。

这是一栋筒子楼，孙成干木工的时候也住过这样的楼房。

楼道两头各装着一盏灯，白天两头的大玻璃窗都透着光，可是两侧住户的门都是关着的，楼道里很暗，各家各户的门口都摆放着做饭的灶具及锅碗瓢盆，有的中午吃剩的饭菜，仍在锅里放着，锅竟敞着口，好像是专门用来招引苍蝇的。

“难道那俩人住这里？”

“你找他俩做什么？”大姐问孙成。

“哦，有点私事。”

“是亲戚？”

“啊，远房亲戚。”孙成小心地回答。

“在这地方干活的，挣的钱分两种，一种是干净钱，一种是不干净的。”大姐低声地对孙成讲，“不知你们家亲戚挣的是哪路子钱。”

大姐边说边将孙成领到了一间紧闭的门前，撩起半截的门帘，孙成看到了因油漆的剥落而显得不太清晰的门牌号206，管它是多少呢，孙成抬手敲了敲门。

门开了，孙成终于见到了他要找的人。

第五十四章

天渐渐热起来，本以为夏天很近了，又突然来两场风，让人有些措手不及，这么一来，有时免不了又去翻箱倒柜地找春衣，洗净了，晾干了，实在不忍心再穿上那么一小会儿，于是便在风里抱着膀子跑。

家权就在风里跑着呢，上下牙齿不停地打着战，引得同学们在他身后偷偷地笑。

锅炉房又开始点火冒烟了，学校答应了老高的条件，老高仍像往日那般将铁锹头拄在地上，双手握着，锹把靠在下巴颏上，含着笑慈祥地看着家权。

李伟英老师从办公室里出来，与家权撞了个满怀。

“你撞谁不行，非撞我?”李伟英声音不大，却满含哀怨和悲戚。

家权进了办公室又出来，疑惑地看着李伟英高大挺拔的背影。

周梅英静静地坐在角落里，仿佛这一切和她没有任何的关系，家权希望从她那得到一丝信息，不爱发表自己看法的人往往她的意见最中肯、最真实。

“周老师，李老师她……”

“家权，不要问我，问她本人去……”梅英没好气地说。

“唉，今天这是怎么了？一个个都吃了枪药了，还是我专挑枪口上撞呢?”

大家都沉默着。

锡玉从外面走了进来，脸色冻得发白，梅英看了看锡玉，站了起来。

“锡玉，你的信。”锡玉一脸惊讶地走过去。

是张汇款单，省城来的。

锡玉迅速地开了抽屉，将单子放了进去，上了锁。

这一切都被家权看在了眼里，可家权却又假装什么都没看见，他走到门后面，捡起敲钟的锤子，敲响了上课的铃声。

锡玉抱着课本往外走，家权敲完了，还站在钟下，看着老井发着呆。

“家权，你没课?”

“有，下一节体育。”

两人一问一答后，各自离开了，家权望着锡玉的背影陷入沉思。

自从上次那番话之后，锡玉好似又离自己远了一些，家权明白锡玉的心思，她绝不是责怪自己，大概是通过这样的方式，让自己渐渐地在感情上和她拉开距离。

家权进了办公室，李伟英不知什么时候端坐在桌子前，眼睛看着家权，目光却是空洞而游离的。

家权本能地想对她笑笑，因为家权觉得对这位长辈最好是时刻报以假笑和友好，只怕这样也换不来她的真心，可今日的她却反过来朝着家权笑了一下，这一笑，比哭还牵强，让家权觉得刚刚在风里被冻透的凉意又回到了体内。

“家权，我可能要请长假。”李伟英声音极低地对家权说，要不是她叫自己的名字，家权会以为她是在自言自语。

“请假？为什么？”对于一个从不缺勤的人来说，这是个大事。

“可能要住院。”李伟英抬起头，家权发现一向严肃要强的女人，眼圈却是红的。

“李老师，你要住院？”家权不太敢相信。

“是我，无所谓了，每个人都会知道的，隔不了几日，整个西灌镇中学都会知道我李伟英病了，而且这个病不好治。”李伟英边说边站起来，来到洗手池子前，打开水龙头，将脸埋在掌心里。

家权站在屋子里，不知所措。

这个女人似有钢铁般的意志，更有一副钢铁般的身板，没有人相信她会倒下，也没有人能读懂这副身板里藏着的那颗善变而冷漠的心。

李伟英拿来干毛巾，将脸擦了又擦，然后又直直地走了出去，好似这个屋子里压根就没有家权这个人似的，这个女人真是让人搞不懂。

家权开始准备体育课要用的器材，锡玉又回来了。

家权看了看表，不到下课的时间，锡玉拿起书本上放着的打火机，又匆匆地往外走。

“锡玉，你知道李老师的事吗？”家权在锡玉身后轻声喊。

锡玉站住了，望着家权，“她的事，我能管吗？”

“哦，也是，可这回好似很严重。”家权突然觉得自己挺无趣，在锡玉面前提李伟英，就好像在一个经常被鱼刺卡着喉咙的人面前提起吃鱼的事。

“家权，晚上有空去我那一趟可以吗？”锡玉换了副口吻，这让家权一下子很难适应。

“有事吗？锡玉。”

“你要是没空就算了……”

“我……”家权不知道该说些什么，锡玉已经走了。

这是锡玉第一次主动约家权，他有些激动，莫名的，但这只是几分钟的工夫。

他觉得这或许不是件该让人激动的事情，难道又是为了俞梅？想到俞梅，家权慢慢冷静下来。

下课铃响了，办公室又热闹起来，老师们利用这短暂的课间，肆意地说着玩笑话，贵祥处了个女朋友，小学老师，隔几日要过来看他，这下可把贵祥乐坏了，恨不得让全体同事到了那天都为他换上新衣服，理个新发型，办公室都得张灯结彩一下。

“家权，到了那天，我女朋友来，你最好能回避一下。”贵祥一脸坏笑地看着家权。

“我回避？贵祥……你……”家权拿粉笔头扔向贵祥。

贵祥缩着脑袋躲，老师们跟着笑起来。

“家权，我找个女朋友不容易，都是光棍，你要理解我，你长得比我好，这要是万一……啊……”贵祥说完赶紧蹲下，怕家权的粉笔头又砸过来。

一向不爱说话的梅英走到家权的身旁，“罗老师，该回避就回避吧，听贵祥的。”

原本说闹着的两位年轻人突然静默了，锡玉从窗下经过，家权连忙出了办公室的门，从锡玉身边一阵风似的跑了。

“家权怎么了？”锡玉问梅英。

“锡玉，我只管好我自己，这年头，谁也管不了谁。”梅英赌着气，将一沓作业本“砰”的一下扔在自己的办公桌上。

“周老师，谁惹你了？”贵祥将盛放瓜子的盒子端到梅英面前，“来，吃几粒。”

“不吃。”梅英拒绝。

那口“古老”的钟又被敲响，上课了。

那天晚上，家权没有去锡玉家里，因为俞梅来找他了，那天是俞梅的生日。

第二日家权想找个机会和锡玉解释一下，可一直没见着锡玉。

李伟英也没来上课，直到校长进来让家权替她代上初一的语文课，才知道她是真的住院了，但具体是什么病，校长没提，大家也不好问。李伟英的事永远都是她主动“交代”。没有人敢随便打听，哪怕是出于好意的关心，也没人愿意为自己善良的好奇心承担没必要的指责和猜忌。

家权开始繁忙起来，忙得有时候顾不上去考虑锡玉的感受了。

甚至有很长一段时间，他去了老高的锅炉房也是打了水闷头就走，不管别人怎么看，家权自己都感觉自己和原来有些不同了。

他开始试着去和俞梅相处，当自己刚有了这个决定的时候，他一个人跑到西灌河大堤上哭了很久，他觉得既然有了这个决定，就该和自己的过去和青春做个了断。

放弃了锡玉，这里的草木和自己还有什么关系呢?

美丽的西灌河依然向着大海，循着它自身特有的规律，涨了落，落了涨，从未停息。两岸的芦苇也是跟着几场春雨疯了似的长，叶子已有两指宽了。

每逢临近端午，锡玉总爱钻进芦苇丛中去打那顶端最嫩最宽的叶子，回来包粽子。

家权、宏远、锡玉一起去，他们将打下的芦苇叶用细绳捆扎，再用一根稍粗的绳子穿起，挂在腰间。

锡玉瘦弱，腰里挂不住，便斜挎在肩上。宏远爱闹，将水中的小青蛇抓起来，扔给家权，家权闪躲，那小蛇便落在了锡玉的脚下，锡玉从水中跳起来，迅速奔向岸边，奔向长满狗尾巴草的土坡上，觉得站在那里还不安全，索性捡起家权脱在地上的外套，将双脚裹起来，然后用一双因害怕而噙着泪的双目怒视着宏远。

宏远知道自己犯了错，撩起水花洒向锡玉，锡玉只是警惕地看着四周，生怕一不留神再钻出一条来。

家权站在芦苇背后，默默地注视着锡玉，锡玉怕蛇，家权早就知晓。记得在师范学校时，有一年秋游，同学们在山路上行走，突然有位男同学看到一条蛇从草丛中游出来，那男生本能地喊了一声“蛇”，可怜“蛇”字还未出口，就被身旁的家权捂住了嘴。男生不明原因，踩了家权一脚，家权退让，踩着了蛇的尾巴，那蛇急了，反过来咬了家权一口，游走了。没有人知道家权被咬了，这成了个永远的秘密，藏在了家权的心里，好比把锡玉藏在心里是一样的吧。有些疼，却又宁愿让它疼着，因除此之外，还有什么别的办法让自己能够这么无所顾忌地用尽心力去爱一个人呢?

锡玉好些天没来上课。

后来才知道她在帮着李老师在县里联系住院的事。

锡玉竟然去帮李伟英，这让同事们有些不解，尤其是周梅英，见到了锡玉，当面就质问上了，“为什么帮她?”

锡玉笑了笑，“梅英，人都会有难处，都会有过不去的坎，她那么要强的人，竟来找我，推托不得。”

“换了我，就不管她，想想那会儿，你作难的时候她都做了什么？”梅英看着锡玉的那张脸，难以置信，这张脸背后的灵魂究竟能容下多少东西。

“梅英，人人都有自尊，这自尊还有个厚薄高低，你什么时候见她求过人？”

“她求你了？”梅英心中竟有了一丝畅快。

“虽没明说，可能看出来，她在我的窗前站了很久，离开，回来，再离开，最后才敲了门。”锡玉住了口，她看到好多孩子站在学校的围墙边踮着脚，向外张望。

“她究竟生了什么病？”梅英站在锡玉身后，小声问。

“胃癌。”锡玉回过身，眼里微微闪着泪花。

梅英低下头，回到自己的办公桌前，再没发一言。

围墙边的学生都伸长了脖子，有的搬来砖块码放起来，站上去，不时地人群竟鼓起掌来，还伴着整齐划一的口哨声。

罗家权老师也在其中，看着还是个领头的，吹着口哨，指挥着同学们，锡玉有些看不下去了。

“梅英，走，去瞅瞅家权又闹什么呢。”

“你去吧，我不想凑那个热闹。”梅英开始写她那没完没了总也写不完的教案。

锡玉站在窗前，看到贵祥领着位高挑秀气的姑娘从围墙外缓缓走进了校园。

天气还未完全入夏，姑娘穿了件墨绿色的长裙，白色的上衣，长长的头发很严谨地编成了一根麻花辫，一手拿着本书，一手被贵祥攥着，走过杉树林的时候，姑娘用力地想将手抽出来，可贵祥抓住了，死活不撒手，同学们忍不住大笑起来。

贵祥很自豪，为了这一天，他准备了很久。他想用这种方式告诉西灌镇的全体人民，“我王贵祥也是个优秀的，有人爱的男人。”和这么漂亮的姑娘牵着手，在西灌镇中学走一圈，贵祥觉得这辈子没白活，值了，赚了，哪怕立马要了自己的命也认了。

这一招果然狠，正是下午自由活动课的时间，几乎所有的人都在外面，目睹了王贵祥同志的精心杰作。

锡玉出了门，站到井边，看着贵祥一脸幸福的样子，忍不住乐了。

就连梅英也终究没坐住，一直隔着玻璃欣赏着。

家权没有近前，和同学们在围墙边站着。今天贵祥是主角，他不能抢戏，他从心底里羡慕贵祥，活得那么自我，遇上自己喜欢的人，就牵着对方的手，不管不顾地想怎么牵就怎么牵，想怎么炫耀就怎么炫耀，炫耀也好，骄傲也罢，管别人怎么想的，今天就是她了。

家权知道锡玉就在那里，他却鼓不起勇气去看她一眼。有时候他会瞧不上自己，在爱的人面前，他最终没有贵祥的魄力和胆识，所以最终他成了个旁观者，可他宁愿做这个旁观者，就这么站在自己的地盘上看着锡玉。

也只能这样了！

第五十五章

因洛姗的要求，曹刚回家了。

没想到的是，院长近来竟也天天回家，很少住在医院里，一向围着小雨转的孟宝珍在沉寂了很久的灶台前重又忙碌起来。

小雨没见过这么多人在一起吃饭，兴奋得小脚不停地在人群中穿行。

食堂吃久了，饭馆吃多了，孟宝珍的饭菜在曹刚和魏明义，尤其是在魏明义的口中，呈现出食物本身的味道。

“老孟，还是你做的饭香。”魏院长大概是吃得过快过饱，坐在餐桌前好半天没起身，不住口地称赞孟宝珍的手艺。

洛姗觉得父亲又回到了过去，回到了孟姨刚来她们家的那段时光。

而曹刚却好像不认识自己的岳父了，什么时候变得像个家人了，原先横亘在自己和“顶头上司”之间的距离正在慢慢消失。

只有孟宝珍默默地收拾着碗筷。小雨在奶奶身旁异常的活跃，不知道该如何表达高兴的心情，只是充分施展自己所有能活动起来的艺术细胞。在她幼小的心灵里，似乎已经感知到了这个家的变化，或是即将到来的变化。

“曹刚，往后你也要多回家。在外面每个人都对你笑，那是对着你身后的那个位置笑，绝不是对你这个人。我已经能够看到了，等我明年退下来，估计人们见了我打个招呼都觉得累，觉得麻烦，觉得多余。曹刚，人哪，说到底，没啥意思。”魏明义语重心长地看着曹刚，这番话像是说给曹刚听，可更多的是说给自己听。

“爸，你刚才说什么时候退?”洛姗在父亲身旁坐下来。

她知道有一天父亲终究要从那个位置上退下来，可当这一天真的要来到时，洛姗还是不希望这一切来得这么快，因为她早已习惯了父亲在院长的位置上坐着，习惯了院长女儿的这个身份。

“明年四五月吧，该退了。”魏明义有些伤感。

这个消息对曹刚的冲击似乎比洛姗更要猛烈。这几年在省城的生活，主要得益于眼前的这位老者。如果他不是院长，在省院谁会容下一位不能上手术台的医生坐上器材科主任的位置？如果不是因为他的光环将自己时刻笼罩，人们的注意力或许更多的是集中到他所最害怕的东西，“他究竟是谁？”可这些年竟没有人怀疑过他。

院长退了，曹刚怎么办？这该是此刻洛姗和曹刚同时想到的问题。

魏明义看出来了，他没有言语，起身离开了。

厨房的水声很大，孟宝珍不知在冲洗什么，偶尔停一下，小雨的声音便会清晰地传出来。她在不停地提问题。孟宝珍不管能不能回答上来，也不管答案是不是正确的，每问必答，耐心、细致，有心或无心地和小雨说着话。

餐桌前只留洛姗和曹刚。

吃完了，洛姗又捡起筷子去拨拉盘子里剩下的饭菜。

“没吃饱？”曹刚以为洛姗又饿了。

“饱了，浪费了可惜。”

“那最好别吃了。”曹刚将椅子归了位，“洛姗，你不上去？”

“现在吗？再坐会儿吧，小雨还没吃饭呢！”

“那我先上楼去，我等你。”曹刚意味深长地看了看洛姗，想起白天在病房的那一幕，曹刚不知洛姗为何又不急了。

洛姗目送曹刚离去，原本有重要的事情和曹刚说，却被父亲无意中透出的消息给掩盖了。相比这件事，洛姗觉得医院里的那个叫孙婉的女人，似乎又不那么重要了。

曹刚进了卧室，很久没回来了，屋内似有了很大的变化，床单被罩都是新换的，洛姗什么时候喜欢素色的了？

梳妆台原先对着墙，现在也挪了位置，朝着窗子。

曹刚在床上坐下来，挺小心地，怕弄皱了平展的床铺，仿佛那不是自己的，而是进了别人的卧室。

洛姗上来了。

“小雨呢？”

“跟着孟姨呢。”

“她晚上不和你睡？”

“有时在这，有时不在，这孩子和她奶奶更亲一些。”洛姗将头发散开，用宽齿的梳子很细心地梳了一遍，又编了起来，然后往脸上涂抹东西，瓶瓶罐罐摆了一桌。

曹刚坐在身后，看着她涂，觉着她差不多结束了，曹刚才开了口：“洛姗，那个孙婉……”

“她是做什么的?”洛姗转过来，冒着油光的脸冲着曹刚。曹刚怎么看都觉得那层油是多余的，要是不抹这些多好，洛姗原本就是美的，这层油反而将一些真实的东西给破坏了。

“不太清楚，也不好问。”曹刚伸出手去，将洛姗的辫梢轻轻地扯开了，纯粹下意识的动作，连他自己都不知道自己为什么要这么做。

洛姗并未察觉。

“那样的女人，你怎会认识?哦，想起来了，她说你救过她?”

“是有这么回事。”曹刚点头。

“英雄救美?”洛姗竟笑了，却像闪电划过曹刚的心。他微微地将身体后仰以缓解渐渐紧张起来的心绪。

“你遇上，你也会救，一个男人欺负一个女人，下手还那么狠。”曹刚一下子找到了问题的切入口，他坐直了，脸上瞬间泛起生动的光芒，“洛姗，你知道坏人在你面前求饶时的那种感觉吗?”

“你不会拿人出气了吧?”

“他碰巧赶上了，于是我把他死揍了一顿。”

“那是什么时候的事?”

“什么时候?容我想想。”曹刚真的想不起了。

“不用回忆了，曹刚，我相信你。你就是有问题也不会出在她身上。”洛姗从镜子里发现头发不知何时又散开了。

“我能有什么问题呢?洛姗，除了脑子有问题。”

“如果光是脑子的问题就简单了。”

曹刚不言语，他希望洛姗赶紧转移话题。

“曹刚，你看我们还像夫妻吗?”还是转回来了。

“我们一直都是。”

“在外人眼里是。可夫妻，不是做给外人看的，是做给自己的。这张床，你多久没睡了?”洛姗拉开衣柜，从里边取出个枕头，抱在怀里，看着曹刚。

“摆哪?”

“什么?”

“不问你了。”洛姗打开被子，将怀里的枕头认真地放在另一个枕头的边上，嫌不够近，又往一处挤了挤。

曹刚不敢再看洛姗。

可是洛姗过来了，还像往日一样，从背后抱住了曹刚，好像什么事都没有发生过，将深爱的丈夫紧紧地拥在自己的怀里。

曹刚不能拒绝。

他不能，他没有拒绝妻子的理由。

越往后走，他越拒绝不了，除非他继续躲藏，可是他能藏到哪儿去呢?

他终究逃不出自己给自己安排的道路，明知道这条路到底也是黑暗的，无法看到光明，可只能硬着头皮往下走，因回身也是个悬崖，不死也得粉身碎骨。

人在两难的时候，往往没有了走回头路的勇气，可有时退后方能真正地看清走过的路啊，就算死也死在微弱的光亮里。

曹刚决定向前走。

可在他前行的路上，总能看到遥远的西灌镇中学里那间简朴的屋子。那屋子正开着窗，锡玉一直站在窗前。这个影像在他心里生了根，每每想把她移开，相反地，那根须钻得更深，在他的身体和精神的世界里蔓延。

曹刚感觉到了疼痛，当洛姗在他的臂弯里睡去的时候，他却异常的清醒。醒着，他落了泪，泪水被带进了梦里。

而此刻的锡玉确是站在窗前，但那不是西灌镇中学，那是县医院的普外科病房。

李伟英刚在这里做了胃部分切除术。直到今日锡玉才知道，李伟英身边没有一个亲人。锡玉在手术室外等候，望着手术室门口空空的座椅，最终没有等来一个家人，锡玉只能留下来。

当李伟英被护士从手术室里推出来时，麻药劲尚未过去，她还在沉睡。锡玉过去帮忙。几个小时的手术，李伟英好似变了个人，脸稍稍有些浮肿，花白的头发平铺在枕头上，像快要谢了的蒲公英，随时都有被风吹走的可能，凌乱而稀疏，眼角满是泪痕。

下午4点多，李伟英睁开眼睛，看到了坐在病床前的锡玉，她张了张嘴，没能张开，双眼久久地盯着锡玉。

“李老师，要喝水?”

李伟英点点头，锡玉用棉签蘸上水，敷在李伟英苍白而干裂的双唇间。

“手术很成功，放心。”

锡玉尽可能地微笑着，却又觉得自己笑得有些过，她突然间觉得自己不会笑了，脸上的肌肉僵在那里。

“对不起!”李伟英说话了。

“什么? 李老师，您要什么?”锡玉没听清。

泪水从李伟英的双眼中涌出来，“锡玉，难为你了。”

“不用这样，李老师。我一个人，有的是时间。”不知怎么的锡玉竟跟着也想哭。

但她没有，只是在床前坐下来，伸出手去轻握住李伟英好似没有了体温的手指。锡玉不知道该如何去安慰她，在一个身患绝症刚动完手术的人面前，什么样的语言都是多余的。

护士给李伟英注射的液体里加入支安定，以缓解疼痛。从术后至现在，这个女人就没吭一声，要强的女人同样也很坚强。她睡着了。

锡玉站在窗前，看着远处几个高高的烟囱里正冒着白色的烟雾。这烟雾在楼房的上空飘着，似入了仙界。有人推着平车，从窗下经过，车上是个黄色的袋子，拉链封上了口，后面几位白了头发的人边走边抹着泪。锡玉迅速拉上了窗帘，胸膛里似落入了石头，隐隐地痛。她看了眼李伟英，平静地睡着，大概是药物的作用，脸上泛起了浅浅的红。

锡玉隔着窗帘，依然能看到外面的世界，隐约而忙乱。医院的宁静只是相对的宁静，有谁知道夜幕遮盖着的是疼痛、呻吟、无助、绝望，还有对生的渴望和对死的恐惧。

她想到了曹刚。

好久没来电话了。锡玉不能打电话去问为什么，虽然她很想知道他在省城的情况，可是没有理由去过问别人的生活。想着以前宏远刚离世的那段日子，曹刚来西灌镇中学看自己，现在却恍如隔世了。锡玉尽可能地不去想他，在锡玉心里，他们俩虽是兄弟，在精神和肉体上却是重合的。

她想将他们俩分开，她知道自己此刻已没有这个能力，她只能将他们俩都在心里装着。这让她在感到希望的同时，也感到了苦痛。

看来得去一趟省城了。

长青来信了，告诉锡玉，他在外地打工，春节一直没有回家，孙成进城寻孙婉去了。

看得出，长青很着急，因为他和孙成联系不上了。刚开始，每隔一段时间，长青都会接到孙成的电话，可最近孙成却没了音讯，电话也打不通了。

孙婉离家了，锡玉不是没有耳闻。间隙，梅英会带给锡玉一些长青的家事，刚开始梅英还当个事说，久了，梅英也没了兴趣。锡玉心里虽挂牵着孙婉，可一想到孙婉做的那个事，免不了心生埋怨，赌气地不想再为她操一点的心，索性不去管她了。

有很多次，锡玉想给曹刚打电话，请他帮忙在省城打听一下孙婉的消息，可她终没有鼓起这个勇气。

不能什么事都去劳烦大哥。

孙婉能去什么地方呢?

大哥也只是个医生，不是搞刑侦的公安，生就一副灵敏的嗅觉和一双哪都可以触摸到的手。

可孙成竟去寻孙婉了，长青又来求自己，该去了。且不论是为谁，省城之行，必须提上日程。

“锡玉，几点了？”李老师醒了。

“还疼吗？”

“轻多了，刚刚做了个梦。”

“梦见什么了？”

“想见的，不想见的，都梦到了。”李伟英的手交叉放在自己的胸膛上。这里曾经被打开过，身体的一部分被冰凉的手术刀切割下不知丢到什么地方去了。李伟英觉得悲伤，为自己的身体，更为自己失败的人生。

“锡玉，回吧。”

“回？那怎么行？你这不能离人。”锡玉看了看液体，还剩最后一点。

“你没有这个义务，锡玉，这不是你该做的事。”

“这世上没有什么应该，也没有什么不应该，应该不应该都是人定的。”锡玉端起水，用勺给李伟英喂了一口。

李伟英含着泪，没有下咽，扭过头，哭了。

“李老师，家里人什么时候能来？下周我可能陪不了你了。”

“都死了。”

“什么？你爱人呢？”

“死了很久了。”

“什么时候的事？”

“几年前，得了场重病。”李伟英的声音里带着幽怨和仇恨。

“儿子呢？去哪儿了？”

“有其父必有其子，谁也别想指望。”

锡玉没弄明白李伟英话里的意思。

护士进来了，换上了新的液体，“家属先别睡，看着点，这个药对血管有刺激，如果疼得厉害，可以叫我。”护士交代完，走了。

锡玉坐在床前，看着液体一滴滴地落下来，匀速，缓慢。李伟英闭着眼睛，不知是真的睡着了，还是不愿再说话。

夜渐渐静了下来，医院也不例外。锡玉不敢睡，怕睡过了，忘了叫护士，可最终还是睡着了，液体什么时候完的都不知道。

这些天来，她是真的累了。

第五十六章

韩望没想到自己还会来省城。

他曾经在心里发誓，再不踏入这里半步，原本抱着颗宽容的心，想要把这里留给自己的所有伤害都放下，可他最终还是无法说服自己。

不仅因为自己在这里遭受的不白之冤，更多的是这些背后隐藏的东西尚未浮出水面。韩望是当事人，更是旁观者，且是个被动的旁观者。出于善良的本性，伸出手去，结果却被拽进了丑恶的陷阱，就算出来了，也是遍体鳞伤。极少有猎人会对自己的猎物生出同情之心，除非他们本不想捕猎。

韩望在街上走着，可以感知那藏在暗处的眼睛正盯着自己，也许在某个窗口，也许在某个人的心里，也许在身后不远的地方正紧紧跟随。

在一家拉面馆门前，韩望停了下来。

“火烧毛豆拉面馆”，韩望笑了。

当初和曹刚、赵昆他们，因为这让人费解的店名而经常光顾这家餐厅，没想到它还在这里开着。

未到吃饭时间，韩望见门开着便走了进去。没有客人，也没有服务员，厅堂里很安静，只听到里面传来砰砰的声音。角落里有个人正在清扫垃圾，那人没有看到韩望，大概是发现桌子下面有什么东西，整个人都钻进去掏。

韩望在靠窗的地方，刚要坐下，那人直起腰来，“您干吗？离开饭还早着呢！”是个40来岁的中年男人，个不高，一头浓密的黑发，脸庞也黑，在头发的映衬下，竟又显出了些红，两只眼珠子转得很快，透亮的程度不像他这个年龄所应有的。

“可以在这等会吗？”韩望赔上笑脸。这离省医院不远，韩望所在的窗子正好又能看到省院的侧门。说不清楚要等什么，就是想在这坐着，看着从那门里进进出出形形色色的人。

那人没说让坐也没说不让，继续扫他的地，扫着扫着，就不知扫到哪里去了。只留下韩望一个人和一排桌椅空落落地沉默着。不知过了多久，里间“嘭嘭”的声音突然停止，这让韩望一下子又回到了现实中。

韩望看了看声音停止的地方，那里似有一面墙，墙下方是几个多边形的窗子，很不规则的组合。从那不大的图形中可以窥见里面有几个人影在晃动，间或大着嗓门在说话，听不清他们说什么。

大门口的门帘被掀开，一位年轻的姑娘径直走了进来，没有看到厅里有人，姑娘一进屋就扯开嗓门喊，“汤圆，汤圆，我的表呢？”

没有人回应，良久，有扇门吱呀一声。“小米，小声点，我们都不聋。女孩这么大嗓门，谁敢要？”

“少废话，表是不是你藏的？”“我藏你表干吗？”“汤圆，你等着，等我翻出来你死定了。”

“你俩天生就是为了凑一对冤家，见了面不吵两句干活都没劲是吧？”

劝说的从多边形里探出了脑袋，声音很严肃，却又是笑着，笑着的眼瞟到了韩望，此刻这个馆子里唯一的客人。

“小米，那位是什么情况？”

“谁？”小米姑娘一头雾水。

“徐哥，那人来了好久了，一直坐在那里。我们都没上班呢！吃饭的比做饭的来得都早！”被称作汤圆的男人露出了不满。

“汤圆，来的都是客，去给客人倒杯水。”

“徐哥，咱们不是提供免费茶水的地方。”

“快些去，听徐哥的。”小米拿包在汤圆的后背上使劲地拍。

汤圆乖乖地倒水。

韩望真没想到会有人送水过来，当冒着热气的杯子摆在面前的桌子上，韩望受宠若惊地站了起来。

“对不起，打扰了！我这就走。”

“请喝水，我们老板吩咐的。”汤圆见韩望要走，把杯子又往韩望手边推了推，心里却希望他就此出门，他可不愿伺候这种客人。

“你们老板？”韩望四下里寻找。

有位穿着白色工作服的高个子男人正朝自己点着头，因他戴着口罩和帽子，看不出容貌和年纪。

“那就是我们老板。”汤圆离开了韩望的桌子。

老板却走了过来。

“你以前来过这？”老板问韩望。

“常来。”

“面熟。”老板的一双大眼睛盯着韩望的脸，“在省院干过?”

“嗯，从哪看出来?”韩望没想到对方问起这个。

“从你进来，坐在这张桌子前，你的目光就没离开过那儿。”

“你在观察我?”

“是，我观察来我这里的每一位客人。”

“从那些洞洞里?”韩望指了指那些多边形。

“你也在观察我。”老板笑了。

“我知道你，韩医生，请跟我来!”老板不容置疑的口吻，带有一些商量，也带有几分命令。

韩望没有跟着走。

老板走到刚刚小米和汤圆打闹的地方，发现韩望没有跟上来。

“过来。”他站在那里招手。

韩望走过去，两人来到一个小房间，像是宿舍，又不太像，有张沙发床，沙发床上放着被褥枕头，还有台笔记本电脑，老式的，看着厚实而沉重。

“坐。”老板把被褥抱起来，放到了桌子上，给韩望和自己腾出了个可以坐下的地方。

韩望站着，在离门很近的地方观望，他做好了随时离开或者“逃跑”的准备。

老板将高高的帽子取下来，放在手上旋转了几圈，将它搁在腿上，然后看了看韩望，又笑了。

“我知道你在想什么，韩医生。”

“你认识我?”

那人不说话，将口罩摘了下来。

“是你?”

“是我。”

韩望夺门而去。

后面有人疾风般追来，一把拽住了韩望。

“我不会害你，相信我，我有重要的事和你说。”

“怎么信你?凭什么信你?”韩望欲挣脱对方的手。

“为了你自己，为了曹主任，还有死去的冤魂。”

“什么?”韩望的双目逼视着对方，他不知道是自己听错了，还是对方编了个谎言哄骗自己。

“能进屋说吗?就我们俩人。”

“谁派你来的？你想要什么？我可告诉你从我这你什么都得不到。”韩望断然拒绝。

徐四虎失落的两只手揉搓着满是面粉的工作帽，展开，抖落，再贴着裤子搓，眼睛始终看着韩望，“我知道你不信我，没人会信我，说什么都没用，算了，走吧，别作难了。”徐四虎将口罩帽子戴上，缓缓离开。

“等等，你刚说死去的冤魂，是谁？”韩望叫住徐四虎。

“信我了？”徐四虎的大眼睛瞬间亮活起来。

“信？你就那么在乎我的信任？”

“从小到大，除了我父亲，就没人真正信过我。”徐四虎垂下头。

“死去的是谁？”韩望逼问。

“车祸时除了曹大夫，车上应该还有一个人，我只能告诉你这些，等你信我了，再来找我。”有人唤徐四虎，是那个叫小米的姑娘。

徐四虎回过头朝韩望摆摆手，进了大厅。

“车祸时除了曹大夫，车上应该还有一个人……”想到徐四虎的话，韩望的心猛地揪紧，他一时有点蒙，不知道自己为何这么紧张。如果真有那么一个人，人呢？人间蒸发了吗？

韩望站在原地，一时不知该去哪儿，这个徐四虎为什么要告诉自己这些？究竟信不信他呢？韩望有些后悔，刚刚应该听听他怎么说，给他那么一丁点的信任，哪怕是假的呢。可现在不行了，再过去只怕韩望自己也做不到，怎能在徐四虎这样的人面前低头？不能求他，绝不能。韩望以一个胜利者的姿态离开了火烧毛豆，内心却满是失望和懊恼。

第五十七章

洛姗难得的清闲。

学生快放暑假了，很多家长停了暑期的课，准备带孩子出趟远门。工作室里目前坚持上课的只剩下不到10名同学。

洛姗不用每天都往工作室跑了，她想利用这段时间好好陪陪小雨。再过一年半载，小雨该上幼儿园了。自己虽是小雨的亲妈，可小雨对孟宝珍的依恋远远胜于自己。这让洛姗的心里常常有股莫名的失落和愧疚。孟姨带大了自己，现在又带小雨。小时候母亲离世早，那是万不得已。小雨不同。洛姗想到自己和曹刚天天为了工作，把孩子完全交给孟姨。说得好听些，是没时间，说得不好听是自私。

小雨很不情愿地跟着洛姗出了门，她想拉着奶奶一起，被洛姗拒绝了。

小雨牵着电动玩具狗，只要打开开关，便会发出狗的叫声。小雨等不及玩具狗缓慢的速度，她在前面跑得快，刚开始是牵着，慢慢地，便拖着跑，玩具整个侧翻着，叫个不停。

洛姗嫌吵，远远地跟着。

今天出来早，年轻人都没起床，在小区里活动的老人居多。有人认识小雨，大概是因为孟宝珍的缘故，便围过来逗小雨。小雨谁都不惧，逢人便打招呼，给洛姗挣足了面子。洛姗心里对孟宝珍充满了感激。

接了个电话的工夫，小雨没了踪影。这可急坏了洛姗。大声地唤着小雨，四下寻找，倒是那玩具狗的声音提醒了她。

声音是从洛姗左后方的一扇铁门里传出来的。

小雨进了李胜远的院子？洛姗循声进去。

“小雨，小雨……”

“妈妈……”小雨将玩具狗扔在一边，正蹲在花池边，那里趴着一只毛茸茸的棕色小狗，看着像是刚刚从狗妈妈身边抱过来不久，怯生生地盯着小雨。小雨伸手去摸狗爪子，小狗发出哼哼唧唧的声音，缩在角落里。

院子里很安静，洛姗凝神听了一会儿，没有一丝声响。

院子收拾得干净、整齐，曾经摆放着喝茶的桌椅被撤走了，花花草草种得也没有以往见的那么多了。

洛姗拉住小雨的手，准备带她出去。在这个院子里待着，让人心里总会生出些不安和恐惧，洛姗不能不想到前些日子的撞狗事件。要是那哑巴女发现了她们母女俩如何是好？

“小雨，听话，回家。”

“不要，我要小狗狗。”小雨挣脱了妈妈的拉扯，又去抚摸那条狗。那条狗终于被弄急了，发出了“汪”的一声自卫。小雨吓得一激灵，“哇”地哭了起来。

洛姗抱起她就往外走。

身后有人从门里走了出来。

洛姗不敢往后看，贸然进了别人的院子，本就是极不礼貌的行为，现在又急急地离开，洛姗觉得自己像是个被抓了个现行的小偷，留也不是，逃也不是。

“阿姨。”小雨脆生生地叫。

洛姗回过身，哑巴女微笑着，手里拿着小雨的玩具，快步地走过来。

“你好，对不起……”洛姗尴尬地冲着哑巴女道歉，不知该说什么，才能让此刻的自己找回原有的优雅和高傲的自尊。

那女人不看洛姗，只看小雨，脸上始终带着极其和善的笑容。她把玩具狗递到了小雨的手里。

小雨扭扭歪歪地要下地。

洛姗无奈，把她又放了下来。

小雨脚一落地，飞快地跑向那条狗。

那女人过去和小雨一起蹲下来。

洛姗有些不敢相信，这女人究竟怎么了？难道这么快就原谅了自己？

洛姗站着，看着她俩极其亲密地依偎在一起，反而自己成了个多余的人，她不知道接下来会发生什么。

“小雨，该回去了，奶奶着急了。”洛姗故意大声地对小雨说。她希望孟宝珍能听到自己的声音，赶过来把小雨抱走。

小雨压根听不到自己的话，她的注意力全在那条狗身上。

西屋的孟宝珍也没有一丝动静。

洛姗看了看半开半闭的大门，心中焦灼不安。

那女人直起身朝洛姗招了招手，又指了指自己的屋子。

"嗯？她什么意思？"洛姗暗自思量，却又莫名其妙。

哑巴女把门完全打开，把刚才的动作又重做了一遍。

洛姗明白了，她是让自己进屋，和一个不会说话的女人聊一聊？为了那条被自己撞死的狗？

那女人的神情却是真诚的。

洛姗进了屋，屋子里有股不见日光的清冷。虽李胜远的家就在隔壁，相距不到几十米的距离，院墙还是连着的，平日里，李胜远似乎和父亲走得比较近，但洛姗还是第一次走进他的屋子。

屋里没有开灯，家具的色彩暗黄。窗帘是灰色的，感觉很重，却不够长，半吊在窗前，正好挡住有玻璃的地方。这让洛姗觉得好奇，李胜远再吝啬，也不至于为了节约几米布，把窗帘做得这么短。

哑巴女经过客厅时，并没有要坐下来的意思，从茶几上拿起一串钥匙，径直上了楼。

洛姗站在楼梯口，看着前面的女人，那女人也看着洛姗，这次的神态庄重得让人害怕，洛姗跟着她上了楼。

这个小区里的别墅格局基本上是一样的，只是每家按照自己的想法，又做了各自的装修、改造，可李胜远的卧室却和自己家的十分相似，这让洛姗一踏进卧室的门，误以为自己走错了地方。

"你带我来这里干什么？"洛姗忘了哑巴女似乎是听不见的。但是她感觉到了。

她走到床头柜前，洛姗发现那上面挂着块速写板。

哑巴女用速写笔很工整地写了一行字："你叫魏洛姗？"

洛姗点点头。

"我认识你。"

"啊，是，那狗的事……"洛姗从哑巴女手中接过笔，"狗的事，对不起！"

"不用了，都过去了，还有别的事。"

"什么事？"

哑巴女将速写板放下，将衣柜的门拉开，洛姗呆住了。

柜子里没有一件衣物，每个格子里都摆满了自己的照片，从十几岁到结婚前的都有。

洛姗看着自己的照片，感觉不到一丝的美。她认为那不应该是自己，自己也不应该出现在这里。那一幅幅微笑的脸孔，突然间变得有些狰狞，不怀好意地看着自己。洛姗看了看哑巴女，哑巴女冷静地看着洛姗，这目光通过墙壁的反射又回到了洛姗的心里。洛姗突然觉得这间屋子在震颤，弄不好要坍塌掉。她将衣柜门猛地关上，用身体抵住，生怕里面蹿出什么邪性的东西，自己征服不了。

“这些照片哪来的?”洛姗在速写板上写道。

哑巴女摇了摇头。

“你不知道?”

哑巴女点头。

“你是他妹妹吗?”

对方摇头。

“你是他什么人?”洛姗住了笔，将速写笔举到哑巴女面前。

哑巴女将洛姗的问题用力地擦去。

“我叫郭芳。”

“郭芳，告诉我，照片是怎么回事?”

“他藏在这里的，每次回来他都把照片摆开，站在这里看很久。”

“李胜远?”

“是。”哑巴女写完这个“是”字，开始抽泣起来。

“我本来是种菜的，他把我领回来，让我陪他。”

“什么？陪他?”洛姗的心不由得揪紧了。她曾听李胜远亲口告诉她，这姑娘是他的妹妹。郭芳的话让她觉得这间屋子的每一丝空气都是有压力的。

“你要当心。”郭芳用手指着这几个字，目光里含着真诚的恳求。

“你是说我有危险?”

“他让我害怕，我想要离开。”

“为什么不走?”洛姗拉了拉郭芳的手。

“我出不了这个门。就是出了，他也不会放过我。有母亲和弟弟，他们需要钱。”郭芳不哭了，她将泪水擦干。

“为什么要告诉我这些?”

“我信你。”郭芳笑了笑，那张脸带着孩子的单纯。

“哦，我没想到……”洛姗松了口气。

两个人一起把写下的字擦干净。

小雨在院子里叫洛姗，洛姗急忙下楼，可是到了楼梯口又折回来，她来到衣柜前，拉开门，把那些照片抱在怀里。

郭芳冲过去抢夺。

“我的照片不能放在这，我要把它拿走。”洛姗对着郭芳的耳朵大声说。

郭芳拼命摇头，双手抓住相框。

洛姗不让，两个人你拉我拽，一时僵持不下。

“扑通”，郭芳在洛姗的脚边跪下，双膝砸得地板有些抖。

洛姗一手抱着照片蹲下来，一手去扶郭芳，“别这样，你护着它们干吗？”

“他知道会杀了我。”郭芳真急了。

洛姗愣住了，看了看空空的柜子，不想把自己再放进去，那像是个无底的深洞，可以吃了人，也可以将美好的东西慢慢侵蚀掉。

洛姗不知道李胜远这么做的真正目的是什么，但至少这引起了洛姗的警惕和恐慌。从郭芳身上，洛姗更感觉到了李胜远的可怕。

无奈，洛姗又把照片一一放回去，觉得把自己只身扔进了蛇窝，让自己被最恶心的东西包裹着。洛姗觉得肉体不是自己的，被什么东西无情地夺去了，只剩下精神在空气中飘着，恍恍惚惚地下了楼，来到了院子里。

孟宝珍竟找了来，正抱着小雨一脸惊愕地看着洛姗。

“孟姨……”洛姗想要笑，可笑容又被心中的阴影给扯了回去，硬是把一张漂亮的脸蛋弄得扭曲了。

郭芳贴着门站着，低垂着头，不敢看孟宝珍。

“洛姗，把小雨一个人放院子里，你也放心？”

“说会儿话。”洛姗终于笑开了。

“说话？和她？”

“啊，是，用手写。”

“都忘啦？不生气啦？”孟宝珍指了指郭芳。

“过去了。”洛姗和孟宝珍出了门。还没进自家的院子，就听到有人叫自己。

“洛姗姐……”

洛姗回头找，一小伙子正朝着自己走过来，脚步极轻快。

“你……小韩？真是你？”洛姗没想到韩望会在这出现。

“记得我？”

“当然，以前我们家里你可没少来。”

“是啊，常客，今天不让我进去坐会儿？”

“快进来。”洛姗领着韩望进了屋。

“曹老师在吗？”

“在楼上，还没起。”孟宝珍一边搭着话，一边将小雨抱去洗手。

“洛姗姐，曹老师他还好吧？”

“还好，你总惦记着他。”

“这个，给你。”

“茶叶？”

“他就好这个。”韩望坐下来，目光将屋内扫了一遍。很久没来，这里似乎有了某种变化，但又不知什么地方变了。这家具摆设并没有多少挪移，都在原来的地方，可就连洛姗似也不是原来的样子了。

“我去叫他起床。”洛姗上楼。

“不急，等他自然醒，他睡着不容易。”韩望小声劝阻。

“还是那么懂事！”洛姗反身，在另一张沙发上落座。

“最近忙什么呢？”

“无业游民。”

“就你，还能无业？”

“洛姗姐，目前我只能这样，这样自由。”韩望说得很认真，很无奈。

“我知道你的事，你受委屈了。”洛姗给韩望削了个苹果。

韩望倒也不客气，接过来就啃。

“人受点委屈不怕，只怕受的不仅仅是委屈。”

“经历一些事情，长大了，成熟了。”洛姗看着韩望，还是觉得亲切。

“洛姗姐，有件事想问你。”

“你说。”

“曹老师当年的车祸，车上是不是还有别的人？”

洛姗的双目一下子瞪圆了，每根汗毛都立了起来，“别人？怎么可能？只有他一个人。现场我去了。再说了，要是有别人？人呢？曹刚会只字不提？”

“洛姗姐，我也不信，但问问曹老师未尝不可。”

“不用问，肯定没有，要是有，除非活见鬼，死的，活的都见鬼了。”

就在这时，曹刚从楼上下来了，两人同时住了口，目不转睛地盯着他，仿佛刚刚的问题此刻在他的身上能够立刻得到答案。

曹刚一进客厅，便看到了韩望，意外使他站在那里，一副睡梦未醒的样子。

“曹老师，您醒啦？”韩望主动站起来，热情地招呼。

“韩望，你？”

“很意外吧，曹老师？”韩望把坐的地方让出来给曹刚，自己坐到边上。

“听赵昆说了，一直没时间去看你。”

“知道你忙，自己过来了。”韩望自我解嘲。

洛姗坐在那里，不发一言。

终于洛姗没忍住，“曹刚，还记得吗，车祸发生时，你车上几个人？”

韩望没想到洛姗这么开门见山，他的后脑勺直冒冷汗。

曹刚一时竟没了反应，好像没听见，“嗯？你刚刚说什么？”

“别又犯糊涂，想想，几个人？”洛姗看来是不会罢休的。

“曹老师，能记起吗？车祸时车上究竟有没有别人？除了你。”

曹刚缓缓抬起头，看了看洛姗，又看了看韩望。这两人一下子扼紧了自己的喉咙，无法喘息。他没了主张，他乱了分寸，他没想到这样的问题会这么快地出现，更没想到会以这样的方式出现。

他后悔，后悔自己一直以来没有积极主动地去帮助韩望。

“只有我一个人。”曹刚说了这句话，自己都无法相信，眼前的这两个人会信吗？可信还是不信自己这里还能有别的答案吗？

“确定？”韩望不信。

“是一个人。”

洛姗疑惑地看着他们俩，不知道该信谁了。

“小韩，这件事还得听曹刚的，他不会连这都忘了。”

可韩望怎么会相信。他是学医的，有一点他十分清楚，车祸过去两年多了，曹刚的记忆早该恢复了，对于车上几个人这件事他不会不记得，他这么肯定地回答让韩望不得不思考徐四虎的话。他和徐四虎，有一个人撒谎了？

“我信曹老师的！”韩望起身告辞。曹刚送出去很远，他想把他变成原来的韩望，想必是不可能了。

此刻韩望于自己，既是朋友，也是敌人，他究竟想要什么？

第五十八章

白天的天气晴一会儿，阴一会儿。

有时出着太阳就下雨，很快又没了，没有带来一丝的清爽。因雨下得不够透，少量的雨水在地表上形成热气，天气越发显得闷热。

此刻，曹刚觉得自己的精神世界如同外面的天气一般，有股无名的暗火在体内升腾，燃烧。曹刚想到白天韩望的到访，这股火便烧得更旺，这火导致曹刚的头开始剧烈地疼痛起来，他从抽屉里翻出颗散利痛，干咽了下去。

晚饭曹刚也没吃，早早上楼，躺在床上，却因精神的紧张、焦虑，而没有一丝睡意。曹刚虽闭着双目，两只眼球上像沾了什么东西，不敢转动。

洛姗上楼时，以为曹刚睡着了，便轻踮着脚尖行走。外面好似又起了风，洛姗去拉窗帘。

“洛姗。”

“啊？你醒着？”

“睡不着。”

曹刚侧卧着，并未睁开眼睛。洛姗走近，审视曹刚的脸，屋里没有开灯，洛姗只凭感觉，知道曹刚又遇到什么事了。

“是为韩望吗？”洛姗小心试探。

“不全是。”

风把厚重的窗帘掀起，此刻进来的风带着泥土的气息和丝丝的凉意，紧接着便听到雨点落在水泥地面上的“啪啪”声。

“下了。”曹刚半坐起来倚靠在床头。

“终于下了。”洛姗的言语里带着快意，她脱掉长裙，换上睡衣。

“小雨呢？”曹刚问。

“玩累了，睡了。”洛姗并未躺下，坐在床边，盘着腿，打起坐来。

曹刚看了看她，心中生出些羡慕。这个女人，天生的富贵命，什么都能扛起，什么都能放下，活得尽心、自我。

“韩望的话，你怎么看？”曹刚变被动为主动，反问洛姗。

“他怎么会那么问？”洛姗没进曹刚故意设下的套。曹刚清楚自己是故意问，洛姗不是故意答。他了解她，她不会。她是无意地绕过了曹刚的问题，这个无意却让曹刚更加的为难了。

外面的雨大了起来，风也越来越紧。洛姗光脚下了地，拉开窗帘往外看了看。

“这雨下大、下透才好，不然夜里的觉还是不好睡。”她把窗帘又拉开，窗前的银杏叶已完全湿透，在路灯的映照下，泛着油亮的光芒。那叶子显得更加的翠绿厚重，雨水顺着叶子往下流，在叶梢汇聚滴落到地面上。

洛姗看着外面的世界，竟忘了曹刚的疑问，可曹刚一直没有停止思索，这个问题该如何去解决呢？

隔着纱窗，洛姗看到一辆车驶过来，在李胜远家门口停下。她本能地缩回身子，将自己藏在窗帘后面，可又没能忍住地往外看。李胜远下了车，用包挡着脑袋，跑得比兔子还快，一闪身进了屋。洛姗的心里像进了苍蝇般的恶心，同时更有一种看不清摸不着的担忧。想到白天和郭芳的交谈，想到自己的照片还在他们家的衣柜里摆着，想到他会如何面对那些不会说话的自己，洛姗不禁打了个寒战。她回身，曹刚正看着自己，只要看到曹刚的身影，她的心便是暖的。无论曹刚是否把注意力都放在自己身上，只要他在，她便觉得踏实、安宁，外面的世界与自己又有何相干呢？

“曹刚，你刚才问什么？”洛姗仿佛又想起了刚才的话题。

“洛姗，你觉得会有别人吗？”

“什么？”洛姗像是从梦中被惊醒。她走过来极温柔地抓紧曹刚的手，用手心反复地揉搓着。曹刚的手很凉，不知她是想要这种凉凉的感觉，还是想把自己身体的温热传递给他？

“曹刚，韩望他从哪儿道听途说来的？真要有别人，你会不知道？‘7・29’把这个年轻人毁了，不知什么时候才能走出来。”

洛姗在曹刚身边躺下来，眼睛却偷偷地看着窗外，感觉刚刚那个人还在雨里，也正偷偷地看着自己和曹刚的窗子。

而曹刚呢，似乎和洛姗看着的是同一个地方，又似乎是风马牛不相及的两处风景，两人各自揣着不安和内疚紧密地相偎在一起。

突然有个人跑进了雨里，手里本是举着伞的，让风一吹，伞脱了手，在地面上翻滚了几次，被绿化带挡住了。

那人披散着头发，衣服瞬间被雨浇透。她边跑边惊恐地往后看，并没有人追过来。在雨里踌躇了一会儿，她还是极不情愿地往回走，拾起躺在路边的伞，见已经被风扯坏了，恼怒地将伞塞进了垃圾桶。可能因为冷，她用力地抱紧自己的双肩。在洛姗窗前右斜方的位置，她猛地停下来，仰起头，洛姗感觉她哭了。

洛姗来到窗前。可很快的，那人便垂下脑袋往回走，快要进去时，她终于勇敢地看了看洛姗所在的地方。是郭芳，她对着洛姗摇了摇头。难道她看到了自己？洛姗拉开窗子，把上半身探出来，可已没了郭芳的身影。久久的，洛姗停在那里，雨水冲进来，洛姗全然不知。

"洛姗，你看什么呢？"

曹刚站在身后，"衣服湿了。"曹刚伸手把窗子关严。

"曹刚，什么时候咱们换个地方住吧。"

"换个地方？这么大的房子，你还嫌不够？"

"我不喜欢这里。"

"这可是院长买的别墅，你不住给谁住？"

"在这里住着，我害怕。"

"怕什么？"

洛姗指了指隔壁。

"什么？"

"李胜远。"

"怕他？洛姗，你怎么会这么想？他虽是院长的部下，可和我们一丁点关系都没有。再说了，你不是说过院长和他父辈曾是世交，他巴结你还来不及呢！"

"曹刚，有件事你是真的不知！"

"什么事？"

"李胜远的父母曾经向父亲提过，他们想与我们家结亲，父亲同意了，可我不同意。"洛姗终于向曹刚说起这段埋藏在心底的往事。

"这没什么，洛姗，以你的条件，谁都可能有这种想法。"

"你这么认为？"洛姗惊讶地看着曹刚。

"李胜远到现在还单着，我想也有这个原因吧？"曹刚微笑地对洛姗说。

洛姗一拳砸在曹刚的肩上，"曹刚，你胡说。"洛姗真的生气了。

"别动怒，洛姗。不管是什么人，都有爱与被爱的权利。李胜远喜欢你，我们不好责备，他又没有做什么有损于你的事，一直以来以谦谦君子自居。这样的人看着不讨人喜欢，可你要真想从他身上说出几个不是，又实在不好找，这就是他的精明之处。"

“这样的人才叫可怕。”洛姗无奈地叹息了声，靠在床头，一直盯着那堵墙，好像那堵墙和自己有着多么深的仇恨。因为李胜远，她忘了韩望的到访，曹刚暂时地摆脱了困境。

洛姗在心里把李胜远诅咒了又诅咒，希望他能从自己的生活中彻底消失，哪怕遇上个天灾人祸，丢了性命呢，那对洛姗来说也是件多么可喜可贺的事情啊！

外面的雨一直没有停，间隙会有雷声滚过。

不知道什么时候睡着了，也不知天是何时亮的，洛姗最终忘了将窗帘拉上。夏日天明得早，当窗子被日光照得透亮时，曹刚一下子坐了起来。他伸手在枕头下摸索，寻找着自己的手机，摸了半天，没摸着，最后才发现手机在地上躺着呢。

洛姗紧挨着自己睡，把大半的床空着。曹刚看了看，时间刚6点，怎么感觉睡了半个世纪似的。这觉睡得累，一夜做着梦，被人追，被人赶，杀人，也被人杀，最终什么也没做成，又回到了现实中。

曹刚小心地下了床，穿上拖鞋去卫生间。

今天很奇怪，谁都没有醒，一向早起的孟宝珍的门也是紧闭着的。

曹刚洗漱完毕，没有惊动任何人，悄悄出门上班去了。

曹刚在食堂吃了早饭，还没进办公室，便接到了个电话。

在内科楼一层大厅内，站在偌大的玻璃门前，他在寻找那个熟悉得不能再熟悉的身影，他朝思暮想地渴望见到这个人。而这个人真的来了，他又不能让自己以平静的心态去迎接她。他多么希望这个电话打错了，是个假的信息，同时他又暗暗地骂自己懦弱。

锡玉站在大门东侧的花池边上，背了个小包，似乎没有其他的行李。

曹刚看到了锡玉，锡玉则安静地看着来来往往的行人。早晨的阳光极其慷慨地普照大地，让早起的人们不得不在心里埋怨它来得太快。这么透亮预示着今天又是个晴而热的天气，虽未入伏，可已经热得让人无处躲藏了。

锡玉在阳光下等着曹刚的到来。而曹刚呢，躲在玻璃门和人群的背后，悄悄地观察着锡玉，直到他发现锡玉像是等急了，这才从门里走了出来。

“大哥。”只一打眼便认出了曹刚，她快步地向曹刚跑过来，看到曹刚的那一瞬，她是那么的兴奋，像久别了母亲的孩子，毫不掩饰自己的喜悦，而是把它真实地放在脸上，单纯而直接。

“锡玉，你怎么……”

“我怎么会在这里？”锡玉微微地笑着。但曹刚还是捕捉到她眼神里一闪而过的忧郁和伤感。

“不是，你怎么来前不打个电话?”

“我……我来有重要的事……”锡玉像换了个人似的，刚刚在她身上的喜悦已荡然无存。

“重要的事?”曹刚警觉起来。

“我来找人。”锡玉欲言又止。

“找谁?”

“我弟弟，孙婉的哥哥孙成。”

“找他？他来省城啦?”

“嗯，他过了年便出来寻孙婉。孙婉没寻着，他也失了联系。”

“哦，原来这样，先上去吧，锡玉。”曹刚觉得在这里说话过于引人注目。

锡玉听话地跟着曹刚来到他办公的地方。离上班还有几分钟，器材科的每间办公室的门依然是关着的，楼道里没有一丝声响。没有人习惯早来，唯有早退，对于省院的员工来说，似乎只是抬抬脚的事。

“锡玉。”曹刚关上门的瞬间，久久地凝视着锡玉。

“啊，大哥，这是你办公室?”

“是，你随便坐。”曹刚给锡玉倒水。

“起了个大早吧?”

“心里急，大哥，不知该怎么办?”

“怎么是你来找孙婉，长青呢?”

“大哥，我来这里是受长青之托。他让我找孙成，一定是想把孙婉也找到，只是他羞于开这个口。”

“我知道，都知道……”

“知道什么，大哥?”

“噢，对不起，锡玉。有个情况我一直没对你说，现在说了，只怕你该恨我了。”

锡玉不说话，只是等着曹刚把话说完，她实在想不出曹刚会做出什么能让自己恨他的事来。

“我知道孙婉在哪儿。”

“当真?”锡玉因激动而突然变大、变亮的双眼在曹刚面前像是定了神。

“锡玉，孙婉她病了。”

“病了？快带我去见她。”锡玉挎起包就要走。

“等等，要是她不愿见怎么办?”曹刚拉住锡玉。

“不会，我是她姐，这么远跑来，她不会不见。”

“如要见你，何必等到今天？”

“你们早就认识？”锡玉问曹刚。

“有一段时间了，从她第一次出事时算来有一年多了吧。”

“为什么不告诉我？”

“我答应她不和任何人讲。”

“包括我？还有长青？”

“是，她是这么说的。”

“大哥，你怎会这么不明事理？”

曹刚任锡玉发火，他能说什么呢？从一开始就决定承受这样的委屈，比起锡玉所承受的，这又算得了什么呢？

“她在哪儿？我要见她。”锡玉逼视曹刚。

“好，我带你去。”

俩人出了门，打了辆车，直奔孙婉的住处。

车依旧在桥下停了。曹刚在前面引路，锡玉跟着，通往孙婉住处的那条沿河小道越来越窄了。凡是空着的地方，要么就是围起来收垃圾，要么就是被散放着的垃圾给堆满了。花花绿绿的塑料袋里，存放着平房区的人们浓重的生活气息。这个地方的人挣钱不要命，作践起环境来也是无人能比。各种蝇虫在高温下，围着臭烘烘的垃圾飞舞，显得异样的亢奋。

这个时候，平房区的人们该出去的都出去了，没有出去的也在屋里睡觉养精神，很少有人什么也不干地闲在家里，因他们没有赋闲的资本。一家人张着嘴要饭吃，就算只有一个人，也得为自己的明天做打算。你舒服一天，偷懒一天，有可能在不久的将来就得饿肚子。

孙婉就是个例外。

她不再为生计发愁，不是她不用，是她没有那个必要了。

一个人如果活下去成了头等大事，那么她还会在意衣食住行吗？在生命面前，这些都退到了幕后，成了可有可无的东西。

此刻孙婉正一个人待在她的出租屋里。屋子没有装空调，一台老式的电扇费力地转着。风声被缺了油的转轴发出的嘎吱声遮盖。孙婉觉得那风扇的头再摇下去，非得断了不可。她勉勉强强地下了地，想把它关掉，就在这时听到敲门的声音。

孙婉以为自己又幻听了，她不相信这个时候会有人来敲自己的门。她关了电扇，凝神细听，是在敲自己的门。

当门被打开的瞬间，孙婉极快地背过身去，她立在锅灶前，面对着墙壁，两行热泪从腮上流下来。她不敢用手去擦，她的手、肩，她的整个人都在颤抖。她控制不住自己的情感，悲喜交集。她怎么也不会料到会在此等境况下见到锡玉。

“小婉，是你吗？”锡玉几乎是踉跄着扑到孙婉的身边。

孙婉顺势扯下衣绳上的头巾，将稀疏的头发包了起来。

“大哥，姐，你们坐。”孙婉搬出所有能坐的凳子。

曹刚担心孙婉会怨怪自己，一直站在门外，未敢进屋。没想到，孙婉见了锡玉，还是高兴的。他松了口气，这才迈进了孙婉的屋子。

锡玉坐是坐下了，可她的眼睛却一刻也未离开过孙婉。

“小婉你怎会这么瘦？”

锡玉知道这就是孙婉，是自己最亲的妹妹，可当孙婉把水端到她面前时，她竟没有勇气去接。自己和孙婉之间短短十几个月的分别，竟恍如隔世。

孙婉将水放下，又要去给曹刚倒，被曹刚拦住了。

“小婉，我不渴，你和你姐坐下说说话，我先回医院处理点事情。”他转向锡玉，“需要时，给我打电话。”

“好的，大哥。”锡玉起身去送曹刚。

“别送了，锡玉，又不是外人。”曹刚意味深长地看了看锡玉，出门走了。

孙婉待曹刚走远，轻轻关上了门，屋里只剩她们姐俩了。

“生的什么病？”锡玉自己都没想到自己会问得这么直接，可除了这个，还有什么更让人揪心的呢？

“姐，别管了。”孙婉将头巾解下，“你看，因为化疗，头发大把大把地掉，快没了。”

锡玉很想去抚摸一下孙婉的头，像小时候那般，可伸到半空的手却停住了，依然顽强地留在头皮上的发丝似根根钢针般扎得锡玉的心脏快要破了。

“小婉，你的身体究竟怎么了？能不能告诉姐。”

“姐，我生了难治的病。”

“什么难治的病？”

“是癌。”

“啊？癌？”

“是，宫颈癌。”

很长时间，屋子里没有一点声响，寂静让闷热加剧，锡玉的全身不由得冒出冷汗。她伸出手去握住孙婉的手，冰凉，像是摸到了冬日的铁，孙婉将手抽回。

“小婉，不可能，肯定查错了，你在哪得知的？”

“省院，曹大哥那里。”

“他那？他那就不会出错吗？”

“不会，放别人身上有可能，放我这，是就是了。”孙婉苦笑。

“小婉，不管是什么病，都要治，我给大哥打电话，让他再想想办法。”锡玉开始拨打曹刚的电话。

“姐，别打了，还不嫌丢人吗？”孙婉不知哪来的力量，夺下锡玉的手机扔到地上。

“小婉，你……”

“姐，别装了，你既然来找我，想必你也知道我的事了吧？”

“我本不是来找你的，我是来找孙成的。”

“哥来省城了？”孙婉有些气喘，她用手扶着墙，将头靠在墙壁上，闭上双目。

“他受长青之托前来找你，没想到，这些日子音信全无。”

孙婉慢慢地顺着墙根往下滑，最后坐在门槛上，抱着头哭了。

“小婉，和姐回家吧，回去治，你出来多久了？难道你不想庆安？”

“庆安……”孙婉止住了哭，猛地从地上站起来，“姐，你见了他了？带他的照片了吗？”

“没有，你自己回去见他。”锡玉的心瞬间由同情、怜悯、心疼变成了难以抑制的愤怒。

“你知道我见不了。”

“没有母亲见不了自己的孩子，除非她不想见。”锡玉从糊满了尘土与飞絮的纱窗向外看去，整个世界都变得混沌而无力。

“小婉，姐希望你能好好活下去，昨天再不好，不管它了，过去了，从现在开始，为了孩子，好好活一次，行吗？”

“来不及了，姐。”

“还不晚，只要你现在回头，姐带你回家。”

“姐……”孙婉擦了擦眼角的泪水。

“怎么？同意啦？”

“想吃你做的西红柿鸡蛋面了。”

“现在？”

“嗯！”

锡玉起身，满屋子搜寻，一无所获。

“别找了，好久不开伙了。”

“小婉，你太作践自己了，身体这样，饭也不好好吃。”

“你等着，我去买。”

锡玉边说边开门，“最近的菜市场在哪儿?”

“我和你一道。”孙婉找出顶太阳帽戴在头上。”

“你歇着吧，我去就可以了。”

“不，姐，我和你一起。”

锡玉挽着孙婉的胳膊出了门。

出门不久，孙婉却抽出手来。

“我能行，姐。”

“我带着你，看你弱的，风都能把你吹跑。”

“姐，你前面走，我后面跟着。”孙婉恳求道。

“小婉，干吗这样?”

“姐，在这块地方，别让人看出你我是认识的。”

“为什么?”锡玉又折回来，拉起孙婉的手。

“姐，放开我，我脏，可你是干净的，我不愿意别人用看我的眼光再去看你。”

“那为什么还要一道出来?”锡玉又去拉孙婉。

“姐，还记得吗？在西灌镇，我俩经常一起去赶集。”

“不会忘，小婉，好久了，我们没能一起去了。”

“姐，那些事想起来心里总是热的。”

两人上了桥，桥东右拐进南面的巷子便是菜市场了。

孙婉依然固执而小心地与锡玉保持着一定的距离，菜市场占据着两旁的街道，中间只留下窄窄的一条供买菜的行走，如果对面来人需侧身闪过，骑车的到了这里，不得不推着车缓慢行进，遇到个自以为技术好的在这条街上炫技，总会引来众人的不满，不得已只能下车。

卖鸡蛋的男人好像认识孙婉。

“妹妹，最近怎么总不见你来，鸡蛋都馊了，你也不照顾照顾我的生意?”

孙婉笑而不语。

卖鸡蛋的老婆将秤盘敲得铛铛响，“好好卖你的鸡蛋，你这身皮肉又痒痒了是不？犯什么贱?”

男人赶紧收拾起笑脸，对着锡玉招呼，“要几斤?”

“两斤。”锡玉接过袋子，往里面挑拣鸡蛋。

孙婉站在一旁，心中从未像此刻这么不自在。这个菜市场她以前经常来，不少男人知道她的营生，但他们最多也就过过嘴瘾，和自己开一些不入流的玩笑，既讨了便宜，又不用承担任何风险和不必要的损失。所以往日来这里，孙婉还是备受“欢迎”的。作为某种心理和精神上的补偿，他们会在秤头上适当地抬高那么一点点。

“小婉，走，再去买些面条。”

锡玉习惯性地走近孙婉。

“哟，这位是谁呀？”卖鱼的伸过脑袋来，那架势恨不得将锡玉用双目来个特写。

“关你什么事，滚一边去。”孙婉见到卖鱼的就来火。

“脾气见长啊，瞅瞅这小脸，瘦得皮包骨头了，再看看你身边的才叫水灵。”卖鱼的对着锡玉啧啧称赞。

“嘴巴干净点，再胡说，小心砸了你的摊子。”孙婉脸色煞白，说完这些捂着肚子蹲了下来。

“小婉，别动气，我们是来买东西的，不和别人吵架啊！”锡玉去搀扶孙婉。

“姐，回吧。”

“有这样的妹妹，姐姐能好到哪去？”

“不像啊，长得不像，人更不像。”

“有些东西，看是看不出来的。”

卖菜的对锡玉和孙婉的兴趣远远超过了小本生意带来的快乐，他们停下手中的活儿，审视着锡玉。

孙婉挣脱了锡玉的手，猛地站了起来掀翻了盛放鱼的塑料桶，鱼和水倾泻而出。

“你干什么？臭娘儿们找死。”卖鱼的急了，手指着孙婉，眼珠子都红了。

“我就是不想活了，你们也别想好好活……”话音刚落，孙婉便倒在了地上。

失去了水的鱼在她周身跳跃，扑腾，将泥水溅到孙婉的身上。

“小婉，小婉……”锡玉冲过去将孙婉抱起来。

整个菜市场瞬间安静了，人们都缩到了自己的摊位后，规规矩矩地站着，规规矩矩地招呼着自己的生意，仿佛用这种方式告诉别人：这事和我无关。

第五十九章

徐四虎每天都会早早地来到店里，虽然他是这里的老板，但也是这里唯一的拉面师傅。整个拉面馆，加上徐四虎五个人。

徐四虎对其余四人没有太高的要求，说没有似乎不太确切，有一点，徐四虎在招工时严格规定，必须是陕西人，人品要好。是陕西人好判断，可这人品的好坏，岂是肉眼就能在短时间内识别的？

徐四虎有自己的办法，用钱试人。他觉得把人往钱这一放，是个什么人，很快见分晓，每来个新人，先管收银。徐四虎时不时地故意往收入里多放或者少放钱，且数额不等。有时几元、几十元便能窥见人心。人心的贪婪与虚荣，善良与正义，其实相距只有那么一小步，很短，就看你愿不愿意迈出那一步，能不能忍着不迈那一步。当然，也有人对着这些诱惑可以视而不见，坦然面对，这些人便是此时此刻徐四虎要找的人。徐四虎这么做不是因为他有多高尚，有多伟大，而是他怕了，是他眼下面临的难题，迫使他只能这样。

这些日子，徐四虎每天都藏在那几平方米的空间内，认真干着自己拉面的这摊活，认真地观察来往于“火烧毛豆拉面馆”的每位客人。凡是踏进这个门里的，是客不是客，徐四虎一概不放过。那扇由不规则几何图形组成的窗子是他的瞭望哨，而居身的这间屋子，是他最安全、最牢固、最不引人注意的碉堡。徐四虎十分满意自己的哨卡，唯一美中不足的是他很多的时间只能躲在碉堡里等待，等待敌人，也等待朋友的到来。

徐四虎将拉好的面条整齐地码放在一个个托盘里，再蒙上保鲜膜，看看墙上的挂表，刚9:35，徐四虎微微笑了笑，似乎很享受自己这几个小时的劳动成果。面馆大门一扇关着，一扇虚掩，那垂下的塑料门帘似乎变得越发的重了，大概是沾染了太多的汗水和油烟，已不见透明，而显出了褐黄色。

门帘被掀开，“啪嗒”又放下。

来人显得匆忙而又有些急不可耐，是个三十出头的男人，眉眼看不太清晰。

他一直向里走，走到最里角，透过窗户往外看了看，大概是觉得就这么贸然进来，似乎不太好，担心引起店老板的不满和疑惑。他转过身，大厅里空无一人，他终于犹犹豫豫地坐下来，眼睛却一刻也没离开过外面。

这位又是什么情况呢？徐四虎思忖着，不知怎么的，就想到了几天前来过这里的韩望。

那人好似很疲惫，他一会儿靠在椅背上，一会儿在桌子上趴着，但都不太久，很快又坐直了，保持清醒与警惕。

徐四虎停了手里的活儿，很显然，这人不是来吃面的，等人？不太像。找人？也不对，到这里来找人，似乎早了点。

也就在这个时候，那人突然站了起来，把大厅整个环视了一遍，最后急急地往徐四虎所在的方向走来，因为那里放着空调、冷柜，而且紧挨着收银台。

徐四虎待他走近了，将里屋的门打开，那人吓得本能地往外走，可走不了几步，又返回来。

“你是干什么的？”徐四虎手里提着擀面的棍。

“大哥，能不能帮帮我？来不及了。”那人迅速地躲到了空调的后面，也不管徐四虎同意与否。

“你遇到了什么事？”徐四虎跟过来。

“有人追我，他们正在外面搜，要是再被弄回去，恐怕就活不了了。”那人将身子紧贴着空调，大概是被散热器喷出来的热量给烤着了，一只手不停地拍打着后背，另一只手谨慎地指了指外面。

外面什么动静也没有。

“你脑子没毛病吧？有人要杀你，你躲我这，你就不怕连累我？”徐四虎将擀面棍举到那人的面前。

“大哥，看着你就是个好人，帮帮我。”那人的眼里有泪花在闪。

徐四虎看了看大门，这时正有几个人从窗下经过。

“来了，是他们。”那人看都没看，惊恐使他的声音发起抖来。

“跟我来。”徐四虎将那人推到了里屋。

“到后面去。”徐四虎命令道。

那人钻进了面粉堆后面的空隙，徐四虎将面粉袋子重新码放了一下，这下好，天衣无缝，从外面什么也看不出来。

门被推开了。

“有人吗？”很大的嗓门，不是本地口音。

“还没营业呢！”徐四虎从几何图形的窗格内探出头。

“几点营业?”

“11点，您是来吃面的?”

“你们老板呢?”

“我就是。”徐四虎从屋子里走了出来，系着围裙，戴着高高的帽子，这装扮着实是这伙人没想到的。

徐世虎没有摘口罩，只留一双炯炯有神的眼睛，打量着来人，一行五人，为首的竟是个瘦长条的男人。

“老板，见着个三十来岁的男人了吗?”瘦长条态度明显地缓和了下来。

“什么模样?”徐四虎表现出十分好奇的样子。

“给。”瘦长条竟掏出了张照片。

徐四虎凑过去仔细地瞅了瞅，“见过。”

“在哪?”瘦长条整个人似乎都精神起来。

“他进来找厕所，从后门走了。”徐四虎指了指身后。

这伙人迅速地奔过去，挤在一处往外看，瘦长条踹了边上一位高而胖的人一脚，“看什么看，还不追去?”

这一脚好似把那几个人给踹醒了，一窝蜂似的，全都跑了出去。瘦长条也要走，又不放心地回过头来，恨不得把那双眼睛留在这里，他把每个角落又仔仔细细地看了一遍，极不情愿地离开了。

“出来吧!”徐四虎将那人从面粉袋子后面拽出来。

“该怎么谢你呢?”那人满头满脸都是白的，更显出那张红脸庞的黑。

“你叫什么?”徐四虎坐下来审视对方。

“孙成。”

“他们为什么要害你?”

“一句两句说不完，大哥你为什么要帮我?不怕我连累你?”

“你都躲进来了，我再把你轰出去?最关键的是，看着你不像个坏人。”徐四虎摘下口罩，露出满脸浓黑的胡须。

“我是来找我妹妹的，没想到中了他们的圈套，妹妹没寻着，却被他们给关了起来。他们收了我的身份证、手机，断了我和外面的一切联系，还拉着我去干我不愿干的事。他们简直就不是人，没有一点人性。”孙成一口气说了这么多，仿佛见到了亲人似的，把自己的所有委屈都倒给了眼前这位萍水相逢的徐四虎。

“他们为什么要关你呢?”徐四虎压根就没听明白孙成的叙述。

“他们说是因为我妹妹，我也不明白妹妹和这些人究竟有什么瓜葛。但通过这么多天的观察，妹妹一定也是被他们害的，要不然那么好的姑娘，不至于这样。”

外面传来了急救车的鸣笛声，是往省院的，徐四虎每天都能听到这样的声音。

“不知道又是个什么样的病人，听听这声音多揪心。”徐四虎自言自语道。

“大哥，能不能借你的电话用一下？”

“给谁打？”

“给我妹夫，好长时间没了我的消息，他一定急坏了！”孙成恳求道。

徐四虎从兜里掏出手机，“说号，我给你拨。”

“好，太感谢了！”

电话通了，可是没人接，孙成很失望，他准备离开，不能总在这里待着，不能真的连累这位好心人。

没走出几步，电话响了起来，孙成跑过去，看着徐四虎，徐四虎看着手机，“你的，接吧。”

“是长青吗？我是大哥。”孙成差点哭出来。

“锡玉姐来省城啦？你有她的电话吗？嗯，长青，你等我。”孙成四下里寻找。

“找什么？是笔吗？”徐四虎从收银台拿来纸和笔。

孙成极认真地记录，因为兴奋，脸色更红了。

“什么？省院？姓什么？曹？曹什么？”孙成像个发问的机器，将一连串的问题抛给对方。

“长青，你快点，我是借别人的电话，等我找到了锡玉姐，再给你打过去。”孙成挂了电话。

“谢谢！你看我身上一分钱都没有，又用了你的电话，你还救了我。大哥，无以为报，我给你磕个头吧。”孙成说着便往下跪。

“先别整这个，你刚才说谁在省院？”徐四虎扶起孙成。

“我姐，不，是我姐的一个朋友，叫曹什么的？”

“曹刚。”徐四虎脱口而出。

“对，好像叫这个名字，你认识？”

“你过来，看对面，那就是省院。”

“太好了，终于理顺了，有眉目了。大哥能不能再借用一下你的电话？”孙成有些开不了口。

“快打吧。”徐四虎将手机塞给孙成。

听到孙成的声音，锡玉哭了。

“你在哪儿？快过来，小婉在抢救，省人民医院急诊，孙成，你快点。”

孙成一下子傻了，拿着手机就跑出去了。

徐四虎气喘吁吁地追出来。

“进了门，左拐，门诊楼东边内科大楼一楼便是急诊科。我叫徐四虎，日后有事到火烧毛豆来找我。”徐四虎拿回自己的手机，拍了拍孙成的肩。

孙成回头看了看店面，口中默念着店名，人却已经飘飘然地过了马路。

一进急诊科的门，便见到了锡玉。

“姐，姐……”

“孙成……”

锡玉拉着孙成的手，“小婉在里面……”

“怎么回事？姐，小婉她怎么了？”

“她身体早就出了问题，谁都没有说，只告诉了曹大哥。”锡玉指了指一旁的曹刚。

孙成这才去注意锡玉身边的那个人。

曹刚微微地笑着，那是一种做好了准备后释然的笑，不顾一切的笑，非笑不可的笑。除了对着孙成微笑，还能做什么呢？

孙成不敢笑，也笑不出来，几个小时内发生的事，让他耗尽了心力和体力，终于找到了小婉，本该放松下来的神经，却在瞬间绷紧，且到了极限，随时有绷断的可能。

那个叫曹刚的男人，让他开始怀疑现实的真实性，他看看锡玉，看看曹刚，看了曹刚，又看锡玉。

“姐，不是梦吧？我几天几夜没好好睡了，你告诉我，我没有做梦，你证实一下。”

孙成在急救室的门口坐下，再不敢看曹刚。

“孙婉的哥哥吧？我叫曹刚，我知道你在想什么，我会慢慢告诉你，你不用怕，我不是宏远，我是宏远的孪生哥哥。”

锡玉没想到曹刚会这么直接地告诉孙成。

“姐夫他还有个哥哥？”孙成问锡玉。

“生下来就被送了人。”

“从没听过呀！”孙成不信。

“还没来得及说，刚相认就……”锡玉没有说下去，那块伤疤她不能揭。

“姐，可这……这也太像了，像得有些让人不安。如果姐夫活着，那都好说，可他不在了，冷不丁地又出现一个……姐，你当真不怕？”

“怕过，可那都过去了，现在不怕了，现在我真希望他还活着呢。”锡玉看着曹刚，曹刚垂下头，掩饰内心里涌出来的无奈的泪水。

急救室的门被拉开了。

“孙婉的家属?”护士喊。

锡玉跑过去，孙成依然坐在那。

“孙成，快过来。”锡玉招呼。

“病人血色素太低，需要输血，签个字。”

“我来。”孙成这才反应过来。

“需要抽我的吗?”孙成急切地问。

“暂时不用，库里有血。”护士又进去了。

“姐，小婉她到底什么病?怎么还输上血了?”

“孙成，我告诉你，你能承受住吗?”

“不好治的?”

“嗯。”

“莫非是癌?”

“是。”

“我能承受住，姐，你放心，我一定要救小婉，不管她生的是个什么病，都要救她……”

抢救室的门又一次打开了。

“出来了，一会儿进急诊留观室，家属去那边看她。”医生满头的汗水。见着了曹刚，客气地打着招呼，“曹主任，您一直在等?”

“哦，谢谢李医生，辛苦了!”曹刚过去拍拍对方的肩，显然很熟悉。

孙成不得不对曹刚充满感激，虽然这份感激显得是那么的无处安放，但他确是帮了小婉。

在病房里，孙婉见到了孙成。

她很虚弱，没有了伤心或是高兴的精力，但她依然保持着清醒，眼睛一刻也没离开过孙成，孙成握着妹妹的手。

“哥，庆安呢?”孙婉终于开口说话了。

“在家，爷爷奶奶看着。”

“瘦吗?”

“不太胖，长高了。”

“想看看他……”

“来时走得急，忘给他拍照了，等你好了，我带你回去见他。”

“爸妈呢?好吗?”

“不好，你总不回去，他们起疑心了。”

“哥，姐，曹大哥。”孙婉一一看过去，一一地叫。

三个人同时围到床前。

“没想到临了临了还能见着你们，我以为我会一个人死在他乡。”

“小婉，不会的。”锡玉不敢哭，但最终没忍住，越忍越是难过，越是伤心，无奈，她站到了门口。

“曹大哥，又给你添麻烦了。”孙婉说完这些没了力气。

“小婉，休息会儿，今天哥哥、姐姐都来了，你在这里不寂寞了，今晚让他俩留下陪你。”曹刚轻声安慰。

孙婉没有再说话，好似睡了。

剩下的时间因孙婉的熟睡而显得极其安静。护士进来，换过一次液体，测了体温，量了血压，一切还算稳定。

曹刚回去了，他有太多的事要处理。

病房里只剩下锡玉和孙成。本来是只允许一个人陪床的，可能是曹刚打了招呼，晚上护士进来看了看孙成，想说什么又没有说，孙成也留下了。

后半夜的时候，外面突然下起了雨，很大很急，还刮起了风。

孙婉大概是被雷声吵醒了，她缓缓地睁开了眼睛。

孙成太累，睡着了，锡玉本是醒着的，可最终没熬住，也趴在孙成的边上睡了。

孙婉觉得自己做了个梦，梦到了从未梦过的李长青。长青抱着庆安在前面走，孙婉跌跌撞撞地在后面追，长青停下来，回过头，朝着孙婉笑。那笑容何时变得这么温暖和甜蜜？孙婉的心里也是从未有过的幸福，她觉出了生活的美好，她不由得对长青心生依恋，可一不留神，长青和庆安从眼前消失了。

孙婉悔之晚矣。

她伸出手，放在枕边哥哥的头发上。

“哥……哥……”孙成没反应。

姐姐离自己太远，够不着。

雨越下越大，天地间只剩下雨声。

一行清泪从孙婉的腮边轻轻滚落，引不起这世间任何人的注意，惊不醒这黑夜任何人的好梦。

在天快明的时候，孙婉走了。

没有人知道她曾经想过什么，没有人知道她走时身体还疼不疼，她的心是热的还是凉的，没有人知道她这么匆忙地离开是否还有什么东西要带走而带不走，是否还有什么话想说而最终没人说。

第六十章

身在千里之外的长青终于有了孙婉的消息。

电话是孙成打的，这个电话也只能由孙成来打。

他答应长青要把孙婉带回去。他知道长青在等，还有小外甥庆安，庆安的爷爷、奶奶，自己的父母，他们都在等。但电话只打给了长青。

长青辞了工，赶回家。

他一直在恨孙婉，在未接到孙成的电话前他还是恨着的。这种恨让他的生活变得艰难而又紧张，带着恨生活的人神经永远是紧绷的，因这恨毁掉了生活中美好的事物，却也把另外一种感情埋藏在人的心里，那便是希望，希望自己所恨的人有一日也会受到惩罚，得到报应，希望自己变得强大，强大到足以藐视对方，并迫使对方向自己俯首称臣……因这希望使人们带着仇恨顽强地活着。

长青也许就是这样的。

当他惊闻孙婉去世的消息，仇恨的种子非但没有破土而出，反而瞬间没了生的气息。长青拿着电话的手没了知觉，手机掉落在地上。他没有流泪，他不知道这是为什么，为什么自己等了这么久，竟等的是个死讯。这是他万万没想到的，他一时无法相信，更难以接受。

爱是一种力量，恨又何尝不是，如果没有爱，恨又从何而来？

长青到此刻才明白，他依然爱着孙婉，当这种仇恨的力量从生命中被抽走，长青一下子不知道自己为什么活着了，他的整个精神世界轰然倒塌。

他宁愿现在还恨着，这样至少可以减轻此刻占据心底的失落和绝望。

孙成和锡玉带着孙婉的骨灰回到了西灌镇。

除了孙成和锡玉，所有爱她的人终没能见她最后一面。

当孙建亮从孙成手中接过孙婉的骨灰时，不禁老泪纵横，孙婉妈直接晕倒在地。

老两口几天几夜不吃，不喝，不睡，不相信小婉没了。没见到死亡就不确信死亡，他们认为小婉还活着，满脑子都是活着时的影像，从未有过的清晰。他们觉得小婉是被什么人给害了，下了毒了，或是别的什么原因，唯有生病他们不相信。

他们不停地在孙成耳边念叨，“给小婉申冤，给小婉报仇。”

这下倒还真是提醒了孙成，他不能不想到他在省城的遭遇。小婉的事和那伙人虽没直接的关系，间接的原因总是有的，那个叫张磊的一定是逃不了干系的，必须要找到他。

按理，孙婉的骨灰应由长青家安葬，并且要葬在他们家的祖坟里，可这样的要求，孙家还能提吗？他们没这个脸，丢不起这个人，因为孙婉的事，孙建亮一辈子在李递山面前，挺直的腰杆不得已弯了下来。

“递山，小婉这个儿媳妇你还认吗？”

“认，只是长青他……”

“你认就好，不为难长青。”

“建亮啊，我叫你哥叫了快大半辈子了，你今天能不能告诉我句实话？小婉的事你究竟知不知情？”

“递山，我要是知情，我能让她走到今天这一步？”

“建亮，小碗在时，我怨她，怨她丢下庆安和长青，总也不回家。现在小婉走了，我是看着她长大的，凭良心说，这事我们俩老东西就没有责任吗？”李递山和孙建亮坐在屋里念叨着孙婉的生前后事。

“强扭的瓜真是苦啊！”李递山说完这句话，起身准备离开。

“递山，对不住了！”孙建亮的嗓子哑得发不出一丝声音。他走过来，握住了李递山的手。

“人都没了，啥也别说了，想办法把孩子送走吧。在西灌镇这样的事几十年来，还是头一遭。已经落下话柄了，不能再留下口舌，让人去搬弄是非啊！”

孙婉的骨灰到家已是第三日了，孙家一直在等李家的音信，可李家一直没有消息。孙成知道父亲这样做，无非是碍于自己的老面子，可这其实是在为难李家呀。

“爸，别等了……”

“孙成，明日送你妹妹吧，就葬在孙家的地里，不等了。不怪长青，不能怪他……”

孙婉的墓地选在了离家挺远的一片自留地里。那片地里正长着玉米，没膝高了。因为要挖土，玉米被铲去了一大块。新出的土堆放在围观人的脚边，向外散发出股股潮湿的热气。锡玉、家权、梅英、贵祥站在一旁，默默地看着一群在村里请来的强壮的男人挥动着铁锨，将坑挖得越来越深，渐渐地将挖坑人的脑袋藏在里面，几个年轻人无所适从地站在那里，不敢看众人，也没有勇气看对方，他们不愿去面对孙婉真的离开了这一残酷的事实。

“姐，你过来一下……”孙成叫锡玉。

孙成蓬头垢面，锡玉不太敢认，几天的时间，苍老的速度快过几年。

“孙成……”锡玉不知怎么去安慰弟弟，就像她不知如何来安慰自己一般，有些伤痛，真的是无药可治，无奈、无助。

“姐，你说长青会来吗？”

“不好说……”

“姐，这个怎么办？”孙成掏出个手帕包，打开，是只玉镯。

“小婉的？”

“是，在她枕下找到的，我记得这是长青订婚时送她的。”

“她留下了？”

“留下了，就这么好好地包着，应该是有意留下的。”

“小婉她是怎么想的？孙成，你说小婉到死对长青都没有一丝念想吗？”

“天知道……”孙成长叹口气，望向远方的田野，这应是一年中绿色最多的季节了吧？再有几日，该立秋了。想起小时候的孙婉，任性、调皮，上树摘果，下河摸鱼，什么事没干过？虽说是女孩子，挨的打却比自己还要多。父亲重男轻女，打小宠孙成，巴掌总爱往孙婉的身上落。孙婉的叛逆除了遗传，恐怕与父亲没来由的打骂也是有关系的吧？

父亲终没有勇气来送女儿最后一程，借口在家陪母亲。孙成知道他的心思，不来就不来吧，来了又怎样？不在的永远都不在了，活着的只能徒增悲伤。父母已年迈，经不住这个突如其来的打击。

小婉走得太匆忙。

“孙成，妥当了，准备吧！”一位主事的远房舅舅大声地喊。

“再等等……”

孙成看了看锡玉，锡玉正往大路上瞅，两个人心照不宣。

李递山回家后没有劝说长青去或是不去，他不愿再像长青订婚时那样，把自己的意愿强加给儿子。

可长青来了，带着他和孙婉的孩子庆安。

他可以不来，可以像甩掉盛满了生活垃圾的旧包袱，甩掉孙婉留下的种种阴晦的记忆，可他管不了自己的心。

远远的，锡玉先看到了长青，骑个车子，前面坐着庆安。

“孙成，快看，来了！”

孙成看到了，泪水瞬间模糊了视野。

长青黑瘦，矮小，不知怎的，今日他竟着了身纯白的衣服，被庆安的两只小脚蹬出了几片泥脚印，十分的醒目。

“长青，来啦！”

“来了，哥。”长青将庆安放下。

庆安不依，乱舞着双臂试图爬上父亲的肩。

“庆安，姨来抱你。”锡玉过来蹲下，轻抚庆安的头。

庆安看着锡玉，两只黑眼珠子汪在泪水里，像极了孙婉。

“不要……”庆安躲开锡玉往长青跟前扑。

长青又抱起他，和孙成一道走向孙婉的墓坑。

孙成为妹妹亲手打了副木屋子，竟还留着窗。

“小婉不喜欢被关在屋子里，留个窗子透透气。”孙成小心地将木屋子放进坑里。

“等等，哥。”

长青将庆安放在地上，掏出把小剪刀，把庆安的一小撮头发剪下，递给孙成，“哥，放进去吧！”

孙成会意，将头发和骨灰盒一起放到木屋子里。

“庆安太小，我怕吓着他，你帮我带一会儿吧！”

锡玉强行将庆安抱过来。

只见长青想都没想，便跳下了坑，站在下面的孙成愣住了。

“长青，你……”

“哥，我和小婉夫妻一场，虽不够圆满，可我对她的那颗心你是知道的……”

“长青……”孙成哭了出来，“小婉她对不起你，我们孙家对不起你……”

“哥，人活着总不能和死去的人争，我不愿想太多……”

“长青，你上去，你以后还要在西灌镇待下去呢。”

“哥，那你呢？你不待在西灌镇啦？”

“我是她哥。”

“我是她丈夫。”长青在孙成边上跪下来给盛放骨灰盒的木屋子封上钉，这在西灌镇又是头一遭。

“哥，你先上去吧，马上要填土了，我和孙婉有几句话要说。”

“唉。”孙成答应着。

长青将木屋子摆正，将上面掉下来的土疙瘩一一抓在手里捏碎，均匀地撒在屋子四周。

长青本以为会有很多话要和孙婉说，可最终什么也说不出来。他没有流泪，只是默默地坐在屋子旁，他想就这么陪一会儿孙婉。他知道不久的将来，自己所坐的地方就将渗出水来，慢慢侵蚀孙婉的屋子。孙婉是个爱干净的人，整天泡在水里，她怎么受得了?

想到这里，长青还是落了泪。

为自己，为庆安，为孙婉。

“长青，长青……”孙成站在上面叫。

“什么?”

“这个，给你……”孙成将玉镯递给长青。

“怎么会在这?”

“孙婉临走的时候从手腕上取下来的，一直放在枕下。”

长青将镯子放在鼻下闻了闻，仔细包好，放进了木屋子，“小婉，我给你的都是干净的，你收着，到了那边有个暖手暖心的东西。我不能陪你去，庆安还小，我要把他养大，你放心，我会好好待他……”

原本对孙婉的死抱有浓厚兴趣的人们，因为长青的这一举动，终于很不情愿地闭了口。他们转而开始怨怪长青的愚钝和傻气，这样的女人有什么好留恋的?

长青堵不上别人的嘴，顾不了别人的想法，依然来送别自己结发的妻子，长青不说，别人又有什么话可说。

“长青，要填土了。”一位认识长青的老者催促道。

长青起身，犹豫了一下，最终脱下了自己白色的上衣，盖在木屋上。

孙成将长青拉了上来。

人们又一次挥动铁锹，将刚刚翻上来的土又推了下去。

李递山带着老伴赶了过来。

孙成给二老跪下，磕头，赔不是。

“孙成，好孩子，起来……”二老落了泪。

在死亡面前，怨恨被人们放在一边，孙、李两家人一起送走了孙婉。

小婉是走了，可在孙成和长青的心里这个事还没有完。

第六十一章

赵昆好久没来省院了，今天他应高压氧科主任的邀请给一位植物状态的病人会诊。本来赵昆是不太愿意接这个活儿的，可是在省院时，这位马主任没少帮自己，他不能驳了人家的面子和人情。

九月，天蓝风清，赵昆着一身白绸衣服飘飘如仙地走进了内科大楼，可衬着这身白色绸衣的竟是个黑色的帆布包，这下人们有些搞不清了，这位仙人究竟是干什么的？

的确，很少有人能从赵昆的外表推断出他的学历和职业。

适逢下班时间，人们很快认出了赵昆，赵昆的粉丝基本上是年龄在28~55岁的省院女性工作人员。

“赵医生，你怎么过来的？等你好长时间了，你也不来。”

有的干脆过来拉住他，“可算逮着一次，再不能放跑了，给我把把脉。”随即伸出胳膊。

赵昆竟不拒绝，伸出手开始搭脉，并从随身的包里取出处方笺，开始开药。

不明就里的病人家属以为医院里来了个算命先生，纷纷盯着赵昆看，越看越觉得像。

很快的，赵昆的身后竟排起了十几个人的队伍，赵昆一看这阵势，觉得不妥，这要是传到院领导的耳朵里，自己岂不得背上个自不量力的坏名声？走都走了，人气还这么旺，跑到医院的公共场所，如此高调地给医护人员看病。赵昆果断地收回手，将处方笺放进包里。

“对不起，各位，有人催我，我得赶紧会个诊去。”赵昆头也不回地走了。

只留下一群人恋恋不舍地围着赵昆刚刚待过的地方，仿佛这样也能沾染点赵医生身上独有的仙风道骨，以达到驱魔辟邪的效果。

赵昆在电梯口停下，省院的电梯最大的特点就是慢，电梯还在12楼。赵昆看着那红色的数字一直没有动，心里确实有些急。他怕万一在这停留久了，又要等来一群人。

紧挨着电梯的是物价办公室，办公室门口贴着张公告。赵昆靠近看了看，原来是张审计公告，主要内容是院长要离职，需要对医院的各项收入、支出、建设及往来账目进行一次公平、公开、公正的审计。

到了高压氧科，在马主任的办公室门口，赵昆又见到了同样的一份公告。

“马主任，魏院长要离任啦？”

“明年的事，还早着呢，例行公事，离职审计。”马主任热情地接待了赵昆。

“已经开始审计了吗？”赵昆问。

“快了，先公告，再审计。医院的公共场所都设有举报箱，有仇的报仇，有冤的报冤。赵昆，某些人的时机来了。”马主任哈哈大笑。

赵昆一时不知他为什么这么高兴。

“马主任，我无仇无冤，这个时机对我来说似乎没什么用。”赵昆淡然地笑了笑，随马主任往病房走去。

“病人现在什么情况？”赵昆问。

“不停腹泻，用什么药都止不住。因为是植物人，长期卧床，西药有时掐不住命脉。赵昆，不得已才请你来……”马主任有些歉意，他心里很清楚，病人一旦吃上中药，那就不是一朝一夕的事了。

“要不是你，换了别人，恐怕我真没时间，最近诊所里实在走不开，我只能下班过来。”

赵昆给病人把脉，马主任在一旁陪着。

会完诊后，赵昆从高压氧科出来，已是掌灯时分。本来马主任一再挽留赵昆留下一起吃个饭，赵昆拒绝了，他从医以来，还没有养成这样的习惯。

再次进入一楼大厅，赵昆又跑到那张公告前，仔细地从头至尾阅读了一遍，然后给韩望打了个电话。

韩望很快赶了过来。

“赵昆哥，什么事，这么急？不像你的风格呀！”韩望有些上气不接下气。

“韩望，这个消息对你肯定有用，魏院长要离任了。”

“什么？离任？那我怎么办？”韩望急了。

“什么你怎么办？现在离职审计公告都贴出来了，韩望，有什么证据吗？尽管举报。”

“举报院长？”

“举报有问题的人，任何人，审计组不久将进驻省院。”

“太好了，可是赵昆哥，要是审计组万一和他们坐一条船，那咋办？”

“我不信就没有不上船的，有一个就行。”赵昆显出了平日里很少有的果断和睿智。他走到韩望身边站定，“韩望，就看你的啦。”

一辆车在他俩身旁停下，车窗摇下一条缝，是徐四虎，戴个很宽的墨镜，韩望一见那胡子便知道是他。

“韩医生，这个时候你不该来省院。”徐四虎看了看后视镜。

“你不也来了吗?”

“我们不一样。”

“目的都一样，徐四虎，你就别装了。”韩望和赵昆并肩站着，一脸的嘲讽。

“你这样会害死曹刚的。”徐四虎狠狠地按了下喇叭，将车开走。

“走，回诊所。”赵昆拉着韩望迅速离开省院。

“消息传得真快，这个徐四虎他究竟想干吗?”到了赵昆的诊所里韩望还在想着刚刚徐四虎的话，希望赵昆能给他个答案。

“我倒是觉得他像是在帮你。”赵昆坐下来并不看韩望，默默整理着白天就诊的病历。

“你也这么认为?”韩望挨近赵昆，“说说你的想法。”

“你心里没答案吗?”赵昆的眼里含着笑。

“赵昆哥，他近来总盯着我，不知安的什么心?是在监视我?”

“总盯着你?”

“他说了一些事，关于车祸的……”韩望欲言又止。

“车祸?他说了什么?”赵昆停了手中的活儿。

“他说车祸时车上除了曹老师还有一个人。”

“他怎会知道?”

“他说当时他在现场。”

“他在现场?他为什么在现场?他又怎会知道车上还有另外一个人?”

“我也不信，大概因为我不信他，他不太愿意说太多，不过他这么做究竟出于什么目的呢?是为了保护什么人?还是因为什么人让他想要保护他自己?”

“韩望，不管因为什么原因，他的这些话绝不会是空穴来风，如真如他所说的还有一个人，那么这个人呢?活没见人，死没见尸，这问题就严重了，去问问曹刚。”赵昆站起来要往外走。

“问过了……”韩望失望地低下头。

“他怎么说?”

“没有。”

“没有?”

“他回答得很肯定，不容怀疑。”

“徐四虎在撒谎?”

“他们中一定是有人撒谎了。”韩望抬起头，与赵昆四目相对的一瞬，两人同时觉得内心被一种可怕的东西猛烈地撞击了一下，他们停止了讨论。

韩望和赵昆一时陷入了个看不见摸不着的旋涡中，两个人分析来分析去，也没分析出个头绪来，而曹刚的电话就在这个时候打了过来。

他没有打给韩望，而是打给了赵昆。

接了电话的赵昆显然很高兴，“韩望，‘7・29’病例原件找到了。”

“太好了。”韩望难以抑制内心的喜悦与激动，他等这一天等得太久了，他为自己怨怪曹刚而深感内疚。

“赵昆哥，看来我们多虑了。”

赵昆忧郁地看着窗外，不知为何听到这个消息，他没有韩望那么高兴，反而有种莫名的焦虑，他不知自己在焦虑什么，眼下所发生的一切，让这种隐藏在内心的焦虑愈演愈烈。

第六十二章

九月初，西灌镇中学迎来了新一届的新生。

伴随着新生的到来，新排的课程表已张贴上墙。各个班除了体育课稍做改动外，其余课程还是老样子。

李伟英返校了，这是大家万万没想到的，再有两年该退休了，每个人都做好了她长期病休的打算。

可手术完刚两个多月，她就回来了。

李伟英着一身绿色套装，黑色皮鞋，头发梳得溜光，脸上大概是涂上了点粉，却还是遮掩不了大病初愈的憔悴。最引人注意的还是她的那身新衣。衣服或许本身是不难看的，可禁不住她那副男人般身板的衬托，让人不知该埋怨她长得高大，还是该在衣服上找毛病。所有的人都盯着李伟英，不知该说什么好，着实委屈了那上好的料子和考究的做工。

李伟英像变了个人，她一进屋，就将一网兜的水果放在了周梅英的办公桌上："梅英，麻烦你给大家分分。"

转身便看到了锡玉，李伟英毫不犹豫地给了锡玉一个热情而真挚的拥抱，所有人都像做了个梦似的你看看我，我看看你，却又不发一言。

"家权，辛苦了！这下你可以放松了，我回来了。"

李伟英环视了一下大家。

王贵祥带头鼓起了掌，"欢迎李老师归来。"

"有时间我请大家吃饭。"李伟英极豪爽地朝着大家挥了一下手，还是女汉子的风范。

家权松了口气，李伟英今天的表现让人在精神上将信将疑地卸下了多年的枷锁，和以前的李伟英相处，太累。一场病改变了一个人，不，是改变了很多人的生活，人们突然觉得今天的西灌镇中学空气都是清新的。

"梅英，这么多水果堆在这里，你怎么不吃？"贵祥扯下根香蕉，剥了皮放进嘴里。

“王老师，她的东西你也敢吃?”梅英朝着屋外的李伟英努努嘴，善意地提醒着贵祥。

“为什么不敢?”贵祥不以为然，李伟英在他的眼里，变与不变都是一个样，都不足以引起他内心的一丝一毫的变化。

“梅英，她既买了就吃吧，这是她的心意，经历了这场变故，她做出了改变，我们对她也做出些改变吧，人活着，都不易……”锡玉也取了根香蕉，走出了办公室。

不知是因为锡玉的原因，还是人们真的在短短的时间内调整了自己的心态，总之，当李伟英再次返回时，梅英桌子上的水果已经吃完了，只剩下个网兜很整齐地叠放在那里，看到这一幕，李伟英的内心生出些从未有过的欣慰。

晚饭后，家权去找老高，“高老师，您忙吗?”

家权倚在老高的身旁，望着炉火发着呆。每当他出现这样的神情，老高就知道这孩子又遇到了什么磨不开的事了。

“家权，今晚不看班?”老高看了看表。

“看，还早呢。”家权帮老高将工具收拾好。

老高坐在椅子上，正专心地数着铁盒子里零得不能再零的纸票，每十元用皮筋捆成一捆，仔细地放进抽屉锁起来。这个动作老高重复了好多年了，每次都带着这么严肃的表情，好似手中过去的是什么珍贵的宝石。那一张张毛票上沾染了老高手上的汗渍和炭灰，也就打上了特有的烙印。

“高老师，中秋节前我和俞梅……”家权用脚踢着地上散落的煤块，并不抬眼看老高。

老高却也不吱声，他知道此刻要是打断了他，这小子没准会把半截的话再给吞回去。

“俞梅她说该订婚了……”家权终于吐露了实情。

“和你?”老高仍在缠皮筋，用力过猛，绷了。

“飞哪去了？家权，快些，帮我捡回来。”

家权弯腰寻找，寻了一圈，没寻着，老高又抽出一根，接着缠。

“家权，时间定下啦?”

“定了，八月初八。”

“哦，没几天了。”

有人来了，老高忙着卖澡票，等人进了澡堂，老高停下手里的活儿，看着家权，“你的意思呢?”

“我没意思……”家权将身子重重地靠在墙上，“我能有什么意思呢？是人都得走这条路吧，都得想个办法活下去……”

“锡玉知道吗？”老高朝着锡玉宿舍的方向看去，那里黑着灯，锡玉不知去哪了。

“没和她说，也没说的必要了……”

“你们两个孩子，怎么搞的？怎么就这么拧？谁都不服个软！”

“高老师，没那么简单。”

“又整复杂啦？你没看上锡玉？”

“不是。”家权回答。

“那她没看上你？”

“也不是。”

“那是什么？两情相悦还不够吗？”

“高老师，因为宏远。”

“宏远？开什么玩笑，地下的还能管得了地上的？再说，三年孝期该满了，没人会说闲话的。”

“锡玉忘不了他，他一直活在她的心窝子里，我也以为时间久了，锡玉能走出来，现在看来不可能了。”

“家权，要不行，再等等，看得出她心里有你。”老高抬头发现锡玉屋子的灯不知何时亮了，“去，和她当面说。”

家权不动。

“去呀！把你的想法告诉她，兴许能把她感化了。”

“不去了，没用。”

“不试怎么知道？”老高拉家权，催他去找锡玉。

家权无奈地出了门，但却没有去锡玉家，而是进了教室，晚自习的铃声响了。

老高懊恼地将装钱的铁盒子在桌上摔了又摔，却又没奈何。

锡玉一个人在屋子里翻看着小时候和孙婉的照片，照片上的孙婉穿着碎花布衫，青色裤子，两个小辫子梳得很高，露出洁白而整齐的牙齿。看一眼她的那张笑脸，仿佛把一生的烦恼都抛开了。

小婉爱笑，那是与生俱来的，可自嫁了长青便很少见她笑过。当初自己可是一直站在长青这边，总想着长青是个好人，小婉跟着他受不了委屈，吃不了苦。今天似乎慢慢明白了，感情这东西，别人永远左右不了。可就算是这样的结局，在锡玉的心里，还是认可长青的，是孙婉没有这个福气。也许到死她也没能明白，这世上，有个男人依然那么无私地爱着她。

有人敲窗子，锡玉把照片收起来。

“谁?”锡玉想为什么不从前门走呢?

“锡玉姐在吗?”

是俞梅。

“在，进来吧。”

俞梅抱着个塑料袋子，笑吟吟地站在门口。

“姐，没睡吧?”

“早着呢，晚自习还没下呢!”锡玉不知俞梅为什么会突然登门了。

“姐，我来是想求你帮个忙。”俞梅将手中的袋子放在桌子上。

“我们之间需要用求吗?”

“这是一万元钱，你帮我还给曹大哥吧!”

“你欠他的?”

“是，当初俞苗在省院时，他帮忙交的押金。”

“为什么不亲自还?”锡玉问。

“怕他不收，曹大哥的为人你是知道的。”俞梅蓦地显得有些伤感，眼里似乎有泪。

“好吧，我帮你转交吧，定把你的心意带到。”锡玉将钱收好。

“这我就放心了。”俞梅露出两颗虎牙，笑起来很单纯，也很美。

锡玉看着俞梅，很自然地就想到了家权，想到家权，便会把他们俩放在一起想，他们是不是应该在一起呢!

“锡玉姐，还有件事。”俞梅的脸瞬间红了。

“是不是家权……”锡玉问。

“你怎么知道?”俞梅惊讶地看着锡玉。

“知道什么?”锡玉仿佛被人窥见了内心的秘密，却又不知如何掩饰，她不敢再看俞梅的眼睛。那双眼睛清澈如水，这让锡玉反而觉得自己背负了太多无用又无益的东西。

“我和家权下周要订婚了，锡玉姐，家权是不是和你说了?”俞梅拉着锡玉的手，“到时你一定要来。”

锡玉一下子有点蒙，她觉得这来得太快了些，又似乎有些晚，俞梅不是一直等着这一天吗?自己又何尝不是这么一直期盼着，期盼着他们能有一个好的结果?怎么这一天真正来临时，喜悦的感觉却不知跑到哪去了?

“这个家权，嘴太严。”锡玉嗔怪道。

“他没告诉你?”

“没有。”

“可能他害羞，今天我可正式邀请你了，锡玉姐，不许失约。”俞梅起身告辞。

锡玉送俞梅到路上。整个西灌镇都是静的，只有远处镇文化站的广播里播放着重复了几个星期的一首歌，好像是《三百六十五里路》，本来挺好听的，一首歌这么听久了，竟也没了感觉，竟不知唱的是什么了。

“俞苗在县高中怎么样？还能适应吗?”

“挺好的，经历了那场病，还有什么不能承受的。”

“俞梅，你终于等来了你的好日子。”

“是，等得我都老了，长白发了。”

“你还老?”

“锡玉姐，我只比你小一岁。”

“是，你和家权该有个家了。”锡玉停步，目送俞梅离开。

返回时，第一节课刚下。

锡玉默默地往回走，想着刚刚俞梅的话。

“锡玉……”家权冷不丁地从杉树林里钻出来。

锡玉被吓得定在那里，“家权，你这是……”

“我早看到你们了。”

“那你不出来送送俞梅?”

“你们俩，有事?”

“没什么，以后再和你说吧，我先回了。”锡玉慌忙要走。

“锡玉，你躲我。”家权跟上来。

“我什么时候躲过你?”

“日后不用躲我了……”

“为何这么说?”锡玉意识到了什么。

“八月初八，我和俞梅订婚，你愿意来吗……”

“家权，俞梅邀请我了。”

“她?”

“对，刚刚我答应她了，我去。”

“你……高兴吗?”家权看不清锡玉，锡玉也看不清家权，两人站在各自模糊的影像里揣测对方。

“高兴，我自然高兴。”锡玉觉得这是应该高兴的事，值得高兴的事。

“你高兴就好……”家权说完这句话，缓缓地转身，极快地离去。

可就在这个时候，校园里突然陷入了黑暗，停电了。

家权父亲的小卖部，第一时间掌上了灯，人们开始往那间小屋子涌。

锡玉也只得返回去，家里没有蜡烛了。怕又见到家权，锡玉在树林边上故意停了几分钟，但家权还是过来了，手里大概是整把的蜡烛，在黑暗里只剩下银蜡的灰白。

锡玉本能地又想躲，一想到方才家权的话，又站住了，站得很直，比树还要直。

“给，蜡烛。”家权从手中的蜡烛捆中抽出两支。

“我正要去买呢!”锡玉不接。

“拿着吧，两支蜡烛值不了几个钱。”家权将蜡烛放在锡玉的臂弯里，走了。

锡玉攥着蜡烛，在夜色里沉思良久，直到掌心里的热似乎快要将蜡熔化，锡玉才想起俞梅那一万元钱还在桌子上放着呢，她加快步伐往家走。

一轮初月斜倚在空中，似襁褓中的婴儿，露出半张恬静的睡脸。

第六十三章

曹刚终于下了决心，打开了地下储藏室的那扇铁门。

其实这还算不得是个门，因为它比正常的门要矮许多，比起窗子又高一些，但它上了锁，把储藏室由一间隔成了两间，别说曹刚身材这么高大的男人，恐怕就连孟宝珍想要顺利通过也需要弓腰俯身方能进得小屋。

曹刚这么多天来一直在寻找开启那扇门的钥匙，其实那把钥匙就在曹刚每日携带的那串钥匙当中。曹刚有爱把玩钥匙的习惯，因为他觉得这串钥匙把把都很精美，可他从未留意过那把最小的。其实这串钥匙当中真正用得着的只有四五把，其余的虽每天挂着，但很少用它们。曹刚并不记得哪把钥匙对哪把锁，一是没工夫，二是没必要。孟姨就是家里的钥匙，只要她在，敲门就行了，孟宝珍很少有不在的时候。自从进了别墅，曹刚从未为忘了带钥匙而发过愁。

进入绿海花园，入住魏家，并成为这个家庭的一员，细算近三年了。从有记忆那天起，曹刚便清楚自己走错了地方，他知道错了，但不知怎么才能走回去。从他决定留下的那一刻，他开始仔细地将环境和人研究了又研究，绿海花园里凡与魏家有结交的，都用心地记在心里，包括偶尔照面的左邻右舍。

可曹刚永不会想到，真正应该留心的唯有那间屋子。

从第一眼看到那扇门，曹刚便对它心生畏惧。却又总想靠近它，觉得那里一定藏着什么不为人知的东西，有时走到跟前又退缩了，怕一旦开启，就会有人出来揭穿自己的谎言，将所有的真相一览无余地呈现出来。

在曹刚看来，真相不是还原事实，而是另外的更为可怕的事实破壳而出，是祸是福不得而知。

曹刚一个人坐着，手中抓着那串钥匙，那把最小的钥匙上有了斑斑点点的红锈，曹刚攥着它走向地下室。当门被打开的瞬间，曹刚没有闻见想象中久不通风的气味，相反地，屋内竟有股香气。这香气让曹刚立在门口一时不敢贸然进屋。屋子不算小，二十几平方米，里面只摆放着几件家什。最先看到的便是那五斗柜，确切地说那不是五斗柜。曹刚很小的时候好像在谁家见过这种柜子，四方体，两个抽屉，一扇门。引人注目的是那把手的锁叶，全铜的，且那铜因年深日久，生了一股浅浅的铜锈，在暗处幽幽闪着光。

曹刚开了灯，屋里一下子光亮起来，除了那柜子，靠墙还摆着张桌子和木质的椅子。桌子上凌乱地码放着许多书。曹刚过去翻阅，发现那是些大学课本，医学方面的。哥哥竟还留着那时候的书籍，实在是有心。桌子右手挨着门的地方，有个不锈钢花架，上面的花盆里只剩下了土和一层枯叶，藤还垂着，却已干得没了形状。

曹刚又转到柜子前，拉开了抽屉，香气是从这里散发出来的。可抽屉里除了几封信和两本硬皮笔记本，并无他物。曹刚凝视着它们，久久没有动。他不知自己应该怎么做，显然这是哥哥的东西，可这些东西洛姗见过吗?

曹刚决定打开，冥冥之中一股力量引着他，拽着他，逼着他向前走。

那是本日记，打开扉页便看到了几行隽秀的小字：送给至亲至爱的刚，署名是虹，日期是十年前的十二月。

曹刚将门关上，坐下来一页页地翻看。这竟是两个人的混合日记。虹写了几篇，曹刚的也穿插其间。

虹是谁?

虹是曹刚的初恋。他们是大学的同学，临毕业时，虹因先天性心脏病去世，这件事对曹刚的打击很大。他在日记里写道，为了虹，为了她的遗愿，我要做个好医生，救治肉体的病痛，也救治因为肉体而带来的精神和心灵的磨难，做到真正的治病救人。

日记本下面是个小小的布袋子，里面盛放的像是玫瑰花叶。曹刚闻到的该是这花的香气。曹刚将其放在鼻下轻吸一口，就是它，搁在这阴暗而不见日光的屋子里，搁置这么久，它竟还是香的。袋子的背后印着张照片，一位十分漂亮的年轻女孩的照片。是的，她漂亮，除此之外，曹刚不知如何去形容她的美。

她和洛姗是完全不同的两类人。这姑娘的双目细而含情，一条粗黑的长辫垂在胸前，嘴角微微带着笑意，却也藏着很深的忧郁，仿佛她的眼睛是快乐的，从她的美艳之外，单独地分离开来，独自沉浸在另一个世界里，这个世界才是真正属于她自己的。曹刚不敢再看她，他觉得背后阵阵凉风袭来。曹刚抬头去看，他看到了一扇窗，那窗子很窄，也很高，窗外应是一楼的地面。他看到了一张脸，那张脸几乎是铺在了玻璃上，可玻璃太暗太脏，只把他的脸呈现出来，而他却未必能看到屋内的一切。

曹刚却是清楚地看到了那张脸。他一下子躲在了柜子的后面，那张脸让他从日记里走了出来，他意识到自己来这里的真正目的。

那扇窗子能看到花架的位置，显然看不到自己，他开始寻找那份病历，他必须要找到它，他将所有能打开的抽屉全部打开，因为所有的抽屉都没有上锁。他觉得奇怪，哥哥能将这些珍贵的东西放在这里，却又不将其上锁，是何缘故？难道是除了他再无人有此房间的钥匙？

曹刚在屋子里寻找到那份病历，并没费太大的周折。它就在五斗柜里面。拉开柜门，偌大的柜子里只躺着这一样东西，用个塑封袋装着，外面包了个文件夹。很显然，病例是从病区的病历架上直接取下拿走的。病历没有经过整理，化验单散放着，没有粘贴，报告单也没个顺序。

曹刚看完后，没有发现什么问题，就是有问题，一时半会儿也看不出来，他虽是学医的，但离上手术台还有太长的距离。

曹刚迅速给赵昆打了个电话，他觉得将这个东西交给赵昆和韩望比在自己的手上更有价值。

刚出院门就遇上了李胜远。

“曹主任？”李胜远从已经发动的车里伸出脑袋，“去哪？我捎你！”

“不用了，你忙！”曹刚拒绝。

“去医院吗？我也去。”

“李大主任，我哪敢上你的车。”

李胜远开了车门下来了，车没有熄火，呼呼地冒热气。

曹刚站在路边。

“曹主任，您家的地下室的灯怎么亮了？黑了几年了，突然见了灯光……”

“你想说什么？”

“不是，我是说会不会进了小偷，您要防着点。”

“李胜远，小偷没有，耗子倒是有几只。”

“噢，也是，总不进人，耗子免不了要进去打洞。”

“总是盯着别人家，你累不累？”

曹刚转身，大踏步地走了。

没想到李胜远开着车又跟了过来。

“曹主任，上车吧！你总是和我分得这么清，今天给我个面子。”

曹刚看了看李胜远，又看了看他那漂亮的车，“好吧，麻烦捎我到医院。”

“曹主任，近来没上班？”

“去大连出差了，刚回来。”

“审计组进医院了，刚来没几天就有人举报院长，这帮王八蛋，就忍不了了？”李胜远的双目在后视镜中闪着凶光。

“举报什么？”

“收受器械商的巨额贿赂，听清了吗？是巨额！”

“巨额吗？什么概念？”曹刚看着窗外，对李胜远的话反应淡漠。

“曹主任，院长可是你岳父啊！怎么听着好像和你没什么关系似的。你可别忘了，城门失火，殃及池鱼啊！”

“你是说我？”曹刚回过神来。

“是你，院长要是有什么，谁也逃不了。”

“真有什么，谁又能阻止得了？”

“虽不能阻止，一家人的力量得往一处使。”李胜远将车停在医院门口。

“你不进去？”

“我还得出去一趟，曹主任，我已将您平安送达。”

“李胜远，你这人……”曹刚隔着玻璃点了点对方。

李胜远对曹刚做了个告别的手势，走了。

曹刚和李胜远隔墙而居，对这个人，曹刚一直不知道该如何与他相处，该把他当个什么人呢？好人？坏人？无法定论。不知道为什么，总觉得自己走到哪都摆脱不了他。他的那双眼睛仿佛长在了自己和洛姗以及全家人的身上。带着这么个东西生活，曹刚的心中总觉着不痛快。他有时天真地想，要是有个什么天灾人祸，把李胜远从自己的生活中带走，该多好。

曹刚胡思乱想着进了医院的大门，进来了，才发现自己原本想去的地方是赵昆的诊所，“7·29”的病历还在包里装着呢！

既来了，就来吧，正好去科里转一圈。曹刚抬头看看天，今日天空一扫往日的阴霾，一望无际的蓝，细碎的白云如静静开放的花朵缀在上面，更显它的清亮和高远。没有一丝的风，树叶在阳光下静立，虽已立了秋，夏的余热仍在空气中弥漫。

“哟，曹主任，您这个点是上班还是下班呢？”还没进办公室，骨科的小吴医生迎面走来。

“哦，出差刚回来。”

“出差？难怪近些日子没看到您，您辛苦。”小吴依然很客气，可曹刚却从对方的客气中感觉到了某种刻意和牵强。虽没有写在脸上，但曹刚觉得它在，它在对方的心里，也在自己的心里，包括见到器材科的每位下属，似乎都把这些令人可怕而又懊恼的信息传递给曹刚。

曹刚一下子没反应过来，不是他反应迟钝，是他从没想过院长的今天，也没想过今天来得这么快，这么急，这么猛烈。

难道魏明义真的要出什么事？难道他不能平稳地从院长的位置上光荣退休？难道自己作为他的女婿的光辉岁月就要这么草草结束？啊，不，这只是自己的多虑和担心，事情不会朝着那样的方向发展下去。

曹刚手中握着那份病历，一时不知应不应该把它交出去，究竟又应该交给谁。

他想到了哥哥，想到真正身份是曹刚的那个人，如果他在，此刻该何去何从？

曹刚推开窗子，外面的世界和往日并没有什么不同，病人及家属忧心忡忡，觉得省院的每个角落，似乎都藏着他们所期盼的好消息，但同时又为明天的日子揪着心。一切都是未知的，不确定的。而每一位身着白色工作服的医护人员都是行色匆匆，对身旁坐着轮椅、插着鼻饲管、挂着尿袋的病人，并没有太多的感觉。他们想着的事，或许是与眼前的场景毫无关联的事，自己的事。

陪护病人的护工们在没有家属监视的情况下，三五成群围在一起交谈，忘乎所以地将嗓门提高了八度。不了解情况的前提下，你会误以为进了劳务市场。

医院开户行的工作人员每日准时准点地将运钞车停在门外，肥胖而笨拙的保安，一左一右地陪同着，拉着个像装弹药的箱子来医院财务部门将一天下来的现钞运走。

曹刚看着形形色色的人群，突然发现，如果这一切从自己的生活当中消失了，会如何？

往日从不曾关注的普通、平凡、忙碌，甚至有些慵懒的生活，如今对自己来说竟是那么的可贵。他不禁从心里对这样的生活生出了强烈的热爱，这热爱背后却是曹刚不能告人的内心的隐秘，他有些不舍，因为他不愿失去，可目前的种种迹象表明，这样的生活不会维持太久了。

第六十四章

魏明义很久不回家了。

洛姗搞不清楚父亲究竟在忙什么，还是让那个叫王欣的女人缠住了手脚。

而隔壁很少回来住的李胜远，这段时间却每天下了班，准时将车停在他的固定车位里，然后迈着四平八稳的方步往家里走。他的头发依然梳得很光，光得让人有些讨厌他那油亮的头发，颜色很深的墨镜戴在脸上，总是让你看不到他的眼神，同样猜不透他的喜怒哀乐。

他就像站在庄稼地里恐吓飞鸟的假人，冷不丁看到他的身影，总能让你的心里生出隐隐的恐慌和不安。

他夹着个包，快进门时定会抬头看看洛姗的屋子。

站在窗前的洛姗，每每看到李胜远昂起的脑袋，总有种拿刀捅死他的欲望。

李胜远活着，对洛姗来说是一种无言的诋毁和侮辱，这让洛姗恨透了这个人。

"洛姗，洛姗……"孟宝珍在院子里叫。

洛姗从没见孟宝珍这么着急地唤自己，来不及下楼，从窗口探出身子。

"孟姨……"

"洛姗，快下来。"孟宝珍招手。

洛姗迅速从楼上跑了下来。

"洛姗，我要回老家一趟，有要紧事。"孟宝珍的脸是红的，嘴唇却是灰白，像是不小心亲着了煤灰。

"什么事？孟姨，瞧你这一脑门子的汗。"洛姗抽出纸巾给孟宝珍。

"我的一位远房的堂姐病重，刚刚他儿子打电话来，我心里急……"孟宝珍把纸巾往脸上一蒙，顺势抹了抹，湿头发沾在脑门上，整个人好似快被火烧着了。

"堂姐？孟姨，老家不是没什么人了吗？"

“是没什么了，这堂姐脑子不太灵，嫁了个老实人。那时我的死鬼丈夫没了，紧接着儿子也不幸溺水身亡，婆家说我是个老虎星，克夫，克子，将我赶出家门。娘家人嫌我晦气，也不待见我，只有堂姐给我饭吃，给我落脚的地方，否则……”孟宝珍的眼圈红了。

“噢，孟姨，对不起！那您赶紧收拾收拾，我送您去车站。”洛姗见不得孟宝珍落泪，上楼换衣服去了。

等洛姗再次下楼来，孟宝珍已将行李收拾停当，站在客厅里等着。

“孟姨，这是一万元钱，您带着吧，到时用得着。”洛姗将一白色信封装进孟宝珍的行李箱，“孟姨，箱子的密码别忘了。”

“洛姗，太多了，你给我个来回的路费就行了，我身上有钱。”

“孟姨，这钱是我给您的，和爸爸他们没关系，女儿给妈的钱，妈有什么好客气的?”洛姗搂着孟宝珍的肩，将脸贴在孟宝珍的脸上。

“洛姗，难得你这么暖心。能有你这么个女儿，孟姨我高兴，我这辈子没白活，死了也心甘。孩子，我去不了几日就回来，你好好的，千万照顾好小雨，别让我人走了，心还揪着。”

“放心吧，孟姨，你安心地去，我保证完成任务。”洛姗调皮地朝孟宝珍敬了个礼。

“唉，到80，你在我眼里也是个孩子，和小雨一样，永远招人疼。”

孟宝珍紧抓住洛姗的手，俩人一起出了屋子。

当洛姗开车带着孟宝珍离开时，身后有双眼睛一直盯着她们，直到车子消失在绿海花园的路尽头。

曹刚自从那日搭李胜远的车进了医院，就再没工夫回家了。

审计组这回是动真格的了。

不是他们想这么认真，是不得不认真。这回不是审计组盯着医院的账目，而是有无数双眼睛盯着审计组。

凡是院长经手的所有收入及支出都得纳入审计范围，而时间则追溯到十年前。恐怕连审计组都没有想到，这次审计是如此的冗长而烦琐，它的复杂程度不亚于一次历史性的社会变革，至少在省院，这是史无前例的。

这是一次极具震撼性的医疗革命。

在医院这个地方，向来以救死扶伤为天职，反之，则是草菅人命。

“7·29”终于还是没有逃过审计组的眼睛，起因是那笔赔偿款。

医院近十年来的医疗赔偿几乎每年都有，但唯有“7·29”数目惊人。当时的赔付款为110万元，赔付原因为医生手术处理不当致病人死亡，这引起了审计组的注意。

这笔赔偿款是由医疗科经办人杨飞和魏院长签字确认的，呈批件上只有这两个人的名字。这么大的数额，难道没有经过院常委会的研究吗？

审计组决定先去核查银行账户。银行账户显示当年这笔款项确实打到了一位叫沈莹的户头上，并且是分三次转账，这和收款人签字的收据是相符的。

审计组第一个单独约谈的人是医疗科科长杨飞。

“杨科长，今天叫你来，是想核实一笔赔偿款的事，希望能得到你的配合。”

“只要我能做到，我一定尽全力。”杨飞坐在审计组的面前，从未有过的紧张。

“那笔110万的赔偿款是你呈报上去的？”

“是。”

“经过医务部了吗？”

“没有。”

“经过院常委了吗？”

“好像没有。”

审计组长张亚明抬起头看着杨飞，目光中含着某种不易察觉的威严和疑惑。他没有说话，只是把目光转向审计员小刘。

“没通过院常委，院长直接签字批复的！”杨飞突然想起什么似的，站了起来，但随即又坐下了，他不知道自己做错了什么。

“这种情况在平时的财务支出中经常出现吗？”张亚明插了一句。

“您知道在省院，上上下下几千人，凡涉及钱的事，没有院长的一支笔，谁敢轻举妄动？”

杨飞感觉自己说了实话，可是从审计组的表现来看，说了实话似乎并没给自己带来什么好处。

“当时具体是什么情况？为什么赔了这么多钱给家属？”

“这个……几年前的事了，细节记不清了，当时病人家属见人死在了手术台上，情绪失控，天天在医院大吵大闹，院长为了息事宁人……”

“好了，今天就先到这吧！杨科长，如果有需要，我们还会找你，希望你不要介意。”张亚明友好而略带歉意地笑笑，并伸出手来和杨飞握了握。

杨飞刚从审计组那里出来，还没回到科里，便接到了院长的电话。

“杨飞，他们找你啦？”

“是。”

“谈了什么？”

“‘7·29’赔偿款的事。”

“有什么问题吗?”

“没什么，只是问了签字的事。”

“你怎么回答?”

“我……您放心，院长，不该说的话，我一句没说。”

“你敢保证?

“我保证!”

“你要对你说过的话负责。”电话被挂断，传来冷漠的嘟声。

杨飞站在机关楼下的空地上，看着院长办公室的窗子，刚刚半拉着的窗帘已盖住了整个窗子，只留下个模糊的身影。

“杨科长……”

竟是曹刚。

“曹主任，找我?”

“你站在这好一会儿了，干吗呢?”

“唉，说也不是，不说也不是，做人难哪!”杨飞垂头丧气。

“还真没见过杨科长丧失斗志时候的样子，以前见你哪天不是像打了兴奋剂似的，满院地跑，今天这是怎么了?”

“审计组找我谈话了，也许下一个就是你。”杨飞扔下一句话走了。

曹刚被莫名其妙地甩在那里。在某个瞬间，内心有了些短暂的失衡。自从审计组进了医院，他觉得除了病人，每个人都和原来不一样了，像是拿了别人的东西，怕被别人发现似的，彼此防着，躲着，多了些往常没有的戒心，少了很多客套和虚伪。

人在利益面前表现得更接近自我，他们会从内心深处衍生出一种超强的自我保护能力，而将所有的善意与好心当成某种试探和变相的争夺。

此时此刻的曹刚很想找个地方躲起来，可能躲到什么地方去呢?他觉得自己费尽心机得来的东西，到头来竟换不来一处可以心安理得待一会儿的地方。

绿海花园的豪华别墅?赵昆、韩望的中医诊所?省院的器材科主任办公室?哪里也不是。

他想到了锡玉，他多么想回到她的身边。他觉出了疲惫，可疲惫中更多的是绝望。

他在九月的阳光下站着，抬头看看天，阳光太强，睁不开眼。地面上的行人在强光下越发显得模糊，曹刚恍恍惚惚地往办公大楼走去。

“曹刚，此时此刻，不要相信任何人。”

“爸!”

“在这别叫我爸。”魏明义突然出现在曹刚的身旁，俨然是在对部下说着平常工作上的事，可曹刚还是敏锐地捕捉到了他的变化。

“曹刚，有空多回家，目前的形势你知道，我实在顾不上，小雨、洛姗，只有靠你了，你是男人，不要让女人受苦，记住啦？”

“记住了。”曹刚努力地点着头，只是想让院长放心。

院长并不看曹刚，他在电梯前停下。

“您去几层？”

“我随便走走，哪也不去。”魏明义转身往回走，很快又回过头，见曹刚仍站在那，便笑了笑，挥挥手，示意曹刚离开。

曹刚竟觉出他有些可怜，有些孤单。这个时候，他一个人在这个曾经风云一时的省院里，突然开始沉默了，且是被动的沉默。

不管怎么说，他是洛姗的父亲，小雨的姥爷，在这一点上，曹刚的情感是和他站在一起的。曹刚不希望真查出问题来，不希望他出任何的岔子，不希望他这么快离任，不希望因为他而把眼下自己刚刚经营起来的生活彻底推翻。

回到办公室，曹刚打开上了锁的抽屉，拿出“7·29”病历，他准备仔细阅读。以前他不太清楚这几页纸里隐藏着什么有价值的东西，值得韩望、赵昆他们煞费心机。现在他觉得这里面确实有看不到的秘密。这秘密哥哥会不会在什么地方做出标识或者暗示，哪怕是当初思考的痕迹。他会不会像记录女朋友离世那般也会在日记里留下只言片语？这样也许有助于此时此刻自己的判断和决定：病例交还是不交。

对，看日记。

曹刚把日记从头翻到尾，连用笔画掉的地方也认真地去猜测和辨认。但一无所获，在那个时间段里他一直没有记日记。

曹刚把注意力重又转移到病历上，他发现了病历中的破绽，曹刚拿出那本复印件一一比对。

疑点一：原始病历中，心脏中心冠脉介入治疗知情同意书，患者签名为空；患者授权亲属签名为空，而病历复印件中，竟是有人签字的。

疑点二：患者植入支架在当时乃是试验支架，在试验报告书下方试验组成员签名中，原始病历中没有曹刚，而复印件中曹刚的署名清晰而稳健。

曹刚看着哥哥的签名，久久地坐着。这就是韩望他们要找的证据吧。

他拿出纸张，极认真地写下“曹刚”两字，再把日记翻开。

三种不同的笔迹。

他疏忽了，他疏忽了太多的东西，虽然他一直很小心。

韩望的电话“适时”地打了过来。

“曹老师，病历交上去了吗?”

“还没有。”

“您还犹豫什么?”

“哦，是这样的，这几天审计组正在查院长的事，我现在把这个交给他们，有点早，需要的时候，我马上交。”曹刚从没有在韩望面前如此谦逊而略带卑微地说过话。

“曹老师，现在需要，您把它交给他们，越早越好，交了它，我们就安全了。”韩望近乎恳求。

“好，我交。”曹刚答应了韩望，可他的内心是拒绝的。

又是连续几天没回家了，偶尔洛姗会打个电话来，问他什么时候回去，说小雨想爸爸了。更多的时候洛姗不问，可能她习惯了，可能从认识开始她就是处处包容着他，从不在他的面前表现出自己生活和地位的优越，虽然她有足够的资本彰显这种优越，可在曹刚面前她不会那么做。

她是个好妻子，平心而论，哥哥应该是幸福的。

自己也该知足，一个男人能拥有这样的女人，还有什么要求呢?美貌、才学、金钱、社会地位，还有因她而来的虚荣心上的满足，最重要的一点，洛姗对自己竟还带着真挚的爱恋。

此时此刻，曹刚真心希望此刻洛姗能打个电话过来，他一定不会让她失望，答应她所有的请求，可是没有洛姗的电话，这个女人太坚强，也太要强。

晚饭曹刚给自己要了份外卖，他不太愿意去食堂，躲在这里一个人安安静静地吃顿饭，可以省去好多麻烦。

手机响了，曹刚以为是洛姗。

“喂，小雨爸爸吗?”

“是啊。”

“我是幼儿园，今天怎么没人过来接小雨?”

“什么?小雨还在幼儿园?”

“是，奶奶没来，给妈妈打电话，也无人接听，我们幼儿园等了一个多小时了。”

挂了电话，曹刚赶紧给洛姗打电话，电话通了，可无人接听。

打家里，家里也没人。

曹刚再没了吃饭的心思，匆忙往幼儿园赶。

第六十五章

魏明义坐在办公室里，今天是审计组进入医院第5日，这5天过得比5个月还要长。魏明义觉得时间好像停止了，从在举报箱里出现第一封举报信时起。每天魏明义都会躲到窗前，远远地盯着内科大楼大厅里的那个举报箱，只要有人在那稍做停留，他的心脏就会加快跳动的速度。

魏明义晚上也无法入睡，他常常睁着双眼熬到天明，他不知道一夜过后又会整出什么事。事无大小，那可都是冲着自己来的，他不得不小心提防。

不能这样坐以待毙，得想点办法了。

可是桌子上的那张银行卡，几天前送出去，如今又安然返回。魏明义将卡拿在手里，掂量了又掂量，觉得分量并不算轻，如今这分量加倍地压在自己的心上，他知道自己这一次可能真的遇到坎了。

这也许是他人生中最难最高的坎，能不能过去已经不是自己所能左右的了。

他不能和张亚明单独会面，于是他决定给他打个电话，电话没打出去，对方打了进来。

“魏院长，东西我原物奉还，恕张某能力有限，不能助您一臂之力，您还是另想办法吧。”

“亚明，我们多年朋友，你不帮我，我还能求谁去？”

“院长，我的桌子上正放着另一封举报信。”

“什么？举报谁？”

“为了促使新型实验支架顺利上市，‘7·29’医疗事故掩盖了事故真相。院长，这事您知情吗？”

“什么真相？亚明，我真不知晓！”魏明义声音有些颤抖。

“院长，如果有了线索，恐怕就要移交纪检了。这事和那笔赔偿款之间有没有联系，您好好想想吧。对了，还有那个李胜远，举报信里提到了他……”

“好，知道了。”魏明义一下子跌坐在椅子上，他知道自己的路快要绝了。

他拨通了李胜远的电话，“李胜远，‘7・29’你究竟做了什么？非要把我扯进去？”

“院长，您息怒，‘7・29’的事我可如实向您汇报了。再说了，我做的哪一桩不是为了您？如不是我，王欣、王荣能有今天？”

“我告诉你，纪检部门也要介入了，一旦他们掌握了证据，人命关天的事，你去摆平。”魏明义将电话狠狠地摔了，可电话线却绕在手上，好不容易挣脱出来。

那边拿着电话的李胜远也听着这边“咣当，咣当”一阵乱响，竟无声地笑了。

哑巴女郭芳站在身后看着李胜远微微晃动的双肩，收回刚刚踏入阳台的双脚。

“别走，过来。”李胜远回过头招呼道。

郭芳去客厅里倒水，假装没有听到李胜远的话。

“你是真的聋啦?”

郭芳端过一杯凉白开，满脸的恐慌。

“你怕我?”李胜远接过水，看着郭芳略显苍白的脸。

郭芳摆摆手。

“你不怕?”

郭芳又摇摇头。

“怕，还是不怕?”李胜远吼道，抬手将杯子扔到了对面的花盆上，杯子碎了一地，水飞溅到郭芳的衣服上。

郭芳睁着双圆圆的大眼睛死死盯着李胜远，眼里看到的是泪水，看不到的是愤怒。

“扫了吧！可惜，连个话都不会讲，也够可怜的。”李胜远伸出手在郭芳的脸上抚摸了又抚摸，仿佛有多么爱她似的。

郭芳拿来扫把，认真而仔细地扫着碎玻璃渣子。

李胜远仍然站在阳台上，眼睛却看着洛姗的房子。

“那个老婆子去哪儿了?”李胜远问郭芳。

郭芳这次反应快，赶紧摇头。

李胜远看到曹刚和洛姗领着小雨出了门，洛姗一身紫色长裙，一手拿把折扇，一手牵着小雨，曹刚走在洛姗身边正亲密地和她说着话。

洛姗是个漂亮的女人，在李胜远的眼中一直是这样。曹刚，高大帅气，有了这样的父母，女儿只有漂亮的份了。夕阳照在这三个人身上，就连李胜远这样的人都觉得看到了一幅画，这幅画在李胜远心中却是那么地让人难以欣赏。

一幅画太过完美了，有时难免会让缺乏欣赏美的心灵产生不可思议的裂变，会想方设法在上面涂上两笔，以显示自己对美的过于热爱，却又无从去爱。

他想破坏这种美，这不是临时起意，也许连他自己也不知道，很有可能他的先天基因里就带着这一点，随时随地地，都有可能从灵魂深处蹦出来。

曹刚并不知道李胜远如此用心地观察着他们一家三口，昨日因为洛姗的疏忽，把小雨放在了幼儿园，两人正为此事争论不休。

“咱们家缺不了孟姨，洛姗，孩子也能忘了？”

“我真不是故意的，正好演出，忘了时间了。”

“孟姨不在的这段日子，手机24小时开机，接小雨的时间，设个闹铃，到点提醒你，我看你再忘？”

洛姗微笑着点头，好久没听曹刚唠叨了，这么听着心中觉得挺温暖。

“爸爸，妈妈，你们俩应该手拉着手走路，好朋友都是这么做的。”小雨仰起小脸，把父母的两只手叠放在一起。

洛姗和曹刚相视一笑，牵着彼此的手，竟有些羞涩。

“妈妈的手放在爸爸的掌心里，我的手放在妈妈的掌心里，老师说这样爱心就会传递下去。”

“小雨，今天幼儿园做游戏啦？”洛姗问。

“嗯，爱心接龙。”小雨挣脱妈妈的手，往花坛跑去。

“洛姗，爸爸那边可能遇着点麻烦，审计组正在审计，不知道会有什么结果。”

“麻烦？爸爸能有什么麻烦？只是个院长，又不是市长、省长，屁大点的官，搞得这么认真！”洛姗并没往心里去。

“洛姗，你太单纯了，莫说一个省院的院长，就是个县院的院长，拉出来审审，未必就是干净的。”

“嗯？曹刚，你是说爸爸不干净？”

“不是不干净，是怕擦不干净。”曹刚不知怎么和洛姗说，她真是学音乐学傻了！

“有人举报了。”

“什么？谁？”

“匿名举报，说爸爸收受贿赂。”曹刚把那个巨额给省略了。

“爸爸？我不信，他当医生几十年了，当院长才几年，我们家那还叫有钱？有钱我早买房搬走了，省得和那个刁民住在一起。”洛姗噘起个嘴，她不希望别人这么说父亲，哪怕是曹刚也不例外。可心里却泛起了嘀咕，因为父亲不再是当年的那个医生了，当了院长以后，自己对他知之甚少。如果真有什么事，一定和那个女人脱不了干系，想到这里，洛姗看了看曹刚。

“王欣那个女人呢?”

“好像出国了。”

“嗯？出去有一段时间了？”

“为什么问起她?”

“没什么，突然想到了。”洛姗的好心情瞬间消失了，她坐在花坛边，陷入了纷乱的思绪中。

而李胜远一直在自己家的阳台上看着洛姗，好像漏看了一眼，洛姗就会从这个世界上消失一般。

哑巴女郭芳在另一间屋子里默默地将这一切尽收眼底，她茫然地在窗前走来走去。

西边的天空正堆积着厚厚的青云，变幻成不同的图像，有的微妙、俏皮，有的狰狞、可怕。

郭芳清楚，一场大雨正在酝酿，或许是今夜，或许是明晨，躲不掉的。

第六十六章

阳历九月，西灌镇中学的青砖绿瓦隐在杉树林里，安静中带着几分甜美。老高的锅炉房的外墙上野生癞葡萄挂在半枯的藤上，黄色的皮壳里包裹着娇艳欲滴的红瓤，低处的已被学生采摘，高处的依然垂在那里引得路人频频侧目。

罗家权和俞梅的订婚仪式如期举行，地点就在西灌镇中学那两间不是十分宽敞的教师办公室内。

“家权，今天订婚，你该换身新衣，怎么还和昨日的一样？新人要有新面貌……”贵祥跟在家权后面喋喋不休了一上午。

“家权，要不，我给你买一套去？就当是我送你的订婚礼怎样？”

“贵祥，忙你的去，别跟着我……”家权在办公室里转悠来转悠去，一会儿坐下，一会儿又站起来，不知要做什么好。

“家权，你说你和俞梅认识有6年了吧？知根知底，还订什么婚？直接国庆节办个婚礼，结了算了，这多省事。”

李伟英分着糖果，隔着玻璃也能瞧见老高正往这边张望。

“老高，中午过来，食堂聚餐。”李伟英嗓门大得要不是因为砖墙的阻隔，估计要传到西灌河大堤上去。

老高慈祥的笑容很自然地流淌在脸上，戴着厚厚皮手套的手举过头顶，用力挥了挥，表示听到了。

“请校长、主任了没？”李伟英低声问家权。

“请了，今天都有事，来不了。”

“哦，这么赶巧。”李伟英继续分糖果，梅英在一旁帮忙。

“李老师，年轻人在一起，没有领导更好，自由自在，想干什么干什么！”贵祥抓起一把糖就要往兜里揣。

“哎，王老师，许吃不许带啊！”李伟英把糖又给掏了回来。

“李老师，您这家操持的，真让人放心！家权找对人了！”贵祥的嘴一刻不得闲。

罗家权的父亲今日穿得比儿子要鲜亮得多，一身崭新的灰色中山装，像是刚从裁缝铺子里取回来，衣服的袖口上还沾着毛毛的针线头。

“老罗，你这身打扮可真应景。”李伟英忍不住哈哈大笑起来。

“应什么景？我也是要脸面的人，不能在街坊四邻中跌了份。”老罗头满面红光。一辈子就家权这么一根独苗，终于讨了个媳妇，真是等白了头。按理说，家权不难找，可这死小子，迟迟不找，今日不知怎么开了窍，总算去了这么多年压在老罗头身上的一块心病。

贵祥和其他几位老师将办公桌围成一圈，把老师的教科书、笔记、作业本全部堆放到隔壁校长的桌子上。

“同志们，今天的订婚仪式，我毛遂自荐，我来主持啊！怎样，家权？”贵祥习惯性地不坐椅子坐在桌子上，两条腿舒服地荡来荡去。也是怪了，在这群人民教师的队伍里，竟没人反感贵祥的自由和散漫的做派，反而要是没了他，西灌镇中学的教师办公室里该是多么的索然寡味。

食堂的丁师傅系着黑色的皮围裙，因个头矮小，而显得围裙过于长，长得盖住了脚面，走起来像是里面藏了个球，需踢踏踢踏地前行，很是费力。

丁师傅烧得一手好菜，可惜这厨艺只能在食堂挥动铁铲子，实在是委屈了他。今日算是英雄有了用武之地，丁师傅既是大厨，又干了跑堂的活，他一趟一趟地跑，累得满头满脸的汗水。

“丁师傅，需要做什么？您开口吩咐。”家权过意不去，追上丁师傅，想要从他手里接过托盘。

丁师傅将身子轻轻躲开，“别上手，今天什么日子？今天不行。”

“家权，躲开点，我来。”贵祥跑去食堂帮忙。

今天是周六，校园里只有极少的几个远道的住校生，他们从空气中似乎嗅到了某种喜庆，却又不太敢过来，只是远远地夹着书，透过那几片模糊的老玻璃看着那间平日里令人生畏的屋子，竟飘出了温暖诱人的饭菜的香味。

俞梅出现在校园里，俞苗走在姐姐的身边。老高站在锅炉房门口，将炉火封上，今天本就没有那么多的人，可他却比平时多了些忙乱，他不知自己该做些什么，才能打发眼下的时光。

他看到了俞梅，俞梅今天真是用心打扮了自己，姑娘本就生得不难看，大概因为高兴，更比往日多了几分精气神。

老高觉得今天应该是个值得高兴的日子，他看了看锡玉的屋子，深深地叹了口气，可这口气叹得仿佛是个罪过似的，他觉得心里堵得难受，他很想和老罗头说一声可不可以不去吃饭？可情理上实在是说不过去，他拿自己没辙了，于是故意拖延时间，故意没事找事，可这小小的锅炉房能有多少事可做呢？

“高老师。”

“家权，你小子还往这跑？”

“您过来吧，到时间了。”家权帮着老高检查水温、炉火、通风管。

“家权，你见着锡玉了吗？”

“我正寻思呢，半天了，就是没见她。”

“这孩子，跑哪去了？我一直看着她的屋子，一直没见她出门。”

“高老师，她没在屋，早上我去敲门，没人应。”

“家权，决定啦？”

“什么？”

“婚事。”

“嗯，定了吧。”家权不敢看老高的眼睛，他知道老高想说什么，也知道不管老高说什么，自己这已经没有答案了。

“孩子啊，这是你一辈子的事，可要想好喽，开弓没有回头箭……”

“我知道，高老师，决定了，我会一辈子对人家负责任。”

“好，家权，不管做什么选择，都要承担你选择的结果，要有担当。”

“我会的，锁门吧！”家权举着那把大铁锁，老高出了门。

老罗头站在门口迎接老高。

“老东西，瞧把你美的，穿戴这么整齐。”高老师指着老罗头的新衣裳，忍不住地笑了起来。

“今天不美，何时美？我是一年到头灰头土脸的，瞎忙活！今天必须要好好展示一下我的风采，老高，你看家权是不是和我年轻时一样帅气？”

“比你长得好。”老高毫不掩饰内心真实的想法。

“你啊！真会说话。”老罗头冲着老高竖了竖大拇指。

“高老师，吃糖。”俞苗捧着糖一股脑放在老高摊开的双手上。

“俞苗，学习紧不紧？”

“挺紧的，不过我能跟上。”俞苗笑了，那两颗可爱的小虎牙露了出来。

“不能光顾着学习，还得经常锻炼锻炼身体。”老高大概是被糖黏住了牙，用舌头使劲舔，可就是下不来。

“喝水，高老师，冲冲。”俞苗咯咯笑着，老高的心情总算是有了些好转。

家权当着众人的面将戒指戴在俞梅手上的时候，心中有泪在流淌，他强忍着不让这泪水从眼里出来，这泪水只能止步于此。

他想去个没人的地方，痛哭一场。

他终于要结婚了。

他终于放弃了锡玉。

他终于放弃了自己。

而此刻的锡玉正在银行，手里握着张银行卡，坐在大厅的椅子上。银行的工作人员已经准备下班了，只有保安还在大厅里晃来晃去，他一直盯着锡玉。锡玉却不看他，她将那张卡翻过来、掉过去地看，又想起了曹刚的电话，“锡玉，那张卡要收好，那是我给你存的钱，不要轻易对别人讲，哪怕是你最亲的人。”

“为什么？大哥，你为什么要给我钱？”

“别问为什么，永远都不要问。”曹刚的口吻是命令式的，不容逆转和质疑。

锡玉真的后悔当初把这张卡留下，她怨自己太天真，以为那是给公公办丧事的补偿，可谁家的丧事能用这么多的钱？

“100万。”

当锡玉得知卡里的金额时，差点没吓晕过去。

100万？那是钱吗？大哥哪来的这么多的钱？又凭什么把这钱留给自己？锡玉一直坐着愣愣地发着恍惚的呆，她有些乱了。

“姑娘，下班了，要锁门了。”保安走过来小心地提醒。

“哦，该走了。”锡玉将卡收起来，脚下像是踩着棉花，高一脚、低一脚地没了准头，她摇摇晃晃地往大门外走。

“姑娘，你没事吧？难不成卡里的钱被人盗取了？”好心的保安见锡玉这模样，心生疑惑。

“啊，不，没有，头晕，低血糖……”锡玉指了指头，不知该作何解释，她赶紧逃也似的离开。

走进西灌镇中学校园时，隐约传来的欢声笑语，让她想起今天是个什么日子。突然觉得自己是多么的荒唐，答应了俞梅的事竟忘得这么干净彻底，她想回去买个礼物送给他们，可一时又想不起要买什么。

“锡玉……”

“啊？”

是家权，锡玉转过身，不解为何家权穿成这个样子。

“去哪儿了？一直找你。”家权看着锡玉，觉出了锡玉的反常。

“俞梅吗？我知道她会找，怪我，答应了却没来。”

“不是俞梅，是我，我在找你。”

“你，有事吗？”

“有事，这个给你。”家权递给锡玉一个信封。

“什么？”

“回家后再看吧，先去吃饭。”家权换了副笑脸，锡玉觉得今天家权好似突然间成熟了，不再是那个整日和自己打打闹闹、嘻嘻哈哈的老同学，老朋友了。

锡玉有种说不出的失落。

家权还是原来的家权吗？

也许不会了。

“俞梅，对不起，出去办了点事，回来晚了，我罚酒，赔不是。”

锡玉一进屋，端起杯子“咕咚”咽了下去，呛得眼泪直流。

“锡玉，慢着点。”李伟英过来拍着锡玉的背。

“没事，没事，我高兴。”

“锡玉姐，吃菜。”俞梅热情地将菜推到锡玉面前。

锡玉哪有吃下去的心思？

但她得吃、得喝，她不能驳了俞梅的一片心意。

很快锡玉喝多了，她抱着自己的包，扶着墙往外走。

“家权，送送锡玉姐。”俞梅小声地吩咐家权。

“你去吧，我在这招呼他们。”家权觉得为难。

“不，不用送，我自己走，”锡玉摆摆手，“你们好好玩，多闹一会儿。”

锡玉摇摇晃晃地走了。

家权在身后看着，他没有送。

锡玉到了家，倒头便睡了，酒精的作用让她这一觉睡得死沉。

睡着了，她忘了卡里的钱，更忘了家权给她的那封信。

而罗家权这一夜却是无眠的，有几次他悄悄地爬起，他看到锡玉的灯一直亮着，他不知锡玉是否看了那封信。他时而后悔写了那封信，有时又觉得有些话不说出来以后可能就再没说的机会了，他就这么在矛盾中坐着，直到吓着了起来上厕所的贵祥。

“你坐着干吗？”

“睡不着。”

“订个婚不至于这么兴奋吧？”

“和订婚没关系。”

“那和什么有关系？快躺下睡吧，家权，你什么时候爱琢磨事了？”

“贵祥，你爱你老婆吗？”

“神经了吧？问这个问题。”

“爱不爱?”

“不爱我娶她干吗?”贵祥躺下，蒙着头，突然又探出身子，“你爱俞梅吗?”

家权不说话。

“你爱不爱俞梅?”

“睡觉。”家权躺下，将后背留给贵祥。

“没有爱情的婚姻是不道德的婚姻，家权，想好喽!”

黎明的曙光将窗子一点点擦亮，西灌镇又迎来了新的一天。

隔不了几日，该是中秋了……

第六十七章

孟宝珍走了好些日子了，在预定的日子里，她没回来，又等了几日还是没回。

孟姨目不识丁，洛姗很是后悔，当初没让她带个手机，现在想问问情况都无从下手，走时留下的亲戚的电话一直忙音。

洛姗每天带着小雨在空空荡荡的别墅里住着，显得十分落寞。少了孟宝珍，这个家像是少了太多的东西，就像菜里少了盐，怎么调终是没滋没味。

早上洛姗将小雨送去幼儿园，再去工作室。小雨因为初上，中途免不了要生出什么事端，老师便会打电话过来，最多的一次，一天送了两次衣服。小雨不好好吃饭不说，尿尿还总尿到裤腰上，老师也是哭笑不得。

小雨是孟宝珍一手带大的，洛姗突然接手，不仅洛姗不适应，小雨更是不适应，弄得洛姗有几次表演时竟弹错了音，这在洛姗看来实在是件极没面子的事。

她天天盼着孟宝珍快些回来。她可以离开父亲，离开曹刚，但不能没有孟宝珍。

阳历9月15号，阴历八月十五，中秋节，洛姗推掉了演出早早地回了家。这几天可能因为受了秋凉的侵袭，洛姗患上了重感冒，因平时很少生病，所以并未放在心上，扛了几日，今天竟发起了低烧。脑门是凉的，只有身体发着热。洛姗将闹铃定在了5点，接小雨的时间，因为上次的事情，她听了曹刚的话，将手机摆在枕边，服了几片药，不一会儿便沉沉睡去。

她做梦了。

梦到有人从门进来了，她清晰地记得锁了门，并反复检查过，她有轻微的强迫症状，尤其是孟姨不在的日子。

她想着应该是曹刚或者是孟姨，要不然就是父亲回来了。是啊，今天是中秋节，他们都该回来，她又闭上眼睛，放心地睡去。

可是她觉着来人似乎在屋子里走来走去，还弄出了很大的响声。他们像是在搬弄什么东西，或者是在寻找什么，她不清楚。她想睁开眼睛看看，可是却怎么也睁不开，她想叫喊，却发不出一丝声音，于是她用尽全力地极其专注地去做这一件事，她要醒来，但都是徒劳，她依然睡着，依然是在梦里。

她显得焦灼难安，她感觉到那些人正在一步步地靠近自己的床，她甚至嗅到了某种陌生的不怀好意的男人的气息，惊吓使她猛地坐了起来，睁开了双眼。良久，她才辨认出这是自己的卧室，窗外有微弱的光，天是暗的，没有阳光。可能是要下雨了，风吹着树叶沙沙作响，间隙会有零星的几片叶子从枝上飘落下来。

没有人，什么也没有，仅仅是个梦，还是原来的样子，屋子里异样的安静，手机仍在枕边。洛姗将脑袋埋在臂弯里，大概是药物的作用，头太沉、太重。洛姗觉得自己的身体已经无力支撑它。两边的太阳穴裂开似的疼痛，看看墙上的钟，时针指向3点，分针指向一刻，离接小雨的时间还早。洛姗重又躺下，用被子将身体裹紧，希望发一身汗，或许感冒也就好了。

不知怎么的，她有些想念曹刚了，她不禁哭了，一次小小的感冒就让自己变得如此脆弱，以前生小雨那么大的事，一个人都挺过来了，现在这是怎么了？

想想自己，其实终只是个女人，内心里何尝不渴望爱人的陪伴？她抬眼看了看窗外，雨还是没下来，只是那天色却越来越暗，像是黑夜已经来临，看来今年要过个无月的中秋了。

洛姗很想给曹刚打个电话，希望今天晚上他能够回来，父亲回不回来，洛姗早已习惯了，这么多年在家过中秋对父亲自己都成了一种奢望。

可电话打过去却是关机的。

关机？这么多年，曹刚很少关机。加剧的失望让洛姗没了困意，她从床上爬起来，来到楼梯口，也就在这个时候，她听到屋子里似乎有人在小声说话，她不禁停步凝神。

难道是孟姨？她回来了？

不太对。

难道是曹刚？要给自己一个惊喜？

她往客厅探头，客厅里空无一人，声音不是从那发出来的，她又想起那个梦，蓦地有些紧张起来。

她悄悄下了楼，看到了一束微弱的光亮，聚焦在墙壁上，外面依然是雨前的灰暗。

这光它从哪里来？

她循着声音去，像在外面，又像屋子里，声音很远，模糊、压抑，仿佛故意不让别人听见，洛姗以为又出现了幻觉，或是在梦里尚未醒来。

她将脚从鞋里拿出来，放在地板上，“冷”，她打了个哆嗦，还没来得及重新将脚放回去，便听到了一声脆响，什么东西摔碎了，还有什么在地上打转，最后归于平静。

“死寂”，空气仿佛凝结了。

洛姗靠在楼梯的扶手上，她看到地下室的门开了一条缝，墙上的光斑一下子扩散开去，那狭窄的缝隙里是一张陌生的长了胡子的男人的脸。

洛姗尖叫一声，拔腿往外跑，在客厅，洛姗被人从后面捉住。

“再叫，我就捅死你。”那人的声音和横在项间的刀一样的冷。

洛姗没有再叫，她设法让自己平静下来，可不争气的心脏咚咚地跳着。她是个见过世面的女人，可这样的场面她从未设想过，她敏锐地感觉屋内不止一个人。这个时间，这么多人闯到自己的家里来究竟是为了什么?

“抢劫?”洛姗猜。

“你们要什么?”洛姗小声问。

那人不回答。

“没有，只是一堆破书，还有这个。”另一个男人进入了客厅，那人生得猛，却挺白净，阔脸大眼，脸上带着结实的肉，拿刀逼着自己的是那位长满胡子的男人。

白胖的男人递过来一张纸。

长满胡子的男人始终没有放下手中的刀，他伸长脖子，往那张纸上瞅。

“DNA基因检测报告。”持刀的男人念道，“这顶个屁用，他要的是病历。”

“这是什么玩意?和那个病历没一点关系?”

“他又不是寻亲，这是亲子鉴定用的，赶紧的，再找找，别拖太久了，那是个疯子，别惹毛了他。”

“这女人咋办?”

“带她下去。”

两个男人将洛姗带往地下室。

洛姗有些慌，她摸不清这些人要干什么?他们的真正目的是什么?他们翻出来的亲子鉴定报告又是怎么回事?可是没有时间去考虑这些了，她必须逃跑。

那人在身后抓住了洛姗的两只手，并用力将她的胳膊向后拉扯着，这弄疼了洛姗，洛姗脚下踩空，摔倒在地下室的门口，腰硌在了楼梯上。

“起来。”持刀的男人弯下腰命令洛姗。

洛姗看了看他，这个男人让洛姗更加坚定了逃跑的决心，因为他看自己的眼神像是生就的仇恨埋植在心里，他为什么会这么恨自己?自己与他素昧平生。

洛姗没有站起来，她不是不想站起来，是腰伤让她根本没有站起来的力气，她咬了咬牙，忍住疼痛。她希望此刻曹刚能够打个电话回来，不管什么样的事情，只要能在此刻发生，或许便能打破眼下的困境，给自己一线生机。可是整个世界都像陷入了沉睡的梦境，安静得让人窒息。

洛姗听到头顶传来急促的脚步声，有人在奔跑，有人追着跑。不，不是头顶，是左前方，不，也不是，右前方是哪？洛姗无法睁开双眼，恐惧、无力、疼痛、眩晕一起袭来，她的思维是混乱的，她想分辨出声音的由来，可她分辨不了，那声音由远及近，又由近渐远。

她听到了女人的哀号，像是落入陷阱的幼狼对母狼的呼救。

洛姗盯着天花板，那两个男人随着洛姗的目光搜寻，一直横在项间的匕首收了回去。

“皮子，是我妹妹？”

拿刀的男人仍站在洛姗身后，声音里带着焦急和愤怒。

“听不清，你别瞎猜，这个时候，他不会乱动。”叫皮子的人看了看洛姗，弯下腰靠近洛姗，“你男人的东西除了地下室还会放哪儿？”

“你们在找什么？”洛姗敏锐地察觉到了什么。

“告诉我们，那份病历藏哪儿了？”明晃晃的匕首又一次在眼前闪过，洛姗觉得那冷冷的东西又抵在了腰间。

“病历？谁让你们来找？”

“知不知道？快说。”身后的男人用脚狠狠地踢了一下洛姗。

洛姗感觉不到疼痛，却觉出了深入骨髓的侮辱，他们来找的东西一定是和曹刚有关，一定会对曹刚不利，莫说自己不知道，就是知道了，也万不能告诉这样的歹人。

洛姗不去看他们，她缓缓地站起，双手扶着墙，她转过身，拿刀的男人诧异地跟着转。

皮子仿佛看到了希望，脸上浮出了笑容，地下室的光线不好，将每个人的脸衬出蜡黄色，像是都带着病态。就在洛姗准备往前走的时候，头顶传来男人的低吼，虽那声音被死死地压制，还是挡不住来自心底的恐惧，“你不想活了吗？”

“啊？”洛姗止步，她逼视着那个叫皮子的男人，“是他让你们来的？”

“是他。”身后的男人移到前面来。

“大鹏，说什么呢？”皮子试图阻止。

“说吧，藏哪儿了？”叫大鹏的攥着刀，双臂抱在胸前，依然是先前那副仇恨的表情看着洛姗。

“病历，是吗？我带你们去。”洛姗对皮子说。

“好。”皮子给洛姗让出过道，他将肥胖的身躯紧贴在楼梯的扶手上，并尽力地将身体后倾，那个叫大鹏的男人继续跟在后面。

洛姗一级一级上台阶。

地下室通往一楼的楼梯很长、很窄，洛姗走得很慢，虽是赤脚，每一级都踩得很实。那俩人低着头，认真地看着脚下的木质楼梯，人在高度紧张后大脑会自然地进入缓冲期，会有轻微的困顿和松懈，洛姗从他们的脚步中感觉到了这一点。在走完最后一级台阶时，她突然疯了似的冲进客厅，跑过那条长长的通道，打开那扇门便可到达自家的院子，到了院子里或许就有救了。

洛姗来不及去思考任何问题，她只想跑出去，离开这个屋子，她拼尽全力，可是却跑不前去，使不上劲，像是在梦里被施了魔咒而缠住了手脚。她焦急害怕，强烈的求生欲望，让她觉得除了这间屋子，处处都是光明。可是她摔倒了，长长的睡衣被什么东西给挂住了，洛姗的脸重重地磕在地板上，一阵眩晕，耳朵瞬间失聪，嗡嗡作响，洛姗努力抬头，回身，那张长满胡子的脸正得意地对着自己，他抓着自己睡衣的一角。

洛姗在地上打了个滚，迅速地半坐起来，张开嘴去咬那抓着睡衣的手，她觉得自己咬到了，她的嗓子眼里往外冒着浓浓的血腥味，同时，一道灰白色的亮光从眼前划过，那张一直仇视自己的脸突然间被惊愕笼罩，反而变得和善了一些，可是仅仅几秒的工夫，也许更短暂，那张脸离自己越来越远，越来越模糊，越来越狰狞，由人瞬间变成了魔鬼，甚至是比魔鬼更为可怕的东西，因为洛姗再也不能将它看清楚。

洛姗再一次倒下。

她蜷缩着，身体挨着地板的那一瞬，她觉得冷，刺骨的冷，美丽的棕色的卷发盖住了脸，却失了往日的光泽。

下雪了吗？她还在思考，她多么想睁开眼睛看看外面的世界，妈妈向自己走来，无声的雪，无声地落在地面上，盖住了妈妈来时的脚印……

血从颈项下流出来，染红了洁白的睡衣……

客厅里的座钟响了，整点报时，洛姗卧室里的手机几乎同时响起，前后相差不到十秒的工夫，那是她定的接小雨的时间，5点了。

第六十八章

当曹刚赶到幼儿园时，偌大的等候区只剩下三个孩子，另两个孩子在玩积木，小雨睁着双大眼睛盯着门口的路，怀里的布熊耳朵已被啃得快湿透了，泪花在眼睛里直打转。

“小雨，到爸爸这来。”曹刚一进门便对小雨张开了双臂。

“爸爸，妈妈又不要我了。”小雨一边抽泣，一边跑过来，扑进曹刚的怀抱。

“妈妈可能又参加演出了，走，跟爸爸回家。”曹刚抱起小雨去教室和老师告别。

“爸爸，以后你能天天来接我吗？”

“爸爸尽量。”

“爸爸，妈妈不听话，老迟到，以后把她换了，你来。”

“小雨，妈妈忙，有时走不开，你想，演出时，钢琴不能弹到一半就跑了，那样会影响别人唱歌、跳舞的。”

“那给妈妈换个工作，不弹钢琴了，让她像奶奶一样在家做饭、洗衣服，奶奶从来不迟到。”

“好，回去和妈妈商量商量，让她换工作。”曹刚笑着亲了亲小雨的脸蛋，一边又拿出手机拨打洛姗的电话。

还是没人接。

“爸爸，你累了，我下来走。”小雨拍拍曹刚的肩，两条小腿轻踢着曹刚。

曹刚将她放到地面上，小雨在前面跑，风吹着落叶在小雨脚下追，地面上出现了一个个铜钱大小的水印，是雨滴，稀稀落落的。

小雨将手心向上，抬头去寻，一滴落在掌心，有些凉，小雨收回手，在外衣上来回蹭了蹭。

“爸爸，雨从哪里来？”

“雨从天上来。”

“天从哪里来？”

“天？”

“嗯。”

“天就是天，不知来处。”

“爸爸，那我从哪里来？”

“你呀，你从妈妈的肚子里来。”

“妈妈的肚子又从哪里来？”

“肚子？肚子……”曹刚难住了。

雨下大了，曹刚脱下外衣，将小雨从头裹到脚，只留双眼睛在衣服的缝隙里往外看。

曹刚抱着小雨急急地走，小区里没有一个人，只有雨声和自己的皮鞋踩在水里的“踏踏”声，小区的下水管道不是很好，很快雨水便堆积在路面上，曹刚的鞋子里也进了水。

“姨，姨……”小雨在肩上喊，可喊声，却被行走的曹刚变成了几个模糊的断音。

曹刚虽低着头，还是感觉到了有人从身旁飞快地跑了过去。

曹刚顾不上回头去看，雨越下越大，离家还有几百米的距离，曹刚躲进了一户人家的车棚里，裹着小雨的外衣已湿透，小雨的小脸发青，上下小牙不停地打战。

“爸爸，冷……”

“乖，雨小了再走！”曹刚将小雨贴紧自己的身体，想给孩子一些体温，这时手机响了起来。

是个陌生的号码，对方不说话。

“喂，喂……”曹刚对着手机喊。

没有声音，电话却是通着的，曹刚看了看号码，是本市的座机，兴许打错了，他刚要挂掉，里面响起了“呜呜”的声音，像是在哭。

“喂，你是谁？请讲话……”曹刚将耳朵贴在手机上，里面传来了“啪啪啪”三响，隔了几秒，又响起同样的声音。

曹刚不解，将电话挂了。

小雨仰着脸，好奇地看着爸爸，“是妈妈吗？”

“不是。”

“是奶奶？”

“也不是……”

"哦……"小雨抱着曹刚的腿，"回家，爸爸，快回家。"

曹刚看着外面的雨，不禁犯了愁。

他给洛姗打过去，无人接听。

"小雨，再等一会儿好吗？"

"不好，我想回家。"

"我们躲猫猫？"

"好。"小雨迅速躲到了车屁股后面。

手机响起，曹刚以为是洛姗。

还是刚刚那个陌生的号码。

"啪啪啪！"里面传来三声，曹刚不禁犯疑了，他凝神等着，"啪啪啪……"声音越来越急，曹刚似乎听出了，这是对方敲击话筒的声音。

"你认识我？"曹刚问。

"啪。"对方传来一个"啪"。

"你不会讲话？"

"啪。"算是回答。

"你为什么要给我打电话？"

连着的敲击声，隐约听到里面夹着急促的呼吸。

"你找我有什么事？"

又是一声"啪"。

电话突然断了，留下一串忙音。

曹刚盯着那个号码，并很快做出反应，他拨了过去。

没有人接，曹刚的心中被诸多的疑惑填满。

这个人是谁？

为什么要给自己打电话？

为什么不说话？他（她）不会说话？不会说话？是不能说，还是哑巴？

哑巴？

他想到了一个人，曹刚抱着小雨冲进了雨里，挂在车上的外衣也忘了拿。

他往家的方向跑去。

到了院门口，他看了看李胜远的窗子，窗户紧闭，窗帘拉得也很严，和往日没什么异样。

曹刚进了院子。

里面的门是锁着的。

小雨拉着门把手，等着曹刚开门，客厅里黑乎乎的，大概是因为外面下雨的缘故。红灰相间的厚窗帘在屋内只剩下红色在眼前跳跃。

一进屋，曹刚便闻到了股奇怪的味道。

曹刚看了看厨房，觉得那里有水声，难道是洛姗回来了？

厨房里没有人，水龙头滴滴答答地在漏水，曹刚过去将水龙头拧紧，地面上留有未干的水印，这不像是洛姗所为，洛姗拖地后会再用干布擦一遍。

曹刚穿过餐厅。

或许是孟姨，她走了这么久，也该回来了。

小雨坐在沙发上玩玩具。

“小雨，爸爸上楼拿衣服，你不要坐地上，太凉。”

小雨机械地站了起来，不过几秒的工夫又坐下了。

曹刚上二楼。

二楼的灯竟是亮的！曹刚蓦地退回楼梯口，不知为何，他的心中有一种说不出来的紧张和不安。

“孟姨？洛姗？……”曹刚唤道，声音在空旷的屋子里回荡。

“小雨……”曹刚对着一楼喊。

没有动静。

曹刚一惊，迅速下到一楼。

“小雨……”

“爸爸，我在这呢。”小雨从沙发背后钻出来。

“你在那干吗？”

“玻璃球滚进去了，我在掏。”小雨手里举着她的小圆球，一脸天真地笑着。

曹刚微微松了口气，刚进屋时的那股怪味似乎闻不到了。

他重又上楼，他要给小雨找衣服换，孩子还穿着湿衣服。

这次他速度很快，进了卧室，一眼瞥到了床上躺着的洛姗，洛姗侧卧着，被子盖住了她整个的身子，看不清她的脸。

曹刚着实被吓着了，他没想到洛姗会在家里。

他给她打了好几次电话，家里的，手机都不接，怎么会睡得这么沉？

曹刚近前，靠近洛姗。

洛姗闭着眼，真是睡着了。

曹刚将被子往下拉了拉，洛姗的整个脸露了出来。

曹刚的心像是被什么东西扯了去，脑袋嗡的一下炸开了，整个人空空的，像是要飘起来，又似沉到了深渊。

洛姗面色如纸，牙关紧咬下唇，沾着血的发丝结成了条状，睡衣上的血尚未退去鲜红，被子上、枕头上、床单上，也是斑斑血迹。

曹刚不能相信自己所看到的，他俯下身子，将洛姗扶起来，靠在自己怀中，洛姗的身子还有温度。

“洛姗，洛姗……”曹刚在洛姗的耳边呼唤。

他又是掐，又是摇，他忘了自己是个医生，忘了如何判断一个人是否死亡，他不相信洛姗就这么走了。

曹刚强迫自己冷静下来。

他将洛姗轻轻放下，盖好，并从枕下找到了洛姗的手机，他拿上小雨的衣服，神志不清地下了楼。

他不能让小雨知道，他要装得像一些。

他给小雨换了衣服，并将屋子里所有的灯都打开，然后他开始打电话。

“爸，我是曹刚，我在绿海花园的家里，您快回来，现在，快。”

“曹刚，我脱不开身，纪检在这呢。”

“爸，回来吧，人命关天，你必须回来。”曹刚挂了电话，并拔了电话线，关了手机。

他将小雨哄睡了，放在孟宝珍的屋里。

曹刚坐在客厅里。

外面的雨不知什么时候停了，月亮出来了，这应该是个美好的夜晚，可就是在这样的夜晚洛姗走了。

是谁？如此狠心，竟对洛姗下了手？

为什么要对洛姗下手？

曹刚想弄明白这一切，可惜他已不能正常地思维，他在混乱中等待，他不知要等待什么，也不知道有什么还会降临在自己的身上，没什么可怕的，当人生境遇糟到不能再糟的时候，当你害怕失去的已慢慢从你的世界里消失，还有什么值得自己去焦虑的呢？

曹刚看着楼上，看着洛姗所在的位置，突然他想到了那个无声的电话，那个电话是想告诉自己什么呢？

难道是她？

门开了，魏明义走了进来。

“曹刚，发生什么事了？电话也打不通。”魏明义的脸近乎扭曲，愤怒、不安、焦急，还有某种压抑着的火气在体内燃烧。他并不坐下，像座摇摇欲坠的铁塔站在曹刚面前，双目圆睁，眉眼间也带着质疑。他看着曹刚，却又不让曹刚说话。

“洛姗和小雨呢？老孟呢？人去哪儿了？都睡了吗？你不是一直在医院吗？你回来干什么？你真行，火烧眉毛了，你还不在那守着？”

“爸，今天是中秋。”

“中秋，哦，忘了，曹刚，没有心思过中秋了。中秋过后是元旦，元旦过后便是年，这个年还能不能过去？怎么过？心里没底呀。”魏明义终于肯坐下来，为自己倒了杯水，一口气喝完。

“爸你别急。”

“你急不急？曹刚，先是审计组，又是纪检组，还有那举报信，各种举报材料，每天都在我眼前晃。曹刚，你不是别人，你是我女婿，你要帮我……”魏明义大概是说累了，靠在沙发上，闭上了眼睛。

曹刚呆呆地坐在他的身旁，这个老者，洛姗的亲生父亲，算不上是个好父亲，却也视洛姗为珍宝。只是不知此时此刻他的宝贝女儿早已离他而去，该如何告诉他这个事实？曹刚开不了口。

有几次，曹刚想拉着他，径直去楼上，让他亲眼看看，可曹刚做不了，他开始后悔把他叫回来，这太残忍了。

可这件事能瞒得了吗？就算瞒得了，曹刚也不愿再瞒了，欺骗的最终结果就是在现实面前俯首称臣。哪怕你是无奈的、善意的，哪怕你为此付出沉重的代价，哪怕你死了，人们也会到你的墓前来寻你，和你清点清点因为谎言而枉过了的人生。

曹刚伸出手欲将魏明义推醒，他的手却在半空中停下了，他听到楼上似乎有动静。

曹刚将鞋脱了，站起来，上了楼梯。二楼漆黑一片，窗帘是拉着的，曹刚靠着墙，手中提着孟宝珍平时锻炼用的剑。月色从帘子的缝隙中透进来，随着风在洛姗的床前拖曳、晃动，一会儿在床上，一会儿在地上，一会儿消失不见。洛姗还在那里，应该没有丝毫的改变，曹刚想，她难道真是睡着了？暂时的不言语，一切都是暂时的，明天太阳升起的时候，生活还是原来的样子。洛姗会过来叫曹刚起床，而今晚曹刚也会在她身边躺下，这是个平常得不能再平常的夜晚，一切都改变了。

曹刚等了会儿，除了墙上的钟还在走，没有一丝声音。他本能地朝着洛姗所在的方向走过去，走了几步又停住了，他惊出了一身冷汗，他拿出手机，他忘了件重要的事情，报警。

到现在才想起来应该报警。

为什么没有及时报警？曹刚比任何一个人都清楚，死去的是自己的妻子。早上还是好好的一个人，现在却被人残忍地杀害了，就在自己的家里。第一时间报警意味着什么？作为丈夫第一时间没有报警，又该作何解释？

曹刚无力地跌坐在地上，他恨不得死去的是自己，如果那样就不用去面对这活着的纷扰和苦痛。曹刚看着静卧着的洛姗，不禁悲从心来，突然对这个女人，生出了无限的依恋和不舍。他不敢爱她，不能爱她，不该爱她。一直与她保持着某种不公的距离，至少对洛姗是不公平的，可她竟都忍了。

他从没有用心地去呵护过她，关心过她。他认为她是个内心强大的女人，强大到足以包容天下。她觉得这样的女人就是放在那里让人欣赏和品味的，因为她太高贵，因为她永远成不了爱人，因为她是哥哥的女人，自己的嫂子。可自己与这个女人一张床上躺了几年，有了女儿，有了这个家。别说是对人，就是对这张床，也会有了相伴的情感。

曹刚哭了，却又不能发声。

"曹刚，你怎么在这？怎么啦？还哭上了？"

魏明义不知什么时候上了楼。

"爸……"

"发生什么事了？我刚睡着了，醒来发现你不在。你不是叫我回来有事吗？"魏明义在曹刚身旁坐了下来，"别在这，咱俩下去吧，会吵着洛姗和小雨的。"

"爸，吵不着了，洛姗她……"

"她又没回家？你们俩闹矛盾了？"魏明义起身准备进卧室。

"爸，你别……"曹刚一把扯住魏明义。

"这不正睡着呢吗？"魏明义觉得床上有人。

"爸，出事了。"

"什么？"魏明义不明白，他在前面往楼下走。

"爸爸，你别走……"曹刚的声音里透着悲伤，"爸，洛姗出事了。"

曹刚将灯打开，整个二楼的房间陷进了一片惨淡的白光中。

魏明义的身体摇晃了一下，一只手紧紧抓住扶手，慢慢地他将脸转向曹刚。

"洛姗？"

"我给您打电话，我一直想告诉您，可这太突然，您能不能撑住？"

"还有什么撑不住的？你究竟想告诉我什么？"魏明义像是失去理智的野兽，仿佛要把曹刚吃了方能解了心头的疑惑和仇恨。

"就在今天晚上，有人害死了洛姗。"曹刚说完这句话，像是失了灵的机器人磕磕绊绊地下了楼。

魏明义抱着心爱的女儿，老泪纵横，他觉得所谓的报应终于来了。

第六十九章

夜似乎变长了，天总也不亮。

曹刚站在窗前，玻璃前挡着厚厚的窗帘。

警察正在勘验现场，他们声音很低，脚步忙乱，人影在曹刚面前晃动，曹刚到现在也没看清他们的长相、年龄，他们不时过来询问几个问题，每个人问的都不一样，曹刚有时回答不出，他们却并不恼，也不急，有人甚至给曹刚递过来一支烟。曹刚接了放在嘴上，点着火，却不会吸，不大工夫便灭了，倒是昏昏的脑子有些清醒了。

“李队，经勘查屋里有被翻动的痕迹，但未发现有东西丢失。门锁完好无损，显然有人给开了门，或者门压根就没有锁。书房的书有被重新码放过的痕迹，楼梯、客厅地板、厨房地面都曾被清洗过，但显然很匆忙，墩布扔在花池里，上面还有血迹。”

“死者的情况呢?”

“死者颈部有伤，系被利器割断动脉，失血过多休克致死，腰部有轻微的皮外伤。”汇报工作的警察看了看曹刚，贴到李队的耳边。

李队也看了看曹刚，点了点头。

“他杀?”

“他杀，且可能是熟人作案。”

曹刚进了院子，他看到3-18栋已被拉上了红白相间的警戒线，外面密密麻麻的全是人，绿海花园里竟然住着这么多的人。曹刚从未想过，平日里只见房子、豪车，人却是很少见到的。今天他们在这里聚拢，每个人都恨自己生得矮，恨自己没长出双透视的眼睛，3-18幢里发生了这么重大的事件，可惜了，一位如此年轻貌美的女子就这样香消玉殒。

当人们看到曹刚，对死人的好奇又很快转移到活人身上，希望从他身上能挖出些凶杀案的细枝末节，仿佛曹刚就是凶手，或者至少是和凶手有些联系的。

曹刚一出来便发现，此刻自己已无立足之地，站在哪里都是人们追随的目标。

曹刚看着李胜远的家，虽然也被警戒线一起围了起来，但似乎并没受到什么冲击和影响。他的家经常是没有人住的，偶尔李胜远回来，也常常不过夜就走了。那边的院子里很少有动静，今天也没什么异常。曹刚觉得它不应该是这样的，他真想进到他的屋子里去看看，就现在，看看他究竟搞什么名堂。

曹刚掏出手机来翻看昨日的通话记录，看到了洛姗的未接电话，早已被覆盖了。当时的时间为昨日下午4:45，曹刚狠狠地捶打自己的头，他知道这一定是洛姗在向自己求救，可那会儿自己在干什么呢？为什么不接电话？在开会？不是，哦，想起来了，被审计组叫去谈话了，“该死的审计组！”曹刚在心里咒骂道。

天渐渐放亮了，太阳还未露头，秋雨过后，天气骤然转凉，绿海花园在萧萧的秋风中微微颤抖，一夜未眠的曹刚突然觉得脑子一阵眩晕，很快又稳住了，他放眼看了看四周，每扇窗子背后都似有双眼睛隐在暗处，正窥视着这里。

曹刚决定回屋去，警察同志还在忙碌着。

曹刚看着他们一丝不苟地干活，觉得当警察不容易，从凌晨两点至现在，水都没有喝一口，曹刚知道他们所做的这一切努力都是为了尽快让案件水落石出，找到凶手，给死者及家属一个合理的交代。

曹刚又觉得案情的真相，也许自己是明了的，他们可以过来把自己抓起来，对，就是现在，拉到警局去审一审，再用上点手段，或许不用这么兴师动众、劳神费力地干就能得到他们想要的答案。以前曹刚不知道韩望和赵昆他们每天都在担心什么，他们俩私底下没少琢磨自己吧？也不止一次地提醒过，要小心，要提防，不能再累及家人，尤其是洛姗和小雨。

哦，对了，小雨？

曹刚从客厅穿过去，跑到孟宝珍的房间，掏出钥匙开门，怕小雨睡醒了，跑出来，曹刚给门上了锁。

小雨还在睡着，没有人唤醒她，这孩子今天可能要睡到中午去。

曹刚轻轻走过去。

“爸爸。”小雨正转动着双黑眼睛。

“你醒啦？”

曹刚在床前蹲下，抚摸着小雨的脑袋。

“爸爸，要起了吗？”

“不用起，你睡吧。”

“要上幼儿园，迟到了会关黑屋子。”

“你被关过没有？”

“果果就被关过，黑屋子里面有蜘蛛，可吓人了。”

“不怕，爸爸和幼儿园请假了，今天你不用去。”

“为什么？”

“今天家里丢了东西，警察叔叔正在帮忙寻找。”曹刚看了看窗外，阳光正从窗帘移到地面上。

“丢了什么东西了？爸爸，我起床帮你找，奶奶说我眼神最好了，针鼻断了我都能替她找到。”小雨从被子里钻出来，光着脚便要往外跑。

“小雨，先别去，警察叔叔不愿被打扰。”曹刚抱起小雨又要往被窝里塞。

“爸爸，家里什么东西丢了？”

“非常珍贵的东西。”

“是我吗？”小雨咯咯笑起来，搂着曹刚的脖子，小脸在曹刚的脸上使劲地蹭。

“怎么会是你？”

“奶奶说家里最宝贵的东西就是我。”

“你没丢，这不是吗？”曹刚指了指小雨的鼻子。

“那就是你了，妈妈说在她心里除了我，爸爸最宝贵。”

曹刚放下小雨，身体的皮肉上似乎有层保护膜被人不小心地掀开，每个地方都觉出了疼和冷。他感到不自在，在小雨面前需要掩饰、伪装，孩子虽小，却能多少明白些爱与被爱，就算她不明白，可此时说出来的每个字眼，似烧红的炭条划过心房。

他从来没有像现在这么渴望洛姗能活着。

“爸爸，你哭了。”小雨从背后转过来，看着曹刚的眼睛。

“没有，爸爸眼睛不舒服。小雨，你在屋里，别出去，记住，只有爸爸来找你，你不要出去找爸爸，这是个游戏，如果你能坚持在屋子里一直等到爸爸再次进来，你就赢了，爸爸给你发奖品。”

“真的，什么奖品？”小雨跳起来。

“保密，等你赢了就知道了。”

“好，爸爸，我一定能赢。”

“爸爸相信你。”曹刚亲了亲小雨，出了屋子，并将门从外面锁上。

魏明义正站在门口，“小雨醒啦？”

“醒了。”曹刚轻轻扯了扯魏明义的衣角，魏明义跟着曹刚来到客厅。

“爸，得尽快联系上孟姨，小雨不能再在这里待下去了。”

“我倒是把老孟给忘了。这个时候她怎么还不回？没带手机，又无电话，怎么联系她？”魏明义看着曹刚，仿佛所有的问题都能从曹刚那里找到答案似的。

“我想想办法。”曹刚看到李队长正朝这边看过来，曹刚以为他是在看自己，本能地将目光躲开，李队长还是朝着自己走了过来。

“二位都在？现场已勘查完了，魏女士的遗体我们将带到法医室进行尸检，这是尸检同意书，麻烦签一下。”李队长拿着不知该递给谁。

“我签。”曹刚伸手去接。

“不能签，曹刚，你怎么这么心狠，洛姗人已不在了，还要在她身上动刀，我可是在别人身上动了一辈子的刀了，那是我的女儿，我亲生的女儿，不允许别人在她的身上动刀。”魏明义抢过尸检同意书，瞬间撕个粉碎。

“魏院长，据目前观察的结果，你女儿死于他杀，凶手仍逍遥法外，屋内未见财物损失，凶手是从正门进来的，门锁也没有撬动过的痕迹，您不觉得您的女儿死得过于……您不想知道是什么人杀了您女儿？又为什么杀她？”

“报应，这就是报应啊……”魏明义掩面而泣，他朝曹刚挥了挥手，示意曹刚签字。

中秋后的第二日，风停雨住，就在这一日，洛姗的遗体被抬出了绿海花园的3-18栋101室，此时正是中午时分，绿海花园是个难得闻见饭香的地方，兴许是每家的抽油烟机性能太好的缘故，兴许是做饭的人家少，所以来到这里，人们常常忘记时间，忘记生活中最朴实平凡的瞬间。

小雨饿了，把脸贴在玻璃窗上，等着爸爸来找她，看到警察抬着个黄色的袋子，像是装着个人，孩子有些慌，不知道谁死了，姥爷、爸爸、奶奶、妈妈，挨个排过来，排过去。小雨哭喊着，车厢的门被狠狠地关上，发出砰的一声，震得玻璃都响。

“爸爸，妈妈。”小雨的声音被警笛声盖住。

警车很快驶离了绿海花园。

第七十章

孟宝珍提着大包小包下了长途车，本想给洛姗打个电话，可又一想，孩子都忙，算了，打个出租车吧，再说这么冷不丁地回家，悄悄地给他们准备一桌饭菜，何尝不是个惊喜？

这一走快半个月了，没想到去了这么久。姐姐病逝了，孟宝珍帮着料理后事，也算还了这么多年感情的亏欠。

出租车将孟宝珍送到绿海花园，孟宝珍站在院门口，发现院子里的花草半数黄了叶子。该黄了，天气转凉了，过几日该到寒露了吧？孟宝珍这样想着，却又记不清日子了。

推开院门将包裹一个个拖进去，侄子也不知往包里装了多少东西，这一路可把孟宝珍累坏了。每个包都是死沉死沉的，新榨的油、自己种的红豆、薏米、花生，大米还未收，要不然非得扛一袋子回来。在城里这些土生土长的东西见得少，都是大棚子里捂出来的，孟宝珍累点也乐意，让洛姗、小雨尝尝鲜。

“孟姨……”曹刚出现在身后。

“哎哟，这孩子，你怎么在家？哎哟我的心脏，你瞧，快被你吓得蹦出来了。”

“您回来啦？”曹刚的眼圈不争气地开始泛红。

孟宝珍并未注意，她将袋子一个个打开。

“瞧瞧，刚子，有没有你喜欢吃的？”

“这么多，孟姨你一个人弄回来的？”

“本来想给洛姗打电话的，怕耽搁她做事，我打了个出租车。刚子，我跟你说，我这一趟啊，没白走，我学会打车了，以后不求着你俩，我也能出门了。”孟宝珍显得很开心。

“小雨呢，该接了吧，今天我去接，你们别和我抢。”

孟宝珍又把东西往厨房运，可一进客厅，又被吓着了，魏明义正躺在沙发上，显然睡着了，一动不动。

“什么日子啊，聚得这么齐？”孟宝珍心里嘀咕着，怕惊醒了他，悄悄地贴着柜子走。

“谁？谁在那？”

魏明义从沙发上陡地坐起，眼珠子突突地往外鼓，头发呢，根根竖着，像是晒干了的倒刺。几日不见，他和孟宝珍都似从未谋面的生人，你看着我，我瞪着你。

“是你吗？老孟？”魏明义披着衣服要过来，刚一站起，身体开始打晃，人跟着又跌坐了下去。

“院长，你怎么了？刚子，快来！”孟宝珍手中的袋子落了地，黄豆满屋子地滚。曹刚一进屋便被滑倒了，孟宝珍又去扶曹刚。

“孟姨，不要紧，您老站稳喽，别再有个闪失。”曹刚双手撑地爬起来。

魏明义还是走了过来，拉着孟宝珍的手，呜呜哭了起来。

“老孟，你总算回来了，几十年你不曾离开过，偏偏这个时候走了这么久，有什么大不了的事，你非得跑这一趟去……”魏明义止不住地哽咽。

“院长，遇上啥事了？刚子和洛姗这俩孩子惹着你了？还是医院？什么人又招你生气？上岁数了，禁不住这个，凡事想开些……”孟宝珍试图抽回自己的手，魏明义却抓得牢牢的，这让孟宝珍多少有些不自在。这么多年，这个男人已经无形中将某种威严强加在了孟宝珍心里，此刻如此表现令孟宝珍不解，更多的是担心。

“这是哪一出啊？刚子，发生什么事了？别瞒我呀。”孟宝珍挣脱不了，只能在沙发上坐下来，边帮魏明义擦眼泪，边问曹刚。

“孟姨，您走后确实出了些事情，您别担心，我会慢慢告诉你。”

“现在就说，刚子，我从没见院长这样，是不是医院里出啥大事了？”

“是，在查医院的账，院长心里急，您知道现在当个官谁不这样？”

“哦，那我就放心了……”孟宝珍长出了口气，在她心里，只要洛姗和小雨没事，其他的事都不是事。

“我做饭去……”孟宝珍发现魏明义的手已慢慢滑了出去，他睡着了。

“刚子，我早说过，当官有什么好？不是往外送钱，就是往里捞钱，正反逃不了一个‘钱’字，钱能把人害死，这下可好，院长也沾上了，恐怕洗不净了！”

孟宝珍熟练地系上围裙，下了厨房。

曹刚盯着墙上的钟表看，又到了接小雨的时间，该怎么和孟姨说呢？

“刚子，帮我把院子里的玉米面拿过来，我熬稀饭。”孟宝珍喊道，可等了半天没人应，曹刚早已不在屋内，孟宝珍见院长还在沙发上睡着，没再出声。

曹刚也不在院子里，这眨眼的工夫人就不见了，孟宝珍收拾停当，便上了楼，楼上比楼下要干净多了，像是有人刻意收拾过。洛姗的衣物，也都整齐地叠放在柜子里，床单被罩也换了新的，干净地铺展在床上，连每个皱折都被扯平了。“洛姗这孩子什么时候这么利落了？把自己照顾得还挺好。”孟宝珍觉得欣慰。

可是转了一圈后，孟宝珍觉得哪不对了，原先摆在床头柜上的、挂在墙上的洛姗的照片怎么都不见了？尤其是那张小时候孟宝珍抱在怀里的，几乎每天孟宝珍都要过来端详一阵子，去哪了呢？

孟宝珍翻箱倒柜地找，一无所获，她的心开始慌起来，她不能自抑地开始胡思乱想。虽然这已不是第一次有了这种感觉，每每洛姗的境况与自己想象的存在差异和冲突，孟宝珍都会这么担心，可每次随着时间的推移，慢慢一一都会化解开。她相信今天也不会有什么事，等洛姗回来定会给她个合理的解释，孟宝珍习惯性地看了看钟，坏了，过了接小雨的时间了。

孟宝珍一步两台阶地往楼下奔，拖鞋掉到了身后的台阶上，她顾不上去捡，一只脚光着跑到门边，穿上鞋便小跑着出了院门，连个外套都忘了穿。

孟宝珍赶到幼儿园时，门口的保安正收拾着准备交班，他认识孟宝珍，便停下手里的活，“小雨没来幼儿园。”保安的表情和孟宝珍的一样惊讶和不解。

“没上？不可能，家里没孩子呀？”

“阿姨，您这是咋啦？孩子上没上学都记不清啦？”

孟宝珍拉着保安的衣袖，“帮阿姨去楼上看看小雨在不在？”

“阿姨，您去看吧，我陪您一道去。”

俩人来到小雨的教室，正好遇上小雨班的负责伙食的陈老师。

“小雨好几天没来了，她爸爸说要带她出趟远门，请了十天的假。”

“哦，看来是真的。”孟宝珍将信将疑，又把着门往里瞅，恨不得把每个角落都看个透，好似小雨就藏在某个自己看不到的地方，这万一自己前脚走，后脚就出来了呢。

出了幼儿园往家走，孟宝珍有几次要摔倒，她不停地劝说自己别瞎琢磨，可这一次说什么也消除不了来自心底的恐慌，这恐慌仿佛是从骨髓里一寸寸地往外冒。她不自觉地颤抖起来，这才发现只穿了件薄薄的秋衣。暮色中，她更是觉出了冷和孤单，恐慌无助地在路上行走着。她越往家里走，越抱着个希望，越希望，那无名的绝望便不招自来。想到自己刚进门时，曹刚和魏明义种种反常的举动，孟宝珍的两条腿再也无法迈动半步。她停了下来，在绿海花园的门口独自坐了很久。

究竟发生了什么？一定是出了什么事，他们都瞒着自己，为什么要隐瞒？

想到这里，疑虑让孟宝珍重又抖擞起精神，她快步往家走，虽然她已很疲惫，可急切想见到洛姗和小雨的心情，却又让她重新有了力气。

她要去见她们，那是自己此生最亲的人，不能有任何的差池，否则，自己该怎么活？

第七十一章

曹刚一个人在路上走着。

天渐渐黑下来，可城市的灯光随之依稀亮起，晚上似乎要比白天更热闹。

曹刚站在公交站牌下，公交车一辆接着一辆地开过来，不知过去了多少路，曹刚的耳朵里只有车门开关的"咣当"声。他的眼睛睁着，可眼前的一切却又什么都看不到，仿佛是个睁着眼睛的瞎子。他看不到自身以外的，也不知道是否有人在看他。

从绿海花园"逃出来"，他的心里就明确了自己要去的地方和迫在眉睫要处理的事。他要去把小雨接回来，否则怎么和孟宝珍解释？

一想到孟宝珍，曹刚的心便被焦灼所笼罩。怎么办？曹刚不敢回去，绿海花园的那栋房子里此刻只有两个人，一个是魏明义，另一个便是孟宝珍。

不知为什么，曹刚有勇气告诉院长，却对孟宝珍开不了口，虽然他在心里劝说自己，那就是一个保姆，是个下人，是过来伺候我们的，她和洛姗没有丝毫的血缘关系，告诉她一切又何妨？可就算是这样，曹刚仍然决定躲开她，曹刚从她的眼神里看到了某种绝望，他担心这种绝望会把这位老人彻底击垮，他觉得她承受不了这些。

眼下只有小雨能救她。

也只有小雨是自己留在这座城市的唯一理由。

曹刚继续往前走，他不能在同一地方停留太久，太久了，对自己便会生出些厌恶和不解，为什么会这样？为什么会这么无所适从？无处可去？

他丧失了判断的能力。

他不知道自己该坐公交还是打车，他在路上走走停停，不知不觉间，来到了省院的附近，一抬头便看到了省院的大门。国庆刚过，鲜红的灯笼还在大门的正中间悬挂着，只是因为风吹的缘故，有一盏的挂钩快要脱落，倾斜着，好似随时都有掉下来的可能。在门口收停车费的保安注意力集中在每一辆来往于眼前的车子上，估算着时间，估摸着价钱，完全忽略头顶上方的危险。

曹刚不由得要走进院子，他有些管不住自己的腿脚，到了门口，他进去了。奇怪，院里的风比外面要大多，最先黄了的叶子从枝头飘落，落在曹刚的脚面上。曹刚抬头仰望着路两旁的树，不知何时生得如此粗壮，想到再有一两个月，这些树便会和人一起步入冬天，叶子落尽，枝干裸露，无情的寒冬，漫长而又凄凉，草木可以挨过冬天，人呢？可否胜过草木，迎来新春？

走到一半的曹刚停了下来，并很快折返，他意识到自己走错了地方。

他是去接小雨的，鬼使神差地走到了这里。这是自己此时最不愿来的地方，院长的事情没个了结，洛姗遇害这么大的事，恐怕早已传遍省院的每一个角落，并在每个人的心里生了根。到这里来，岂不是白白送上门来遭人质疑，让人羞辱，就算没有人言语，冷漠的旁观也是可以杀人的。

"曹刚。"

曹刚左右寻找，是赵昆，站在槐树下空着手，落寞地看着自己。

"过来……快些……"赵昆挥舞着瘦长的胳膊，像面旗子，随时会被风吹起似的。招呼完曹刚便自顾自地往外走。

曹刚会意，赵昆很少这般，今日应有急事。

赵昆出了门，并不停下，在前面疾走，走到人行道边，站定，见曹刚没有跟上来。

赵昆耐心地等。

"赵昆，你怎么会来这？"

"曹刚，你心里除了秘密，还有什么？"

"小雨呢？"

"早知今日，当初为何不听韩望的？"赵昆说完这句话，又往前走。

"跟上，这里不方便。"赵昆命令曹刚，语气强硬。

曹刚乖乖跟上，突然间他觉得即使赵昆现在对自己拳脚相加也是可以的，毕竟他是自己人，并没有把自己拒之千里，像其他人如嫌弃过了时的鞋子那般一脚甩开自己。

"小雨呢？"曹刚问。

"在呢，放心！"赵昆把曹刚引到一条巷子里。这里除了几家水果摊和一户生意冷清的理发店外，半天也见不着几个人。

"曹刚，洛姗的事你打算瞒多久？"

"你知道啦？"

"我不知道，可就算我藏得再深、再远，总有风吹进我的耳朵里，我不信，我本想去绿海花园亲自看看，可我得信你，你是怎么跟我说的?”赵昆的声音变了调，他没有说下去。

“我想瞒着你，瞒着所有爱护洛姗的人，孟姨、院长、你、韩望、小雨……”

“你唯独不该瞒的就是这些人，除了这些人，谁还能帮你?”赵昆愤怒了，他第一次对曹刚握紧了拳头。

“对不起，赵昆，我会找到凶手，会找到的，你信我……”

“我就是太相信你了。”

“孟姨回来了，疯了似的找小雨，我想接她回去。”

“小雨还是先放在我这吧，等事情过了再送回去。孩子每天晚上都做噩梦，嘴里喊着妈妈，一次次哭醒。曹刚，孩子虽小，却能从大人伪装的世界里读懂苦难和悲伤。”

“我去看看她……”

赵昆不语，转身继续往前走。

到了赵昆的住所，赵昆贴近门缝，回脸对着曹刚笑了，示意曹刚别出声，这是曹刚几天来唯一感到放松的一瞬，虽然他不知道赵昆为什么笑。

“她在，玩得很开心。”赵昆告诉曹刚。

“进去吧。”

“等等，先不进了。”曹刚将后背靠在墙上，恨不得整个人都嵌进去，然后再把自己整个封上，这样就算是彻底解脱了。

“怎么，改主意啦?”

“怕见了她又向我要妈妈。”曹刚慢慢地往巷口走。

“知道孩子离不了妈妈，为什么不保护好洛姗?”

曹刚不敢久留，他知道赵昆在等待，等自己能给他个理由，让他在洛姗离开后心灵稍稍得到些安慰的理由。可曹刚给不了，他无法面对赵昆的质问，他从未见过一双眼睛因为悲伤而让人如此的不寒而栗。

回到绿海花园时，已是深夜。

远远地，曹刚便看到了自家的院子里还亮着灯，这是孟宝珍留着的，看到那亮光，曹刚不免放慢脚步，他希望孟宝珍睡了，院长也睡了，都睡了，这样就可免去许多不必要的寒暄，他怕，怕孟姨还在等自己，等着告诉她答案。

他开始在小区里溜达，可是又发现李胜远的房子竟然也亮着灯，隐约地甚至感到阳台上正站着个人看着自己。

曹刚不太相信，他往前走了几步，是有个人，那人往前探着身子，像在够半空中的什么东西，曹刚忍不住地靠近，抬头，仰望。

“曹主任？是你吗？”

“李胜远？”

“上来吧？”

“上去？”曹刚本能地拒绝，可不知怎么的却又控制不了自己的内心，他很想走近这个人，看看他的五脏六腑里究竟藏着多少阴险的鬼算盘。

曹刚走进了李胜远的院子。

李胜远已站在门口，这么晚了，他竟然穿戴那么整齐，仿佛是特意在等待曹刚的到来。

院子里和上次曹刚来喝茶时几乎没有任何异样，茶几上摆着的茶具已落了尘土，似乎长在了茶桌上，曹刚找了个沙发的角落坐下来，风从窗户吹进来，有些冷。

“你妹妹不在？”曹刚的话里透着寒气。

“回去了，母亲病了。”

“你还有母亲？”

“我的事情你不知道的多着呢。”李胜远站在那里，显得泰然自若，可是这种镇定过于刻意。曹刚看出了他的伪装，但那只是一转眼的工夫，李胜远便又回到了那种坏坏的邪劲上去了，这种坏一旦使出来，便可以掩盖他内心不愿告人的所有想法。

“曹主任，洛姗的事，请节哀。”李胜远垂下了脑袋，两只手也同时垂在腿边，显得很虔诚，“不知道能帮你什么，心里很着急。”

“你帮我？”曹刚看着李胜远，怎么也不会相信这是从他口中说出的话。

“曹主任，我真心想帮你。”

“说吧，你叫我来，什么事？”

“别逗了，曹主任，你该问问自己为什么要来。”李胜远不露痕迹地试探着曹刚。

“这些日子，我几乎每天都能见着你。众所周知，你是个工作狂，很少回家，这不像你的作风。”

“出了这么大的事，就在我的眼皮底下，而且还是洛姗，虽然只是个邻居，可我这心里着实伤心。我就想看看凶手究竟能跑哪去？我在这守着，亲眼看着他显现原形，展露真身……”李胜远的眼睛被一层潮湿笼罩，他要哭。

曹刚不太相信他会哭。

李胜远用手掌使劲地将尚未溢出的泪水擦去，双眼瞬间红了。

他真的流泪了。

“你觉得凶手会是谁呢?”曹刚问。

“你这么问，是在怀疑我吗?”李胜远在曹刚面前变换着脸孔，有时转换太快，连自己都有些搞不清，此时究竟出于什么目的编派这么丰富的对话。

“为什么这么说?”曹刚有些吃惊。

“你应该怀疑我，很多人都在怀疑我，这一点我比你清楚。”李胜远笑着说。

“但也不能忘，最危险的往往就是最安全的，这世事有太多难料的结局，比如你我，谁能知道日后还能不能坐在一起喝茶聊天?”

曹刚看着李胜远的眼睛，死死地盯住，半天没移开。李胜远也不闪躲，可曹刚还是看出了些许恐慌，他在怕，可他怕什么呢?洛姗和哥哥的死究竟和眼前的这个男人有没有直接的关联?如果有，证据在哪?怎么才能抓住他?

曹刚伸出手一把抓住李胜远的手腕，用力过猛，李胜远不由得坐到了沙发上。

“曹主任，该回了……”李胜远向曹刚倾斜着身子，脸上的表情有些痛苦。

“李胜远，纪检组找你了吗?”

“找我?当然，找过，谁让我和院长平日里走得那么近，找我谈话是免不了的。不过你让院长放宽心，我知道的早已烂在了心里，就算是掏出来也看不出原来的样子了。更何况院长是个仔细的人，我就是想了解，恐怕也难。”

曹刚没有说话，他站起来，来到楼梯口，抬头看着二楼的方向，他迈出了自己的一条腿，放在一级台阶上，看了看端坐在沙发上的李胜远:“什么时候参观一下你的房子，听说当初你是特意买在院长的隔壁?”

“可以啊，曹主任，我现在领你上去。”

“当真?”

“当真。”李胜远跑过来，跑在曹刚的前面上了楼梯。

“上来啊，曹主任。”李胜远喊道。

曹刚想到了刚刚在院门外李胜远也是这么叫自己，自己是进来了，看来他是有防备的。

“太晚了，休息吧。”曹刚收回脚。

从李胜远的屋子出来，曹刚觉得天快明了，晨曦中几株葡萄的藤蔓上仅有几片叶子在风中抖动，院子里的花草早已没了生的气息，枯的枯，死的死。

“你妹妹何时回来?”

“她?不好说，也许很快，也许不回来了，要看母亲的病情。”

“你的这个家，没个女人可不行!”曹刚似在关心，似在自嘲。

可李胜远却听出了弦外之音，暗暗地，他扯下一片树叶，攥在手心里，揉碎，久久没有松开。

第七十二章

在省院的职工食堂与外科楼之间有一处空地，原本是供病人休息的地方，可是因为近几年频繁地盖楼，各种树木几乎被砍伐一光，绿色植被也被水泥地面覆盖。这块地方夏天很热，冬天北风穿堂而过，又冷得要命，虽然摆放着几处凳子，可来这里小坐的病人却没有几个。他们会在阳光明媚的某个上午或者下午聚在一起，地点则选在了停放自行车的围墙前。围墙上的爬山虎把整个墙面都铺成了红色，又因为朝阳的缘故，每一片叶子长得肥硕而健壮，就算你心情再糟，往下面一坐，偶尔听听风吹过叶子的沙沙声，满眼的鲜亮的红色也足以缓解长期卧床而带来的坏情绪，就连陪护人员说话的声调也比在别处高了几分。

而那块无人问津的空地渐渐地被日益壮大起来的快递队伍占据。

送快递的人从来不会惧怕酷暑或寒冷，每个人心里都很清楚，如果不忍受这些，哪来的钱挣？

他们从心里感激省院默许了这件事情，给了他们这么块地方，渴了能放心地喝口水，而不担心满世界地找厕所，这真是个意外的馈赠。

有了这个地方，他们不用挨家挨户地送货，不用去记门牌号，不用看人的脸色，甚至不用担心有没有人在家。在省院，人们习惯了接到电话主动去取快递，慢慢地变成了某种应该，快递来了就应该我去取，哪有送上门的道理？因了这块地皮的好处，快递员的身份无形中提高了不少，“敲门找人”和在“专地等人”那可是不一样的感觉。

每天上午十点半到下午1点，再从下午的四点半到6点，快递区俨然集市，热闹非凡。

人们对于取件的热情远远胜过工作的热情。

孙婉的哥哥孙成接了长青手里的活儿，成了他们当中的一员。原本摸惯斧子、锯子的手，干起这个来显得灵活多了。只是孙成记性不好，主要体现在对数字上，每次拨电话都要对着单子看几遍，这让他很苦恼，有几次他跟长青说自己干不了这些，让长青回来干，可都遭到了拒绝，理由是在这里比较安全。

孙成知道长青说得有道理，自己无论如何是不能再回那个地方去了，那里几乎每个人都见过自己，就算是见着了张磊，恐怕也会像上次那样，抓人不成反被人捉，最后两人商定，长青出去打零工，孙成留在省院。

孙婉走了近半年了，这世上两个对她最亲的男人，为了她又来到了省城，目的只有一个，抓住张磊为她报仇，他们一致认为是张磊害了孙婉。

可是自从孙婉走后，这个张磊也似从人间蒸发了，再没见过他的踪影，长青和孙成不死心，他们耐心地等，他们不信他不出现，除非他死了。

孙成每日都很准时地来到省院，长青在外面，挣不了几个钱，自己必须多辛苦些，多挣几份，他不能委屈了自己的兄弟。

下午四点半，孙成第三次将车驶向省院，远远地便看到了省院门口停放着好多快递车，快递员蹲在车旁，分发邮件。孙成搞不清楚是怎么回事，车子很快靠近了他们，他朝大门里看了看，问旁边的“永达”的快递员：“今天怎么在这？还是就你们在这？”

“出事了，你还不知道？”

“什么事？我这一趟活儿没落，我怎不知？”

“不是今天的事，你还记得前些日子‘四海’的快递员将一位病人蹭倒了，赔了500元？”

“听说了，不是了了吗？”

“他们是了了，可医院没了，为了病人的安全，以后早9点前晚5点后方可入院，其余时间一律在外面。”

“这样也好。”孙成将车停下，开始干活。

“好？在医院里是医院管，出了门可就归城管管了，有什么好？”

“咱们安分守己地挣钱，怕什么？”孙成没觉出有什么不妥。

“你俩别光顾着说话了，抓紧点吧，一会儿又该进去了。”另一位快递员催促道。

“听说了吗？今早省院的老大被带走了。”这回不是快递员，是不远处的一位出租车司机在对同伴说话。

“今早上？这不刚发生的吗？带哪儿去了？”

“能去哪儿？双规啦！查了有段日子了。”

“进去啦？”

“保不齐，这一规，怕是出不来了。”

“就觉着哪不对，把我们赶出来，原来真的出事了。”“永达”的对孙成说。

“是院长么？那个姓魏的院长？他们的话不可信。”孙成嘴上这么说，心里却暗暗嘀咕开了。

“院长不就是曹大哥的岳父么？如果院长进去了，那曹大哥会不会受牵连？他们可是一家人，能扯得清么？”

“从哪能打听出这消息的真假？”孙成问身边的同行。

“你打听他干吗？就是把这医院的头头脑脑都抓进去，和咱们有什么相干？能给咱们再腾个落脚的地方？还是能涨涨邮件的运费？”

“你这话在理，当官的管不了小老百姓的死活，我们小老百姓自然也管不了他们的，轮不到我们来操这个心！”

“四海”的快递员过来了，依然为自己的不公遭遇愤愤不平。

“到点了，可以进医院了，进去问问里面的工作人员，兴许能知真假。”有人给孙成建议。

大家开始收拾地上的大大小小的包裹，有序地进入快递区。

孙成心里有事，边打着电话，边留心来往的人，他不便张口去问，却又忍不住想问。他希望有人能主动谈论此事，可工作人员对此事却闭口不谈，只顾着低头寻找自己的快件，似乎什么事都没有发生过。孙成觉得门口的那些人纯粹就是在编故事呢。

孙成不再去想这件事，在孙成的人生哲学中，永远都是好人自有好报，曹大哥是个好人。

快到下班时间，孙成开始忙起来。

天黑前必须把手里的邮件都发出去，否则又得拉回去，耽误了客户遭埋怨不说，关键是影响明日的工作。

孙成心里着急，今天不知怎么的电话打出去20分钟了，可来取件的人却很少，看着别人脚下的东西正一点点在减少，孙成恨不得挨个给人送去。

“四海”的就是快，已经准备开车返回了，“老孙，发什么呆，天都黑了，还不抓紧点？”

“别人不来，我也没办法。”孙成坐在地上，无奈地笑了笑。

半小时后，快递区只剩孙成和另一家晚来的，有几个人晃晃悠悠地过来，他们是真不着急啊。

孙成又打了通电话，两户在外面，另三户说马上过来。

孙成眼瞧着天越来越黑，路灯还未亮起，孙成将车灯打开，晚风里待久了，还是有些冷，孙成找出棉背心穿上，整个人躲进车厢里，闭目养神。

有人跑过来敲车皮。

“你刚下班?”

“是啊，最近忙晕了。”

“曹主任还没上班?”

“上不了了，出了这么大的事，哪有心思上班。”

“是啊，真是祸不单行，院长双规了，媳妇也没了，这事放在谁身上，谁也承受不了，你说曹主任人挺好的，怎么会……”

孙成从车里钻出来。

“取快递?”

“师傅，抱歉，让你久等了。”那两人赔着笑脸，大大出乎孙成的意外。

“没事，你们忙，理解。”

“叫什么名?”孙成问。

“王志军，器材科。”

“器材科?”

“嗯。”

“曹主任那个科的?”

“你认识曹主任?”

“谈不上认识，总是听说，他们家出什么事了?”孙成撒了个谎，不知如何才能从他们口中听到点可靠的消息，便把话问到了这么尴尬的份上，问完便有些后悔了，他知道对方不会说的。

“他媳妇被人害了。”王志军贴近孙成的耳朵说。

孙成仿佛没听清，“被人害了是什么意思?”

“你这人真是木，就是死了。”另一位快递员开始收拾东西，临走时还不忘调侃一下孙成。

“是真的吗?”孙成拉住王志军的胳膊。

“你这人，激动什么?又不是你们家什么人，至于吗?”王志军很快变了个脸，和方才真诚致歉的那个人丝毫沾不上边。

“对不起，我和曹主任有些亲戚关系，挺远的那种，不叙基本上拉不上，那怎么的也算有点关系吧。”

“这么回事，他媳妇就是院长的女儿，前些日子被人杀了，案子还没破呢。”

“王志军，少说几句，还嫌是非少?”

和王志军一道取快递的是位年轻的姑娘，推着王志军，让他走。

王志军不太情愿地离开了。

孙成想把王志军留住，却又找不出留住他的理由，在短短的几分钟里，隐约看出了王志军对曹刚的态度。曹刚家发生的一切事情，他并没有太多的同情和惋惜，相反地，从他的言语中透出的更多的是冷漠和埋怨，因为这些事似乎在某种程度上影响了他的工作和生活，让自己受累，总是不能令人愉快的。

孙成默默地在夜幕中坐了好一会儿，直到保安过来询问，他才发现人都走光了，只有自己一辆车停在空地上，突兀地吸引着别人的注意力。

“怎么还不走?”保安凑近孙成，大声地催促。

“这就走，兄弟，容我收拾收拾。”孙成将没有取走的快递胡乱地塞进车里，临走时看了看灯火通明的内科大楼。听长青说曹大哥就在这栋楼里上班，哪一扇窗子是他的呢?

手机响了，是长青打过来的。

“大哥，收工了吗?”

“收了，就回。”

“大哥，快些回，有事告诉你。”

“长青，什么事?”

“回来再说。”

“说吧，长青。”孙成想着长青是不是也听说了。

“大哥，张磊抓住了。”

“当真?”孙成发动了车子。

“长青，你在哪儿?”

“在住处。”

孙成车子未停稳，长青便迎了过来。

“张磊呢?”

“被警察带走了。”

“什么？你怎么不等等我。”

“大哥，不是被我抓着的，这小子又犯事了，有人告发他。”

“又犯上什么事?”

“拐卖妇女。被他骗来的姑娘中有位幼儿园老师，人家原本是到省城来寻姐姐的，姑娘性子烈，从三楼跳了下来。”

“啊？那还了得，不得摔死?”

“伤得不轻，被人给救了，事也凑巧，救她的是位家政公司的老板，认识公安局的人，便报了案，第二日在鲸港湾堵住了张磊。”

“可惜……”孙成叹了口气。

“可惜什么?”

“可惜没有亲手抓住他，问清楚他究竟怎么害了小婉。”

“抓住了，一切都能弄清楚，这下我的心里舒坦了。大哥，你不知当警察铐着他从我身边经过的时候，我的那个心情，你不明白，大哥，我这里窝着好多年的气，终于顺了。”长青捶了捶自己的心窝。

“恶人自有天报，本来我不信，现在我信了。张磊，终于得到了报应，虽然小婉没看着，可我替她看着呢！我会带着庆安去她的坟上告诉她。大哥，小婉她本不是那样的人，我一直信她……”

“长青，哥知道你心里苦，不用为她开脱。我这个妹妹，我从心眼里疼，可她对你……长青，哥一直想向你赔个不是，小婉犯下的错，你不要原谅她，不能原谅。”孙成先落了泪。

长青帮着孙成将车锁好，搂着大哥的肩，“哥，回家……”

“好，回家，今晚哥陪你喝两杯，怎样?”

“好啊。”长青笑起来像个孩子。

孙成的心不自觉地又被省院听来的消息给牵住了。

“长青，我这也有个事。”

“说，大哥。”

“你有曹大哥的电话吗?”

“有，对了，该告诉他一声。”

“别，长青，曹大哥家出事了。”

孙成把今日听到的原原本本地说给长青听。

“要不要告诉锡玉姐?”孙成问。

“事情没弄清楚前，先不能说。”

“哪能打听仔细呢?”孙成希望长青给个主意。

“事情出在省院，只能去省院了，别的咱也不熟。”长青也没了主意。

“要不给曹大哥打个电话?”

看来也只有这个办法了。

第七十三章

这些天里，孟宝珍总是一个人待在别墅里，她不明白人都去哪儿了。

洛姗、小雨、曹刚、院长，一个个都不露面。她后悔当初回那趟老家，这么多年没回，什么事也没有，偏偏出了趟远门，这个家就不像个家了。这么大的房子，这么好的装修，如此高档的家具就那么扎眼地待着，没了人便成了多余的摆设。孟宝珍看哪都闹心，看哪心里都像堵着块湿棉花，塞得心疼。

孟宝珍没了可做的事。

人不在了，孟宝珍不知道自己还能干吗，她从床上爬起来，一个房间一个房间地转。小雨爱躲猫猫，每次躲起来，孟宝珍都很难寻到，于是索性不找，坐在院子里等，久了，小雨待不住，准会主动跑出来。可这是躲哪去了？孟宝珍六神无主地从房间里转出来，把院门大开着，双眼盯着外面的路，觉得他们随时都会进来。

此时她盼望的除了这个再没别的。

可是一连几日，她等来的都是失望。这让她吃不下，睡不香，过度的焦虑使得身体和精神都变得恍惚。

"洛姗，小雨……回来……"孟宝珍使出了农村的招魂术。那时幼子被什么惊着了，孟宝珍背着他沿村叫喊，夜深人静的乡村被孟宝珍的喊声撕扯得有些瘆人。可这一招还是管用的，幼子会在她的背上沉沉睡去，睡够了，自会好起来。

孟宝珍在绿海花园不能像在老家那么放纵自己的嗓门，得罪了这里的人那可不是闹着玩的，更何况自己现在孤身一人，没了依靠。

可不大声叫出来，孟宝珍心里憋屈得很。她不敢叫，她又担心不叫此招便会失了它的灵性，洛姗和小雨听不到该如何是好？

她轻声地唤着，流着泪，依然不肯睡去。

后半夜，孟宝珍听到了关门的声音，她坐起来细听。

"奶奶在家吗？"

“在，她在等你。”

是小雨。

孟宝珍跌跌撞撞地从屋里奔出来。

“乖乖，你跑哪儿去了？”

“奶奶。”

小雨在曹刚的怀里喃喃地叫了声，又要睡去。

“把孩子给我。”孟宝珍从曹刚手里将小雨夺过来，抱着，“乖乖，乖乖……”

“孟姨，进屋……”曹刚拉着孟宝珍到了客厅。

“把小雨放床上吧！”曹刚对孟宝珍说。

“我去放。”孟宝珍抱着小雨往房间走。

曹刚欲上楼。

“刚子，怎么就你们俩？洛姗呢？”

“先放小雨。”曹刚打着手势，让孟宝珍别惊动她。

孟宝珍会意。

很快孟宝珍又来到曹刚面前。

“孟姨，坐吧。”曹刚自己却站着。

孟宝珍不坐，她直瞅着曹刚，仿佛所有的答案就在曹刚的脸上。她深信不疑，曹刚会告诉她所有她最想知道的消息。

曹刚沉默良久：“孟姨，过不久，我会带你去看洛姗。”

“洛姗在哪呀？刚子，别跟我绕了，我再也不能扛了，你快和我说实话，洛姗她出了什么事？”孟宝珍哭出了声，不能自抑，并用恼怒甚至是怨恨的眼神看着曹刚。

“孟姨，别这样，要忍，隔墙有耳。”

孟宝珍住了声：“刚子，洛姗不管出了什么事，千万别再瞒我，我是谁？洛姗是我的奶水喂大的。”

曹刚却在听着外面的动静：“孟姨，那边的人您见过吗？”

“哪边？”

曹刚用手指了指。

“姓李的大夫？”

“是。”

“好像没见，从我回来后，就没见过。”

“他们家没人？”

“谁知道呢？这城里不都是这样吗？少了个人和少了只鸟似的，没人会注意。”

“那女的呢？”

“哑巴女？”

“是啊，回来过没有？”

“你这一问我想起来了，我和她照过面，就在昨天下午。”

“她在？”曹刚惊讶地起身。

“刚子，干吗去？”

“没事，孟姨，我睡了。”

“刚子，你就不能跟我说说？”

“会说的，孟姨，现在不是时候，明日您去看看哑巴女还在家吗。”

“谁知道呢，她很少出门，昨天不知怎么的，她在门口来来回回地走，似乎有什么事。我哪还顾得上她。”

“好，我去把门锁好，夜里睡觉，警醒着点。您回房吧，我在客厅睡。”

曹刚检查完门窗往沙发上一躺，闭上双目。孟宝珍不解地看着曹刚，但她没再言语，她看出了曹刚已不愿再和自己多说些什么。

因着小雨在身边，孟宝珍终于睡着了。

曹刚悄悄地出了门。

他潜入了李胜远的家，在天尚未破晓前。

为了洛姗，为了哥哥，他决定冒一次险。

他熟悉李胜远的家，他还知道他们家的门这几天来总是不上锁，但他不知道郭芳是否已经离开。之所以问孟宝珍，是因为在实施计划前他的内心是那么的恐慌，他只想通过孟宝珍来判断自己的决定是否正确。

曹刚很顺利地进了屋。屋内和屋外一样黑，没有一丝的光亮，所有的电器竟也是断了电的。曹刚只能摸索着前行，好在他对屋子的结构比较熟悉，李胜远家和自己家的家具摆设几乎是一模一样，唯一不同的是墙衣的色彩，自己家是白的，而李胜远的家却是紫色。

曹刚不敢开手电，他在客厅摆放冰箱的角落里停了一会儿，屋里安静得呈现死寂。这让曹刚的心跳不由得加快，他开始紧张起来，他有些忘了自己来这真正的目的是什么。

曹刚贴着冰冷的墙壁，他的脑子里浮现出的是李胜远那张多变的脸，那张脸由模糊变得清晰，由清晰又转为模糊，直到曹刚觉得那张脸在慢慢地逼近自己。

有人进了屋，脚步很重。

卧室的灯亮了，曹刚一下子蒙了，他万万没想到会是这样的结局。

“小芳，小芳……”不是李胜远的声音。

曹刚躲在冰箱与窗帘的缝隙间，并试图能依靠窗帘的掩护离开这间屋子。

显然是郭芳走了出来。

“小芳，李胜远不在？”男人问。

没有回答。

“他跑啦？小芳，他都跑了，你还回来？和哥一起走。”还是没有任何声响。

借着微光，曹刚从窗帘后偷偷地看着离自己不远的两个人，两个人面对面地站着，侧对着曹刚。

原来那男人是连说带比画，而郭芳却只是站着，没有任何动作，那男人显得焦灼不安，他不时地往门外看。

突然郭芳对着她哥做了几个手势，曹刚不太明白，那男人却愤怒了。

“你哑了，怎么连脑子也不好使了？亏你是我的亲妹妹，疯啦？你让我去自首，那只有一条死路，死，你知道吗？我死了不打紧，你怎么办？你还能活吗？他能放过你？”

曹刚忘记了害怕，忘记了这是在别人的家里，忘记了自己可能面对的危险，他从冰箱后面慢慢往外走，刚移动身子，便意识到自己的愚蠢，迅速地又隐藏起来。好在那两个人的注意力不在这里，客厅里没有开灯。

曹刚被自己刚才的举动吓着了，呼吸变得异常急促，他极力控制，可越控制越紧张，最后竟有了窒息的感觉。

就在这时，他看到郭芳“扑通”跪了下去，双手拉着男人的衣袖。那男人没有说话，用力地甩开郭芳，走了。

郭芳爬起来，跟着追了出去。

曹刚依然藏着，他担心不久他们还会回来，等了一会儿，没有动静，曹刚觉得不能再待下去了，必须走。

他笨拙却又很迅速地逃了出来，他似乎明白了一些事情，又似乎什么都不明白。有一点应该不会错，郭芳知道事情的真相，至少在某些方面，她是清楚的，而她的那个哥哥，却又是问题的关键。

曹刚躺回沙发上，脑子前所未有的清醒。

第一次，他感觉到了自己留在这里的真正价值。

第七十四章

宏远走了三年多了。

当地的风俗，三年孝期满，便可穿红戴绿，可以随意进出带喜气的人家，可以参加所有的婚丧嫁娶活动。说白了，套在锡玉身上的种种因丧夫而必须遵守的繁文缛节可以慢慢卸去。

锡玉自由了。事实上，像锡玉这样三年仍未改嫁的在西灌镇也是不多了。因为锡玉没有孩子，唯一和丈夫有关联的公公也早已归天，她还守什么呢？

人们又开始不太明白这件事了。

对想不通、搞不懂的事，西灌镇人永远抱着虔诚而又强烈的好奇心。

在西灌镇中学，起得最早的便是食堂的丁师傅，他要赶在7点前把老师的早饭做好。其次是烧锅炉的老高，一个吃的，一个喝的，缺一不可，仿佛约定俗成似的，两孔烟囱冒出烟的时候，新的一天跟着就来到了。

除此外，要数李伟英了，几十年如一日，总是在7点半前到校。如哪天晚来，谁都能猜到，李伟英一定是遇到什么事了。

锡玉一早起来，发现昨日放在廊檐下的白菜忘了收，好在未到冬至，要不然这一夜肯定得冻坏了。

锡玉裹了件外套，把白菜一棵棵地挪了个位置。天还黑着，朦胧的黑，猜不透今日是个什么天气。锡玉直起身，感觉到阴冷的湿风迎着面扑过来。

有个人正朝着自己走过来。

“锡玉……”李伟英的声音。

“这么早？天还没亮，您这是……”

“人老了，觉越来越少，三四点就醒了，索性起来跑跑步。”李伟英喘息着，站在锡玉面前，像座铁塔，只是这铁塔明显的没有先前那么伟岸，那么直溜了。李伟英靠在廊柱上，仍然呼呼地出气。

“您还接着跑去？”

“不了，锡玉，明天晚上你有空吗？”

“明晚？什么事？”

“带你见个人。”

“谁？”

“你去不去？”

“不知道见谁，我怎么去？”

“我给你介绍个人。”李伟英拉过锡玉耳语道。

“不见。”

“该遵的遵了，该守的守了，你还等到什么时候？”

“李老师，我没想过要找别人。”

“锡玉，家权眼瞅着到日子了，你俩肯定是没戏了，总不能就这么过一辈子吧？我给你介绍的这个人也是个老师……”

“谢谢您，李老师，我谁也不想见，我只想一个人安安静静地活着，除非宏远能活过来。”

“哎哟，锡玉，你可别说这样的话，死了怎么活过来？就算你做白日梦，也不能做得这么离谱吧。”

“我倒是希望能做个这样的白日梦呢，可惜我怎么就做不上？我想着这三年我用心地等他，会不会也能将冥冥之中的一些神灵感动了，让我和宏远见上一面，该有多好。”

“不和你瞎扯了，你进屋，千万别再着凉，发个烧可就成了糨糊了，等你脑子清楚了再议。”李伟英将锡玉推进屋，一路摇着头走了。

天色渐明，隔着窗子，能够听到家权正在集合住校生准备晨跑，老高的锅炉房一阵阵地飘着煤渣子味。锡玉从桶里舀了一杯水，端着来到走廊下。家权领着学生已经到达操场。因为冷，孩子们故意将脚抬高再落下，每一步都像是要把地面踏出个洞来，跟随着脚步起来的是阵阵泥雾，远远的似一群小马驹在忘我地奔跑嬉戏，没个章法，没个队形，家权也不管，跟着一起瞎折腾。

锡玉站在廊柱旁，举着牙刷，就那么看着他们，内心无比平静，她深知这样的平静很难得，她害怕这种平静很快就会被什么东西无情地拖走、毁灭。她想着，每个人活着是不是都会或多或少地渴望过这样的心境？也许有的人不需要，可有的人天生就是带着这份宁静来的，比如高老师、梅英，还有长青、俞梅，没有太多的物质需求，却活得富足，这不能不让人心生羡慕。

收操，学生们从锡玉的面前走过去，可能是累了，都不说话，低着头默默地行走。有的和锡玉打着招呼，快而短。锡玉口中含着水，呜呜地点头。家权没有看锡玉，锡玉一直看着他，希望他能停下来，确是有话要和他说。

家权就那么直愣愣地过去了。想起李伟英的话，锡玉似乎明白了家权的心思。只是在这一刻，她发现自己是多么不愿失去这样的朋友。

家权和俞梅的婚礼如期举行。

不知是忘了，还是故意没有说，锡玉始终不知道家权婚礼的准确时间。

可能是着了凉，锡玉发着烧，每咳一声，便撕扯着喉咙和肺部，疼得直冒冷汗。

人们都在为家权的婚礼奔忙着，似乎忘记了锡玉的存在。

学校放假了，大部分同学已离开校园回了家，仍有极少那么几个留在学校里，享受没有课程和作业压力的时光。

锡玉迷迷糊糊地睡着了，又迷迷糊糊地醒来，她听到了远处传来的鞭炮声。锡玉将头从枕上抬起来，很快又躺下去，晕，整个屋子都在旋转。两天了，没进一粒米食，壶里的热水早已喝光，锡玉无助地靠在床头，一行泪从眼里涌出，挂在腮边，随即成了冰冷的水，冻得脸有些微微的麻，真希望有个人能走进这间屋子，锡玉开始想念曹刚。

要是他在该有多好。

强烈的思念使病中的锡玉不再控制自己累积在心底的情感，她觉得曹刚就是宏远，他们是一个人。

他们就是一个人？

锡玉看了看宏远的照片，脑中想着曹刚的模样，想着和他共处的每个细节。有些念头不能有，一旦有了，就会改变事物原有的模样，它们会随着你的想法而做相应的调整，直到被你认可为止。锡玉越想越觉得不可能，即便他们这么相像，没有分别，这世上哪有这么相似的人？

锡玉清醒了些，脑门也慢慢凉下来，她小心地起来，穿上衣服，往电热水壶里灌水，水开得太大，滋了一身，锡玉叹口气，摁下了开关。

没有开灯，不知道钟点，窗外透进来灰白的光，校园里没有一丝声响。

西灌镇中学前所未有的宁静，除了那几栋校舍和杉树林外，便只剩那口井敞着个口，打水的吊桶不知怎么滚到了拴着铃的槐树下面。

食堂的大门紧闭着，鸟儿在道上踮着脚行走，伸着脖子四处觅食，像是误打误撞进了无人居住的房子里。锡玉被这种莫名的寂静给吓住了，好似危险就在什么地方藏着，只是自己看不到。

第七十五章

曹刚坐在门前花坛的水泥石椅上，虽穿着厚厚的冬衣，寒气仍然透过衣服凉透心底。曹刚艰难地咽了口口水，胃里仅存的一点热气迅速消失。曹刚没有打算离开，虽然只在离家几步远的距离。他看到孟宝珍一会儿出来，一会儿又进去，不知道要干吗，偶尔会将目光在自己的身上停留一会儿，不过很快又转移到别处。

绿海花园也沉浸在一片死寂中。

曹刚死死地盯着李胜远的院门，它好久没有打开了，连同它的主人的消失，使得这里成了人们望而生畏的禁地。

他能躲哪去呢？莫非他也死了？要不，就是舍弃了这幢房子，再也不回来了？

曹刚一直在等待，等待这栋房子的哪扇窗子再次亮起灯火，哪怕只有一次，他也将不顾一切地冲进去。

洛姗还在太平间里躺着。

尸检的结果和当初勘查现场时得出的结论是一样的，系利器割断了颈间的动脉血管，失血过多导致死亡，洛姗的腰间和腿部有摔伤，不过不是很严重，除此之外，再没有其他伤痕。

葬礼将在三天后举行。

曹刚看到孟姨出了门，正朝着自己走过来。孟姨的脚步很轻很碎，走了几步远的距离，也像是费了很大的努力。她左看看，右瞅瞅，确认前后左右都没有其他人，这才快步走向曹刚。

“天都快黑了，别在这坐着了，晚间温度低，小心着凉。”

“小雨呢？”曹刚看着孟姨，两人隔着根柱子，都往前伸着脖子，却又都不往对方身边挪。

“看电视呢。”

“孟姨，明天我带你去看看洛姗。”

“看什么?”孟宝珍收回身子，坐直了，不理曹刚。

“您知道的，大后天，也就是9号……”

“刚子，洛姗的车子该洗洗了，你没看到，上面的土有多厚，还有那叶子都黄了，烂了，粘在玻璃上……”

“改天我洗……”曹刚的话就这么被打断，一时不知如何接上。

“改天？洛姗爱干净，她要是回来发现车子这么脏，肯定又要发脾气。不行，不能等，我现在给她洗洗去。”孟宝珍猛地站了起来。

曹刚一把拉住她，“孟姨，洛姗走了，她回不来了，您别再骗自己了。”

孟宝珍甩开曹刚的手，曹刚看着她的背影，歪歪斜斜地走进了院子，然后回过头，双手抓住门边，望向曹刚。

曹刚起了身，这个无助的老人，此刻需要自己的抚慰。

待曹刚进楼，孟宝珍轻轻地关上院门。

“刚子，我不去了，我在家看着小雨，看不到她走，她就会一直活在我这里。”

孟宝珍双手捂住胸口，仿佛那里刚被尖刀挖去了一块肉，疼痛使她弯下了腰身。曹刚过去扶她，孟宝珍轻轻推开，独自回了屋。

洛姗的尸体火化后，直接被送到了墓地。

曹刚将洛姗的骨灰放了进去。

看了看洛姗边上空着的墓室，那是为哥哥备下的，细心的人们也发现了这是个双墓，碑上刻着两个人的名字。

“曹刚，你这是干吗?”赵昆悄声问。

“过不了多久，曹刚也会来的。”

“别胡说!”

“曹老师，您千万要节哀。”

“我是认真的，他们应该在一起。”

“韩望，别听他的，人在大悲大痛中，思维会陷入混乱，说点胡话，可以理解。”

参加葬礼的大部分是洛姗的生前好友，曹刚环顾一下人群，发现有许多的生面孔，他向众人深深地鞠躬致谢，今天能来这里的每个人，曹刚都心存感激。

人群散去时，曹刚和赵昆一行走在最后面。

预报说今日有雪，看来是下不来了。

太阳不知什么时候从厚厚的云层里钻了出来，原本有些阴霾的天气，一下子变得明亮起来。

“曹老师，您看……”韩望扯了扯曹刚。

“什么?”

“那个人，您仔细看。”

“哪?”

“最前面靠右，黑色皮大衣的那个。”

“是他。”

曹刚和韩望互相看了一眼，迅速冲过去。

那人闪身上了路旁的一辆车。

“韩望，快，前面的黑色帕萨特，车牌号T8709。”

赵昆跑向自己的车子，另有一辆白色凯悦停在了曹刚和韩望的身旁：“快，上车。”

近乎命令的口吻，是徐四虎。俩人互相看了对方一眼，韩望拉着曹刚上了车，并从车窗伸出手向后面的赵昆挥了挥手。赵昆开着车在后面紧紧尾随。

黑色轿车驶出墓地，从环岛逆行过去，连续闯了三个红灯，拐了几个弯，上了207省道。

“哪来的出租车，一直挡在前面?”曹刚打断了韩望的话。

“超它!”韩望催促徐四虎。

“坐好了。”徐四虎猛踩油门，不料出租车也加速向前。

“韩医生，盯住帕萨特!”徐四虎超了几次都没能超过去，心里窝着火。

黑色帕萨特出人意料地下了省道，以极快的车速向前驶去，出租车及时跟了过去。

徐四虎的车开过了，只好在路中间强行掉了个头。

“难道他们是一伙的?”韩望问。

曹刚一言不发地盯着前方，那辆出租车一直横在两辆车之间。

黑色帕萨特进了巷子，出租车也在巷子口停了下来，挡住了曹刚他们的去路。

韩望开了车门，跑到巷子口，那辆黑色轿车已没了踪影。

韩望回过头怒视着出租车，对着它猛踹几脚。

“下车，下车……”韩望怒吼着。

车门打开了，下来个穿黑色衣服的女人，头上戴着帽子，脸被围巾遮住，只留俩黑眼珠子，惊恐、忧愁，却又不失机智地转动着。

“说话，你干吗?挡着道了，知道吗?”

那女人不言语，对着曹刚的方向，轻轻拉下围巾。

“郭芳?”

郭芳露出了个微笑的脸，旋即将围巾拉上，坐上车走了。

韩望莫名其妙地看着这一切。

“曹刚，怎么回事?”赵昆诧异地盯着曹刚。

“找个僻静点的地方停车。”曹刚边吩咐赵昆，边招手示意韩望上车。

韩望回过身，他想走过去和徐四虎说几句感谢的话，徐四虎朝韩望摆摆手，将车窗关闭，缓慢地离开他们的视线。

韩望临上车前还不忘记下巷子的标识。

“这个徐四虎又帮了我们。”赵昆对曹刚说。

“这是什么地方?”曹刚好似没听到赵昆的话，他审视着周围的环境，这里已远离市区，像是个小镇，没有太多的人，房子也很稀疏，他想到方才郭芳的笑，内心稍稍放松下来。

“你来过这?”车子又上了207国道，赵昆问曹刚，曹刚摇摇头。

“那个黑衣女人是谁？她好像认识你?”赵昆又问。

“是，认识，她住我们家隔壁。”

“李胜远?”赵昆和韩望都很吃惊。

“他请的保姆，是个哑巴。”

“她知道李胜远在哪?”韩望为自己找到了答案而兴奋不已。

“一个司机，一个保姆，他们同时出现在葬礼现场，是不是太巧了!”赵昆回过头看着曹刚，满是不解。

“一个帮着我们追，一个拦着我们追的路，他们究竟是什么意图?”韩望经赵昆这么一问，心生疑惑。

只有曹刚不发一言，往回走的车又经过了洛姗的墓地，赵昆的车开得很慢很慢，三个人的目光齐刷刷地看过去，暮色降临，一个个墓碑竖在荒野中，似从地下冒出来的黑衣幽灵，守护着亡魂，哪一个是洛姗的呢？已经记不得具体的位置了，韩望不敢再看，索性闭上眼睛，赵昆的视线却一直没有离开过那个方位，曹刚却在看赵昆。很显然，此刻悲伤深深笼罩着赵昆，这悲伤让曹刚感到不安。

第七十六章

赵昆提着他的布袋子出了诊所的大门，今天停诊，一星期前小伟就将通知发了出去。小伟有些想不通，最近赵昆哥不知怎么了，每天起得早，回得晚，有时整夜不回来。这在小伟看来真是太不寻常了，赵昆是个作息十分规律的人。自从洛姗出了事，他一下子变得忙乱起来，变了个人似的，把自己的工作，还有那些“忠诚”的病人一点也不放心上，说停诊就停诊，说出去就出去，有时连个招呼也不和小伟打，搞得小伟很被动，不知如何跟病人解释。

赵昆今天又走得急，等小伟打完早饭给他送过去时，宿舍早已上了锁。

赵昆急着要去见个人，这个人便是“火烧毛豆”的老板徐四虎。

徐四虎早已在“火烧毛豆”等着赵昆，两人很快会上了面，约莫半个钟头后赵昆又悄悄地出了“火烧毛豆”，在路旁打了个出租车，往城外驶去。

出租车在一酒吧门前停下，赵昆从车上下来。酒吧的门脸装饰得十分考究，有点西欧的风格。门庭里坐着个拉小提琴的姑娘，二十出头，一袭红色长裙，衬着金发很是夺目。见赵昆走近，姑娘竟停了琴，微微欠了欠身，“欢迎。”她用不十分标准的普通话和赵昆打着招呼。赵昆一时搞不清姑娘是哪个国家的人，他也不想去搞清，只是对着姑娘笑了笑，推开门往里走。

那姑娘紧跟了过来，走到吧台前回身对赵昆招手，赵昆迟疑着走近。

“我叫贝提，在这里打工，赵医生，您需要喝点什么?”

贝提从酒柜上拿出几瓶酒，又指了指面前摆着的各种饮料，“挑一种，也可以给您现调。”贝提笑起来很甜。

“你认识我?”

赵昆站着，将布袋子抓紧，他看了看大门，还不到进客时间，酒吧里很安静。

“我不认识你，有人跟我描述过你，你和别人太不一样，容易认出来。”贝提将调好的酒摆在赵昆手边。

“我不喝酒。”，赵昆拒绝。

“你可以不喝，一会儿会有人来喝。”

“徐四虎让我找的人就是你?”赵昆小声问。

“是我。”贝提收起笑容，一脸的严肃。

“准备好了吗？赵医生?”

“哦，给。”赵昆从袋子里摸出个小布袋子，“放心，这个死不了人。”

贝提三个手指伸过来，将小袋子很快推进抽屉：“好，您等我的消息。”

李胜远睁开了眼睛，眼前的一切是很熟悉的，这间屋子他经常来，可今天怎么觉得哪不对了，窗帘、屏风、墙壁上的画，总在面前晃。他从床上坐起来，坐起来才发现刚刚自己躺着的不是床，是沙发，沙发的另一头坐着个人，这着实将他吓坏了。

“你……你……你怎么进来的?”

“我和你一起进来的，李主任，方才你喝多了，正好我在，便和服务员一起把你扶到这里，没想到你这酒醒得真慢，我是足足等了你几个小时。”赵昆看了看表。

李胜远的脑子猛地清醒了，并飞快地开始工作，他在分析，这究竟是怎么回事？赵昆怎么知道自己在这里。

“你等我?”李胜远看着眼前的赵昆，恨不得长出利齿，将其撕碎、吞食，但他很快稳住自己，“什么事？直说吧。”

“为了洛姗。”赵昆开门见山。

“我没杀她。”李胜远靠在沙发背上闭上眼睛不看赵昆。

“谁杀了她?”

“不知道。”

“李胜远，你听听这个。”

“什么?”

“录音，你听仔细了。”赵昆打开录音，里面嗞嗞啦啦好一阵子也没出个音，李胜远的脸上又露出了惯有的嘲讽。

突然有人开始说话了：“老大，你找我是为上次玉龙谷车祸的事?”

“聪明，省城不能待了。”

“回去非得饿死不可。”

“10万嫌少?”

“不是，我不能回。”

“不回？你家里还有八十几岁的父亲，你就放得下他，徐四虎，你可是个孝子，别让老人家有个闪失。”一阵莫名的笑声，录音停止了。

再看李胜远，只是坐在那里，挺直的腰板里似被钉入了钉子，每动一下都会撕心裂肺的疼。

“听出来了吗？这录音里是谁在说话？”赵昆温和地问李胜远，这大大出乎李胜远的意料。

“你认为里面有我？”

“这个我不能确定，但这里的另外一个人应该是徐四虎吧？”

“这录音是徐四虎给你的？”

“你别忘了，事发时徐四虎为你开的车，在一拐弯处你们故意超车，一辆混凝土搅拌车为了躲避你们的车辆，只能急刹车，后面尾随的正是曹刚的车，被混凝土车尾扫下山崖，山路上没有摄像头，你和那辆车见出事后，迅速逃离事故现场。”

“徐四虎都对你说了？”

“徐四虎是个孝子，这世上他只听一个人的话，那就是他的父亲徐怀军。而徐怀军的命当年又是曹刚所救，这就是报应吧！”赵昆脸上带着笑，这是自洛姗离世以后第一次笑，在李胜远看来这笑容却是那么的阴森可怕。

“你怀疑得没错，我的确想让曹刚死，因他挡了我的路，但我还没有傻到要去亲手杀死他。我只想出口恶气，给他个教训。不过赵昆，就这份破录音如何能证明车祸和我有关系？”

“能不能证明那是技侦部门的事，可就为这个，你要对洛姗下毒手？”

“我没有杀她，更不想她死，你听懂了吗？”李胜远咆哮着。

“可她死了，没有你，她会死吗？”赵昆也不示弱。

“赵昆，在省院，我李胜远还真没有找着个可以敬重的人，但你除外，我们素来没有交集，更无仇怨，我不明白你今天干吗要这么死盯着我不放？就为了你那个所谓的朋友，曹刚？”

“不，是为了洛姗。”赵昆走到李胜远的面前，手中举着那份录音逼视着他，“听清了，别人不为她报仇，我为她报。”

“你报？你怎么报？就凭这个？”李胜远扑向赵昆去抢夺他手里的那份录音。

赵昆躲闪不及，一下子摔坐在地上。

李胜远一把夺过录音带，狠狠地摔向地面，继而用脚将其踩烂。

这时门被推开了，是戴着手铐的郭鹏，警察走到李胜远身旁：“对不起，跟我们走吧！”李胜远没有想到，在这样的一个午后，一场抓捕悄无声息地发生了。

此刻在离巷口不远处，曹刚正从出租车上下来，看到了不远处的郭芳。郭芳没有看曹刚，她的双眼一直凝视着巷口。前些日子就是在这儿，李胜远从他们的视线中消失，今天郭芳再次把曹刚约到这里，他们彼此心照不宣。

酒吧门口停着辆警车，警车的前方是辆白色的七座哈佛，车里除了司机外，其余的人悄悄地摸进了巷子。

郭芳站在那里，似乎是平静的，至少在曹刚看来是这样的。

曹刚走过去，走到她的身旁，“郭芳。”郭芳敏锐地回过头，大眼睛里含着泪花，泪花背后却是火，这火藏得很深，深得恐怕连她本人都没有觉察到，可曹刚感觉到了，因这火此时此刻同样在自己的体内燃烧着。

穿着便衣的警察押着个人从巷子深处走了出来。

那个人正是李胜远。

曹刚和郭芳站在原地没有动。

郭芳的哥哥郭鹏跟在后面，一群人很快便走到曹刚和郭芳的面前。

李胜远看到了他们，站住了，他盯着郭芳，仿佛曹刚不存在似的。他想对郭芳说什么，可是警察没给他这个机会，只是在快要上车的时候，回过头，对着郭芳的方向，狠狠地用脚踩着地面，用脚尖在地面上蹍了又蹍，像是脚板上粘上了什么令人生厌却又无法摆脱的东西。他有些恼怒了，然后把目光停在曹刚的身上，嘴角露出肆意的嘲讽。

他扬了扬手上的铐子，被警察推上了车。

郭鹏在郭芳的面前停了下来，郭芳紧紧地抱住了哥哥。

警车在人们还没来得及围观前便开走了。

整个抓捕因为郭鹏的自首、赵昆的冒险、郭芳的引路而显得异样的顺利。

整个世界都安静了下来。

只剩下郭芳和曹刚在雪里默默地行走。

两人都不说话，又都没有停下来的意思，在某个瞬间，他们的精神和肉体达到了暂时的一致性的如释重负。

“曹老师。”是韩望，脑袋从车窗里探出来，车很快停在郭芳和曹刚的身旁。开车的竟是徐四虎。

“赵昆哥呢?”韩望和徐四虎几乎是异口同声。

“赵昆？没和你们在一起?”

“坏了，他还在里面。”韩望跳下车，跑进了酒吧，不一会儿便和赵昆一前一后地走了出来，一旁的徐四虎长长呼了口气，“没事就好，没事就好。”

曹刚诧异地看了看徐四虎，赵昆已走了过来：“曹刚，终于等到这一天。”赵昆紧紧拥抱住曹刚，也不管曹刚此时此刻满腹的疑虑。

“赵昆哥，你这太冒险了。”韩望责备完赵昆，转而责备徐四虎，“你怎么能让他一个人去？你知道李胜远的为人，赵昆哥就一书生，他能干得了这个？”

“怪不得徐四虎，是我找的他，他这回帮了大忙了，没有他，没准又是一场空。”赵昆走到郭芳面前，“谢谢！”郭芳笑着点了点头。

曹刚看着他们因李胜远的被捕而凝聚在一起，只有自己反倒像是个不太相干的外人在一边看着热闹，看着他们相互责备又相互担着心，觉得自己落寞而无趣。这么自私的一个人，还有什么脸面和他们并肩站在一起？

“曹大哥，我要回了。”郭芳打着手语。

“回哪儿？”曹刚问郭芳。

“回家。”

“绿海花园？”

“不，回自己的家。”郭芳笑了笑，近看是个漂亮的姑娘，只是那精致的五官被忧郁深深笼罩。

曹刚还想再对她说点什么，一时找不着话头，要说的太多，都堵在了心里，想要一吐为快，此刻恐怕不太可能。

雪慢慢地停了，天依然阴着，更加的寒冷。曹刚出来急，穿得少，他觉出了寒冷带给身体的不适，想到临出门时，孟宝珍的叮嘱，看了看表，早已过了饭点。

曹刚决定回家。

绿海花园的家早已没了家所应承载的希望和依托，只是个穿着华丽外衣的坚硬的框架。

曹刚开始想念洛姗，这让他有些恐慌。没有了洛姗，面对眼前的一切，曹刚发现他们对自己已失去了原有的意义，他们因洛姗而存在，也因洛姗而消亡，他们和自己原就没有关联，现在更是渐行渐远。

下了车曹刚缓缓地往家的方向走，这身旁的树木花丛，以及这树木花丛掩饰下依然不失富丽堂皇的每一扇紧闭的别墅的大门，曾经是那么的让人迷恋神往。

曹刚不敢再去看它们，不再仔细地揣度端详，他开始渐渐对周身的一切失去了兴趣，他想远远地躲开它们。

离着家门还有几步远的距离，他看到小雨拉着孟宝珍的手，正从路的尽头走过来。小雨虽被牵扯着，但显然很不老实。孟宝珍几乎走几步，跑几步，方能跟上她蹦蹦跳跳的步伐。

曹刚停下来，等着她们。

“刚子，说好回来吃午饭的呢？这天都快黑了……”

“孟姨，遇到个朋友，聊忘了，让您担心了。”

“爸爸。”小雨扑过来，紧紧抱住曹刚的腿。

“这孩子，不知什么时候养成抱腿的习惯了。亏得你爸爸长了大长腿，要不然，不几年你该抱不了了！”

孟宝珍竟然没有因为曹刚的晚回而生气，反而很快便高兴起来。她在前面摸索着地掏钥匙，弯着腰凑近锁孔，左旋，右转，始终打不开。

“我来……”曹刚过去拔下孟宝珍的钥匙，“孟姨，您这不是院门的！”

“哦，那院门的呢？刚子，你要不回，我和小雨还进不去呢！你说我是不是不中用了？”孟宝珍情绪低落下来，一屁股坐在门前的石阶上，抹着眼泪。

“小雨，去哄哄奶奶。”

小雨走过去，也不说话，只是抱着孟宝珍的腰，脑袋拱进她的怀里。

“乖乖，奶奶听小雨的，什么都听小雨的。”

一家三口人进了院子。

关上院门的同时，曹刚看了看李胜远的院墙。那边寂静如常。曹刚从地上捡起个鹅卵石，跳起来，扔了过去。没有声音。

“爸爸我也想扔。”小雨跑过来，从曹刚的手心里抠石子。

“想扔……”

“嗯！”

“来。”曹刚抱紧小雨。

“啪！”扔过去的石头怕是打到了葡萄架的顶棚上。

“干吗呢，刚子？往人家院子里投石头，像什么话呢？还带着小雨。”孟宝珍劝阻曹刚。

“那边没人了。”曹刚放下小雨，走到墙边，对着那堵墙狠狠地踹了一脚。

小雨走过去学爸爸的样子也踹。

“没人了？人呢？”

“进去了。”

“进哪儿？”孟宝珍放下手里的活儿，来了兴致。

“监狱。”

“啊？哑女呢？也进去啦？”

“好人怎会进去？哑女走了。”

“空房子？”

“是。”

孟宝珍倒吸了口气，抬头仰望那边的院落，“走的走，进的进，这鬼地方。”

“为啥进去?”

“为钱。”曹刚拍掉掌心里的尘土，在孟宝珍身边坐下。

“又是钱，刚子，孟姨知道你不会，我们不要钱，不学他们。”

“好，我不要。”

“你刚进这个家门，我就看出来，你娶洛姗，是你心里装着洛姗，图的不是别的，洛姗找到你，我总算是放了心。当初真怕姓李的那个混账得了手，明摆着，他是冲着院长来的。”

“洛姗她不傻!”曹刚不知该说什么。

“怎不傻?傻得很，死心眼，没心机，好在你从不骗她。”

“我?”曹刚在黑暗中凝望着孟宝珍满头的银丝，心中微颤了一下。

“是，洛姗常对我说，她就信你，她宁愿信你也不会相信她父亲。”

“是，她是太相信我了!”

“不信你，信谁?你是她男人，当初她顶着多大的压力和你结婚，差点和院长闹翻了。”

“为什么?”曹刚问。

“为啥?刚子，你是真忘了。院长看上的是姓李的，要不那姓李的把房子都买在了一处?”

“这我知道。”曹刚既想听又怕听。

“那时医院的人都默认了，他就是院长的女婿。他像长在院长身上的尾巴，甩也甩不掉，关键是院长也不想甩。”

“谁愿意甩掉自己身上的东西!”曹刚不觉笑了。

“还是洛姗厉害，拿刀就把这尾巴给砍了。”孟宝珍却笑起来。

“刀?”

“当时洛姗拿着把刀，横在脖子前对院长说，‘再逼婚，我死给你看。’可没想到竟真有人这么干了……”

“孟姨，孟姨，可不能说，小雨的耳朵灵着呢。”曹刚情急之中用手去捂孟宝珍的嘴，孟宝珍停下了。

“孟姨，别伤心，总有一天我会把凶手带到你的面前。”

“当真会这样?刚子，你一定要抓到他，别的我也指不上，就指望你能给洛姗报了这个仇，我就是死了，也能闭上个眼了。”

暮色中，俩人静静地坐着，孟宝珍伸出手，紧紧地握住曹刚的手，紧紧地。

曹刚感觉到了力量和温暖。

风起的时刻，早春的夜悄悄地来到了人们的身边。

第七十七章

锡玉因为父亲的哮喘病日夜加重，而不得不每周回去一趟。

母亲身体也不好，腿脚下越来越没个谱，好好的平地上竟然摔了一跤。父母这两年好似突然地老了，快得中间都没能给人留下适应的过程。锡玉已不太敢仔细端详他俩的面容，就算不认真，锡玉还是明显地感觉出了岁月的残忍和无情，她自己还没有好好地活给他们看，还没有好好地孝敬他们，他们就……

锡玉不让自己想下去。

“小玉。”母亲在屋里叫。

锡玉进屋，母亲正弯腰在床下面翻找着。

“妈，又丢什么了？”

“你过来帮帮我。”母亲从床下拖出个破纸箱，用手在里面扒拉几下，叹了口气，“唉，我记得就放里边了，怎么又不见了？”

“什么东西？劳您这么费神，丢了就丢了吧！”锡玉将箱子推进去，母亲又拖出来。

“唉，不行，要找，那是宏远送给我的，几年没戴了。”

“纱巾吗？你怎么想起它来了？戴不了几天，天该热了。”

“我想着清明去看看宏远，看一次少一次了，谁知道明年还能不能？”母亲艰难地坐下来，捶着大腿。

“妈，不许这么说。”

锡玉一听这话，心里也开始泛酸。

“宏远在时对我们可比他亲爹要好百倍，这辈子恐怕这么好的人，你是再难遇上了。不是我的意思，是你爸提出来的……”

“好，到时我陪你们去。”锡玉不知母亲今日为何突然说起了这件事，这些年他们一直小心翼翼地在自己面前回避着宏远。

“小玉，上次你二妈给你说的那个人，去见了没有？”

“没有。”

“又没看上？”

“看不上。”锡玉一脚把箱子给踢了进去，妈看出了这些话锡玉不爱听，可当说还得说啊。

“小玉，你二妈说那人在县中当老师，是她的亲侄子，离了婚，没带孩子，知根知底，年龄确是比你大了几岁，可人长得精神，不显老，成不成再说，你去见见……”

“妈，你跟二妈说，我不找当老师的。”

“怎么？当老师的不行？你想找个什么样的？你给妈交个底，妈好再托人。”

“我只想找个和宏远一模一样的……”

“这不是痴话吗？妈上哪给你找去？”

“那就不找了，一个人过。”

“唉，你这是不想让你爹妈闭眼哪！当初那个罗老师多好，对你那么挂念着，你就是不允，现在人家也成家了，你说你要错过多少好人才肯对宏远撒手？”

“妈，这是您的膏药，这是爸的哮喘药，都摆在这个抽屉里了，下周我再过来，天不早了，我还赶渡船呢！我回了啊！”锡玉大踏步出了母亲的屋子。

“这就回？”父亲正站在院子里。

“爸，您别送了，我一个人去。”

“要不要带点粮食回？”

“不了，周末还来呢！”

“小玉，我和你妈上了岁数，总会操一些闲心，你别往心里去，别为难自己。”

“知道了，爸。”父亲这句话真的让锡玉难过了。

第一次她没有和父亲告别，逃跑似的离开了自己的家，一个人往渡口赶。

渡船还没有来，锡玉不知自己要干什么了，她在河堤上走着，远远地能看到父母的房子，还有二妈家的，虽然只能隐约见到个屋顶，但生在这片土地上，哪怕是一阵炊烟，锡玉也能辨出是从谁家的烟囱里飘出来的。

可小婉不在了。

不能想，什么都不能想，宏远、小婉，永生再难相遇，这让锡玉的心像是被谁摘了去，疼痛难忍，光是疼痛还不够，有时那无望的爱和想念才最让人痛苦。

死去的人不能念。

活着的呢？

家权，不，不，家权现在过得多好啊，和自己想象的一样，娶了俞梅后，家权像是换了个人，幸福都写在脸上呢。

曹刚，锡玉总是把他放在连自己都发现不了的角落，尽量不去想他，不对他抱有任何指望，唯有这样才能让自己的生活归于平静，本就不该想。

好长时间没有他的消息了，唯有手里的那张卡像埋在土里的一颗雷，让锡玉总是提心吊胆，大概是出于对宏远的事内疚而给的补偿吧，可这补偿是不是太多了？他们毕竟是亲兄弟啊。

锡玉很想找个人说说这笔钱，压得自己快要喘不上气来了，这钱的重压让他对曹刚的感情暂时处于停滞状态。她不知道曹刚的想法，不知他家庭的变故，只是把眼前的日子一天天地打发走。她越来越不清楚自己为什么活着了，本来是有个希望的，虽然那希望如萤火般微弱，可毕竟它偶尔也能在眼前亮一会儿，可现在那短暂的光亮锡玉也不敢去想。

渡船终于过来了，因过河的人少，船主明显地没了好心情，偌大的甲板上只站着锡玉和另外一对年轻的夫妇，不知为何大家都不坐下，倚靠在栏杆上，望着河水发呆。

一想到二妈给自己说的那个人，心里烦得慌。这段日子总有人来说媒，比自己当姑娘时还要多，锡玉实在不明白，难不成当了寡妇就要贱卖自己么？为什么那么多人对自己上着心？

渡船很快靠了岸，锡玉想着心事，人便上了田埂间的土路。

芦苇刚从土里冒出一截来，锡玉怕踩到它们，扭扭歪歪地行走着，脚下似踩着高跷，不知从哪突然蹿出一只猫，从锡玉的脚边飞奔过去，锡玉吓得一下子蹲到了地上，好半天才把气喘匀。

天已黑，河边的夜风很大，很冷，锡玉看了看中学的方向已亮起了灯，晚自习该开始了。

前方有个人影，似停在那看着自己。

“曹刚。”锡玉在心里叫道。那高大的身影应是曹刚，锡玉的心随之“怦怦”剧烈地跳动，她跑过去，鞋子差点掉了下来。

“锡玉，你没事吧？”

“家权？”锡玉不跑了，站住，大口喘粗气。

“你跑什么？”家权还是站着，并没近前。

“哦，一只野猫。”锡玉回过头，那颗心也随之跌落下来。

“以为你见到我了呢？”家权笑起来，“一只野猫吓成这样？”

“你在这儿干什么？”

“不放心。”家权一副极认真的口气。

锡玉不言语，家权转身在前面走。

“你的灯一直黑着，想你也在路上呢。这条道偏，你每次偏又挑这偏的走，多不安全！”家权在前面数落着锡玉，锡玉乖乖地在后面跟着，一种久违的温暖从心底涌上来，整个人一下子变得轻松起来。

快到校门口，家权停下来。

“好了，你先进去吧，我去看看罗老头。”

“好。”锡玉想说声谢谢，但最终没有说，扭身进校门。

家权无奈地摇了摇头，他进了父亲的小卖部，要了瓶水，一口气饮尽，呛得眼泪直流。惹得罗老头在边上吹胡子瞪眼好一会儿，看到儿子为了个女人顾不了体面，心里就是一肚子的火。

“家权，离她远点！你是有老婆的人了，别让人嚼你舌头。”

家权将空瓶子往桌子上一摔，随手又打开一瓶啤酒，一仰脖子，又是一大口。

“你小子，又犯神经，别在我这待着，去锅炉房找老高去，省得咱爷俩再掐起来。”罗老头将家权推出了店门。

家权提着啤酒瓶子再没有喝的心思，他不知道今天这是怎么了，鬼使神差竟跑到路上去等锡玉。这让锡玉怎么想呢?

锡玉现在什么都不愿和自己说了，本以为听锡玉的，结了婚就可以忘记一切，就算不忘记，至少也可以和一个女人，一个深爱自己的女人，把该过的日子过下去。日子是过下去了，可心里总是留着个空，透着风，漏着雨，像是缺了颗牙齿，吸口气都觉得丝丝的凉。

偏偏俞梅又是个无可挑剔的女人，近乎完美，她的好让家权对自己心里生出的不该有的念头都感觉是种罪过。

这世上的情感真他妈折磨人，如果人没有这些七情六欲该多清静，家权被矛盾的心理牵扯着，他看着锡玉的窗子，看到锡玉映在窗子上的身影，不知哪来的勇气，直接走了过去。

来到门前，家权伸手去敲，门突然开了，家权吓得倒退到台阶下，险些绊倒，样子狼狈极了。

“家权，进来吧，我正要去找你。”锡玉站在屋里，声音里带着些莫名的恐慌。

“是吗？那我来巧了。”

“你手里提着什么？”锡玉在明处看不清酒瓶子。

家权急忙将瓶子放在了墙角，“罗老头要回收。”

锡玉没说什么，还没等家权坐下就递过来一样东西。

“家权，你看。”

“银行卡，曹刚给你的？”

“是，我实在是没法子了，想听听你的建议。”

“多少？”家权将卡拿在手中掂了掂，仿佛能掂出分量来似的。

“啊？”锡玉抬起头，家权正微笑着。

“100万，你信吗？”锡玉反问家权。

家权没有回答，他知道锡玉从不说谎，可这个数自己真没想到，太多了，多得让人无言以对。

“在省院当个医生就能这么有钱？要是搁宏远身上，一辈子也挣不到啊！”

“说得是呢，所以这钱让我不安心。”锡玉长长地出了口气，为能找到个人说说而感到稍稍放松。

“他为啥要给你这笔钱？什么用处呢？”

“他曾和我说过要买房的事。”

“给你买？”

“他说是……”锡玉不敢看家权。

“大概是因为宏远和他父亲的事，他想做个补偿。”家权安慰道。

“就算是个亏欠，可这也太多了，不需要这么多。再说了，他哪来的这么一大笔钱？”

“最近你和曹刚没联系？”

“没有，很长时间没消息了。”

“他也没来个电话？”

“没，什么都没。”

“你给他打。”家权心里开始急起来。

“总也打不通。”

“换号了？办公室呢？”

“说他出差了。”

“莫非是出国了？你还是亲自去一趟吧！”家权劝慰道，“去一趟，什么都清楚了。”

“如果他不想让我知道，去了，也白去。”锡玉苦笑。

“他真不想让你知道？那给你这些干吗？”

“去省城总得有个去的理由吧。”

“你不怀疑吗？”家权问锡玉。

“怀疑，可是不敢。从见他第一面起，我就以为宏远没有死，可如果宏远还活着，那他在哪呢?”锡玉喃喃自语，顺着自己的疑虑走下去，锡玉的心也迅速地往下沉，她和家权同时看着对方的眼睛，那眼里冒出来的是一样的惊恐和不安。

“会不会是这样……”家权终于没能忍住，先发了问。

“别往下说……”

锡玉阻止了家权，也阻止了自己分析的思路。

家权慢慢冷静下来，努力地回忆着宏远和曹刚的言行，可记忆也像是出了什么故障，越想越模糊。虽然他觉得自己和锡玉的想法是那么的真实可信，但想法终究只是个想法，也有把人误入歧途的时候，他看着锡玉小心地将卡收起来，上了锁。

锡玉松了口气，两人都觉得安全了。

可怕的梦魇，必须及早忘记。

锡玉不愿意，她不愿意靠近那个梦魇。

有人在找家权，是俞梅的声音。

家权无奈地起身，默默地离开了锡玉的家。

第七十八章

清明过后，天气一天天暖和起来，整个省城仿佛也在瞬间苏醒复活。

省院一如既往的繁忙而混乱，这是个永远都无法安宁的世界，除非人们看淡了生死。来到这里，除了求生还是求生，即便如此，还有人依然不得不面对死亡，与依恋不舍的人间作别。

曹刚很久没来省医院了，真不好再踏进这个曾经让自己魂牵梦绕欲罢不能的地方，自己也许早已不属于这里。

魏明义的判决下来了。

这个消息在省院迅速蔓延开来，就连住院的病人、家属、护士、保安，甚至是每天抱着个拖把在大厅里拖地的保洁，都在悄悄谈论这件事。

对于他们来说，这不是件坏事，但也不是什么好事，除了费点口舌谈论之外，恐怕更多的是满足了他们平日里因为心理上的失衡而带来一定程度上的慰藉。是的，他们彼此谈论，彼此得到了安慰。

这么大的一个医院，院长被抓了，那是多么威风的一个人，平日见面连打个招呼都懒得搭理的人，现在他进去了。有什么用呢？到头来，落得这么个下场，和自己比起来，此时此刻他兴许正羡慕自己呢！多么让人愉悦的一件事啊！

曹刚就是在这样复杂的情境下踏进了省院的大门。

没什么变化，又似乎大变样了。

短短几个月，曹刚觉得这医院好像新进了好多人，到处都是陌生的面孔。

曹刚今天来，是要到器材科去办交接工作，就在几个星期前他递交了辞呈，他想在别人赶自己走之前，主动离开。辞职报告很顺利地批下来了，新的主任还没任命，暂时由副主任郭志良代任。

志良曾经是个好下属，和曹刚的关系一向不错，今天他在自己的办公室里和曹刚见了面。

“真的判啦？”郭志良给曹刚沏茶，想必关心还是有几分诚意的。

“判了。”

“多久?”

“7年。”曹刚对这个副主任并不反感。

“这么久?那个李胜远呢?他怎么样?”

“还没下来。”曹刚环视郭志良的办公室，似乎不比自己的小，但却塞满了东西，仅仅一墙之隔，却极少过来。

“郭主任，交接吧，你去我那?”

“曹主任，不急，再说了，指不定哪天您又回来了，咱俩岂不白忙活?”

郭志良微胖的脸上冒着油光，大框的眼镜架在鼻梁上，总有随时下滑的可能，这迫使他有了个向上推眼镜的习惯动作。哪怕那眼镜没什么事，他也会不放心地用食指和中指用力往上推，推完后便是一副笑脸对着他面前的人。虽然他身上可以罗列出很多缺点，曹刚还是接纳了这个曾经的副手，并会在见不着他本人的时候，背地里想起他，也会生出一点点喜爱的情感。

此刻郭副主任又在曹刚面前露出了他那独特的笑容。

“回来?你说我还回得来吗?”

曹刚走到郭志良的面前，双手按在他肩上，“兄弟，你的这份心是真是假，我已经分不清了。”

“曹主任，千真万确，我对天发誓，你肯定得回来，论能力、人品，还有……还有……”

“还有什么?”曹刚转到郭主任面前，看着他越发红润的脸，笑了，“你是不是想说人脉?”

“我也说不清楚是什么。”郭志良一着急又开始推眼镜架，只是这回它似乎有些不听话。

“郭主任，那都过去了，一切早已不复存在，能力?人品?那比一堆废纸还不招人待见。”

“这倒也是，可是曹主任，您是知道的，我这个人当不了正的。就是这个副的，我这当得都力不从心，更何况你要是不干了，我不习惯。”

“慢慢就习惯了，等你上来后，不是你来适应这位置，而是这个位置渐渐地就适应了你，并且你想要它是什么样，它就会是什么样。”

“可关键是，曹主任，上面不让办交接。”

“为什么?”曹刚有了不祥的预感。

“因为他们要查，好多问题都没有弄清楚……”郭志良说的句句属实，想必能像他这样坦诚的整个省院也为数不多了。

“快些查吧，查完了好交给你。”曹刚像是安慰郭志良，这让郭志良有些过意不去。

“曹主任，我不急，真的不急。”

“知道……”曹刚准备离开。

“曹主任，王荣进去了。”郭志良轻声告诉曹刚。

“哦，早晚的事。”

“曹主任，那人的脾气您要清楚，当初真不该轻信他……”

“你不用担心……”

“是，我是不用，可是到了那样的地方，他万一发起疯来，乱咬一气，恐怕谁也逃不过他的口。”郭志良的脸黯淡下来，他无助地看着曹刚。

曹刚笑了笑，还是那样轻松地拍了拍他的肩，“你出不了大事，相信你自己。”

曹刚把郭志良主任的门关上。

在走道里，他站住了，从走道的一头看过去，再看过来，然后再看向另一端，很长、很深、很暗，曹刚犹豫着要不要进自己曾经的办公室。

钥匙就在手里攥着，他最终还是进去了，并取走了一件重要的东西。

曹刚独自一人去看望魏明义。

这是从魏明义被带走后的第一次会面，洛姗不在了，那个家能来看魏明义的只有自己了。

曹刚在接待室等了会儿，魏明义被带了出来。从他一出那扇门应该已看到了坐着等他的曹刚，但他一直低着头，胆怯地迈着小步，缓缓走过来，仿佛到处都是他所惧怕的人，虽然接待室里除了狱警，便只有曹刚了，他估摸着是到了该停下的位置便迟疑地看了看身旁的狱警。

“坐下吧，时间半小时。”狱警出去了。

隔着厚厚的玻璃，魏明义终于抬起头，他的眼睛瞬间亮了一下，身子前倾，脸极快地贴了过来。

“爸，听筒。”曹刚用手指了指电话。

魏明义抓了起来。

“你怎么现在才来?”魏明义声调里带着哀怨。

“有规定，不让来看。”

“我一直等着你，知道你会来，洛姗呢？小雨呢?”

“爸，洛姗，我送走了，她很好，一切都办妥了，您放心。小雨，孟姨带着呢。”

“办妥了?”

“是啊，都按您的意思办了。”

“害她的畜生呢？抓了没有？到底是谁？你告诉我，7年，我总能出去的，非撕碎他不可。”

“抓住了。”

“谁?”魏明义扔了话筒，从椅子上几乎是跳起来，险些摔倒，因兴奋和紧张而涨紫的脸显得有些狰狞。

警察推开了门，“魏明义，你要干吗?”

“爸冷静，快点坐下。”曹刚也慌了，他担心谈话就此被中断。

“我错了，请再给我次机会。”魏明义恳求道。

警察看了看曹刚，眼睛里带着些责备。

魏明义安静了，可他的身体在发抖，几次想抓起听筒，几次又从指尖滑脱。

曹刚看着，不敢出声。

终于他又开口了，“曹刚，你说，我听。”

“好，您控制好，不能再出乱子。”曹刚将身子下面的椅子往前拽了拽，尽量靠近魏明义，尽量放低声音。

“李胜远。”

“他？这东西心狠手辣，早该看出来，早该想到，早该提防……”魏明义的精神松弛下来。这个人的名字曾经占据了他的生活，他曾经那么地相信他，因为他，他甚至和自己的女儿闹翻。

竟然是他害了洛姗。

可不是他还能有谁？除了他，还有谁费尽心机地像膏药一样贴着魏家十几年，他竟图财害命。

“判了吗?”良久，魏明义开口。

“没有。”

“杀人偿命，还等什么?”

“不仅仅这一桩事。”

“还有什么比洛姗的命更重要的？曹刚，我求你，在外面找人，尽快办了他。”

“爸，我也想，可时机没到。”

“时机？曹刚，洛姗她可是你的妻子。”

“爸，情况比这复杂得多。”

可魏明义管不了那么多，他接受不了女儿的死：“不管是什么情况，只要能让他死，付出什么代价都不足惜。”

“王荣也进去了。”曹刚转换了话题。

“王欣那个女人呢，有消息吗？”魏明义抬起苍老的头，眼睛里全是血丝。

“出去了，从没回来过，更没任何消息。”

“早该知道这是个无情无义的女人，难怪洛姗不喜欢她。”魏明义喃喃自语。

“洛姗的话您总不放在心上，洛姗不喜欢的人哪个不是都得到了您的赏识？”

“洛姗没看错人，当初我瞧不上你，因为你没家境，没背景，书生气太浓，不是我理想中的女婿。我反对你和洛姗交往，我希望她能找个称我心、如我意的人……”

“所以，您找了李胜远。”

“是，我和他父亲早年有过交往。他父亲从商，认识一些官场的人，生意更是做得风生水起。李胜远是个爱取巧、喜钻营的人，会投人所好。我是被他们父子蒙蔽了，天知道那时为什么会看上他。”

“因为你们是一样的人。”

“你说得没错，人以类聚，物以群分，不管你对某些人是爱还是恨，总有走到一起去的理由。李胜远他摸透了我的心思，并顺着我的心思走着每一步棋，这么多年，他一直这么顺着，是什么激怒了他，让他这么恨我，加害于洛姗？”

“爸，洛姗对我说过，隔壁住的也许不是人，是个狼。我不信，也不懂洛姗的心思，想必她早已看穿他。”

“洛姗她这么说过？”

“是，她还对我提议，想换个地方住，不想在绿海花园与李胜远为邻。”曹刚也似乎想起了什么。

“是我害了她。”魏明义抬起一双泪眼，自从洛姗出事以后，这是曹刚第一次见着他落泪，这也许是伤心欲绝过后才有的真正的悲痛吧。

“爸，有件事想问你。”

“快说。”

“‘7·29’和您有多少关系？”

“‘7·29’，我并不知晓，只是听说死者家属里有人在政府工作，人家追究下来了，为了息事宁人，便赔了钱。”

“您真不知情？”曹刚突然压低了声音，“爸，您知道吗？李胜远在病历上做了手脚，现在存在病案室的那份病历是后写的，真正的原始病历在我这。”

“在你那儿？”

“李胜远会不会是为了寻找这份病历才让人去了我们家？”曹刚的疑问也许早

就有了，并成了定论，可他不得不把这个问题抛给魏明义。

“你把病历放家里？”

“没有，他们曾经去我办公室偷偷翻过。”

“那次的撬窗事件？”

“应该也是他们干的。”

“曹刚，你为什么不早汇报？你了解李胜远的为人！”

“我不了解他！”

魏明义被曹刚突然提高的嗓音给镇住了。

“你恨他，我知道，我比你更恨。”魏明义终于从内心和曹刚真正站在了一起。

“曹刚，洛姗走了，我只有小雨和你两个亲人，这么多年，我忙工作，没有好好照顾和关心过洛姗。在这一点上我不如你，要谢谢你。以前我不欣赏你，因为你只知道埋头啃你的医学书，做那一台台没完没了的手术。你除了让一堆病人记住了你，看看医院，你有多少人不认识。我本想退了之后，把医院交给你，可是你让我失望了。一场车祸改变了你，鬼使神差地大脑受了伤，却让你开了窍。你越来越上道了，越来越靠近我在仕途上的要求。你不知道，这些变化曾让我万分欣慰和窃喜，可洛姗不高兴，她似乎还是喜欢那个书呆子曹刚。”

“爸，您刚才说一场车祸改变了我，难道您从不觉得奇怪，为什么短短几个月竟能判若两人？”

“哪有时间去琢磨你？”

“那今天您好好把注意力放在我这，您仔细看看坐在您面前的这个人。”

魏明义果真近前来，但他只一打眼便移开了视线，他知道经历了这么多事，再坚强的人也会被击垮。

“孩子，这段时间难为你了。洛姗走了，我进来了，你承受了太多的压力，不怪你。”

沉默，俩人都沉默下来，彼此不再说话。魏明义想着自己的女儿，他相信曹刚也是，他们用这种方式一起想念着洛姗，魏明义不愿打破这种默契。

而就在刚才，曹刚内心的那个危险的决定被魏明义的疏忽和大意瞬间击碎，很快，他后悔了。

曹刚冲着出来提示时间的狱警做了个手势，看来赵昆确实是做了工作了，他的狱警朋友同意了会面时间延迟的请求。

“‘7·29’你参与了？”魏明义明白曹刚今天来一定不单纯只是为了看望自己。

“不，不是参与，是差点要了我的命。”

“车祸?”

“车祸是人为的。”曹刚担心地看了眼魏明义，他能承受自己将要讲述的这个荒诞离奇的故事吗?

“还说吗? 爸?”

“说，你给我好好说。”魏明义忘记了自己正身陷牢狱。眼下他最关心的是什么毁了自己的一切，也许只有曹刚能告诉他。

“‘7·29’事件中的病人所用的支架还在三期临床试验中，而那位病人正是他们选中的最后一位，结束后就可以正式投入临床使用了。可没想到出事了，如果此次事件曝光，这种新型支架将会延迟上市，更严重的是有可能被取缔，经销商之前所做的努力也将付诸东流，损失有多大，可想而知。”

“是啊，一个材料进医院能被临床使用，经销商可是怀里抱着钱，一路磕着头过来的。哪个不是说烂了嘴、磨破了皮，更何况是支架这种高值耗材。只是这个李胜远胆大妄为，他想瞒过所有人的眼睛，也包括我。”魏明义怎么也不会想到李胜远在自己的眼皮底下做了手脚。

“他不仅要瞒您，还要在您的庇护下把这件事做好、做绝。如果实验小组有一个人不在实验报告中签字，那份报告就无法上报，这是其一。其二，患者当时在手术中出现了心衰，继而肺水肿，虽然当时尽力抢救，但还是没能救过来。”

“曹刚，就算这样，这种风险的概率也是可估的，手术知情同意书应该写得很明白，术前谈话呢? 没和患者家属谈吗?”

一说到医院，魏明义似乎又回到了过去的生活中，虽然穿着囚服，困在高墙中，可时常仍会做梦般地回到曾经的辉煌与荣耀中，像做了俘虏的国王眺望着自己的国土，憧憬着回归的日子。

“手术知情同意书上没有家属签名，术前谈话也没有。”曹刚适时打破了魏明义的白日梦。

“为什么不签字? 为什么不谈话?”

“要问李胜远。”曹刚不能回答这个问题，因为他没有经历过“7·29”事件，他所知道的也是通过韩望和赵昆了解的一些情况，他从心底里不相信院长能对此事一无所知，什么时候了，他还装。

“现在的那份病历里可是什么都不缺，知情同意书、三期临床试验报告、你们小组成员无一例外都署了名，也有你的——曹刚，如何解释?”

“解释? 解释权一直在您和李胜远那。院长，您忘了，您什么时候听过我们的解释? 李胜远，他能利用车祸置曹刚于死地，他害死了洛姗，为了利益，他可以如此狠毒。他什么时候想过要用一个解释去洗脱罪责，更何况那只是个素昧平生和自己毫无关联的病人。他做事从不需要解释，金钱可以为他摆平一切。”

“你是说他做了份假病历？”魏明义很快会过意来，他有些不寒而栗。

“是假的，都是假的，就连他一心想除掉的曹刚……”

“啊？你，你什么意思啊？”魏明义没听明白，他靠近玻璃，满是血丝的双眼瞪得比平时大两倍，但他什么也没看到，只是觉得这小子又犯癔病了，这两年因为车祸的原因，曹刚经常犯这病，早已习惯了。

“爸，那个王欣，她的丈夫，正是‘7·29’新型支架的总代理商，王欣最先走近的李胜远，然后才是您。谁才是最大的受益者，您明白了吗？”

“王欣不离了吗？”

“离是离了，是假离，只有那么一张纸，遮人耳目而已。”

良久，魏明义将低下的头重又抬起：“时间不早了，回吧。设法把绿海花园的房子出手，找个不认识的人，交给他们去办，那块地风水不好，不要留了，你把钱拿去弥补你的亏空吧，有多少给多少！我给洛姗在马巷买了栋房子，虽然一直是我住在那，但名字是洛姗的，你带着小雨和老孟搬过去，钥匙在家中的鞋柜里，记得去取。”

曹刚听了魏明义的这番话，突然间开始无比地恨自己，他想抽自己几个耳光，或者给眼前的老人屈下膝，甚至跪下来请求他的饶恕。

魏明义反常的平静让曹刚原本因内疚、矛盾和恐惧而饱胀的心再一次受到了一种不痛不痒的嘲弄。

他知道，等待自己的也许是比死亡还要可怕的蜕变。

第七十九章

曹刚回到绿海花园的时候，已是深夜。

家里还亮着灯，那应是孟宝珍留给自己的。

孟姨的觉越来越多了。洛姗在的时候，每次孟宝珍都坐在客厅里，织些永远也穿不上身的东西，会一直等着他们回来，再亲自去把院门关好。现在只把灯留着，人是不禁熬了，早早地搂着小雨上了床。第二日小雨不起，她便不起，一老一少就那么没有动静地躺着，这让曹刚更是觉得这里没了家的感觉。

曹刚掏出钥匙开门。

“曹大哥。”

曹刚一惊，绿海花园的路灯在12点过后准时熄灭，只留微弱的节能灯，在朦胧的光影里他还是嗅到了股熟悉的气味。

他看到了那个人，那个在夜风里单薄地抱着胳膊躲在门旁的女人。

“大哥是你吗?”女人起身，靠近曹刚。

曹刚的呼吸停住了，他呆呆地看着她，那张脸像是被月色洗过，苍白而凄美。

“你，你怎么在这？就你一个人?”

“除了我还能有谁?”

“我托长青带给你的东西……”

“正因那东西我才来。”

“你可以打个电话。”

“打不通，打了很久了。”

“哦，对不起，我换号了。”

“就是嘛，你也不说，多急人。”

“我会去找你。”

“要等多久，我怕出事!”

“能出什么事？”

“怕你这有什么事，我又帮不上……”

“进屋吧。”

曹刚麻木而又机械地开了锁，出人意料的是孟宝珍竟还没有睡，正在给小雨缝沙包。小雨前些天见别的孩子玩，一直闹着要。

曹刚和锡玉就这么出现在孟宝珍的面前。

孟宝珍抬起头，并随即站了起来，大概是起得太猛，她感觉到一阵眩晕，脚底下似踩了空，差点摔倒，但很快又坐下了。她不知刚刚拿在手里的针丢到了什么地方，于是顺着线摸索，摸到了，便把针插在未缝完的沙包上。

“您还没睡？”曹刚轻声问。

“你们回来啦？”孟宝珍还停留在梦里似的，上下打量着曹刚和锡玉，恍惚间，她信以为真地认为：洛姗回来了。

“吃饭了没？”

“啊？不，孟姨……”曹刚想解释。

“等着，孟姨这就给你们做去。”

“孟姨，这是我妹妹。”曹刚将锡玉轻轻推到孟宝珍面前。

“妹妹？”

“你姓曹？”孟宝珍盯着锡玉的脸。

“是姓曹，和我一个姓。”

“刚子，没听说你有个妹妹啊？”

“我家住得远，小地方，很少有往来。”锡玉只得顺着曹刚的话说。

“我去收拾屋子。”孟宝珍对锡玉笑着，那笑容让紧张的锡玉慢慢放松下来。

曹刚欣慰地看了一眼锡玉，显然锡玉的话让孟宝珍完全接纳了她，并且没有因为她的深夜造访而有一丝的怀疑和不悦。

“饿了吧？”曹刚自己觉出了饿，想起锡玉应该也没吃饭。

“忘了，刚开始饿，现在过劲了。”

“吃点啥？”

“不吃了。”锡玉不想给曹刚添加任何的麻烦。

“曹姑娘，你来，我带你看看房间。”孟宝珍手中抱着个枕头，在门口招呼。

锡玉乖乖地过去。

曹刚赶紧跟过去。

“刚子，你上楼吧，这里有我呢。”孟宝珍对锡玉，从第一眼就生出几分喜爱，这姑娘看着很招人疼。

曹刚不敢走，他不太放心。

“嫂子呢？”锡玉小声问。

“谁？嫂子？”孟宝珍停下脚。

“孟姨，小雨在叫！”曹刚指了指小雨的卧室。

“快，刚子，你帮你妹妹收拾好房间。”孟宝珍丢下曹刚和锡玉。

“别问你嫂子，她出国了，很久没和孟姨联系了。孟姨闹情绪，也别在小雨面前提，免得又想她。”曹刚耐心地交代锡玉。

“嫂子长什么样？怎么家里连张照片都没有？”

锡玉从进屋就找洛姗，可是连洛姗的一点痕迹都没有，她觉得哪里不对。

“你嫂子不爱拍照。”

“嫂子生得那么好，竟不爱照相？”锡玉还在找，她很想仔细看看洛姗嫂子的模样，上次离得远，也没敢多看几眼。

“长得越好的人越不上相，人比相好看。”曹刚希望锡玉赶紧结束这个话题。

“哪还有见嫂子的机会呢，明天我就得走。”锡玉失落地随曹刚进了房间。

“这个先还给你，放我这时间越久，我的心越不定。”锡玉一进屋便将那张银行卡放在桌子上。

“这是给你的。”

“它是你的，我不能动。”

“我的也是你的。”曹刚又把银行卡塞给锡玉。

“你的怎会是我的？大哥，你这话宏远听了也不会乐意的。”锡玉有些动怒了。

“你来是为了还钱？”

“不全是。”

“还为什么？”

“想来看看你的生活。”

“你不是这样的人，锡玉。”曹刚微微笑着，歪着头看着锡玉，锡玉感到从未见过的陌生。

“我是哪样的人？”

“你从不对别人的生活感兴趣。”

“你错了，有时我就是这样的人，我现在只对你的生活感兴趣。”锡玉看着曹刚那坚定的目光，让曹刚无处躲藏。

“罗家权让你来的？”曹刚从来不认为锡玉会有这样的胆识和勇气，她一定是受了什么人的怂恿和指使，而这个人他第一个想到的便是罗家权。

“为什么是他？是我自己来的。”锡玉似被别人看穿了五脏六腑后无地自容。曹刚看到锡玉的窘态和略带掩饰的慌张，他的心定了。他不会看错锡玉，就是那么单纯，那么专一的女子，哪怕撒个谎呢，那也会最终告诉对方，她撒谎了，并会详尽地解释撒谎的真正原因。但今天曹刚不会让她解释，他不想那么逼她，这个自己深爱着的女人，这一切毕竟不是她的错。

“我知道，宏远走后，有什么事，你爱和罗家权商量，他呢，是个靠得住的朋友，你可以信他。不过，他不是宏远，也永远代替不了他。”

“家权他已经和俞梅结婚了。”锡玉有些伤感。

“什么时候的事?”

“几个月前。”

“这个俞梅，这么大的事也不告诉我。”曹刚在责备俞梅的同时，内心却被暗暗的欣喜所笼罩。他长长地舒了口气，再看锡玉，觉得刚刚那么对她有些残忍，有些不近人情。他很想过去抱抱锡玉，这里只有他们两个人。孟姨的房间紧闭着，隔开了这个空间里所有的能够感知他们的一切人、一切物、一切情感，就连洛姗的影子也不知被藏到了什么地方去了。只有锡玉，只有这个女人，自己曾经的，也是现在，最合法，合情合理的妻子，站在离自己触手可及的距离。

人活着总是有自己生存的底线和法则，一旦突破了，就会活成另外一个样子。不管你喜不喜欢，接不接纳，总有一天，原有的底线和法则又会出现在你的灵魂中，突然你又会强烈地想回去，回到原来的状态中。你会觉得原来的兜兜转转，无非是思想上开了小差，出了个岔子，人已不在原来的地方，心却还在。

曹刚看着锡玉，对自己眼下的生活竟生出了些厌恶。这样的情感让曹刚有些吃惊，怎么会呢？这种梦寐以求的生活，怎能说丢弃就丢弃？可现在不丢弃不行了。洛姗的离开让曹刚的梦想破灭了，而院长的今天更是把曹刚逼上了绝路。

他想和锡玉一起离开，他想让锡玉带上自己离开。

他想回去了。

虽然从离开至现在他总想着回去，但更多想到的是怎么回去，凭什么回去。

他知道无论如何是回不去了。

这才是真正的绝望。

“锡玉……”曹刚一下子把近在咫尺的锡玉拉进怀里，并紧紧地拥抱住。这力量让锡玉感到疼痛、窒息、恐慌，她的内心是拒绝的，但是她无法挣脱。

她用脚踢，没有用处，无奈锡玉低头在曹刚的胳膊上狠狠地咬了一口。

曹刚“啊”的一声松开了手。

锡玉本能地往外跑，撞上了门口的孟宝珍。

“刚子，你……你……”孟宝珍张开双臂，舞着十指在原地转着圈，然后跑向厨房，举着根棍就扑了过来。曹刚挡在她面前。

孟宝珍绕开曹刚。

“什么哥呀妹的，还姓什么曹，全是谎话，就是个野女人。”

孟宝珍追着锡玉。

棍棒无情地落在锡玉的肩上，锡玉身子晃了晃，跪坐在地板上，她回过身，一双泪眼看着曹刚。

锡玉的那张脸让孟宝珍停了手，她觉得自己下手重了，她又觉得眼前的锡玉不像是坏女人。

“曹姑娘，他可是你哥，你们可不能……”孟宝珍丢弃了棍棒。

曹刚谁也不敢看，低垂的脑袋恨不得要掉到地面上。

锡玉果断地站了起来。

已是深夜，但她还是离开了。

她无处可去。

她想到了孙成，电话关机，无奈之下，她给长青打过去。

已近凌晨，长青还在城市的灯火中等待着，等待那些散了夜宴的人们招手，坐他的车。

这个时候出租车明显的不好打，也只有在这个时候，人们才会在马路上很容易地发现长青的电动车。

长青极少在价钱上和客人纠缠，他常挂在嘴边的一句话便是：你看着给就是。这给他带来了不少的回头客，这些客人有的是自己坐车，有的只是为了拖货。

长青喜欢拖货的生意，顾客把东西包裹好交给长青，长青按地址送过去，钱一分也不会少，比拉人省心，省事，少了很多的心思和口舌。

当电话响的时候，长青正盘算接完这趟拖货的单子，今天终于可以收工了。

“长青吗？我是锡玉。”

长青一下子从车上跳下来，蹲在马路牙子上，深更半夜的，他想不到会是锡玉打来的电话。

“唉，是我，姐，你还没休息？”

“长青，你现在在哪儿？”锡玉的声音里满是焦急。

“我？我现在……我在省城呀，姐。”长青的确好久没和锡玉联系了。

“我也在省城，你在什么地方？”

“你在省城？”长青蒙了，吃惊地看了看手机，近凌晨1点了。

“姐，你在哪儿？”

“我不知道这是哪儿，这儿有个广场，中央竖着个铜马，北边是个商场，商场右边有个中国银行。”锡玉极尽详细地描述，生怕长青听不懂。

“姐，明白了，你就在铜马下等我，我去接你。”

锡玉终于一屁股坐了下来。

长青对省城的街道熟悉得就如去一趟自家的自留地，不管隔多远都能找到最近的那条道，这早在多年前当快递员的时候就已烂熟于心。

他大概用了10分钟赶到了锡玉身边。

长青熄了火。

锡玉见着了长青，心总算是放了下来。长青的头发都已被汗浸湿了，挂着汗珠子的头发在路灯下闪着光，他用袖子抹了把脸，笑着走到锡玉身旁。

“姐，我来了。”

不知怎的，锡玉的泪一下子涌了上来，方才所受的惊吓、委屈统统被眼前这朴实的小伙子憨厚的执着所打碎。

“长青，你果真来了！”握住长青的胳膊，这是此刻她在省城唯一的依靠。

“姐，你来看曹大哥？”长青问完这句话觉得不妥，锡玉黯淡的表情已经说明了一切。

“没见着他？”

“见着了。”锡玉看到不远处的铜马雕像发着幽冷的绿光，像黑暗里狼的眼睛。

“那是为啥？”长青知道曹刚和锡玉的关系，家里不行，怎么的也得就近寻个旅馆，这不对呀，让一个女人流落街头？

“长青，你和姐说，大哥家是不是出事了？嫂子是怎么回事？”

“大哥他没对你讲？”

“没有，可我觉出了不对劲。”

“他不讲，我不好讲。”长青不敢说。

“长青，姐一向信你，难道你不信姐吗？”锡玉一双眼睛里冒着火，逼视着长青。让长青藏不得，躲不得。

“我信你，可曹大哥他不让讲。”长青惭愧地抱着脑袋，蹲在了地上，他左右为难。

“我来省城就为这事，长青，你姐夫不在了，那是他亲哥，他有事我能不管么？”

这招管用，长青忽地起身。

“姐，他们家出大事了。”

第八十章

曹刚看着锡玉离开了自己的家，没有挽留，只有那双眼睛和那颗心似被锡玉牵了去，他不知道锡玉能去哪里？他了解她，自尊、自强，从不求人。可孟宝珍的棍棒落下的时候，锡玉的眼里竟是乞求的光芒，她就那么看着自己，乞求孟宝珍的原谅，乞求能告诉她心中所有的谜团，乞求一种谁也猜不透的庇护和爱，也许都不是。可曹刚怕了，一旦她离开这里，离开自己，终有一日她会恨，而自己，才是那个失去尊严的乞怜者，只怕锡玉再也不会原谅自己了。

孟宝珍活了这么大岁数，从未打过人，今天不知怎么了，竟对那么好的姑娘下了手。她明白，错不在锡玉，在曹刚。

她看到曹刚失魂落魄的样子，她的胸腔里盛着愤怒，她想要对他发出来。

她走到曹刚面前。

“孟姨，您最好什么都不要问。”曹刚像失控了的狮子盯着眼前原本准备进攻的对手。

这着实把孟宝珍吓住了，她倒退着，跌坐在沙发上。

孟宝珍哭了，她所有高兴或者悲伤的缘由都是因为洛姗。

曹刚的心软了：“孟姨，你相信我，我和她没什么，也没有对不起洛姗，从来没有。”

“那为啥要抱在一起呀？”孟宝珍像个孩子似的问曹刚，“这个家快要散了，不能再有事，你心里要有洛姗和小雨。”

“有，不会丢下她们，还有你。”

“我可以丢，她娘俩，你不能。我只是个下人，洛姗走了，我没啥指望了，只有小雨。”此刻的孟宝珍伤心欲绝，她边痛哭流涕边踉踉跄跄地上了二楼，每次想起洛姗，她都要上去在那里坐上半天，仿佛那间卧室里有洛姗的灵魂在，在那里，这颗苍老、脆弱的心才能得到短暂的平静和慰藉。

曹刚从来就不知道该怎么去安慰她，这个如同母亲一样的人，用尽自己的心力去保护这个和自己没有任何血缘的家，她图什么呢？

曹刚细听着孟宝珍断断续续压抑的抽泣，这注定是个令人无法入眠的夜晚，他想的更多的是锡玉。

锡玉现在在哪里？

在五月的清晨依然没有消逝的清凉中，锡玉回到了西灌镇。

任长青如何费力挽留，锡玉还是回来了。她帮不了曹刚，既帮不了，就不能留在他身边添乱了。

以前洛姗在时不能留，现在没了洛姗就更不能留了。

她不恨曹刚，虽然曹刚做了不该做的，她依然不去恨他，反而怪起自己来了，要不是自己错误的引导，曹刚怎么会那么做？难道不是因为自己心中那无法掩饰的爱吗？要是自己能伪装得好一些，藏得深一些，曹刚是绝不会那么做的。

怎么办？锡玉的内心被矛盾煎熬着。

好在那笔钱还给他了，好在及时地离开了省城，好在没有冲动到忘乎所以。

锡玉把手机拿出来，这是曹刚送给自己的，这或许也是曹刚留在自己身边的唯一想念，不行，这个也不能留。

锡玉来到河边，张开手，手机在掌中蒙了层水雾。锡玉扬了扬手，又停住了，她真想把它扔到西灌河，这样就清静了，可是没扔出去。这太难了。

锡玉径直往西灌镇中学走，几乎是半闭着眼，觉得每个人、每棵树，甚至那些静默不动的水泥砖瓦房，都在暗暗地嘲笑自己。一个多么自尊、自爱的女人，一向把面子看得比命还重的女人，如今却独自一人跑到省城去，被人当作不正经的勾引别人男人的坏女人，还被棍子给赶了出来。这样的事情怎么会发生在自己的身上？是自己太孤单了吗？太缺少男人的疼爱？不，似乎都不是，是自己太渴望去证实某种近似天方夜谭的猜测，还是为了彻底摆脱因猜测而带来的希望？天知道是为什么。

锡玉有些瞧不上自己的所作所为了，瞧不上自己比让别人瞧不上，有时更让人倍感失落和彷徨。

锡玉终于在一片泛黄的麦田边停下了脚步，手机就那么发着声闷响摔进了麦浪中，锡玉全神盯着手机砸过的那几株麦子，只一会儿工夫，就记不清具体是哪几株了。

重重地锡玉叹了口气，似乎真的轻松了，解脱了。

锡玉面露笑容，上了小路，并以极快的速度来到了中学门口。

贵祥和家权正坐在井沿上饶有兴致地争论着什么。

贵祥发现了锡玉，他用胳膊肘捣了捣家权。

“干吗?”

“看看，回来了。”

“谁?”家权只一侧身便看到了锡玉，他跳起来，很快躲进了贵祥的宿舍，只是脸贴着窗户玻璃，对贵祥打着手势。

“啥，你搞啥?”贵祥不明白家权躲什么。

家权一个劲地摆手，摇头。

贵祥走过去，隔着玻璃吼，“罗家权，搞什么名堂？出来说话。”

家权急了，“呼”地把窗帘拉上。

贵祥回头发现锡玉又不见了，这么快就过去了？人呢?

家权“呼”地又把窗帘拉开，见贵祥正转着脑袋寻找。

“回去啦?”家权从屋子里出来。

“回哪儿呀？压根就没进来，都怪你，跟见了个鬼似的，好好的，你躲什么?”

“是啊，我为啥要躲?”家权也觉出了这样解释不通，他怅然若失地望着门口，哪还有锡玉的影子。

家权拔腿就跑出了校园，只留下贵祥坐在井沿上，呆呆地看着他俩演的这一出，实在想不通，这俩人是不是脑子被电击了，不正常，不理智，简直就是疯子的行径。

家权跑到公路上，看到锡玉正往麦田里钻。

抄近道，家权来到锡玉所在的那块麦田边。

“找什么呢?”家权喊。

锡玉见是家权，不吱声，只顾低头，狠命地拨拉麦秆。

“别把麦子弄倒了，马上就收了，你这会被人骂的。”家权叉着腰，站在田埂上看着，锡玉的脸被麦芒扎得通红。

“丢什么啦？我帮你找。”

“别，别过来。”锡玉也不抬头，摸索了一会儿，锡玉直起腰，低垂的脑袋和空空的两手向家权说明了一切。

“上来吧。”家权无奈地劝阻。

锡玉从麦地里爬了出来，“这才丢了不到半个小时的光景，怎么就寻不着了。”

锡玉在田头转悠，回忆刚刚自己扔手机时的位置。

“锡玉，丢了就别找了，有些东西在你动了丢弃的念头时，就已经注定你再也找不回了。”

“你说什么？”锡玉看着家权，好像从未认识过他，“家权，你丢过你不想丢又不得不丢的东西吗？”

家权呵呵笑起来。他没想到锡玉会这么问。

“锡玉，这得问你呀？”

“问我？”

“是啊，如果你不小心丢了某样东西，你会后悔；可如果你是刻意舍弃，你会心痛；如果是不得已而为之，那是屈辱。”

锡玉不吱声了。

“见着了吗？”家权问。

“嗯。”

“怎么样？”

“情况不是你我想象的那样。”

“那是个什么情况啊？”

“他媳妇被人害了，岳父也进了监狱。”

家权猛地愣住，“害了，啥意思？”

“长青告诉我，传言嫂子是被人谋杀的。”

“死啦？”家权没想到锡玉一趟省城得来的竟是这么个消息。

“传言你可不能信，你证实消息来源的可靠性了吗？我告诉你锡玉，这越是有钱人是非越多，被人传的东西也是层出不穷。前几日还传某某影星遭遇车祸，暴尸街头，这才隔了几日，人家站出来辟谣了，活得比谁都好。”

“家权，你别不信，我去他们家了，没见着嫂子，连张照片都没有，何况他们家保姆也说了，说洛姗尸骨未寒……”说到这锡玉住了口。

“就是那个奶妈？”

“是，她总不会胡说的。”

“哦，这是人命关天的大事，曹刚都不对你说一声？”

“他什么事对我说过？我算什么，宏远又不在了，跟我说得着吗？”锡玉突然想明白了，曹刚和自己其实是没什么关系的。

家权看出来了，锡玉显然是赌着气回来的，这节骨眼上，她和曹刚还有生闲气的心思。

“锡玉，你这么说可不对。想当初宏远父亲去世时你是怎么做的？你那么做是为了和张家扯上关系吗？肯定不是。”

“此一时，彼一时，家权，他们家的事我管不了，也没有能力管。”

“当真不管？”

“不管！”

“那回宿舍。”家权觉得两人不能总在麦田里站着，过不久，就会有人过来收麦子了。

“回吧！”锡玉笑了笑，在前面走。

家权又想起了宏远刚去世时，锡玉就是这么对自己笑，这笑容仿佛是专为笑给自己看的，这笑容里没有一丝的喜悦、释然和欢愉，相反地，更多的是对内心负重的一种最无奈的掩饰，家权害怕见到锡玉脸上的这种笑。

他知道锡玉的内心正承受暴风骤雨般的煎熬。

第八十一章

六月下旬，法院对李胜远的案子进行了公开审理。

旁听席上坐满了人。

作为被害人家属，曹刚坐在原告席上。曹刚聘请的律师吴亮似乎对此案早已胸有成竹，胜券在握。他看了看曹刚，嘴角轻轻上扬，露出不太整齐却有几分调皮的牙齿。曹刚笑不出来，他强烈地渴望打败李胜远，为了洛姗，这场官司绝不能输。

李胜远被带了进来。

显然他不知道会有这么多人来，一进来便发现了曹刚，这是他一直在寻找的人。李胜远有了些细微的变化，头发理得很短，干净平整的囚服，那张阔脸比之前似乎长了些，竟多了几分白净。这真让人意外，看守所的生活在他的身上好像未留下什么明显的痕迹。两人对视那一瞬，李胜远惯有的傲慢与嘲弄激怒了曹刚。

曹刚从原告席上站起来，他离开了自己的座位。

“请原告坐回自己的座位。”法官大声提醒曹刚。

律师急忙过去，想要拉住曹刚，曹刚在离李胜远几步的地方停了下来。

李胜远的脸上浮现出笑容，那笑容让人见着了便觉得阴森，像是有什么不吉利的东西沾染了自己的精神及灵魂。曹刚的心一下子凉了下来，眼前的这个人，让人嗅到了冷血屠夫的气息。

“这里交给我，你要冷静。”吴亮律师轻声说。

曹刚退了回去。

公诉人开始宣读起诉书，当读到雇凶杀害魏洛姗时，李胜远抬起头，认真专注地聆听，依然不失他固有的淡定与从容，好似这是件和他没什么关系的事，却又饶有趣味地听着。

起诉书宣读后，李胜远的辩护律师向法庭出示了几份证据。

其一，洛姗与李胜远曾经在滑雪场滑雪的照片，洛姗与李胜远相处十分融洽，看得出关系非同一般。

其二，李胜远在案发时，人并没有在绿海花园，而是在手术室给病人做手术，手术记录可以证明，并有相关人员的证言。

“李胜远与被害人魏洛姗之间，平日并无恩怨，且两人一向交好，怎么可能雇凶杀她?”李胜远的律师提出质疑。

“倒是其丈夫曹刚，具备作案时间，作案动机，我这里还有几张照片，请大家看一下。

“这是在省院的病房里，魏洛姗、曹刚、孙婉。审判长，据说曹刚与这个叫孙婉的女人有过长时间的来往，当时引起了魏的不满，二人常为此发生口角。魏也曾当面质问过二人。

“再看这一张。

“这又是一个女人，就在前几日从曹刚家别墅里哭着跑出来，并在他家附近逗留了很久才离开。”

“锡玉?”

曹刚的头一下子炸开了，眼睛看着李胜远的律师，却并未听清对方说话的内容。

曹刚觉得整个人像掉进了火炭中，浑身被灼热的焦虑包围，该怎么应付眼前的情境?曹刚心神已乱，手足无措地坐在那里，而精神早已游离于法庭之外。他想锡玉有没有离开?是否还在省城的某个角落?如果再被他们盯上，或者被他们控制，那自己岂不是不战而败?

锡玉，是曹刚活着或死去都无法摆脱的软肋。

“认识这个女人吗?”对方站到曹刚的面前，照片贴过来，几乎贴到曹刚的脸上。

“拿开!”曹刚愤怒地将照片推开。

“曹刚，看仔细了，回答我，这个女人你究竟认不认识?”

对方没有一丝的恼怒，重又回到李胜远的身旁。

“曹刚，不要怕，认不认识都不要紧，如实回答即可。”吴律师轻声耳语。

“认识。”曹刚突然地提高了嗓门。

他的这一回答让李胜远有些措手不及，显然是出乎他的意料，原本挂在嘴角的嘲弄稍稍收了收，他咽了口口水，目光投向天花板，仿佛那里藏着他更为感兴趣的东西似的，他一直盯着看。

“她是什么人?”对方律师逼问。

“妹妹。”

全场哗然。

“亲妹妹?”

“堂妹，前些日子找过我，因为一个叫俞苗的孩子。当初这孩子生了白血病来省院医治，我联系的住院。”

“她叫什么?”

短暂的沉默。

“她叫什么?”再次追问。

“孙锡玉。”

“你堂妹姓孙?”

“有什么不妥吗?”吴律师接过话题，“我倒是想问问被告，你们是不是专爱在女人身上做文章?既然你对女人这么感兴趣，那么有个女人，不知你是否认识?”

李胜远的目光警觉地在旁听席上扫了一遍，显然没有得到答案。他的律师明白，原告律师这是要出牌了。

经过法庭允许，那个女人出现了。

郭芳，这个不会说话的女人迈着冷静的步伐从李胜远的身旁走过，她从来没有像今天这般坦然地出现在众人面前，短发，黑色衣裤，双目闪着光芒。是饱受磨难重见天日后的欣喜吗?说不清是什么，站定后，她向曹刚礼貌地点了点头，报以不易察觉的微笑。

曹刚觉得从见到郭芳那一瞬，一直处于焦虑状态中的神经慢慢开始放松。

李胜远死盯着郭芳的脸，像是那上面落了自己讨厌的蚊蝇，打不着，也动不了。因那是别人的脸，而自己的手脚总是不够长，那张脸生得那么红润、健康，这更让李胜远有了些恼怒，他感到了从未有过的后悔，后悔自己的心不够狠，后悔自己的这双手，可以操起手术刀在人的血管上游走，怎么就不能……他没有能够继续想下去，因为郭芳“说话”了。

郭芳打着手语“李胜远”，她用手指着他。

“稍等。”吴律师对郭芳做了个手势。

郭芳有很多话想在这里说，可是她太心急了。

“你叫什么名字?”公诉人问。

“郭芳。”

“你是李胜远的什么人?”

“保姆。”

法庭上出现了一阵小小的骚动，像一阵风吹过了湖面，不过很快平息了。

“郭鹏是你什么人?”

“哥哥。”

“你在李胜远家做保姆多久了?”

“六年。”

公诉人不再发问。

吴律师站了起来，“郭芳你有什么要告诉法庭的，现在可以讲了。”

郭芳这个不会用语言的姑娘在法庭上向人们讲述了她和李胜远之间的故事。

“六年前，我和母亲从乡下来到省城，在郊区给人种菜。李胜远在郊区承包了块菜地。有一次我在田头浇水，偶遇了他。他找到母亲，说想雇我去他们家干活，工钱是种菜的三倍。母亲身体不好，常年服药，听说是省院的大夫，自然是爽快地答应了他。他懂哑语，这也是我乐意去他家的原因之一。对医生，我和母亲一样，无条件地信任和依赖。他家在绿海花园豪华别墅区，进了那栋房子，我便失去了自由。李胜远对外称我为妹妹，其实我只是个替代品。”

郭芳放下手，停了会儿，所有人都看着她，没有人提问，只等她接着说下去。很显然，这不是个简单的乡下姑娘。

“他的家里摆满了魏洛姗的照片，从十几岁一直到现在的，他常常让我打扮成魏洛姗的模样每天陪他。如果我不愿意，他便会对我下狠手，有时打骂，有时把我锁到地下室，只从窗户给我递吃的。我被锁怕了，便顺从了他。我不想看母亲因为缺药痛苦的样子，哥哥一直是个游手好闲的人，花销也是我来提供。有一天，李胜远找到他，让他去隔壁院长家寻东西。”

“什么东西?”吴律师问。

郭芳轻轻摇了摇头：“他是背着我找的哥哥，兴许哥哥也不知要找的是什么，只有另外一个人知道吧。案发后哥哥告诉我，李胜远答应事成后给他20万，但不能让人发觉，他家的任何人，包括保姆，如果被发现了，就假装入室盗窃。那天李胜远亲眼看到魏洛姗出了门，可没想到偏偏就遇上了。”

“杀死魏洛姗是李胜远授意的吗?”

郭芳看着律师，似没有听懂。

“是李胜远让郭鹏杀死魏洛姗的吗?”

“是。”郭芳的情绪低落下来。

她突然转身问法官，“郭鹏会死吗?”

“郭鹏会死吗?”

“郭鹏会死吗?”

连着三次手语，郭芳显得很惊恐。

“郭芳，先回答问题，郭鹏的事会依法依据办。”

“是他让杀的，”郭芳一下子变得激动起来，“李胜远恨魏洛姗，他不止一次在我面前说，瞧不上我的女人都得死。”

“李胜远，你说过吗？”法官问。

“没有，魏洛姗怎么会瞧不上我，我从未觉得她瞧不上我。”李胜远大概是站累了，他稍稍晃动了下身子，并将身体的重心从左脚移到右脚。

“你恨她吗？”

“不，不恨，从未有过恨，这样的女人不是用来恨的。”

“他撒谎！”郭芳双手用力捶着桌子，突然撩起了上衣。胸口上是一块块瘀青和伤疤。

“都是他干的，他把对魏洛姗的恨放到了我身上。”屈辱让自尊的郭芳落泪。

郭芳被带了下去。

“李胜远，郭芳说的事实你承认吗？”吴律师问。

“一个哑巴女人，一个乡下人，一个我雇用的保姆，她说的话你们会信？她只是想要钱，郭鹏也是，他们接近我都是冲着我的钱来的，你信钱吗？”

“你只需回答，她说的是否属实？”

“不是。”

“再问一句，是不是？”吴律师冷峻的目光逼视着李胜远，如两道利剑带着不容躲避的锋刃。李胜远终于有了连自己都不敢相信的胆怯，他怕了，但他不允许自己害怕，更不允许在曹刚面前害怕，哪怕是个死呢，也得在虚荣的挡箭牌下高傲地死去，这辈子他最不愿意输给一个人，这个人就是曹刚。

“那个女人就是个疯子，我为什么要杀魏洛姗？她说我恨魏洛姗，不，那不是恨，那是爱，我爱魏洛姗，你们不懂。”

“据郭鹏交代，你雇他去曹刚家寻一样东西是吗？”

“是。”

“什么东西？”

“文件。”

“什么文件？”

“关于实验报告的文件。”

“是这份文件吗？”吴律师将“7·29”病历轻轻放到李胜远的面前，然后一页页翻开，并同时打开了另一份。

“果然在你那里！曹刚，你一直藏着它，就是为了这一天？你这个小人，伪君子，你抢走我的女人，又来抢我的前途，你还想要什么?”李胜远似中了枪的野兽，咆哮着，身体高高地跳起来，被法警死死按住。

李胜远的情绪一直处于失控状态，庭审被迫停止。

审判长宣布休庭，择日再审。

人们开始慢慢地散去。

第八十二章

夜深人静，吴律师一个人坐在自己的办公室里，他将徐四虎给自己的那份录音听了无数遍，因时间太长，录音拷贝得又不十分清晰，需仔细辨听——

“老大，你找我还是为上次玉龙谷车祸的事?”

“老徐，今天找你来是给你这个。”

“这么多?”

“10万，带上它回去吧，省城不能待了。”

“老大，你知道我，回去非得饿死不可。”徐四虎的声音。

“10万嫌少?”

“不是，我不能回。”

“你家里还有八十几岁的老父亲，你就放得下他？你可是个孝子，别让老人家有个什么闪失。”莫名其妙的笑。

老大是李胜远吗？吴律师不能妄加判断，他决定去找一下徐四虎。

赵昆、韩望正在曹刚的家里，因为白天的庭审，每个人心里都揣着一团疑虑，都希望从对方那里找到答案。

“曹刚……”赵昆先开了口，“曹刚，你怎么会因为女人让他们抓住把柄，不可思议，说别的我可能信，这简直是个笑话。”

“就是啊，曹老师，李胜远，亏他想得出这下三烂的招数。”韩望一脸的愤怒，毫不掩饰他对李胜远的仇恨。

“女人……”曹刚苦笑，“如果真是因为女人就好了，可惜……”

“可惜什么?”赵昆见曹刚还在犹豫，不免心急。

“那个孙婉，你们是知道的，我帮过她，现在人都死了很久了，我和她能有什么关系？想必他们早就盯上我了，不放过我身上能为他们所用的分毫的价值。”

“前几天来的那个女人呢?”

“那是我堂妹，只不过来往少，来找我是因为别的事，被孟姨误解了，闹了些不愉快。”

“也难怪，曹刚，这几年你和洛姗的关系是和原来不太一样了，别说李胜远，就是放在我们眼里，不是不曾怀疑过。”赵昆仍像兄长般的语重心长。

曹刚的心开始动摇，他无法直面赵昆的真诚，他想把一切都告诉眼前的兄弟，可又不愿失去这份情谊，这世上留给自己的东西越来越少了，失去的都是弥足珍贵的财富。

“曹刚，你一直以局外人的身份对待李胜远，这让我们不解。如今洛姗走了，李胜远，他破坏了你的家，你的前途，你所有的幸福，难道还不足以让你恨他吗？有时我们真的怀疑你的脑子坏了，已经不能正常地分析和思考问题，可是诸多的迹象又表明你的大脑并没有任何异常。我只想问问你，那场车祸你究竟遭遇了什么？”

曹刚知道赵昆和韩望不会罢休，他们早就怀疑了，只是不便说出来。只是他们想象不出事出有因，那个因究竟是什么？

要不要说出来？

曹刚站起来，在屋子里走来走去，一会儿看看赵昆，一会儿又看看韩望，却始终开不了口。

“赵昆、韩望，夜深了，回吧！”

“曹刚，你知道韩望这几年是怎么过来的吗？为了搜集证据，寻找证人，他吃了多少苦？承受了多少压力？”

“我知道。”

“那你知道李胜远他在‘7·29’医疗事故上做了多少手脚？如果‘7·29’曝光，那支架就会停止对市场的投放，对器械商、生产商、拿回扣的医生，甚至是某些部门的某些领导，这意味着什么？曹刚，你比谁都清楚，利益的雪球上黏附多少关联的人，每滚动一次又将牵动多少人的心？”

“我知道。”

“你都知道，只是你不作为。作为医生，你无可厚非，治病救人是你的行为准则，作为器材科主任，你竟也是清白的，谁会相信你是清白的？你的手里就没有别人塞给你的钱财？可我相信你不会，我们相信你，曹刚，你和他们不一样。”

“不，赵昆，我没你说的那么好，更谈不上清白，我和他们没什么区别，你们相信的那个曹刚，几年前就不在了。”

曹刚不想再做解释，他只想结束今天的谈话，可一向少言寡语的赵昆今天似乎要在自己这里讨个明白。他知道赵昆想要什么，他知道自己现在还不能给他，只能对始终站在自己身边的兄弟报以歉意的一笑。他站起来，给赵昆和韩望打开门，“回吧，回吧，今天不行了，先回，有的是时间，不给别人一个说法，我也给你们！”

“走吧，赵昆哥，曹老师累了，改日吧？”韩望虽然不愿意，但他知道待下去不会有答案。他了解曹刚，更了解赵昆，不能让他们之间再有冲突，他们现在需要的不是自己人打自己人，需要应对的敌人只有一个——李胜远。

夜确实深了，但炎热却并未散去，白天的炙烤留在大地上的热量，似乎正从地下钻出来，借着黑夜的力量，正肆意飘荡，像没了约束的夜游魂露出狰狞的嘴脸，在暗处偷窥着尚未睡去的人们。

韩望脱去外衣，光着上身，汗水仍止不住地从每个毛孔往外渗。

“这鬼天气，燥得很，赵昆哥，你不热吗？怎么还捂着件长袖？”

“心静则凉，韩望，凉快会就穿上，小心着凉。”

“着凉？往哪儿着去？快热死了。”

“寒气侵体，有时你浑然不觉，但它已经进入你的体内，运行一周后，成顽疾而发，那时再来找我就晚了。”

“晚则晚矣，先凉快再说！”韩望将上衣拧巴后擦了擦身子，抖落抖落，斜挂在肩上。

赵昆不再管他。两人默默往住处走。

“韩望，死者家属同意出庭作证了吗？”赵昆突然回过头问韩望。

“同意了。”

“怎么会同意？”赵昆看着天空，竟没有一颗星星。大概眼花了，用袖子擦了擦脸。

“给，赵昆哥，你也出汗了吧？”韩望给赵昆纸巾。

“是汗么？我很少出汗，今儿是怎么了？”

“死者家属刚开始也是一万个不愿意，李胜远后来给过他20万，让他在手术同意书上补签了字。其实这20万正是从赔偿款里预留出来的，羊毛出在羊身上，多亏徐四虎的那份录音让他们认清了李胜远的真正面目。”

“这个李胜远，只是个外科医生，他那无止境的欲望从哪来？他千方百计不择手段的究竟要维护什么？”

赵昆也是个医生，却不能理解李胜远的行为，医生的职责很简单，治病，救人。治病才能救人，有时治不了病，也救不了人，作为医生应该是件无奈的事。为什么李胜远非但不觉得难过，还要让病人花光仅存的那么点钱财？难道他的心是冷的，体会不到一丝人间的冷暖？

快到诊所时，终于有了一丝风。

赵昆和韩望都没想到，紧接着会来一场雨，还未进屋，雨便稀稀拉拉地落了下来。韩望以为是别人家的空调淌下的水，可一会儿大雨便倾泻而下，空气中有了一丝凉意，雨水打在身上，韩望和赵昆都忍不住地打了个冷战，同时又觉得舒服。希望这雨能下得久一些，彻底把这几日因高温而导致的暑气带走，要是下不透，那可就坏了，非但不降温，反而会更加的闷热。

两人在门口停下来，站在雨棚下，看着外面的大雨，都不太想回。

“要不，明日息诊吧?”韩望问。

“不用，很多人约号了。”赵昆有些疲惫。

“我去发通知。”

“太晚了，我没事，有外地来的病人，跑一趟不容易。”

韩望轻叹了口气，把要说的话又咽了回去。

雨果真没有期待地下得那么久，来得急，走得快，雨点一住气温迅速升了起来，潮湿、闷热，仿佛个蒸笼，一下子把刚要出口气的人给罩住了，一口气也给憋了回去。

“曹刚真的让我失望!”赵昆掸了掸刚刚被打湿的衣袖，拉开门往屋里走。

“我给你泡杯茶?”

“不了，那更难睡了。”赵昆脱去外衣，用毛巾擦拭着头发。

“赵昆哥，从没见你对曹老师说过失望，这可头一遭。”

“以前的种种，不提了，可洛姗，他怎么不放心上?怎么就能放下?”赵昆的眼里泪花闪烁。

“你觉得李胜远真能故意杀人?”

“不管如何，洛姗死了，是因为曹刚，多好的一个人，说没就没了……”

韩望终于有些明白了，这些日子，赵昆这么劳苦自己，大概是因为洛姗的离去吧!不止一次看到他偷偷地落泪。他俩生在省城，长在省城，幼时相识，这么多年的感情。韩望不忍再往下想，也不敢再去看赵昆的那双眼睛，黯淡、无神，病了似的漠视人间，却有另一种光芒游离在世事之外。也许连他自己都不曾发现吧，他曾经帮了多少人?有多少人在心里默念着他的好?

而他呢，四十出头了，依然形单影只，连个伴都没有，他为什么就不能找个女人成个家?

想到这里，韩望极其意外地想到了洛姗，想到了又觉得像是犯了个多么令人不解的错误似的，在心里责备自己，怎么可能?怎么就不可能?!

洛姗不在的这段日子，赵昆比曹刚更悲伤，比爱人更悲伤的，除了双亲还能有谁?

洛姗在的时候，多少辛苦都是笑着过去。他是个不太计较得失的人，除了工作一切与他似乎也没太大的关系。

“韩望，你不累么？快些休息。”赵昆在里屋叫他。

“啊？好的，我洗洗就来。”韩望端着个盆出了门，迎面撞上了起夜的王小伟。

“小伟，小伟，等等，问你个事儿。”韩望拉着迷迷瞪瞪的王小伟。

“什么事啊，困着呢。”

“小伟，你醒醒。”韩望拿脸盆轻轻敲了敲小伟的头。

“你赵昆老师是不是有过喜欢的女人？”

“什么？”这一问把王小伟问醒了。

“他？喜欢的女人？”小伟摇摇头，“不过听老同志讲，好像有。”

“谁？”“这个他们没说。”小伟凑过来，盯着韩望的脸，“你没事吧，半夜三更打听这个？梦游了吧？”说完便进了院角的公厕。

韩望提着盆，忘了自己要去做什么，又回去了。

赵昆大概太累了，已发出轻微的鼾声。韩望轻轻将脸盆搁下，坐在床沿上，睁着双大眼睛好半天，从不失眠的他，今晚没了一丝的睡意。

同样无法入睡的还有一个人，曹刚。

从他俩走后，曹刚接到了吴律师的电话，说半小时后赶过来。

曹刚坐在院子里等。

吴律师是个守时的人，如约赶到。

“这么晚还来打扰你，抱歉！”吴律师坐下来，开始在公文包里掏东西。

“听听这个！”

“李胜远？”曹刚吃惊地问。

“是他。”

“另一个是……？”

“徐四虎。”

“哦？我一直不信他，看来是对的，他俩狼狈为奸……”曹刚庆幸没有上徐四虎的当。

“你错了，这份录音正是徐四虎交给我的。”

“这个李胜远又在给我布什么局？你千万别信，不能信，徐四虎曾经找过我，我没理他，曾是敌人的朋友，怎么能又成为我的盟友？”

曹刚极富耐心地劝说吴律师，而吴律师只是笑而不语。

城市的夜晚永远是静不下来的，就算所有人都已入了梦乡，仍会有噪声从石头缝里钻出来，扰得你心神不宁。

曹刚和自己的律师面对面地坐着，却又互相揣测着彼此的心思。

吴律师从未见过这样的当事人，对什么事都很关注，对于什么事又似乎不太上心，近不得，远不得。这实在是比较棘手。

“曹刚，徐四虎让我问你车祸时车上有几个人。”

“他见到了几个?”

“据他所见，当时车上除了你，还有一个人坐在副驾驶的位置上。”

“车上有两人!”曹刚回答。

“那个人呢?”

“死了。”

“死啦?”吴律师站起来，将桌面上的东西收拾好，提着包往院外走，走不了几步，又快速回过头，“曹刚，这是谋杀，你为什么不早对我说?你要再是这个态度，这个官司我没法给你打。”

“最难打的不是现实的官司，而是心里的官司，每个人都在心里因为几个不为人知的官司在斗、在打。吴律师，你在省城的业内也是数一数二的，打赢的官司一定比输了的多，可赢了的未必都开心，输了的也不会都去寻死觅活。有些伤疤只是被人为地遮盖了，感觉好似不疼了，但伤口还在。”曹刚看着洛姗的窗子，感觉洛姗正趴在窗口对着自己招手，微笑，而全然不顾身旁吴律师的反应。

“曹刚，赵昆对我说，你会犯病，我还不信，你看着我，你现在的状态是清醒的还是……”

“我有病，一直都有，病根在这儿。”曹刚指了指自己的胸膛，“我知道你想问什么，死去的是我的弟弟，我的亲弟弟，如果不是因为我，玉龙谷车祸或许根本不会发生，弟弟也不会死，现在我的弟弟却死得不明不白……”

“所以因为内疚，你一直回避着这个话题?”

“是，我不敢提，我不敢想弟弟已经死了。”

“现在你必须面对这个现实，李胜远害死了你弟弟，也差点害死了你，他真正的意图是想置你于死地，你懂吗?”

“他为什么要杀我?”

“你动动脑子，曹刚。在他眼里，个人利益高于一切，你挡了他所有的路，感情、仕途，还有对金钱的欲望。”

曹刚不是不懂，他怎能不懂，他是故弄玄虚，懂也不懂。有什么比他内心隐藏的那个秘密更重要呢?可有时守住一个秘密很难，不是你不想守，而是那颗心存不下，你太想把它说出来，为自己活下去腾个可以容身的地方不是么？

哥哥此刻躺在原本属于自己的坟墓里，自己却活在哥哥的世界中。

还有了个孩子。

即便没有小雨，今天还能有别的选择么？

第八十三章

锡玉睁开眼睛，看到一丝朦胧的光亮从外面透进来。早上还是晚上？锡玉有些分不清，像是醒了，又像在梦中。

这一觉睡得足够长，也足够香，睡得把整个世界都抛在了一边。从没有过这么好的睡眠，自从宏远走后，每晚睡觉心里总不能踏实，会在临睡前仔细检查门窗，拉好窗帘，并自欺欺人地在枕下放着一把剪刀。

虽然也担心，真遇上个坏人，这剪刀究竟是用来自卫？还是给坏人留下伤害自己的工具？

可今天这是怎么了？锡玉慢慢醒了过来，发现窗户竟是开着的，窗帘也只拉上了一半，怪不得刚刚觉着丝丝的凉，显然是被凉风吹醒的。

外面没什么声响，锡玉起床踮着脚站在窗前。看不到一个人，看看表还不到6点。

猛然记起今日立秋，自己的生日。自宏远走后，再没为自己过过一次生日。那时宏远总是提前下班，亲自为锡玉做上一顿可口的饭菜，把锡玉平日里喜欢吃的全部罗列上桌，然后叫上家权、贵祥，闹到很晚，到最后，锡玉也没好好吃上几口饭，尽顾着招呼他们了，那时累，闹腾，心里却是甜的，暖的。锡玉留恋那段时光，以至于因为它的不可重现，而一直回避着自己的生日。

锡玉披了件外套出了门，到了门外才发现，天气竟还是热的，外套纯属多余。

暑假已经过半，教室门前长出了茂盛的草，锅炉房的门紧闭着，老高一周开两次火，周三、周五澡堂对外开放，一来方便仍然住在学校的教职工，二来也可以挣点零花钱。贵祥带着老婆、孩子回了老家。

今天是周日，校园里安静得让人心里有些慌，锡玉不知道要往哪里走，也不知道自己要干什么，时间多得想挥霍都没了挥霍的理由和心气。

锡玉不自觉地往田野里走去。

秋蝉在树上发了疯似的鸣叫。小时候听母亲讲，过了秋，蝉就快要死了，不过它会使出自己所有的力气叫死在树上，直到真正的秋天到来。

锡玉仰起头，白花花的太阳从杉树叶的缝隙里洒下晶亮的晃眼的碎片，空气里飘着青苹果的气息，这味道自小便伴着锡玉，每到秋天不用去寻，像是深藏在地窖里的酒，总会透过土层散发到空气中，令人陶醉。

锡玉来到了河边，却并没上大堤，而是沿着堤下的小道又往回返。小道左边是玉米地，右边则是西灌河的一条狭窄的支流。相对于西灌河，它不够宽阔，但对于锡玉来说，它却窄得恰到好处。当年就是在这条河边，也像今天这般没有目的地瞎溜达，结果就遇上了宏远。

那日锡玉夹着本书，只听得河里扑通一声响，似鱼儿在打花，锡玉抬起头却发现对岸站着个人，正朝着自己坏坏地笑。

锡玉有些恼，快速向前走。

“你是中学的老师吧？孙锡玉?”

“你知道我?”锡玉停下脚步看着宏远。

宏远仍然笑着，露出极整齐的牙齿，整个人就像一束光将锡玉的心照亮。

“你是个名人，西灌镇谁不知道中学里来了位美女老师。”宏远随手捡起个瓦片，微微探着身，在河面上打了个完美到极致的水漂，瓦片扑棱棱地在水面上跳跃，久久停不下来。

锡玉不由得暗自赞叹，她对着宏远笑了笑，离开了，这是他们第一次相遇。

近几年，锡玉很少来这里，她经不起再去想到宏远，她疼怕了，她躲避着一切与宏远有关的东西，只是这河水，冰了化，化了冰，日子从没停止过。

锡玉继续往前走，隐约看到那棵歪脖子柳树横卧在河边，像是伸着脖子饮水的老马再没有直起腰杆的力气。

“锡玉，锡玉……”

身后有人叫，是俞梅和家权。家权提着个柳筐，镰刀在筐里，刀柄过长，家权一直用手把着，这显然是割麦子的长刀，用来割草，确实是显得碍手碍脚。

“你俩这么早下地?”

“啊？不是呢，这些日子我待在屋里觉着憋闷，这才让家权陪着来田里转转。”俞梅笑着迎上来，挽住锡玉的胳膊。

家权立在原地，看着她们客气地寒暄，似乎没什么话可说。

“俞梅，先回吧，有时间再找锡玉说话。”家权见俞梅一直扯着锡玉，开始催促。

“不急，家权，我现在时间都不知怎么打发。”俞梅依然灿烂地笑着。

"锡玉姐，我和你说……"俞梅凑近耳语。

"真好，真好……"锡玉轻轻叹道，她看向家权，家权却看着别处。他后悔真不该带俞梅走这条道，这么巧，竟碰上了锡玉。

"家权……"锡玉叫道。

家权抬起头，仍然不敢看锡玉。

"好好照顾俞梅，给她做些合口的饭菜，她现在挑着呢！但你不能烦。"

"家权，锡玉姐和你说话呢？"俞梅见家权直愣愣地提着筐，像个木头人，没有任何表情。

"知道了，听着呢。"家权低着头从锡玉和俞梅的身后过去，径自往回走。

"锡玉姐，你看看他，没办法，他做什么总有他的道理，我得随着他。我们先回去了，改日去家里给你包饺子。"

俞梅极其开心地尾随家权而去，锡玉有时也不太能明白，为什么俞梅总能像朵花一样地活着，该绽放的时候就尽情绽放，谢了也不伤心、绝望，生活对她来说总有希望存在。

人不是都得这样带着希望生活下去么？可是自己的希望在哪呢？

锡玉来到那棵柳树下。

柳树的主干有一半长期泡在水里，已呈黑色，像是捂久了发酵的豆酱，散发着腐味，时不时会有草蜢在水上划拉两下，留下几道细碎的波纹。

早秋的阳光依然很强、很烈，但风里却带着干爽的清凉。

早熟的玉米棒子已经掰下进了仓，晚熟的还裹着绿皮，吐着黄须竖在地里。远处有几个调皮的孩子正在用火烧着毛豆，大概是豆秆尚未完全脱水，不易点火，浓浓的烟味夹着毛豆的清香飘过来。

西灌河两岸又将迎来一年中丰收的季节。

锡玉坐在河边，土已被晒热，在身子下面像只温顺的熟睡的猫和锡玉紧紧依偎着。锡玉感到从未有过的平静，此时她既不想过去，也不想未来，甚至，她想把宏远也轻轻地放下，这些年活着不易，活下来了，以后就要好好地活着。

即便是在这里也能看到西灌河大堤上挑着担子的农人晃晃悠悠地往下走。今天是个双日子，不逢集，可这个季节瓜果桃梨多得留不住，只能往集市上担，实在不行，就批给固定的小贩，留给他们慢慢出售，总比烂在家里喂猪强。

"扑通……"鱼在打花。

难不成又要下雨么？

"扑通……"又是一声，锡玉望着水面。

水面很快归于平静，她看到水里立着个倒影，那个影子极快地又从水面消失，像是幅沙画被画画者的手掌轻轻拭去，锡玉吃惊地环顾四周，没见着人，只有风吹树叶的沙沙声。

锡玉欲起身离去。

“锡玉……”

有人唤自己么？

锡玉常有幻觉，她不太确信。

腿有些麻，锡玉起身，拍了拍裤子上的土，迅速离开。

锡玉走进校园，她有些搞不清刚刚发生了什么？抬头看看天，天是蓝的，太阳在自己的正上方。

“几点了？”锡玉心里问，又想到方才河边的人影，锡玉的心揪紧了的疼。

她觉得时间停止了，整个世界都是静止的，这个校园也像是没了往日的生气变得灰暗而陌生起来。

“锡玉，锡玉……”

“啊，哦，是你。”锡玉听到有人叫，却不曾停下脚步。

“锡玉，你这是怎么啦？”家权抱着书，看着锡玉恍惚地走过去。

“锡玉，早上的事你别往心里去，俞梅，我刚说她了，她也是无心的。”家权在后面解释。他觉得难堪而内疚，在锡玉面前说那样的事，实在是不应该。

“你说什么？”锡玉停下来，望着家权。

“俞梅她大概是把你当自家人了，总想什么事都对你说。我知道你不愿听，对不起！锡玉……”

“俞梅怀孕的事？高兴着呢，是好事，我愿意听……”锡玉总算是听明白家权的意思，她早把这事忘在脑后。

“我想多了……”家权释然地笑了笑。

“你今天还有课？”

“补课。”

“又快开学了。”锡玉看到老高推着一车煤正从校门口进来。

“最近有曹大哥的消息没？”家权觉出了锡玉心里有事。

“没有，再不要提他……”

“高老师，这么早开始运煤？”

两人迅速转换了角色，站成一排。

“你两人不会是专门为了迎接我吧？”老高取下脖子上分不清是什么颜色的旧毛巾，用力地在脸上、脖子上抹了又抹。

家权把书往锡玉手上一放，赶紧过去夺老高手里的车把。

“干吗，家权?”

“我帮你。”家权推上车子就走。

“别让罗老头看见了，又该生我的气了!”老高笑着打趣，心里头美得开了花。

“高老师，罗叔站在那看着呢!”锡玉发现家权的父亲正趴在小卖部窗口往这边使劲瞅。

“老东西，眼珠子里都藏着事，别管他!”

老高领着锡玉往锅炉房走。

家权正撅着屁股把车上的煤一袋袋往屋子里摆。

“家权，书。”锡玉把书放下，就往门外走。

“你俩闹别扭了?”老高问。

“哪来的别扭? 一个月说不了几句话，想闹也闹不起来。”

“这孩子今天不对。”老高看家权，家权看老高。

“高老师，她现在不会和我交心的。”

“也是，你有家了，锡玉是个懂事的孩子。”

老高和家权一老一少，俩人站在锅炉房门口看着默默离开的锡玉，再不知该说什么好。

第八十四章

天刚蒙蒙亮，西灌镇的街道上隐约传来卖米糕、油条、豆浆的叫喊声，人们闭着眼睛都知道那是李银铁家的三儿子的大嗓门。东西好不好在其次，靠这副嗓子确实给路人留下了深刻的印象，也为他们家的小门脸招来不少生意。

家权几乎每日都会被这声音叫醒，俞梅的店铺离李银铁家很近，但今天家权似乎睡过了，睁开眼睛，发现天已大亮，家权腾地坐起，盯着窗子，直愣神。

“怎么了，家权？做梦了？”俞梅小声问。

“今天几号？”

“十七，放心睡吧，今天周日。”俞梅拉拉家权，要他躺下。

“还是不放心，我去学校一趟。”家权穿衣服。

“不放心什么？”俞梅不明白了，大周末的去学校干吗？

“哦，是这样的，今天食堂丁师傅不在，我担心孩子们自己进厨房生火做饭。”

“谁这么大胆？”俞梅也起来了。

“你干吗去？”家权见俞梅下了地。

“我和你一道去。”俞梅笑着弯腰在地上找鞋。

“你去？行了，别添乱了，好好歇着。”家权又把俞梅推进被窝里，并帮她仔细盖好被子，破天荒地还在俞梅的脸上亲了一口。

弄得俞梅幸福得不知道自己做了什么事，让家权这么开心。

“你回来吃午饭吗？”俞梅问。

“回来，你等着我一起吃。”家权急匆匆地出了门。

到了校门口，见父亲小卖部的门紧闭着，可能又去进货了，家权径直往里走，他没有忘记去食堂看了看。哪有什么学生？大铁锅里盛着水，黑森森的，寂寞地敞着口，冷锅冷灶。地面上还有水，估摸着昨晚冲的地，天阴湿阴湿的，这地总也干不了。

家权将食堂的大门关上，他在门口转了几圈，心神不宁地一屁股坐在井沿上，他盯着锡玉的窗子，窗帘没拉上，玻璃反着光呈墨绿色，像一潭深不见底的水，让人琢磨不透。

锡玉已有两个星期没见人影了，连个假都没请，更没和自己说过一句，好好的一个人人间蒸发了似的。校长早就急了，说是要报警，被家权给拦下了。

“你知道她在哪?”校长反问家权。

“我……我试着找找，实在找不着再说。”家权心里也没了底。

“家权，你要是知道她在哪，赶紧找去！一个女人，人民教师，丢了，说出去吓人。”贵祥指着家权的鼻子，跺着脚。

同事们都看着家权，仿佛所有人都把希望放在他的身上，或者他们一致地在心里认为，除了他，谁还能知道锡玉的下落呢！

可家权真不知道锡玉去哪了。

自从那日在田地里偶遇，第二日锡玉就不见了，家权感觉到了锡玉的反常，可谁知竟玩起了失踪，这不是锡玉能干的事。难道真的出了什么事？不可能！锡玉能出什么事？

井沿的凉气慢慢透过衣服传到体内，家权站起来，往前排房子走去。来到锡玉的门口，又不敢近前，他知道锡玉不在。可万一要是突然回来呢？家权回身看去，除了风吹动树叶的声音，西灌镇中学永远是那么宁静。屋檐下筑窝的麻雀此刻正站在瓦砾上，小心地踱着步，扇动翅膀的同时还不忘抛下些粪便，家权躲闪不及，滴落在仰着的脸上。

家权急忙扯下片叶子，又跑到窗前，对着玻璃擦拭，因为靠得太近，他看到屋里未来得及收拾的碗筷，凌乱的床铺，墙上的那面钟也停了，这让家权的心里有些莫名的慌。这分明是走得很匆忙。

除了他还能有谁呢？家权想到了曹刚，只有他才会让锡玉如此忙乱。

家权焦灼地来到宿舍门前，极其鲁莽地撞开了门，贵祥和媳妇正坐在床头看电视，孩子在边上睡着了。

家权赶紧站到门外，并把门关上了。

贵祥跟了出来：“你不在家陪老婆，跑学校来干吗?”

“贵祥，我的电话号码本还在你那儿吗?”

“什么本?”贵祥一时没反应过来。

“你记得不？有一个绿皮小本，上面记满了电话，有你的，有我的。”家权边说边比画。

“那小本本？我去找找。”贵祥进屋，不一会出来了，“没有，兴许让我媳妇丢掉了。”

贵祥摸着后脑勺，觉得遗憾，他看着家权，觉出了这家伙可能又遇上什么烦心事了。

“你怎么想起找它?”

“我想给长青打个电话。”

“有急事?”

“问问锡玉的下落。”

“省城?”贵祥挺直腰板，瞪圆眼珠子，“她去那干吗?”

“只是猜。”家权不知怎么对贵祥解释。

“你猜得有理，她在省城不是有个朋友吗？那男医生？兴许真在那里……”

“别胡说……”家权阻止贵祥。

“家权，别装了，难道你没那么想过。”

“怎么才能联系上呢？再不回来，校长可真要报警了。”

贵祥瞬间又变得一脸的正经、严肃。

“你给他朋友打电话，你媳妇不是跟他也很熟吗?”贵祥突然想起来了，他为自己的灵机一动而开心起来。

“打不通，早换号了。”家权看着公路。那条路每天都有人行走，下地的、赶集的、上班的，可今天却是半天见不到个人。家权盯着那发白的路面，秋叶在路边的草丛里飞舞，像蝴蝶在躲避着风的追赶，寻觅花的芳踪，只是天已转凉，不一会儿便静候在那里，再也飞不起来。

家权的眼睛似生了根，他不让自己的目光离开那里，他以为只要自己足够认真，足够专注，锡玉就会从路尽头出现，然后慢慢走进校园，走到自己面前。她该回来了，她真的该回来了，她不应该走这么久，不应该让这么多人为她担心，这不是自己认识的锡玉，锡玉从未如此出格过，更不会让人说闲话。

家权因为着急而心力交瘁，而这一切可能锡玉永远都不会了解。

“家权，是这个本子吗?”贵祥媳妇冷不丁地打开了门，递给家权一个绿皮小本。

“哦，是，你给找着了？太好了。”家权一蹦三跳地冲进了办公室，迅速拨通了长青的电话。

“长青，你姐，去省城了没有?”

“哪个姐?”

“还有哪个？锡玉!”

“没，没见她呀!”

“长青，你听着，你去一趟绿海花园看看，你姐是否去那了？有急事，非常急。”家权不知该如何形容有多急，他的声音有些抖。

“家权哥，我现在不在城里，这半年我被分到郊区了，要去也要等到休息日。”

“你姐失踪了！”

“失踪？什么意思？”长青一下子紧张起来。

“家权，你胡说什么呢？什么叫失踪？你别吓着长青。”贵祥跑过来夺下家权手里的电话，“长青，别听老罗的，没有的事，就是忘了请假出去玩去了，你抽空帮忙找找啊！就这样。”贵祥挂断了电话。

“你，你挂了？”家权冲着贵祥吼。

“怎么？不挂了你还不知整出个啥动静！家权我看你是急傻了，就锡玉那人，她出不了大事，你还不信她？”

“你信她？”家权红着眼睛问。

“我，还真信。”贵祥坐在椅子上，准备跟家权理论一番。

有人走了进来。

“你们都在？”

两人同时挺直了腰板。

“哎哟喂，我说锡玉你这是唱的哪一出？”贵祥高兴得似要哭。

家权盯着锡玉的脸，恨不得要吃了锡玉。

“让你们操心了！”锡玉微笑着走到电话机旁。

“你别动。”家权冲过去，拦在锡玉面前。

“家权，我给校长打个电话，告诉他我回来了。”

“你以为打个电话就了事啦？锡玉，你究竟要怎样？”很显然，此时此刻家权是不打算放过锡玉了。

锡玉望向站在一旁的贵祥，希望他能说句话，谁知贵祥默默地垂着脑袋离开了，到了外面，还不忘把门给关上。

这下倒好，留下锡玉和家权两人像两根棍杵在彼此眼前，谁看谁都有些碍眼。

“家权，对不起！我知道我做了不该做的，可已经这样了，我得尽力去弥补。”锡玉从没在家权面前如此温顺，像只任人宰割的羔羊。

家权的心中涌上一阵悲凉，锡玉的表现证实了他的猜想，“你去省城了？”

锡玉摇头。

“他回来了？”

"是，他回来过。"锡玉的声音被压制住，她不愿被如此地逼问，尤其是在家权面前。

"锡玉，你瞒谁都不该瞒我，你瞒了我，别人也认为我了解你的一切，你知道寻不着你，让人有多着急?"

"知道，可我没别的法子……"

"钥匙，实验课我凑合着给你上了，仪器我也给你清洗了，归了类，这是下周的课程安排。别打电话了，晚上去校长家一趟，当面说清楚……"家权交代完毕，离开了。

"家权，等等……"锡玉在后面唤。

"有什么事，以后再说，别忘了，宏远的忌日快到了。"

家权出了办公室的门，贵祥正倚在宿舍门口，"总算出来了，没打起来吧?"

"怎么会打?"

"我的心揪着，你刚才的样子，要吃人。"

"有那么可怕?"家权的脑子被凉风一激，有些清醒了。

"可怕得很!"贵祥夸张地模拟刚才发生的一切。

"你学点好，学它干吗?"家权追着贵祥打，不管怎样，锡玉总算是回来了，不管过去的日子里发生了什么，只要回来就好。虽然家权的心里像横着根草似的不舒服，但在锡玉面前，他还是把草往心里摁了摁。

"停，停……家权，你把你的本事都使我身上了，有能耐找她去呀……"贵祥站住了，一副视死如归的样子。

锡玉正好从办公室出来，她站在不远处，看着两个男人在追打，似乎也听到了贵祥的话，贵祥吓得一下子钻进了宿舍，把门死死地撞上。

家权看着锡玉，两人就那么隔着几步远的距离，互相看着对方，似乎都有话说，但又都闭着口。家权决定不和锡玉说话，至少在短时间内要做到，他转身不看她往校门口走，答应过俞梅要回家吃饭呢，必须走了。

锡玉也回自己的宿舍，这一切都被一个人看在眼里，他正躲在锡玉的宿舍里，从后窗观察着家权他们。

锡玉开门后，见曹刚正坐在床沿上，对着她微笑。

"你怎么会在这里?不是回省城了吗?"

"上了车我又下来了，忘了把这个给你了。"曹刚掏出一串钥匙放在桌子上。

"哪的钥匙?"

"绿海花园。"

"大哥，你把它给我?"

“是，给你，我要把小雨和孟姨托付给你，你能答应吗？”曹刚的认真和严肃让锡玉觉得害怕。

“你呢？你去哪？”

“我，我要去还债！”曹刚走到窗前，寂静的校园那么的让人心生留恋，他想留在这里，可谁能让他留下呢？那口老井？歪脖子树上的钟铃？水塔？锡玉？家权？老高？这里的一切该如何容他？

“什么债？那100万还不够吗？”锡玉激动地站起来，冲到曹刚面前。

“不够，多少钱都填不上，那是个无底洞。”

“我这里还有……”锡玉从抽屉里取出个盒子，“这也是你的，当初公公去世时你留下的。这钱我用不着。”

“不是钱的事。”曹刚把盒子放回去，帮着锡玉锁上了。

“别的，我还能帮你什么呢？”锡玉有些失落。

“帮我照顾小雨和孟姨。”曹刚再一次恳求。

“不，这个我不能答应。”锡玉拒绝。

“为什么？”

“那是该你做的事，我不能帮你，孩子、老人，他们需要的是你，不是我。”锡玉把钥匙放进曹刚的兜里，“大哥收好，万一哪天我去找你，记得给我开门。”

“你真的不帮我？”曹刚没有再坚持，他微微笑了笑，将钥匙收好。

“不帮。”锡玉也笑了。虽然两人都有些勉强，但为了给彼此一些安慰和鼓励，只能这么费心而又僵硬地笑着面对。

“不勉强你了，我知道你有你的难处，不过，锡玉，真的谢谢你，这些日子是自宏远离开后，过得最开心、最安宁、最温暖的时光，这些都是你给我的，就算是死，我也能闭上眼睛了。”曹刚如释重负地起身。

“要走？”锡玉问。

“该走了……这里我不能久待，这个世界还没有到我能够来去自如的时候。”

“我送你。”

“好。”曹刚仔细地穿好外衣，又仔细地将屋子的每个角落看了个遍，最后目光落在那张结婚照上，他走过去，将手放在宏远的脸上，指头轻轻滑过每一寸肌肤，曹刚对着照片鞠了个躬，锡玉愣住了。

“我对不起你们。”曹刚轻轻对着照片说。

“别再为宏远的事内疚了，你已经做了很多，不全是你的错。”锡玉安慰曹刚。

曹刚苦笑，“如果宏远活着，一定饶不了我。”

“我想他不会。”锡玉难过地低下头，她没想到有一天自己会在情感上背叛宏远，而且背叛得那么彻底。如果宏远真的还活着，他能饶得了自己么？

锡玉的心似乎也不那么安宁了，这是以前从未有过的感觉，可是当她遭遇上曹刚的目光，她又放弃了所有的抵抗，这个人已在生命里生了根，任凭如何努力，也难以动摇他在自己心中的地位。

锡玉非常不舍，她不愿曹刚离开，希望他能留下来，显然这是不可能的。从开始就成了秘密的秘密，如今想要公之于众，真的是件很难的事，更何况这个秘密一旦说出来，扰乱的不仅仅是人心，更多的是锡玉日后的生活，锡玉不敢，曹刚更不敢。

锡玉打开后窗，把校园里能看到的地方都看了一遍，确定没有人。

“走吧。”锡玉领着曹刚往走廊的西侧走，尽头右拐便是锅炉房了。

锅炉房边上有个侧门，是老高为倒煤渣而开。从那个侧门出去便是田地，沿着田埂走，可以上大堤。当然这个门平时很少有人走，因为田地间没有路，即便有也是荒草丛生，下不去脚。

还没到老高上班时间，锡玉见门开着，刚想绕过去。

“孙老师，孙老师……”锡玉的心一下提到了嗓子眼，是校长，他怎么会在这个时候出现？

锡玉假装没听见。

曹刚一闪身进了门，速度快得让锡玉吃惊。

“孩子，快些，这边。”老高的声音。

今天怎么了？人都从哪出来的。

锡玉顾不了这么多，进了门，老高正站在门口往后面瞅，一边挥着胳膊。

“高老师……我……”锡玉为难地不知该说什么好。

“什么都别说，你先不能走，去应付一下。”老高沉着地指挥锡玉。

校长真的过来了，这不是他的作风啊！

“真是你，孙老师，你躲什么？”校长的头发因为油腻而贴伏在头上，这显得他的小眼睛格外的亮。

“校长，对不起，我没有躲，我找高老师。”锡玉撒不了谎，说谎真是要了她的命。

“老徐，你看看你，锡玉找我要拉肚子的药，拉得厉害，大概是真急了，所以没听见……”高老师尽量赔着笑脸。

“走，去办公室把事情说清楚。”校长命令的口吻。

“老徐，有什么事等明天也不急嘛！”

“高老师，你消停一下吧！镇上发话了，说不清楚，交房子，交钥匙，你比谁都清楚，实验室的那间房，它不是宿舍，不能总占着。”校长因着急而发绿的脸，此刻又转了黑，他逼视着老高。

“怎么还扯上了房子？”

锡玉也慌了神，“房子不能交，这房子万万不能交，校长，怎么罚都行，就是这房子不能被收走。”

“老徐，锡玉犯了死罪了吗？这么大动静，上纲上线了？”老高扔掉手里的铁锨，一把扯下手上的皮手套，往地上一摔，“徐校长，你、我看着锡玉长大的，她是个什么人？能做个什么事？你不清楚？非要把人往绝路上逼吗？”

“高老师，不怪别人，怪我……我做错了事……我承担后果……”锡玉一急落泪了。

“天大的事，明天自会说清楚……锡玉，你先回吧，莫急，回去想想明天怎么说。”老高将锡玉往外推。

校长干巴巴地站着，一肚子火无处发，看着老高武断地将他的所有想法和计划打断，恨不得一把火烧了锅炉房，最终这火还是没烧起来，但又不愿在这头犟驴面前失了校长的体面。他走到老高面前，使足了劲捶在老高厚实的肩上，“真出了什么事，你我都脱不了干系。”

老高笑了，他什么也不说，重又拎起那双破手套往炉膛里送煤，也该加火烧水了。

过了今天还有什么不好解决的呢？

等到校长离开了锅炉房，他又一个人悄悄地拉开侧门，踮着脚眺望了很久。

老高倚在门上，看着夕阳一点点下沉，学生们摇着车铃进了校园，沉寂了两天的校园，又如锅里的水似的慢慢地咕嘟开了。

老高在心里哼起了小曲，连他自己也没弄清楚，因什么而这么高兴呢？

第八十五章

绿海花园小区内，修剪整齐的灌木在寒风中绿得似乎比夏季更为深厚凝重，落光了叶子的银杏及枫树裸露的枝干伸得笔直，像是被吃光了肉的鱼刺根根竖着，让人在冬的严寒中不得不强打起精神，这才哪到哪呀？漫长的冬季才刚刚开了个头。

孟宝珍带着小雨在别墅里住着，几乎很少出门，曹刚走时叮嘱了，让她们哪都别去，就在这里待着，到时会有人来接她们。

按照院长的吩咐，曹刚将这房子卖了出去，条件是现金全额付款。

知道的人心里都有数，这是凶宅，魏家的女儿被人杀死在家里，魏家的核心人物，省院的院长魏明义也入了狱，家破人亡，就算出价再低，仍然没有多少人愿意图这个便宜。

倒是有个人例外，他是个外地来的生意人，买房子前魏家的事他并不知晓。自打交了订金，每天都会有朋友给他打电话，告诉他这个房子不能买，并把事情的经过详细地说给他听。他开始犹豫了，他去找了曹刚，曹刚并不隐瞒房子就是这个情况，你觉得可以接受就买，不能接受就作罢，不可勉强。

“你们家都是好人，好人镇不住这宅子，而我呢，从来就不是个好主，看我生的这模样。”那人将脖子上的毛茸茸的脑袋伸过来，“刚出生就有人说我面相不好，凶，找了个好媳妇跟人跑了，父母早早地去了天堂。说也怪，生意做得挺顺，钱没少挣，你知道钱其实也不是什么好东西，这宅子看来该是我住，只有我才能镇住，我要了。”买主痛快地签了协议。

曹刚也不明白，世上真有这样的人，林子大了，什么鸟不能落？

卖房容易，搬出去就不那么好说了，孟宝珍死活也不走。

“刚子，为什么要搬家？院长已经判了，该赔的都赔了，该查的也查了，这房子是洛姗的，没人说要没收呀！”

“孟姨，这里不能住了，为了小雨，我们得离开这儿。”

“走了，小雨就会忘了还有个妈。洛姗回来了，也会见不着我们。你知道孟姨就这么点念想，在这等着洛姗，万一哪天她想家了，找回来，我得给她亮盏灯，洛姗怕黑，不敢走夜路……”

曹刚无奈，只好偷偷地把这件事办了，没有时间再拖下去了。他多么想再回一趟西灌镇，想来也是不可能了。

西灌镇的冬天来得要比省城早，因为临海，寒风毫不吝啬它的咸湿，铺天盖地席卷小镇的每一寸土地。西灌镇的人们早已感觉不到这种风和别的地方的风有什么不同，只是一入冬原本还不算太黑的皮肤，一下子变成了红色，尤其是孩子，一张张脸更似九月熟透的苹果，不好看，却给人健康的感觉。

锡玉的脸似乎很少有过这种季节的红。

家权和俞梅就不同了，他们的脸明显地印着西灌镇的特点，家权黑里透红，俞梅白里透红，站在一起，像年画里的喜娃娃。俞梅的肚子一天天地鼓凸出来，却并不显笨拙，小棉袄极服帖地裹在肚子上，更显出另外一份韵致。有时家权不得不暗自承认，俞梅确是个标致姑娘，怎么看都算得上好看，想挑个毛病也是很难的。她怎么就喜欢上自己呢？家权有些弄不懂自己究竟哪里好，如真有那么好，为什么偏偏锡玉她就不往心里去呢?

快要做父亲的家权尽量让自己不去想这些，虽然两人经常照面，但客气多了些。锡玉似乎比原来更忙碌了，心也不在教学上，校长及同事们对她的宽容也比之前少了些。宏远走得久了，人们把这件事投射在锡玉身上的同情与怜悯，渐渐地收了回去。尤其是校长，自从上次那件事后，扣了锡玉一个月的工资、奖金，依然不能让他对锡玉的不满减少半分。有时他不再忍，当着众人批评锡玉，锡玉呢，仿佛对这种态度充耳不闻，真的是变了个人，她不再过多地在意别人对自己的看法。

贵祥费了好大的力气终于遂了自己的心愿和媳妇调到了一起，对西灌镇中学似乎没什么留恋之情，走了就没再回来过。

唯有老高，平淡而真实地守着锅炉房那十几平方米的领地，像个无欲无求的忠实的卫兵守着自己的阵地。

西灌镇中学里，只有那里才能给孩子们带来温暖和廉价的向往。

锡玉天天盼着曹刚回来，她已经打算彻底地抛弃世人对自己的种种看法，好的，不好的，她不在乎了，不想为别人活着了，她想为自己活一次，顺从自己的内心去爱他。她不愿去恨任何人，只是对这个世界心存感激。老天对自己曾经很残忍，夺走她最爱的人，她全部的希望和幸福，可最后又给她还了回来。这简直是个梦。她无数次梦想着宏远还活着，回来找她，梦想成了现实。她爱曹刚，胜过爱过去的宏远，她珍惜，加倍地呵护着这份感情，她怕这现实哪一日不小心又成了空，她不能再失去。

曹刚自从上次在老高的掩护下安全离开后，再没回过西灌镇。

几个月后，按约定的日子，赵昆去看曹刚。

天下着雨，赵昆撑把很大、很厚的黑伞，遮住了他整个上半身，只留两条细长腿，在雨里走着。鞋及裤腿似乎早已湿透，赵昆顾不得，他有太长的路要走，因为他坐过站了。他在车上睡着了，梦见了洛姗，洛姗随一个陌生的男子走了，她向赵昆挥手，赵昆拼了命地去追她，恐那人害了洛姗，快要追上时被人推醒。赵昆很懊恼，想要发火，但他没有，人家也是好心，只是醒后那梦也迅速变得模糊了。他站在路边想了半天也想不出洛姗的模样，这么熟悉的一个人，怎能忘了她的脸？赵昆觉得自己的脑子大概是出了什么故障。

他和曹刚见上了，隔着厚厚的玻璃，两人说着话。

“都办妥了吗？”曹刚问。

“按你的吩咐都办妥了。”赵昆声很轻，他永远像是没吃饱的状态。

“之前我提过，一直都不答应，没想到你这一去她竟答应了。”

“经过这么久，也许想通了吧。”

“别的呢，她不知道吧？”

“我只字未提，你放心。”

“好兄弟，难为你了。”曹刚用手指轻轻叩了叩玻璃，算是感激。

“李胜远，判了。”赵昆顿了一下，看着曹刚，似在等他的反应，不知此时说到这个话题是否适宜。

“嗯，你说。”曹刚十指交叉，用力地握了握，眼里闪过一丝光亮。

“不是故意杀人，郭鹏都交代了，过失杀人。李胜远让他们去只是想找到那份病历，没想到洛姗在家，更没想到洛姗会反抗……”

“可郭芳在法庭上明明说是李胜远授意的，郭鹏为什么翻供？”

“郭芳只想李胜远死，她以为只有这样才能达到目的，她对李胜远的恨促使她在法庭上做了伪证。”

“那车祸呢？”

“徐四虎出庭作证了，还有他的那份录音。李胜远是恨你，但还不足以去杀人，只是他做得过火了。”

“可他的行为就是在杀人。”

“我理解你的心情，那场车祸中你失去了自己的兄弟……”

“判了多久？”

"无期。"

"无期，无期，真希望他死。"

"曹刚，李胜远他是罪有应得，你这是何苦呢？你本不用来这里的。"

"不，我必须来。"曹刚目光坚定地看着赵昆，"兄弟，很多事你不懂，像你那样心里只装着病人的医生有几个？更何况我已离开临床太久，一旦坐上那个位置，就是我不要，也会有人送上门来给，我已不是你看到的那般干净了。现在不来，终有一天会有人把我揪进来，小雨和孟姨还能承受这一切么？"

"是王荣干的？"赵昆眼里喷着火，他不能相信自己离开省院才多久，曹刚他怎能就这么被拉下了水？他恨死了王荣。

"和别人不相干，他并未违背过我的意愿。"

"这么说你主动伸手了？"

"何止这些……"曹刚无力地靠在椅背上，"当初院长把我放在那个位置上，就会是这样的结果。"

"跟这又有什么关系呢？到这时了，你还在怨怪院长，说到底一切根源在你自己那里。如你不愿意，难道别人还能逼你不成？你……你果真变了！"赵昆叹了口气。

"我早不是你过去认识的曹刚了……"

俩人沉默了好一阵子。

"你吃得了这些苦吗？"赵昆不愿去细打量曹刚，他不太忍心，他看了看不远处的狱警，又迅速垂下眼帘。

"恰恰相反，在这里越苦，我的心反而越平静，我求之不得呀！用身体的苦换得内心的安宁，灵魂的洁净，只是苦了小雨她们……"曹刚说不下去了。

"曹刚，那个孙锡玉……"赵昆终于面对面地把心中的疑问倒了出来。

"你想知道？"

赵昆没有回答。他无声地笑了笑，他太了解曹刚，正因为这样，他更想让曹刚自己说出实情。他不是个好奇心重的人，不为别的为洛姗，他不希望曹刚除了洛姗还爱过别的女人。

"孙锡玉，应是个好女子，谁都看得出，她对你很关心，处处打听你的消息，而你却对她隐瞒了一切，为什么？曹刚，你骗了孟姨，又何苦来骗我？"赵昆深深地叹息，苍白的脸上堆满了忧郁。

"我不想骗你，等我从这里出去后，我会把一切告诉你。"

"这么说，我的怀疑是成立的？"赵昆感到难过，"曹刚，不管你做了什么，我不怨你，但有一件不能原谅。"

“什么?”

“你没有保护好洛姗。”

曹刚闭上眼睛，他突然觉得一阵眩晕。

这么多天在那几平方米的屋子里苦心堆积的精神的堡垒被赵昆的一句话推倒，他觉得身心俱疲，万念俱灰，他伏在桌面上，久久没有抬头。

“曹刚，曹刚，你没事吧?”赵昆担心他的老毛病又犯了。

“没事。”曹刚缓缓抬起头，眼里满是焦虑和惊恐。

“赵昆，人这一辈子，一旦背上良心的债，恐怕永不能安生了。我有时特别羡慕你，甚至是妒忌。你一个人过着苦行僧般的生活，那么多人记着你的好，但你从不亏欠别人的。兄弟，哪怕能像你那样活一年，死也值了。”

“哪有什么亏欠不亏欠的？我也只是一个人，做着自己应该做的事，每个人心里都不清净，只是你看不到而已。好了，我该走了，有什么话要我带过去吗?”

赵昆准备告辞。

“告诉她。”

“告诉她什么?”

“算了，什么也别说，随她吧。”曹刚摇了摇头，欲放下听筒。

赵昆起身去取那把靠在墙边的伞，外面的雨不知停了没有。

“赵昆，我们还是兄弟吗?”曹刚问。

赵昆回头，“你说是就是。”

赵昆走了，离规定时间还有几分钟，曹刚举着听筒久久地坐着，直到赵昆的身影出了探视室的大门，直到那扇门又被重重地关上。

当院子里的花草悄悄萌芽，绿化工人带着大剪刀在门前的道路上修剪着灌木的时候。孟宝珍和小雨，在绿海花园里又迎来了新一年的春天。

有人踩着碎叶轻轻叩开院门。

孟宝珍正在弯腰搬弄那些笨重的花盆。小雨蹲在路边。拿着铲子往外掘土。

“乖乖啊，别给奶奶弄坏了，奶奶要把它们重新种上，你妈妈爱花，回来要是发现没长出来，又该不高兴了……”

“奶奶，年都过完了，妈妈怎么还不回来?”小雨一提到妈妈，提着小铲子，仰起头问孟宝珍。

“你妈妈啊，在国外，忙，肯定是琴弹得太好了，被人留下了。”

“以后长大了，我不弹琴。”小雨不乐意，用小铲子飞快地捣弄着花盆。

孟宝珍无奈地直起身。

“孟姨。”

孟宝珍的头发灰白，剪得很短，脸不知是胖了还是肿了，眼袋松弛着，像是鼓了个肉包，眯着双眼打量来人。

“你是……”

孟宝珍慢慢踱到锡玉面前，凑近锡玉的脸审视着她。

“我……”

锡玉刚要开口。

“你是曹姑娘?”

孟宝珍似乎记起来了，但又不太清，一直看着锡玉，努力地在记忆里搜寻着。

“孟姨，曹大哥让我来接您和小雨。”

“接?往哪里接?”孟宝珍一下子警觉起来，她走到院门外，四下里看看，并没有什么人，也没有车，只有绿化工人挥着大剪刀在咔嚓咔嚓地劳作。

“您跟我走吧！过不了几日，这房子就得有人入住了。”

“谁来?”孟宝珍似乎清醒了些，她将脚从盆盆罐罐中抽开，一屁股坐在台阶上，沾满土的手拢了拢头发，长长地叹息了声，“我就知道，刚子他有主意，还是瞒着我卖了这房，他的心里到底装没装着洛姗啊?心硬啊！这小兔崽子也不知跑哪去了?扔下我和小雨过年都没回。”

“这里不安全。”锡玉不知该如何劝说眼前曾经拿着棍棒追赶自己的老人。

“我凭什么信你?”孟宝珍审视着锡玉，这位姑娘让她想到了当年的自己，虽然自己拼了命地提防着她，但姑娘的眼睛还是让她觉得眼下也许真的只有她才是最可靠的。

“你不恨我?”孟宝珍站起来给锡玉开门。

“不恨，大哥对我说过，您就像他的母亲，他很敬重您，母亲呵护孩子，能理解。”

“真的，刚子这么说过?”孟宝珍的脸上有了丝亮色，看锡玉的神态也发生了微妙的变化。

“孟姨，这是大哥给您的。”锡玉递给孟宝珍一张卡。

“什么东西?”孟宝珍不敢接。

“给您存的养老钱，密码是嫂子的生日。”锡玉对着孟宝珍耳语。

“养老?刚子呢?他不回来啦?”

“不，他有重要的事要办，办完就回来了。”

“他是不是也出事了?”孟宝珍的双手抖抖地伸出来，抓住锡玉的手，“曹姑娘，你对我交个底，刚子是不是进去了?”

“孟姨，我们过好日子，他就放心了。你把小雨带好，我把你们照顾好。”

“你?”

“是，您得听我的。”锡玉将卡放在孟宝珍手上，“收好，好好生活，把家守好，等着他回来。”

锡玉进屋，眼前的一切大大出乎她的意料，屋内和上次来时已经完全不同了。客厅里除了沙发，其余的都已蒙上被单子，单子上似乎还落了土，锡玉看了看孟宝珍，孟宝珍手脚不停息地这扯扯，那拽拽，仿佛哪都不顺心，哪都不如意。

“我都弄好了，曹姑娘。刚子走时说会有人来，我没事就收拾，没料到来的是你。”

“这些东西还带吗?”孟宝珍小心而谨慎地问锡玉。

“怕是没法带，没地摆。”

“你要把我们带哪去?”

“去一个谁也不认识你们的地方。”锡玉笑了笑，在沙发上挤了个地方坐了下来。

孟宝珍不坐，一直站着，她一会儿凝神听着小雨的动静，一会儿自言自语，说着锡玉一时半会儿听不太明白的话。

锡玉、孟宝珍、小雨，祖孙三人在绿海花园度过了一个平静的夜晚。

第二日，是个好天气，虽然有些风，但空气很干净，阳光也很足，修剪过的树木像是刚理了发的帅小伙，猛一看，有一些不适应，但明显地精神了。多余的枝叶，已被工人们运走，绿海花园笼罩在一片洁净而又祥和的光照中。

孟宝珍睡了个懒觉，她很晚才起来，见锡玉正带着小雨在院子里玩耍。锡玉追着小雨，小雨拖着根枯树枝，树枝上缀着个红色的塑料袋，跑起来袋子便鼓足了气，两人不知为何笑得那么开心，小雨仰着头，张着小嘴，呼哧呼哧地出气。

锡玉看小雨的眼神让孟宝珍的心稍稍安了些，她一定是喜欢这孩子的。

“小雨，瞧你疯的，口水都出来了……”孟宝珍走过来，在衣兜里摸索着，没找到手纸，便把衣袖伸过去。

锡玉没有阻止她。

门被推开了，竟是赵昆和王小伟。

“孟姨。”赵昆过去拉住孟宝珍的手。

“是你呀！你多久没来这个家了?”孟宝珍开始抹泪。

“孟姨，对不起!”赵昆不会安慰人，只是握着孟宝珍的手不放开。

“赵昆，这是曹姑娘，刚子的妹妹。”孟宝珍看到两人极其不自在地站着，起身招呼。

“哦，知道。”赵昆礼貌性地微微点了点头。

“你们认识？”孟宝珍很惊讶。

“见过面，她带人来看病。”赵昆解释。

“赵昆，刚子对你说了没有？他哪去了？”孟宝珍最关心这个。

赵昆看了看王小伟，目光又落在锡玉身上，他没有说话，他不知该说什么，也不知该说不该说。

锡玉也是一副迫切的表情。

“你知道吗？”赵昆问锡玉。

“我不知道。”锡玉摇摇头，她是真诚的。

“赵昆，你过来。”孟宝珍对着赵昆招手，两人进了屋。

院子里只留下小雨、锡玉和王小伟。

“她来接我们走。”孟宝珍指了指门外。

“她？”

“嗯，是刚子安排好的，你说我信是不信？”

“她真是曹刚的妹妹？”赵昆问。

“说是呢，以前刚子领她来过，被我赶走了。”

“哦，是这样。”赵昆垂下眼帘，沉思，“孟姨，曹刚信得过的人你也要相信，这姑娘看着应是可信之人。”

“她说去的地方谁也不认识，我们安全得很。”孟宝珍希望赵昆能给她个主意，这个世上她不知道该信谁了。

“什么时候搬？我送您和小雨。”

“今天。”

“这么急？”

赵昆出来，瘦长的身板站到锡玉面前，本来心中是有些埋怨的，可遇上锡玉的眼睛，话终是被咽了回去。

“今天搬？”

“不，先把她们接走。”

“搬吧，孟姨，先跟她走，我找车送你们。”

当锡玉他们收拾停当，已到下午三四点的光景，这期间赵昆一直没有离开。

小伟将诊所的车开了过来，赵昆随行。

小雨在路上睡着了。孩子睡得很香、很甜，她喜欢这样的旅行，几个月来在绿海花园把孩子闷坏了。

孟宝珍将小雨抱在怀里，太多的不确定，让她对以后的日子诚惶诚恐，她不知道等待她和小雨的会是什么，她想念绿海花园，想念洛姗，想念以前的幸福生活。在暗夜里，她老泪纵横，她不敢哭，可又忍不住，当初，孩子离开她时，她也是这样的悲痛和无助，但今天更有另一种不舍，因为她知道一切都无法往回走了。

有个问题孟宝珍始终想不通，自己是个保姆，从农村来到省城，来到洛姗家，在她看来，那个家里哪个人不比自己金贵？不比自己出息？不比自己过得富足安稳？可为什么到头来只剩下自己撑着这个家？只剩下自己领着个孩子？生活有时真的会开玩笑，捉弄人，孟宝珍常在自责和不解中度过，她觉得洛姗的事自己是有责任的，总以为她成家了，可以不用管她了，事实上孩子永远是孩子，怎么可以这么大意？失去了个儿子还不行，又把洛姗弄丢了，孟宝珍无法接受。

锡玉把她们接到了曹刚为自己买的那座老房子里，她认为这个房子让小雨住，总算是名正言顺，理所应当的，锡玉心中的石头落了地。

将锡玉她们送到目的地后，赵昆和小伟连夜返回。虽然锡玉尽力挽留，但赵昆没有答应。

锡玉出来送："赵大夫，你有曹刚的消息吗？"

"最后一次见他已是几个月前了。"赵昆语速很慢，这是他惯用的语速，今晚更是显得平和，他不愿给眼前的这个女人带来压力。

"后来呢？"锡玉像个孩子似的尾随赵昆的脚步，她不愿放过这最后的机会，一旦赵昆走了，去哪打听曹刚的下落呢？

"他什么都没对你说吗？"赵昆站住，轻声问锡玉。

锡玉与赵昆几步远，她显得焦急而窘迫，她不知道赵昆见了自己这般模样会怎么想？

赵昆凝视着锡玉苍白的脸颊，他想到了洛姗，他知道不该想，但他控制不了自己的情感，一股悲凉从心底涌起。他不愿过多地和这个女人交谈，也为洛姗的离去，在心理上和锡玉保持着只有他自己才懂的距离。

"你姓曹？"赵昆问。

"不，不姓曹，我姓孙。"锡玉难过地低下头。

"对不起，你说过，我总忘。"赵昆准备上车。

锡玉还想说点什么，显然已来不及了，她怅然若失地站在那里，赵昆把车窗摇下了。

锡玉本能地抬起胳膊，挥手告别。

赵昆犹疑着，他又从车上下来了。

“怎么了，赵大夫?”

“老人孩子就托付给你了，曹刚说你是个好人，可信之人。”

“大哥也这么说你。”锡玉眼中含着泪。

“是吗？你说曹刚他是个什么样的人?”赵昆反问。

“好人，如不是，你我为何信他？你们一样，都有颗菩萨心肠。”

“菩萨心里装的可不仅仅只有好人。”赵昆的话让锡玉的心一下子揪紧，她羞愧地闭上了口，很多想问的也问不出口了。她固执地认为，赵昆对曹刚的成见一定是因为自己而产生的。

锡玉不再说话，她难过地转身。

“有曹刚的消息我会告诉你。”赵昆对着锡玉的背影说。

他又何尝不在矛盾中煎熬着自己？而这份煎熬来自此生他最深爱、最眷恋的女子，谁也不知道他的心里埋着颗爱的种子。这么多年，他死死地摁着它，不让它发芽，只是现在那女子早已香消玉殒，那颗种子跟着也死在了心里，他心中的这份苦，此生是无人能知晓了。

来年九月，深秋，小雨在新的幼儿园里已经生活了一个多月，虽然还没有完全适应，但眼前的生活似乎正渐渐冲淡孩子失去母亲后的落寞和疑惑，偶尔还会提及妈妈，但也不再纠缠太久，越来越好哄骗了。

这让孟宝珍的心稍稍宽慰了些，她不得不在心里暗暗感激锡玉，并开始喜欢上这位和自己相依为命的姑娘。

锡玉离开西灌镇中学半年了，她在一所私立学校任教，课程很重，有时周末还得补课，但离家近，待遇也不错。

每天下班回来，孟宝珍都会为她们做上一两个小菜，对于吃多了食堂的锡玉来说，更是美味。锡玉带着祖孙俩在郊外的这幢房子里平静地生活着。

没有人再去过多地说起曹刚、院长，事实心照不宣地摆着，他们现在在哪？正在经历什么？所有关心他们的人都把他们藏了起来，在这里没有人知道这没有男人的三口之家从哪儿来？是个什么关系？这里的人只是负责把自己的日子过好，别人的似乎和他们没什么关系。

小雨叫锡玉姑姑，锡玉也越来越把她当作自己的孩子来养，她们之间已有了深厚的感情。

孟宝珍终于关心起锡玉个人的事情来，像当初关心洛姗那般操着心。

“锡玉，你该成个家了，不能为了我们耽搁了。你对孟姨讲，想要个什么样的?”

“我不需要男人。”锡玉觉得有时和孟宝珍说话要直接一些，不然老太太会一直琢磨你。

“笑话，哪有女人不要男人的？你生得这么好，男人会不喜欢？”

“孟姨，我命硬，克夫。”

“谁说的？别胡说！”孟宝珍恨不得捂住锡玉的嘴，她最怕克夫这俩字了。

“您忘了，我是个死了丈夫的女人，谁敢要？以后这样的事千万不提了。”

“可怜，怎么也是这个命，和我一样苦，你说我们前世做了什么？今世要遭这个报应？”孟宝珍的心越来越往锡玉身上贴，同情、怜悯，同病相怜的共通，让她为自己曾经的行为感到内疚和后悔，这么好的人，自己竟把她视作坏人。

每逢此时，锡玉都会过去轻轻握住孟宝珍的手，与这个和自己没有任何血缘的人相处起来反而更容易一些，那种后天滋生的情感却是那么单纯而直接。

“孟姨，别灰心，没有什么不好的报应，我们把眼下活好，一切就会越来越好。”

“唉，你说你为刚子做那么多，他究竟知道不？”

锡玉不说话了。

“做妹妹的能做到你这样也是不易啊！”孟宝珍赶紧转移话题。

“孟姨，您和他生活这么久，您觉得他什么时候能回？”锡玉望着窗外火一样的枫叶，觉得心里像是有个洞，总是空着，稍不留神就会掉进去。

“和你说实话，我们家，洛姗最单纯，唯有那两个男人，我摸不透。”

两个女人的话题到此时便又打了个死结，又会隔上很久不再提起。

今年的秋天在西灌镇待得要比往年久一些，水稻总是黄得不透，人们把镰刀取下，拿着到地头上转了几圈，又无奈地回了，实在下不了刀啊，太青了。

父亲说可能与今年雨水太多有关，日照不够，水汽过大，导致青浆收不回去。

锡玉本想回来帮忙的，看来一时半会还下不了地。

锡玉一个人上了大堤，自从孟姨和小雨到来后，她难得回来一趟，父母只知道她调到县里了，对其余的状况并不知情，他们为她终于走出那块伤心地而暗地里欣慰不已。

锡玉站在大堤上，眺望着对岸，自己的灵魂早已埋进了那片土里，幸福和悲伤都在那里存着。

隐约可见老高锅炉房的烟囱正冒着烟，鼻腔里也似嗅到了煤渣子的香味。

傍晚时分，学生们该散学了。

锡玉来到河边，河水退去了一大截，河床裸露出来，锡玉伸过脚，是硬的，刚割过芦苇的河滩上，留下一小截芦根冒在外面，走时要倍加小心，有可能扎到了脚，锡玉穿过芦苇地来到水边。

黑色的天际映在水里，水被染成绿色，似画铺展在远方，今天不是个晴天，却也不完全阴，阳光被遮住了，空气被湿冷的风吹着，更显清新。

锡玉慢慢往渡口走，她看到船泊在那里，却不见船家的身影。

兴许是停渡了？锡玉在那座破旧简陋的房子前停下来，果然墙上贴着张手写的纸片，“停渡通知”，锡玉没有细看上面的内容，在西灌镇临近农忙，渡船停渡是再正常不过了，可今天锡玉心里多少有些失落，刚刚往这里来的时候，她是下了决心的，这决心源于某种想念，她不知道想着什么，念着什么，只想马上回到那里。

当初离开中学也是不得已，她不能带着小雨和孟姨生活在那里。

这一切都是为了曹刚。

这段日子她尽量不去想他，孟姨说得好，“小雨在这呢，他能转哪去？最终会回来的。”

锡玉在渡口的石阶上坐下，远远地听到摇铃的声音，在寂静的大堤上，显得清脆而动听，长青骑着自行车带着庆安去二妈家。锡玉想叫，又忍住了，长青车速很快，已经下堤了，庆安在后面咯咯笑个不停，声音像极了小婉。

河水从未有过的清澈，能见到河底的泥沙和插在泥沙中铁锚的尖齿，几尾小白条在缝隙里来回穿梭，大概是嗅到了什么特殊的味道，抑或是想把那当作暂时歇息的地方？

落潮了。

图书在版编目（CIP）数据

落潮 / 南飞 著. -- 北京：作家出版社，2019. 1
ISBN 978-7-5212-0399-8

Ⅰ. ①落… Ⅱ. ①南… Ⅲ. ①长篇小说－中国－当代
Ⅳ. ①I247.5

中国版本图书馆CIP数据核字（2019）第037307号

落　潮

作　　者：南　飞
责任编辑：王　烨
装帧设计：周灵巧
出版发行：作家出版社有限公司
社　　址：北京农展馆南里10号　　　　**邮　　编**：100125
电话传真：86-10-65067186（发行中心及邮购部）
86-10-65004079（总编室）
E-mail:zuojia@zuojia.net.cn
http://www.zuojiachubanshe.com
印　　刷：中煤（北京）印务有限公司
成品尺寸：165 × 230
字　　数：550千
印　　张：31.75
版　　次：2019年7月第1版
印　　次：2019年7月第1次印刷
ISBN 978-7-5212-0399-8
定　　价：56. 00元
